U1011895

# 战起1938

上

疯丢子——著

贵州出版集团
贵州人民出版社

# 目　录

# 第一章

# 梦醒

如果有一天，我的生命忽然终结，我不希望再次醒来时，面对的依然是庸碌的人生。

秦恬醒了。

轰鸣和碎裂的声音撕扯着她的耳朵，她睁开眼睛，在昏暗的房中盯着墙壁上的火光半晌，才疑惑地皱起眉。

沸腾的声音伴随着尖叫传入房间，听了一会儿，似乎……是外语？而且，还不是英语！

睡太沉，梦魇了吗？

没等秦恬伸手去掐醒自己，忽然砰的一声响，只见一个人撞门进来，打开了灯。

“唔！”秦恬连忙闭上眼，灯光刺激得她眼睛一阵酸痛，可耳边的大叫却让她猛地睁开了眼。

一个瘦削的少女跑过来拉起她，急切地说着什么，还不断摇晃着她。少女见她没什么反应，便弯腰从床下抽出一个箱子打开，又打开衣柜和书桌，把里面不多的衣物还有书全放进箱子，接着扔给她一件外套示意她穿上。

“恬，快走！”少女用德语说。

秦恬完全蒙住了。

这不是她的房间，柔软雪白的床、有些发黄的墙壁、木制的书桌和衣柜，还有一张红褐色的小凳子……这些似乎都很正常，可是……

一切都是欧式复古风，却又复古得那么自然，这不正常了啊！

更何况，这个在房间里乱窜的少女，还是一个外国人！亚麻色的麻花辫垂在少女双肩，她身着非常欧洲风的连衣裙，还围着白色的围裙，深褐色的眼睛睁得大大的。她把理好的箱子塞给秦恬，然后拉着秦恬往外跑。

“喂……呃……”这还是在中国吗？

刚出房间，秦恬又惊到了，楼梯？这还是栋别墅！

少女拉着秦恬噔噔噔地往下跑了几步，在拐弯时忽然停住，拉着她快速地蹲下，看向下面。

简朴的会客厅非常温馨，暖色的墙纸，咖啡色的地毯，典雅大方的西式家具，还有漂亮的花瓣形吊灯，桌子、椅子、沙发、扶手的边角上都有着形状优雅的弧度。看布置，显然这是个中上水准的家庭。

可楼下的几个人，却打破了这温馨的氛围。

五个高大的男人围住了客厅中一对中年夫妻，那对中年夫妻应该就是这栋别墅的主人，从相貌上看似乎是身边少女的父母。此时少女正捂着嘴巴，眼神惊恐而担忧。秦恬觉得下面发生的不会是好事，她就像在做一场噩梦，可无论梦里梦外，她都是一个弱女子，实在没法挺身而出，只好叹口气伸手搂住了少女的肩膀。

楼下非常嘈杂，对话听不清楚，可没说两句，那五人就开始动手了。他们一拥而上，其中一个人抓住女主人，另外四个人抓住男主人往外拖不算，竟然还粗暴地对他拳打脚踢。男主人拼命挣扎，嘴里不知道在说什么；女主人大声哭喊，却被抓住，不能动弹。

秦恬感受到身旁少女在剧烈地颤抖，她加了把劲，把少女按在手下。其实她也不知道这样做对不对。要是被打的是她爸妈，她早就抄着鞋下去拼命了……

豆大的眼泪从少女眼中滑落，她哀哀地哭泣着，头靠着楼梯栏杆，看着父亲被抓走，消失在门外。制住她母亲的人终于放开手，接着对着客厅中的东西一阵疯狂打砸，然后冲了出去。

见女主人哭泣着跌倒在地上，少女挣脱了秦恬，跑下楼和女主人抱在一起。

秦恬提着小箱子走下楼梯，看了看相拥而泣的母女，然后放下小箱子，锁上大门后，从门旁的小窗子往外看去。

已是黑夜，外面却一片火光，无数人在街上跑动，他们手里拿着各种工具——石头、榔头、火把等。许多年轻人哈哈大笑着用石头砸着窗户，而更多的人则疯狂地用棍子砸着沿途的店铺，还有很多人结伴冲入民居打砸甚至烧东西。四周传来一阵阵玻璃碎裂的声音，地上散落的玻璃碎片，反射着火光与月光，就好像水晶一样。

另外有一些人则和这家的男主人一样，被那些暴徒押向某处。被押的都是男子，年龄不一，小的似乎只有十几岁，大的则是老人。

忽然，门口发出了巨大的撞击声，房内的母女俩尖叫起来。几个暴徒破门而入，他们看到房内一片狼藉就知道已经被扫荡过，但是仍不甘心。他们看了秦恬一眼，没有理会，只是在房内又打砸了一遍，看到比较贵重的物品就揣在身上，然后轰然奔向楼上，紧接着楼上就传来翻箱倒柜、打砸抢劫的声音。

秦恬跑到母女俩身边，企图把她们扶起来，却发现女主人已经昏迷了，而少女完全是被吓成六神无主、神志不清的状态。秦恬使劲拖也没法把两人挪动分毫，实在是这女主人太胖。

楼上的人很快下来了，他们下楼梯时身上口袋都鼓鼓囊囊的，还往下撒着什么。秦恬定睛一看，竟然是各种女性用品，内裤、胸罩等就这么飘下来落在地上，白得刺眼。

这群人走后，又晃进来几拨人，看到这场景也知道没油水可捞，便出去了。寒风从破掉的门窗吹进来，穿着单薄的三人都冻得不行。女主人还没醒，少女总算清醒了点，她配合着秦恬把女主人放在沙发上躺好，又到楼上去拿了一条被踩出好几个脚印的棉被盖在女主人身上。

这么一闹腾一忙活，大半夜过去了，外面的暴动渐渐平息，黎明的曙光终于来到。

秦恬这时候才有空坐在沙发上，在寒风中想着到底发生了什么。

一晚上足够她研究五感，她已经发现这一切不是梦。她能感知冷、热、痛，甚至从镜子里看到了自己十六岁的样子，而且，她叫秦恬，还是个中国人。

可最大的问题是，这儿不是中国，这儿似乎……是德国。她的二外是德语，而在这儿她的德语水平有了质的提升。刚才还太迷茫，但是现在一静心，她发现少女的话她还是勉强听得懂的，也能神奇地说出来，只是不那么标准。

她记不太清自己在醒来之前干了什么，好像吃了会儿泡面、背了会儿单词，然后睡觉……有问题吗？

想不通就不想，略过她为什么在这儿的问题，又面临一个新的问题——昨晚，或者说今天凌晨，到底发生了什么？

她穷尽所有的想象力都想不出刚才到底发生了什么，这么一晚上的打砸抢烧，明显被针对的是弱势群体。可是这和寻常的暴乱又有很大的差别，因为他们除了打砸抢烧，还要抓男人，却不对女人动手……

这是暴动？

那为什么没警察镇压？

看这市貌，似乎是 20 世纪的样子，虽然一片狼藉，但依稀可以看出大城市的范儿。这么大的动静，怎么一个片警都没有？

难道是政府纵容的？

生在红旗下的秦恬同学完全无法想象这个场景，她只能帮这位名叫莉娜的少女收拾起东西来。

两人先找块布把门窗给挡住了，然后拿着扫帚开始清扫，这时她才在客厅旁厨房的电灯开关上看到了一本日历。她刚看到莉娜进去时随手撕了最上面一张扔进垃圾桶，显然现在这一张就是今天的日期。

于是她凑上去扫了一眼，这一眼差点让她昏过去。

上面写着：一九三八年十一月十日。

一九三八年……

秦恬默默地低头扫了几下，再猛一抬头看，狰狞的、血红的一九三八年依然在目。

她反复确认了几次，就差把日历看穿了，依然没有变化。

一九三八年……这日子，这国家，一切都不言而喻了。凌晨发生的事情比起以后的那些战争来说，是比浮云还浮云的东西了……

秦恬不禁腹诽：老天爷，背德语单词不代表我就对这国家的这时期有爱啊……

以她浅薄的“二战”知识推测，战争不远了吧？

这时莉娜走了进来，倒了一杯热水。她的脸上犹带泪痕，秦恬条件反射地想从口袋里摸餐巾纸，却摸出一条手帕。秦恬无奈地笑了笑递过去，顺便端详了一下莉娜的鼻子。

相当地高挺啊……是犹太人吗？

她又回头瞄了瞄客厅中的女主人，也是高鼻梁，再努力回忆那男主人……

“反犹”开始了吗？这么看，现在德国对犹太人的手段似乎还是轻的，以后这个家庭的日子将更加艰难，而凌晨那疯狂的打砸抢烧似乎和脑中某个词联合了起来。

秦恬整理好餐厅，走到楼上处理一片狼藉的卧室，理着理着，忽然灵光一现。

“水晶之夜？！”

到了晚上，罗德夫人终于醒来，她跟秦恬解释，在秦恬生病昏迷期间，德国人对犹太人的态度变得无比严苛，尤其是在政治中心柏林。他们拒绝犹太人进店买东西，也不去犹太人的店里买东西，并肆意地闯入犹太人的家和店中打砸抢烧。本来友好的邻居也开始对犹太人横眉竖目。

接下来的几天，当清楚地意识到“反犹”在这时期已经成为德国一种普遍的思想浪潮后，以留学生身份寄住在犹太人罗德夫妇家的秦恬已经不想在这儿待下去了。且不说会不会被牵连，现在这个家庭的男主人罗德先生下落不明，罗德夫人每天四处奔走，和众多失去丈夫的犹太妇女一起询问她们丈夫的下落，还要回来照顾她和莉娜，秦恬自己也不好意思。

被这情况搞得措手不及的罗德一家连存粮都不够，罗德夫人再精打细算也没法维持这个家的日常开销很久。

母女俩不说，不代表秦恬不知道，她没有理由再待下去了，而她也不想再待下去。

只是她觉得很奇怪，自己现在明显才十六岁的样子，怎么可能是莉娜口中的留学生，留的是哪门子学？

而她自己的证件又竟然证明，自己确实是个大学生，就读于德国柏林高等工业学校，还是听着就恐怖的核物理专业！

天才吗？她是天才吗？

这两天她在罗德家待着，压根没想起上学这回事，直到有个疑似她同学的女生路过，告诉她学校暂时停课，因为很多人都去参加青年党卫队的选拔了。从她那激动的样子来看，就好像那些人是去考公务员了。

因为怕露馅，秦恬没多说话。她有时会想想以前的事情，她很小的时候父母就离婚了，她被外婆养大，后来外婆去世了，就真没什么可以依恋的了，再加上性格寡淡，住校的时候一直宅着，自得其乐，感觉生活就像被一片迷雾包裹着，看不清四周，也看不到过去和未来。

反观现在多刺激啊，每日为生存奔波……

她都快愁死了，天下之大，竟然没有容身之处。她身上有一张身份证明，只写了出生年月、就读学校、暂住地址等，那她有其他亲人吗？有的话，他们在哪儿？

莉娜不知道，罗德夫人也不知道，看来答案可能在被抓走的罗德先生身上。

秦恬不确定此时是否存在集中营，或许罗德先生就在集中营或是监狱，无论如何她必须尽快离开德国，而罗德家不管男主人回不回得来，余下的人都必须离开德国。

可现在离开德国，哪里是安全的呢？美国？太远！北极？太冷！似乎连南极都不太平。

这个问题令秦恬头疼。

虽然不好意思，但是秦恬不得不厚着脸皮继续在罗德家蹭住。她们显然是很好的人，在这样困窘的情况下也没把她赶出去。秦恬有时候想干脆回中国算了，只是清醒时又意识到，且不论怎么回，这儿打仗好歹还有个空隙可钻，回去了可是全民抗战，一不小心就被日本鬼子杀了，一样不安全。

半个月后，秦恬还没想出下一个落脚之处，倒是莉娜必须离开了。

在柏林的犹太人秘密结成了一个同盟，第一件事情就是要把孩子们都送到安全的地方。罗德夫人一定要等到罗德先生，可是莉娜还年轻，她必须转移到安全的地方去。

现在德国对犹太人驱逐得厉害，“水晶之夜”后，连续几天都能听到这个或那个国家宣布和德国断交，而广播中希特勒还表示他们不稀罕。

话说这是最让秦恬感到无奈的事情——媒体每天重复播放着希特勒的演讲。他的演讲确实慷慨激昂、鼓舞人心，可是站在犹太人立场上怎么听就怎么闹心，偏偏关掉了收音机还有街上的大喇叭。每一次希特勒演讲完，疯狂的德国民众就会做出那个世界闻名的行礼动作，然后大喊万岁。

由于众多国家的断交，很多地方连火车都停运了，飞机更是可望而不可即，离柏林最近的能够收容犹太人的国家就是波兰了。

当晚，罗德夫人就要求莉娜收拾行李，让她准备和其他的犹太青年们一起去波兰。

莉娜自然是百般不愿的，她最近被众多的打击折磨得更加消瘦，每天萎靡不振，对父亲的思念和对母亲的依赖让她无比脆弱。罗德夫人不得不每天苦口婆心地劝她，并且无数次向上帝发誓她会立刻到波兰与莉娜会合，莉娜这才勉强同意。

莉娜默默地点头后，罗德夫人看向了秦恬：“你呢，我的孩子？你也该知道，这儿留不了你多久了。”

秦恬有种想哭的冲动。

她确实应该走，跟着这些犹太人走也确实最方便和保险，但是她知道那目的地有多么危险！

波兰，那个悲剧的地方，德国发动“二战”的第一把火就烧在那儿。

她要去的地方可以不是绝对安全，可以不是非常安定，但是绝对不能如此危险！

“咳，罗德婶婶，您觉得波兰合适吗？现在这种情况，可能又会发生战争，到时候波兰也不一定安全啊。”秦恬尽量委婉地说出了自己的想法，却没想到自己的想法引起了罗德夫人的伤感。

“孩子，德国已经吃够了《凡尔赛和约》的苦头，他们怎么会想再去领教一次呢？这只是针对我们整个犹太民族的卑劣的迫害，他们想刮尽我们的财产来弥补他们在《凡尔赛和约》中受到的损失。放心吧孩子，事情很快就会过去的，到时候你可还要来我们家住，你还没毕业呢。”

是啊。我不仅没毕业，我还没活够呢。秦恬不想再就这个问题争论下去。“二战”前全世界都不相信德国会再次发起战争，就让他们看清楚吧。

“我会考虑的，谢谢您，罗德婶婶。”

“恬，你和我们一起走吧，留你在这儿，我也不放心。波兰政府对犹太人还是很友善的，你不用担心。”莉娜说道。

“……”秦恬笑了笑，无言以对。

“唉，晚餐都快凉了，快吃吧。”罗德夫人道，“先祈祷。”

饭桌前，三人双手合十抵在胸前，罗德婶婶低声念道：“感谢上帝赐予我们如此美味的食物，愿世间更少苦难而真善美永存，阿门！”

“阿门！”

秦恬却在心中默念：阿弥陀佛。

犹太青年们定在后天走，等到莉娜都走了，秦恬就真没脸再待下去了。罗德先生到现在也没消息，而她比罗德夫人还没门路，实在不知道该怎么帮忙找他。也就是说，她只剩一天多的时间考虑自己的出路，否则，就只有跟着莉娜去波兰了。

一直想到晚上，秦恬也没有任何头绪。这时，一封信决定了她的去处。

“恬！有你的信！”莉娜跑进来，递给她一封白色的信，厚厚的一封。

信封上的字是用德语写的，来自一个叫埃里克山大·秦的人……秦恬默默地晕了一会儿，这名字奇奇怪怪的，会是谁呢？

拆开信，里面先是厚厚一沓钱，然后才是薄薄一页信纸。总算是见到用中文写的字了，笔迹遒劲大气，虽然用的是钢笔，但是依稀可以看到毛笔勾勒出的内蕴，实在让“狗爬字党”秦恬有将信裱起来的冲动。

秦恬吾妹，近来可好？似乎不好，你那儿不安全，哥哥很担心。快来，哥在华沙，到这个地址：××××。快！哥哥等你，路上小心。

看来那一沓钱就是波兰货币兹罗提，里面竟然还夹着一张文书，证明秦恬有一切合法的手续进入波兰境内。至于究竟是什么手续，证明上没写，不知道是不是这时代都这样——在文件上盖个章就行了，抑或是这样的证明太多了，详细情况都懒得写了？

秦恬握着信纸，一头雾水，心里诅咒着：妹妹是个天才，哥哥却是个“脱线”的。

对了！有个问题。

“莉娜，我的名字是什么？”

“恬啊……”

“我的意思是，我有给自己取德语名字吗？”

莉娜眨眨大眼睛：“还没有，你本来打算取的，可有天你接到你哥哥的信，看到了他的名字，就没再……其实埃里克山大还是不错的，你为什么这么抵触？”

“你知道我有个哥哥？当初为什么不告诉我？”害她真以为自己举目无亲、遗世独立呢！

“你说……你死也不认有这么个哥哥的。”莉娜撇撇嘴，又眨了眨大眼睛，“是你哥哥的信吧，他怎么说？”

秦恬思维混乱，想也没想地回道：“他在华沙，喊我去。”

“啊，那太好了！那你快收拾东西吧！后天就和我一起出发！”莉娜欢快地去找她妈了。

“喂喂喂，我还没想好！”秦恬一只手徒劳地伸着，只看到莉娜跑出去的身影。

“波兰，闪电战，‘二战’，集中营……”秦恬无力地趴在桌上喃喃自语，看着桌上的信纸和钱。

那沓钱皱皱的，虽然一张一张被细心地压平过，但依然能看出被攥过无数次的痕迹，总共一千多兹罗提，什么面额的都有。秦恬看着看着，竟然“狗血”般地想象着：一个东方男子在昏暗的灯光下拿出一张一张钱来，细细地压平，堆成一沓，然后放进信封，再用修长有力的手拿起钢笔写出刚劲的字体。写完信后，他仔细看了一遍，封入信封。

她想象不出那男子长什么样，也想象不出那男子所处的环境，更想象不出一个留学生在这样一个小国攒那么多钱要付出怎样的艰辛。这个远方的哥哥在信中的寥寥数语，却有着浓浓的亲情的味道，这让她忽然发现，房里竟是这么冷，而她心里，原来一直渴望在这个极端孤独的世界里有一个依靠。

“哈！”秦恬大喝一声，猛地坐直身子，双眼炯炯有神地盯着天花板，“波兰？战争？那是个啥啊？是个啥啊？”

德国驱逐犹太人，却又不希望他们走得顺畅。

这一拨一起走的只有十三个年轻人，八男四女再加个秦恬。陪着他们的是一个叫桑索斯的犹太大叔；还有一个叫迪克的小伙子，他是德裔的波兰人，多次往返于波兰和德国，对路途较为熟悉。

现在管制极严，犹太人在火车上一不小心就会被德国人用各种借口扔下去，于是一行人决定坐桑索斯大叔的小货车去。两国本来就是邻国，据说从柏林到华沙不过六百公里，开车也只要一天。

十三个人挤在货车后座上，车子开得不快，可路况很差，摇摇晃晃的，没一会儿秦恬就不行了，她的胃里一阵阵翻涌，恶心得想吐，而其他人脸色看起来也不对。秦恬暗地里摇摇头，这么会儿就撑不住了，这漫长的一路可怎么办？

货车刚开出几公里，就被拦住了——德国人设的关卡。有人走过来，一把掀开车篷上的遮布。

是两个穿着黑色制服的警察。秦恬感到身边的莉娜剧烈地颤抖着，她似乎吓得气都快喘不过来了。秦恬暗自叹气，用手拍了拍莉娜的手背安抚她，她倒不是胆大不怕死，只是她知道现在德国还在《凡尔赛和约》的制约之下，无论是警察还是军人只是对暴行袖手旁观，都没有凶悍到主动杀人的地步。但是无论如何，面对这样的情况，她还是很紧张。

“被驱逐出去的犹太人？”其中一个警察问道。

桑索斯大叔跟到他们旁边赔笑道：“是是是，都是要去波兰求学的。您看，都是孩子。”

“求学？”警察似笑非笑，眼睛瞟过秦恬时，一顿，指着她问道，“她呢？”

没等桑索斯回答，秦恬就拿出了那张证明文书，尽量镇定地回答：“我顺路的，去华沙找亲戚。”

她不太标准的德语让警察略露出一丝笑意，秦恬颇有些不好意思。莉娜说本来秦恬的口音没那么重，但是自从“水晶之夜”以后，她这个德语口音就越来越奇怪了。

警察看着满车孩子都紧张不安的样子，哼了一声，放下车篷遮布，朝桑索斯挥挥手：“快走快走。”

“谢谢了！”

桑索斯连忙上了驾驶座，发动了车子。出了柏林还有很长一段路才到德波边境，沿途经常有警察拦路，看到是犹太人，都一脸冰冷厌弃的样子，不耐烦地赶他们走。

本来以为只有几百公里，算着一天差不多该到了，谁知道上午出发，走走停停，一直到了下午才刚到德波边境。在那儿，他们竟然又被堵住了。

德波边境的界杆前，波兰士兵拦在那里，被很多人围着询问。士兵们偶尔回答两句，却没有一点实际意义。已经有从各处赶来的犹太人等在那里，男女老少皆有，冷风凛冽，他们在雪地中点起了火堆取暖。

莉娜和秦恬等几个女生缩在车里躲避寒风，她们互相挤着取暖，随时听着外面的动静。

桑索斯大叔和迪克两人上前和其他人一样围住了士兵。界杆后有个小木屋样儿的办事处，秦恬隐约能看到里面有人在晃动，却不见他们出来接应的。

“广播中说了波兰政府同意接收犹太人，你们凭什么不放我们进去？！”人群中有人大吼。

人们纷纷附和，他们被迫背井离乡，在寒风中又赶路又等待，已经不堪心理的重压，急切地想找一个能够安身立命的地方。

士兵们依然一动不动，目光直视前方。

“都是骗人的！”桑索斯大叔怒吼一声，“该死的政客！你们这群该死的波兰人是在害怕德国吧！”

“住嘴！”一个士兵大喝一声，他脸红脖子粗地看着桑索斯大叔的方向，“谁，谁在说话！”

秦恬小声问莉娜：“那士兵回答的什么啊？说的波兰语？”

莉娜点点头："嗯，波兰语，我只听得懂一点点……似乎是让人闭嘴。"

秦恬忽然呻吟一声，捂着额头道："我不懂波兰语……"

旁边传来低低的议论声，几个同路的青年眉头紧皱，一脸担忧。其中一个轻声道："我觉得，在波兰，可能生活也不会好到哪里去。"

"就算政府同意接收我们，可看看下面人的态度吧，阳奉阴违，还是明目张胆的，他们就是怕惹祸上身。"

"要不是为了快点离开德国，我就去法国了，那里可不怕德国！"

秦恬心里嗤笑一声，那个傻大胆国家，在"二战"中的表现可不咋的，那么大的国家还被人家占领了……可是转念一想现在自己要去波兰，又开始笑自己，搞什么，跑波兰也不是什么好选择，五十步笑百步罢了。

"恬，其实你不用和我们待在一起，你不是犹太人，又有合法文书，可以直接进去。"一个年轻女孩忽然说道，她眼里有着善意。

莉娜也反应了过来，轻轻推了推秦恬："对啊，恬，你现在快点进去吧。天都快黑了，现在进去还能得到前面办事处安排的临时旅馆的招待，否则到了深夜就没人理你了。"

秦恬一愣，她无法否认自己有着不可抑制的心动，现在车里的女孩们都看着自己，脸上满是关切和催促。她牙一咬，笑道："反正都能进去，也不急这一时半会儿。"

"不，恬，我知道你在想什么，但是你要知道，早一点到华沙，你就能早一点找到你哥哥。我父亲说过，你哥哥是个很能干的青年，说不定他能帮到我们。"莉娜满脸急切，她直起身来抓着秦恬的肩膀，"滞留的人越来越多了，这儿会发生什么谁都不知道，我们需要来自波兰国内的帮助，现在只有靠你了！"

秦恬注意到，士兵们虽然不让犹太人进去，但是一些明显不是犹太人的人还是会被允许入境的。边界上有时会停着一辆卡车，应该是用来运送货物顺带捎几个人的，现在就停着一辆，看起来马上就会出发。

她握了握拳，还是犹豫。

她承认自己有些磨不开情面，不管她是不是什么所谓性情中人，这时候扔下一大车子人独自进入，绝对是挑战自己道德底线的事情。反正那哥哥也几年不见了，不差这么一会儿，要是此刻扔下莉娜，她将来绝对会谴责自己。

"恬！走吧，快点，车要开了。"

秦恬摇摇头："别说了，睡吧，休息会儿。"

"不……"莉娜还没说完话，远处又开来了一辆卡车，不同以往装的是老弱妇孺，这一次装的竟然清一色都是犹太男子，青壮老弱都有。他们皆面带菜色，衣衫褴褛，大多数人连鞋都没有穿。

人们愣了一会儿，蜂拥而上，围住他们开始询问。

在这儿的很多人都是深感在德国生活艰难而出来的，他们几乎都在"水晶之夜"失去了丈夫、父亲或是情人，几经辗转询问无果，此时忽然看到这么多犹太男子，自然激动难当。

莉娜也很激动，挣扎了几下，探出头去，似乎希望在人群中看到她父亲的身影，可很快，她的眼神就黯淡了下来，紧接着便如坐针毡，也想上去询问。

过了一会儿，一个与秦恬同车的年轻男子走过来，拉开遮布，带进一阵寒气和一点零星的消息："他们都是被德国遣散的。那晚被抓后，他们被带到了警察局，还有一些人被带到了柏林市郊的一个大监狱中，进去后就没有再出来。谁也不知道里面的情形，德国当局一点消息都没透露。"

"监狱？"莉娜疑惑道，"柏林附近什么时候有的大监狱？有多大？"

"很大。"年轻人只能这么说，"据说是这样的，我也没看到过。听他们说，他们远远看到过那个大监狱，那里就像地狱，是个连撒旦都不愿意进去的地方。"

"天哪，恬！我该怎么办？！爸爸会不会就在那儿？"莉娜六神无主，眼泪汪汪。

是集中营！

听到那所谓的大监狱时，秦恬已经百分百肯定了，这个"二战"时期最为臭名昭著的存在。

很多"二战"片都把集中营作为纳粹罪孽的重点来讲，她对集中营的了解也仅限于电影，什么《辛德勒的名单》《安妮日记》……那些犹太人的感觉没错，那里确实是个地狱，一个连撒旦都不愿意进去的地方。

秦恬沉默下来，如果莉娜的父亲真的进了那儿，那可真是大罗金仙也难救，只能呜呼哀哉了。

"恬！求求你，快去华沙！"莉娜忽然抹了把眼泪，她一把抓住秦恬的手，把手中的一个布袋交给她，"快去找我叔叔，他就在华沙的辛迪亚饭店，名叫凯德。帮帮我，找到他，让他想办法救救我爸爸！"

秦恬动了动嘴，最终什么也没说。她很讨厌这种无力的感觉——明知道波兰要打仗，却不得不去；明知道集中营里面的囚犯神仙难救，却不得不去救。

由于知道这段历史，即使是模模糊糊的，仅仅几天工夫就让她产生那么多无力的感觉。她不知道她会无力多久，不知道会不会有一天，明知道那儿有炸弹还“不得不”踏上去。

秦恬接下了布袋，点了点头：“好，我答应你。”

在各色的眼神中，秦恬带着行李冲过了国境线，赶上了前往华沙的货车。

整个过程她都是在一种神经高度兴奋的状态中度过的，等到缩在狭窄的货车上时，她才反应过来自己正面临的是什么处境。

天已经完全黑了，她的大衣单薄，行李箱轻便，身上全部的财产只有一千多兹罗提，而刚才她发现，波兰的物价高得可怕，她想向货车司机换一个面包，人家居然想把她手里的一整沓钱全拿走……

她只能缩在那里，摸着空空的肚子，暗自腹诽远方的哥哥，还以为是多少钱……都不够买个面包。

旁边还坐了一个大叔和一个年轻男子，他们一直坐在阴暗处，各管各的，刚才秦恬差点被拿走那一整沓钱时，也没见他们有提醒一下的意思。秦恬知道，这种时候，真的只有靠自己了。

漆黑的路上，车篷外寒风呼啸的声音那么刺耳。面对堪比中国北方冬天的气候，她冷得从头到脚都在颤抖，感觉自己的细胞都快要被抖出皮肤了。

一阵窸窸窣窣的声音传来，一个人拍了拍她的肩膀。秦恬慢慢地回头，似乎连反射神经都冻僵了，好半天才反应过来有人在招呼自己。

车内的另外两人已经在角落里点起了小小的火堆，货车中木箱堆叠着，挤压着他们的空间，却也挡住了漏进来的冷风。拍她的也是一个年轻男子，他指了指火堆，便转身往大叔身边的火堆走去。

这火堆真小啊，秦恬犹豫了一下，可是那堆小火真是勾得她想把命都扔进去，于是她慢慢地挪了过去。

她已经无心去计算车行进了多久和还要行进多久，她只知道自己已经如同行尸走肉般，眼前什么都是迷茫的，什么都是黑的，什么都……没心情去想了。

# 第二章

# 入侵

秦恬吾妹：

你还好吗？哥哥永远希望你好。

请原谅哥哥没等到你就离开了，回国的船快要启程了，恐怕你看到信的时候，哥哥已经在大洋的彼端，或者，已经在战场上了。

你知道吗？战争又开始了，当我们在这儿吃着面包、喝着牛奶时，我们的祖国正在遭受着战火的摧残。日本侵略了我们的领土，而现在国内的统治者竟然无动于衷，任其为所欲为。你的义常哥哥和韩春哥哥都已经在我之前踏上了归国的班次，而我将要登上的，会是最后一个班次。

没错，我们生于法兰西，长于法兰西，我们的父亲是战后遗留的劳工。我们的父辈曾经归国无路，但他们带着我们在这儿艰难求存、成家立业时，一刻都不忘让我们记住我们的根在何方。无论我们吃什么、用什么、住在哪儿，那都不能改变我们的血统，不能改变我们的黑发黄肤。我们是谁？我们来自哪儿？我们该去哪儿？照镜子时，开口时，路过路边的橱窗时，我没有一刻忘记过。

恬，你曾经抱怨过父亲，为什么从小教你无处可说的汉语，为什么在家说法语就要挨打。你可曾记得他的回答？我永远不会忘记，那年你才五岁，因为在家说法语被父亲要求到外面的冰天雪地中罚站，他在家中大吼着，说要你记住你是谁，记住你流着什么血！那时你没有看到，他是流着泪的。父亲想家，一直想，不是法兰西的家，是在中国南方乡下的家，还有那片田。

我要回去，恬，原谅哥哥不能在这儿照顾你。想到那个陌生的家乡，想到父亲无数次说到的稻田和果林正在被践踏，我就一刻都坐不住。

对了，你不是一直都喊我阿瑞吗，为什么我又叫秦九呢？因为哥哥刚出生时，父亲就叫我秦瑞，可是不久以后，巴黎和会竟然把中国山东变为了日本的战利品。同为战胜国却受到如此不公对待，国内爆发了以学生和工商阶级为主的抗议运动，学生罢课、工人罢工、商人罢市，运动浪潮席卷全国，中国终于展露了她的血性……运动的第一天，是一九一九年五月四日，正是哥哥出生那一年，而九，乃五四之和。听韩叔说，此消息传到法兰西那一天，父亲当即改了我的名字，阿瑞，则成了我的小名。

这件事情过去了那么多年，家中一直没和你提过。我之所以告诉你，是想让你明白，如果父亲还年轻，他会毫不犹豫带着我们全家踏上归国的船。而现在，打仗这种事情就让哥哥来，你所要做的，就是好好学习、努力深造，在我们赶走侵略者时，回来复兴我们的祖国。

哥哥会一直等你，时间、地点，等我的来信……

兄：秦九

一九三八年十一月一日

秦恬放下信，抹了把脸，满手的泪水。

她环顾四周，狭窄的阁楼、钢丝床、小书柜、小书桌、简单的洗漱架，白毛巾搁在脸盆里，月光从天窗洒进来，感觉比昏暗的灯光还要明亮。

这个简单得不能再简单的地方，承载了一个青年的生活。他在这里早起、洗漱、看书、入睡，最后收拾行李，启程。

这个自醒过来以后影响她心灵最深的人，她为了他奔波数百公里，她把他当作心灵的一个支柱，她不惜一切来到即将战火纷飞的波兰、来到这个阁楼，然后她坐在他写信的地方读他的告别信。

他这个时候去了中国，理智告诉秦恬，完全可以当这个人已经不存在了，此时的中国极度混乱，今天的活人可能是明天的尸体，今天的亲人可能是明天的敌人。一九三八年，共产党已经结束了长征，西安事变也过去了，第二次国共合作开始，明争暗斗不止，大仗小仗不断，山贼、土匪、各路义军，天知道她那宝贝哥哥参加的是哪支军队。

秦九要是多留一个月，她还能嘱咐一下，现在只能对着信和一床月光徒然无语。

“五四运动”在她的记忆中，是个让人热血沸腾的事件。

遇到国难，学生们奋不顾身地参加游行……看到秦九的信，她恍然发现，在一盘散沙的中国，在多灾多难的时代，这些学生的热血即使隔着大洋，依然炽烈无比。

有了秦九，有了信中的“五四运动”，有了波兰，有了遥远的中国，秦恬对这个时代，这个陌生的环境和氛围，瞬间有了沉浸感。

此时的“五四”还没有载入课本成为历史，说不定只是口口相传的一件盛事，人们还不知道它的意义，只是一腔热血地投入其中。同样，此时的“西安事变”还不叫“西安事变”，国共合作还没有被明确定义，而在这儿，“一战”还不叫“一战”，“二战”还没有开始。一切都在酝酿，一切都有了预兆，一切还不为平民所知……

这就是历史，她就在历史中！

“恬，恬？”外面有人小声叫道，用的是德语。

“什么事？”秦恬小声应道。

“四点半了，该起床了，既然你是干你哥哥的活，现在你该到餐厅打扫了。”

“好的。”秦恬连忙应道，一看墙上的小钟，确实已经四点半，没想到她已经折腾了一晚上，更没想到以后她竟然每天都要四点半起床。

饶了她吧，她在心里哭号，以前四点半还不一定睡了呢，没想到现在四点半就要起床了！

秦恬来到华沙后是凌晨，她先是跟早起的路人问路，打听到了莉娜的叔叔的工作所在地，然后被那个好心人直接带到了辛迪亚饭店。在将信交给莉娜的叔叔后，她又辛苦地和路人比画了一天，才找到哥哥暂住的地方，竟然是华沙目前唯一一家五星级酒店——艾森豪芬酒店。

酒店的值班经理正好是得过秦九嘱托的那位，他虽然为秦恬竟然一点波兰语都不会而感到苦恼，但是好在秦恬的德语不错，能干、漂亮、学历又高，便留下了她，并且把她带到了秦九以前所在的员工宿舍阁楼。

只是在她掌握基础波兰语之前，以前秦九所做的餐厅侍者的工作就不能做了。

秦恬换了一身白色镶着红边的勤杂工的服装，下楼到了厨房，领了一个塑料桶和一个拖把，成了一名清洁工。

清理着光可鉴人的酒店过道，秦恬度过短暂的不适应后，倒没特别的感觉。

相比很多大学生，她确实是娇生惯养长大的，从来没有打过工，也没什么大志向，父母明言了——找不到工作就让她啃老，她对此也没什么心理负担。眼下她语言不通、举目无亲，这样都有人收留，已经是天大的好运了，哪怕是做清洁工，她也没什么可抱怨的。

虽然经理吩咐了她需要清理的是一楼厕所到餐厅那一段路，可是有时候她也会把自己的“领地”稍微扩大一点……相比那些人进人出的入口和厨房通道，她这块地方真的是相当轻松了。

清理掉一位客人走出时留下的水渍后，秦恬学着其他人的样子手抓拖把静立在一边。正百无聊赖之际，一个穿着侍者制服的年轻男子走过来，用德语问道：“你就是新来的恬？”

秦恬对于外国人的省略能力真的很无语，但又不能反驳，只能点点头。

“哦，看来你能够胜任这份工作。别小看它，等到人多的时候，你会无比痛恨给你分配工作的人。”年轻人语调轻松，说完还俏皮地眨眨眼，瞄了瞄站在门口旁边的胖胖的经理。

秦恬的笑点不低，但是在这么久的紧张和疲劳后，遇到一个如此有趣的人，还是让她忍不住抿嘴笑了起来。

“就是这样，你笑起来很好看，应该继续保持，这样不仅自己快乐，还能让往来的客人也轻松不少。”年轻人伸出手，“忘了自我介绍，凯伦·比特曼，你所在的清洁小组的组长，专门负责拿着皮鞭‘抽打’你们，督促你们工作。”

秦恬想也不想伸出右手，握住他的手，忽略了他的手的角度问题，还快乐地摇了摇，顺便说道：“你好，凯伦，你很有趣。”

凯伦的表情有些奇怪，他笑了笑：“亲爱的恬，你对西式礼仪似乎并不清楚，我记得你哥哥说过，你们都是在法国出生的。”

秦恬一顿，恍然想起，凯伦那动作分明是要行吻手礼……而自己却豪放地握了上去……

她不自在地咳了一声：“抱歉，我们家，嗯，一直不习惯西式礼仪。”

凯伦耸耸肩：“我佩服你们对于你们礼仪的坚持，不过毕竟这是公共场合，能够入乡随俗的话当然是最好的。”

“好的，我记住了，抱歉，谢谢。”

“不要局促，相信你会做好的。”凯伦停了一会儿，摸摸口袋，掏出一个小本子，递给秦恬，“这是很久以前我一个朋友整理的，你哥哥也用过，上面似乎还有一些中文的批注，希望对你学波兰语有点帮助。”

秦恬接过来翻看了一下，竟然是一本波兰语小词典，巴掌大小，做工不算精致，圣经纸材料，一看就知道经过了很多手，里面用的是德语解释，但有很多页上面还写着一些其他语种的标注，有几页是中文，显然是她哥哥的手笔。

感动自是不必说的，即使还没开始学，有这本词典在手，语言不通的恍惚感也消减了不少。秦恬握着词典，问道："你真的用不着了？"

凯伦摇摇头："我真用不着了，你可以一直拿着，等到你确定用不着的时候，如果不愿留着，你可以还给我，我做个纪念。"

"那怎么好意思。"秦恬翻了翻词典，放入围裙宽大的口袋中，"我会以尽早还给你作为目标，这样我能学得快点。"

"哦，恬，"凯伦做惊讶状，"你和埃里克山大真是兄妹，他当初也是这么说的。"

"我要谢谢你对我哥哥的帮助。"即使和秦九素未谋面，以己度人，秦恬也想替秦九感谢他。

凯伦微微点头，转身离开之际还摆着手，用古怪的中文道："带恩不烟谢（大恩不言谢）。"

"噗。"秦恬笑喷了。

就这样，秦恬开始了她四点半起床、九点下班、全年无休的生活。

她拿出了当年学英语的拼命劲，捧着词典到处和人对话，没事就在嘴里叽里咕噜念着波兰语。这词典里面差不多有八种不同语种的标注，她好赖还是看懂了不少，语言进步很大，再加上以前哥哥打下的人际基础，她很快就在饭店工作人员中混得风生水起。

她的性格不是特别活泼开朗，有点讨好型人格，没事还冒点憨气，但是该精明的时候也不落下，又有那么点自我调侃精神，所以很招人喜欢，尤其是厨房的几个大叔大婶，成天跟她介绍自己的儿子。

桑塔婶婶是厨房的帮工，虽然只是洗洗碟子、叫叫号、打打下手，或在空闲时清理厨房，但因为干得久，便成了酒店元老级的人物。她超级和蔼可亲，把秦恬当女儿一样疼，还常跟她说起自己的儿子卡尔。

只是秦恬不怎么愿意和桑塔婶婶谈起她的儿子。

她还记得那天帮桑塔婶婶洗碗时，忽然听桑塔婶婶说："对了，秦恬，我的儿子和你哥哥差不多大呢，是个好小伙哦！"

“哦？”秦恬略有兴趣，“怎么从没见他来过？”

“他啊！”桑塔婶婶一脸骄傲，假装抱怨道，“孩子大了志向也大，他在枪骑兵团呢！”

一旁的主厨汉克叔叔笑道：“那可是我们波兰最精锐的部队！你桑塔婶婶见人就要炫耀一番，哈哈！”

秦恬沉默了。

她记得高中历史老师侃大山时曾感叹，“二战”的惨事有很多，其中就有波兰骑兵，拿马刀砍坦克……

何等的英勇和无畏才能鼓起勇气用血肉之躯去抵挡那铁甲的怪兽？他们前仆后继，舍生忘死，最终没有守住自己的祖国。

她实在没法对桑塔婶婶说出“恭喜”两个字，只是在沉默很久以后小声问：“他什么时候退役啊？”

桑塔婶婶哈哈一笑：“退什么役！我让他不当到将军不要回来！”

汉克叔叔取笑道：“小姑娘这么快就盼着英雄归来了？”

秦恬当然不会为这种等级的调笑“羞红了脸”，只是微微一笑，低下头默默地洗盘子，脑子里已经在酝酿不久后该怎么安慰这位好心的婶婶。

她没有金手指，也没有雄辩之才，无法发展波兰军备，也无法劝桑塔婶婶把儿子叫回来。无可奈何的事情多了，自然只有默默忍耐和观望，但无能为力的感觉让她很郁闷。

作为华沙首屈一指的酒店，艾森豪芬的客人都是上流社会人士，秦恬虽然只是一个打扫一楼餐厅厕所过道的清洁工，却也是大开了眼界。那些政客、艳星、军人、富商，在一些自以为没人的地方真是什么事都干得出来。她好几次进洗手间洗拖把时都能听到一男一女在隔间里面撞门板的声音，待他们走出来时又变成一副和蔼可亲的样子，到了餐厅更是装出雍容高贵不可侵犯状……

这样的社会怎么可能不败啊。

秦恬不是没什么见识的小妞，大学期间该看的都看了，对这些倒还淡定，甚至有时候到厨房帮工或者扎堆聊天的时候还会拿出来说笑一下。

在这种没有娱乐活动的时候，所有工作人员都对每天看到的、听到的八卦新闻特别感兴趣，每天工作结束后都要扎堆交流很久。秦恬本来并不热衷于八卦，可是现在却对此极为感兴趣，因为这是练口语和听力的最好时机。

“财政部长又和丽丽勾搭在一起了。”

“丽丽前天不是刚和瑟维奇将军来开过房吗？”

“呵呵，将军阁下哪有财政部长有钱啊……”那人又小声道，“听说前阵子的军需拨款，落实到军队只剩下一半了呢！”

“什么？！”桑塔婶婶愤怒了，“怎么可以这样！那那些小伙子吃什么？用什么？”

“呵，那些人才不管这些呢，有钱就行，饿死的又不是他们。”

“上帝啊，惩罚这些魔鬼吧。”桑塔婶婶双手合十。

“刚才我整理房间的时候，丽丽刚出去，我还听到她诅咒玛丽莲。”

“玛丽莲？那个华沙艺术家剧团的新秀？”

“嗯，我前天晚上看到她了，可真是个美人啊，刚跟财政部副部长搭着呢。”

“哎呀，估计不久后华沙上流社会的新交际花就要换人啦。”

“呵呵，恬，听懂了多少呀？”

猛然被问到，秦恬一愣，迷茫地抬起头苦笑道：“你们说得好快，我只能大致明白意思，具体细节听不出来……”

“给我看看。”凯伦凑过头来，看秦恬手中的笔记本，“咦，这次听懂的确实挺多，有进步啊。”

“嘿嘿。”秦恬打了个呵欠，“你们还聊吗？十点了，该睡了吧。”

“是啊，该睡了。”众人互道晚安，纷纷散开。

秦恬回到自己的小阁楼，看着挂在墙上的日历，现在已经是一九三九年五月十三号了。

她一直在回忆“二战”的历史，对于这一段历史她还算了解，当初选择学德语作为二外，那个德语老师要求他们每天做德语演讲。因为资料好找，她做过几次关于“二战”和希特勒的演讲。

她清楚地记得，闪电战就在不久后——九月一日。或许现在，或者一个多月前，德国已经在制订进攻波兰的计划了……好像叫什么“白色计划”……

那场战争来得快结束得也快，她不记得是否惨烈。此时她无处可去，完全不记得哥哥信中提过的自己在法国的家庭地址，也不知道自己中国的家在哪儿。

而关于这儿的犹太人的消息，她始终没有打听到。莉娜的叔叔自那天后没再出现，她无处可找，后来托几个波兰人问，要么说打听不到，要么就是一脸厌恶地不愿意帮忙。

德国曾经拿帮助犹太人当借口进攻很多国家，殊不知其中有很多国家的反犹情结并不比他们的少。秦恬无门无路的，只能躲在这酒店中。

其间她还认识了不少年龄相仿的年轻人，有几个是兼职的大学生，他们气质良好，长相不差，正适合穿着侍者制服在酒店大堂中穿梭；还有几个则是这里帮工的子女或者长期工。这儿薪水还算高，环境又好，他们年轻力壮又能吃苦，平时比较累的活都由他们来做。年轻人们闲暇时便聚拢在一起说笑，两个酒店经理是好人，在工作不那么多的时候，对他们的放松也是睁一只眼闭一只眼。

秦恬无数次在谈笑到一半时突然顿住，然后默然地观察众人欢乐无忧的表情。她并不是多愁善感的人，但梦里出现残酷的战争画面，总让她半夜惊醒。

她一直有着不安感，在这无依无靠的地方，她一个手无缚鸡之力的人，究竟何方是归处？

首先，这时候的波兰局势紧张，去往国外的交通方式被管制；其次，让她离开刚刚熟悉的环境再孤身去另一个地方，她没有这个勇气……

她也曾经抱怨过那个“不负责任”的哥哥，可是又知道自己的抱怨是多么任性。没有人相信这儿会有战争，她的哥哥在酒店给她打下了扎实的人际基础，在他心中，他恐怕认为等到中国战争结束了，他的妹妹依然是绝对安全的。

走一步算一步，这是她唯一能做的。

天气渐渐转冷，离秋天越来越近，秦恬也越来越不安，她无法对周围无忧无虑的人说什么，只能身体力行地节约食物。平时酒店提供的当点心的黑面包和粗粮面包都是易保存的东西，她会吃一半留一半，储藏在小巷子里。周围的人都不理解，自然没什么人效仿。

秦恬并不知道战争前自己一个老百姓该准备什么，只是本能地储存着食物，一天又一天地，逐渐成了习惯，直到穿上了来时的大衣。

八卦会又一次展开，这一次，不知为什么，汉克叔叔提起了“一战”。

汉克叔叔竟然参加过“一战”，这倒是从未听他讲过。

“那时候我不算参加战争，只能说，我被卷入那场战斗。”汉克叔叔抽了口烟，回忆道，“我当时是一个餐馆的小伙计，餐馆在边境上，那儿很危险。我四处躲了一阵后，有军队经过，他们就把我捎上了。没走多久，我们就遇到了苏联人。”

“哦，不！”有人惊呼。

汉克叔叔大笑："怎么了？没什么啊，我们人多，才半个小时，对方就没声了！"

"你们在哪儿遇到的？"有个男孩问道，满脸热切。

"卡廷。"汉克叔叔说。

秦恬一怔，她略微回想了一下，确认汉克叔叔说的是卡廷没错。她立刻想起看过的《卡廷惨案》，那阵子刚好是"二战"六十周年纪念日，电视上播放了很多揭露"二战"秘闻的电影。只是她有些纠结，《卡廷惨案》说的是"二战"还是"一战"？

汉克叔叔继续道："我跟着队伍一直走，一开始什么动静都没有，可突然，我旁边的大哥一把把我按在地上，紧接着我身边就躺下了一具尸体，是原本走在我旁边的另一个战士，他没躲过去。那是可耻的偷袭，我们什么都没干，已经倒下了一片。"

年代的久远让汉克叔叔的叙述有了些许淡定和沧桑的味道，说到一半，他吐着烟圈，望着厨房雪白的墙壁，不知在想什么。

所有人围成一圈抬头看着他，期盼但又怕他说下去。因为在场的大多数都是波兰人。

"树林里，苏联人穿着他们那难看的、脏兮兮的军装在巡视。我们看不到他们，只好躲起来，队伍里有一百多个人。那个大胡子指挥官大声叫喊着什么，我完全听不清楚，子弹一颗颗地从耳边射过，嗖嗖嗖的声音，就好像一个个死神从你身边飞过，它们想尽办法要你的命。我躲在树后，一动都不敢动。"

"您受伤了吗？"一个女孩问道。

汉克叔叔摇摇头："我才十几岁，没有枪，也没有经过训练，当然不敢探头，倒是那个救我的大哥，一探头，脑子就被打了个对穿，脑浆混着血液，全喷在我脸上。"

所有人条件反射地想象着，然后都绿了脸。

桑塔婶婶粗声道："汉克！别说那么恶心的东西，等会儿还有重要的晚宴要准备呢。"

"呵呵，好……"汉克叔叔做了个鬼脸，继续道，"现在我说得轻松，可是，战争啊……明明刚才这个人还在跟你说话，下一秒他就可能死去，而刚刚集结的队伍，还没背上枪，一颗炮弹下来，轰的一声，就只剩下了一个坑，里面散落着鲜血、碎肉、内脏和泥土。"

"我躲在树后面，却一直都没有昏过去，我几乎是清醒地看完这一切，该死的苏联人。然后……然后我在一个小镇离开了队伍……本来我想再加入他们，可是，我终究没敢，那时候的我太年轻，我只端过盘子……”

“别内疚，汉克，遇到那样的情况，谁也不知道会发生什么。”有人安慰道。

秦恬抬头，看到桑塔婶婶的表情不怎么好看。她忽然想起，桑塔婶婶有一个在枪骑兵团的儿子正身处波德边境，顿时有些揪心的感觉。

汉克叔叔屡次提到苏联人，倒让她想起历史书上提过的《苏德互不侵犯条约》。老师曾说这个条约已经侧面反映了德国欲侵犯波兰的野心，而且就在不久以后的九月，“二战”爆发了。

而此时，已经八月二十五日。

两个大国秘密签订了居心叵测的条约，波兰却未察觉，它正在两个恶棍的地图上被瓜分。

心慌一阵阵涌来，秦恬伸手搂住桑塔婶婶的脖子，轻声道：“婶婶，让卡尔哥哥回来吧。”

“这种时候怎么能退呢？”桑塔婶婶笑了，“现在哪有战争啊。”

秦恬被桑塔婶婶搂着，面无表情，她不知道该以什么样的面目面对这些善良的波兰平民。

九月初，德国军队就来了，离战争开始，还有不到十天。

一九三九年九月一日。

一张张雪白的传单最先带来了战争的消息。

一群又一群的学生走上大街，在军警的管制下漫天散发着传单，路上行人越来越少，最后全都消失在街道中。

秦恬在阁楼中看着楼下飞舞的传单，手中拿着刚刚到手的一张，上面只有“战争”两个字写得很大，其他内容被压缩成了很小的篇幅。

不用看正文就知道，闪电战开始了。

警报声，在一个沉闷的下午，从收音机中伴随着有如炸弹投掷一般的嗡响来到了这个世界。从此，这急迫的声音就常常出现在秦恬的生命中。

她打开自己的小行李箱，里面静静地摆放着她用各种方法存下的食物和日用品。她想到以后漫长的岁月，觉得这些东西根本只是杯水车薪，但有总比没有好。

艾森豪芬酒店没有开门，今天已经没有人有心情来酒店了。家住华沙郊区的员工也都没有来，偌大一个酒店只剩下和秦恬一样来自欧洲各地的留学生，他们在各自的宿舍中瑟缩着。

知道历史的唯一好处似乎就是能在惶惑不安的气氛中比别人更镇定一点儿。秦恬自早上起来后就一直没有想过去找其他人，直到敲门声响起，她还恍惚着。

敲门声又响了几下，秦恬坐在床上看着门，忽然想起以前看过的一个最短科幻小说：地球人灭绝后，他坐在家中，忽然，有敲门声传来。

她打开门，外面不是外星人，只是一个面带惶急的年轻男子。

“凯伦？”

凯伦来不及绅士，直接走了进来，环视一下秦恬的小阁楼后，便焦急道：“德国人打过来了，你快收拾东西到大堂去，吃的、用的能拿多少拿多少，我带你们到地下室去！”

酒店还有地下室？这让秦恬无形中有了安全感，她应了一声便站起来，迅速收拾好自己的东西，跟着凯伦走了出去。

下楼时凯伦不断叮嘱着：“恬，我看到你箱子里有存留食物，藏好，不要让任何人看到。酒店存货很丰富，但是肯定要派别的用场，所以以后可能很长一段日子分派给你的食物会比较拮据——千万不要拿出你自己的食物，相信我。”

秦恬默默地听着，她知道凯伦谆谆叮嘱是对人性问题的难以启齿，她理解，她都懂，于是更觉酸涩。

全厨房都知道她省吃俭用、存粮存物，要藏好，哪有那么容易？

所谓地下室，竟然就是由防空洞改造的。

它是“一战”的产物，非常坚固，给人一种强烈的安全感，虽然逼仄却因为明黄的灯光显得温暖。周围都是架子，架子上堆满了各种物资，有的用油纸包着，有的用小盒子装着。这个地下室给人的感觉就像个诺亚方舟。

也只有艾森豪芬这样的大酒店才能有这样的地下室和丰富的物资，但是秦恬知道，这些物资，绝对不会便宜了自己。

它们都有登记数量，如果有一天政府要征用，少一片面包都能要他们一条命。

“桑塔婶婶家里没有别人，她会过来负责所有人的生活和饮食，为了你们的安全，尽量不要出去，不管外面什么情况，你们在防空洞会很安全……”凯伦轻声说着。经理不在，他就是所有员工的老大，现在估计是受经理所托来安排事宜。

“那你呢？”秦恬忍不住问道。

凯伦沉默了一会儿，摸摸她的头：“我要去参战。”

“是吗？”秦恬觉得这个答案理所当然，可是当她看着凯伦的背影真正明白这句话的意思时，忽然觉得胸口窒闷，她猛地站起来，低喊，“凯伦，你……”

凯伦回身，他的眼角湿湿的，表情却仍是一贯的温和：“恬，舍不得我吗？你不会是爱上我了吧？”

秦恬觉得这个玩笑一点都不好笑。她脑子很混乱，只能低声问：“你知道参战的意思吗？会死，枪会射穿你，炮弹会把你炸聋，然后，然后……”

“恬，你也想这么对你哥哥说吧。”凯伦微笑着，“放心，我们很快会把德国人赶回去，然后，我会打听到你哥哥在哪儿，把你的话原封不动地转达给他的。”

秦恬抖动着嘴唇，什么也说不出来，最后只能上前，拉着凯伦轻声说道：“小心。”

凯伦拥抱了秦恬，用咏叹调一样的音调说道：“牺牲，或者苟活，这是个问题！”

秦恬的日常生活中并没有用过“牺牲”和“苟活”这么有深度的词汇，她只是奇怪凯伦最后在怪叫什么，然后看着他离开自己的视线。

等她回过身，看着和她在一起的五个无处可去的员工，其中只有卡瑟琳和她相熟。因为卡瑟琳是干客房服务的，是夜间八卦论坛的主力军。

卡瑟琳眼眶红红的，她拉着秦恬坐下，呜咽道：“恬，该怎么办……”

全艾森豪芬都知道卡瑟琳暗恋凯伦，恐怕她早就跟凯伦告白过。不过看卡瑟琳现在的表情就知道告白结果不怎么好，但这样反而是最好的结果。

桑塔婶婶的儿子卡尔就在前线，她恨不得长出翅膀飞到前线去，把她儿子保护在怀抱里。战争的消息断断续续，开始两天最是煎熬，听说德军攻势极其凶猛，而且南北夹击，显然是早有准备。波兰政府虽然一贯有针对德国袭击的对策，可是在凶猛的机械化部队前，完全没有一丝胜算。

华沙尚还安全，可是人心已乱，听说街上一片萧条，只有征兵处人满为患，学生以及正值壮年的男人们纷纷走进征兵处参军。女大学生们则一窝蜂加入了志愿者队伍，被一车一车地拉往前线做护士照料伤员。

卡瑟琳好几次忍不住就要去了，都被秦恬死死拉住。她无法拦住哥哥和凯伦报国，无法拦住青年的热血，但是卡瑟琳不应该被扯入这场腥风血雨。战地爱情固然浪漫，可若是真要用血铺就，那可一点都不美。

九月三日，又溜出去打探消息的桑塔婶婶满脸喜庆地回来说英法对德宣战了，德国鬼子很快就会被内外夹击打出去，防空洞中一片欢呼声。桑塔婶婶破天荒贡献出了自己私藏的白面包和黄油，还开了一瓶葡萄酒。

政府一直没有来征用食物，照桑塔婶婶的说法，德国正抵抗着英法还有强大的波兰的夹击，肯定撑不了很久，政府不借助民间力量也能解决。

秦恬在这期间完全不说话，她不知道该说什么，只是静静地等待着。

三天后，又是难挨而寒冷的一天，卡瑟琳正和秦恬依靠着半醒半睡，忽然，桑塔婶婶缓缓地走到壁炉旁坐下来，呆呆地看着壁炉。

她的眼泪一直在流，哭得鼻头通红，脸上的肉一抖一抖。

两个女孩在一边呆呆地看了半晌，猛然醒悟到了什么，连忙走上前去，一左一右拥住桑塔婶婶问道："怎么了，婶婶？出什么事了？"

桑塔婶婶浑身剧烈地颤抖着，然后一把抱住卡瑟琳呜咽道："卡尔，我可怜的孩子……"

秦恬心里咯噔一下，紧紧盯着桑塔婶婶。

这时，另一个出去帮忙拿东西的年轻人桑埃托走进来，对着秦恬用眼神示意了一下。秦恬便走过去，看着他。

"波莫瑞军团，波莫瑞军团……"

"什么？"

"她儿子所在的波莫瑞军团骑兵旅，前两天……被歼灭了。"

"有活口吗？有俘虏吗？"

"不知道，都不知道，但是听说骑兵旅撞上的是德军的坦克部队，你觉得……有可能吗？"说罢，桑埃托一副很想不通的样子，"坦克怎么能组成部队呢？德军的进攻为什么会这么快？没有马，他们怎么走？全部用车吗？他们、他们哪来那么多车？那么多钱？《凡尔赛和约》呢，《凡尔赛和约》呢？！"

全部都是《凡尔赛和约》的功劳！秦恬暗骂，再也不理睬他状似疯癫的询问，而是呆呆地看着桑塔婶婶，有些手足无措。

她的波兰语实在不咋的，且从来没有人教过她怎么用波兰语安慰一个可能失去了唯一孩子的母亲。

她只能呆呆地看着卡瑟琳安慰着桑塔婶婶。

"恬……"桑塔婶婶忽然回头，握住了她的手，"你说得对。"

"什么？"

"我应该、应该让他回来的，不该、不该让他参军，呜呜呜呜……"

"桑塔婶婶，说什么呢！"秦恬努力挤出微笑，"你怎么知道卡尔哥哥就一定……

嗯，牺牲了……说不定他正在哪儿好好地躲着呢。”

“呜呜呜……”桑塔婶婶哭得嗓子嘶哑，众人只能无奈地围着她。

桑埃托看到这情况，叹了口气，拍拍秦恬的肩膀低声道：“好好安慰桑塔婶婶，我喊人做点晚饭。”

“好的。”秦恬点头，紧紧握住桑塔婶婶的手。卡瑟琳则把桑塔婶婶搂进怀中，像安慰小孩一样。

形势一天天变化着，每一天都有不好的消息传来。人们从广播中、从街上一点点的死寂中都能感受到战争的迫近，仅仅几天时间，却让人的精神极度紧张。秦恬好几次醒来都手脚冰凉，她想不起自己梦到了什么，但隐约记得是像电影里那些枪林弹雨和尸山血河的场景。那些逼真的战争片，让她比周围的年轻人更深刻地体会到战争的可怕，这让她更加慌张不安。

形势一天比一天严峻，街上再没有人了，即使没有足够的防空洞，不断的炮声也会把人类仅存的潜能激发出来，使其找到一个容身之所。

偶尔，街上一两个神色匆匆的行人走过，也是躲躲闪闪，唯恐天上忽然掉下一个炸弹。

酒店大堂偶尔会躲进来几个行人，或者被桑埃托和他的同伴救进来几个被弹片擦到的伤员。对于处理伤员身上的伤，秦恬和卡瑟琳虽然不至于“手到擒来”，但那些小伤还算是可以应付过来的。

傍晚，正在防空洞温暖的壁炉边打瞌睡的秦恬忽然被一阵争吵声惊醒。桑塔婶婶脸红脖子粗地走进来，大怒道：“这群该死的！该受诅咒、该下地狱的浑蛋！”

秦恬眨眨眼，迷惑地看着桑塔婶婶身后的卡瑟琳，她也一脸愤怒。

桑塔婶婶边咒骂着边分发食物，其他人都一脸迷茫。而卡瑟琳拿着自己的白面包和玉米汤坐在秦恬身边，小声道：“政府撤离华沙了。”

“什么？”秦恬睁大眼，“那岂不是、岂不是……”

“战局已定了……波兰政府抛弃了这个作了他们两百年首都的城市，抛弃了华沙，他们放任波兰走向毁灭！”卡瑟琳碧绿的眼里隐隐有着水光，“恬，我们该怎么办？在这儿像亡国奴一样活着吗？我要回去，我必须回去！”

秦恬把卡瑟琳抱入怀中，迷茫地看着壁炉的火焰，直到眼睛酸痛才喃喃道：“没事，会好的，一切都会好起来的。”顿了顿，她又道：“早叫你不要坚持，战争没那么快结束，快回去吧。”

“可是我还有学业没完成，还有同学……”

“他们哪有父母和亲人重要。”秦恬劝道，“走吧，回家去。”

卡瑟琳通红的眼睛看着她：“你……回去吗？你家不是在法国吗？德国不敢打法国，你也离开吧。”

华沙被占领后，或许生活艰难点，但是自己不是犹太人，只要不是不怕死地去招惹德国人，还是有活着的希望的。

而现在要她穿越德国去法国，且不说转眼两国就要开战，单看“二战”地图上法国那遍地开花的样子，她就胆寒了。

更何况，现在她唯一的亲人，只知道她在华沙。

她不愿意孤身一人在这恐怖的时代为了所谓的绝对安全四处流浪。这是一场遍及全世界的战争，如果躲不掉，那就为了一点小小的希望，去迎战吧！

坚定了回家的想法，卡瑟琳脸上的表情渐渐变得从容。然而两个女孩转身却听到了桑塔婶婶的抽泣声。她们对视一眼，皆苦笑。

是啊，这时候最需要安慰的明明是桑塔婶婶，她的儿子刚刚疑似为国捐躯，转眼自己也将成为亡国奴，这种感觉，绝对不好。

正当秦恬组织着安慰的话缓缓靠近时，桑塔婶婶忽然起身，擦着眼泪道：“什么都不用说了，我、我去准备明天的熏肉。”

就在第二天，广播中又爆出一个新消息，秦恬还没听清楚，桑塔婶婶已经开始捂脸痛哭：“上帝！救救波兰吧！”

桑埃托和两个男生眼疾手快地抱着收音机跑出地下室，秦恬只能一边忙着安慰桑塔婶婶，一边问卡瑟琳：“出什么事了？”

卡瑟琳看着桑塔婶婶的表情充满怜悯：“苏联也出兵了，他们无视和波兰的互不侵犯条约，波兰政府一跑，他们就打着自保的名义侵略了波兰东部……波兰完了，恬，我们必须尽早离开，否则……”

秦恬沉默，她能到哪儿去？她不知道在中国的老家地址，也不知道在法国的父母家的地址，难道孤身一人跑美国去？瑞士什么的，要说绝对安全，她也不信。

“卡瑟琳，你快准备一下吧，我、我还要留在这儿。”

卡瑟琳知道秦恬有难处，她虽然想不通为什么秦恬不回法国，但是她也不欲多管，只能默默地点头。

其他几个留学生也决定回到家乡去。这一天所有人都沉默着，听着外面时隐时现的广播声。

秦恬感觉非常累，她在历史和现实间难以分清自我，不断的回忆和怀疑消耗着她的精力，正当她在壁炉边昏昏沉沉时，忽然被人摇醒。她睁眼，看见卡瑟琳惨白的脸色：“恬！怎么办，华沙被包围了！桑埃托他们说，华沙外面全是德国部队！完了，这群吃人的魔鬼，他们会杀光我们！”

此时，外面的广播里，铺天盖地的都是对德国军队如何凶残恶毒的宣传。播音员义愤填膺地说着我们的军队被如何如何惨绝人寰地屠杀，德国陆军如何不放过一个村落、一个小镇地进行轰炸、烧杀，他们就如蝗虫一样，所过之处，寸草不生。

这让所有波兰人心惊胆战，他们不明白德国何时与自己有这样的血海深仇，但却明白无论有没有仇，遇到德国军队，自己必死无疑。这也让华沙被合围的消息更加让人绝望。

“怎么办，我们会死的！”卡瑟琳几乎崩溃。此时其他人不知道到哪儿去了，地下室只有她们两人。

秦恬温声安慰：“没事没事，不会死的，德国人不吃人。”

“你不知道，广播里说，他们不留战俘，连平民都不放过，不管是不是波兰人，都……呜，我是做了什么孽才来波兰留学啊！”

秦恬不知道怎么回答，她静默半晌，忽然听到外面有隐约的音乐声。那激昂的演讲没有了，取而代之的是一首钢琴曲，曲调时快时慢，颇为耳熟。

“这是……肖邦？”秦恬问。

卡瑟琳侧耳听了一会儿，睁大眼：“还真是，恬，没想到你对这还有研究。”

“没、没啦。”秦恬有些不好意思，她没研究过肖邦，只是在大学的选修课上听老师介绍过，知道最多的不是他的《夜曲》，而是他的爱国歌曲。

肖邦是波兰人民的骄傲，他具体写过什么曲子，秦恬说不上来，只知道在西方，莫扎特、柴可夫斯基远不如肖邦受欢迎。一个小小的波兰，因为诞生了肖邦，在欧洲有了一片大大的天空。

秦恬忽然想起老师说的一句话——她听的时候漫不经心，却在这时候清晰地浮现在脑海中：“肖邦不需要波兰，是波兰需要肖邦，无论过去、现在，还是将来。”

过去、现在，还是将来。

一个过去只是草草了解过的名字，在今天，却成为身边民族的一个精神符号。

德国兵临城下，波兰覆灭在即，一切语言都是枉然，只有肖邦的音乐，能够表达他们的感情。

秦恬忽然有一种想哭的冲动，为历史的那种厚重和庄严。她抓住卡瑟琳的手认真道：“卡瑟琳，真的，你不要担心。你想过吗？波兰这么小，夹在两个大国之间，无论经历什么叛乱和战争，都没有变成德国人和苏联人，这是为什么？想想凯伦，想想桑塔婶婶，他们比你更痛苦，却依然这么坚强……别小看波兰，别小看波兰人，这个民族，非常坚强！”

几天后，逼近的德军迫不及待地开始了空袭。

呼啸声传来的那一刻，卡瑟琳忍不住尖叫了起来。桑塔婶婶一改几天来萎靡绝望的样子，胖胖的身子快速挤过来，一把将两个女孩搂进了怀里，嘴里安慰道：“别怕，别怕，没事的，我们很安全。”

德国的轰炸机，带着骇人的尖厉呼啸声来回飞过头顶。很快，爆炸声传入地下室，震得四面的木架和人都在发抖，灰尘哗啦啦地落下，溅了大伙一头一脸。

爆炸声过后，即使在隐蔽的地下室中，还是可以隐约听到外面人们此起彼伏的尖叫和奔跑声。人们疯了一样寻找着能够躲藏的地方，还有很多华沙市中心的居民躲在公寓，那里根本没有防空洞坚实。

秦恬想不出他们还能躲到哪儿，但是她没有胆量跑出去救人。那些尖叫声听着太瘆人了，她怕死，真的怕！

抱着她们的桑塔婶婶也在颤抖。桑埃托和另外两个男生走过来，把几个软垫挤在她们身边，给她们增加了一点安全感，然后三人相互看看，一起往外走去。

“停！你们要去做什么？！”桑塔婶婶大声问道。

桑埃托道：“我们想看看外面是不是有人需要帮助。”

“你们……”桑塔婶婶张口想阻止，最后还是感到无力，只得叮嘱道，“酒店的医疗间有点医药绷带，你们可以去拿，还有可以去前台拿一楼临时客房的钥匙给伤员，但是……别把他们带到这儿来。”

三个男生并不傻，点点头出去了。

“等等！”秦恬也不知道自己怎么会喊出来，她站起来，盯着桑埃托，“我也去。”

“恬，外面太危险了。”桑埃托皱眉。

“不是有你们吗？”秦恬努力微笑，“而且，女孩子比较细心不是吗？”

“可是……”

“我、我还学过急救。”秦恬拼命为自己增加筹码的同时也在鄙视自己的口不择言，可她真的想出去看看情况。

“好吧，但是你要小心。”

秦恬连忙跟上三人，这时忽然手一紧，转头发现是卡瑟琳拉住了她。卡瑟琳紧紧盯着她，小声道：“我、我也去……”

桑塔婶婶叹口气，也站起来：“唉，你们这些孩子真是……我也去吧。”

“不行，不行，您还是休息吧。”

“怎么不行？我比你们都有资格！”桑塔婶婶提起胸，“我可是……”

她眼眶又红了，哽咽道：“我可是战士的母亲！”

秦恬真正体会到战争的残酷是在两天后，华沙守军宣布投降，所有炮击停止了，华沙守军司令向德国第八军团司令布拉斯科维兹上将正式签署了投降书。

在所有波兰人沉默地聚在各自藏身之所、沉默地听着这些的时候，秦恬终于自月初以后，第一次踏出了艾森豪芬酒店。

轰炸来得猝不及防，很多受伤的人躺在酒店大厅中。酒店外面有着深秋的日光，落叶在庭院中落下，无人打扫，在地上积成厚厚一层。

外面只有广播声在回响，播音员语气平淡地播报着。秦恬无法想象，这个前几天一直声嘶力竭怒吼的播音员此时在想什么，但他的平静似乎覆盖了整个华沙，一切都那么安静。

秦恬终于忍不住走到了外面，踏过庭院的绿地，一直到大门，探头往外看去。

她看到了废墟——墙垣倒塌，砖石满地，古色古香的城市似乎已经成为历史，一切都是破的。有几面墙、几根柱子孤独地竖立着，透过墙上没有门板的空洞可以看到天上飘过的黑烟。而此刻，顽强屹立的艾森豪芬显得那么突兀。

那震耳欲聋的爆炸声，那全天候不断的轰炸，它真的毁了华沙，一座真正的古城。

尽管秦恬几乎没怎么走出过艾森豪芬，但还是被眼前荒芜凄凉的场景震撼得呆立半晌。

这就是战争。

此时她还没看到墙土碎石下支离破碎的尸体，还没去探究那地上一摊摊黑红的印记是什么，还没真切地闻到空气中刺鼻的硝烟味，可她已经感受到了战争的威力。

胜于电影，胜于书本。

她退后了一步，强烈地想要逃进艾森豪芬的庇护中。

“恬！”后面突然传来声音。秦恬被吓了一跳，猛地回身，原来是桑埃托他们三人。

“恬，你怎么在这儿，你看到外面了？”桑埃托问道。

“嗯……”秦恬心情很沉重，“我没想到会这么可怕。”

“对啊，很可怕。”桑埃托苦笑，“外面太危险，你还是快回去，很多人需要帮助。”

“你们还要出去？”

“嗯，趁现在没空袭，看看还能不能多找到几个人。”桑埃托和他的两个朋友都戴了胶皮手套，全副武装。

“我也去吧。”秦恬又一次热血地主动请缨。

“不，太危险了，而且女孩子力气小，搬不动东西。你在酒店等着，我们去。”

“我随身带些急救的东西以防万一……现在酒店那些人能相互帮助，我这‘半桶水’留在这儿，也就打打下手。”

桑埃托看了眼同伴，迟疑道：“万一还有空袭怎么办？”

“不会了！”秦恬斩钉截铁道。华沙投降后，这里成了党卫队又一个基地，今天起，这里便是德国人的囊中之物。从某方面来看，华沙会比较安全。

“那……好吧。”桑埃托确实遇到过有些人因救治不及在半路死掉的情况，带上秦恬也好，“你去厨房的柜子拿胶皮手套，再带些急救的东西，我们等你。”

闻言，秦恬撒开腿就跑进了酒店。

跟着桑埃托三人走了好几百米，沿途尸体和断肢无数。有众多战争片打基础，秦恬在短暂的适应后，很快进入状态，甚至主动沿着一些拖曳留下的血迹去寻找可能存活的人。虽然最后只找到尸体，但也让桑埃托三人放下了心，至少她不是个累赘。

不知怎的，走出很远，一个活人都没看到。

“地窖、地下室、防空洞，这些上一次战争时期的建筑造得很牢固很隐蔽，指路牌都被埋了，我们凭肉眼找不到也正常。”桑埃托觉得还可以理解，“再走走，找不到就回去了。”

“嗯。”秦恬正感到一阵发冷。

这时，一个同伴突然道：“听，有声音。”

他话音刚落，一阵秋风吹来，还带来了一阵说话声。

四人精神一振，翻过碎砖堆、断墙和破旧的家具，疯地跑向前面被炸得只剩半幢的三层公寓。

刚跑进去，他们突然听到一阵咔嚓声。秦恬立刻僵住了，一动都不敢动，她眼珠子转了一圈，看到废墟中，几个青年男女正端着枪冷冷地盯视着他们。

桑埃托几个也僵住了，他们呆了一会儿，缓缓地举起了手。

“报上名字和身份！”

“桑埃托，卡萨，萨尔。”三个男人报上了名字。

“恬·秦。”秦恬大着舌头跟着回答。这么被枪指着，她全身的血液似乎都冻住了，身体不听使唤，好不容易举起了双手，腿又开始抖。

“不是华沙口音，你们分明是德国间谍！”说罢，又是咔嚓一声。

“我、我们是留学生，我们三个都是意大利人！”桑埃托大声说完又指着秦恬，“她、她是法国人！”

我是中国人！秦恬很想大吼，但是她知道，这时候强调自己是哪国人没有意义，中国人不比法国人更安全。

“留学生？留学生怎么这个时候还在外面乱晃？你裤管里是什么东西？枪吗？”话毕，几支枪都对准了桑埃托。

桑埃托连忙大叫：“不是！这是扳手、起子，都是工具。”

“你们带这些干什么？！”

“用来搬重物，救人！”

“什么救人？”

“空袭后我们、我们就开始救人了，我们救了很多伤员，都在艾森豪芬酒店里！不信你们可以去看看！”

领头的男人一阵沉默，然后一个小个子男孩就跑了出去。

等了很久，那个男孩回来了，在男人耳边说了些话。男人表情缓和了点，说：“看来你们说的是实话。”

他放下枪，周围的人也都放下了枪：“感谢你们为波兰做的贡献，波兰人民不会忘记你们！”

随后，他走上前，向桑埃托伸出手，说：“抱歉，我们也是为了安全起见。现在德军已经准备进城，我们必须守住我们最后的防线。”

“你是军人？”桑埃托问道。

秦恬看看四周，都是青年男女，他们穿着普通的衣服，脸上脏脏的，满身尘土，看不出军人的杀伐气质。

“不，我是华沙大学的教授。”男人说道，“我的父亲参加了世界大战，为波兰牺牲了，他的牺牲不能白费！”

然后他指指四周：“这些，都是我的学生。”

桑埃托肃然起敬：“我也是华沙大学的学生。”

“是吗？”男人眼睛一亮，忽然又暗了下去，“你们快回酒店，德国人要进城了，很快就会比空袭时还危险。你们不是波兰人，不需要为我们牺牲。”

“这……”桑埃托本来就只打算尽尽情意，闻言叮嘱了对方几句，带着秦恬等人小心地回到了酒店。

“关紧大门！”桑埃托刚进酒店就大吼，“德国人进城了，波兰会有反抗军，很快要巷战了！”

桑塔婶婶闻言“轰”地站起来：“这是真的吗？”

“是的！我们刚才遇到了一支队伍，是老师和学生组成的队伍，他们准备用武器反抗。”桑埃托的话里有着敬佩和惋惜，“可惜他们的对手是凶残的德国人。”

“上帝啊！”桑塔婶婶竟是满脸喜色，“孩子们，不要气馁。看吧，波兰不会灭亡，到处都有我们的战士！华沙，华沙，我们会奋战到底！准备好伤药，准备好粮食，我们要迎接我们的英雄！”

桑塔婶婶唱起了现编的歌曲，没想到躺在地上的伤员竟然配合地跟唱起来。秦恬却心急如焚，此时波兰军队已经被勒令停火，在华沙城中等待德国陆军的，就只有那些平民了。

真实的历史告诉秦恬，这一次巷战，并不会有好结果。

而桑埃托等人显然也理性地判断了现状，表情全都不怎么好。

卡瑟琳犹豫着道：“桑塔婶婶，无论如何，为了自己的安全还是先做些准备吧。”

桑塔婶婶冷静下来，皱眉道：“要不，把这些人都搬到地下室去？”

想到那儿满室的物资，众人有些犹豫，可是很快就决定这样做了。等到德国人进城，难保不会有士兵杀红眼进来乱扫一通，地下室好歹还安全些。

刚把几个伤员搬进地下室安顿好，外面突然传来一道雷鸣般的爆炸声。

这道声音对于其他人来说很陌生，但是秦恬很熟悉，那是手榴弹爆炸的声音，它比飞机投掷的炸弹声轻，比枪声震撼。

这一声爆炸就好像一道发令枪响，随后，连绵的枪声正式向所有人宣告：巷战，开始了。

这是华沙平民最后一次反抗。

他们已经做好准备，用自己的鲜血铺就阻止德国入侵的道路，让德国人看到波兰人的不屈和坚韧。

为此，他们赌上了性命和荣誉。

# 第三章

# 歌声

秦恬和卡瑟琳等人躲在地下室连头都不敢露，他们毫不怀疑在这短短的一天时间里，外面已经被洗劫了好几次。

艾森豪芬酒店在城中少数矗立的建筑中是那么显眼，地下室中除了留学生还有八个伤员。伤员们都是无辜被伤及的行人，所以此时，众人中“火力最猛”的还是桑埃托——他手中握着的是值班经理走前交给他的猎枪，还是古旧的霰弹枪，打一发都不知会先炸着谁。

这一天极其难熬，一直到深夜，枪声还不断传来，偶尔还能听到清晰可辨的号令声。

反抗军自然是不敢发号令的，那么能这么大声发号令的，也只有德国军队的指挥官了。

秦恬注意到，每一次听到德语的号令，几个波兰人的手都是握成拳头的。

她能想象，却无法感同身受。不知道为什么，她对自己的东方长相很自信，说来气恼，却也幸运，德国人不屑杀黄种人……所以，她很安全。

直到外出探查情况的桑埃托突然搀回一个人，沉闷的气氛被暂时打破。

这是一个全身是血的年轻人，他的肩头中弹，身上到处是伤口，破旧的夹克也烂成了布条，血液顺着步伐滴落成线。

“我可怜的孩子！”桑塔婶婶立刻上去，一把抱住那年轻人。秦恬发现他手里还紧握着一支枪。

桑埃托累得不行，擦了把汗，说道：“我路过那儿的时候，地上全是死尸，我只救到他一个。”

“桑埃托，不是我胆小，这人真的会是个麻烦。”卡瑟琳很担忧，“本来我们只要不露头，就什么事都不会有。”

桑埃托耸肩：“你要是遇到这样的情况，能见死不救？”

秦恬和卡瑟琳都沉默了。没错，战争还没到泯灭人性的地步，哪怕她们处境艰难，看到的是一个受伤的德国人，说不定都会救回来。

“萨尔他们呢？”桑埃托转头问自己的两个同伴。

“你出去后，他们待不住，也出去了。我让他们带上了身份证明。”卡瑟琳答道。

桑埃托皱眉：“这么危险的时候，身份证明有什么用?！只要一露头就会有子弹打过来！天哪，这黑灯瞎火的，上哪儿找他们去？”

卡瑟琳也紧张起来：“什……什么这么危险？”

桑埃托没回答卡瑟琳，埋怨秦恬：“恬，你看到外面的景象了，你也不拦着他们。”

秦恬无辜道：“我那时候在照顾人，他们什么时候走的我都不知道。”

快夜里九点，那两人还没回来，三人顿时陷入愁苦境地，又不敢让桑塔婶婶知道。桑塔婶婶此时全身心都挂在那个受伤的年轻人身上，对他嘘寒问暖，像对待一个民族英雄。

没错，从某种程度上讲，他确实是一个民族英雄。

“帮、帮帮我……”年轻人忽然呻吟道，“学校，他们往学校去了！”

“你说什么？”桑塔婶婶凑近了问。

“我们的教授、组织者都在那儿，咳咳……必须告诉他们，抄近道……德国人正在往那个方向去，沿途都有反抗军，他们没那么快到……”

“要通知他们快撤退吗？”桑塔婶婶明白过来，却犹豫了。她很想看向身后三个健全的孩子，但是也清楚，这三人都只是留学生，没道理让他们在这么危险的时候出头。

桑埃托沉默了，他知道遇到这种情况，肯定得自己出动。想到外面的景象，他沉吟道：“你的意思，是不是走银橡叶路？”

年轻人吃力地点头：“对，那儿看起来像被埋了，其实还能走，抄近道……求求你……那儿是全华沙……全波兰知识的结晶……不能……不能让德国人毁了……”

“唉。”桑埃托点点头，握紧手里破旧的猎枪，“我这就去，你们小心点……”

“你才要小心。”秦恬道，“过去要多久？我们等你。”

“大概十五分钟……如果德国人走的是瑟林大道，那么需要半个小时。那儿是伏击最多的，乱成一团。你超过他们的速度绝对没有问题。”那年轻人回答。

桑埃托不欲多说，之后拿着手电筒就朝门口走去。

地下室隐蔽的门刚一开，即使隔着地板，也能听到外面噼里啪啦的枪声。

秦恬皱着眉，她并不是有什么不好的预感，而是遇到这种情况，她总会不由自主地难受。

一个走了，两个走了，什么时候轮到她？

有了牵挂，分秒都仿若一个世纪，熬了许久秦恬发现才过了二十分钟。如果顺利的话，这时候的桑埃托，应该在回来的路上了吧。

又是十分钟……

再十分钟……

年轻人待不住了，他的肩膀缠着绷带，起身时虽然有点踉跄，但是毕竟年轻："我……我要去看看……"

"孩子，太危险了，你还受着伤！"

"我的战友都死了……帮我报信的朋友现在也不知情况，我不放心……即使是死，我也要看到他们平安才行……"年轻人说着，挣扎着要往外走。

"小伙子，我跟你去！"一个波兰大叔站起来，一瘸一拐地走过来要搀年轻人。

"路夫斯基，你的脚都肿成这样了，别拖人后腿好不?！"另一个手肘扭伤的中年人也站起来道，"我去，我腿还行！"

这么一来，几个波兰伤员一言一语地争起来。

秦恬无奈摇头，这群人之所以一直留在这儿，不都是因为受了伤不方便行动吗？此时这场面，实在让人为难。她看看卡瑟琳，卡瑟琳似乎也意识到了这点，面无表情地看着他们。秦恬只能自己站起来，叹气道："我可以去……但我不认识路。"

年轻人犹豫了一下，他的表情有些悲壮："那就麻烦你了，我会用生命保护你……如果我在半路倒下，而你看到了结果，无论他们平安与否，都请告诉上帝，他会转达给我的！"

"好。"秦恬默然。她觉得还是把话写在纸上烧给这家伙比较靠谱，如果人人都这样，上帝还不累死？

其他人都觉得多说无益，没再开口。卡瑟琳表情有点不自然，她干涩地叮嘱了几句，看着秦恬和年轻人走出了地下室。

年轻人名字很长，秦恬没心思记，就记了简短的两个字："卡夫，等会儿你不用顾着我，我们各自保护自己，否则死得更快。"

“我会注意的。”夜色中，卡夫的眼睛灼灼生辉。

德军已经从这儿经过，真正的战场在前面，卡夫在夜色中熟门熟路地带着秦恬翻废墟、过断墙，跑到一个貌似有通道样的废墟前，说道：“这就是银橡叶路，波兰人的秘密通道。”

这时候还有心思开玩笑？秦恬无奈，天知道她此时紧张得快同手同脚了。

两人继续艰难地前行，途中见到几具尸体，夜色中卡夫的脸色有点凝重：“看来有德国人发现这条路了。”

但此时已经无路可退，就算前面德国人排队等着，他们也只能往前走。

还没走出银橡叶路，忽然一阵枪声响起。火光中，秦恬眼睁睁地看着卡夫身前猛地蹿起了一排烟土，那是子弹打在尘土中的效果。卡夫大吼一声：“快跑！”

秦恬几乎是下意识地跟着他狂跑，她以为自己会腿软，但是事实证明她爆发了，当脚边又蹿起一排烟土时，她甚至嗖的一下和前面的卡夫齐头并进了。

“我……我引开他们，你等会儿往左……往左有地方躲……”卡夫喘着气，还没说清楚就猛地回身，举起枪朝着子弹飞来的方向一通乱扫。秦恬没办法，她只能趁此机会埋头狂奔。后面有狗叫声，还有德语的大吼声，秦恬猜测是枪手拉援兵来了。

她按照卡夫的话往左拐，来到一个阴暗的角落，里面竟然叠罗汉一样放着一排排油桶，有些被撞翻了，横七竖八地躺在地上。

她飞快地上前敲了敲，手都抖得不听使唤。这些油桶都是空的，华沙守军可真是没打算留点老底，全部打包带走了。她努力忽略远处的枪声和狗叫，打开其中一个油桶钻了进去。幸好她瘦，虽然被浓烈的汽油味熏得想死，但还是努力翻了个身，关上油桶盖，随后通过盖上那道缝往外瞧着。

刚观察一会儿，就见一个跌跌撞撞的身影从眼前飞跑而过，是卡夫，他似乎往这儿看了一眼。情况紧急，秦恬只能看着他的身影跑远，在他身后，有两条狗狂叫着，还有三个高大的德国士兵。

其中一个德国士兵追了几步，忽然停了下来，手里握着枪，一步一步地往秦恬所在位置走来。

几乎不用等他来搜查，秦恬就已经被绝望席卷了，德国士兵一旦有了怀疑，就绝对不会放过这儿任何一个油桶。她真没想到自己竟然要死在这儿！

她甚至考虑着自己打开油桶，也许这样会被留下一条命？但是她太紧张了，全身都僵硬，即使脑子拼命撺掇着手去做，手还是不听使唤。

士兵越来越近，她甚至能看到他眼睛里的蓝光。

这时，旁边忽然传来一个声音：“你在看什么?!”

士兵一怔，唰地立正道：“报告长官！我怀疑这儿藏有反抗军同伙！”

“嗯……”那声音略带磁性，微微沉吟，“我怀疑那个反抗军跑向了他们的大本营，你去找人跟过去，这儿我来就行。”

“可是长官，这儿藏着的万一……”

“呵。”那声音的主人笑了一声，“没事，你去吧。”

士兵没有犹豫，大声应“是”，然后转身跑开了。

秦恬不知道自己这是获救了还是从地狱第一层掉到了地狱最后一层。此时，她只能静静地等着。

接着那声音又传来了，是波兰语：“放下武器，乖乖爬出来，否则……你听，这是什么声音？”

刺啦一声，秦恬全身都发麻了，那不是保险栓拉开的声音，是火柴……这哥们儿想用火攻，自己全身还都在油桶里呢！

不知道这一烧，自己会是几分熟。

秦恬认命了，决定乖乖听话。

油桶很狭窄，再苗条也不便活动，更何况桶里这么滑，天又这么黑。秦恬使劲挣扎着，还没往外探，油桶盖猛地被拉开，一个黑洞洞的枪口对准了自己。

秦恬瞪大眼看着枪口，然后僵硬地往上看，还没看清握枪的人什么样子，他又猛地关上了油桶盖！

她傻乎乎地盯着油桶盖发呆，这是干什么？打地鼠？杀就杀吧，耍着玩吗？

正纠结时，她听到外面忽然又传来洪亮的声音：“报告长官！列根少校已经带人包围了华沙大学，问您这儿是否需要帮助？”

只听那人轻描淡写道：“不需要，走吧。”

“是！”随后是噔噔噔跑远的声音。

秦恬更加纠结了。

那人沉默了一会儿，忽然用波兰语问：“亚洲人？”

“嗯。”

“哪国人？日本？”

秦恬张张嘴，却把脱口而出的答案咽了下去。不是她不爱国，而是她需要知道自己怎么回答才最安全。

她不记得德国什么时候和日本勾搭上的，但是“二战”初期双方似乎就很密切了。在德国人看来，日本是盟友，而此时日本正在亚洲和中国死磕，如果说自己是中国人，难保这人不会直接把她交待在这儿……从刚才他拿点着火柴威胁人的举动看，这是个心狠手辣的人，而且身居高位，不怕法律……

“我……我是……”她艰难地张口，那个“日”字却怎么也说不出来，最后她放弃般地垂下头，坚定地说，“中国人，我是中国人。”

那人声音柔和了不少：“其实你可以说你是日本人。”

“不，我不是。”秦恬脖子发麻了，但是身心的舒爽却让她感到开心，“我就是中国人，日本正在侵略我的祖国，我以谎称他们为耻！”

“呵，很好。”油桶忽然被打开了，迎面而来的是一束强光。秦恬眯上眼，不敢看外面，只能用手挡着眼睛，默然不语。

“出来。”

“啊？”

“你住哪儿，我送你回去。”

“欸?！”

这是一个典型的日耳曼美男子。

深陷的眼窝中，眼眸是海蓝色的，即使是夜色中也能看出他皮肤白皙光洁，鼻子笔挺，嘴唇薄薄的，下巴尖而微翘，帽子下隐约可见几缕金色的发丝。

秦恬通过自己身高只到他肩膀这点判断出，这哥们儿少说有一米八五，却一点也不显壮，腿长得让人嫉妒，典型的九头身黄金比例，再加上那身岩灰色的陆军军装，看起来十分有气质。

秦恬不懂怎么判断德国陆军军衔，只能跟在后面暗自猜测。

“你会说中文吗？”前面那人走在废墟中好似闲庭信步，显然他对自己手下的“清扫”能力非常自信，连问话都是柔和的。

秦恬点头道：“嗯。”

“说两句来听听。”

“那个，我说了您听得懂吗？”秦恬身为亚洲人都很难分清日语和韩语，一个欧洲人听中文能产生什么感觉？

只见他顿了顿，微微转身，秦恬看到他的手似有若无地按了按腰间的枪。

这分明是还怀疑自己，不说就会没命啊！

秦恬没好气地用中文道：“去死！”

他歪歪头，笑意盈然地问道：“你在跟我说‘再见’吗？”

秦恬这才想起，中文发音里“去死”和德语口语的“再见”几乎一模一样！

随便骂个人都能碰上如此“美好”的巧合，秦恬不禁为自己的才华拜倒。她踌躇一下，说道：“差不多是再见的意思。”你都去死了，当然不会见了！

“哦。”他一副好学的样子，点点头，继续问，“你的声音很好听，中国姑娘都这样吗？”

“……”秦恬感觉自己被调戏了，摇头，拒不说话。

“说波兰语真累。”他道，“你似乎也不大擅长波兰语，会英语或者别的语言吗？”

秦恬回想了一下，忽然发现，现在的自己似乎非常厉害。

本来就会德语、法语、英语和中文，加上还学了一些波兰语，也就是说，自己现在会五国语言，复合型人才啊！

考虑到法语自己还没机会实践，秦恬犹豫了一下，还是决定讨好一下这家伙。她用德语道：“或许您可以换回您的母语。”

“哦？你会说德语？”他来了兴致，“听起来似乎是柏林口音，你去过德国？”

“是的，我在德国上的大学。”

“那怎么会到这儿来？”

“我来找哥哥，他曾经在这儿上大学。”说到素未谋面的秦九，秦恬有些低落。

那人似乎敏锐地察觉到了秦恬的变化，问道：“你哥哥？是那个跑过去的人？”

“不，他不在波兰了。”

“你来找他，他却抛下了你？”

“不是。”秦恬觉得这人有点查户口的天分，有些不满，“他回祖国参战去了。”

话一说完，她就后悔了。

首先，她不该这么冲，这人还握着自己的小命；其次，她不该用这么冲的语气说一个要命的事实！

日本是德国的盟友，而自己的哥哥，从波兰跑回中国去磕日本了，现在的自己，又有帮助波兰反抗军的嫌疑。

秦恬！你还可以再傻点！你的嘴还可以再快点！

“哦，不错。”淡淡的声音传来。

等着吃枪子儿的秦恬有些回不过神，既然那人没什么表示，自己自然不会傻乎乎地去问你为什么不杀我。眼见艾森豪芬快到了，她心里一点点雀跃起来。

“艾森豪芬，就是这儿？”那人摸着下巴，看着即使经历战火依然富丽堂皇的酒店外观，“嗯，是个不错的地方。”

“呵呵，您事务繁忙，我就不请您进去喝茶了，谢谢您。”对于这次惊魂，秦恬是有些后怕的，所以得感谢这位仁兄不知为什么对她特别优待。

“你叫什么名字？”那人忽然拿出一个本子一支钢笔，非常认真地问。

这是做笔录吗？秦恬不敢怠慢，慢慢道：“秦恬……哦不，恬·秦。”

“秦恬，嗯，中国人的名字顺序，会写吗？”他把本子递过来。

秦恬只能一笔一画地把自己名字写在上面。

“很好看。”他接过本子看看，微笑地点点头，又抬头道，“礼尚往来，我的名字叫奥古斯汀·冯·卡尔曼，陆军上尉，很荣幸为您服务。”

寒风中，秦恬看着奥古斯汀走远的身影，感觉周身发冷。

一旁突然有人叫她：“恬！恬！”

她猛地回头，看到卡瑟琳正缩在大门旁的一棵树下喊她。

她几乎想也不想地扑过去，一把抱住卡瑟琳，开始掉眼泪：“卡瑟琳，我的天哪！”

“恬，发生什么事了？为什么是一个德国人把你送过来？”

“我们还没到就被发现了，卡夫让我躲起来，他引走了德国人，可是我还是被抓住了。但这个人……他没有杀我，反而把我送了回来。”秦恬抽噎道。

“别哭，别哭，谢天谢地，你平安回来了。”

“桑埃托呢？”秦恬问。

“他们仨都回来了。桑埃托过去的时候已经迟了，德国人把那些教授还有组织者全抓了起来，他没办法，只能回来。”

听说桑埃托没事，秦恬放下了心。两人回到地下室，大家听完秦恬讲述的经过，一阵唏嘘，都庆幸秦恬长着一张东方气质十足的脸蛋。

桑塔婶婶红着眼睛，开始为卡夫祈祷。

第二天早上，德军正式进城。

这个千疮百孔的城市已经没有了任何实际意义，对德军来说进城只是起到象征作用，很快他们一系列的政策会把华沙变成地狱。德国政府强行勒令还有能力经营的店家尽快营业，于是这一天，经理回来了。

他瘦了一大圈，脸色很憔悴，显然被战火吓得不轻。

员工很少，跟经理交涉的德国军官允诺不久后会带来很多劳动力，不过经理表示，他只收波兰人。

“妇孺、儿童，随便什么人，只要是波兰平民，我都可以雇用。”他说道。

“你以为你这儿是收容所吗？平民自会过他们的生活，到时给你带来了人你就接收着！”德国军官语气强横，“快点打扫，整理出最好的房间，我们的长官到时候会来住。晚上还有宴会，如果没有准备好，什么下场不用我说吧？”

“是是是！”经理用生涩的德语应着，他左右看了看，随后往德国军官手里塞了一沓钱，似乎是马克，“还请您多关照关照，那些失去父母的十几岁孩子，还是可以雇用的。他们灵巧、肯干、吃得少，我们需要的。”他说的时候表情很谄媚，表现得就像那种发战争财的黑心老板。可是一旁的人都知道，他是想为那些孩子提供一个避风港，正如桑塔婶婶曾经说过的——“孩子是波兰的希望！”。

德国军官一本正经地收了钱，正要说话，被外面突然传来的广播声打断，广播有些嘈杂，正用德语快速地说着什么。这里一般人听不懂德语，而德国军官一听，就准备走了。

“啊，长官，您这是有急事吗？”经理假意挽留。

军官一顿，露出一抹不怀好意的笑：“如果你有兴趣，也可以跟我一起去，一批反抗者将在毕乌索茨基广场被枪决，很快，马上。”

“什么？”经理脸色突变，他笑不出来了，惨白着脸说道，“那么……那么，不打搅您公务，请慢走。”

两个军官走后，经理有些失魂落魄地转过身，看到后面一群同样失魂落魄的人。

这一次，五十多个员工只回来了十个，再就是五个留学生还有桑塔婶婶。大厅沉寂了一会儿，经理涩然道：“放你们半天假，我们……去那儿……看看。”

桑塔婶婶流着泪，由卡瑟琳扶着跟随其他人一块走出酒店。他们连酒店门都没关，就慢慢走向广场。

广播里的播音员由快速的德语很快变为了波兰语，然后就用缓慢而严肃的语调反复播报着这条消息——反抗者将在毕乌索茨基广场被枪决。

沿途，越来越多的波兰人相互搀扶着走了出来，从废墟中、地窖中甚至下水道中。他们大多衣衫不整，形如枯槁。寒风中灰尘漫天，所有人都瑟瑟发抖，他们表情很平静，平静到麻木，麻木得让人能感到其中深深的悲伤。

这些人中，有多少人失去了儿女、亲友、丈夫、妻子、父亲、母亲、情人，又有多少人，将会失去儿女、亲友、丈夫、妻子、父亲、母亲、情人？

三三两两的波兰人一路都在出现，逐渐地会合成一支人流，他们从每一条街道上，每一个建筑物中涌来，在广播声中，安静地围在了广场四周。

广场上，德军严阵以待，他们的坦克还在冒烟，他们的枪管还没退热，每个士兵的表情都那么冷酷而犀利，其中有些看着这些颓丧的波兰人，眼睛里发出了光，仿佛希望出现一两个热血、不长眼的，能给这个广场带来点别的声响。

一圈持枪的德国士兵将前来观刑的波兰平民拦在外围。广场中央，将近四十个波兰人戴着手铐站成了一个方阵，六七人一排，有六排。

秦恬眯起眼仔细看，忽然发现就在最后一排，那个她曾经遇到过的自称大学教授的中年人也在其中。那时他领导着自己的学生在等待德国军队入城，好给他们致命一击。她没想到现在，在这种场景下又看到了他。

教授抬着头，看着四周的人，看着包围着广场的破旧房子，他似乎一点都没有被即将到来的事情影响，表情从容而淡定，嘴角甚至有一抹微笑。

一个德国军官走到一辆坦克上，大声地说了一段话，大致意思就是与德国作对没有好下场，这就是证明！

接着，在一声号令后，第一排反抗者被拉了出来。他们站成一排，对面是等数地端着枪的德国士兵。

“砰！”

几乎没有给人缓冲的时间，六声枪响汇聚一起。枪声还在回荡，地上已经多了六具尸体。

“呜！”桑塔婶婶猛地捂住嘴，眼睛通红，不断地呜咽，和旁边众多女性一样。

等士兵清理了第一排尸体，下一排反抗者也被拉了出来。

忽然，一个声音响了起来，以一个高昂的曲调开头，在寂静的广场中显得特别突兀。

波兰没有灭亡，

只要我们一息尚存，

波兰就不会灭亡。
举起战刀，收回失地，
前进，前进，东布罗夫斯基……
从意大利到波兰，
在您的领导下，
我们将亲如一家。

声音出现得太快，很多人还没反应过来，那激昂的男声的主人已经被一个德国士兵提了出来，正是那个大学教授。他被扯到广场中央，被一枪击毙，但此时旁边那些反抗者也开始跟着唱：

我们跨越维斯瓦河，
渡过瓦尔塔河，
成为真正的波兰人。
拿破仑已经告诉我们，
如何去取得胜利。
前进，前进，东布罗夫斯基……
就像恰尔涅茨基到波兹南，
结束瑞典人的占领。
为了保卫我们的祖国，
我们将渡海归来。

恼羞成怒的德国军官大喝着让他们停止，可是这些人却越唱越欢。紧接着，周围的波兰人也开始合唱，他们手拉着手，面带微笑，激昂地唱道：

德国人、俄国人都无法阻挡，
长剑在手的我们，
团结就是我们的格言，
祖国仍会属于我们。
前进，前进，东布罗夫斯基……

让我们一齐宣布：
奴役已到尽头！
我们拥有经历了拉茨瓦维采战役的战镰，
哥斯的领导，和上帝的庇佑，
前进，前进，东布罗夫斯基……”

“住嘴！你们都给我住嘴！”德国军官朝天放了一枪，却无法阻止歌声越来越响。成千上万的波兰人在大街小巷、在广场四周唱着他们的国歌，他们都热泪盈眶，枪声就好像是鼓点。

一排又一排的反抗者被枪决，紧接着清理尸体的步骤也没有了。德军快速地枪决了剩余反抗者，地上堆成小山的尸体似乎更加刺激了周围的波兰人，他们唱得更响了：

德国人、俄国人都无法阻挡
长剑在手的我们，
团结就是我们的格言，
祖国仍会属于我们。
前进，前进，东布罗夫斯基……
让我们一齐宣布：
奴役已到尽头！
我们拥有经历了拉茨瓦维采战役的战镰，
哥斯的领导，和上帝的庇佑，
前进，前进，东布罗夫斯基……
父亲对女儿贝莎
激动地说：
听啊，我们的战士们，
敲响了战鼓，
前进，前进，东布罗夫斯基……

在波兰国歌的洪流中，华沙的一切废墟都显得苍白，站立着的上万波兰人告诉德国人，他们不曾倒下！华沙不曾倒下！

此时，面对这些照顾自己的、“升华”自己的波兰人，秦恬想要帮助他们，却无能为力，唯有默默流泪。

第二天，德军进行了盛大的阅兵仪式。

被扫清的主街道上，一个又一个方阵在激昂的乐声中走过。步兵、坦克、装甲、摩托还有骑兵，在围观的波兰人低低的惊叹声中，极为威武地经过检阅台。

不得不说，那成群的坦克、装甲、摩托给了波兰人很大的震撼。

他们终于看清打败自己的是一支什么样的队伍，“钢铁洪流”足够形容这样的对手。相比之下，德军骑兵的方阵夹在其中更像是个仪仗队，一个毫无战斗力的装饰品。

而事实上，波兰人的主要战斗力，就是这种看起来很像装饰品的骑兵。

他们可以不甘，可以怨恨，但是却不得不服气。这样的“钢铁洪流”，有着太强的战斗力和震慑力，他们无可奈何。

由于晚上有德国军官的宴会要在艾森豪芬举行，秦恬只能抽空望两眼，但即使这么两眼也给了她极大的震撼。

这些路过的士兵带有实质的杀气，那些装甲、坦克带有浓郁的血腥味，烟熏火燎的痕迹、发黑的血迹仍沾染在上面无法彻底洗去，这些经历过战火洗礼的凶器从外观上都让人战栗。

秦恬一直到宴会前都还心有余悸。

她首次在重大宴会上被派往第一线，也就是在宴会厅负责端酒和上菜。天知道她一个月前还只是一个厕所清洁工，拿着拖把慌里慌张地躲避那些华沙上流人士，遇到问话都会紧张，唯恐生涩的波兰语闹了笑话。

可是现在，因为人手不足，再加上她能说一口流利的德语，竟然成了十五个临时侍者的头头。

这十五个临时侍者中，就有他们五个留学生，而剩下的十个则是那个德国军官抽调来帮忙的后勤兵，是与他们年纪相仿的年轻人。

目前看来这些年轻人还是挺和蔼可亲的，手脚利落，也踏实肯干，虽然那身军装总是给人压迫感。他们对卡瑟琳很感兴趣，虽然没有不礼貌的举动，但时不时会在言语上调笑她。卡瑟琳是中立的瑞士人，小美女一个，对于战争中很久不碰女人又血气方刚的年轻人来说，自然有巨大的吸引力。

卡瑟琳虽然至今没有见到德国士兵对妇女有什么不道德的行为，但仍会有一种本能的害怕。

秦恬对此也没办法，只能保持沉默。

下午才四点半，那些军官就陆陆续续地来了。

秦恬和卡瑟琳穿着男式侍者服站在长形餐桌的两头。秦恬站在主座边，因为她对德语最为精通，可以最快应对那位最大军官的要求。

随着军官们一个个进来，秦恬不禁感叹，德国军官团果然名不虚传。

德国军队有一个非常著名的传统，就是保持着一个由容克贵族组成的军官团。这些贵族军官有着极高的文化素养和艺术修养，算得上是文武全才。在他们的带领下，德国陆军的军纪严明并且军风良好，因此德国军队一直保有强悍的战斗力和良好的国内口碑。

瞧这些进来的军人，无论青年还是大叔，都有着一副诱人的皮相和身材。宴会开始后，他们完全卸下了在外冰冷严肃的表情，轻松地谈笑着，相互之间谦让着坐下，不一会儿，三十多个军官坐满了长条桌。

秦恬没敢盯着这些魔王看，她觉得他们虽然表面谈笑风生，但被血洗礼过的内心指不定怎么阴暗，说不定她多看两眼都会被杀。

大概快五点时，最大的头头来了。

这是一个看起来五十多岁的德军上将，他在很多军官的簇拥下走了进来。他长得很普通，脸颊光溜溜的，中等身材，眼神颇为平和，或许原本是犀利的，只是在这轻松的氛围下不那么明显。他和身后的一个年轻军官笑着说着什么，一进宴会厅，到场所有的军官集体起立，向他投去注目礼。

他敬礼后，全体军官回礼。

这是德国陆军的一个习惯，上级先敬礼后下级再回礼。

他就是布拉斯科维兹上将，德国第八军军长，接受了华沙投降的德军总司令。在此之前秦恬从未听说过这个德国将军。她对德国将军的认识只停留在隆美尔、古德里安什么的上面，她还以为这次见到的会是闪电战的创立者古德里安。

不过对她来说，谁来都一样，伺候好就行。

她回忆着经理的教导，在布拉斯科维兹向她走来时，她正要去拉开主位的凳子，却被他身后一个军官抢先一步。这个年轻军官回头对她严肃道：“作为副官，我需要对将军的安全负责，所以你不需要在这儿伺候，做你该做的去。”

秦恬瑟缩了一下，点点头退后一步，以示明白。然后她苦恼起来，她该做的就是在这儿照顾上将，现在被他的副官赶开虽说情有可原，但现在自己该做什么，难道撒丫子找经理去?

这也太傻了，好像被欺负了找老师告状似的。

这时，主菜上来了，一个个盖着银色盖子的精美盘子被推车推了出来。秦恬总算找到了事情做，她和卡瑟琳上前把盘子依次放在那些军官的面前，然后把盖子一个个揭开。

热气腾腾的小羊排散发着诱人的香气，可是在场却没一个人开动。他们看着自己的将军，似乎在等待他的饭前发言。

布拉斯科维兹喝了一口开胃酒，微笑道:“显然在这么紧要的时候发表什么演讲都是不人道的行为。”

军官们笑着赞同。

“现在再没有比小羊排重要的事了，以这个餐桌为战场，我命令大家，战斗吧!”布拉斯科维兹举起手里的酒杯，“为了德国!”

“为了德国!”军官们也举起酒杯。

秦恬疑惑，这些人竟然没有说起希特勒，还真是神奇，果然“将在外，君命有所不受”吗?

开动时没人说话，满场都是刀叉动的声音。小羊排之后就是汤和甜点，这时候有人开始聊天了，随着上将也和旁边的人低声交谈起来，说话声越来越大，严肃的气氛渐渐被打破。

秦恬没敢去注意这些人在说什么，知道太多了也是一种罪，她宁愿自己不知道。

此时气氛很轻松，然而突然一声大喝，打断了所有人:“这真是吃饱了撑的!”

竟然是布拉斯科维兹上将，他一脸不满，拳头抵着桌子，似乎还想敲两下。

“将军，请冷静，收到这道命令时我们也很惊讶。”旁边的中年军人劝道，看来是在报告刚刚收到的命令。

“哼!”上将深呼吸两次，面色难看，他喝了一口红酒，问道，“确定是说要我们去执行?”

没等手下回答，他补充道:“执行那么毫无意义的、丑恶的、多余的任务?”

手下很无奈:“党卫队会协助我们。”

“协助？哼！我看如果没有我们，他们单干会更有激情一点！”布拉斯科维兹似乎有些激动，“这是在败坏陆军的名声！屠杀无辜的犹太平民，陆军的荣誉会毁在那帮刽子手手上！”

屠杀犹太人?！秦恬一惊，猛地抬头。她都要忘了，波兰可是一个犹太人聚集区，她忘不了“水晶之夜”后随着一群犹太人逃往波兰的情景。之后她想的都是战争的大方向，却忘了那些重要的细节，比如说，波兰的犹太人的安危。

波兰的犹太人在“二战”期间被疯狂屠杀，这不是秘密，她怎么现在才想起来?

那么，莉娜怎么办？那些和她一起来的犹太人怎么办?

她不禁苦笑，又一件无能为力的事情发生了。她不是摩西，不是救世主，她该怎么做?

“先暂时压下别动。”布拉斯科维兹道，“回去后我会联系元首，看有没有转圜余地。”

他环视全场，又说道:“在场的都是我们国防军的精英，虽然说对祖国忠诚是必须的，但是我要提醒各位，我们战争的正义性，在于要为德国获取生存的空间，而非做那些吃饱了撑着的事情，明白吗？”

众人纷纷点头。

秦恬这才明白为什么在场的军官不在饭前致敬希特勒。一直有资料说“二战”时期纳粹党和国防军同床异梦，看来确有其事。

不过这位上将也真是口无遮拦，希特勒爪牙何其多，他以为在这儿说就没事了吗，还是说他认定自己的反对政策不会招来希特勒的报复?

目前还只是一次单纯的宴会，军官们吃完了饭，既没有女伴陪同也没有准备表演，顶头上司心情也不好，众人只得饭后结伴离去，再安排华沙的军队布置善后工作。

秦恬正和几个侍者收拾东西，忽然听到有人叫她:“秦恬。”

发音还挺标准，她回身，看到身后站着个眼熟的德国军官。

何止眼熟，简直刻骨铭心:“呃，奥古斯汀·冯……”

“奥古斯汀·冯·卡尔曼，”他替秦恬说完，微笑着看她窘迫又紧张的样子，说道，“借一步说话好吗？”

秦恬左右看看，发现那几个侍者正担忧地看着自己。她向他们安抚地笑笑，放下手中的抹布，在围兜上擦擦手，跟着奥古斯汀走了出去。

外面有些冷，秦恬不禁浑身发抖："请问，有什么事吗？"

"也没什么，就是想聊聊。"

"啊？"

"我刚才吃饭时看到你站在那儿，似乎很注意将军的话。"

秦恬唰的一下就被吓着了，她连忙摇头，结巴道："我、我没有很注意，只是、只是他说得太、太大声。"

"我明白，不过你似乎很在意这些消息。"

"不，我、我没有，我又不是犹太人。"秦恬连忙否认。这家伙没事观察自己干吗？很闲吗？汉克叔叔的手艺还吸引不了他？

"不在意就好。"他虽然还在微笑，但是有点假，"我担心你为了朋友，做些不该做的事。"

"什么意思……"

"以后针对犹太人和波兰人，我们会有一系列的政策。"他顿了顿，说道，"你身为留学生，只要老老实实的，就会很安全。如果你做些不该做的事，那么受到任何伤害，都是有可能的……懂我的意思吗？"

秦恬快疑惑死了，这人为什么特地提醒自己？她当然不会傻乎乎地以为这个德国军官、这个容克贵族、这个至今自己见过的最帅的军官会对她一个黄种人一见钟情，但他为什么要这么好心对她呢？

终是没忍住，秦恬小心翼翼地点头道："谢谢您的提醒，我、我会乖乖的，但是，我能不能知道，为什么您……"

"为什么我来提醒你？"

"嗯……"

"因为啊，"他眯起眼，像只日耳曼狐狸，"我喜欢中国，就这样。"

直到晚上秦恬躺在床上时还在纠结，喜欢中国？这是理由吗？

不是她妄自菲薄，而是这个年代的中国，国家贫弱、人民穷苦，这样窘迫的国家，谁闲着没事干会去喜欢啊，更何况是一直不把东方当文明社会的西方人。

所以，怎么想都觉得这理由很牵强……秦恬翻来覆去，一直没睡着。

# 第四章

# 来信

其后几天，虽然艾森豪芬被指定为德军高层专门的聚会场所得以暂时安全，可是身在其中，秦恬还是能感受到外面的紧张气氛。

每天来上班的波兰同事都会满脸惊恐地诉说他们在路上的所见所闻——

前面路人走着走着，一辆军车忽然在他身边停下，随后下来几个德国士兵，二话不说就把他逮捕了，连原因都没有。

波兰人看到德国士兵必须脱帽避让，等到德国人走过后才能继续行走，否则就会招致一顿喝骂甚至是子弹威胁。

路上、巷子里、废墟中、楼道间时刻都会传来枪声，总之，每走一段路都能看到还来不及清走的尸体，死的大多都是波兰人。

同事说着眼眶就红了，这么多天了，这样的情景还是无法习惯："还有一个士兵，我只是路过，他突然用枪拦住我，对我一阵叽里呱啦。我当然听不懂，只是拼命地去掏自己的工作证。他太吓人了，我手都在颤抖，差点掏不出来，我以为我要死了……还好，我最后拿出了工作证，他看了以后才准我走。"

工作证，一个小小的证明文件，经理为了员工的安全特意问负责他们这儿的德国军官要来的。经理要求所有人随身携带，这算得上是一个护身符，没想到真的派上了用场。

德军还屡次带队在整个酒店搜查，理由是寻找反抗军余党，弄得这里鸡飞狗跳。这个德国军官频繁光临的地方，谁敢收留波兰反抗者，但酒店里没人敢提出反对。

外面，德国依然在波兰的领土上高歌猛进，苏联趁机进入，大捞好处。广播里说波兰的流亡政府拼命往罗马尼亚逃窜，谴责声和噩耗源源不断传来，而前来用餐的德军士兵却一天比一天喜气洋洋。

与此同时，工作中的波兰人只能强打精神，忍着心中的悲痛。

一天，卡瑟琳在外采购回来，突然抱住秦恬哭道："恬！我们的教授被抓了！"

"什么？"秦恬一头雾水。

桑埃托放下一麻袋的货物，咬牙道："德国人说大学是反德学术的温床，是反德运动的出发点，那些教授毫无准备就被突然冲进去的士兵抓住带走了。"

"带、带到哪儿？"秦恬脑中瞬间出现一群人被抓住带走，集中在森林里被杀光的场景。

"不知道。"桑埃托很愤怒，"他们都是一些老教授，德高望重，为了波兰的教育独立一直在奋斗，德国怎么能……怎么敢……"

"嘘！"秦恬食指竖在唇上。她没有在华沙读过书，没有见过那些教授，但是她不难体会这些学子的痛苦。西方学术氛围一向轻松，正是因为教授们的博学和亲切；学生们虽然在进行学术讨论时会与教授们争辩，却对教授们有着绝对的敬佩和爱戴。

他们会这样伤心情有可原，但秦恬不能让他们在此时此地表现出来。德国的情报系统，秦恬不敢挑战。

桑埃托闭上嘴，愤怒地砸了一下桌子。

晚上，又一个宴会开始了。这一次，岩灰色的军装中，多了不少窈窕的身影。

总要有波兰人来缓和关系，最先到来的，就是那些交际花。

华沙演艺团的台柱是一个叫安杰丽卡的女人。她高挑、妖艳、笑容挑逗，穿着桃红色的露背长裙在军官中穿梭调笑，给长久不碰女色的军官们带来了极大的诱惑和快乐。

另外还有几个华沙曾经的上流社会中的"中流贵族"，他们不像真贵族那般能够在得到最新消息后，借着特殊渠道离开。逃不出去的他们既没了往日的权力和地位，也没了扶持他们生活的交际圈，于是这些不受平民喜爱的人就只能攀附上这座城市新的统治者。

波兰语和德语甚至还有法语在富丽堂皇的宴会厅中涌动。秦恬端着盘子，已经非常胜任自己的工作，她算得上是个高级人才，因为法语、德语她都能听懂。

"奇怪。"一旁的卡瑟琳小声道，"这样的宴会，竟然没有肖邦。"

艾森豪芬常备的宴会曲中就有肖邦的，可是自从德国人进来以后，就一直没出现过。秦恬细想一下肖邦所代表的含义，觉得合乎情理，解释道："肖邦是波兰的民族英雄，他的作品大多是爱国歌曲，德国人不会允许他们的宴会有肖邦的曲子来挑场子吧。"

“歌曲而已，摒弃其含义，单纯就作品讲，肖邦作品的艺术性极高，为什么要这样？”陶冶在西方自由气息中二十年的卡瑟琳完全无法理解这种行为。

而对“文字狱”有深刻了解的秦恬同学则很能理解，但她无心解释更多，只是简单道：“文化独裁罢了，占领你的土地不够，占领你的心才是真的占领。有肖邦在，波兰人永远都不会真正屈服。”

“没有肖邦，波兰也不会屈服。”身后，一个刚刚换了酒杯的服务员低声道。他是混血儿，有一半波兰血统，还有一半是犹太血统。

“你们行了。”秦恬永远是小心为上，“也不看看什么场合。”

那边，眼看一圈军官的酒杯就要空了，秦恬赶忙拿上一瓶红酒和一瓶香槟，把盘中的空杯斟满，上前微微躬身送酒。军官中要酒的就直接拿了自己喜欢的，不要的就会挥挥手。

演艺团的表演一直在进行中，只不过人们关注的都是些别的东西。而此时，安杰丽卡款款走上舞台，对着四周微笑示意后，磁性而微沉的声音响起。

那是一首波兰民歌，唱的是波兰春天的美丽，那优美的歌声赞颂着花的开放和山丘的新绿。不得不说他们选曲非常谨慎，这种不咸不淡的题材最是保险。

秦恬没时间聚精会神地听歌，她穿梭在人群中递酒送点心，偶尔还要听取一些特殊要求。很多德国人要求一些德国的特色美食，秦恬只能一遍遍解释，为了保证香肠味道，大厨必须炖很久什么的。

好不容易应对完德国军官，那些波兰贵族也在那儿出幺蛾子，说波兰名酒为什么没上，还有某某奶酪不再正宗，是不是掺了水。

秦恬陪着笑，心里却在骂：一群卖国贼，没在你们酒里撒毒药已经很好了，还要求那么高，有本事自个儿做去啊！

精神高度紧张之下，她很难注意到军官中有没有那个奥古斯汀，甚至压根没想起过他。倒是卡瑟琳比她还要关注，忽然拉住她指着一个方向道：“恬！那不是对你很照顾的那个军官吗？你不用去谢谢他吗？”

“不……不用了。”别说秦恬压根没想感谢，就是靠近他一步，她都觉得难。她表面上脸皮很厚，大大咧咧，其实是个心思敏感、拉不下脸的人，此时要她以一个小侍者的身份去感谢人家一个上尉，别说阵营不同，光性别差异就怪让人想入非非的。在这种特殊时期，这种误会最好别出现。

让她疑惑的是，卡瑟琳怎么就不怕呢？明明德军进城的时候，吓得流眼泪的是她，现在怎么反而这么放松了？

“卡瑟琳，不是我说你，别老这么不小心，这群德国人我们惹不起。”

“我当然知道惹不起，但是你看，他们也没把我们怎么样啊。而且，你没觉得这些军官比以前那些所谓的波兰贵族还要有气质吗？比起他们，那些病恹恹的波兰贵族男人简直什么都不是。”

“NO……”秦恬抚额，郁闷得连英语都飙出来了，果然花痴不分时代和国籍，“你别看他们在这种场合温文尔雅，出了门，上了战场，你要是一不小心惹了他们，有你受的。”

“你又没见过，你怎么知道？”卡瑟琳睁大眼。

秦恬噎住了，她终于明白问题在哪儿了。

她畏畏缩缩、小心翼翼，全是因为接触了太多“二战”片，对德军的各种残暴都有领略，这样的印象带到现在，再被战火一洗礼，更加刻骨铭心。她心知在这时代根本没有真正保命的秘籍，唯有小心才能有最大希望。

但是卡瑟琳他们不知道啊，甚至他们以为战争已经结束了，只要等形势好转，波兰政府正式投降，他们就能卷起包袱回家了。

目前情况确实如此，今天之所以如此隆重庆祝，就是因为前线传来消息——波兰最后一座顽强抵抗的城市格丁尼亚停止了抵抗，波兰完全被苏德瓜分，就差最后一步——德国正在准备建立波兰总督府，正式统治德占区。

对于在场的德国军人来说，这是意料之中的消息，布拉斯科维兹将军只是简单宣布了一下，就在欢呼声中匆匆离开了，留下满场雀跃的中青年军官和表情僵硬苍白的波兰贵族。

就连这些德国军官可能都以为战争结束了，德国占领了波兰的一部分，他们很快可以回故乡和父老乡亲宣布他们的胜利和荣誉了。

可是，只有秦恬知道，这一切才刚开始。

希特勒的野心远不止于此，他的党卫队还没大展手脚，他恨的犹太人还没受到教训，德国还没有称霸欧洲。

凡是挡在他前进道路上的东西，都会被他的铁甲洪流绞杀、撕碎，扔进地狱里。

深夜，等客人们进了客房，或是三三两两离去，已经忙碌了一天的服务员开始清扫会场。

秦恬嘴里被白面包塞得鼓鼓囊囊的，她一边嚼，一边把盘子里剩余的食物整理出来，还完好的就放到袋子里，其他的倒在桶里，再把盘子放在推车上让人运回洗碗间。

桑埃托又一次推着空推车走进大厅，他小声对秦恬道："恬，外面有人找你。"说罢，他看看秦恬手里收集剩菜的袋子，偷偷递给她一盘食物："这些食物你先拿着，我会跟经理说的。"

收集剩菜是经理布置的任务，酒店的物资都被德军控制着，想要帮助一些波兰人，必须做得隐秘一点。

秦恬拿着袋子走到后门，在厨房扔垃圾的通道那儿，忽然看到一个身影瑟缩在门边。

秦恬走近两步，就着路灯，终于看清来人："莉娜？"

那人抬头，看清秦恬后，低泣一声扑了上来，却在拥抱前硬生生地刹住车："恬，恬，你还好吗？"

"这应该我问你吧。"秦恬迎风闻到一股怪异的味道，又看了看她的样子，明白了莉娜为什么不扑上来。

太脏了！她身上裹的格子大披肩已经看不出本色，就好像一坨泥包在她的身上。她灰头土脸，两颊深陷，双眼无神。

"莉娜，我听说满城都在抓犹太人，你怎么样？"秦恬上前一步扶住莉娜，那黏腻的触感和诡异的味道让她忍不住皱了下眉。

"恬，我们四处躲藏，我实在没办法了……"

"你需要什么？你们还好吧，那些一起来的人呢？"

"我妈妈也来了，她没找到爸爸，我们躲在……躲在……"莉娜顿了顿，"我不能告诉你……你有没有吃的……我们三天没吃了，妈妈快不行了。"

秦恬想也没想，就把手里的袋子递过去："给，这是酒店的一些剩菜。我们的食物也受到管制，我只有这些。"

袋子不小，虽然食物混着糊成一团，但是大厨的手艺怎么混都不会难吃。经理经常拿剩余食物出去给一些失去家园、四处流浪的波兰人。

莉娜一把接过，藏在大披肩下，感激道："谢谢，恬，真的谢谢。"

"别谢我，"秦恬摇头，"你们现在情况怎么样？"

莉娜似乎很着急："恬，谢谢，我、我必须走了，到处都是巡逻的德国兵。"

"好，那你小心。"秦恬还没说完，莉娜已经转身，跑入夜色中。

秦恬看了一会儿，远处那个路口似乎有一队德军巡逻兵走过。她感到一阵寒冷，连忙缩进酒店，刚走入大厅就迎面撞上了经理。

曾经胖胖的经理经过这么一个多月的"锻炼"，身材好了很多，却也憔悴了，但并不影响他的乐观。此时迎面撞上秦恬，他嗅了嗅："恬，你这是出去见老鼠之神了吗？怎么有股怪怪的味道。"

秦恬犹豫了一会儿，说道："经理，我不想给酒店添麻烦，我也不想瞒您，如果……如果我朋友是个犹太人……"

经理挑挑眉，忽然笑了："哦，我亲爱的恬，难道您也以为波兰民族的灾难是由那些犹太人引起的？"

秦恬摇摇头："我不这么认为，但我不知道您是不是这么认为的，毕竟我无法左右别人的思想。"

"那么，恬，作为一个有见识有文化的波兰大叔，我要告诉你，你的顶头上司并不认为这些灾难是由犹太人引起的。这只是个幌子，战争的主因永远不是仇恨，而是利益，所以，我不会像外面那些无知人民一样反犹……"

没等秦恬松口气，经理又道："但是恬，还有一点就是，我不仅是个有见识有文化的波兰大叔，我还是一个波兰顶级酒店的经理。为了酒店的安全，我希望有一群聪明的员工……你懂吗？"

秦恬琢磨了一下，点头道："我懂了，我会小心的，绝对不会牵连到酒店。"

"很好，那么晚上你可以在那些剩菜中挑取一些给那些可怜的人，我们对此毫不知情，明白？"

"明白了。"秦恬微笑。

清晨四点半，秦恬照例按时起床。前两天整修过的客房开始营业了，昨晚就有了不少房客，全部都是德国军官，毕竟高级酒店里软软的床远胜于军营中的硬板床，可是客房服务员还没到位，秦恬等人只能全体上阵。

秦恬负责最上面一层，那里都是豪华间，住着不少高级军官。

虽然客房服务都是中午统一开始，但是那些军官一般很少赖床，都是一大早就起。为了保险起见，经理让秦恬不要在下面帮忙早中饭，而是一直在上面等着，看那些祖宗有没有其他需求。

秦恬快速地吃了早饭，在走廊尽头的拐角靠着推车发呆，忽然听到远处有声音传来。她探头往右看去，一扇门开了，里面传来一连串的娇笑声，接着一个高挑的女郎出现，正是昨晚宴会的交际花安杰丽卡。她拿着羽毛扇子，披着高雅的黑色大衣，戴着盖着白纱的白色淑女帽，款款地走出来。在她身后，一个衣着笔挺的德国军官也走了出来，两人靠着门框开始调笑，显然昨晚有“运动”，精神都很焕发。

而此时，隔壁的门也开了，又走出一个德国军官。秦恬一瞪眼，发现是那个奥古斯汀。

她探头看着，想知道昨晚这祖宗的女伴是谁，却半天没见有人出来。

“哦，奥古斯汀，昨晚你不是说回军营睡吗？”旁边的军官搂着女伴走过来，探头瞪大眼朝奥古斯汀的房间里看，“亲爱的，别告诉我你昨晚是抱着枕头睡的。”

“事实上，我抱着棉被。”奥古斯汀脸上是永恒的亲切微笑，“艾森豪芬的床确实名不虚传。”他瞟瞟安杰丽卡，又看向那军官，“你说是吗，萨伦？”

萨伦搂紧了安杰丽卡大笑：“哈哈，没错，确实舒服。”

安杰丽卡抿着嘴羞涩地笑着，还风情万种地朝奥古斯汀抛媚眼。

秦恬觉得是自己出现的时候了，推着推车走过去，脸上是亲和的微笑：“请问各位，需要客房服务吗？”

“哦，是的。”萨伦指指自己的房间，“稍微整理一下就好了，我很喜欢这个房间，晚上估计还会住这儿。”

“好的。”秦恬点头，又望向奥古斯汀。

奥古斯汀表情不变，微笑地摇摇头：“我想我享受一晚就足够了，晚上还是睡军营吧。”

“好的，我明白了。早餐已经为各位准备好了，在二楼餐厅，希望各位用餐愉快。”说罢，秦恬推着推车让开，等他们下楼。

三人走过的时候，奥古斯汀和萨伦竟然都在她的推车上放了十马克。

秦恬可从来没干过能够赚小费的活，她不知道十马克算多还是少，只知道现在波兰还没流通马克。

她把钱放进口袋，开始勤勤恳恳地干活儿，在军官萨伦的房间里利落地把那些沾了诡异痕迹的床单扯掉，扔进桶里，再套上干净的床单，然后四面掸灰尘。

冬日的阳光穿透硝烟射进房间，照得地毯绒绒的，敞亮的卧房里，古色古香的家具都透着一股温馨的气息。秦恬在窗外抖着被子，看灰尘在空气中跳舞。

忽略楼下艾森豪芬的庭院外路过的军队，秦恬忽然有一种想法，如果一直这样下去，其实也不错。她是一个安于现状的人。

几天来一直没有宴会，似乎德国有不少大行动，只有零零散散几拨德国军官来吃饭。他们之间也很少谈论时事。秦恬一贯保持自己不知者无畏的状态，装聋子、装瞎子。

新请的斯洛基大叔不愧是在德国进修过的，虽然他应聘时拼命地夸波兰菜，而把德国菜称为“没有美感、没有激情、没有挑战性的只剩下香肠和啤酒”的东西，可是不知情的德国军官们依然会为了他拿手的大酱香肠而付出不少小费。

“那个军官又来了。”这天在餐厅服务时，卡瑟琳忽然在秦恬耳边说，“恬，相信我的直觉，他绝对喜欢你，否则为什么天天来？我不信军队的薪水能好到可以天天来这儿吃饭。”

“你怎么没喜欢上我哥哥？”秦恬忽然问道。

卡瑟琳一愣：“你怎么这么问？我不是不喜欢，只是没有爱上而已。”

“为什么呢？听桑埃托他们描述，我哥哥很优秀、长得也不错，怎么就没有引起你的注意呢？”

“可能是……”卡瑟琳寻找着词汇，“他太……呃……柔弱？”

“这叫不符合你们审美。”

“啊，可以这么说吧。”卡瑟琳点头点到一半，忽然笑了，“你绕那么一圈就是为了告诉我，你不符合那个军官的审美？”

“这是原因之一，别的我无从列举。我只能说，你想多了。”秦恬说完，去给一桌军官换甜点。

奥古斯汀连要了两份奶酪土豆泥，独自一人在那儿慢慢地吃着。有很多军官似乎对他很热情，路过他时纷纷打招呼。

整天下来，秦恬忙得没空注意别的，一直到即将打烊。在客人渐渐走光、她收拾盘子时，卡瑟琳又走过来说：“恬，他还没走。”

“嗯？”秦恬没反应过来，她正用叉子把剩下的蛋糕、面包和沙拉一点点装进食物袋里。

都是素的，得找点荤的，荤素结合。秦恬心想。

“那个军官，那个德国军官，他还没走。”卡瑟琳终于有点怕了，“他要干吗？抓人吗？”

“我怎么知道。”秦恬估摸着时间差不多了，拍拍卡瑟琳的肩，“没事，很快他就会走。别管他，别注意他，否则他会怀疑你包藏祸心的，我先走了。”

“小心点。”卡瑟琳拍拍秦恬的肩膀，走回自己的位置上。

莉娜一如往常，瑟缩在门边，看到秦恬，她小心翼翼地走上来，却没有接秦恬手中的食物：“恬，我妈妈走了。”

秦恬一惊：“什么？前几天不是还好好的？”

莉娜表情很麻木：“德军突然来搜查，她把我推进桥洞……自己却没来得及……”

秦恬心下一缩，她还记得自己醒来见到的第一个是莉娜，第二个就是罗德夫人。罗德夫人那么友善，在“水晶之夜”后还那么尽心地照顾她，即使被生活的重担和寻找丈夫的急切压得无比劳累，却还费心地安排着她的出路。

这样善良的人最终没找到自己的丈夫，而现在，连自己的命也没保住。

秦恬抱着莉娜颤抖又消瘦的身子，轻声安慰：“没事的，莉娜，一切都会好的……她去找你爸爸了，找罗德先生。”

“呜呜呜……”

“她会上天堂的，不是吗？”

“呜呜呜，嗯……”

“还有人陪着你吗？”

“有，我们要找机会，逃出去。”

“嗯，必须的。”秦恬紧了紧莉娜的手臂，“太危险了，很快会越来越危险，你必须走了。”

“恬，对不起，我可能还要麻烦你，我们需要足够的食物储备。”

“我尽量。”秦恬心里有些忐忑，这种事情她一点经验都没有，外出旅游都是妈妈打包的行李，现在让她做后勤，她有点无从下手，“只是莉娜，可能，我能提供的帮助不多。”

“没关系，恬，你能给我们这么多，我们已经很感激了。”莉娜起身，拿过秦恬手中的袋子，“太晚了，我必须走了。”

“嗯，小心。”

看着莉娜走远，秦恬刚关上后院的铁门，一转身却撞到一堵人墙。一道带着笑意的声音传来：“瞧我看到了什么，一个给犹太人送吃食的中国小女孩？”

听到这声音，秦恬血液都快冻住了，僵在那里动都不敢动。

“天这么冷，你不进房吗？”

“哦，哦，马上。”秦恬连忙侧身想走。

谁知一件大衣忽然盖到了她身上，那残留的体温反而让她感觉更冷，她唰地又僵在那儿。

“既然都出来了，那么走走吧。”说罢，奥古斯汀做出“请”的姿势。

说实话，这两天后花园还没来得及整理，遍地残骸，再加上深更半夜，有什么好逛的。

但是秦恬不敢说话，她今天又干了一件得罪德国人的事情，这种情况下借她十个胆她也不敢惹人家，只能唯唯诺诺地往前走。

旁边的奥古斯汀军官闲庭信步，脱了大衣露出合身的军装的他，在后花园的灯光中更显得英挺。

“秦小姐来自中国？”

“是，哦哦哦，不。”秦恬条件反射般地答应，又瞬间改口，“我来自法国。”

“哦？”奥古斯汀似乎有点失望，“那你了解中国吗？”

“还……还行。”

“嗯哼，你会写，应该也会说，是吗？”

“是。”

“那你会做中国菜吗？”

“……会。”

“不知道有没有机会尝尝秦小姐的手艺。”

“这个……”秦恬有些迟疑，“应该有吧，就是不知道材料够不够……”

“如果你愿意露一手，我自然会尽力去置办材料。”他顿了顿，问道，“就是不知道秦小姐擅长哪些菜？”

这是来真的啊？秦恬纠结了，算算她会做的菜还真不少，但都是家常小菜，什么可乐鸡翅、凉拌三丝，至于其他大菜，也不是不会做，就是味道不敢恭维……

“那个，奥古斯汀长官，我会的都很简单，也很普通，实在是……上不了台面。”她的声音越说越低，唯恐这哥们儿又出什么损招。

“随便什么都行。”他不以为意地说，“我只是想尝尝，你不会只做给犹太人吃而不做给我吃吧。”

这种隐性的威胁，秦恬不至于笨到听不出来。

她清楚知道这哥们儿是抓住自己小辫子了。只是她想不通，按照数罪并罚，现在自己的“罪孽”，吃十颗枪子儿都是小意思，怎么他一副不当回事的样子？难道他不是德国人，而是波兰间谍？

似乎看出了秦恬的纠结，奥古斯汀轻轻一笑：“不用害怕，我不会把你怎么样。你做的事情，别再扩大，别让别人碰到，你的平安，我还是能保证的。”

“就因为……”秦恬咬咬唇，还是决定把那个傻乎乎的问题提出来，“就因为，您喜欢中国？”

“嗯。”

“能给个理由吗？”即使对方斩钉截铁，秦恬还是不相信。

“喜欢一样东西，需要理由吗？”

“可……”秦恬无话可说了，她比别人更不愿揭这个时期中国的短。好吧，就当他说的是实话吧。

“太晚了，不耽误你休息了。”不知不觉间，奥古斯汀已经把两人的路引向酒店的后门。

秦恬把大衣脱下来递给他，轻声道：“谢谢。”

“我的荣幸。”他微微躬身，转身离开了。

秦恬吁了口气，回身看着已经关掉了主灯的走廊，脑子很混乱。

入冬，天最冷的时候，波兰的局势逐渐稳定。

或者说，现在世界地图上已经没有了波兰，因为它被划分为了德占区和苏占区。德国在德占区建立了一个什么总督府，而第一任总督，就是希特勒“忠诚而强大”的好友，空军元帅戈林。

秦恬估摸着不久后自己还能见到这位“二战”风云人物之一。

无论外界如何变化，最切身体会到的一点就是，华沙的生活终于步入了正轨。越来越多的人开始走上街头，他们还要工作和生活。小店也开始营业了，清晨出去采购时，可以看到小店老板们抬着一筐筐货物往店里搬，他们没有明显的兴奋之情。虽然重新开业也是他们所希望的，但前提是不要在德国的强硬政策下。

很快有德国的“大人物”要来，德国人需要看到一个至少不那么萧条的华沙。对于形象工程的理解，秦恬自认为还是比较深刻的，这种事在以前的中国就是一个比较普遍的现象。此刻，很多失去家园的波兰人都被征集起来打扫废墟，修缮建筑。

直到现在还会有很多腐烂的尸体被从废墟里挖出来，走在街上四面都是沉寂的压迫感，还能听到隐隐的哭声。很多波兰人的家园被毁，很多人连吃的都弄不到，他们聚居在避风的地方瑟缩着，桥洞、防空洞再一次成了住所。

那儿空气浑浊，无人清理，污水横流，到处都是身体以及食物的异味。人们忍耐着、咒骂着，咒骂德国人，还咒骂犹太人。

很多波兰富商都闻风逃逸，其中不乏犹太人中的大商人。德国借此宣传、挑拨，很快波兰的反犹情结变得不亚于德国的。他们觉得自己被犹太商人坑了，犹太商人带走了大笔波兰的财产，连带着使波兰人民现在生活变得困窘。波兰人打不过德国，也不敢骂德国，满腔的悲愤急需一个发泄口，犹太民族成了首要的仇恨对象。

德国党卫队满大街地抓犹太人，然后将他们送往犹太人聚居区。那是一片被围墙围起来的公寓，有几个波兰人不明所以，还以为犹太人在那片公寓中能住得很好。

秦恬知道真相却不知道该怎么解释，倒是经理在听到时冷笑道："你愿意去你就去啊，这么多的犹太人，就一点点房间，你能想象你一家子七八口人全挤在一个小房间的场景吗？"

大街上到处都是穿着黑色军装的党卫队士兵和陆军士兵，他们虽然相互看不惯，但是在执行元首命令时却是一致的铁血。

秦恬有一次随着卡瑟琳上街去调换拿错的调味料时，就被一队德国士兵拦住过。他们冷冷地盯着卡瑟琳，上前一把抓住她。

"喂！你们干什么?！我是瑞士人！我是中立国瑞士的人民！"卡瑟琳吓得大叫。

秦恬也不明所以，但是她没时间思考，只是本能地扑上去，一把抓住德国士兵的手臂，用德语大叫："放手！她是瑞士来的留学生！你们凭什么抓她?！"

那领头的军官见秦恬用德语，表情缓和了点，但也只是一点点，他冷硬地指着秦恬道："放手，女士，你没权利干扰我们执行公务。"

"但你也要给我个理由！理由！"卡瑟琳一直怕德国军队，被几个荷枪实弹的士兵抓着，她害怕得哆嗦起来。

秦恬何尝不是如此，但她没办法，她放不了手……

"我怀疑她是犹太人。"军官歪歪头，"或者有一部分犹太血统。"

"这都行?！"秦恬回头看看，才发现卡瑟琳确实有着高挺的鼻梁。一直以来这鼻梁给她的美增加了一份刚毅，却没想到也会成为她受到伤害的"武器"，"她不是犹太人，绝对不是。”

“这得有证明才行。”

“我口袋里有我的所有证件，我能证明！我父母都是纯正的瑞士血统！”卡瑟琳听得懂一点德语，她大喊道。

秦恬连忙伸手去翻卡瑟琳的口袋，掏出一沓证件来，一股脑儿塞给那军官。

军官随意地看了看，鹰一样的眼神盯着卡瑟琳：“卡瑟琳·塞曼斯，在艾森豪芬酒店工作。很好，小姐，但愿你的身份属实，否则我将从严处置。”

说罢，他从证件中挑出几张比较重要的放进兜里，剩下的全扔给秦恬，招呼一声后，士兵们便放开卡瑟琳，列队走了。

秦恬呆呆地站着，卡瑟琳没了扶持，瘫软在地上，哭了起来。

秦恬弯下身抱住卡瑟琳，轻声安慰道：“没事的，卡瑟琳……你快离开吧，他们太丧心病狂了。”

卡瑟琳不断地点头：“我必须离开，可是……可是现在出入管得好严，我不知道该怎么出去。”

秦恬也毫无头绪，她只能拉起卡瑟琳，边走边安慰：“我们先回去，找经理他们帮忙，慢慢想。”

卡瑟琳回到酒店后把她的经历一说，梨花带雨的美人儿顿时惹得众人一阵怜惜。最后经理道：“卡瑟琳，看来你不走不行了，第一次让你逃过了，第二次就不一定了。说实话，看你的长相，你说不定真有犹太血统。”

说罢，他朝一旁的一个小伙招招手：“卡斯洛夫，你也该准备准备。现在德国人抓犹太人抓得上瘾，指不定下次宴会就会有个酒醉的德国兵直接将你一枪毙了，我可不想酒店出这样的血案。”

那个叫卡斯洛夫的小伙子走过来，他是个有犹太血统的混血儿，高鼻深目，非常明显。以前置办调料的事全是他负责，最近经理没让他出去，原因就是这个。

“我爸爸很久前就离开了，现在我也必须走。妈妈给我联系了一个大叔，他会安排我上火车把我偷运出去。卡瑟琳，你来吗？”卡斯洛夫说道。

卡瑟琳有些犹豫：“如果那个军官证实了我的身份，我是不是可以通过正规渠道离开？”

经理抽了口烟，想了一会儿道：“那要看还你证件的是谁了。”

“什么意思？”

“如果是那个军官，估计没什么事；如果是秘密警察，那就麻烦了。”

“秘密警察？”卡瑟琳睁大眼，“那是什么？”

经理摇摇头，颇为郁闷地说：“那是，那是……唉，究竟是什么我也说不清，反正无论对谁来说，那都是一个邪恶的组织，是希特勒最阴暗的爪牙，他们什么都干……我也是在一些军官谈论时偶然听到的，就连德国人自己都不喜欢那个组织。如果那个军官把你的事情移交给秘密警察处理，那他们就不会轻易放过你了。”

幸运的是，当晚，把证件交还给卡瑟琳的只是一个普通的士兵，他什么都没说，移交了证件后就离开了。

卡瑟琳当即问经理是否可以申请离开。

经理考虑半晌，答应帮她去问问。

晚上，秦恬收集了一袋子剩菜交给莉娜，两人没多说什么话。这几天来两人虽然每晚见面，但是感觉距离越来越远，似乎是莉娜刻意的，但也有秦恬本人少惹麻烦的本能使然。莉娜接过食物后，忽然说：“恬，我可能明天就要离开了。”

“嗯。”秦恬没有感到意外，反而有点松一口气的感觉。

“谢谢你这么多天对我的帮助，你放心，如果我们被抓住，绝对不会说出你的，你要好好活着。”

听到这样的叮嘱，秦恬忽然感觉有些愧疚。一点剩菜对自己来说没什么，可是对莉娜来说却是救命的东西，这个和自己差不多大的女孩仅仅因为种族问题就颠沛流离还无处伸冤，自己为什么要表现得这么冷漠，一点点的善意就可以让她好受很多。

“你……你保重。”秦恬张张嘴，却还是只能说这么句话。

“嗯。”莉娜点点头，她犹豫了一下，张开双臂上前。

秦恬一愣，却还是微笑着和她抱在一起。

这个自己醒来后见到的第一个女孩，她把自己带入这个世界，亲身示范了这场战争中最悲剧的民族最深重的苦难。现在，她要离开了，去继续她的求存之旅。

# 第五章

# 惊魂

第二天，经理回来告诉卡瑟琳，现在边境全是排查的秘密警察，他们宁可杀错，也一个都不会放过。

秦恬听得心惊肉跳，不由得开始担心莉娜的安危。

可是在这种情况下，什么信息都收不到，她只能偶尔独自担心着。

三天后，卡瑟琳在一个深夜匆匆前来告别，紧接着就离开了。与此同时，其余几个留学生也全部离开了，这儿只剩下了秦恬和波兰人。

几乎是一夜之间，秦恬回到了比刚到这儿时还孤僻的状态，她和谁都不熟，唯有萎靡的桑塔婶婶。没了卡瑟琳的陪伴，刚开始确实有些不适应，但宅女也有宅女的优点，秦恬非常耐得住寂寞，很快就习惯了下来，以一种近乎自闭的状态工作着。

欧洲人似乎放下心来，德国没有再咬人，闪电战初期英法宣战的声音似乎只是个幻觉。秦恬忽然想起那时候从断断续续的广播中，听到英国对德宣战而法国也即将宣战，周围波兰人欢欣鼓舞的样子，他们说波兰不再孤独了，波兰有救了。

可最终没有人来救波兰，一切都按照历史的轨迹残酷地运行着。秦恬知道了自己的渺小，蝴蝶扇一下翅膀还能引起一场风暴，可她连一只蝴蝶都不如。

而同时她也知道了一点，德国现在还没有和意大利以及日本成为同盟。那当初她遇到奥古斯汀的时候慌什么呀，真是太傻了。

但是对于不熟悉“二战”历史，秦恬并不感到后悔，她深切地明白知道太多的坏处——知道得越多害怕得越多，即使一些无关紧要的细节，都能让她想起不好的事情。

现在的秦恬，需要一个人走上街头去置办重要调料。她现如今也算是资历较深的员工了，又因长相和会多国语言，相较于其他人会安全不少，经理便让她主要负责采买。其实商店早就有了主要的供应渠道，但是对于德国人特别要求的一些菜，还是需要另外采购。

秦恬走在路上，看着手里的采购单。

虽然现在只是清晨，但是她忽然觉得，今天的华沙街头似乎有点不一样的气息。人们的脸上多了点笑容，耳边的笑声也多了起来。成群的孩子相互追逐着，在街上跑来跑去，一个水果商扔给他们几个苹果，他们欢叫着接过，没有得到的则委屈得掉眼泪，水果商无奈地一一补上。这时他被身边胖胖的妻子拍打了几下，便憨憨地笑起来。

路上的行人不再匆忙，他们会在摊位前或者商店里流连，出来时怀里抱着一个个纸袋，喜气洋洋的。

天气干冷干冷的，秦恬被冻得一阵阵发抖，但还是被气氛感染得忍不住露出了笑容。

今天对于波兰人，说不定是个重要的日子吧。

这时，一队德国兵踏着响亮的鹅步从后面走上来。秦恬连忙低头，侧身避让——这是华沙平民必须做的，很多沿途的行人都脱帽避让。德国士兵就像摩西分海一样地在人群中开出一条大道，趾高气扬地走了过去。

秦恬微微叹气，还来不及感慨，就听到有一个人用德语大吼："喂！你！犹太猪，你的标志呢?！"

街上一片寂静，没有被叫到的行人纷纷走避。秦恬退后两步，忽然感觉被拽了一下，身后有一个人把她拽进了店里。

是个波兰小伙，他围着围兜，双手满是面包屑，朝秦恬点点头，然后指着玻璃窗外。

秦恬心领神会，和周围的店里的人一样，透过橱窗看着。

一个德国士兵拦住了一个老者，老者手里拿着一袋土豆，穿得很整洁，高挺的鼻梁显示他就是一个犹太人。他非常从容地把帽子按在胸前，鞠躬道："长官，我出门换了一身衣服，大卫之星忘戴了。"

"胸前的忘了，臂章难道也会忘了套?！"士兵大吼，猛地掏出枪来，"见你的上帝去吧，犹太猪！"说罢，拉开了保险栓。

寂静的街道中，这"咔嗒"一声尤其突兀。

秦恬睁大眼，猛地用手捂住嘴，怕自己尖叫出来。竟然是真的，竟然真的能当街就为这么一个理由杀犹太人！

眼看那士兵就要扣动扳机，他身后另一个士兵拦住了他，劝道：“哦，汉斯，今天不可以，你忘了今天是什么日子吗？”

那个士兵顿了顿，咒骂一声收起了枪：“算你好运，快滚！别再让我看到你违反命令！”

犹太老人缓缓抬头，眼眶有点红，脸上带着强烈的恐惧和不知所措，他连连点头道：“是、是长官，我会记住的。”

“滚！”

老人连忙转身离开，脚步有些踉跄。

“喂！”突然又有一个士兵叫住了他。

秦恬几乎对老人的绝望和害怕感同身受，只见他转身恭敬道：“长官，有什么吩咐吗？”

“犹太人不准走人行道！”

老人沉默半晌，又微微鞠躬，走下人行道，踏着水沟离开，一直到转过街角，身影才消失。

德国兵戏耍了一番，似乎心情不错，相互开着玩笑离开了。

街上一时半会儿，没有人敢出来。

“呼！”波兰小伙松了口气，“我们是不是该感谢他们没有在今天当街杀人？”

“今天，很特别吗？”秦恬微微疑惑，她没有看日历的习惯，也不爱算日子，所以丝毫不知道今天有什么特别的。

波兰小伙愣了下，半晌才笑道：“我亲爱而美丽的东方姑娘，难道你不知道西方有圣诞节这么一个伟大的节日吗？”

“哦，圣诞！”秦恬恍然大悟。

等秦恬回去时，看到厨房中忙碌的众人，她犹豫了一会儿，还是没有把今天的所见说出来。大过节的，让一切不顺心见鬼去吧！

到了营业时间，员工们已经早早就位，除了客房服务的人，其他人都被拉去布置宴会厅了。如今数遍华沙也找不到比艾森豪芬更适合举行圣诞晚宴的地方了，今晚绝对会有很多德国高层人物来。

大伙布置着圣诞树：挂星星、挂彩灯还有彩条。舞台上和门边是一直没撤下去的德国旗帜，秦恬搬凳子的时候恍然觉得，自己此时工作的地方，多么像中国抗战时期的上海著名娱乐场所“大上海”。

等到经理终于审核通过所有工作时已经快傍晚了，几个员工几乎要累瘫在地上。秦恬大清早就跑出去惊魂了一把，回来跟个陀螺似的四面乱转，客房也整理了，大厅也帮着布置了，甚至还在厨房削了好几个土豆。此时她躲在厨房，靠着一堆土豆，手指都不想动一下。

“恬，快点，经理让你晚上也要坚持呢！”

“晚上不是用一群德国后勤兵吗？”秦恬愣神，近期出现在华沙的德国人等级越来越高，但刺杀事件却越来越多，为了安全起见，这样的宴会基本不让外人插手，很多德国后勤兵就这么穿上侍者的衣服，在大型宴会厅里端起了盘子，顺便和长官混个脸熟。

“但你得在宴会厅外等着，随时听那些后勤兵的吩咐。他们只负责在宴会厅里端盘子，去厨房要什么东西还得你来跑腿。”传话的人坏笑道。

想到厨房离着宴会厅那么长一段路，秦恬想死的心都有了，她哀求：“亨利、亨利！求求你帮帮我吧！我实在走不动了。”

“嗯……”亨利低头做思考状，“可以啊，不过有一个要求。”

“说。”

“我帮你忙，但你得告诉我安妮的一切。”

“安妮？”秦恬愣了一会儿，恍然大悟，“原来如此，可是……我跟安妮不熟啊。”安妮在三楼客房服务，和亨利同时期进的酒店，当初他们入门都是秦恬带的，但秦恬跟安妮不算熟，“你跟她更熟，你怎么不自己问？”

“有些事，问了就太明显了嘛！”说到这儿，亨利的脸上飘起了红晕。

“服了你了，好吧，我试试。”就算没有交换，如果亨利提出请求，秦恬还是会帮助的。亨利和安妮都是好少年，她很乐意看到俩人在一起。

由于亨利不怎么懂德语，秦恬还是得站在门外守着，一有吩咐她就转身告诉亨利，让亨利跑厨房。

新进的服务员中并不是没有懂德语的，但是经理用惯了秦恬，也欣赏她小心沉稳的性格，所以这种重要时刻，坚持让秦恬上阵。秦恬屡次被这么委以重任，早已经习惯，所以当军官一个个进来时，她能非常从容地问好。

军官有时候一个个来，有时候就唰地来一群，刚刚有一拨进去，眼看附近没人，秦恬就转头和旁边的亨利开起了玩笑。她也有八卦之心，看亨利那么猴急地追安妮，她很好奇两人是怎么擦出火花的。

亨利是个害羞的男孩，谈条件的时候很利落，可被问到关键问题就哼哼唧唧地半天不吭一声。秦恬越逗他越觉得好玩，把亨利欺负得脸蛋通红。

就在这时，一个带笑的声音在耳边响起："秦小姐，又见面了。"

"啊！"秦恬睁大眼往身边看，又看看静止不动的玻璃门，很想质问这哥们儿难道是穿墙飘进来的吗，怎么一点动静都没有？再看亨利，虽然他反应极快地转为一脸正经的模样，可他那苍白的脸，显然也吓得不轻。秦恬定定神，低头道："奥古斯汀长官，新年快乐，很高兴再次见到您。"

"我不觉得你表现得很高兴啊。"奥古斯汀歪头看看秦恬，"嗯，你过圣诞节吗？"

秦恬被这问题难倒了，过不过这不都在过吗，她只能回答："过的。"

"哦？这就是你心里的新年标志了？"

于是秦恬立刻明白了，这位中国通又想问中国的事儿呢！她只能顺杆爬："那不是，我们中国的新年不是今天。"

"那是什么时候？"

"呃……"秦恬被难倒了，她想说正月初一，可是这鬼地方哪有农历年啊，她只能摇摇头，"以前都是父母说过年了我们就过年，我也不知道今年春节具体是哪天。"

"哦，这样啊。"他微微沉吟，忽然抬头，"话说，秦小姐，你答应我的中国菜呢？"

"……"秦恬心里的小人在打滚哭号，这是来真的啊！

"我想，今天厨房的材料肯定很齐全吧。"

"……"

"霍恩，你在这儿顶替秦小姐一下，我想这位先生应该也能帮助你。"奥古斯汀对身后的人说。秦恬这才发现他身后还站了一个斜戴船形帽的帅气小伙，小伙应了一声就站到了秦恬身边。秦恬心惊胆战，看这小伙肩上的条条杠杠，应该不是个小鱼小虾。给自己在这儿传话行不行啊？

"别担心，霍恩是我的副官，经常被我安排担任各种职位，他已经习惯了。"

这年头上尉都能有副官了？秦恬满心疑惑，她看不懂奥古斯汀的军衔，只能认命地往厨房走去。

路上她还不放心，打起预防针："那个，长官，我做菜真不好吃，平时都是爸爸妈妈做。"

"没事。"他走得很轻快，"盐和毒药总分得清吧。"

秦恬觉得带一个德国军官进厨房，要是导致大厨紧张之下失手、做出的菜不好吃，宴会厅的军官就会集体发狂，他们发狂，艾森豪芬绝对死一片人……为了不制造圣诞惊魂夜，她决定拼了："长官，或许您可以先和您的同僚过圣诞节，我做好了通知您，行吗？"

"你不让我进厨房？""妖孽"瞬间抓住要点，"我长得很吓人？"

"您的服装，呃……会有一定威慑效果。"

"那倒不错。"他笑道，"这样可以迫使你不再拖拖拉拉。"

"……"秦恬知道，自己又被威胁了，她只能埋头走。

秦恬没本事烧什么名菜。

她在厨房里转了一圈又一圈，最后认命地砸个鸡蛋做了份番茄炒蛋，别怪她没新意，她实在不敢挑战中西差异。

其实她做的番茄炒蛋还是很有特色的，用了她爸教的方法，比别的番茄炒蛋多用了醋和生姜，烧的顺序也掉了个个儿，最后才洒了两碗搅匀的蛋进去炒了炒，烧出来的东西就比羹汤凝实了那么一点，酸酸的、糊糊的、香香的，以至于当菜端到奥古斯汀面前时，他盯着菜沉默了长达半分钟，然后放下手里握了很久的筷子，拿起勺子，直接就吃了一口。

秦恬盯着他的表情，感觉他似乎挺郁闷。

难吃？不会呀，她发挥超常，烧得很好啊！她特地尝过的。

她可不会犯那些小说里面小白女主的错误，烧个菜出来自己什么味道都不知道就端给人家吃……

奥古斯汀很优雅地又吃了两口，拿出餐巾微微叹口气："非常让人感动的味道，原来对于蛋和番茄的关系，你们有这么不一样的认识。"

"嘿嘿。"秦恬不知道该说什么，只能傻笑。

"听说你们吃米饭？"

"嗯，是的。"

"这么大的饮食差异，你习惯得了吗？"他刚说完笑着摇摇头，"我差点忘了，你一直在欧洲生活。"

秦恬沉默，话说她确实习惯不了，虽然身体上适应良好，可心理上消化不良了很久，明明吃得好好的，却总感觉胃在翻腾，心里老想着别的食物。

但即使这样，她也没想过下厨，因为她清楚自己有多懒，加上她又不知道自己要在这儿生活多久。这世界，只有她去习惯才行。

奥古斯汀别出心裁，要了一份没有酱料的意大利面，然后把秦恬的特制番茄炒蛋都浇上去，搅一搅，就直接在厨房吃了起来。

秦恬看得饿了，却迫于“淫威”，只能傻乎乎地站在一边。

她本以为这个男人尝了两口后没什么兴趣，剩下的菜便可以留着自己享用了，却没想到这哥们儿这么凶悍，一盘三人份的番茄炒蛋，他愣是一个人就着意大利面给吞了下去。

秦恬不由自主地瞟了瞟奥古斯汀精瘦的腰，想着那些食物到哪儿去了。

其间，奥古斯汀的副官来找过一次，看自家长官欢快地吃着“番茄鸡蛋面”，面带惊讶地离开了。接着一直到奥古斯汀吃完，都没有人来打扰。厨房里其他人严肃地做着本职工作，只偶尔路过几个姑娘会好奇地打量这个“披着天使皮的恶魔”。

别问她怎么知道这个形容的，外面一个罗马尼亚小妞早就在嚷嚷了，一点职业素养都没有。就因为奥古斯汀一直用德语和秦恬交流，那个小花痴就以为奥古斯汀听不懂波兰语！

奥古斯汀把一盘子食物吃得干干净净，用餐巾擦擦嘴微笑道：“秦小姐真是好手艺。”

“过奖过奖。”秦恬说罢，弯腰收拾盘子，却被奥古斯汀抬手止住。他一脸温柔地问：“不知道以后是否还能尝到这么美味的食物？”

能拒绝吗？能吗?！她咬牙，强笑道：“那是我的荣幸，只是我所会的有限，恐怕……”

“那就这么说定了，希望我再来时，还能吃到美味的中国菜。”

秦恬呆呆地看着这货起身戴好军帽，整了整领子，一脸道貌岸然地踱步出去了。他在关上厨房门前，还转身朝她抛了个媚眼。

厨房里寂静了一会儿后，忽然就哄闹了起来。厨师长汉克叔叔尝了一口秦恬剩在锅里的菜，咂咂嘴，回味了一会儿，给了一个中肯的评价：“好奇怪，也不算难吃，总之……咳，非常，独特吧……”

好几个人都争先恐后来尝，于是锅里那仅剩的菜也没了，可给的评价就那样，统一起来就是：独特，但口味不大适合。

“这个德国人怎么会盯上你的？”汉克叔叔很严肃地问，“还是个德国少校！”

“少校？”秦恬更迷茫了，“当初他自我介绍的时候，说自己是上尉啊，怎么这就少校了？”

“你不会看军衔，不知道只有校级以上的军官才有副官吗？”汉克叔叔很忧虑，“恬，战争时期被这样一个人物关注，很危险啊。在侵略者那儿，他是一棵大树，可是在更多的被侵略者看来，他就是一个大炮，你懂吗？”

秦恬缓缓点头：“我知道，我很清楚。可是，我该躲吗？我该怎么躲？不是我找上他，是他老莫名其妙地来找我，他说他喜欢中国。”

他喜欢中国，这是秦恬很难拒绝的一大原因。

她曾经想过，自己其实可以摆脱这样的关注，只要自己做出一个十足假洋鬼子的样子，崇洋媚外，和欧洲人一样看不起东方，说对中国一点都不了解，没有一点感情，那这个中国通肯定会对自己失去兴趣，甚至，还会有鄙视之情。

但是她做不出来，她已经在初见时的那种情况下说自己是中国人，这足以让奥古斯汀确信她对中国的感情。另外，她更不愿意拒绝唯一一个和自己交流中国的人，那是她唯一能够证明自己过去存在的证据。

好吧，就算他是个大炮，只要不炸她，她也忍了！

汉克叔叔这时候又说出一句让人震惊的话：“这个德国鬼子在德军占领华沙第一天就进城了，那时候他还是上尉，这么几个月就成了少校，你说他做了什么才能升那么快？”

“……”于是秦恬没话说了，她猛然想起白天看到的那个可怜的犹太人。

在已经投降的波兰人身上是攒不到功劳的，唯有针对犹太人才能让一个军官得到晋升机会，除非他只是偶尔出现在华沙，其余时间都在外面打仗。而奥古斯汀曾经有一段时间天天出现在艾森豪芬，哪有机会出去打仗？

原来，他是一个恶魔吗？就像那个一时兴起就掏枪对准犹太老人的德国士兵一样？

秦恬垂下了头：“是啊，还是命重要，我会注意的。”

虽然感到失望、忐忑、心冷，但是只要命还在，什么都无所谓了。

仅仅低落了一晚上，第二天秦恬就恢复了活力。她需要有活力地生活着，虽然外面很恐怖，但是只要宅在艾森豪芬，就暂时安全。

圣诞节过后，情势没有任何变化——当然没有任何变化，耶稣死后没听说过他下凡，圣诞节不会给人任何好处，顶多是受节日气氛影响，德国士兵的心情好了点，街上的枪声少了点。

这两天日子很平淡，除了一个桃色八卦在酒店里流传——艺术团的台柱安杰丽卡小姐最近和列根上校走得很近，非常暧昧。

列根上校，一个有明显雅利安血统的军人，三十四五岁的样子，非常成熟而英俊。当那些军官齐聚一堂的时候，虽然满室都是军装美男，但是集合了美貌还有气质以及上位者威严为一体的，就剩下没几个了，列根上校可以说是其中最突出的那个。

但是波兰人无论是男是女都非常讨厌他，因为他几个月前带人包围了华沙大学，并且带走了所有教授。

虽然他作为军人只是听命行事，但是无论是谁，都无法在这时候为他开脱。

“听说他当初为了威胁教授们，还开了好几枪，把一个教授打伤了！”

“我还听说他是希特勒的狂热粉丝，他的床前就有一幅希特勒的画像！”

“他一笑就杀人！不笑时则是一副死神的模样……”

“这简直就是个魔鬼，不靠杀人他怎么成为上校的？”

“他的手里肯定沾满了鲜血……”

听完这些谈论，秦恬端着一盘蛋糕穿过走廊，进入宴乐厅，里面笑语喧阗，一群德国军官和商人把桌子拼在一起大摆筵席，五个女人穿着兔女郎装在旁边的空地上跳舞，而男人们大多搂着浓妆艳抹的女人在那儿欢笑。

秦恬和几个服务员正一起把蛋糕分发给在座的客人，正当她要给坐在中央的列根上校上蛋糕时，列根身边的女伴安杰丽卡忽然伸手拿起一块蛋糕，用甜腻的声音说道：“列根，张开嘴。”

列根微笑着，顺从地张开嘴，咬住了安杰丽卡送过来的小块蛋糕，一边嚼一边往后看了一眼，忽然愣了一下：“亚洲人？”

秦恬怯怯地点头，她快风中凌乱了，她的小身板扛不住这么一而再再而三的折腾啊！她觉得自己此刻肯定比那些兔女郎还要显得像小白兔。

“轻小姐？”

虽然念得有那么点过头，但是，也差不多……

“啊哈，奥古，难怪你说你不需要女伴，原来你的女伴一直在这儿等你啊。”列根上校此时表现出了不一般的轻狂，他指指宴会厅的一个角落，拉着秦恬的手臂往那儿一带，“过去吧，看我们的奥古斯汀少校多么孤单，你不心疼吗，小姐？”

秦恬一个踉跄，往那儿跌了两步，一抬头便看到那儿坐着许久不见的奥古斯汀。

他正苦笑着看着她，然后招招手："过来，恬，坐我身边。"

这一声"恬"，唤得秦恬是心慌意乱啊，她手里拿着还没有发完的蛋糕，傻乎乎地站了一会儿，直到一个服务员反应过来，拿过了她手中的盘子，还推了推她，她才清醒过来。

秦恬悲愤了，突然从一个大学生变成餐厅打工人她可以容忍，可做陪酒女郎却不是她能够扛得住的。

但无论如何，保命重要。不知怎的，她感觉奥古斯汀不会对她怎么样，因为……因为感觉他不稀罕……

秦恬战战兢兢地走过去，她感觉很多人在看自己，好奇的、打量的、妒忌的、看笑话的。不知道谁又推了她一把，秦恬猛地往前一扑，还好在奥古斯汀面前"刹住了车"，于是奥古斯汀张开双手做出接的样子僵在那儿。

"抱、抱歉……"秦恬在心里咬牙切齿地咒骂那个推自己的浑蛋。

奥古斯汀放下手，把秦恬扶坐到刚加在他身边的位子上，随意地端来一盘食物："要吃吗？"

秦恬一看，发蒙了，这不正是自己刚才发的蛋糕嘛，端出来前自己可偷吃了好几块。想着这样也有事情做，她点点头，轻声道："谢谢。"然后拿起叉子叉了一块慢慢吃着。

"奥古！不要这么害羞，亚洲姑娘不一般，她们心里可着急呢！哈哈！"有个年轻军官大笑着，还捏了把自己女伴的脸颊。

亚洲姑娘不一般？妖言惑众，真是无知！秦恬气得要死，又不敢说话，只能对着蛋糕生闷气。

奥古斯汀沉默了一会儿，问道："汉斯，谁跟你说亚洲姑娘不一般？"

"上回来的那个交流团里的女人不就是吗？她们给出了太多暗示，不是都冲着上校和你来的？我都心痒痒啊，哈哈！"

奥古斯汀冷笑道："怪不得，汉斯，那是日本交流团。日本只占了亚洲弹丸那么大一个地方，他们的色情产业相当发达，估计这就是你产生误会的原因了。"

"哦，难道你的小姑娘不是日本人？那是哪国人？啊，别告诉我是中国人！"

奥古斯汀点头："就是中国人。"

"呵，这可真是……"那军官脸上的鄙夷神情一览无余，但碍于奥古斯汀的面子没说出来，他捏了捏身边的女郎转移话题，"亲爱的安妮卡，这可是一位来自东方的你的同僚哦。”

“你说什么呀？”女郎娇笑。

秦恬郁闷死了，那个猪脑子，你笨就算了，还笨给所有人看，这么一问，那军官的答案肯定不好听。

“都是亡国者啊……”汉斯冷笑。

安妮卡的脸色刷白，然后僵硬地笑笑，顺从地依着身边的人，没再说话。

场面一时有些安静，但是以胜利者作为主打的宴会，不可能为这事低落很久，不一会儿就有一人提出了一个新话题，气氛又热络起来。

秦恬气得要死。

她真想去扇那白痴军官一巴掌，告诉他中国和日本还在死磕呢！还会一直一直死磕呢！等你们投降了我们还死磕！一直磕到胜利为止！白痴欧洲人，自大狂！

“秦小姐，秦小姐？”

“啊？哦！抱歉，有什么事吗？”她暗自腹诽得很爽，差点忽略了旁边的人在说什么。

奥古斯汀一脸歉意：“抱歉，我只是偶然提了一下，没想到他们记得那么清楚，给你带来麻烦了，我很内疚。”

说不怨那是不可能的，秦恬鼓着包子脸，内心调节了半天，才勉强挤出一句：“没事。”

“我想只要我们在他们面前表现出他们想要看到的样子，他们不会多为难你的，毕竟在他们眼里，你是我的人，还是一个毫无威胁的人。”

谁是你的人！秦恬瞪大眼。

奥古斯汀无奈道：“如果你的家风很严谨，我可以负责，幸好我还没婚约。”

“演戏嘛。”秦恬就算有严谨家风那也是在醒来之前，现在她除了命和晦气什么都没有，她挺起身做慷慨就义状，“您说吧，怎么演？”

“你这副表情，已经摆明你是被强逼的了。”

“……”

“别挺那么直，放松，对，然后，靠过来……”

秦恬顺着他的引导一路歪过去，然后发现不出所料，所谓演戏，就是窝在男人怀里扮演陪酒女郎。

陪酒女郎！

陪酒事件过后，秦恬很长一段时间觉得没脸见人。

她有足够的素材来就此事对自己进行一场完美的自我安慰，可是她做不到，因为她虽然不死板、不老古董，可她依然很传统，传统到……她二十多年从没谈过恋爱。

她做梦也没想到，有生以来第一次跟一个成熟男子亲密接触，竟然是在这样的场景下。

她最近总觉得自己被很多波兰人偷偷打量，他们目光里满是鄙夷。或许这些波兰人会觉得她是个势利的人——巴结德国军官，以求获得好的生活，一个忘恩负义的叛徒、一个卖肉者。

一想到有这种可能，秦恬就郁闷得掉头发。她一个安分守己的宅女，居然沦落到这个地步！

都怪奥古斯汀！都是他的错！

经理也觉得秦恬这样很危险，考虑到军官一般不留宿，便给秦恬换了个岗位："恬，你就去干客房领班吧，闲时就负责采买。我发现你还是在外面安全点。"

客房可是个八卦集中地，秦恬只在战后干过两天的客房服务就嗅到了桃色气息，后来那些干客房服务的小姑娘每晚的叽叽喳喳更是证明了一点——每一个客房服务员上辈子都是折翼的天使，这辈子都是不八卦就会死星人。

一听说秦恬是新客房领班，小姑娘们都表示很失望。因为秦恬自从波兰语说得基本流畅后，厨房的小八卦集团她就很少参加了，不是独自看书，就是窝在小阁楼睡觉，明显是个对八卦没兴趣的人。

"怎么有她这样的女人啊……"某天有个姑娘小声抱怨。

"我觉得这样也好，她不多管闲事。我觉得你们老是眼睛乱看，很危险……"一个姑娘怯怯地说。

"哦，安妮，你总是那么胆小。"

"我觉得那些德国军官，虽然显得很温文有礼，但是……那是因为杀人对他们来说是小事一桩，如果惹怒了他们，他们完全有可能给我们一颗枪子儿。"

"安妮，你真扫兴，我们只是聊聊天。再说了，若论谁和德国军官走得近，整个酒店谁能比得上恬，她都跑人家怀里去了！"

"别这么说，恬是被迫的，亨利不是跟你们说了整件事的经过吗？"

"亨利、亨利，你的嘴里不是恬就是亨利。安妮，真拿你没办法，我睡觉去啦。"

“我也是，今天真扫兴。”

两个女孩拿着小点心走出厨房，正好看到新任上司秦恬站在外面似笑非笑地看着她们，不由得心一慌，结结巴巴道：“啊，恬，你怎么在……”

秦恬推门道：“提醒你们一下，以后背后说人坏话时，首先，确定门关上了，否则就算厨房隔音再好，透过那条门缝还是会听到的；其次，别站在门边，找个隐秘点的角落；最后，积点口德，上帝看着呢。”

秦恬进厨房拿了点心才发现，老实的小安妮竟然也溜了出去，她不由得苦笑，狠狠地咬了一口蓝莓派，嚼着嚼着，像在嚼某人的肉。

这一晚住宿的只有二十来个客人，秦恬负责的贵宾区一个人都没有，于是她稍稍巡视完整个住宿区，觉得没什么大问题后，就随着小壮丁亨利去城东的肉厂接收货物。

原本肉厂会直接派人送肉过来，但是自从有一回发现肉厂竟然偷工减料后，经理就决定每次都派人去检查，再将肉带回来，防止出现差错。

酒店一直处于人手不够的状态，所有人都是复合型人才，只要有空就会去做别的工作，秦恬更是其中的佼佼者，在酒店这么多杂七杂八的事情中，就差会掌勺了。

今天一上街，秦恬就感受到了华沙的沉寂。圣诞过后一切再次回归白色恐怖的气氛，人们静默地走着，无论波兰人还是犹太人，他们低着头，伛偻着腰身，脚步匆匆，遇到德国士兵便摘帽行礼。

德国士兵似乎都很享受这种高人一等的感觉，他们三三两两走在街上，昂首挺胸，很是张狂。

秦恬尽量装没有看到他们。她不戴帽子，更何况她很矮，低着头连鞠躬都不用，所以幸运地避开了行礼，而亨利干脆把帽子摘了下来，一路也省却了麻烦。

两人走过平时经常路过的街区，亨利突然停下来，疑惑地挠挠头：“奇怪……”

“怎么了？”秦恬不是路痴，但因为是第一次去肉厂，只能跟着亨利。

亨利指着眼前的墙说道：“你看这儿原本是不是有条路？”

秦恬仔细一看，这是面很新的墙，突兀地立在对面的路上，愣是把一个十字路口堵成了丁字形——此路不通了。

“怎么回事？”亨利摸不着头脑，“难道里面是德国人的特区？”

秦恬沉默了一会儿，才说：“或许应该是……犹太人的特区。”

“什么？”亨利疑惑，脚下却没停，带着秦恬往右边走，“我们绕绕看，不知道肉厂还在不在……你刚才说什么？别开玩笑了，恬，德国人怎么会为犹太人造特区？”

“一个只够几万人住的地方，塞进全华沙将近四十万的犹太人，你觉得这个特区好不好？”

“你怎么知道围起来的地方可够几万人住？”

秦恬噎住了，她完全没想到亨利竟然是个心思灵敏的家伙，只能干巴巴地解释：“我有听到类似消息，只是刚看到实物，所以才想起来。”

“哦，懂。”亨利笑笑，“其实，和那些军官走近点似乎没什么不好。”

“闭嘴。”

“据说犹太人不能进公园、不能坐公共长椅、不能进入很多公共场所……德国人真的挺有创意。”亨利语气很怪异，“他们被《凡尔赛和约》压迫了十年，转过头来就开始千方百计地压迫自己的假想敌……你说他们会不会妄想压迫全欧洲？”

不是妄想，是已经在想了，还差点成功了！

秦恬默默地跟着走，围墙外行人相当少，亨利越说越兴奋：“这真是一种扭曲的心理，全民族都在疯狂地报复，要我说他们就是欧洲的……呜！”

亨利不解地看着捂住他嘴巴的秦恬，眼睛顺着她的眼神往拐角看去，瞬间脸色苍白。一个年轻的德国军官带着两个士兵正走过来，领头的军官冷笑着看着亨利，用流利的波兰语说道：“是欧洲的什么，嗯？怎么不说下去？放开你的丈夫，女士，他应该为他所说的话负责。”

在军官说话的工夫，那两个士兵慢慢围了上来。

秦恬感觉亨利连脸都在抖动，更别说身上了。

她缓缓地放开手，努力让自己保持镇定，却突然听到身边的士兵拉开保险栓的声音，那一瞬间，她真的感觉自己快死了，吓死的。

“说啊，欧洲的什么？害虫？杀人犯？暴徒？来个新鲜点的词汇，我让你们死得痛快点。”

你们？秦恬郁卒，真的把她也捎带上了。

亨利直面三个德国军人阴冷的视线，却全身都在颤抖，他微微抬起头，张张嘴：“欧、欧洲的……”

那军官猛地掏出手枪朝亨利的小腿开了一枪，厉声喝道：“什么?！快说！”

亨利惨叫一声，倒在地上，抱着腿打滚。升斗小民平时磕着碰着都痛得不行，何况是子弹穿骨。秦恬感觉她快疯了，这时军官竟然笑着抬起枪，枪口正对着亨利的头。

秦恬猜他根本没想听亨利说下去，他只想亨利死！

不自救，下一个就是自己！

秦恬猛地扑上去，挡在亨利前面，她紧张得喘不过气来，抽噎着大叫："他说、他说，德国是欧洲的斯图卡！斯图卡！"

军官继续冷笑，放下手枪，摆弄着自己的皮手套问道："哦？他都没说，你怎么知道？"

"他以前说过类似的话，说过好几次，说德军就像斯图卡……声势浩大，攻势强劲！"

"你知道斯图卡是什么吗？女士。"

"他跟我说过，斯图卡，是你们的……轰炸机，王牌轰炸机。"

"我倒没想到，斯图卡名声那么大了……"

"是、是的。"

"嗯哼。"军官闻言意味不明地哼了一声，招招手，两个士兵退开走回了拐角。他自己整了整领子，表情平淡地看了看四周，然后退后了两步："好了，你们可以走了。"

秦恬瞪大眼睛看着他，她觉得还有阴谋。

军官又退后两步，见秦恬一副警惕的样子，笑了笑，转身向巷子里走去。

秦恬看他的步子实在是慢，等不及了，就急急忙忙地扶起痛苦呻吟的亨利。他已经痛得虚脱了，身上一阵阵痉挛，甚至有两眼翻白、口吐白沫的趋势。

"快、快起来。"秦恬很想哭，她把他的一只手搭在自己肩上，咬牙拼命拉起亨利。这哥们儿起码一米八，她站直了才刚到他肩膀。他的全身重量压在秦恬身上，她一步都走不动。

就在秦恬好不容易站稳时，忽然后面砰的一声枪响，亨利闷哼一声，整个人连带着秦恬重新摔到了地上。

秦恬自始至终没有发出一丝声响，她被那声枪响吓得全身僵住，半晌才反应过来自己没死，而亨利则是直接昏了过去。

她看看四周，没有人倒下，可刚才的枪声分明是冲着他们这边的。

她慢慢往后，往巷子里看去。那个军官竟然还站在不远处，他缓缓收起枪，笑得很温和："我想，您应该检查一下您丈夫的另一条腿，并且，回去好好教他在什么场合该说什么话。还有，我可不傻，我确信我喜欢你的说辞，但我更确信我不会喜欢他的。”

他果然没想要放过亨利！

秦恬已经冰凉的心瞬时碎了，亨利两条腿都被子弹穿透，这辈子岂不是毁了？

她难受得无暇去理会那个军官，她只知道那个军官一直在旁边饶有兴致地看着，看他手下的蝼蚁怎么卑微地求活。她抽抽鼻子，完全没了想哭的感觉，只是咬牙把亨利的姿势摆好，然后蹲在他前面，企图背起他。

可是亨利此时完全失去了意识，秦恬好不容易把他的双手搭在自己肩上，刚要去够他的双腿，他的手就滑落了下来。秦恬反复试了好几次，累得想瘫倒，依然没有成功背起他。

她几乎可以肯定，就算背起了亨利，自己也无法背着这个精壮小伙走出十步。

旁边传来一阵阵不怀好意的笑声，是闻枪声而来的几个德国士兵。他们站在巷子口围观，其中一个用德语叫道：“小妞，要不要我帮你一把？如果你的情人成了尸体，你就不用背着他啦，哈哈！”

“我觉得把他的腿全切断更好，这样只需要背着半个身体。”另一个接话道。

“你可真坏！哈哈！”

秦恬一声不吭，她知道自己光这样不行，得想办法。

半晌过后，在一片口哨声中，她脱下了自己的小皮鞋和长及大腿的丝袜，用丝袜把亨利的双手绑了起来，套在自己脖子上，接着顺利地勾起了他的双腿，可这时她摸到一手的黏滑，还带着温热，是漫延开的血……

秦恬努力逼迫自己不要探头去看，咬牙起身，试图站起来……不一会儿，又跌坐在地上。

哄笑声传来，她跌倒的样子太狼狈，旁边的士兵笑得前仰后合。

她远远地看到，几个要走这条路的人远远看到这场景忙不迭地避开了。

秦恬脑子一片空白，只知道不断尝试，几次下来力气用尽，她又转身唤起亨利的名字，想要叫醒他：“亨利，醒醒！醒醒，快起来！”

“女士，再磨下去，你的丈夫就会失血而死了。”那军官没有再笑，只是闲闲地提醒。

“他不是我丈夫，也不是我情人。”秦恬冷冷地回答，到了这种地步，即使脑子里没有置生死于度外的想法，本能上却已经有了这种觉悟。她依然怕死，但她没法强求不死了。

“哦，是吗？”那军官没再说话，又看了一会儿，见秦恬毫无进展，便百无聊赖地进了巷子。

其他士兵也嘻嘻哈哈地走了，时不时朝秦恬指指点点。

秦恬呆坐了一会儿，她很想跑到别的地方去寻求帮助，借个板车也好，但是一到巷子口就看到那里集结着一群不知道在干什么的德国兵。她不敢轻举妄动，怕半死不活的亨利一人躺在这儿，哪个士兵路过时顺手就可能把他杀了。

别无选择之下，她决定赌一把。她把亨利拖到墙边靠着，脱下大衣罩在他身上，然后，她以自己平生最快的速度往远处跑去。他们刚才路过的转弯处有几个小小的摊位，那里应该有板车可借。

拐弯跑了两步，她正好看到有个肉摊边停着一辆板车，那个肉店老板满脸横肉、膀大腰圆，看起来很凶。秦恬一直对这类大叔有些惧怕，可此时没了办法，只能上前说明来意。

好心的老板二话不说放下了手中的刀，抬起板车就随着秦恬走。秦恬千恩万谢，领着大叔一路跑，刚转弯就见亨利前面站着一个人。

又是那个德国军官！他再一次把枪口对准了亨利的头颅！

“不！住手！”秦恬尖叫起来，她快疯了，有完没完，那货心理变态吗?！为什么不放过一个跟他毫不相干的人！

军官一顿，垂下握枪的手，看向这边。秦恬连忙带着一声都不敢出的大叔跑过去，走近才发现军官的脸上还带着意味不明的笑:“原来你回来了。”

“我必须回来！”如果勇气值再高点，秦恬肯定会一巴掌扇过去！

“我想，与其让他在这儿慢慢等死，不如让我给他个痛快。”

“谢谢，不用！”她说完，不再看那军官，和大叔一起把亨利抬上板车，飞一样地离开了。

# 第六章

# 告密者

回到酒店时，秦恬一条腿已经冻得僵硬了。

她穿的是这儿流行的长裙大衣，虽然她曾经很疑惑这儿的女性怎么能在这样寒冷的冬天，凭长裙大衣还有丝袜熬过去。可是穿得久了，她也就习惯了，却没想到脱下丝袜和穿着丝袜差别这么大。

又或者，有心理原因？当然，她现在再惨也比不过亨利。

就连好久没来酒店的桑塔婶婶也闻讯赶来，她看经理请来的医生正在治疗亨利，便跑到秦恬这儿，一边用酒精和生姜按摩她冻僵的腿，一边眼泪哗哗地流着："我可怜的孩子们，怎么受这么大的罪啊？我们做错什么了？我们做错什么了啊！"

秦恬在经过极度紧张之后，现在已经放松了。她坐在暖暖的炉火边，身上有桑塔婶婶按摩后热热的感觉，不禁有些昏昏欲睡，她本想撑到医生出来说明亨利的情况，可实在熬不过疲累交加，便在桑塔婶婶的絮叨声中睡了过去。

再次醒来时，是在自己的阁楼里，炭炉烧得很旺，小房间里温暖如春。秦恬发了会儿呆，猛地坐起，草草穿上衣服就往员工宿舍跑去。她到了那儿，却见原本属于亨利的位置空空的，这才得知亨利已经被送回家了。

"命是保住了，可两条腿都废了……"安妮一见到秦恬就扑过来，抱住她哀痛地哭着，"医生说再迟一点，说不定连命都保不住了。恬……呜……我不知道该说什么才好……"

秦恬也哭了，她有太多的眼泪要流，紧张、悲伤的情绪顷刻间释放："只要留得命在，什么都有可能……"她紧紧地搂着安妮，"对不起，安妮，都怪我笨，我应该早一点去找板车，应该早一点点……只要早那么一点点……一点点也好……呜呜……为什么我这么迟钝，我到底在想什么？！"

这时有一只手搭上秦恬的肩膀，是经理，他严肃道："不，恬，你很勇敢，那个肉店老板跟我们说了，当时有很多德国兵围着你，你都一直坚持着。恬，你不应该自责，你应该为你的勇气感到骄傲，即便是我或在场的其他人，都无法做到像你这样。”

“我当时什么都想不到，我真的很害怕。”

“可你一直没有求饶，想想吧，恬，你面对的甚至不是陆军，是一群党卫军、一群邪恶的纳粹，你坚持下来了。面对他们，即使保持沉默，也是一种抗争！”经理有些激动，“恬，很多人都说我通敌，说我讨好德国人，但是我知道，你不是这么想的，对吗？”

秦恬迟疑地点点头：“没错，您这是用另一个方式帮助波兰人，您背上了骂名，可是让更多的波兰人有了安全住所和食物，我明白。”

经理继续说：“那么想想你的所为，你已经做了伟大的抗争，亨利没有死就是你最大的功绩，你无须自责！恬，外人说什么都无所谓，可你自己万万不能这么想，这是钻牛角尖。相信我，亨利会感激你的，所有人都会。”

秦恬的眼泪不断地流，却忍不住微笑起来，她忽然发现，在这个时代，她有了第四个必须感谢的人：首先是罗德夫人和莉娜，接着是哥哥，现在是这个胖胖的经理——弥勒佛一样的波兰人，背着通敌的骂名却给所有酒店的工作人员以及接受帮助的平民撑起了一把保护伞。

经理准许秦恬放三天假休息一下，她在第二天稍稍整理一下后，随着安妮一起去看望亨利。

亨利原本是一个人住，他的父母在苏占区，所以桑塔婶婶把他接到了自己家里，方便夫妇两人轮流照顾亨利。听已经去看望过一次的经理描述，他们像是当儿子一样照顾着亨利。

安妮的心情很低落，秦恬也很纠结，因为不久前亨利还殷勤地求她帮着追安妮。明明郎有情妾有意，秦恬本来打算乐观其成，却没想到发生这样的变故。说实话，安妮要是选择不和亨利挑明感情，另外找一个健全的丈夫结婚生子，秦恬一点意见也没有，这是人之常情。

两人沉默地走着，路过一间小店时买了点吃的，然后走到了桑塔婶婶家。

那是栋老旧的公寓楼，走进去就感觉一阵昏暗，两人找不到灯的开关，只能摸索着上了三楼，敲门后，开门的是桑塔婶婶。

“哦，我的两个小可爱，你们终于来了，我可等了好久，唯恐你们出事。进来吧，大衣挂这儿，不用脱鞋。”桑塔婶婶笑得很开心，忙前忙后地帮两人拿东西，带着她们进了亨利的房间后，才走了出去。

一进入这个狭小的房间，桑塔婶婶的笑声似乎就此被隔绝在外了。亨利的床正对着窗户，他手里拿着一个相册，却呆呆地看着窗外。

安妮忽然抖了一下，她拉着秦恬的手臂没有再动。秦恬只能强笑着向前，努力不看亨利的下身，坐在床边问道：“窗外有什么呢？”

亨利一怔，似乎惊醒了一般，看到秦恬，他僵硬地笑了笑。他没注意到身后的安妮，略微嘶哑地回答：“鸽子，刚才有鸽子飞过去。”

“……”秦恬发现她接不上话，只得干笑了一下，问，“感觉怎么样？”

亨利摇摇头：“除了疼，没有别的。”

秦恬再次语塞，她不会安慰人，心思也不够细腻，从某些方面来看，她还很木讷。眼下面对这么悲惨的人，她更不知道说什么才好，只能求助地看看安妮。

安妮咬着下唇慢慢走过来，和亨利对上眼。

亨利的表情很麻木，他勉强笑了一下：“哟，安妮啊，你也来了。”

安妮点点头，张了张嘴。正当秦恬指望她说出些治愈的话来时，小姑娘忽然呜哇一声，扑上去抱着亨利，号啕大哭起来。

秦恬和亨利都僵住了。

过了一会儿，亨利抖动着嘴，似乎在拼命忍着眼泪，他伸手搂住了安妮，抬头看着天花板。

秦恬缓缓站起，悄无声息地走了出去。

桑塔婶婶正在厨房里忙碌，煎锅上烧着粉条肉肠，吱吱作响，香气弥漫。秦恬走过去问：“桑塔婶婶，有什么需要帮忙的吗？”

桑塔婶婶一愣，伸头看看秦恬身后，问：“这么快？安妮呢？”

“我让他们两个单独待一会儿。”秦恬讷讷道，“我不知道说什么，我……”

“我懂，孩子，我明白。”桑塔婶婶叹口气，手里的菜铲翻动着肉肠，“亨利这孩子，唉，可惜了，多么朝气蓬勃的孩子，早上还给我送新的采购单，下午就……我这样的老婆子都承受不了，更何况他呢。”

“亨利以后……靠什么生活啊？”

“不知道。”桑塔婶婶摇头，“我和我家那口子倒不在乎，我们自己的儿子不在了，我们很乐意养着他。可是，他不愿意……况且，现在有我们，可等我们两个死了，他该怎么办？”

“或许我们可以给他找个师傅，学点只需要用手的手艺。”秦恬思索着，“比如，雕刻、木工什么的？”

“我们也想过，只是这种时候，上哪儿找有闲工夫的手艺人？”

两人一个烧菜，一个打下手，聊了半个多小时。把丰盛的午餐全放到桌上后，桑塔婶婶宣布开饭。

安妮面色如常地走出来，甚至还带点微笑。她随意与秦恬和桑塔婶婶说了几句后，就取了自己和亨利的午餐，进了房间。

秦恬和桑塔婶婶对视一眼，都不知道这是什么情况，但也不好去探听，只能有一搭没一搭地坐着聊天吃饭。

饭后，两人准备回去之前，秦恬再去看了看亨利。他的表情平静，最初的绝望和麻木退散了不少，秦恬不由得赞叹爱情真是个好东西。

三天休息日过得很快，感觉就是眼一闭一睁，秦恬又要披挂上阵了。

这次贵宾区开了两间房，一大早她就在那儿等着，必须随叫随到，提供完美服务。

昨天值班的康娜告诉她，这次的两间房中，名为五月的房间住的是一个德国大富商和他的妻子，都是中年人，虽然有些趾高气扬，但还算好说话。

对面的名为六月的套间，住的却是列根上校和他的新情人爱莎，一个波兰落魄贵族的小姐。

其实不用明说就已经很清楚了，重点关注六月套间。

秦恬严阵以待。

早上七点的时候，胖胖的大富商走了，而那个壮壮的富商太太则订了送餐服务。秦恬连着送了三趟，总结下来，这大姐一大早就吃了两个蓝莓派、一个芝士蛋糕、一碟浓香培根，并喝了一大杯咖啡。

好强大的胃口！

这么一通吃下来，富商太太也累了，没再使唤秦恬。秦恬接下来只要关注着六月套间就行了。

一直到九点，还没动静。

秦恬感觉有点饿，从小口袋里掏出两块饼干，刚要塞进嘴里，就听到有高跟鞋咚咚咚的声音从一旁楼道传来。

这一大清早就有人入住？而且不坐电梯？那脚步声听着还杀气腾腾的。

秦恬连忙往楼道走去，迎面撞上一张化着浓妆的脸，她没能分辨出是谁，只是本能地拦上去道：“小姐请问……哎呀！”

“走开！”迎面而来的女人厉声呵斥道，鸡爪一样的手把秦恬狠狠推开。

秦恬背撞在墙上，正好磕到墙上的灯开关，疼得她浑身一机灵，瞌睡都没了。

她继续拦上去，奇怪这疯女人怎么能一路畅通无阻地过来，后面都没个人追。她再次去拉那女人的手臂，那女人一甩，由于动作太猛，把华丽的帽子都甩掉了。秦恬差点摔在地上，女人也不管，竟然直冲上前，炮弹一样撞上六月套间的门，然后砰砰砰地敲起来！

秦恬感到一股寒意从背上一直蔓延到头顶，让她的头发都竖了起来，这可真是一种透心凉的感觉。贵宾区十二个房间，这女人偏要敲最恐怖的那扇门，她这是闹哪样啊！

秦恬想也不想地扑上去，这下再也不顾不上什么“顾客是上帝”的原则了，再不拦住这个疯女人，自己就要去见上帝了。秦恬好歹干了那么久的活，比这个小姐样的女人强壮点，拼尽全力后，硬生生把她拉开，不料那女人竟然号哭起来：“列根！你出来！你怎么可以这样对我?！怎么可以！”

还喊上了?！

秦恬目瞪口呆，在艾森豪芬的客人，就算再差劲的人也会拼死给自己贴上一层温文尔雅的表皮，这让她差点以为全世界的人都是绅士淑女。此时，对着这个在贵宾区撒泼的女人，她是真的束手无策。

不过听这声音有些耳熟啊，秦恬仔细打量了一下这女人，结合各种传闻，终于确定了自己的猜测：“安杰丽卡小姐，请您冷静，这儿是艾森豪芬，不是大街。形象，注意形象。”

“列根！你出来啊！”

好吧，我是小透明，秦恬无奈地想。她拦住人已经使出全力，没法再捂住她的嘴，那血红的口红和飞溅的唾沫不是她的玉手能够承受的，就让暴风雨来得更猛烈些吧。

在她欲哭无泪之际，门缓缓打开了。

列根高大英挺的身躯出现在门后，他冷眼看着安杰丽卡，呵斥道：“安杰丽卡，你现在是什么样子?！”

他身后，一个娇小纤细的身影跟着，瑟瑟缩缩，探头探脑。

安杰丽卡没有理会列根，尖叫一声扑上去，撞开门，直接冲向列根身后的女人，抓住那女人的头发就一阵撕扯，嘴里大骂："贱人！婊子！竟然勾引列根！活该下地狱的臭虫！丑八怪！"

秦恬没想到她忽然爆发，被拖了半路后，终于支持不住趴在地上，半个身子在门内，半个身子在门外，身边是列根锃亮的军靴。秦恬不敢看列根的表情，眼见两个女人打架，她只能连滚带爬地扑上去抓住安杰丽卡的手，企图再把她拉开："安杰丽卡小姐，请您别闹了，真的不好看，请您放手，快放手！"

要不是为了保住工作，她早就开骂了！这妞骂来骂去就这么几个词，还能翻来覆去地打那么久，没创意没美感，真是侮辱骂人的艺术啊！

那个挨打的爱莎也不是省油的灯，她一边痛叫着，一边还回两句嘴，她比安杰丽卡矮小点，下手却一点都不绵软，阴毒地专攻软肋，安杰丽卡哪儿痛她就往哪儿捏。

两人都不理秦恬，秦恬一会儿拉这个，一会儿拉那个，累得气喘吁吁，气得七窍生烟。要不是旁边有大主顾盯着，她真想甩手不干了！

列根一直冷冷地看着，表情越来越冰寒，那冰蓝色的眸子透出阴冷的光，令秦恬胆战心惊，拉人的手不禁也抖了起来。

忽然，列根动了，他走到两个女人身边，缓缓地掏出枪，枪口顶住了安杰丽卡的太阳穴。

咔嗒一声，保险栓拉开了。

就好像一个高级的定身咒，两个女人全顿住了。转眼，安杰丽卡就如筛糠一般抖了起来，吓得结巴道："列、列列列……"

"需要我送你一程吗，安杰丽卡？"列根轻声道。

"不、不不不……"

秦恬斜眼看到，房外，经理和一个员工在角落探头探脑，他们的表情都很无奈。秦恬做出个哭脸，用唇语道"救救我"，经理却皱眉摊手。

秦恬绝望，她只能拼命缩在一边，努力降低自己的存在感。

"安杰丽卡，我想你是忘了自己是谁了。"列根恶狠狠地说。

安杰丽卡哭了起来："你曾经说过只爱我，现在却又和别的女人上床。"

"我还记得我跟你说过，男人最大的谎言，就是情话。"

"呜呜呜，我不信……你明明是爱我的！"

"滚，别让我再看到你。"

"不，你不能这么做！"安杰丽卡忽然又有了勇气，"我、我怀孕了！"

狗血继续着，秦恬在一边看着，一边翻白眼，忽然觉得戏如人生。

场面一下安静了，过了一会儿，列根收起枪，问道："真的？"

"真的！我只有你一个男人！"安杰丽卡深情款款，"时间也没错！"

"嗯，很好。"列根似乎在沉思，但表情似乎没有多高兴，"这件事情，先别说出去。"

"为什么?！"安杰丽卡往前爬两步，抱住列根的大腿，"多么好的事情啊！我们有孩子了，列根！"

"我需要准备一下，打通一些环节。"列根摸了摸安杰丽卡的头，似乎完全忘了另一个曾经与他共度良宵的女人，"先回去吧，我要出门了。"

"列、列根上校……"被冷落的那位终于不甘心，娇声喊道。

列根看也没看她："你也回去吧，以后再说。"

安杰丽卡急忙起身，整了整身上凌乱的衣服，对爱莎露出胜利的微笑，然后一扭一扭地跟着列根走出了房间。

"哦，对了！"刚出房间的列根忽然回头，朝秦恬招招手，"过来，可爱的中国小姑娘。"

秦恬忐忑地走过去，居然得到列根递过来的二十兹罗提小费，顺带一句温和的夸奖："你表现得不错，是个非常尽职的员工，我很欣赏这样的人。"说罢，他拍拍另一边正躬身站着的经理，"你是个聪明人，知道该怎么做吧？"

"我会给她加薪的，长官您慢走。"经理笑道，仿佛什么事都没发生过。

过了一会儿，爱莎也穿好衣服气鼓鼓地走了，她脸上青一块紫一块的，真是得不偿失。

经理和随同而来的员工提罗陪着秦恬一起整理凌乱的房间，两个女人的扭打破坏力惊人，把过道上的装饰品、地毯等弄得一团乱。

正收拾着，忽然传来关门声，秦恬和提罗抬头看，发现是经理关上了门。他表情严肃道："恬，提罗，有些事必须在这儿跟你们说清楚。"

秦恬和提罗表情凝重起来，看着经理。

"刚才列根上校为什么要强调我是个聪明人，你们想过原因吗？"

提罗直接摇摇头，秦恬却皱起了眉。她一直有着怪异的感觉，可以肯定列根不会有杀她的念头，但她总觉得这件事还没完，一个前途无限的德国上校，一个华沙艺术团的台柱，两人差别那么大，不可能“幸福地生活在一起”。

“我想了想，估计，安杰丽卡是活不了了。”

“啊？”秦恬惊了一下，被这猜想超高的可能性镇住了，最后她只能低下头，“我想，他是在提醒我们，无论听到什么消息，就当什么都不知道吧。”

“没错。”经理赞赏地点点头，又看向提罗，问道，“提罗，你明白了吗？”

提罗点点头，又摇摇头：“我相信你们，但是，就算两人不门当户对，为什么你们就确定安杰丽卡一定会死呢？”

“因为我忽然想起很久前听到的一个消息，德国元首希特勒颁布的一个名叫《纽伦堡种族法》的法律，里面似乎有强调这样的情况。为了保证血统纯正，希特勒不允许德国的军官与其他种族的女人拥有后代，说这是在侮辱日耳曼人纯正的血统。安杰丽卡正好撞在了枪口上，就算列根想留孩子，盖世太保也不会留。”秦恬说道。

“天，那群人疯了！”提罗惊呼。

“但疯得很有制度。”经理苦笑，“好了，到此为止。这件事情我们丝毫不知情，明白了吗？”

秦恬和提罗都点点头，继续整理房间，气氛陷入沉闷。

三天后，又一个军官们的小型聚会上，安杰丽卡的身影不见了，就连传言里正出风头的爱莎也没在，秦恬的心凉了半截。她第一次大胆地在聚会上张望找人，就是为了验证经理那几乎已经毫无悬念的猜想。

这一次她也开始关注起那些身穿黑色制服的军官。

以前她并不知道党卫队和陆军的具体区别，只是确定陆军是穿岩灰色的制服，还以为这些穿黑色制服的是不同兵种。原谅她一直没有搞清这些，因为对她来说，所有人都是长官，没必要搞清谁是谁。

现在她知道了，这些穿黑色制服的基本上都是臭名昭著的党卫队，属于希特勒装甲师，是王牌军队，是纳粹的亲卫队，是元首的近卫军，也是希特勒的狂热分子。

她一看到黑色制服，就会想起那个打伤亨利的冷血军官。

其实看久了这些年轻军官，秦恬觉得有雅利安血统的帅哥们全都长得一个模样。即使是奥古斯汀，她乍一眼也看不清楚他到底在不在人群里。

她本来认人、记名字就不行，到了这鬼地方能力更加退化，现在认得的人少，好歹还能硬撑着，再过一阵子就不知道了，但她倒记住了那个冷血军官——谁都不会忘记给自己带来过巨大威胁的人。

比如今天，她又看到了那个人，他正在和列根上校谈笑风生。两人制服迥异，可是站在一起聊天的样子，怎么看怎么和谐……就是有种“两人一路货色”的感觉。

好在她现在不做侍应生，只在外围传传菜。

闲暇的时候，她就蹲在厨房里唠嗑，偶尔偷吃两个点心。

这天，负责在外面上菜的提罗带着一身凉气冲进厨房，很激动地对秦恬道：“安杰丽卡在两天前的晚上死了，爱莎失踪了！”

“安杰丽卡死了你激动什么？”秦恬翻了个白眼，三天时间足够她做好心理准备，更何况死的还是个与她不相干的人。

“我的意思是，安杰丽卡是被自己人杀的！”

“嗯？”

“三天前我就托朋友注意着，结果第二天就有传闻说安杰丽卡卖国，串通德军，然后当晚她就被发现死在床上，身边还有一张用波兰语写的留言，说叛国者下地狱什么的。”

秦恬听着听着忽然嗤笑起来，安杰丽卡到底有没有通敌卖国她不知道，杀她的到底是不是波兰人她也不知道，她只知道这样一来，安杰丽卡的死跟德国人就没有一毛钱关系了。

“然后，重点来了！”提罗凑近了一点，神秘兮兮地说，“刚才萨奇告诉我，他给列根倒酒的时候，听到列根和一个党卫队军官说笑，隐约提到这整件事似乎都是那个党卫队军官一手策划的！”

“嗯……”秦恬没觉得惊讶，只是有一种“哎哟，真是这样啊”的感觉。

“你怎么没反应？！”

“你让我有什么反应？”

“女孩子们说得没错，你果然是个无趣的女生！”提罗很是郁结，这件事情他只能跟秦恬分享，却没想到秦恬压根没兴趣。

“无趣？有趣的女生都活不久，想想安杰丽卡。”秦恬叹口气，朝提罗身后努努嘴，“喊你传菜呢……唉，算了，我来吧，瞧你那激动样，小心被当成刺客抓起来。”

秦恬推餐车走到宴乐厅送餐入口，玻璃门里影影绰绰，她摇了下外面的铃，等着守在门边的侍应生开门。

门开了。

秦恬条件反射道："三十人份的卷蛋小羊排和三十人份的黄油起司，另外蓝莓派和芝士培根还……呃?！"

她睁大眼，看着走出来的人对着餐车挑挑拣拣，那身黑军装怎么看怎么惊心动魄。

黑衣军官拿了一个卷蛋小羊排咬了一口，一边嚼一边斜眼看她，忽然道："你很眼熟。"

"长官，我刚才一直站在外面。"秦恬回道。

"这样啊。"他淡淡地说着，把剩下的蛋卷小羊排全塞进嘴里，手又挑拣起来。

"长官……这是要……"送进去的……秦恬心里哀号，他这姿态似乎不在门口吃爽了是不会放她了，那里面的人怎么办啊?！

"肉厂后来给你们送肉了吗？"

"啊？"秦恬呆了呆，半晌才反应过来，脸变得煞白。

那天她和亨利无功而返，昏的昏，残的残，紧接着经理给放了假，她压根没想到那天没新鲜的肉，酒店生意怎么办。现在猛然被提起，真是吓出她一身冷汗，显然这哥们儿已经认出她了。

"我、我不知道。"秦恬咬咬唇，补充了一声，"长官。"

"看来是没送到……"他又拿了个芝士培根，咬了口，挑挑眉，"那肉厂是不想做下去了。"

杀气!

秦恬浑身一激灵，连忙道："那天酒店生意正常，肉肯定是到了，否则没有新鲜的肉！长官！"

"哦，这样。"他点点头，舔舔手指，那憨态可掬的样，哪像那个杀人不眨眼的军官。

"长官，这些点心……"

秦恬想阻拦，没来得及说完，只见他又拿了一个芝士培根，摆摆手，示意可以走了。秦恬连忙点头哈腰，赶紧将餐车送进大厅。

她以为自己会有小说里那般凶猛的恨意，但她没有，可能有惶恐不安，但是更多的是对他避之不及，或许这就是生存的法则，他太强，她太弱，就好像狮子踩死了蚂蚁，蚂蚁根本没权利和立场恨狮子……

她把餐车递给一脸惊吓的侍应生后，轻吁一口气，打开后门，左右探探头，确定安全才一路狂奔跑到经理办公室："经理！刚才我碰到那个射伤亨利的军官了，他问我肉有没有送到！"

经理头也不抬，正在纸上写着什么："不用怕，不是他们查你，是我以影响酒店生意为由去找了他的上司。"

"那、那个家伙……"

"海因茨上尉。"

"啊？"

"海因茨·冯·克鲁特曼党卫队上尉。"

"党……党卫队？"

"是，而且他目前暂时代理华沙区域的所有盖世太保行动。"

"……"秦恬默默地坐在了经理的桌前，半晌才道，"那他知道了我和亨利在这儿，不会对我们……怎么样吧？"

经理笑了："我可爱的小姑娘，放心吧，他们的玩具是犹太人，我们不在他们的玩具列表。"

秦恬默默心惊胆战半晌，又问："那他这么厉害，怎么会不知道肉有没有送到？再说，现在谁敢违抗他的命令？"

经理似乎没想过这问题，半晌才讷讷道："或许，他只是随口问问吧。"

秦恬也觉得这个理由比较合理，她略微安心了，便起身向经理道谢准备离开。

经理却盯着她上上下下打量，看了一会儿后，喃喃道："不会吧……"

"什么？"

"恬，你还没成年吧？"

秦恬忽然意识到经理在说什么了，敢情他以为那党卫队军官看上自己了？她窘得嘴角都抽搐了，连忙告辞："经……经理……那个，我还有活要干。"

"去吧去吧。"经理憋着笑。

秦恬落荒而逃。

紧接着有将近十天，生活风平浪静。

可是在这样的年代，风平浪静可能就意味着更大的风暴即将来临。

一天晚上，秦恬在剥洋葱，被辣得眼泪汪汪，但经理急召，她无奈地将双手在围兜上擦擦就去了。她进入办公室后，却看到经理穿着大衣，表情凝重，见到秦恬的样子他愣了一下，催促道："快点回去，穿上暖和的衣服，我们要出去。"

"去哪儿？"

"去了再说。"经理的语气很不好。

秦恬惴惴不安地回小阁楼换了外出的衣服，被经理急急地塞进车中，就上了路。华沙的路灯很暗，秦恬好久没在夜晚外出，她恍然想起第一次遇到奥古斯汀那晚，想起那个她都记不清名字的游击队员，还想起了那堆油桶。

车内很舒适，但抗震不是很好，秦恬来这儿后还是第一次坐车。

经理一直沉默地坐在副驾驶座上，过了一会儿才道："恬，等会无论看到什么，都要坚强。"

秦恬思绪被瞬间拉回，她感觉接下来会发生极为恐怖的事情，她缓缓地点点头，没再说话。

车停了，竟然停在华沙警备区司令部门口。秦恬曾经路过过这儿，现在这儿一半是波兰的傀儡警察，一半是德国党卫队以及盖世太保的办公区，而德军司令部搬到了别处。

秦恬真的慌了，经理带她来这鬼地方干吗？晦气死了！

经理却一声不吭。门口，一个穿着党卫队制服的年轻士兵闻声而来，他给经理做了个请的手势。经理朝秦恬招招手，带着她走了进去。

两人跟着那年轻士兵一路往深处走，经过好几个阴森森的走廊，突然士兵打开一扇门，里面竟然是个停尸房。

秦恬僵在门口，带着她来认尸？

那会是谁?！亨利？安妮？不，刚才才见到安妮，那……那……

经理拉着秦恬往里走，士兵没有丝毫迟疑地揭开一具尸体脸上的白布，用波兰语问道："确认下身份吧。"

一看到那张脸，秦恬眼前一黑，差一点昏过去，要不是经理死死拉着，她肯定会尖叫出来："卡……卡……"她没说完，就已经哭了起来，眼泪止不住地流，让她怎么都说不完整那名字。

"没错，是卡瑟琳·塞曼斯，我曾经的员工。"经理用手抓着秦恬的手臂，微微颤抖着，问道，"请问她……她怎么会……"

士兵冷漠地盖上白布，拿出一个记录板，边写边道："根据边境安全条例，偷偷过境的人，三次警告后没有停下，予以击毙。”

“她是有正规文件的！”经理提高声音。

士兵冷笑：“看到了，国防军正规文件。”

“那你们怎么可以！”

“别忘了，驻守边境的可不止国防军。”士兵漠然道，把记录板递过来，上面是两张身份确认证明，“好了，既然确认了，那就签字。”

回到酒店，秦恬木然地坐在床上，半晌才反应过来，又一个朋友离开她了。

这是个战乱年代，与莉娜的暂别几乎等于永别，莉娜是生是死秦恬都无法知晓，而与卡瑟琳，是真的死别了。

这个有时候花痴、有时候理智精明却带点懦弱的女孩，这个有着法国人的热情和瑞士人的随性的女孩就这么走了。那晚匆匆一别，迷糊中的秦恬甚至没看清卡瑟琳的脸。

可现在，她却不想看到她……在那个地方、在那种床上躺着。

“恬……”桑塔婶婶被带到阁楼，她在门口站了一会儿，坐在秦恬身边，宽厚的手掌搂住了她瘦削的肩膀，“恬，在我失去卡尔的时候，卡瑟琳曾经告诉我，当我们失去的时候，就看看我们拥有的。”

当我们失去的时候，就看看我们拥有的。

我还有什么呢……秦恬恍恍惚惚地想着。

“你还有我们，还有艾森豪芬，还有远在中国的哥哥，还有你在法国的家人。孩子，好好活着，你还有生命。”

对啊，我还有生命……

秦恬依然恍惚，但是眼神渐渐清亮起来。她慢慢张口，声音嘶哑：“我懂。”

“孩子，卡瑟琳急于离开，没有挑对时间。德国人不可能永远封闭着波兰，等到波兰的局势稳定下来你就离开，去法国，找你的父母。”

“……”秦恬苦笑。

桑塔婶婶以为秦恬放心不下哥哥的信，立刻道：“放心，有桑塔婶婶和汉克叔叔还有经理在这儿，我们肯定会等到你哥哥的信，再把信完完整整地转寄给你。”

秦恬摇摇头，她有苦说不出。

这些人完全不明白中国战场是个什么样。

落后而血性的守护者，先进而残暴的侵略者，贫弱而坚强的民族，无力而短视的政府……这是一场纯用血肉堆砌出来的战争，是欧洲人无法想象的全民族范围的血腥战争。

他们或许还以为亚洲只是一群土著的冷兵器战场，中国的军人会和“一战”时的华工一样黑瘦而弱小。

他们光知道波兰骑兵对抗德军的铁甲洪流壮烈而英勇，他们哪知道远在东方的那个神秘大国早在几十年前就有成千上万清兵以骑兵大刀对抗八国联军的火炮！

秦恬呆呆地想着，完全没注意到桑塔婶婶什么时候离开的，等她醒过神来时，炭炉烧得旺旺的，床头柜上放着一杯温热的牛奶和一块什锦派。

吃完了食物，她感到一阵疲倦，再次陷入昏睡。

第二天晚上继续工作，经理没接受别人的建议让秦恬再休息，而是坚持让她回到岗位。

秦恬本来有些不情愿，可是当她忙碌了一会儿，拿着手帕擦脖子上的热汗时，她忽然发现忧虑减轻了不少。

忙碌，果然是忘掉烦恼的好东西。

而工作完回到阁楼，她早就累得无暇多想，一头栽倒在床上，沉沉睡去。

几天过后，虽然她偶尔想起卡瑟琳还有点难过，可是精神基本上恢复过来了。

不知不觉间，距离圣诞节已经过去了两个月，二月的波兰虽然还寒冷，可是天气渐渐地不那么阴霾了。

波兰的局势也渐渐稳定下来，或者说，人类漫长的心理缓冲期终于过了，开始习惯于这样的生活、环境和气氛。

秦恬很奇怪，不是“二战”吗？德国什么时候才进攻法国？德国一直在波兰这旮旯横冲直撞，似乎抓犹太人就成了他们唯一的使命。再不开战，连秦恬都要相信德国的战争路将到此为止了。

几天后的一个清晨，她收到一封信。

据送信过来的员工说，这封信是包在一块石头外掉在后院的，估计是被人扔进来的，信上写了给秦恬，他就直接拿来了。

秦恬看着这原封不动包着石头的信，呆了半晌才道谢接过，等人走后，她打开信。

莉娜最终没有逃出去，她被抓进了犹太人隔离区——这是一封求救信。

德国政府发布通告，犹太人必须在一九四〇年十月三十一日之前全部进入隔离区，却没想到现在已经陆陆续续有人进去了，而莉娜，之前有企图逃跑的行为，估计是被抓进去的，没有死真是万幸。

可是信中，莉娜说她已经生不如死了。

每天都处于饥饿、寒冷之中，以及每天都有来自看守的威胁，每天都会看到新的同伴的尸体。

莉娜在信中写道：

恬，你无法相信，我来到这地狱后，甚至都不知道该到哪儿找吃的。我们十个人，只有两百兹罗提，而这里即使是一块牛奶糖，也要二十兹罗提。

就在给你写信的时候，又一个同伴饿昏了。昨天我们吃掉了最后一点土豆，那不能叫土豆，只能叫土豆沫。我恨土豆，来到波兰后，除了你给的那些剩菜，我的主食一直都是土豆土豆土豆……

那群该下地狱的人放出命令，私下帮助犹太人的波兰人一律逮捕，我们无法信任那些才认识几个月的波兰人……

恬，你已经帮了我们很多，可是眼看着这些同伴一个一个离开，我真的走投无路了。恬，如果可以，请你扔进来一些吃的，还有药……

知道贝鲁街吗？从萨萨玩具店门口的开始数，第七个路灯那儿，明晚六点，看守换班的时候，我会在墙内等你，你到的时候，学两声布谷鸟的叫声，我会回三声给你。

爱你、感激你的莉娜

秦恬放下信，叹了口气，她相信莉娜所说的都属实，她看过很多这个题材的电影，甚至莉娜遇到的可能比电影里的还要恐怖，但是，莉娜遇到的人，却不一定有电影里那些慷慨无畏的波兰人那般勇敢。

这事秦恬不敢跟别人说的，只能她自己一个人去。

贝鲁街她知道……

要她一人，拿着一个装着食物的布包，在夜色中往犹太隔离区跑，接着进入那条窄窄的被围墙堵得只有一半的贝鲁街，最后还得想办法把一包东西扔过那高高的围墙……她想想就觉得恐怖。

更恐怖的是，莉娜约的是晚上六点。六点，是宵禁的时间，也就是说，她要在宵禁前到那儿，然后在宵禁后大老远地跑回来。

想到这些，秦恬表示压力已经大到了生命不可承受之程度。

莉娜信中指的明晚，就是今晚。

秦恬看看时间，这才早上五点，她决定先去工作，慢慢地想清楚。

虽然她尽量不让自己显得满腹心事，可是她显然不是个合格的演员。下午的时候，经理拍拍她的肩膀，问道："我亲爱的恬，你昨晚梦见恶魔了？"

"啊？"秦恬愣了一下，连连摇头，"不不不……没……没有……"

"那为什么你的脸色这么差？"经理想了想，"在这酒店，没人敢欺负你吧。"

"没……没人欺负我。"

"都结巴了，我们伶牙俐齿的恬，如果遇到什么麻烦，说出来或许会好点。"经理往秦恬手里塞了样硬硬的东西，微笑道，"开心点，你可是我最得力的员工。"

说罢，他转身，忽然张开双臂，咏叹调似的说道："谁能想到呢，现在波兰顶级酒店艾森豪芬最能干的工作人员是一个甜美的中国小姑娘！"

秦恬笑了起来，看着经理胖胖的身子走远，摊开手，是一颗牛奶糖。

"我们十个人，只有两百兹罗提，而这里即使是一块牛奶糖，也要二十兹罗提。"

信上的那句话猛然蹿入她的脑海，秦恬笑不下去了，她剥开糖纸，端详了一会儿黄褐色的糖块，然后含入嘴中。

那是最纯正的欧洲牛奶糖，淡淡的甜味后是浓浓的奶香，远比后来那些充斥着糖精和添加剂的垃圾食品美味。

吃着牛奶糖，秦恬忽然觉得，似乎困扰她一个上午的烦恼，根本不应该存在。

她已经到了这儿，明白历史前进的轨迹，但不能因此就失去对抗的勇气。

畏畏缩缩的，上天要她来何用？

中午来进餐的人很多，来这儿发战争财的商人是主要客源，他们常常只顾着谈生意，食物只吃了一两口，而酒店绝对不会把这些食物回收利用的，于是下午她得以在厨房搜罗了满满一整布包的食物，又问前来帮工的桑塔婶婶要了一点常备药品。

等到一切都准备好时，已经五点多了，她匆忙交代了一声，带着布包急急地离开了。

此时还没有宵禁，路上都是匆匆回家的波兰人，若干还没有住进隔离区的犹太人。此时隔离区还没有封上，就是为了分批安置他们，很快，街上就会只剩下波兰人。

虽然有少数同路的，但是秦恬依然算是“逆流而上”，而且亚洲面孔很是显眼，路上有好几个德国士兵的头是随着她转过去的。

她紧张得要死，却也无可奈何，只能专拣小巷子走，艰难地靠近着犹太隔离区。

波兰偏北，现在又是深冬，近六点时早已暮色沉沉，是一天中最压抑的时候。秦恬总算看到了贝鲁街街口的那家玩具店，华沙并不算大，萨萨玩具店还算有名，它的店主是一个犹太人，店主现在已经不在那儿了，德军不会在砌墙的时候放任一个犹太人在自己眼皮子底下卖玩具的。

路灯适时地亮起，秦恬不明白为什么宵禁了还要亮路灯，巡逻兵的手电筒不够用吗？

她数着路灯，走到第七个路灯的位置，在墙下站定，深吸口气，压低声音道：“布谷？布谷？”

墙那边沉寂了一会儿，回了三声：“布谷，布谷，布谷！”

秦恬一喜，她看看四周，阴阴暗暗的，确定没人，于是甩甩手臂，猛地把布包往上抛去。

布包垂直地上升，又垂直地落下，只是高出了墙一点点，没有成功抛过去。

落下的布包差点砸断秦恬的鼻子，她不禁有些后悔，早知道先不带那么多了，里面甚至还有一瓶用木盒装着的酒，用纸裹着不容易碎，但实在太重。

第一次扔就体会到这布包的重量了，秦恬看着高高的墙，有些惴惴不安，周围寒风呼呼地刮着，她浑身发冷，只能咬咬牙，改换战略，又扔了一次。

这次布包干脆撞在墙上，发出沉闷的砰砰声，即使没有听到瓶子的碎裂声，秦恬还是心痛得要死——那好不容易保存下来的只被咬了一口的蘑菇派怕是保不住了。

那头等了一会儿，传来一声：“布谷？”

疑问和惶急一览无余。

秦恬咬紧牙关，决定豁出去了，拼力一搏！她高举布包，想象着当年中考体育投实心球的现场，准备和高墙来个世纪决战！

正当她准备扔出去时，身后突然传来一个声音，带着笑意：“我说，需要帮忙吗？”

秦恬全身一僵，然后往后一仰，险些摔倒，好不容易稳住，却在转身看到来人时更加站不住……虽然看不清脸，但是观身形、辨声音，是奥古斯汀无疑了。

秦恬傻乎乎地抱着布包，心里一阵悲伤，莉娜，不是我要饿死你，是天要亡你，我真没办法了。

这已经是第 N 次她当着他的面挑战德国的禁令而帮助德国的敌人，可是她真的不是故意的，她……她也不是被逼的。

好吧，枪子儿，来得猛烈些吧……

她平静地看着奥古斯汀上前两步，终于看清了他的表情——淡淡的，嘴角还是习惯性翘起。然后，在秦恬还来不及缩手的时候，他伸手拿过了她的布包，退后两步，手一甩，潇洒地将布包扔过了高墙。

那头传来奔跑声，在三声快速的“布谷”后，就再没声响。

奥古斯汀拍拍手，整了整领口，双手背在身后道：“扔得还行吧？”

秦恬一呆，傻傻地点点头。她深吸一口气，盯着奥古斯汀，知道该轮到自己了。

“证明练扔手榴弹还是有实用价值的。”

“呵呵。”秦恬干笑。

“宵禁了。”

“嗯。”

“那么，我能否有这个荣幸，再次送你回去？”

“啊？”秦恬迟疑了一下，然后立刻点头，“好，啊不，这……这是我的荣幸。”

奥古斯汀抬抬手，做了一个“请”的手势。秦恬胆战心惊地往前走去。

“我可以叫你秦恬吗？”

“嗯。”

“墙里面的，是你朋友吗？”

“是，他们一家在德国照顾过我。”

“原来是这样，那确实值得帮助。”奥古斯汀点点头，“但是你这样太危险了，这次遇到的是我，下次就不一定了。”

秦恬忽然警觉起来，左右看了看：“您、您，不会是一个人吧？”

“哦，昨天有人报告说隔离区有人出逃，今天加强了警戒，当然不会只有我一个人。”

“那……”

“但是我把他们都派到别处去了。”

“为什么？”

“因为我看到，跑来的人是你啊。”

秦恬有些反应不过来，这听着好暧昧，相当暧昧。

对于一个没有任何恋爱经验的人来说，这种话是有攻击力的，不是把情窦刺激开，而是把它吓得缩起来。

她是个传统的人，相信门当户对，对一见钟情抱有质疑，也知道要吸引一个人必须有自己的人格魅力，可是到目前，两人没发生过任何浪漫的事足以导向此刻的场景。

她只能把这句话当成耳边风……吹过去吧……

“不管你相不相信，只要我在，只要不是迫不得已，我都不会伤害你，也不会让别人伤害你，任何人都不能。”

秦恬低下头，如此直白露骨，完全不需要担心被当作自作多情了，干脆问吧。

“我能知道原因吗？”没等奥古斯汀开口，她紧接着道，“别又拿中国做借口。”

奥古斯汀有史以来第一次被噎住，半晌才道：“为什么不能是中国的原因？”

秦恬摇摇头，她完全放开了，快速道：“因为我知道中国现在最大的魅力所在顶多是历史、文化什么的，这些绝对不至于让你对某一个中国人也爱屋及乌，而且，你们和日本关系密切，可我们中国人，却是日本的敌人……”

“秦恬，你对现状还是很清楚的嘛。”奥古斯汀意味深长说道，“现在波兰还有有关中国的新闻渠道？”

“……”秦恬不知道该怎么说，干脆闭嘴。

“无论你知道什么，无论你怎么想。”奥古斯汀背着手微笑着往前看，“我给你的，你就收着，无须有任何负担，我……不求任何回报。”

这些话无形中在秦恬身后形成了一座坚实的靠山。

但是这座靠山，正一点一点把秦恬压得几欲窒息，令她倍加惶恐。

# 第七章

# 离开

第二天晚上，秦恬惴惴不安地考虑了很久，终究没胆子把整理好的布包带出去。昨晚豁出去的一搏已经拼掉了她所有的勇气，再加上奥古斯汀少校的无形压迫，她不可能再顶风作案。

想着自己第一天扔了那么多吃的过去，莉娜应该不至于饿死，再加上刚路过餐厅时，看到奥古斯汀正在和几个军官谈笑风生，她几乎肯定自己被盯上了。秦恬纠结了半晌，决定今晚缓一缓，等风头过去了再说。

这晚，秦恬心惊胆战地缩在客房部的柜台那儿，等着酒店打烊。

一对对青年、中年男女说着笑着来来往往，没有一个人注意到她。

秦恬正昏昏欲睡时，有个阴影忽然笼罩了她："哟，原来你躲在这儿。"

秦恬猛地抬头，唰地站起来，结巴道："长、长官！"他怎么到这儿来啦?!

奥古斯汀看看四周，微笑道："环境不错，很安静，也挺暖和，好工作。"

"是的，谢谢。"秦恬微微鞠躬。

奥古斯汀盯了她一会儿，忽然道："快六点了。"

秦恬心一跳，假装看看表，点头："是的，快宵禁了。"

"今天怎么没有……"奥古斯汀问。

秦恬不说话。

"怕了?"

秦恬老实地点头："嗯。"

"呵，你还真老实。"奥古斯汀左右看看，伸手，"给我。"

"什么?"

他挑眉，走到秦恬身边，歪头往下看看，一弯腰，拿出一个鼓鼓囊囊的布包："这个。"

秦恬瞪大了眼睛，半晌才反应过来扑上去："别！"

"别什么？"他举高了包裹，秦恬根本够不到，也不敢跳起来，唯恐一个大盖帽没夺到包裹反而拍在奥古斯汀脑袋上。

秦恬懊丧地垂下手，哀求："长官，我求求您，别玩我了。"

"我帮你扔这个，是玩你吗？"

"您不需要这样，真的，我承受不起。"秦恬顿了顿，"那些是犹太人，而您……您如果帮助犹太人，让那些秘密警察知道了，处罚说不定更重，您根本不需要这么做，不去送也没关系的，那本身也不是我的职责……"

"你是在关心我？"奥古斯汀忽然低下头，凑得近近的。

秦恬后退一步，摇头："我不希望您误会，但我必须说清楚，我相信莉娜他们也能理解，即使在隔离区饿死，也不会、不能、不该接受一个德国军官这样毫无来由的帮助。"

"毫无来由？"奥古斯汀揉揉太阳穴，"你就这么不相信我？"

"因为您喜欢中国，我就要相信您吗？"秦恬想冷笑，但还是尽力让自己显得和善，"抱歉，我真的、真的无法相信。"

"讲两句中文吧。"奥古斯汀忽然道，"我说一句话，你告诉我中文怎么说。"

秦恬看着他。

"我是中国人。"奥古斯汀道。

秦恬开口，用字正腔圆的普通话说："我是中国人。"

"我来自中国。"奥古斯汀又用德语说。

"我来自中国。"秦恬用中文说。

"我……"他忽然说不下去了，深深地吸了口气，看着秦恬疑惑的表情，问道，"北方人？"

"不，南方人。"

他挑眉："那你怎么说北方话？"

"什么北……"秦恬忽然顿住了，"您懂中文？！"

"不。"他答得斩钉截铁，"只是我见过一个中国人，来自北京，他说他们北方话是这样的，可南方以及其他地方都有各自的地方话，差别很大。"

"不不不，我们、我们……"秦恬编不下去，她生活在一个普通话普及的时代，方言她只能简单地讲两句。她解释不清，在这个自己爷爷辈的时代一个南方人为什么会说流利的北方话。

“或许你应该去问你父亲。”奥古斯汀摆手，“别想了，我只要你记住，我帮你不是让你欠我人情，而是在帮我自己，你不需要担心。”

正当秦恬脸上的问号扩大到小脸快撑不下的程度时，奥古斯汀拿着包裹转身离开了。

什么叫帮他自己？

他，一个德国军官，替一个中国平民给一群犹太人扔食物，却说这是在帮他自己？这是传说中的为了获得心灵的解脱吗?！

电影《钢琴家》中，那个帮助犹太人的德国军官是感到大势已去，而且身为陆军本就对犹太人没那么变态的仇恨，才会偶尔给犹太人送送吃的。

可是现在呢?！这才战争初期啊！而且德国刚攻陷波兰，在最意气风发的时候，这哥们儿却已经开始做大势已去时才会做的事情，这算什么?！闲得没事干？

秦恬怎么都理不出头绪，她甚至都有逃走的念头。这个老大的心思比马里亚纳海沟还深，她够不着，逃还不行?！

可她一个人是无法生存的，唯一能做的只有回法国老家找爹妈。但是，爹妈在哪儿？家在哪儿？她都不知道……

如果秦九回不来，她好像只能憋在波兰等战争结束，说不定还能混个帮助犹太人的“女辛德勒”的名号……

就这样，半个月过去了，秦恬只送过两次食物，之后就没有了莉娜的消息。她不敢天天去扔，她也不可能以一人之力养着他们所有人。

奥古斯汀有时候连着三天来，有时候隔两天才来一次，每次来都会跟秦恬进行一场诡异的谈话，然后带着微笑和微微怅然的表情离开。到后来秦恬已经麻木了，她觉得自己可以以那些面对精神病人的医生的心态去看待他——这小伙子有典型的战争阴影，就好像本来善良的人，杀了人以后就觉得自己手很脏一样，他只是来找点慰藉。

秦恬已经不想再思考这人为什么这么喜欢中国，她每天思考的是如何在不触怒这个人的情况下做出令他满意的回答。

奥古斯汀真的是个中国通，他对中国很多事情都很了解，可奇怪的是，他从来没有要求学中文，即使他已经是个八国语言版词典，他还是只喜欢听秦恬说，然后猜秦恬的意思。

他经常十句话猜对八句，这让秦恬非常怀疑中文对外国人来说真的很难吗？

"因为你的表情已经翻译成了德语，亲爱的恬。"他哈哈大笑，戳着秦恬的包子脸。

即使他做出如此亲昵的行为，秦恬却丝毫没有放松。

她有着太强的自我保护心理，面对一个能够任意揉捏自己的上位者，她认为，先交心，就输了。

半个月后的一个下午，众人正在各自的岗位上忙碌着，在花园里帮忙修剪花枝的秦恬忽然听到远处传来一阵剧烈的枪声，紧接着的是轰轰轰的爆炸声。

很多人从后门跑出来，踏着石头往墙外看，远处冒出滚滚浓烟。

很多在巡逻的德国士兵从围墙下匆匆跑过，看到围墙里探头看的人，有士兵朝天放了一枪，并大吼着。

"他说不准看，快回去！"秦恬告知身边人。

"他哪管得了！"有个胆大的还在看，秦恬连忙探手过去按头，忽然一个枪声响起，那头一缩，一颗子弹恰恰飞过，在她的手背上擦出一条血痕。

秦恬"啊"了一声，快速闭上嘴。那剧痛是她这辈子没尝过的，她以前顶多被小刀片割个口子，何尝有过这么长一条伤口，几乎横贯了手背。

她跌下去坐在地上，咬着牙，捂着手背，血从手指缝间潺潺流下，温温热热的。

站在墙头的人立刻全都下来围着她，那个坚持要看的小伙极为愧疚，大喊着冲进酒店拿药酒和绷带。桑塔婶婶闻讯出来，一边给秦恬包扎，一边骂那小伙。那小伙低着头，一动不动地站着挨骂。

秦恬也有怨气，她怎么就这么倒霉，早知道不管这闲事，让这哥们儿被枪射个洞穿，看以后谁敢不听她的话！

小伙连连道歉，秦恬噘着嘴不说话，委屈和疼痛交加，忍了半晌的眼泪终究流了下来。

周围的人都安慰着，秦恬却觉得很烦，她只想一个人静一静，谁也不想见，谁也不想原谅，谁也不想搭理。

等到包扎完，秦恬哗地站起，擦了把眼泪，一言不发地回到自己的小阁楼，趴在了床上。

晚上，没人来叫秦恬工作，慈爱的经理肯定又准了她的伤病假。

其间那个小伙在外面敲了会儿门，抱歉地说是来送晚饭，顺便看看她的伤。秦恬很想随便扔个东西到门上，可最终还是没做出过激行为，只是尽量平静地说，她很好，只是有点累，让他不用担心。

小伙没办法，放下晚饭走了。

安妮也来过，她没敲门，在外面轻声细语地说："斯洛基很担心，他很愧疚，他向经理申请，在你伤好之前你的活全部归他干，薪水全归你。经理同意了。恬，你别难过，斯洛基就是这么个鲁莽的性子……哦，对了，斯洛基当然不可能代替你干客房，经理说他会把客房的床单整理成德国泡菜，所以斯洛基被派去推煤车——最脏最累的活，呵呵。"

安妮说了半晌，最后叮嘱了一句："好好养伤，已经受伤了，可别不吃饭虐待自己。"

秦恬怎么舍得虐待自己，她把晚饭端进来，竟然还有炖得浓浓的奶油蘑菇汤和桑塔婶婶拿手的洋葱圈煎肉饼。美食是个能转换人心情的东西，虽然她右手拿着吃不方便，但是心情却慢慢好了起来。

刚才恶劣的心情其实是很多事情累积后的爆发，她忍着奥古斯汀的古怪，忍着与这个世界的格格不入，忍着工作的繁忙和生存的压力，忍着对莉娜的担心，忍了太多，实在无法忍住这次带着血的付出了。

可是，既然已经这样了，又赚到一个带薪假期，还有什么好说的呢？同事之间抬头不见低头见，撕破脸犯不着。

做好了自己的思想工作，秦恬心满意足地早早睡去。

感觉才闭上眼没多久，一阵巨响就把她吵醒了。

秦恬迷迷糊糊，还没来得及睁眼，就被粗暴地一拉，从床上跌下来。她的手本能地撑着身体，而手背的剧痛让她猛地清醒了。

她抬头一看，顿时吓得去了半条命，一个穿深灰色制服、头戴钢盔的德国士兵正拿枪口对着她，并狰狞地大吼着："下去！快点！下去到大堂集合！"

是德语，他也不管秦恬听不听得懂，只知道大吼着，不断用枪口往外指，意思是出去。

"知道，我知道。"秦恬用德语回答，缓缓起身。她只穿了棉布质地的睡衣，陡然离开温暖的被窝，即使被吓出一身大汗，依然冷得如筛糠般颤抖。她穿着拖鞋走了两步，终于忍不住回头哀求："能不能让我拿件外套，太冷了……"

士兵迟疑了一会儿，或许是秦恬的德语让他不那么反感，他的手往后探，从角落里的衣架上随手拿了一件外套扔给秦恬，继续大吼："快点！到大堂去！"

秦恬接过外套苦笑，这不是她的厚大衣，只是在阁楼里点着炭炉的情况下穿的家居袍，到了外面就无法御寒了。但是她不敢再提要求，只能披上它，快步走了下去。

走下去时她才发现，外面只有幽暗的廊灯，很多员工已经聚集在大堂，都穿着薄薄的睡衣，他们有的甚至还赤着脚，相互靠着缩在那儿取暖。显然，她能穿上一件外袍，已经是贵宾级待遇了。

她被赶到员工中，外围一圈荷枪实弹的士兵虎视眈眈地盯着他们。秦恬偷偷问旁边的人："怎么回事啊？"

那员工还没来得及摇头，就听到旁边的士兵大喝："不准私下交流！"

两人只能闭嘴。即使不懂德语，员工也不敢造次，全场一片静寂。

很快，又有好几个员工被赶过来，有两个甚至相互搀扶着。紧接着，经理拿着外套从大门外走进来，刚进门，还没来得及说什么，就被后面的德国士兵狠狠地推到人群中，要不是有人接着，他肯定得摔一跤。

看人差不多到齐了，士兵圈外两个一直抽着烟谈话的军官缓缓走过来，一前一后进入了圈内。大堂的灯很亮，于是秦恬看清了军官的脸，其中一个是党卫队上尉海因茨。

这一次他穿的不是黑色制服，也不是深灰色军队制服，而是一身黑色皮大衣，倒三角的完美身材被完全体现。其实他和奥古斯汀长得很像，都是金色的短发，白皙的皮肤，冰蓝色的眸子和薄薄的嘴唇。

只是奥古斯汀的下巴有个美人沟，而海因茨的下巴趋向于锥子形，更添一点阴柔，再加上那冷冰冰的眼神和常年带着嘲讽意味的笑，看着看着就能往东方不败的长相上想。

秦恬打起精神很认真地看着海因茨，可是十五分钟过去了，他就一直在抽烟，巡视在场的所有人，然后和身边的另一个同样装扮的军官说两句话，声音很轻，听不清楚。

过了很久，等到秦恬冷得快僵硬的时候，外面突然跑进来一个士兵。他对着海因茨耳语了两句，海因茨点点头，转过身来扫视一圈，突然带着瘆人的微笑用波兰语道："艾森豪芬尊敬的女士们，请站出来。"

秦恬全身都僵了，她只能一步一步往前走。她看到人群中的女同事们一个一个走出来，她们全都穿着单薄，脸色惨白，哆嗦得厉害。

安妮也站了出来，就在她身边，抖得特别厉害，秦恬便悄悄拉住了她的手。

安妮勉强回以一笑。

女人们站成一排，哆哆嗦嗦的。海因茨缓缓地走过来，一个一个仔细打量，大堂很安静，只有他皮靴的声音一点点在靠近。

秦恬发现，海因茨越靠近，安妮抖得越厉害。她不禁有些疑惑，捏了捏安妮的手，安妮没有任何反应。

这时，海因茨在秦恬和安妮前面停下，他看看秦恬，又看看安妮，再看看她俩握在一起的手，诡异地笑了笑："深厚的友情啊。"

两人俱低着头，不说话。

"对于下午那场袭击，你们有什么看法？"

"……"

"有人告诉残余的游击队，说今天下午会有大人物到总督府视察。"海因茨顿了顿，道，"我想了又想，这个消息唯一会泄露到外界的途径，就是某个多嘴的军官在这儿吃饭时，快乐地提了一下。"

海因茨看了看秦恬和安妮。

秦恬有种不好的预感。这人当然不会是她，她早就没有在餐厅干了，莫非是安妮？她的反应太反常了！

"其实根本不用费神地猜测，只需要一场审问，一切都会真相大白。"海因茨整了整自己的皮手套，低头道，"很不幸，我得到消息说，通风报信的是一位女性，她的消息来源是艾森豪芬，具体是谁，等到画像画出来，就什么疑问都没有了。我只是在想，这位女性既然这么伟大，敢通风报信了，是否能够勇敢地站出来，节省我们画师的时间，也让她的同事们少受一点苦？"他脱下手套，忽然抚了抚秦恬的脸，冰冷的手把秦恬激得打一个哆嗦的同时，他自己也夸张地倒吸一口凉气："看得出来你很冷，虽然你穿着外套，可是相当薄……我很遗憾，你明天很有可能生病，女士。"

"那么，经理。"海因茨转头看向经理。

"有……有什么能为您效劳的吗？"

"你应该清楚，哪些女士在餐厅工作吧？"

经理的表情很冷静，他点了三个人出来，其中就包括安妮。

"很好，范围缩小了。"海因茨拍拍手，冷冷地笑，"那么，昨晚三人都在吗？"

“昨晚，根据工作记录，只有……”饶是经理表情冷静，也说不下去。

秦恬隐约记得，昨晚似乎只有安妮一人在做侍应生，她和另一个女生换了班，说要早点去看亨利。

海因茨正眼看着经理，突然质问道：“是谁？”

经理叹口气：“安妮。”

“哦，安妮！”海因茨又夸张地重复了一遍，紧接着回头看着三个站出来的人，问，“哪位是安妮小姐呢？”

安妮没有动，其他两人也没动。

这时，有一个士兵打开大堂的门走进来，他手里拿着一个纸袋，显然里面装着的是一张画像。

海因茨抬手止住那士兵过来的脚步，盯着三人：“画像来了，我总不能枉费画师的心血，但我也希望给安妮女士一个自首的机会，安妮？”

其实很多人躲躲闪闪的眼神已经清楚地说明了谁是安妮，但是海因茨就是装没看到，他似乎很享受眼前某人害怕得越抖越厉害的样子。过了一会儿，他似乎觉得玩得不够过瘾，拿枪划过三人，指着第一人道：“你是安妮吗？”

那人连忙摇头，只会用德语不停地重复：“不不不不不……”

“那么你呢？安妮？”接着，他指向下一个。

“不，不是我，不是。”

“那么你就是安妮了？”他指着安妮。

“……”安妮颤抖着。

“唉，一定要我自己指认出来，那就不是自首了。不仅浪费了画师的精力，还浪费了我的时间，看来，处罚得从重呢。”

秦恬的心沉了下去，这个杀人不眨眼的恶魔，他口中的从轻处罚说不定就是死，从重难道是生不如死？

一阵冷风传来，大门又开了，这次军靴的声音特别有力急促，秦恬微微抬头瞟了瞟，竟然是奥古斯汀！

他看也没看秦恬，匆匆走上前，皱眉道：“海因茨，抓人抓到这儿来了？”

海因茨指了指拿着画像的士兵，又指了指奥古斯汀。

士兵把纸袋交给奥古斯汀。奥古斯汀打开看了一眼，又看向站在海因茨面前的人，松了口气：“还有吗？”

海因茨似笑非笑地指向安妮，调侃道：“放心，没有你的小美人。”

秦恬直觉这个“小美人”说的是自己，但是她一点害臊的感觉都没有，眼下她更担心安妮的处境。安妮已经不再颤抖，她相当平静，微垂着头，睫毛轻颤。

秦恬很想唤回安妮的注意力，想问她好好的为什么这么做？她从战争初就没表现出特别强烈的情绪，一直小心地工作、生活，就连亨利受伤，她也没有表现出非常强烈的仇恨情绪。

可是接下来的情景，却彻底打翻了她给人的一贯印象。

两个士兵上来粗暴地抓住安妮，把她带往外面。秦恬很想抓住安妮，但她不敢，只得双手握拳，担忧地看着。

可以确定，这是最后一面，最后一眼。

所有人都默然地注视着安妮被拖向外边，当大门打开，安妮突然剧烈地挣扎起来，她推搡着抓着她的士兵，眼睛死死地盯着在后面的海因茨，嘶叫起来：“为什么你没有死！为什么！明明他们说是你负责接待那个什么总督！为什么！为什么没有炸死你！你这个魔鬼！该下地狱的刽子手！亨利有什么错?！你这个浑蛋！该死的！为什么死的不是你?！为什么?！”

所有人怔怔地望着她远去的方向，声音越来越远，门却没有关上，寒风瑟瑟地吹进来。

秦恬无法描述她此时复杂的情绪，震撼、悲哀、不舍、惊讶……

然后，她看向海因茨，他面无表情地站着，抬手整了整军帽，问奥古斯汀：“白兰地?”

奥古斯汀笑了笑：“走。”

当两人一起走了出去，所有士兵也都紧随其后离开了。

大堂一片死寂。

第二天早上，奥古斯汀又来了。

即使走了安妮，生活还是得继续，经理布置了很多任务下来。一晚上没睡好的人虽然都或多或少有些憔悴，但大伙还是运用着经理的“忙碌治疗法”。

秦恬算得上是比较精神奕奕的那个了，昨晚刺激虽然有点大，但作为宅女，她已经习惯了熬夜。

安妮一走，人手更少了，秦恬只能“挂彩”上阵，经理早早地吩咐跑来帮忙的桑塔婶婶做一顿大餐，犒劳各位，还偷偷告诉秦恬，说会给她开小灶奖励她带伤工作。秦恬只能苦笑。

昨晚德军并没有打扰睡在客房的人，可是依然有很多客人被吓到。早上秦恬相当忙碌，虽然大部分客人都谨慎地什么都没问，但还是有几个留宿的军官和德国富商不满地问着昨晚发生了什么事。

秦恬早已考虑好万能回答，故作神秘地道："盖世太保巡查。"

此话一出，谁与争锋。转眼所有人都噤声了，就连那些军官也不再多问。

盖世太保在德国，甚至在"二战"时期的很多国家，算得上权倾朝野，只要他们乐意，随便编造点证据弄死谁都是小意思，即使出身贵族的军官也惹不起。

奥古斯汀在餐厅用好早饭，终于在客房服务部的休息室里找到了正在整理干净床单的秦恬，见面第一句话便是："你受伤了？"

秦恬一顿，看看自己手上的纱布，忽然想起来："对哦，还没换药！"会不会把伤口给捂烂了？她连忙转身在柜子里翻找纱布准备替换。

奥古斯汀突然拉过她的手，揭开纱布，看了看她的伤："子弹擦过的？"

秦恬有些不舒服，她从三年级以后就没和男孩子拉过手，连握手都没有，她想抽回手，但奥古斯汀握得很紧。他一手握着秦恬的手，一手从刚刚拿过来的纸袋里拿出两个瓶子、一堆棉签、一卷纱布："子弹造成的伤，还是我们当兵的来处理比较好。"

秦恬还在努力地抽手："这跟刀片割过一样，没差别啊。"

"你见过刀片割过的伤吗？"奥古斯汀拿着棉签蘸了蘸碘酒，直接擦在了伤口上。

秦恬倒吸一口凉气，感觉手背上一阵火辣辣，疼得要死。

"你不用忍着，女孩有哭的权利。"

"我没忍！"秦恬咬着牙。她身体其实一直不是很好，从小吊盐水、打针不断，据她妈妈说，她从小打针就没哭过，因为天生泪腺不发达和极要面子。

"那么，等你忍着的时候，会怎么样呢？"

"什么叫等我忍着的时候？"秦恬一直知道德国人哲学很牛，所以听不懂完全不丢脸。

奥古斯汀沉默地帮秦恬把手包扎好，轻轻拍了拍她的手背。当听到秦恬发出了一阵抽气声，他笑了起来："看吧，你真的很能忍。"顿了顿又补充道："各方面的。"

"安妮怎么样了？"秦恬忽然问道。

奥古斯汀耸耸肩，坐在她身边，看着外面："你说呢？"

秦恬低下头："什么时候？"

"就刚才。"

"是吗……"

秦恬的身体渐渐发冷，她早已经预料到安妮这次难逃一死，可是却没想到，凌晨她走远，清晨她永别。

"我……我不想亲眼看着她死。"秦恬的声音在颤抖。

她从安妮被带走那时就做好了心理准备，她不断告诉自己，这就是战争。不仅是卡瑟琳，不仅是亨利，不仅是安妮，以后还有朋友、亲人，甚至敌人，昨天还是活人，隔天可能就会变成一具尸体。她必须习惯，必须做好准备，说不定有一天，就轮到自己。

"我知道……"奥古斯汀伸手到秦恬身后，似乎想搂住她，但最终放下手，只是拍拍她的背，"所以我在这儿。"

"您要是没来多好。"

"哦？"

"您不来，我就不会忍不住打听，我就会一直相信她没死，只是被关在某个地方了。"

"想法不错。"奥古斯汀轻笑一声，拿出一个精致的烟盒，取出一根烟夹在手间，问秦恬，"介意吗？"

秦恬挥挥手，她低落着呢，恨不得自己也抽一根，哪来的心情管人家抽不抽。

于是，这两人一个心里默默哀悼，一个悠闲地抽烟，休息室宁静美好。

"恬。"

"什么？"

奥古斯汀吐了口烟，继续看着窗外带着阳光的蓝天："再过阵子，你就离开吧。"

秦恬挑眉："什么？"

"这儿真的不安全，我……不可能一直在。"

秦恬笑了："长官，我很乖，不惹事的。"

"那陪波兰游击队夜行的是谁？当着海因茨的面救人的是谁？给犹太人送吃的是谁？"

"……"

“说吧，你还干了哪些该吃枪子儿的事？”他开玩笑道。

秦恬做忏悔状：“我偷吃过您的餐后点心。”

“我就说，怎么别人都有五个芝士派，我就永远只有四个。”

“您误会了，我不止吃您一个人的。”秦恬顿了顿，“只不过您在的时候，我一般会挑您的吃。”

“我的荣幸。”他乐得抽了口烟，笑眯眯的。

两人又沉默了一会儿，奥古斯汀再一次认真道：“我说真的，恬，或许你现在没把我当朋友，可我还是想劝你，离开这儿。”

“为什么？”秦恬明知故问，“难道你们占领了这儿，还要把这儿的土地给翻一遍？”

“……”奥古斯汀摇摇头，“别忘了，占领这儿的可不止我们。”

“意思是你们会和俄……不，苏联打起来？”秦恬差点说出“俄罗斯”这逆天的名字来。

奥古斯汀笑道：“你可以去美国。”

“你们连法国都不放过？”

奥古斯汀一愣，脸色凝重起来，转头看着秦恬。

秦恬觉得自己即使不知道未来，听这哥们儿的话也能从中推断出来：“您明知道我在法国有个家，这时候却推荐我去美国……我能不多想吗？”

奥古斯汀盯了她一会儿，才摇头道：“不知道该说你什么，很敏感？”

“很好，第一次有人说我敏感。”

“别去法国了。”奥古斯汀欲言又止，“法国也宣战了不是吗？其他的，我没什么能说的。”

“那就还有英国喽。”秦恬对自己的判断很有自信。

“恬，女孩家家的不要这么兴致勃勃地讨论战争好吗？”

“我只是讨论，总比有人去实践好吧。”

奥古斯汀再次无语，半晌后才道：“你法国的家在哪儿？”

这下把秦恬难住了，她决定继续真假掺和着说：“我……我不知道。”

“嗯？”

“那个，我到德国很久了，听哥哥说爸妈搬了家，然后我便到了这儿……我不知道他们具体搬到哪儿了……”

“你哥哥居然不告诉你搬家地址？”

“我哥哥还没等知道我就走了……”

“那以前呢？”

“我就记得是在小巷里，不知道具体地址。”

“你骗我。”他斩钉截铁地说。

秦恬挫败地低下头：“不管您信不信，我不知道。”

“你的入学档案应该有填。”

“没带过来。”

“好吧。”奥古斯汀耸耸肩，似乎有点松口气的意思，“这样，你就回不去了。”

秦恬也这么认为。

于是这场关于战争和去哪儿的谈论就不了了之了。

晚上，所有人商量着该怎么和亨利说安妮的事。平时大伙忙着工作，而安妮胆小不爱说话，和她熟的人很少，唯一亲近一点的是秦恬。所以，当大家得知她的死讯后，只是沉重了一阵子，很快便恢复了精神。

最大的问题就是亨利了。

秦恬放心不下亨利，她亲眼看着亨利受伤，看着亨利因为安妮而振作起来，可安妮是为了给亨利报仇而死的，那个小伙子如果知道这个消息，该怎么办？他绝对会自杀的！

但瞒着终究不行，于是当天晚上，秦恬、桑塔婶婶还有经理走到亨利的房间，告诉了他安妮的死讯。

亨利平静地听完后笑了：“我以为她是在开玩笑。”

“什么？”他这反应太出人意料，三人都愣住了，异口同声问。

亨利笑出了眼泪：“她让我振作起来，她说会给我报仇，跟我描述怎么找游击队暗杀海因茨。当时看她笑眯眯的样子，我以为她是在开玩笑。”

“谢谢安妮，她让你振作了起来。”桑塔婶婶努力保持微笑，擦着眼角的泪，“所以现在，你也要……”

“然后她说，我俩做个交易，她帮我报仇，我替她好好活着。”亨利泣不成声，嘴角却还带着笑，“然后我答应了，我发誓了，我说我会好好地活着。”

秦恬再也没法看着亨利的脸，那巨大的悲痛扭曲了他的表情，他的笑容狰狞，或许他下一刻就会咆哮出来。她转身走了出去，靠着门默默地擦着不断流出的眼泪，从听到安妮的死讯以后，所有隐忍的悲伤都在此刻爆发了，之前她不是不难过，只是“忍”已经成为一种习惯，可是，这个习惯，终究被超出隐忍界限的事情打破了。

她忽然很想，很想离开。

转眼，四月。

奥古斯汀已经很久没有出现，关于离开与否的事情也就再也没有人和秦恬提起，于是秦恬只是在工作期间偶尔想想，可是又无处可去，只得作罢。

波兰似乎真的不能待了，这儿成了德军肆虐的大本营，不管是犹太人还是波兰人，只要有一点可疑或是让德军看着不顺眼，下一秒就会被拖到不知哪儿去。

时常有成群的犹太人拎着箱子进入隔离区，随着人数增多，莉娜他们这些早到的渐渐站稳脚跟，秦恬再也没有和他们联系过。

秦恬不确定自己能在这儿生活多久。不得不说，奥古斯汀有句话很对，她真的很能忍，无论她多么想离开，都没轻举妄动过。

据消息称，很多在郊外的德国军队都离开了，只有少数继续驻守着。一方面，波兰方面的反抗力量正在减少或者隐蔽下来；另一方面，秦恬知道，真正的大战要开始了。

她等这一天，等得够久了。

这一天，春光大好，经理给少数几个员工放了假。几人在白天时，偷偷地在后花园野餐了一下。

阳光真是一个能让人心情变好的东西，晒得人全身香香的、暖暖的。一直到晚上的工作结束，秦恬哼着歌回到自己小阁楼门口时，她还保持着好心情，然而下一瞬间，她的心情就掉到了谷底。

她进门刚打开灯，一个不该出现在这儿的家伙坐在她的书桌前，正看着她。

是最近不再掌管华沙盖世太保的党卫队上尉海因茨。

秦恬强忍住夺门而逃的冲动，在门口犹豫着，即使她现在能轻松应对奥古斯汀，可眼前这家伙仍旧让她完全无法轻松。他是安妮和亨利悲剧的缔造者，光想到这一点，她就相当不舒服。

“你们工作还挺晚，我等了好久。”海因茨拍拍旁边的床，“坐吧，你不累吗？”

“您……有什么事？”

“你想让我仰望着你说？”

秦恬很想说我可以蹲在门边，但她最终还是坐到了床角，离他相当远。

“近一点，这个距离像审问犯人。”

秦恬没办法，挪近了一点，一个纸包落在了她的腿上。

“聪明的秦小姐应该知道有些事情不能假手于人，所以我亲自来送。你得感谢你有一个忠诚而强大的追求者，奥古斯汀阁下。”海因茨慢悠悠地说着，头也没回，只管自己看着书。

秦恬打开了纸包，翻了一下，竟然是她的文凭以及在法国的资料，甚至还有很多过境文书，党卫队和国防军都有签章——这是完美的欧洲通行文件！

不用多说了，奥古斯汀是没这本事的，他是彻头彻尾的国防军。这显然是情报机器盖世太保的杰作！

“我一直不知道原来秦小姐是个巴黎人。嗯哼，为什么奥古斯汀一听说你父母住在巴黎，就不再介意你是否知道自己的家庭地址了？”海因茨回头看着秦恬，“难道你会和他相约巴黎吗？哦，那可不是什么好地点。”

秦恬皱起眉，刚脑子里灵光一现，却什么都没有想起来，只能抿着嘴，慢慢地翻着手中的资料。

海因茨一手搭着椅背，一手翻着书，还摇着凳子，发出咯吱咯吱的响声。他似乎很无聊，自顾自说着：“你们法国人都对马奇诺防线很有信心，是吗？”

这个问题问到哪个“二战”前的法国人都会点头并为之骄傲，可秦恬怕赞同这点招来鄙视，只好换个角度回答：“我是中国人。”

“生于法国、长于法国的秦恬小姐，中国好在哪里？为什么这么坚持。”

“作为我父母的孩子，我必须坚持这一点。”

“呵呵，你的心智很坚强……我一直就知道这点。”

秦恬盯着自己在巴黎的家庭地址，她总觉得自己忘了一件很重要的事情。

“我一直很想去巴黎参观，那儿的艺术确实值得称赞。”难得海因茨会说这么中肯的话。

“法国人的荣幸。”时间久了，秦恬也学会了西方人说话的调调。

“你晒过太阳了？”

话题转得太快，秦恬愣了下神才道：“是、是的。”

“真不错，身上有着阳光的味道。”海因茨深吸一口气。

秦恬满脸黑线，她可以告这货骚扰吗？

“你怎么不问奥古斯汀去哪儿了？照理说这样的任务他不可能交给我。”

那家伙不是经常长期失踪吗？秦恬向来心大，这时候一想，心里咯噔一声，莫非……

海因茨突然凑近，嘴角勾起，低声道：“他要去冲破你们的马奇诺防线了！”

“哦……”秦恬表面不动声色，心里却在腹诽，德国打了波兰又被拖去打法国，完全两个方向，那以后打苏联怎么办？再从法国把战线拉到东线去?！我的天啊，真正的三过家门而不入啊！

海因茨似乎很想看好戏，他盯了秦恬半晌，可惜秦恬完全没给出他想要的反应，他的失望一览无余。真是个恶魔，就希望她“无助、伤心、失望、难过，感到被背叛的痛苦”吗？

秦恬看看天花板，看看地板，看看窗户，又研究出他眼角有颗泪痣，然后对他耸耸肩：“我很耐看？”

海因茨失望地回头，继续吊儿郎当地虐着秦恬残破的凳子，然后有气无力地说：“告诉你一个好消息，我将调任德国。”

“……恭喜高升。”

“而奥古斯汀走前，让我照顾你。”

“……”秦恬很想淋狗血。

“于是我决定，把你也带回德国。”海因茨回头，邪恶地眨眨眼，“再没有比伟大的德国更安全的地方了，是不是？”

秦恬脑中立刻闪过著名电影《帝国的毁灭》的画面，里面的柏林被炸得如同废墟，希特勒都只能住在地下，德国哪里安全！

她狂摇头：“不不不，不用，我在这儿很好。”

“你忘了你在那儿的学业了？”

“大学，还在吗？”

“教育，是一件神圣的事情。”

那“水晶之夜”是谁那么疯狂地在烧书啊！

秦恬再无借口，她只能绞尽脑汁地拒绝：“抱歉，谢谢您的照顾，我会在这儿好好的，我相信波兰很安全。”

“不，很不安全。”海因茨摇摇头，“等到犹太人彻底进入了特区，你想想那些血气方刚的小伙子会拿谁发泄他们的无聊？华沙特区区长费舍博士可从不认为除了日耳曼人以外的其他人种有活着的必要。”

“……那柏林就安全了吗？”

“我们终将胜利，再没比我们那儿更安全的地方了，不是吗？虽然你无法进行核心的工作，但是给你安排个简单的包吃包住的工作还是轻而易举的。”海因茨诱之以利，“我都忘了，你以前可是被一群犹太人照顾着。”

这是个危险的话题，秦恬低下头不再接话。

“而现在，有个叫莉娜的少女是不是应该感谢你的倾力帮助？”

秦恬一愣，猛地抬头，睁大眼，哭笑不得：“您不至于把这件事情拿出来威胁我吧，就为了让我去德国？有意义吗？”

海因茨摘下帽子把玩着，淡淡地说：“我也觉得麻烦。不知道你是否清楚，我跟奥古从小玩到大。他是个奇怪的家伙，但只有我能容忍他，当然，也只有他能容忍我。”

秦恬确实不知道，她没听奥古斯汀提起过他小时候，那奥古斯汀时常在她面前说海因茨的好话，难道是这个原因？

她不禁感叹，奥古斯汀这孩子到底是倒了几辈子血霉，摊上这么一个难以捉摸的发小……

“虽然我们的政见出现了一点异同，但并不影响我们的友谊。最重要的一点，他是个不近女色的美男子。”海因茨忽然挺挺胸，意味深长道，“当然，我也是。”

“……”

“自从《纽伦堡种族法》颁布后更是如此，纯血统几乎成了种马的代名词，我们可不能成为这么悲惨的群体。”

“……”

“所以，我不介意帮他泡一个中国小姑娘。”海因茨极度不标准地说了句，“nī hào！”，“怎么样？标准吗？中国热在德国可持续了好久，我的叔父当年就去中国担任过军事顾问。”

秦恬有要昏倒的冲动……

她半晌才瑟瑟缩缩地说了一句：“我跟您说，他不是泡我，您信吗？”

海因茨一愣，忽然自我安慰似的说：“你是不是觉得他长得帅，所以肯定泡妞无数？相信我，他这辈子关心得最多的女性除了他妈妈就是你了。”

秦恬终于扛不住这哥们儿的自作多情，不顾形象地倒在床上做挺尸状：“您就不相信男女之间有友谊吗?！作为一个女人我没觉得他在追求我，而他自己也承认他只是把我当朋友！还有，如果他真喜欢我，就不会把我放到一个这么尴尬的位置上，还强迫我！”

“什么尴尬的位置?”他问。

“情妇！”秦恬愤怒地坐起来。作为一个洁身自好的姑娘，她无法容忍背后有人这样形容自己，可是很久前她就知道，饭店里经常有人这么说，她忍了很久了！

“这不是很好吗?”

“好……”你妹啊……秦恬彻底无力，决定换个角度，“那也不该强迫我。”

“强迫你的是我，我又不喜欢你。”他干脆利落地说道。

秦恬被彻底打败，她继续在心中怨念，奥古斯汀染上的哪是血霉啊，分明是黑死病，会传染啊，都传染到她头上了！

“您不喜欢我，我也不喜欢您，就求您别管我了，我会好好活着的。”

“秦小姐。”海因茨也烦了，语气很平淡，却带着杀气，“我可不是为了你，我是为了奥古。”

“他不会感激您的……”秦恬垂死挣扎，“您可以帮我带信给他，我谢谢他的关心。”

海因茨噎住，他终于没了谈话的欲望，质问道：“就说你去不去吧。”

秦恬斩钉截铁：“不去。”

海因茨忽然砰的一下把书摔在桌上，右手掏了掏口袋，拿出一把枪来，眼神凶狠地指向秦恬。

秦恬这才心惊肉跳，盯着枪口做冷静状，心里却在哭喊，她怎么能脑残到忘了面对的是个怎么凶残的货色啊！

“秦小姐，别以为我不会杀你，恃宠而骄的女孩子，死几个都无所谓。”

“我……我只是不想去德国。”秦恬感觉心跳如擂鼓，“我不想离开，我在这儿很好。”

咔嗒一声，海因茨拉开了保险栓，淡然道：“话说我都忘了，你给莉娜小姐的包裹，有个还是我给带进去的。”

“什么?”

“奥古怎么可能做跟犹太人打信号、扔包裹这么没品的事情。”

“……”

“还有，似乎你敬爱的经理也参与了那次游击队告密行动。”

“……”

“秦小姐，你不会这么不识好歹吧？”

秦恬无奈地叹气，举起双手，低头道：“您说什么就是什么吧，去就去。”

海因茨挑眉：“真的？”

枪是那么狰狞的东西，谁面对它都得屈服。秦恬欲哭无泪，点头：“是的，您说去德国就去德国，去马奇诺防线都行！”

“早点头不就没那么麻烦了。”海因茨啪地扣动扳机，在秦恬唰地惊跳后，枪口竟然只是冒出一簇小火苗，紧接着，海因茨又从口袋里掏出一支烟来，点燃，吐出一个烟圈……

秦恬气得牙痒。

秦恬要走，在很多人看来是理所当然的事。即使她一直没有表达过要离开的欲望，可是当一个人心都不在这儿了，她的全身都会散发要离开的气息，有眼的人都看得到。

只是她要离开的原因，实在是相当令人震惊——被党卫队带走。

她不愿意被人十八里相送，也没有去看亨利，只是简单地和桑塔婶婶以及经理道了别。当她转身离去之际，环顾酒店众人，竟然再没有相熟的人了。

或是参战，或是离开，或是永别……罢了，走得好。

但她还有两个人放不下。

首先，是那个从未谋面，却一度成为她心灵支柱的哥哥。

她也很奇怪，一个她不认识、没印象，甚至照片都没见过的人，就凭那两封信，那一沓钱，就能在她遇到困难时、空虚时、害怕时，支撑着她，让她不会那么发慌。她还时常会幻想，那不靠谱的哥哥再给她一封信，给她指个方向。

“恬，你放心，只要艾森豪芬在一天，我就会等着埃里克山大的信。”经理拍着秦恬的肩膀微笑，他的眼睛亮亮的，“你们兄妹俩，是我见过的最好的员工！”

“呵呵，走的时候都没人来送，我算什么好员工。”

“在这个时期，能做到这一点才能活得最久。”经理意味深长地说。

秦恬愣住，她不知道该点头还是摇头。

其次，是莉娜。秦恬比现在的犹太人更多地知道未来走向，那些电影、书籍、资料通通告诉她，犹太人不该上火车，除非是辛德勒的专列。但她没法说，她只能再次拜托海因茨，给莉娜带一封信。

“得寸进尺说的就是你吗？”海因茨一手叉腰，一手举着信封，仰头从太阳下察看里面信纸的轮廓，“我跟犹太人没什么大仇，但是帮着你就是跟自己有仇了。”

秦恬气馁，抬起手道：“那不用了，给我吧。”

海因茨挑眉看看她，把信折起来塞进口袋：“下午我还有点事，要去隔离区交代清楚工作。”

秦恬看着海因茨，不知道该说什么。

这种复杂的人，不是我等能够明白的。

现在从波兰到德国是一路畅通，有军车护送，沿途还有军队设营，身后更有一个突击队跟着。据说他们是恰好今天要途经德国上前线的。

海因茨不知道说了什么，满车士兵都表示不介意带上秦恬，于是海因茨上了自己专属的小轿车，而秦恬一爬上大卡车后舱就窘了，一堆德国鬼子个个儿正双眼炯炯有神地瞅着自己。

秦恬终于知道风中凌乱是什么感觉了，就是那种吓得站都站不稳，感觉一阵风吹过来自己就能飘下车。

一个壮壮的士兵伸出手，猛地抓住她手臂就往里面扔，粗声粗气道：“快进去，车开了！”

嬉笑声一片，一个少年挪了个位置给秦恬，然后朝那士兵道：“汉斯，你还是这么粗鲁，吓坏了我们的秦小姐怎么办？”说着他又看向秦恬：“你看起来好小，到结婚年龄了吗？”

“结……结什么?!”秦恬瞪大眼。

“海因茨上尉说你要跟我们到前线去找你的男友结婚。”

“……”秦恬捂住头，慢慢地弯下腰，一副“痛改前非”状。

“嘿！说说，你男友是个怎样的人，怎么勾得你拼了命也要结婚的？我们也学两招！”又一个士兵说话了，于是满车人都双眼放光。

秦恬的无力有谁能明白……

她希望海因茨指的不是奥古斯汀，她觉得那哥们儿常年微笑，那脸就像夜礼服假面的面具，甚至有时比海因茨的还假。虽然他对她相当好，好到让她惶恐，可她不是水兵月，也没期盼过夜礼服假面。

当海因茨在前面的小轿车上心情很好地哼着歌时，秦恬非常无力地杜撰着自己“未婚夫”的形象，参照看过的各类言情书籍，从温文尔雅的外形到腹黑的内心，再到外冷内热的性格，同时又是个痴心不改的大叔，说得众士兵一阵阵惊叹和绝望。

“这么百变而富有魅力的男性，让人连决斗的欲望都没有了……”有人长叹，“那该是多么复杂的家庭诞生了一个如此复杂的人啊！他为什么还当兵？他都能给戈培尔部长当形象大使了！”

秦恬干笑：“呵呵，情人眼里出……出美人嘛，我看他就是完美的……”

“秦小姐，你考虑下我吧，和这样的男性在一起，你会有压力的！”一位少年双眼闪闪发亮地说。

“秦小姐，你别听他的，多尔想恋爱想疯了，啊哈哈哈！”

“……”

秦恬一路上都被乌云笼罩着，不知过了多久，他们终于抵达目的地。

“这就是你以后的小窝了！”海因茨开了门。

秦恬迟疑地走进去。

这是一个简单的小公寓，家具一应俱全，布置得相当温馨简单，虽然看起来好久都没人住了，可还是很舒适。秦恬有些疑惑，不禁想到“二战”时期很多德国军官都会霸占犹太人空置的房子来住，这个不会是……

“这是谁的房子？”她问。

“奥古斯汀的。”海因茨回答完，他把钥匙放在了一旁的柜子上，左右看看，“不得不说霍恩真是个好副官，能把他家长官的狗窝打扫成这么副模样。”

秦恬没理会他说什么，又问：“奥古斯汀的？他一个人住这儿？那以后他回来了怎么办？”

“那就你们两个人住啊。”

秦恬无语，她摇头：“您不是说给我安排了一个工厂的工作吗？那儿肯定有员工宿舍吧。”

海因茨摇摇头：“给你两个选择，一是给我在这儿住下；二是睡门口走廊。我打一开始就不认为自己会是个好保姆，所以，你要是出个闪失……我不会有任何愧疚感。”

“那么，我要换衣服了，就不送了。”秦恬认命的速度越来越快。

“晚安。”

海因茨走后，秦恬呆呆地坐在桌旁，她感觉脑子有些混乱。

西方的城市长得都差不多，就好像是经历了一个短暂的旅行，她感觉自己还在华沙，只是换了个住的地方，换了份工作而已。

可是，她一直就有的一种感觉明显加深了，那就是迷茫。

从穿越来的那一刻起，她就很迷茫，直到收到秦九那封信。她去找秦九，她努力工作，她耐心等秦九的信，一切都是为了掩盖自己的迷茫感。

从那恐怖的核物理专业就看得出来她曾经的“优秀”，现在的她定然要辍学的，那课她根本混都混不下去。

所以，学业不是她的未来。

那要永远四处打工吗？或是随便找个人嫁了？好吧，她虽然没有鸿鹄大志，但也不至于这么废。

那么，她能干些什么呢？

或许……去找自己的父母？

秦恬拿出一直贴身放着的证件，里面写着她家的地址：巴黎市第七区奥赛街十九号。

巴黎！秦恬的心里惴惴不安，一个胸无大志的宅女，以前连到邻市玩都嫌麻烦，现在却已经有欧洲十国游的趋势了……

不过，想起巴黎，她总觉得那儿有很重要的事将发生，自己却想不起来。

正当秦恬冥思苦想之际，敲门声忽然响起。秦恬开门一看，是一个士兵，他抱着很大的两个纸袋子进来道：“这是您这个星期的食物，如果不够，可以和楼下的门卫讲，他会帮您传达的。”

“门卫？”秦恬一惊，忍住透过窗户向下看的欲望，问道，“怎么会有门卫？！”

士兵很奇怪地看着她：“这是专门分配给军官及其家属住的公寓，当然需要门卫。”

“……”秦恬忽然想起《探索·发现》栏目，里面有讲过希特勒的一些针对军官的政策——将士出征，其家人就必须待在希特勒能够监视到的地方，名曰保护，其实就是挟持。

住在里面，就是承认自己是“家属”了？

秦恬觉得她娇嫩的生命已经承受不住这样的打击了……她真的真的很想咆哮，

然后直接跳下楼去。

海因茨！你狠！

诅咒不停，日子还得照过。秦恬把不大的房子打扫了一遍，又换了床单和被套，想到第二天就要被安排工作，只能无奈地睡下。可是又想到这儿曾经躺过另一个人，是个男人，还是个德国男人……她就浑身不舒服，感觉背后都毛毛的。

夜晚总能激发人的思绪，秦恬睁眼到半夜，还在想奥古斯汀，脑子里他的脸和臆想中哥哥秦九的长相重叠着，最后那张脸慢慢地变成了一个黑发黑眼的秀气青年。秦恬感觉自己是一直睁大眼看着这张陌生又熟悉的脸进入梦乡的。

早上在鸟叫声中醒来，秦恬试图回想昨晚的梦，却什么都想不起来，忽然听到外面有踱步声。

她换好衣服，走出房间，看到海因茨。

"您……您怎么这么早？"

"我想知道，作为艾森豪芬的优秀员工，你一直都这么懒吗？"

"因为睡得很舒服啊。"秦恬一点都没羞愧的感觉。懒觉而已，当睡则睡啦！

海因茨眯起眼，鄙夷之情一览无余。

似乎看不得秦恬这么无赖的样子，海因茨忽然道："你工作没了。"

"什么？"秦恬没反应过来，半晌才道，"就……就因为我起晚了？没人告诉我要早起啊！否则我四点半就能起来！"

"确切地说，不是你工作没了。"海因茨把玩着自己的帽子，"而是你工作的地点没了。"

"什么意思？"

"昨晚在那家工厂工作的犹太员工被临时调走，于是那个工厂当晚就倒闭了，你来迟了点。"

"……"秦恬想到了《辛德勒的名单》，辛德勒的犹太工人在上班途中会被德国士兵临时命令干这干那，没有一点人权。他口中昨晚那所谓的临时调走，不知道又是什么血腥的幌子。

她不好说什么，面前就站了一个同样不把犹太人的命当命的德国军官。

"于是你只能赋闲在家了，秦恬小姐。"海因茨微笑，"不过有个好消息，说不定能让你的生活多点期待。"

深感双方价值观差距巨大的秦恬没有抱希望，光低着头，看都没看他一眼。

海因茨似乎已经习惯了秦恬的“冷反抗”，继续用他那缓慢的、低沉的、黏黏的、蛇一样的音调道：“奥古斯汀立了功，大概后天回来受勋，到时候你们就可以见面啦。”

秦恬的心沉到了谷底，她莫名其妙地被海因茨弄来，各方面和奥古斯汀那哥们儿绑在一起，现在他要回来了，最大的尴尬场面便要开始了！

秦恬不由自主地想象着自己被海因茨拿丝带绑着装在巨大的蛋糕盒里，奥古斯汀戴着勋章喜气洋洋、好奇满满地打开蛋糕盒，然后看到她穿着蛋糕裙、头戴蝴蝶结，半死不活地蹲在里面，最后他沉默很久，道：“秦小姐，看来我们之间有些误会，我对你一点意思都没有……”

悲剧啊！到那时海因茨绝对不会为她说一句话的，所有尴尬都要她一个人承担！

秦恬要哭了，她哀求道：“海因茨长官，求您了，让我回华沙吧！”

“怎么？不敢见奥古斯汀？”海因茨眯起眼，“你做了什么对不起他的事？”

“不是……哦，是啊！”秦恬大呼，“我对不起他！我根本不喜欢他啊！我还对不起您！您误会大了啊，他也根本不喜欢我啊！我我我……”秦恬说不下去了，因为海因茨的手似乎又要拔枪了。

“你可以继续说下去……”

秦恬吸吸鼻子：“为什么您这么想把我们绑在一起？”

“继续。”他抬起手，握着枪。

“别用打火机对着我，行吗？”

“打火机的枪口和真枪的枪口，是不一样的，你看清楚。”

见秦恬胆战心惊地举起双手，他收起了枪，语气平淡：“如果不是我多想，你就好好陪着他；如果是我多想，你爱怎么样怎么样，波兰、法国……哼，随便你，不知好歹的女人。”

说罢，他走了出去，重重地甩上门。

# 第八章

# 身份

秦恬的悲剧在于，她很努力地摆正自己的位置，可是总有人随意变换她的位置。

目前来讲，她还只是一个留学生，一个几天前还在华沙做服务员的女孩，才刚刚成年。可是转眼，她莫名其妙地被安排住进了一个德国军官的家属公寓，得到了一个党卫队军官的照顾，楼下还有门卫。

全都是因为某位心理不健全军官的臆想！

秦恬把土豆切块加上豆子放进锅里煮着，坐在一边看起了书。

她第二天才敢打开奥古斯汀的书房，不是她胆子小，而是觉得一不小心知道些不该知道的可不好。

可是她不敢出门，又没事做，只能冲动一把了。

事实证明，这是个消磨时间的好办法。秦恬没有在奥古斯汀的书房中找到任何能够体现其特别品味的东西，书倒是不少，而且都很新……显然，奥古斯汀在这儿也没住多久，那些书就是摆出来装装样子而已。

秦恬随意捞了一本，有一下没一下地看着，渐渐入了迷。阳光照进来，把她整个人笼罩在其中，房间里还带着淡淡的阳光味以及清新的空气味，窗外有早春的鸟儿在鸣叫，偶尔还有马车以及汽车路过的声音。

没有枪声，没有炮火，此时的柏林，多么美妙而平静。

秦恬感到全身暖洋洋的，困意浓浓，不知不觉又睡着了。

后来她是被吵醒的。

窗外汽车压过的声音和无数人奔跑的声音汇聚在一起，就在对面停下了。秦恬好奇地看向外面，此时正值傍晚，天色渐暗，路灯还没有亮起，一片昏暗中，车灯成了最亮的光源。几个膀大腰圆的德国士兵一路喊叫着从楼梯冲上去，点亮了楼道灯，在四楼停下。

楼梯左边的一家的灯亮了，他们的阳台正好对着秦恬的窗户。秦恬看到德国兵们破门而入，在空无一人的地方四面搜查，宣布没人后，他们才嚷嚷着离开。

秦恬以为只是虚惊一场，没过一会儿，却见一个中年军人走进去。他耳朵上挂着一个东西，在德国兵的指点下，他走到一面墙那儿，用另一个东西贴着墙，侧耳听着。

听诊器?!

秦恬终于看清那是什么了，惊得不行，听诊器还有这用处?!他在听什么呢？寻找珠宝？钱？那些玩意儿有心跳吗?

等等……心跳……

秦恬忽然想到《安妮日记》，还想到《辛德勒的名单》的一个场景，莫非……

就在这时，那中年军人在一个犄角旮旯指了指，朝两个士兵点点头。

他们一拥而上，拿枪托对着那墙角一阵猛砸。只听到一声尖叫后，那墙体的一大块崩落，竟然露出了一间暗室来!

接下来的死角位置秦恬就看不到了，窗帘挡住了她的视线，她只听到尖叫声、砸墙的声音和士兵的呵斥声。很快，她透过阳台看到有三个人被拉了出来，是一个女子和两个小孩。

这时的楼下，一个年轻男子从拐角处跑过来，发疯一样要冲上楼，但被门口的士兵拦住。带头的军官上前说了两句话，那男子忽然跪了下来哀求着什么，那军官理都不理，自顾自地走开了。

暗室里的三人很快被带了下来，并被粗暴地塞上卡车。士兵和军官都当那男子不存在一样，开着车轰隆隆走了。那男子大叫着追车，终究只能放任那车越来越远。

自始至终，街上没有一个人路过，连探头看的人都没有。

秦恬长叹一口气，这才发现自己一直憋着气在看。等到一切结束，她已经憋得胸腔窒闷了。

不用猜就知道这是个什么戏码。日耳曼人和犹太人结合的家庭，“反犹运动”爆发后，夫妻不舍分开，犹太血统的女主人就带着两个孩子躲在暗室中。不知道是谁告发了，才出现了这样的惨剧。

等到男主人的哭声在楼下渐渐沉寂，天也黑了。

秦恬沉默地坐回桌边，这才想起她还煮着食物。她上午煮的，这都天黑了!

她连忙跑到厨房去看，发现自己竟然忘了点火……对着锅子默默地看了半晌，咕噜一声，肚子抗议了。

秦恬捂着肚子，倒了杯热水，切了块用来当早饭的面包，慢慢地啃着。

敲门声响了。

奇怪，海因茨怎么来得这么勤？秦恬咬着面包就上前开了门。昏暗中高大的人影站在门口，即使看不清脸，秦恬还是认得出来，这不是海因茨，而是……

“奥古斯汀？！不是说您后天才回来吗？”秦恬说着，让开身。

奥古斯汀侧身进来，关上了门左右看看：“打理得不错。”

“哪里……我什么都没做。”秦恬很不好意思，“来的时候就这样了。”

“于是你连沙发垫都不敢动一下？”奥古斯汀把皮手套搁到桌上，看看秦恬正在吃的面包，皱眉道，“你就吃这些？他们没给你带别的？”

“那个，我努力煮了，但忘了点火。”

“呵，这不像你的风格。”奥古斯汀走进厨房，打开锅盖看看，随后竟然脱下军装，挽起白衬衫的袖子，煮起食物来。

秦恬嚼着面包僵在那里，看着厨房里的奥古斯汀忙碌起来。渐渐地，有土豆的香气飘出来。

怎么感觉这么诡异，他们好像一对夫妻……虽然对方很帅，但是立场和她完全不同，她根本就不该和这人扯上关系！

她迟疑了一会儿，走进厨房，扭捏道：“有什么要帮忙的吗？”

奥古斯汀正在切胡萝卜，技术相当精湛，他头也没抬：“如果到时候你能夸赞我一下的话，我就很感激了。”

“嗯，我不挑食的。”秦恬左右看看，她虽然在艾森豪芬的厨房帮过忙，但仅限于削土豆和挑拣菜叶什么的。西方人烧菜的方式她不怎么懂，所以她不知道奥古斯汀要烧什么东西，只能在一边待着，没话找话道：“那个，我不是故意占着您住的地方的，如果可以，能不能……”

“我知道，海因茨跟我说过。”奥古斯汀手边的活儿没停，把胡萝卜丝也放进锅里，“他说你很满意这儿，我感到很荣幸。”

秦恬心想，我能说“不，我一点都不满意”吗？她搜罗了一下词汇，才道：“但是我不能老住在这儿，或许您可以帮我找个便宜的旅馆，等我找到工作了……”

“那还不如你留在华沙呢。”奥古斯汀点了火，开始准备调料。

秦恬心里咯噔一声，这是要把她给送回去吗？她想这样也不错，于是点头附和：

“好啊。”

“恬，既然我们把你带到这儿，就该照顾好你。我知道你想独立，但是在这种时候，有人照顾是最好的，更何况你在这儿无亲无故。”

跟你也非亲非故啊……

“或许等战争结束了，我还能带你四处玩玩，我很想去中国，看看长城、故宫……”

又提到中国了，不知怎的，现在秦恬一听奥古斯汀提到中国就会有一种恐惧感。

她总觉得奥古斯汀是在试探什么，或者是有别的意图，因为他的语气明明就不是仰慕或者向往，倒像是叙旧，或者回忆。相对于一个仰慕者，他的情绪实在是过于平淡了，语气里甚至还透着一种惆怅和怀念的感觉！

这种感觉很诡异，明明该怅然的是她，好不好？为什么一个德国人比她还怅然?！他怅然个什么劲，中国跟他有什么关系啊？

秦恬正想着怎么转换这话题，突然听到了敲门声，还有海因茨的叫声：“你们在里面干吗呢！”

不等秦恬转身，奥古斯汀擦着手就去开了门。海因茨走进来探看，咂嘴道：“我以为会看见某些特别的画面。”

奥古斯汀接过海因茨手里的红酒和纸袋，笑道：“跟你说过多少遍了，中国女孩都很含蓄，别吓到她。”

“我怎么觉得，这个中国女孩根本就是被吓大的呀。”海因茨坐在桌边优哉游哉，朝秦恬不怀好意地抬了抬下巴。

秦恬僵硬地笑笑，实在不想搭理那家伙。

奥古斯汀做的食物差不多好了，他端了两盘出来，是土豆炖菜外加几根芝士熏肉肠，还有一大碗沙拉，东西简单，量却不少。

秦恬帮忙放好盘子，这活儿她熟。

三人就这么诡异地坐在一桌上。海因茨在三个杯中倒满红酒，举杯道：“为了战争。”

奥古斯汀无奈地摇摇头，举杯道：“为了生存。”

秦恬奇怪地看看奥古斯汀，想了半晌，也举杯道：“为了历史。”

两道奇怪的目光瞟来，都被秦恬无视了。

饭后，秦恬自觉地收拾盘子去洗，海因茨和奥古斯汀在客厅里聊天，完全不避讳秦恬。她隐约听到几个德国政界名人的名字，又听到几个将军的名字，还有比利时、法国什么的，心里产生了一种怪异的感觉。

德国将对法国开战，这是不需要怀疑的。德国一直拿法国的马奇诺防线没办法，于是“二战”的时候来了个出其不意，先攻占比利时等国，再绕过马奇诺防线直抵法国本土，打了法国一个措手不及。

而此刻，法国只是多安排了几个哨兵在马奇诺防线附近巡逻，完全没想到德国会从旁边打进来。

秦恬知道这一点是因为看过相关历史书。此战役之所以出其不意是因为整个战略是完全保密的，别说外国人不知道，就连德国等级低一点的军官和士兵都不知道。

她这时候才发现自己手握金钥匙。

如果法国早知道德国的战略，如果美国早知道日本的偷袭，如果德国早知道敦刻尔克大撤退和诺曼底登陆……

世界岂不是要天翻地覆？

“恬？”奥古斯汀突然叫她。

“什么事？”

“你想过去巴黎找父母吗？”

“什么？”德国不是将对法国开战吗？还要她去法国?！想到这个问题，某种怪异的感觉越发强烈。

“咳，最近秘密警察盯得紧，你在这儿，也不是很安全。”

“……”秦恬很纠结，一个平民是不该知道德国的战略方针的。她不去吧，没有理由；去吧，这不是把自己往火坑里送吗？

奥古斯汀身后，海因茨脸色不是很好。

最后还是海因茨打破了僵硬的气氛：“奥古，你就是个浑蛋！”

奥古斯汀理也不理海因茨，温和而坚定地看着秦恬。

“我不同意她去法国，这个忙我不会帮！”

奥古斯汀摇摇头：“那好，我只要求你帮第一个忙好了。”

海因茨眯起眼：“我现在就派人把秦恬送回波兰，以后类似话题别再跟我提起！”

“海因茨，你还想任性到什么时候？”奥古斯汀终于回头看他，语气严厉，“我在华沙的时候怎么做的你不是没看到，我希望她安全，不要被那些警察盯上！而你看现在，她住在这儿，一个单身军官的公寓，还吃配给的食物。你这样，把她放在什么位置上？”

“你要是负起责任来，她的位置还有什么好争议的？”

“可是！”奥古斯汀忽然双手撑在桌上，有些痛苦地说，“这场战争的前途黑暗，我不敢，也不能给她任何许诺！”

“等等……”秦恬紧张地举起手，提问道，“你们说的，是我吗？”

两人都看着她。

“如果我没有自作多情的话，你们好像是在说我，没错吧。”

“……”

“那么，我们是不是有什么误会？”

“……”

“我们来厘清一下吧，其实我混乱了很久。”秦恬终于鼓起勇气，她已经被诡异的情景搞得没有力气害怕了，“首先，奥古斯汀长官表示对中国很感兴趣，从而和我很聊得来，还帮我的忙。而海因茨长官您和奥古斯汀长官从小交好，因为他难得和一个女性走得这么近，同时您希望他的感情生活能够快乐，于是就顺带把我带到了柏林……接着，重点来了，其实奥古斯汀长官根本没有别的想法，另外，我也没有……当然，我不是在责怪海因茨长官您，而是在说，这是个美好的误会。你们不需要再争，既然一切已经发生，那么就往最好的方向去想好了……那个，我想问下，我的家人还好吧？”

两人诡异地看了秦恬一会儿。海因茨才回道：“没有任何资料显示他们不好，至少你家的餐馆还一直在营业。”

又一条消息，她家是开餐馆的……秦恬定了定心神。不知为什么，虽知晓德国会进驻巴黎，但她总觉得那儿似乎并不危险。她考虑了一下，道：“那么，就让我去巴黎吧。”

奥古斯汀一副松了口气的样子。海因茨却皱眉道：“秦恬，我记得我跟你说过奥古前两天是去干吗。”

不就是去马奇诺防线那儿佯攻吗？这点判断力我还是有的，秦恬暗道。她见奥古斯汀丝毫没有类似愧疚的表现，于是道：“既然他让我去，那我就相信他，反正哪儿都危险，不如待在亲人身边。”

没等海因茨又提意见，奥古斯汀抢先拍板：“我后天就要回前线了，明天晚上安排你去法国。”

“好的，谢谢。”

海因茨看看奥古斯汀又看看秦恬，喝了口红酒，冷哼一声：“两个疯子。”

海因茨走后，奥古斯汀非常自觉地在沙发上铺起了床。秦恬则整理着自己那一点点行李。

“恬，我知道你很疑惑。”奥古斯汀突然说。

“嗯？”

“你这么聪明，肯定知道我们即将攻打法国，可是我依然坚持把你送到巴黎，你不好奇？”

“哦，这没什么。”秦恬若无其事，“到时候我留在这儿也会全身不舒服，不如回去。”

“你必须相信我，我不会害你。”奥古斯汀顿了顿，才道，“巴黎很安全。”

“嗯。”

奥古斯汀似乎不欲多说，只是交代道：“希望明早不会把你吵醒，下午要带你去个地方，你可以一直睡到中午。”

他怎么知道她的懒虫体质的？秦恬觉得自己一直表现得很勤劳呀……

晚上，秦恬躺在床上回想自己短暂的两天，真是闲得可以，接下来还要去法国……

法国除了诺曼底登陆，好像……

“啊！”秦恬忽然弹坐起来，她想起来了！

“怎么了？”不愧是军人，奥古斯汀反应迅速，敲响她的房间门，“恬，你还好吗？”

“没、没什么……”

“好，如果有什么事就和我说，我就在外面。”

“嗯。”秦恬的冷汗流下来。她想到一件值得高兴的事，却同时发现自己正面临一件更加匪夷所思的事。

巴黎，不设防！

巴黎，兵临城下时也没有设防！它是“二战”时期保存极完好的首都！

这就是为什么，她对去巴黎没有那么抵触；这就是为什么，她总有怪怪的感觉；这就是为什么，她总是觉得不需要担心在巴黎的父母。因为巴黎没有遭到过蹂躏！

那么，奥古斯汀呢？

前有华沙满目疮痍，后有伦敦与柏林相互空炸，纳粹的战争风格从来就不曾温柔过。在他们还没有攻打巴黎的时候，他怎么会知道巴黎很安全？！恐怕现在的希特勒自个儿都不知道他会拿巴黎那小妖精怎么办。

奥古斯汀……你是谁？

秦恬猜想了很多种可能，还是没结果，她的疑惑很快就被困意席卷……

第二天，秦恬在鸟叫声中醒来。

外面已经没人了，桌子上放了冷掉的面包和牛奶，还有一张纸条，上面写着：恬，整理一下行李，三点来接你。

秦恬挠挠头，忽然又对奥古斯汀产生了奇怪的感觉，感觉自己不是被追求，是被迫直接上位了。

她何德何能……

吃了东西，才十一点，时间很充裕。她本来就没打开过行李，此时只是随便理了理，然后又看起了书。

等到远处响起代表三点的钟声，敲门声也随之而来。

好准时！

秦恬打开门，门口的奥古斯汀朝她点点头，道：“出发。”

他们提着行李下楼，一辆军用轿车停在那儿。海因茨是司机，奥古斯汀为秦恬拉开了后座的门，等秦恬进去后，自己坐上了副驾驶座。

这是秦恬醒来后第二次坐轿车，上一次跟着经理见到了卡瑟琳的尸体，这一次不知道又要面对什么。

“我们……去哪儿？”秦恬忐忑地问。

奥古斯汀没说话，他今天有点反常，直直地盯着窗外。

海因茨嗤笑一声：“去干一件只有奥古斯汀会干的事。”

“我也一起去？”

“嗯哼。”海因茨从后视镜意味深长地看着秦恬，“你会很高兴的。”

秦恬瑟缩在后座上，一点也不觉得有什么东西会让她高兴。相反，她有种想哭的冲动。

“我们带你去看点东西。”奥古斯汀终于开金口了，声音似乎很沉重，“不要多想，不会让你做危险的事情。”

“只不过是去偷看一些绝密文件而已。”海因茨一副漫不经心的样子。

秦恬被“绝密文件”四个字吓到了，她可以肯定自己绝对会死于“知道太多”这个罪名。

“那个……难道你们认为我是间谍什么的？”秦恬慌张道，“我什么都没干啊，我清白得不行，你们别玩我啊。”

“给你看你就看，哪儿那么多废话。”海因茨厉声道。

秦恬快绝望了，她想不出，真想不出这儿有什么绝密文件能让她看的。看这架势貌似还是专门让她看的？

但是前面两位大佬，海因茨她从来不敢惹，奥古斯汀沉默起来气场尤其强大，她也不敢得罪。她只能瑟缩着。

柏林的街头很萧条，行人稀疏。战争时期，无论哪国都不好受，现在的柏林和华沙唯一的区别，估计就是房子的好坏了吧。华沙有很多废墟无法修复，而柏林则完整且沉寂着。

秦恬看着窗外的街景，默默回忆着自己在柏林住的地方是不是就在这附近。

大约半个小时后，车停了。

“到了。”海因茨简短地说了一声。

秦恬正要伸手给自己开门，先行下车的奥古斯汀就给她拉开了。他看着秦恬还僵硬伸着的手，微笑道：“淑女是会等绅士来开门的。”

你绅不绅士我不予置评，反正我绝对不是淑女就是了。一辈子没让人帮忙开过门的秦恬默默地下了车，转身要去拿自己的行李箱。

“等等，把该看的先看了。”奥古斯汀提醒。

秦恬只能缩回手，回头看眼前的建筑——雄伟而低调的欧式风格。

是国家档案馆。

果然是个专门用来“知道太多”的地方，秦恬心里感叹。门口没有人，她直接跟着两人走了进去，里面的装饰不是很华丽，就像普通的办公场所，有简单的大厅和楼道。

偶尔有几个工作人员路过，都是一些中年男女。里面除了脚步声，没有别的声音，极度安静。

三人从最深处的一个小楼梯走到二楼，一个中年男子迎上来，和海因茨低声说着什么，两人似乎认识。那中年男子的态度很是恭敬，海因茨则是一贯的冷酷，用大拇指指指跟在后面的奥古斯汀和秦恬两人。中年男子又说了两句，引着三人往里面走去。

二楼没有人走动，一扇一扇门紧闭着。走过长长的楼道，中年男子打开了一扇门，一股油墨味扑面而来，还带着阳光的气息。

房间很大，正对着夕阳，光线充足，房间里红彤彤一片，一箱一箱的档案整齐地排放着。最里面有一张圆桌，边上有四张椅子，桌上堆着两叠资料，还有两杯茶，正冒着热气。

离得近了，秦恬才听到中年男子有些局促地说：“刚刚有人在整理，我让他们干别的去了，尽量不要撞上才好。”

海因茨点点头，指指桌上。

中年男子连忙点头：“我马上收拾掉，请问要咖啡还是……”

“咖啡。”海因茨都没问别人的意思，直接回道。

其实秦恬很想要水，但她不敢说。

“给女士来一杯水。”奥古斯汀突然道，他微笑地看看秦恬，“你表情太明显了。”

秦恬吐吐舌头，心想你看得出我想要水，怎么看不出我压根不想来这儿呢？

中年男子离开后，秦恬跟着两人走到桌边坐下。

“怎么样？”奥古斯汀问。

“马上就要封存入馆，时间管够，但也不是很多。”海因茨摇晃着椅子，晒着太阳。

“确实不是很多。”奥古斯汀点点头，又看着秦恬，忽然道，“恬，等会儿看到的东西，你可能无法接受。”

“……”秦恬表情木然。

“我希望你能做好心理准备。”

“……”秦恬的疑惑快爆发了。

奥古斯汀沉默了一会儿后，又迟疑道：“你以后，会回……中国吗？”

不待秦恬反应，那中年男子敲门进来了，腋下夹着厚厚一个纸袋，手里的托盘上是两杯咖啡和一杯水。

他把托盘放在桌上，然后恭敬地把资料放在奥古斯汀面前，轻声道：“整理过了，都在这儿。”

“谢谢。”奥古斯汀倨傲地点点头，挥手，示意他离开。

中年男子出去了，还带上了门，奥古斯汀才开始拆纸袋。

秦恬发现，他的手有些颤抖，越拆越抖得厉害，连海因茨都感到奇怪：“奥古，你抖什么？”

“呼，没什么。”奥古斯汀勉强地微笑了一下，终于拆开了纸袋，拿出一沓资料。

秦恬还是对这些所谓的“绝密文件”很抵触，尽量不往他们那儿瞟。

可是奥古斯汀却把资料全部推到了她面前，轻声道：“本来这些资料一直放在这儿，听说即将作为绝密档案封存入馆，所以，我希望你能趁此机会先看一下。”

秦恬没办法了，来都来这儿了，再说不看就太矫情了。她喝了口水，看看奥古斯汀温和的眼神，又看看海因茨——他背光，看不清他表情——便低头看起了资料。

最上面是一张薄薄的纸，德国当时最普遍的白色公文纸，上面用德语写了一段短短的报告，第一个词语就是：元首。

秦恬心一跳，倏地抬头看那两人。奥古斯汀正盯着她，海因茨则百无聊赖地捧着咖啡。

她只能低头认真地看起这个报告。

元首：

我在中国的大多数朋友都认为，迄今为止还没有一份完整的有关南京真实情况的报告面呈给您。

在此附上的是我所做报告的文稿，不是为了公开发表，而是为了履行我对身在中国的朋友们许下的诺言，即向您通报南京的中国平民所遭受的苦难。

如果您能让我知晓，此份文稿已面呈给您，我的使命也就完成了。在此期间，我已被告知，不得再做此类报告以及展示相关的照片。我将谨遵此项规定，因为我并无意和德国的政策以及德国当局唱反调。

我保证坚定地追随并忠实于您。

约翰·拉贝

落款：约翰·拉贝……

秦恬的脑子轰然炸响，转而一片空白，紧接着胸腔里一股酸涩感汹涌而来，化成热流充斥了眼眶！

老天，她知道这是什么了！

她知道了！

秦恬瞪大了眼睛，拿着报告的手不断地颤抖。她猛地放下报告，双手紧握成拳头顶着嘴唇，紧咬了牙关。

这是约翰·拉贝的秘密报告。约翰·拉贝，那个在南京拯救了几十万中国人的德国人！

她看过一部电影，她知道一点他的事情，他是中国人的辛德勒！

在她潜意识里，拉贝是一个已经去世的英雄，一个正义的德国人，而此刻，她忽然发现自己正触摸着他的手稿，这个英雄还活着！

她再一次深深地感到自己就身处于历史中，那层时代的隔膜被一次又一次无情地撕开，因为这些残酷的现实和战争！

她已经知道接下来的是什么了。

秦恬强自镇定，手却依然颤抖，她的泪水顺着脸颊流下，滴在了裙子上。接下来是一个厚厚的本子，还有两卷录像带和一些希特勒等高层的批复。她直接略过那些，翻开了最后一张纸。

下面，是厚厚一沓照片。

秦恬无法描述在此情此景、此时此刻看到这些照片的感受。

她刚知道将会看到什么时就已经忍不住泪流满面，而等真正看到这些时，泪水再次模糊了双眼。

那些黑白的照片那么血淋淋地描绘着那场屠杀，那暴虐和血腥的程度已经超越了秦恬能够承受的极限。她无法想象一个人类在经受这些暴行时会是何等痛苦，她更无法想象一个人在对另一个同类实施那些残忍的手段时是什么心态。

惨遭蹂躏的妇女和儿童，身体支离破碎的婴儿，瘦弱孤苦的老人和麻木绝望的青年，他们的背后是尸坑、废墟、硝烟，还有大笑的禽兽们。

那些禽兽，他们得意地向镜头展示着他们的战果：那些头颅，那些尸体，那些残虐的手段！

血流成河，尸堆成山。

这一沓照片都只有一个主题：一九三七年的南京，是一个地狱。

一个人为的、充斥着兽行的地狱！

这些，不是发生在六十年前，而是在三年前！现在，她的同胞，还在承受着这些……

厚厚一沓照片，秦恬几乎不敢认真地看，可她还是看完了，然后伏桌大哭。

手中的照片被拿走，海因茨和奥古斯汀分看了这些资料，然后奥古斯汀一手抚额沉默着，海因茨则一遍遍看着这些照片，逐渐杀气腾腾。

“恬，别哭了。”过了好久，奥古斯汀才拍拍秦恬的背，低声安慰起来。

秦恬内心的复杂已经无法厘清，这段历史以博尔特的百米速度飞越六十年来到她的面前，在她没有任何准备的情况下，就变成清晰的图像如此鲜活地冲入了她的脑海。

她除了哭，什么都发泄不出来。

“恬，别哭了。”奥古斯汀的语气有些无力。

“就、就一会儿……”看在她很少哭的分上，看在她忍了那么久的分上，看在她努力生存了那么久的分上。

“给。”一块手帕出现在她眼前。

秦恬接过手帕，却没有用，依然只管自己哭着。

海因茨终于忍不住了，砰地甩下照片，怒道：“这就是我们的盟国？奥古！这群毫无人性和荣誉感的野蛮人就是我们所谓友好而文明的同盟?！这是耻辱！我宁愿战死，也不要这样的同盟！”

“事实是，他们就是我们的同盟，还会是坚定的同盟。”奥古斯汀冷嘲道，语气中带着说不出的凶狠，“伟大的元首甚至为此帮他们掩盖罪行，绝密档案，哼。”

秦恬由痛哭改为抽噎，她哽咽着，双眼直直地盯着那沓散落在桌上的照片。

一本书忽然盖在了照片上。

“不准看了，有什么好看的！”海因茨粗声粗气地说，“你应该想着怎么报仇！怎么把那群人渣一个一个地捏死！”

“他们……他们是你们的盟国。”秦恬一语中的。

海因茨怒极：“我们没有这样的盟友！国防军没有！党卫队也没有！”

沉默了许久，奥古斯汀终于开口：“恬，你以前知道这件事情吗？”

秦恬心里咯噔一声，她并不知道南京大屠杀爆发后欧洲国家有没有相关报道，所以她也不知道自己该不该知道，于是转换话题：“怎么了？”

“没什么，可能你只是略有耳闻吧，那时候只有少数报纸报道过。”

“呜……”

“别难过了。”

“谢谢。”秦恬点点头。无论他们出于什么原因带她来这儿，她都得谢谢他们。

“你不问为什么吗？”

“我问过您很多个为什么，可是您的答案，我总是无法相信。”

“那我再给你一个答案，你可以选择信或不信。”

“嗯。”

“我希望你一直坚持自己是中国人，等战争结束后，你可以告诉你的同胞们。”奥古斯汀深吸了一口气，叹道，“告诉他们，证据，在这里。”

傍晚，柏林火车站。

“这趟列车直达巴黎，不过途经城市有点多。你刚好坐上这趟末班车。”奥古斯汀帮秦恬提着箱子走进站台。海因茨走在最前面，虽然一样是军姿，但海因茨总给秦恬一种走猫步的感觉，反衬得奥古斯汀尤其正派。

不得不说，相比强悍善战的国防军，党卫队在国内以其凶名积攒的威势更能起到恐吓作用。

秦恬很纠结，她琢磨了半晌，还是不怕死地说了：“我很感激你们帮我赶上这班车，但是能不能让我自己进去？”

“为什么？”

“按你们说的，车上有很多法国人，如果他们看到一个国防军军官和一个党卫队军官把我送上去……我不确定我能不能活到巴黎。”顶着两人似笑非笑的眼神，秦恬的小心肝都在颤抖，“法国人确实很浪漫，但也不缺心眼……是吧？”

“你说得很对，恬。”奥古斯汀叹口气，“可是不得不说，你说晚了。”

他指指前方，站台人潮汹涌，很多人路过他们时都会下意识地避开，就像避开其他军人一样，而同时，路人都不忘下意识地看秦恬一眼。

“哼。”海因茨冷哼，“能坐上这班车的都是法国名流，你以为你一个没钱没势没脑子的中国小妞怎么弄到这班车的票的？”

你的意思是你们俩就是我的钱、我的势、我的脑子吗？秦恬默默擦汗，她确实感激，但是她从小就不知道该怎么表达感激。她感激爸妈，于是她会孝顺爸妈，可是现在她该对这两人怎么表达感激？难道对这俩哥们儿说：我会孝顺你们的？

秦恬只能默默领情，然后静静地跟着他们走。

“你不用担心。”奥古斯汀忽然道，“你看看周围，并不是只有我们在送人。”

秦恬向四周看看，站台上是有许多德国士兵和警察会帮乘客提一下行李。火车站本身就有保卫队，此时因为是特殊时期，所以多了很多警戒，劳动力也就多了出来，顺手帮一下乘客也是正常的。法国和德国还没开始死磕，或者说两国已经磕惯了，所以这个法国人、德国人聚集的场所并没有弥漫国仇家恨的气息，反而给人一种互帮互助、其乐融融的感觉。

唯一的区别就是，提行李的那些德国士兵，谁都没奥古斯汀的军衔高。

三人一路蹚过人流，终于到了秦恬的十三号站台。那儿很多人正在等待女检票员检票、上车。

奥古斯汀叹口气放下行李，看着秦恬：“接下来的路，要你自己走了。”

秦恬忽然有些诡异的感觉，她松了口气，同时也略带伤感。

她竟然会舍不得！

她抿抿嘴，忍住眼眶的酸涩，低声道：“我……我不知道该怎么感谢您。”

“你应该感谢海因茨。”奥古斯汀微微侧身，指指海因茨，“国内的事情我帮不上忙，全是他一手包办的。”

海因茨在一旁冷眼瞧着，硬邦邦道：“我不需要一个胆小鬼的感谢。”

秦恬苦笑，看过那些照片后，海因茨这条蛇忽地热血起来了，突发奇想要把她送到中国去参战，可她想也不想就拒绝了，问理由，她只说自己怕死。

由此招来海因茨极端的鄙视。倒是奥古斯汀，没什么意见的样子，他似乎总是支持秦恬，两人的意见总是出乎意料地一致，即使事先什么交流都不曾有。

没错，怕死是原因之一，真正的理由，她说不出来。

如果说南京大屠杀给她的是巨大的震撼和焦虑，那么海因茨的建议给她的就是焦心和懊悔。

她现在才发现，关于这场战争，相比亚洲战场，她竟然对欧洲战场更为熟悉。对于中国战场，她根本说不上来什么。

“九一八”事变、“七七”事变、“八一三”事变，还有西安事变，她都知道，但那些都已经发生过了。接下来她能记住的，就只有什么台儿庄战役和百团大战，以及在历史书上占了大量篇幅的红军长征和遵义会议等。

那些确实很重要，但没有特别明显的转折点，也没有攻略。中国战场遍地开花，到处都是战斗，到处都是军队，无处可躲，她不知道那段时间在哪儿是安全的。她想不出一个绝对安全的地方，更想不出一个能庇护自己的人。

中国的战场，是战士的草鞋和大刀一寸寸开辟出来的；中国的胜利，是战士的鲜血和骨肉一点点堆积出来的。

去了，她只能逃命，只能无望地寻找秦九。所以，对不起祖国，原谅我的弱小……秦恬只能在心里忏悔。

“行了，做这表情干吗？反正你是法国国籍。”海因茨继续嘲讽。

秦恬叹口气，她都不知道该说什么，这国籍来得不明不白的，她到现在连法文都没说过两句。

自从知道德国的盟国是这么一路货色后，海因茨一直是一副饱受刺激的样子，平时阴冷优雅的样子没了，对谁都是满嘴炮火。秦恬表示理解，她忍！

“行了，海因茨，恬都快走了，没什么要说的？”奥古斯汀在一旁插话。

“是你有什么要说的吧！”海因茨又冷哼，转身往旁边走去。

秦恬咬咬牙，还是叫住了他：“海、海因茨！”

他回头不耐烦道：“干什么？！”

“那个……我可以肯定地说，日本是不可能赢的。”秦恬一脸不容置疑。

海因茨抽搐着嘴角。

秦恬又举起右手，坚定道：“真的，我发誓！”

海因茨无奈地抚额：“小姐，日本输了对德意志没好处吧。”

秦恬真想自抽三百下，在她发愣之际，一只手臂忽然揽住她的肩膀，耳边是奥古斯汀笃定的声音：“行了，海因茨，日本确实不可能赢，你一边去。”

海因茨翻了个白眼，走到一边抽烟，用他经典的手枪形打火机点火。

奥古斯汀看看时间快到了，帮秦恬拿起行李：“走吧，上车再说。”

“嗯。”看着火车，秦恬有种当初到远方求学时被父母送行的感觉，有点儿惆怅和不舍。

奥古斯汀在过道走着，秦恬跟在后面，又听他说道：“你别介意，海因茨从小就别扭。”

“……”

“还有，这么突兀地让你看那些照片，我感到很抱歉。”奥古斯汀顿了顿，看看座位号，继续往前走，“我以前只接触了一两张，没想到后面的会那么……刺激。”

“没什么，我承受得住。”

“我没别的意思，只是想做点什么，我一直不喜欢日本。”

“所以您就认定日本会输？”秦恬忽然问道，“要知道现在在中国战场，依然是日本占优势。”

奥古斯汀沉默了一会儿，道：“我相信中国。”

他找到了秦恬靠窗的位置。刚放上行李箱，外面哨声就响了，提醒车即将开动。奥古斯汀张了张嘴，似乎想说什么，终究没说出口，依然是彬彬有礼状：“那么，我先下去了。”

秦恬也觉得这种时候应该说些什么的，可是她和奥古斯汀没别的关系啊，能说什么呢？她只能眼睁睁地看着奥古斯汀走下去，然后又走到她的窗前，朝她招招手：“恬，路上小心，什么都不用担心。到了巴黎……咳，那时候我也不知道我在哪儿，如果可以，我会给你寄信。”

“您会上战场吗？”秦恬问道。

“会。”他答得不容置疑，“我跟海因茨分在一块，明天就出发。”

秦恬沉默了半晌才道：“您说巴黎很安全。”

“是的，相信我。”

“您说中国一定会赢。”

“是的，相信我。”他微笑。

秦恬心里的诡异感越来越浓。

这时，汽笛声响了。轰鸣过后，火车动了起来，起先还很慢，奥古斯汀跟着火车慢慢地走着。

秦恬终于忍不住了，她觉得不问就来不及了。她会找个地方终老，可他说不定上战场第二天就死了，只有豁出去了。

她提高声音，用中文道：“奥古斯汀！你知道，穿越，是什么意思吗?！”

中文而已，听不懂也没关系，她以为奥古斯汀会疑惑或是干脆微笑不答。

可是她看到了，奥古斯汀的僵直，他眼里的震惊，和他那不可抑制的颤抖。

答案毋庸置疑。

两人傻傻地对视着，都被彼此震惊得说不出话来，而此时，火车越来越快……

奥古斯汀终于惊醒了，他下意识地拔腿就追，朝秦恬伸出手来。秦恬也反应过来，努力探出身子，伸直手臂，刚碰到他温热的手，还没来得及抓紧，就被速度拉开了距离。

火车加速很快，饶是秦恬快把自己摔出去，依然没法碰到奥古斯汀。

她泪眼模糊，紧咬着牙，努力看着他的方向。

车驶出了站台，那个奔跑的身影越来越远，即将进入沉沉的暮色。

忽然，火车的轰鸣声中，一声撕心裂肺的大吼传来：“秦恬！”

字正腔圆的中文啊。

秦恬僵硬地坐回座位，在满车人诡异的眼神中，号啕大哭。

# 第九章

# 忠诚

如果有一天，我的生命忽然终结，我不希望再次醒来时，面对的依然是庸碌的人生。

奥古斯汀醒了。

看着熟悉的华丽床顶，他微微苦笑，即使已经无数次这样醒来，他还是无法习惯。

这个新人生，太犀利了。

“奥古斯汀！快点，去听演讲了！”外面，伙伴的叫声传来，兴奋、激动。

他缓缓起身，捂着额头叫道：“你们去吧，我再睡会儿。”

“不，奥古！你不该这样，元首好不容易亲自来演讲。”

“我再睡会儿……”奥古斯汀又躺下，翻了个身。

“奥古！”门砰的一声开了，走进来一个年轻的娃娃脸军官，一脸坏笑道，“你不会想让我喊来海因茨吧？”

“凯泽尔你越来越坏了，我当初就说不该让你跟他一个宿舍。”

“哈哈！快点！奥古，你别逼我啊！”

“给我一分钟。”奥古斯汀痛苦地起床穿衣，“弗兰克呢，他怎么会放你进来？”

“你凶残的室友早八百年就去瞻仰元首了，现在你们的寝室是完全不设防状态。”

不设防……他立刻想到了巴黎，微微叹口气：“好吧，我就知道他靠不住，他冷静的脑子遇到元首就是一盆糨糊。”

“确切地说，除了你，我们所有人遇到元首都是一盆糨糊！快点奥古斯汀，演讲要开始了！”

奥古斯汀匆匆穿衣洗漱，顺手拿起自己从不离身的小本子，跟着凯泽尔朝广场狂奔。元首喜欢在开阔的地方演讲，那儿更能突显他的气势。

左冲右突，两人终于在前排人群中找到了自己的伙伴。此时他们都还穿着军校校服，和一群或正式或即将成为正式的士兵在一起，小伙子一个个英伟不凡，看着元首的眼睛闪闪发亮。

在一片高举的手中，希特勒以及他的随从大步走上讲台。他犀利的眼神环视着场下，看着所有激动的年轻人，表情一贯地肃穆。

很快，全场肃静。

“我未来的军官和士兵们，想必你们之中很多人已经在一个一个命令中找到了自己未来的方向……”

演讲的声音如雷鸣，饶是奥古斯汀有了近十年的心理建设，依然不由自主地被那强大的精神冲击着。人群的亢奋和演讲的蛊惑让他几乎忘了自己曾经是谁。

“你们问我，为什么要发动战争？为什么要把年轻的你们送上战场？我必须说，我们的正义性，在于我们必须为自己获得生存的空间！而这些，《凡尔赛和约》不会给我们！国际联盟不会给我们！红十字不会给我们！

“有人问我，我是想独裁吗？想统治世界吗？想当皇帝吗？！

“很对不起，我不想当皇帝，我不会这么做。

“我不想统治、征服任何人。我想尽力帮助所有人：犹太人、非犹太人、黑人、白人，我们都想彼此帮助，人都是这样的。要看大家幸福而不是痛苦生活着。

“我们不愿意彼此仇恨、鄙视，这世界容得下所有的人，土地是肥沃的，它能养活所有的人。生活的道路是自由美好的，可是我们迷了路。贪婪毒害了人性，用仇恨分割了世界，把我们赶进痛苦和血泊之中。

“我们发展了速度，可我们彼此更不了解。

“机器生产了财富，而我们缺衣少食。

“知识使我们乖僻，我们的才智冰冷无情。

“我们想得多，而同情少。

“我们要机器，可是我们更要爱。

“是要有才智，可是我们更要有仁慈。

“没有这些品质，生活是凶残的，一切都将失去。

“飞机和无线电使我们更为接近，这些发明本来就是为了唤起人的善性，唤起全世界兄弟般的情谊，要我们团结。

“现在全世界有无数的人在收听，无数个绝望的男人、妇女和儿童，还有一些在某种制度下受迫害、监禁的人。我要对收听的人说，不要绝望，我们蒙受的痛苦是一时贪婪所致，是一些人害怕人类进步的怨恨所致。人的仇恨会消失，独裁者会死去，他们从人民手中夺去的权利即将归还给人民。只要前仆后继，自由是不会被消灭的。

“士兵们，不要听从那些禽兽，他们是鄙视、奴役你们的人，他们控制你们的生活，规定做什么想什么接受什么，把你们大家当作牛马去使唤，把你们当炮灰！

“不要听从那些反常的人、机器人、机器思想还有机器心。

“你们不是机器，也不是牛马，你们是人！

“你们都怀着爱人类的心，不是恨，只有不懂爱、反常的人才会恨。

“士兵们，不要为奴役而战，要为自由而战。《路加福音》第十七章上面写着：天国就在人的心中，不是一个人，不是一群人，而是所有的人，是你们！

“你们是有能力的人，有创造机器的能力，也有创造幸福的能力。

“你们是有能力使生活变得自由美好，使生活成为奇妙境界的人。

“让我们以民主的名义运用这种能力，都团结起来！

“为了一个新的、公平的世界而战！

“使人人有工作机会，使青年有前途，使老年有生活保障，好多禽兽就是靠这种诺言起家的，那是欺骗！他们从来不会兑现这些诺言，永远不。独裁者自己自由了，可是奴役了人民。

“让我们为了实现这个诺言而战吧！

“为了解放这个世界而战！

“除掉国与国之间的隔阂，除掉人间的贪婪、一切仇恨和偏执，实现一个理智的世界！

“在那个世界里，科学和进步能使所有人获得幸福！”

全场欢呼雷动。

奥古斯汀也激动得难以自抑。即使在广播中听过了无数次，现场的效果却完全不一样！

希特勒真的能光凭演讲就征服全场，即使是老奸巨猾的政客，即使是他这样有深深戒备的穿越者。

难怪有人说，他的事业全是用演讲打拼出来的。后世的照片还能证明，如果此时就有那种演唱会一样的大屏幕，希特勒的表情加上动作还有语气绝对能让他的粉丝遍及全世界。

紧接着，他们的导师——一个经历过“一战”的老兵，一步一步走上讲台，在希特勒的示意下，对着话筒大声吼道：“士兵们！”

全场再次肃静。

“我只有一个问题！我们的荣誉，是什么?！”

“忠诚！”全场大呼。

“是什么?！”

“忠诚！”所有人声嘶力竭。

“演讲完毕。”导师一步一步走下讲台。

场面寂静，忽地掌声涌动，所有人都高高举起手狂呼：“元首万岁！德国万岁！”

奥古斯汀也在其中，他和周围的伙伴们一样，热泪盈眶，与伙伴们不同的是，他清楚在这场演讲后不久，他们将真正走上一条什么样的道路，硝烟、战火还有牺牲，那是一场惨绝人寰却又风云迭起的战争，他们无法避免，只有迎头赶上。在场的所有年轻人、全德国的青年男女，甚至拿得动枪的孩子和老人，都会奋不顾身地投入这场战斗，为了希特勒所说的生存的空间，和摆脱《凡尔赛和约》的美好前景。

奥古斯汀醒来时，遇上了德国最萧条的时期，贵族甚至都有吃不饱饭的时候，马克就像垃圾一样没有任何价值，一麻袋的钱都无法换到一根香肠。他的父亲是一个太过古板的军官，这个军官甚至不愿意利用一丝特权为家里多取得一些食物，他还记得醒来时母亲面黄肌瘦的脸。

接着，希特勒来了，他把整个德国变成了一个巨大的工厂，他的演讲动员了全德国每个角落的人，老弱妇孺皆有用处，每个人都通过劳动获得了食物。他的政策独裁而又专制，可是正是这些给德国的复苏带来了巨大的帮助。

没错，他违背了《凡尔赛和约》，可是他的违背在德国人眼中却是一个勇敢而大义的行为，一个敢于为了自己的国家与整个欧洲甚至全世界的压迫抗争的领袖，无可置疑的“Führer”（指路人，领导者），这个词只属于元首。

这个矮个子给德国人撑起了《凡尔赛和约》的重压，给了德国一个喘息的空间，让不堪压力的民众有了食物、光明和希望！

奥古斯汀无法否认，再理智，也无法不崇拜希特勒。因为生为德国人，他切实地感受到了这个欧洲战争史上最大的枭雄的伟大能力。

他不愿意来看希特勒的现场演讲，就是为了不让自己也成为他的疯狂粉丝，可是现在看来，他其实早已不可抑制地开始崇拜了，即使他脑中中国的思想根深蒂固，也无法避免十年来异国文化的熏陶。他崇拜强者，他崇尚荣誉，他以忠诚为荣，他无可避免地成了一个完全的德国人。

“奥古，听说你一开始不想来，现在感想如何？”海因茨靠过来，狭长的眼睛里闪着激动的光，“我们的兄弟姐妹都在为了脱离凡尔赛而奋斗，你又何来悲观？”

奥古知道自己打从一开始就不赞成战争让一干伙伴不满也不理解，他不是悲观，他是知道历史而已，所以，不得不悲观。

“我悲观是因为，我们将以一己之力对抗全世界。”奥古斯汀微笑着说。

“哈哈！只要有元首在，全世界有什么好怕的。我们在为自己而战，对他们来说是邪恶，但是对我们来说，就是正义。”

“所以，我会一直为德国而战，直到死亡。”奥古斯汀毫不犹豫。

过去从未得到如此强烈的震撼和对一个国家的荣誉感，这是一种心灵的洗涤，让他觉得他更像一个人。所以，他在心里说：德国，这是我欠你的。但是，之所以我珍惜你给我的一切，就是因为这具身体中，藏着一个中国魂。他曾经庸碌，曾经漫无目标，曾经为了祖国的坎坷和强大流泪与欢笑，他知道你的未来，所以更震惊于你的来之不易。

奥古斯汀和罗桐，都是活生生的。

一个人时，他是罗桐，普通的野战军军官罗桐。

在外时，他是奥古斯汀，优秀的军校生奥古斯汀。

这两个人，都把他的忠诚给了自己的祖国。

“奥古斯汀，我们的弗兰克死了。”

信的开头第一句，就让奥古斯汀紧闭了双眼。他深吸一口气，继续看下去：

我到现在都无法相信，弗兰克是我们四人中最强的，他的战术、射击，以及各项军事成绩都比我们的高，结果却是第一个离开我们的人。

我不愿承认我的懦弱，但是我还是无法不在晚上梦到他，我总会想起他面无表情地跟在我们身后，我们笑他“石头叔叔”时他的窘迫，他在考试前把笔记留给我们，还把写着答案的纸条扔到你的桌上……

我总想起他的脸，一遍一遍地，出现在我身边所有战友的身上……奥古斯汀，我开始怀疑这场战争。

这场战争断送了弗兰克的生命，他那么年轻，那么优秀，可他死了，他甚至没有享受过战争的成果，而我们除了作为一个侵略者在别人的土地上趾高气扬，和欺压一群毫无反抗能力的犹太人之外，没有做任何值得我感到高兴的事。

还有海因茨，我昨天看到他了，他变了。

我不知道他会这么残忍、这么暴虐。他有两把枪，一把点火，一把杀人，他让那群犹太人选择用哪把枪：如果是真枪，就死；如果是假枪，他就给对方一根烟然后点燃……残忍的、变态的游戏，现在风靡武装党卫队。

他说他即将到华沙暂代盖世太保的区域主管，我记得你已经随着将军的队伍先一步到达了华沙，希望我的信能比他的步伐快，这样你在见到他时，不至于像我这样吃惊。他是真正的战争武器，战争激活了他，却打击了我。奥古斯汀，你在学校时的表现一直不温不火，可是我相信你是唯一能制得住他的人，虽然现在陆军完全无法插手武装党卫队的事……

奥古斯汀，战斗时，我一度不知道我想要什么，现在我知道了，我想要我的朋友们全活下来，我想要海因茨变回原来的样子。我失眠了很久，我不知道我还能支撑多久，如果不是这场侵略，我不知道原来我是这么脆弱的人……

奥古斯汀，最后问你一个问题，你杀人时，心里有什么感觉？

杀人时，心里有什么感觉？奥古斯汀靠在椅背上，长长地叹了一口气。

凯泽尔的信并不长，只有一页纸，可拿在手里，却仿佛有千斤重。

这个长不大的小伙子可能永远想不到，他写信的对象差一点也变成海因茨那样。

奥古斯汀不由得想起了自己的第一场战斗。

步坦协同战术，步兵躲在坦克的后面，像打靶一样射击着前方毫无防护的波兰步兵。他一直努力假想自己只是在打靶，前方是一个一个人形靶，没有威胁，没有生命……

良好的心态一直保持到战斗结束，他奉命打扫战场，摸到波兰步兵尚有余温的尸体时，他狠狠地哆嗦了一下。

几十分钟前，这个年轻人还活生生的。他有兄弟姐妹，有长达十几或二十几年的人生，他出生，玩耍，接受教育，参军，训练，然后战争开始不到十天，他就死亡了，被一群侵略者射杀。

与此同时，他的身边，一具具战友的尸体被抬走，他们的表情各异，永远定格。

几十分钟前，他们还围着自己，擦着枪，开着玩笑，说着德国美好的未来，畅想，欢笑。

可是现在，他们倒下了，全因为一场注定失败的战争。

他的悲观无法再深深隐藏，这种充斥着“无谓的牺牲”的感觉几乎要把他逼疯。他禁不住希望自己十几年来的经历只是一场梦，或者说他思想中的那个罗桐只是一个可笑的假想！

如果罗桐只是一个假想，那所谓德国失败的历史就完全不存在，那么这一场场战争就有了意义。德国完全可以胜利，它的人民如此坚强，它的战士如此忠诚！

自我怀疑是一种非常恐怖的思维，很长一段时间里，他完全成了奥古斯汀——那个铁血的军人。他的战斗诡计百出，他的军功快速地累积，他成了第八军团最有潜力、在三十岁之前获得铁十字勋章的人。

直到有一天，他带着队伍路过一个村庄。

前面有士兵通报说这个村庄已经被“打理”过。在他看来，“打理”就是处理了村庄中残留的波兰反抗力量。他一贯不会浪费时间搭理这种毫无意义的地方，可是这一次，他在村庄外不远处休息时，突发奇想，溜达了进去。

他看到了一个地狱，尸横遍野，血流成河。

小小的村庄就好像是被一个巨大的车轮碾过一样，除了满地的尸体和破败的房屋，再无一丝生机，只有风吹过屋顶带动树的响动，偶尔给人一种地球还在转动的感觉。

“这……就是‘打理’？”身后，副官咬牙切齿的声音传来。

“负责‘打理’这片区域的是武装党卫队。”另一个人小声道。

“‘打理’就是屠杀？”奥古斯汀脑中一片空白。

“不，不是屠杀，通报说这个村庄无论是不是军人都激烈反抗，我军不得已才采取强硬手段。”

“我们的战士除了用炮弹把这村庄炸一遍外，就没有任何别的方法了吗？我们的军事战术课只教会我们轰炸和杀人吗？”奥古斯汀的声音一贯地低沉威严，可谁都能听到他声音中的颤抖。

“上尉，请您冷静，这些都是武装党卫队干的，我们国防军绝对不会这么做。”

“但是在别人看来，我们都是德国军队，都是残忍的、没有人性的刽子手！”奥古斯汀猛地大吼，然后愤怒地转身，走进自己的营帐。此刻，他脑中闪过的是那成堆的尸体，里面甚至有孩子幼小的身躯，全都支离破碎。

“上尉，您必须冷静，我们快要出发了。”副官在外面低声道。

“我无法冷静！”奥古斯汀怒道，他忽然一愣，问道，“你们是不是早就知道他们所谓的‘打理’是什么意思?！”

副官立正点头：“是的，上尉。”

“为什么只有我不知道？”

“我们以为，您肯定知道，因为这很正常。”

“正常？这怎么会正常？这根本就不……”奥古斯汀跌坐在椅子上。

对，战争年代，这很正常。对德国士兵来说，一切都很正常；对他来说，应该也很正常。

可他觉得不正常，这一切都不正常……因为他是罗桐。

假想会错，观念不会错；印象会错，记忆不会错。

罗桐的观念牢牢地占据在他灵魂最深处，而且无意识地维持着他最后一丝人性和良知，这些将他和那些杀红眼的士兵区分开来，让他还能清醒地分辨是非。

如果他坚持自己是奥古斯汀，他将最终沦为一个面对屠杀和暴行无动于衷的刽子手。他无比庆幸，他曾经是罗桐。

可是现在，属于罗桐的回忆正在渐渐减少，不是因为记忆减退，而是因为他曾经为了战争如此坚持自己是奥古斯汀。

不行，不能这么下去。

他要做一个人，而不是一个刽子手。

即使德国会失败，即使自己会死亡，即使从此在一个上尉的位子上庸庸碌碌……他也要活得像个人！

几天后，华沙失守，他指挥手下对付华沙市内的反抗者。

一群拿起枪的平民自然是毫无威胁的。他就着夜色在华沙的废墟中踱步，独自一人，做他近几天一直在做的事——回忆过去。

有关中国的记忆是那么飘忽，在脑中忽隐忽现，他几乎要再一次怀疑自己到底曾经是不是中国人。

然后，他遇到了真正的中国人。

“我就是中国人，日本正在侵略我的祖国，我以谎称他们为耻！”

很好，很好！

心里那股热流因为回忆起中国的苦难而渐渐升腾，他的脑中就像因为这句话而打开了一本书，一页一页翻过去，那儿有北京，有南京，有长城，有太行山……

回忆的过程是愉快的，他心里的暴虐因为那女孩唯唯诺诺却显而易见不满的眼神而平息。她身上有着异于常人的气息，女性总是在柔弱和要强两个极端间徘徊，可是这个女孩却不一样。

她绝对不要强，但也绝对不柔弱。她很像那些受过高等教育的女孩，真正的柔中带刚，不会自诩强于男性，也不会做依附男性的菟丝花。

她的很多行为习惯，完全符合他脑中一个很神秘的“物种”：宅女。

这个宅女一样的女孩自诩南方人，却说着标准的普通话；她帮助犹太人，却又怕死到不行；她表面害怕，可是心里怕的东西却好像和其他人的根本不一样。

他曾经疑惑，曾经怀疑，可是各类任务和满满的行程都让他无暇细想，他只知道自己的大脑正在渐渐冷却。而他没有被一系列的胜利彻底冲昏头脑，全都因为有她的存在。

海因茨因此以为他爱上了她，对此，他并没有否认。

他其实也曾经纠结。在战争时期，或许这是一种保护，可是在战后，说不定就是一种危害了。

所以，秦恬，谢谢你告诉我罗桐一直存在。但是，你还是远远的，离我远远的为好。

我即将踏上真正的征途，或许往西绕过马奇诺，或许转头往东冲向莫斯科。诺曼底狰狞，斯大林格勒铮铮耸立，前途如此黑暗，谢谢路上曾经有你。我奥古斯汀发誓为德国而战，而罗桐的心神都属于中国，你完整了我的两个人格。秦恬，无论是奥古斯汀，还是罗桐，都不愿意把你拉下地狱。

可是，你为什么要问出这个问题？

“奥古斯汀！你知道，穿越，是什么意思吗？！”

我知道，我当然知道。

我还知道，从此以后，世界上有了一个能够相依为命的人，世界上终于有了一个人，从灵魂上和自己是一个国籍。

原来，你的中国，从一开始就是飘扬红旗的中国。

我无法再放下你了，秦恬。

我的亲人，我的同胞，我的灵魂所向往的人。

# 第十章

# 受困

秦恬不是第一次孤身远行。

醒来之前，她的大学和家相隔大半个中国，除了第一次是老妈实在不放心陪着，其后每一次三十多个小时的火车，她都是一个人坐的。

可是现在不同，她不用坐三十多个小时，却可以跨国了。

她曾无数次在前往学校的火车上想着各种疯狂的主意，在前往家的途中想着各种疯狂的办法，希望能加快速度，可是现在，在前往“家”的途中，她却满脑子是电视剧剧情。

如果自己像狗血剧中的男女主那样有强大的魄力，在火车还不那么快的时候，大喊停车，或者干脆跳下去……现在，是不是就不那么彷徨了？

突然发现有这么一个人的存在是很美好的事情，真的，为此她笑了一路。

她想起自己每一次碰到奥古斯汀都紧张兮兮的，因难以理解他的态度而深深害怕，奥古斯汀估计贴自己也贴得够累的。

她还想起当初他们讨论过口音问题，他还说他遇到过一个北京人。

那时候自己怎么那么笨，怎么就没想到呢？北京人……我还山顶洞人呢，这时候只有北平吧！

哈，他们其实就是俩白痴。

“那个德国军官，是你的恋人？”身边忽然传来一道声音。

秦恬一愣，她一直没注意到旁边是谁，此时一看，是一个穿着讲究的老妇人，精瘦，板着脸，有点鹰钩鼻，紧抿着血红的嘴，典型的不好相处的老太太。此刻她正看着自己，微微眯着眼。

“姑娘？他是你的恋人吗？”

恋人？秦恬有些愣神，条件反射似的摇摇头：“不，不是。”

“这可很难让人信服。”老妇人笑起来，由于嘴唇总抿着，那笑容显得有些嘲讽。

秦恬有点不自在，但是她的确和奥古斯汀没那层关系，于是斩钉截铁地说道：“真的不是。”

老妇人闭上了眼睛，靠在椅背上叹口气道：“门第真是一件可怕的事情，让爱情都只能甘拜下风。”

这老太太瞎叨咕啥呢？秦恬是真的无语了，她觉得这事儿肯定越描越黑，还是什么都别说了。

“我的丈夫当初也只是个穷小子，没人瞧得起他。”老妇人依然闭着眼，轻轻地叙述着，她的声音因为沧桑和习惯性的优雅而带着淡淡的磁性，相当有魅力，给她严肃的外表加分不少，“我们费了很大的劲才走到一起，现在，谁的丈夫都没我的好。”

秦恬默默地听着，她来自一个信息大爆炸的时代，什么样的故事都听腻了，虽然由一个上年纪的当事人叙述着，她的感动依然浅淡，只是表情比较专注。

“我只是想说，如果他真的爱你，就不该把你送到法国。”老妇人道，“整列车的人都可以做证，你跟德国军官关系匪浅，而不久后，两个国家还得打起来，到时候别说法国是否安全，光你和军官这层关系，就足够你进监狱玩一趟的。如果因为他是贵族，而你仅仅是一个平民亚裔女孩儿，你们两个就这样毫不抗争地分开，看吧，以后有的是你们后悔的时候。”

秦恬忍不住端详起这老太太来。她忽然发现，即使长着一张很德国的脸，可这老太太的内心，却是相当的法国——浪漫多情还崇尚自由。

她是在撺掇一个德国军官和一个中国女孩来一场跨时代、跨国界、跨意识形态的恋爱吗？

好奔放的老太太！秦恬表示压力很大。

出于一贯以来尊重老人的习惯，即使对老太太絮絮叨叨的撺掇没啥兴趣，秦恬依然秉持着在艾森豪芬训练出的完美礼仪与她慢慢地聊着。火车启动的时候是傍晚，两人低声交谈了一会儿，便双双闭目休息了，等到秦恬再次醒来时，已经是清晨。

绿色的旷野在丝丝缕缕的阳光中急退，窗外时不时有农舍滑过，马车、行走的人，还有远处低低的丘陵，一切显得那么有生机。

谁能想到不久前，这儿还是一片战场呢？

没过多久，火车慢慢地减速，人群也骚动起来，忽然有广播声传来，是一连串的法语。

这是秦恬第一次听到如此大量的法语，她瞬间恍惚了一下，当她还没完全反应过来的时候似乎已经听懂了几个词。这种感觉很诡异，让她全身一阵冷汗，就好像被附身了。这脑子就好像此刻不是自己的了，她竟然听懂法语了。

恍惚了一会儿，等到旁边这个自称凯特曼夫人的老太太翻起手提包拿票时，她才反应过来。刚才隐约听到，要查票了，因为前方就是马奇诺防线，再过去，就是法国境内了。

在这紧张的时期，可能这是能够路过马奇诺防线的最后一趟火车，秦恬当然理解前来检票的检票员如此严肃的表情是何故。

“您的票和身份证明，女士。”这个检票员的穿着，怎么说呢，相当正，不像是一个普通检票员，倒像是军人……秦恬其实也不知道法国士兵什么装束。

检票员只是随意看了一下凯特曼夫人的证明，但是对于秦恬的，却翻来覆去地看，而这时，秦恬注意到，在前排座位检票的检票员正在和一位女士交谈，那个女士还指了指自己这个方向。

不好的预感。

果然，秦恬看到前排的检票员偏头和眼前这位检票员说了两句话，然后两人的目光一致朝她投了过来。

她没听到他们在说什么，但是显然不会是好话。

她只能坐直身子，静静地看着他们。

“女士，无论我们是否有误会存在，我希望您能解释一下您和德国军官的关系，这关乎您在法国境内的人身权利是否能得到充分保障的问题。”

长长一串说辞，不就是怀疑她是女间谍吗?

天啊，能不能更离谱点？她想象过自己是个公主，是个王后，是个女战士，是个女超人，或者是个女吸血鬼，但就是没想过自己会是个女间谍，她一贯觉得这种需要高智商、高技术的工种跟自己从来不搭边。

于是毫无心理准备的秦恬只能睁大眼睛朝他们傻笑。

“小姐，按照您的身份证明，您应该懂法语。”

“是的，我懂。”秦恬踌躇道，“但我不懂你说的意思，你需要我解释什么？”

这下更狠了，她把法语说出来了！而且还发出了小舌音，如此顺溜！

秦恬甚至产生了疑惑，比如他们到底听没听懂自己的法语……

“我们需要您解释的是，您跟在站台送您的德国军官究竟是什么关系？另外，在您的说辞被证实之前，我们希望您能一直在我们的掌控范围内。”

“你们要拘禁我？”秦恬一下子抓住了要点，身体僵直，笑不出了，“我并不觉得我的身份证明有任何问题，我和那个德国军官没有任何特殊关系，甚至在他送我的前一天我们还并不熟悉。”

天大的实话！要不是临走那一句话，她说不定会说自己根本不认识那哥们儿。

“可是有人告诉我，那个德国军官在火车开动后对于您的离开有非常激烈的表现，如果不是你们关系匪浅，他为什么会这样？”

“我不知道。”秦恬露出正直的眼神，“我在德国寄住在一个犹太家庭，后来迫于局势投奔到波兰留学的哥哥住处，但是哥哥回国参战了，我接替了他的位置在华沙艾森豪芬酒店工作。在那儿我认识了那个德国军官，他是一个中国迷，所以经常来找我探讨中国问题，但要说关系匪浅，那是丝毫没有的。”

“那您又是如何上这班车的？”检票员依然眼神犀利。

好高明的问题，这么一来，她就不得不把自己从波兰到德国的原因全都说一遍。

秦恬在这方面似乎有那么点天赋，她开始半真半假地胡编：“我的犹太朋友进了隔离区，仅仅几个月时间我就失去了很多朋友，我不想再在波兰待着了，而那军官愿意帮助我返回巴黎，然后，我就跟着他们登上了来巴黎的这班车。”

她直视着检票员：“还有问题吗？”

“合情合理。”他直言，“但是您还是无法解释为什么那个军官会对您表现出如此不舍，你们是恋人吗？”

“绝对不是。”

检票员定定地看着她，她也看回去。

“小姐，您很高明。”他忽然道。

秦恬很泄气，果然他们还是不信。

“请您下车。”

“什么？”秦恬猛地抬头，她慌了，愤怒道，“你们无权这么做！”

“不，我们完全有权这么做。战争时期，国家安全至高无上。”检票员非常坚决，他微微侧身，“小姐，拿好您的行李，请下车。”

秦恬站起来，一字一句道：“如果，如果我真是如你们所想那般的身份，德国军官绝对不会做得如此明显！”

“确实如此。”检票员点头，“这一定程度上是能排除您的嫌疑，但是为了您以后的安全着想，我们还是希望您能配合我们。这样以后有关当局如果因为这个麻烦到您，您也有足够的证据证明您的清白。”

好吧，秦恬无话可说，这样反而是为她好了，她还要谢谢这位检票员。

她起身，探手去拿自己的小箱子，那检票员立刻帮她拿了下来，拎在手里。

一旁的凯特曼夫人慢慢起身，让出过道，表情严肃地看着秦恬。

“谢谢。”路过凯特曼夫人时，秦恬低声道谢。

“我的丈夫是驻德外事大臣助理，如果需要帮助，你可以找人联系卢方·凯特曼。”凯特曼夫人扬声道，“我相信我的判断，你是个好女孩。”说罢，她又双眼直视前方，似有所指地道：“而不像某些人，凭着自己浅薄的眼见就将虚无的罪名加在无辜的人身上，可耻的告密者做派，和纳粹毫无二致！”

这时，坐在前排座位的妇女忍不住了，站起来尖声道：“如此接近一个德国军官，谁知道她是什么身份，我也是为了法国的安全着想！”

“如果某人在站台上时没有无限垂涎地说某两位年轻德国军官是多么英俊迷人的话，说不定我会敬佩她的情操。”凯特曼夫人冷笑，“身份好坏，我们情报局的工作人员自有他们的判断，不需要你胡乱指点，无数人冤死就是因为这种不负责任的指控，白色恐怖就来自这种不知怀着什么心思的告密。”

“你……”那妇女满脸通红，还待再争，被人打断。

“好了，两位夫人。凯特曼夫人，我很理解您的正义和担忧，请相信我们，如果秦小姐真的是清白的，我们绝对会按章办事，把她完好无损地送到她家中。”检票员微微屈身，对秦恬伸手，“那么，秦小姐，请这边走。”

秦恬走了两步，再次回身，对凯特曼夫人微微鞠躬，真心实意地说：“谢谢您，凯特曼夫人，如果您住在巴黎，我诚挚邀请您到第七区奥赛街十九号的中国餐馆来，相信您会喜欢我们的菜品。”

“我的荣幸。”凯特曼夫人矜持地点头，严肃的脸上有一丝微笑。

马奇诺防线其实是个很伟大的工程，虽然在“二战”中，是一个类似于笑话的存在。

在秦恬的记忆中，马奇诺防线就好像是一个德国与法国相爱相杀的产物。这条防线主要位于法德和法意边境，当然，意大利的威胁是基本可以忽略不计的。从在火车上屡次听到的对马奇诺防线的歌颂中，秦恬隐约得知这防线有约四百公里长，碉堡以及炮塔无数，固若金汤，神鬼难侵。

在“一战”战后复苏期间耗费了法国十年左右修建的军事建筑，此时就在他们周围铮铮耸立。

这是一个入口，比较窄，刚够火车路过，过了这儿，就真正进入法国境内了。可秦恬在马奇诺防线被截了下来，然后，她眼睁睁看着火车离开。

“您的德国男友有没有告诉您，马奇诺让他们很头疼？”身边的军人问道。他已经不再算是列车上的检票员了，因为火车已离他而去了。周围路过的巡逻兵身上的制服告诉她，这是一个军人。

不得不说，作为艺术之都的法国，秦恬为他们拥有这样的军装而感到遗憾……好身材全毁在这鼓鼓囊囊的土黄色下了，更悲剧的是那方边的圆帽——再帅的人也禁不住这深黄色帽子的糟践。

秦恬没作声，她怕自己不小心说错话。

“您可以叫我雅各，秦恬小姐。”说罢，他领着秦恬在树林里走了很久，他们进了一个方方正正的石头建筑。房子里很大，很黑，但并不潮湿，显然这儿被打理得很好，里面排列着两排桌子，似乎是间办公室。

“请坐，小姐，很快会有人来接待您，需要喝什么，我这儿只有咖啡和水。”

“水，谢谢。”

于是雅各拿了一个玻璃杯，用水壶中烧开的热水洗了洗，然后倒了一杯水递给她，还算细心。

秦恬因为紧张而发冷的手捧着水杯，心情总算和缓了点，她抬头笑笑：“谢谢。”

“如果有招待不周之处，请您一定要告诉我，我会处理。”说罢，雅各就走了出去。

秦恬疑惑了，你就这么拍拍屁股走了，就算有人怠慢了我，我上哪儿找你去？

办公室一直空无一人，外面时不时有士兵成群结队地走过，气氛紧张中还带着轻松，完全不像在波兰和德国时那样压抑，果然是还没经历过战争的洗礼。

秦恬不敢乱动，也不敢乱看，低着头胡思乱想着。她回忆着自己在火车上的说辞，检查着破绽。

这时，透过窗户她看到远处走来两个人，一个是雅各，另一个是一位不认识的年轻人。

雅各是个三十岁左右、有着两撇小胡子的男人，相比之下，那个年轻人更年轻也更帅，很高很瘦，戴着一副眼镜。

两人走进来的时候还在说话，年轻人声音很低地警告着："雅各中士，仅此一次，下不为例，这类事情应该叫宾斯他们来办。"

"我知道，这次是我鲁莽了，抱歉。"

"行了，你出去吧，我来处理。"

雅各朝秦恬点点头，转身离开了。

那年轻人打量了一会儿秦恬，伸出手来，连笑容都吝啬："谢瑞尔，上士。"

秦恬局促地握上去："秦恬。"

谢瑞尔眯起眼："我一直以为握手是两个绅士之间的礼仪。"

"……"秦恬觉得自己无论怎么西化，都无法习惯吻手礼这玩意儿，光想象一个陌生人的嘴唇就这么在自己手背上"啾"一下，她就全身发麻。

谢瑞尔就这么坐下了，他打开一个本子，抽出一支铅笔，说道："那么，秦小姐，您能再说一下您从波兰到德国再到法国的经历吗？"

"可我已经说过了啊。"秦恬不满，"雅各肯定也说过了，你只要查证不就行了。"

"我想亲耳听到一遍，小姐，现在您没有选择。"

"好吧。"秦恬耸耸肩，又说了一遍。

谢瑞尔唰唰唰地记录着，那字迹之潦草和某些医生有得一拼。半晌过后，他皱着眉看看本子，挠头道："不好意思，您能再说一遍吗？我有很多地方漏记了。"

"你还想记成一本游记吗？"秦恬纠结了，这可不是个短故事。

"可是里面有很多要点需要注意。"谢瑞尔一脸严肃。

"唉……"秦恬刚要开口，忽然脑子里电光一闪。

正如她所想，这可不是个短故事，但是剧情相当简单，就连她那种笔速都能随随便便把这经过给记下，更何况这哥们儿一看就是专业的侦查人员。

那他为什么要诓自己再说一遍？

秦恬突然想起以前在学德语的时候，很多人都会去找德语电影看，其中有一部很热门的叫作《窃听风暴》，里面的主角就是一个刑侦高手。秦恬并没看完那部电影，但是刚开头那段她印象很深。

主角反复询问犯人某件事的过程，一遍又一遍，犯人回答得滴水不漏，永远都是同一个答案，而主角正是由此判定这个犯人在说谎。

如果是亲身经历的事，被这么一遍一遍问过以后，肯定会下意识地加进一点别的细节，或者对自己的记忆产生一定程度的自我怀疑，从而一遍遍推翻前面所说的某些本来就模糊不清的细节。

而如果这就是一个事先编好的故事，被牢牢地记在脑子里，无论怎么问，答案永远一模一样，就像背过范本一样。

秦恬不知道谢瑞尔安着什么心，但既然想起来了，就不得不认真对待了。

她装出回忆的样子，添油加醋地又说了一遍，其中很多细节，她假装记不清，又随便编了一下。

果然，谢瑞尔并没有就此罢休，他提出一些疑点，让秦恬一遍又一遍详述细节，一个地点，甚至是一句对话或者一张脸孔。这让秦恬不胜其烦，甚至有掀桌的冲动。

从中午直到傍晚，双方即使都有喝水，依然感到喉头冒烟。秦恬看到门外，夕阳血红，雅各此刻正探头探脑。

“就到这儿吧，”谢瑞尔不动声色地合上本子，收起铅笔，起身朝雅各招招手，突然对秦恬客气道，“叨扰了您一个下午真是不好意思，请您再休息一会儿，我和雅各中士去给您准备晚餐。”

秦恬努力维持微笑：“谢谢。”

她看着谢瑞尔带着雅各走到外面，两人的身影若隐若现，过了一会儿，雅各回来了，带着亲和的笑容：“一个下午了，多有冒犯，请您不要介意。明天我们会安排专车直接把您送到巴黎。”

“为什么是明天？”秦恬不解，“那我今天晚上怎么办？”

“请放心，这儿有足够的生活设施，您还可以欣赏马奇诺防线著名的晚霞风光。”

不愧是法国人，在他眼里哪儿都是景点……秦恬看雅各的反应，觉得自己似乎摆脱了嫌疑，但是他不明言，她也只能保持沉默。

晚餐很丰富，七成熟的小羊排、西红柿土豆沙拉、香肠胡椒浓汤，还有一块蛋糕作为饭后甜点。

秦恬在德国最后一餐晚饭就没吃好，再加上今天一整天都没吃东西，早就饥肠辘辘了。不到一会儿，她把食物吃得干干净净，然后等着雅各来收盘子。

由始至终，这个办公室除了雅各和谢瑞尔，就没进过别人，似乎这儿成了她的专用“牢房”，而那些文件堆叠在办公桌上，让秦恬觉得自己动一下都有可能招来猜疑。她坐了一整天，屁股都快坐平了。

雅各进来收拾东西时，后面跟着谢瑞尔，他说：“秦小姐，请跟我来，您的房间已经准备好了。”

秦恬跟着谢瑞尔走上林间小道。此时已是傍晚，月光洒进林间，在铺着石板的小路上镀了一层银色，极为幽静美丽。

作为一个浪漫细胞并不发达的女性，秦恬只是略微感叹了一下就没了动静，老实地跟在后面。谢瑞尔突然站住了，指指林子深处说：“这么美的月光，不趁机享受一下就太浪费了。那儿有个石凳，不知道秦小姐有没有兴趣聊聊天？”

聊一下午了你还不够啊？有完没完！秦恬不敢当面咆哮，只好委婉地拒绝：“对不起，我说了一下午，有点累。”

“那就呼吸下新鲜空气吧，进了房间，就不方便出来了。因为您不是正规人员，会受到怀疑。”

难道你现在就不怀疑我了？秦恬在心里吐槽，继续委婉道：“没关系，我不介意呼吸不到新鲜空气。”

谢瑞尔沉默了一会儿，似乎在看她，不过秦恬低着头没打算抬头看。半晌后，谢瑞尔慢慢道：“好吧，那可真是遗憾，请这边走。”

这回两人的速度都很快，一直走到林间深处山坡边的一排铁皮房那儿。他们进了最里面一间屋子，屋内虽然很狭小，但是“五脏俱全”，床边放着她的行李箱，有洗漱架，还有一扇小窗户。

“希望您今晚睡得愉快。”谢瑞尔礼貌地点点头，退出房间。

秦恬坐在床上，她承认她很累，但是睡意全无。

行李明显被人翻过，就连箱子侧面都有被人撬过的痕迹，似乎是为了检查是否有夹层。好在她确实是一个穷人，经得起检查，怎么折腾都没损失。

最奇特的是，她的人生竟然有一夜睡在马奇诺防线这个笑话一样的军事建筑里，还是以一个嫌犯的身份。

半夜，她躺在床上，翻来覆去半晌没睡着，忽然感到一阵尿意……

窘。

说了一下午，喝了一下午水，还喝了那么一大碗浓汤，现在才来“三急”，她的膀胱还真是有点强悍。

秦恬觉得那些法国人不会那么好，让自己有出门的理由，于是她认命地在床底下找痰盂，奇怪的是，房间里没有。

难道真的只能出去上公厕？谢瑞尔不是说在外面乱走会被抓吗？

等了半晌，某部位实在酸胀得不行，根本撑不过一晚上，要是在这儿尿个床，她这脸可丢得跨国际、跨时代了。

秦恬无奈，只好推开门走出去，看四面有没有卫兵，找个人押解自己过去也好。

可是没看到……排屋一片漆黑。

一般这种公共设施不是在尽头就是在背后，秦恬已经是尽头的房间了，她决定往另一头走，看看有没有公厕。

果然，另一头就有个公厕，里面有个拉杆式吊灯，还算干净。秦恬蹑手蹑脚往回走，看到原本黑漆漆的排屋，有一盏灯亮了，似乎刚有人回来。

她经过的时候，忽然听到耳熟的声音。

"谢瑞尔，明天用你的权限安排车吗？"是雅各的声音，"我现在要去登记。"

"不，就说没车。"谢瑞尔的声音，"说要等三天。"

"什么？"雅各声音压低了，"她的嫌疑还没排除？"

"我不知道。"谢瑞尔的声音有些迟疑，"问不出嫌疑，德国方面也没有人力去查证，我只能谨慎。"

"我觉得她不大可能。"

"如果不是对答太完美的话，我也觉得她不可能。"

"什么意思？"

"她要么就是完全无辜，要么就是受到过专门的反审讯训练。无论是哪种情况，"谢瑞尔顿了顿，声音有些冷，"我都可以肯定，她很狡猾。"

外面的秦恬差点昏死过去。

第二天早上吃过早饭，秦恬还是抱着一丝希望问是否能回去。

"哦，抱歉，女士，您知道战争期间很多东西都无法按计划进行。我昨天去申请了，他们说起码要三天左右才有空车。"雅各一脸遗憾。

早就知道会如此，秦恬没有意外，点点头后，认命地喝着手里的热巧克力。

"或许您会乐意到处逛逛，这儿虽然是个军事堡垒，但是风景还不错。"雅各建议道。

秦恬冷笑："你就不怕我画了地形图传给德军？"

雅各愣神，转而带着歉意低头："对您造成了困扰，我很抱歉。但是，您不得不忍耐一下了。您知道的，战……”

“战争期间，什么事情都是无奈的，我知道。”秦恬又喝了口热巧克力，“那我等着吧，我无权无势，也无法威胁你们，三天、三十天，都无所谓，只要不让我付房费和饭费就行。”

雅各被噎得无话可说，只能无奈地出去了，顺带关上了门。

小小的房间位置再好，能铺洒阳光的地方才有多少呢。秦恬把小凳子挪到桌前，捧着热巧克力晒着太阳，出神地望着外面。

身正不怕影子斜，她不怕查，虽然她一定程度上掩盖了自己和奥古斯汀的亲密程度，但即使被揭出来，也顶多是一个德国军官色迷心窍，追着她一个弱女子不放的故事罢了。这个军官还通过朋友把她拐回德国，又觉得自己罩不住了，把她塞上了去法国的火车……

其实这样的故事如果放在六十年后也没什么，可惜放在这个时期太敏感，她赌不起。

她只能等。相信顶多再过一个月，她是不是间谍都没有意义了。

今天一整天都没人理睬她，除了雅各时不时来送点食物，秦恬打趣他都快成自己的私人服务员了，雅各只是礼貌地笑笑。

第二天，外面鸟语花香，一队巡逻兵走过去，阳光大好，春风习习，四月的春天真是美得让人没话说了……可秦恬依然顽强地宅着。

“她一天都没出去？”

傍晚，秦恬正在吃饭，听到外面传来交谈声。

“确切地说，这两天除了如厕，她一步都没踏出来过。”

“简直像个老得走不出屋子的老太太。”

“哦，不，谢瑞尔，她正青春年少，是我们吓得她连屋子都不敢出。”

“雅各，你这么怜香惜玉，娶了她好了。”

“谢瑞尔，积点口德吧，我妻子还在怀孕呢。”

“呵呵。”

“那你打算拿她……怎么办？”

“我已经让亨利负责了，他正在看文件。”

“亨利？那臭小子？”

“他还不错，就是经验少了点……”

“用她历练他？你真想得出。”

“行了，我要走了，很多工作还没处理。”

“那走吧。”

两人声音渐渐消失，似乎只是在不远处偶遇，聊了几句又分开了。

秦恬等了半晌，没人进来，她对着窗户撇撇嘴，转身爬上床，睡午觉。

傍晚，她被敲门声惊醒：“秦小姐，在吗？”

“呜，稍等。”秦恬从被窝里起来，穿上衣服，打开门，外面阳光还没完全散去，一个留着半长头发的男人挡在门外，把阳光全遮住了。

“有事？”她问。

“我叫亨利，雅各出任务去了，以后由我来负责您的事情，希望我们能相处愉快。”

“我想去巴黎就这么难？”秦恬不爽地说。

“不，一点都不难，只要通过审查。”

“一个傻女人的随意栽赃都能让你们一个两个三个折腾那么久，我该夸你们精力旺盛呢，还是没事找事呢？”

“冷静，秦小姐，请先用晚饭。”

“给我。”

由始至终，这个男人都背着光，秦恬看不清他的脸，但不妨碍她听到他无奈地叹了口气，并看到他从身后拿出一盘食物来。

“谢谢。”秦恬拿过盘子，转身，关门。

亨利高大的身影依然背着光：“其实如果您不介意，可以出来走走，透透气。我就住隔壁，您如果不放心，喊一声我就会过来。”

对我来说最大的危险就是你们吧……秦恬心想。

“还有……算了，如果您不介意，晚上我来找您可以吗？”

“晚上？”秦恬提高声音。

“只是问些问题，一点点……”亨利的气势无限弱下去。

“还问？”秦恬声音更高。

“秦小姐……秦小姐……我刚得到这份工作，如果有什么冒犯的地方，您千万不要生气……”

“有什么事明儿早上再说。”听到哀求的声音，秦恬颇为无奈。她一向很少说重话，迁怒这种事情更是没做过，此时也只是压下火气，尽量柔和地说。

“好，好吧。”亨利刚转身又转回来，“秦小姐，您一定要给我这次机会啊！”

他的声音忒大，把秦恬窘得想把盘子扔出去。

第二天早上，秦恬打着呵欠，刚开门准备出去洗漱，门口忽然唰地“升起”一个人！

真的是“升起”，就好像这家伙打一开始就蹲在门口。

这回他的身影不背光了，阳光从侧面照过来，非常靓丽的阳光大男孩，金发蓝眼，典型的花花公子脸……哪儿找来的极品。

秦恬靠着门，半闭着眼：“我没刷牙。”

“那那那，我能不能在房间里面等您？”亨利哀求道。

秦恬无语，让开了身子，走出去刷牙洗脸。

等她回来，亨利已经摆好小桌子、小凳子，正经的审讯架势。

秦恬叹口气，坐在亨利对面，瞄了眼他手里的一沓纸。亨利很紧张地收起，讪笑道：“我准备了很久。”

“好吧。”秦恬拿起他放在桌上的一块面包圈，咬了一口，有气无力道，“有什么要问的？”

“您能把您上次和谢瑞尔说的话，再说一次吗？”

秦恬把额头暴起的青筋按下去，咬咬牙，又说了一遍。她都快能背了，现在她也不管什么反审讯了，怎么爽怎么来。

“很好。”亨利突然表情严肃起来，看看手里的纸问道，“您说您在艾森豪芬工作，能说说那儿有什么特色菜吗？”

“奶油芝士焗蘑菇、蜗牛小拼盘、黄油牛肉卷……”秦恬一口气说完。

“那么，您说您家在法国也是开餐馆的，有什么特色菜吗？”

这可真难住秦恬了，她不明白这哥们儿怎么想到这问题的，但是确实让他瞎猫抓着死耗子了一回，于是秦恬找了个理由！“我很久之前就出来留学，如果有什么更改，我也不知道啊。”

“随便说两个。”亨利犀利地看着她。

“好吧。”秦恬赌一把，“宫保鸡丁、鱼香肉丝、番茄炒蛋、青椒炒蛋、鲫鱼豆腐汤，还有饺子、馄饨、面、春卷。”

说少了她怕一个都不中，说多了总能碰对两个。

“等等。”亨利忽然打断她，“饺子、馄饨、面、春卷？”

“是啊。”

“您家开的是中国餐馆没错吧。”

“是啊。”

“那怎么会有日本的传统食物？”

“什、什么？”秦恬一口气没上来，险些昏过去，“哪、哪儿的传统食物？”

“日本啊。”他眨眨眼，“还有饭团、寿司、生鱼片什么的……”

“你、你你你……”秦恬脑子里瞬间搜罗了一箩恶毒词汇，张嘴就想喷过去，但还是咬牙切齿地忍下暴力冲动，双手揉着额头，“你打哪儿听说的……”

亨利似乎感觉到她周身的凛冽杀气，有些不安地说道：“那个，我有个日本朋友，我们经常一起吃饭，他说的。”

“胡说八道！”秦恬用中文吼出来，“我打死他个臭不要脸的！”

“您说什么？”

“我说！”秦恬用法文吼出来，“我打死那个臭不要脸的货！打死你这个没文化的！”

亨利没生气，手足无措：“那个，无意冒犯，只是，只是我朋友这么说……”

“那是我们中国的东西！”秦恬怒发冲冠，“你搞清楚再来问，好不好?！”

“这个我会去考证的。”

“那在你看来什么才是中国传统食物？生肉？窝头？玉米棒子？你都没弄清楚有什么食物，你就来问我？”

“我、我只是想确定您在法国是否有个开餐馆的家而已。”

“那现在呢？确定出了什么？确定我是日本人！”

“不不，我们会去查证。”

秦恬不想让自己显得很暴躁，但是任谁碰到这情况都不会不暴躁。这种时期，一提到日本，她就能变身炸药：“那么你查证好再来吧，慢走不送。”

“秦小姐，请您冷静，您现在正在被审问……”亨利起身，但是没走，他一张脸苦恼得皱起来了，“我真的无意冒犯，如果有什么误会，先说清楚好吗？”

“我不想和你说话，你侮辱了我和我的民族，我看到你就恶心。”

亨利扒着门框：“对不起，对不起，我真的不知道这对您来说是那么重要的事，我下次一定注意。”

“如果我说卢浮宫是德国的，你高兴不？”

亨利立刻严肃了：“这是对我们的侮辱！”

“所以，你滚，快点！”

亨利又苦着脸：“秦小姐，请您配合，快点弄清楚您的身份问题，您也能快点回到你巴黎的家中。”

“因为你这种无知者的存在，我对法国非常没信心，我不想去了！”秦恬一屁股坐在板凳上，“我就在马奇诺，哪儿都不去了！”

她一脸死猪不怕开水烫的表情。其实知道了马奇诺的历史，这地方还算得上少有的安全地带呢。

亨利没办法了，他显然是个新人，簇新簇新的那种，秦恬虽然不是老油条，但她光棍一个。所谓穿鞋的怕光脚的，一个急于用这件事证明自己，一个却完全无所谓了，所以即使他掌控着秦恬的人身自由，双方气势却相差巨大。亨利看着手里厚厚一沓还没用掉两张的资料，想到谢瑞尔的教导和雅各的叮嘱，委屈得连哭的心都有。

他就想不通了，食物和卢浮宫，完全不是一个层面的，为什么这个人会气成这样？他不是没见过中国人，出了这样的误会，别的人也不至于气成这样啊。

估计秦恬自己也不知道其实她的反应算是相当激烈的，因为她看了南京大屠杀的照片，比一般人对日本的愤怒更甚。

所以两个人斗鸡一样对峙着。秦恬气鼓鼓地瞪着眼，亨利哀切地回望着。

半晌，秦恬忽然泄了气，颇为无力地挥挥手：“你先出去吧，让我静静。”

“好吧……”亨利也不强求。他知道今天搞砸了，但是下次还有机会，回去必须检查一下接下来的调查资料，这中国女孩的怒点太诡异了。他关上门之前不忘叮嘱：“如果有冒犯，我真的很抱歉，您好好休息，我下午再过来。”

门关上了，房间暗了不少。

秦恬呆坐了一会儿，忽然站起来悲愤地大吼：“这××的鬼地方！”

结果，亨利下午没过来，晚上也没人给秦恬送吃的。

此时，远处传来号令声，还有行军以及车辆的声音，估计是这一片在进行军事调动。她本来就是“疑犯”，干脆就缩着头一动不动，不出去。

她看看四周，连个日历也没有。

离开波兰的时候已经是四月中旬，现在差不多要四月末了，她对“二战”只知道大概开始的时间和结束的时间。现在，她在这里待着的时间拖得越久，就越觉得战争即将开始。

这时候在马奇诺反而安全吧，她想。

深夜，秦恬滚在床上睡得正香，忽然一阵敲门声响起，伴随着亨利的声音：“秦小姐，秦小姐在睡觉吗？”

“呜……”秦恬还在睡意蒙眬中。

“秦小姐，起来吃点东西吧。抱歉，我今晚有事，拜托的那个人临时忙去了，竟然没给您送吃的，您现在起来吃点好吗？别饿肚子。”

“不了……”秦恬翻了个身模模糊糊地应道，“死宅”的人是能忍受一天不吃的。

“必须得吃，您连下午茶都没吃，饿着很容易生病的。”

“……”秦恬很想抓个东西扔门上去，但最终忍住了暴力冲动，起身揉揉头，开了门。

廊灯亮了，亨利站在门外拿着托盘，睁大眼看着秦恬，露出了微笑：“给。”

“谢谢。”秦恬打着呵欠接过托盘。

“十点我来收东西好吗？”

“等等。”秦恬忽然道，“所有犯人都是这个待遇吗？”

亨利一愣，摇头道：“如果是犯人，自然是在牢房里。”

“那我这样算什么呢？”

“因为……”亨利有些踌躇，“您的嫌疑不大。”

秦恬失笑：“嫌疑不大也是有嫌疑吧，我不介意受点苦洗去嫌疑，可不想这样莫名其妙地被供着。”

“是不是因为我上午冒犯了您，您还有点生气？”亨利小心翼翼地问，然后又有点懊恼地挠头，“我就知道我又把工作搞砸了。”

“不是，我觉得你很认真。”秦恬由衷地夸奖，“我只是想知道我现在在这个地方处于什么位置，我不认为所有嫌犯都能住工作人员空出的屋子。”

“谢瑞尔的说法是，您基本排除了嫌疑，只是您来的第一天我们还不敢放您走，可是现在，是您没法走了。”

“什么？”

“您应该知道，战争时期，很多事情都无可奈何。”亨利的声音有些低落，“既然已经确定您是法国人，那么我也就跟您说了。德国人占领了挪威，与英国对峙，作为盟国，我们必须高度警觉。甘默林将军要求我们加强防范，所以很多士兵被送了过来，补给和后勤压力都增大了，忙不过来，根本没法给您安排到巴黎的车。”

“这我理解。”秦恬很坦然，她甚至觉得有些惋惜，这些士兵都在这儿虚度了光阴，背后德国军队迅猛地绕过这儿直接兵临城下，怪悲惨的。只是她一时有些想不起挪威到底在欧洲哪个位置，便问道：“挪威离英国很近？”

“它在斯堪的纳维亚半岛西部。”

“……”秦恬瞪着一双死鱼眼。

亨利挠挠头，脚在地面的泥土上画了个简略的欧洲地图，在英国对面那个突起的半岛外侧点了一下：“就是这儿，离英国很近，就隔一个海峡。”

“哦。”秦恬点点头，又有点不好意思，“对不起，我总是记不住地图。”

“很多人都记不住。”亨利表示理解，“说起挪威，虽然被德国占领了，但我还是很敬佩。”

“什么？”秦恬侧身，“进来说吧，站着太累了。”

“不了。”亨利摇摇头，仍旧靠在了门边。秦恬这才注意到他今天竟然穿得很正式，白色的军装，镶着红色的领口，袖口还有金色的绶带，充满着欧洲特有的华丽骑士风。“今天来了几个作为备战顾问的英国高级军官，他们和我们谈起了挪威。”

秦恬静静地听着。

“其中有一个是负责情报工作的，他说四月初时他们部门首先侦察到在纳尔维克海域，也就是挪威附近的海域发现了德国舰队，当时英国正有一支部队准备登陆挪威。收到消息后，英国本土舰队倾巢出动，已经做好一切准备和德国舰队在大西洋决一死战。而就在那时候，德国驻奥斯陆的使节向挪威政府发出了最后通牒，限一小时内答复，此刻英国舰队还远在对岸正在赶来，可德国舰队已经彻底包围了挪威各个港口，只要命令一下，挪威立刻就会成为地狱。”

亨利深吸一口气，看着秦恬闪亮的双眼，接着道：“一小时不到，挪威人的答复就出来了，只有六个字。”

他站直身子，看着远方，一字一顿道：“我们决不屈服！”

没有连篇累牍，面对威胁，他们只有六个字的答复。

秦恬的心中忽然有一种澎湃的感觉，在这寂静的夜中，在远处悠悠传来的迈步声中，那六个字在她的脑中转了一圈又一圈，最后变成眼中酸酸热热的感觉。

那个遥远的国家，她甚至想不起它在地球的哪个地方，可是依然给了她震撼。

虽然他们输了，虽然他们战败了，可是却因为这六个字，后世给他们的评价必须多三个字，那就是：好样的！

她想到了波兰，想到了华沙，想到了涌向广场的人流，想到了万人齐唱国歌的场景，想到了那个大学教授从容的眼神，想到了黑夜中跑走的跌跌撞撞的游击队员，还有受伤时微笑的亨利，以及嘶叫着被拖出去的安妮，记忆最后定格在卡瑟琳苍白的脸上。

她说不出话来，只是拼命忍着眼泪。

“不要担心。”亨利温柔的声音传来，“为了保护你们，我们会不顾一切……这是每一个来这儿的小伙子发过的誓言。”

“我们会和马奇诺共存亡。”

“不、不会的……”秦恬摇头，“你知道吗？我在华沙有一个朋友，也叫亨利。”

“哦，是吗？”

“他被纳粹射穿了双腿。”

“……”

“他的恋人为了替他报仇，给游击队通风报信，制造了一场失败的暗杀，被处决了。”

“……”

“他们都是我的朋友。”

“我很遗憾。”

“这就是我离开华沙最重要的原因。”秦恬抬起头，看着亨利，“我不想再看到更多的平民牺牲，战争没有正义与否，我只想活下去。”

亨利定定地看着秦恬的眼睛，忽然执起她的手，轻轻地啄了一下：“所以请相信我们，绝不会让波兰以及挪威的悲剧重演。”

秦恬微笑，谁能知道她的无奈多么汹涌。

就这样，马奇诺防线一天比一天热闹，一天比一天紧张，每一天都有部队调动，医院、工厂都在休整和补充人员。秦恬帮不上任何忙，她唯一比周围人好点的就是会说德语，本想教教别人，但多数人表示自己的目标是杀了德国鬼子，而不是和他们磨叽。

“要说交流，我倒觉得让他们学法语比较好。”有一天秦恬表示她可以教亨利几句基本的对话，结果亨利说基本的对话他也会，不过他不会去用，“因为他们要是投降，当然得用法语才能让我们的士兵听懂。”

秦恬无奈，法国的性格从来都是自恋又自大。

虽然每天从法国各地运送到这儿的物资不断，运兵车来来去去，亨利却从没提出让秦恬随便搭一趟车回去。秦恬也没问，因为德法战争期间，巴黎虽然安全，但是巴黎以外就不一定了，这时候回去，要是不幸刚好碰上战争爆发，那滞留在当地可真是叫天天不应了。

就这样，秦恬每天扮演着“小透明”，一日三餐，宅在房间，看着书慢慢适应着法语，竟然安然地度过了半个月。

前几天，应她要求，亨利给了她一本日历。她划着日子，一直数到五月九号。

睡前，她划掉了九号，看了一会儿五月十号，心里默默吐槽：五四过了，母亲节快来了……这样想，不知不觉进入梦乡。

凌晨，她被纷纷攘攘的声音吵醒了。

她打开门，在清晨的薄雾中看到士兵一队一队地跑过，远方还有警报声和喊叫声传来。她还看到不远处，一排被遮雨布挡住的东西露出了面目，竟然是大炮，而远处山头上的碉堡中，炮管正狰狞地延伸着。

没人理她，也没人有空招呼她，她终于鼓足勇气走出去，踩在柔软的泥土上，迷茫地看着四周。

历史改变了？德军进攻马奇诺了？

不可能呀……

秦恬心跳如擂鼓，平时温柔又亲切的马奇诺防线在短短一个凌晨露出了狰狞的面孔，那绵延数百公里的一个个山头、一个个碉堡都有着坚固的军事设施，她真正知道了什么叫作坚不可摧。这条防线任何人看了都会惊叹其严密的设计和无敌的防护力，就好像它是法国的金钟罩铁布衫。

可惜，阿登山区就是法国的死穴。

五月十号，原来那个特殊的日子是在今天吗？英法宣而不战的局面被德国打破了，在马奇诺严阵以待的时候，荷兰、比利时正在惨叫。

“小姐，请快回屋！”一个焦急的声音传来，是一个年轻的士兵。他手提着步枪，穿着土黄色的陆军军装，在十几米外大声叫着：“外面危险！等会儿请认真注意广播，后勤会尽快撤离无关人员！”

秦恬踌躇了一下，大声问道：“请问，发生什么事了吗？”

那士兵没答，跑走了。

“战争开始了。”一个女声传来，替士兵做出了回答。是一个穿着修女服的中年女性，她从远处走来，一把抓住秦恬的手臂就往屋子方向走，她的声音很镇定：“德国无耻地突袭了荷兰和比利时，我们必须做好迎战准备。”

“可是，荷兰和比利时离这儿很远啊！”秦恬跌跌撞撞地跟着。这两天她研究了一下两边的战略位置，她目前位于马奇诺防线靠近阿登山区的地方，说是靠近，其实是广义上的，要说实际距离却还相当远。

从地理上讲，法国靠北地区被阿登山区保护着，阿登山区以南就是马奇诺防线，两者形成了法国的“万里长城”；而阿登山区和比利时、荷兰接壤，马奇诺则直面德国领土。

要绕过马奇诺防线，德国必须突破荷兰、比利时、卢森堡，还要翻越阿登山区，这在当时大多数人看来是不可能的任务，所以修建了马奇诺防线后，法国人认为他们已经有了超强防御力，却没想到，德国真的“舍近求远”了。

修女没有多说，她表面淡定，拉着秦恬的手却在颤抖。她把秦恬拉到另一边的一个屋中，里面很大，有很多物资。她翻找出一套衣服给秦恬：“穿上！”

秦恬一看，哭笑不得，竟然是一套修女服。她不介意“角色扮演”一下，可是好奇为什么要穿这身衣服，行动很不方便呀。

“上帝会保佑你，尤其会保佑你这身衣服。”修女依旧翻找着东西。秦恬无奈，只好穿上。

衣服有些大，秦恬研究了好久才穿上，又用了好久才适应这宽大的衣袍。她拿着自称赛琳娜嬷嬷的中年修女扔来的一个大布包，跟着她走出去。她手中的布包有点重，鼓鼓囊囊的，隐约感觉里面有很多硬硬的小东西。眼看着就要走出她住了很久的排屋区，秦恬忽然站住了：“对不起赛琳娜嬷嬷，我的身份有些特殊，必须在那儿等着，否则看守我的人会以为我逃走了。”

赛琳娜嬷嬷却头都不回：“人手不够，你先在这儿帮忙，等会儿回去。”

于是两人继续向前走，在林间的大道边，有一队一队的士兵不间断地跑步过去，还有无数辆车子，虽然有掩盖，但依稀可以看出装的是物资和武器。

秦恬有点被这气势震慑到了。

两人走了很久，远远听到很多声音。那是一片田野，此时边上的一个大空地站满了士兵，另外还有一小拨人，似乎是修女以及神职工作者，他们站在一排长桌前，手忙脚乱地派发着什么。边上停着一长排运兵车，每个士兵一被派发到东西就一溜小跑地跳上运兵车，等满员了车就开走。

赛琳娜嬷嬷步速越来越快，秦恬不得不小跑起来。两人很快走到那长桌前，最前面一个身穿神父装的老爷爷见到赛琳娜嬷嬷时松了口气："你可来了，赛琳娜，快点，后面已经快不够了。"

赛琳娜嬷嬷点点头，拉着秦恬往长桌尽头处走去。

远看还不觉得，近了才发现，真是乌压压一大群士兵啊，少说也有四五千人。长队蔓延到很远处，一个一个轮到长桌前，领着东西。

秦恬回头，看到那个神父爷爷坐着，手画十字，然后做出伸手洒圣水的动作。领好东西的士兵一个接一个路过他，他们不是低头，就是停下来，画个十字。

两人走到一个空位上，秦恬这才知道他们竟然在发十字架。所有人都手忙脚乱地递着做工精致的十字架，每递一个出去，就会说一句"上帝保佑您"。

"看明白了？就这么做。"赛琳娜嬷嬷把手里的大包扔给另一边已经物资告罄的人，然后打开了秦恬的包裹，里面装着用线穿着的十字架。

秦恬立刻投入工作，她没时间多想了。

"上帝保佑您。"她递出一个十字架。

眼前的士兵拿过十字架，还没戴上就跑远了，很快，就有另一个走上来。

"上帝保佑您。"她微笑。

"谢谢。"

一个又一个。

整整一个多小时，他们都在紧张地派发着十字架，那些士兵都极为年轻，他们接过十字架后都毫不犹豫地跑向运兵车。然后，一辆一辆运兵车开走了，一直到广场空下来。

神职人员们十分疲惫，大多数人沉默地收拾着残余物品。他们是被紧急召来给士兵带来"上帝的祝福"的，还不曾有人给他们准备水，说了一上午"上帝保佑您"，早已口干舌燥。

略微的交谈，让秦恬获得了基本的信息。

原来他们这一片防线靠近阿登山区，所以这些士兵都被派到阿登山区去管理从比利时和荷兰涌过来的难民，说不定他们就是第一批撞上德军的法国士兵。

他们那么年轻，其中一些人在接十字架时还在打闹嬉笑，甚至还有几个会调戏下娇俏的小修女，可是当他们一转身，就一脸坚毅地上了运兵车。

无论法国在“二战”中处于什么尴尬位置，那些法国士兵不该被斥责。

秦恬担心久久不回，亨利会有不好的想法，于是拒绝了赛琳娜嬷嬷等人共进午餐的邀请，一路小跑回到了自己的小屋。果然没一会儿，亨利跑了过来，见秦恬在屋中，松了口气：“您在啦。”

“我刚才……”

“没事、没事。”亨利气喘吁吁道，他穿回了土黄色的军装。秦恬这才发现，他竟然还是个中士。

“秦小姐，您准备一下，等会儿就跟车离开这儿吧。”

“什么？”秦恬瞪大眼，猛摇头，“不不不，我不走。”

“您必须走，这儿不安全！”

“这儿很安全。”秦恬下意识地说出来，立刻看到亨利脸色不好。

“不，这儿不安全。”亨利固执道，“您必须快点离开！”

秦恬无奈：“去哪儿？巴黎？你确定我不会在路上被难民给吞了？”

“别担心，我们的士兵会保护好您的。”亨利道，“快走吧。”

“亨利……”秦恬忽然想到一个诡异的情况，“你不会相信，德国占领了比利时、荷兰还有卢森堡之后，会特意放着阿登山区不要，转过来攻打马奇诺吧。”

“……”亨利脸色变幻着。

秦恬捂住额头：“面对现实吧，亨利，德国分明是打定主意翻山了。”

“我知道。”亨利喃喃道，“可是，就算这样，他们也不可能无视马奇诺防线。”

秦恬噎住，这倒真是个问题。

她知道德国绕过了马奇诺防线，知道法国投降了，却不知道马奇诺最终怎么样了，是跟着投降，还是在法国投降后德国来接收时仍死撑到底？那这儿可真不安全。

“马奇诺的荣耀不能被这样掩盖，无论如何我们都会是法国坚持到最后的一道防线！我们不可能失败！”亨利忽然激动起来，放弃了尊称，“所以秦，你已经在这儿耽搁了这么久，我们更不能让你卷入危险之中，快点准备，傍晚就有一趟车要前往巴黎。”

说罢，亨利大步离开了，秦恬注意到，他竟然还背着一支步枪。

她叹了口气，只能收拾起东西来，这才注意到自己还穿着修女服，摸了摸，有些不舍得脱下，便一直穿着了。

此时法国东北部到处都是邻国难民，还有往南逃窜的法国人，她真的很怀疑自己能不能安全到达巴黎。

# 第十一章

# 逃亡

秦恬做好了一波三折到巴黎的准备。

但她没想到的是，这条路不是一波三折，而是万分坎坷……那时，她甚至觉得自己这辈子都没有到巴黎的希望了。

她跟着一个物资运输车队前往法国东北部的一个小城，小城名为凡尔登。

秦恬一开始以为自己对这个名字的熟悉感来源于名字很像的《凡尔赛和约》，凡尔赛这名字，她自醒来以后就在如噩梦般追在身后的希特勒的广播中反复听到。

和车内的几个小伙子聊天后，她陡然想了起来，在历史书上对“一战”寥寥几章的简陋介绍中，似乎真提到过凡尔登这个地方。

凡尔登战役，是“一战”时期的转折点。就是在那儿，德意志踢到了铁板，然后一步一瘸地走向失败。

它不仅是马奇诺防线的一个要塞，更是实打实的欧洲要塞。

哦，它还有一个外号，叫巴黎钥匙。

“为我们的巴黎钥匙！”车里的小伙子们拿起水壶干着杯。

这一次他们的任务是要给凡尔登的驻军运送些物资，秦恬这才知道，原来她住了好久的地方只是马奇诺防线的一个小关卡，战略意义并不大，主要是用来囤积物资的，相当于凡尔登的卫星基地。

按照亨利的说法，到了凡尔登，会有人来接应自己，那儿有很多去巴黎的人。

秦恬对此将信将疑。

车开出没一个上午，一切都开始出乎意料了。

难民，汹涌成群的逃难者。

刚下过一场雨，乡间泥泞的路上到处都是拖家带口的人。女人、孩子提着箱子，男人则推着独轮车，上面放满了食物和家什。他们步伐匆匆，挤在一起往一个方向奔去。他们大多一言不发，连小孩子也是垂头丧气的。

物资运输车缓缓地行进着，速度还不如步行。这年头，车子还是新兴交通工具，全法国只有几万辆，而且还是特权阶层专用，剩下的就只有军用的了，所以法国周边根本没有多少特意用来开车的路。

“不行，这样下去，天黑都到不了。”前面司机大叔很着急，不停按喇叭，可是车子周围的人或者不痛不痒地动一下，或者干脆不理睬。

秦恬已经做好了心理准备，完全一副死猪不怕开水烫的样子，而另外几个小伙子也没有流露出紧张的样子，车坐得累了，便晃着腿看着四面。

车子好歹行进了一点，忽然一个老太太跟在车后道：“请问有多余的水吗，匀一点水好吗？”

老太太戴着格子头巾，穿着乡村风格的服装，虽然满脸皱纹，但是慈眉善目的，口吻也很亲善。秦恬也没多想，拿出自己的水壶递过去。

“上帝保佑您。”老太太欣喜地接过，从一旁拉来一个小男孩，又从旁边老爷爷推的板车上拿出一个杯子，倒了点水给小男孩喝。

小男孩八九岁的样子，双手捧着杯子大口喝着，碧绿色的大眼睛眨巴眨巴地看着秦恬：“谢谢修女嬷嬷。”

嬷嬷……秦恬拿回水壶时，干笑了两声：“上帝保佑你……”

一旁的一个小战士饶有兴致地看了会儿，忽然伸出双手道：“让我们的小天使上来坐一会儿吧，你们也去凡尔登？”

老太太把小男孩抱起来递给士兵，笑道：“是呀，听说德军很近了，我们不敢待着。”

“这群混蛋，相信我们，会给他们好看的！”小战士笑道，“我们是去那儿增援的！”

周围竖着耳朵听的民众一阵欢呼，虽说娱乐成分偏多，但也足够鼓舞人心。

“修女嬷嬷，你也去凡尔登吗？”在战士怀里的小男孩瞅了秦恬半晌，用稚嫩的声音问道。

秦恬腆着窘脸，实在难以承受“嬷嬷”这个称谓，好在是用法语读出来的，暂时无法代入容嬷嬷的感觉，便强颜欢笑道：“不，我到凡尔登搭车去巴黎。”

“你为什么不和哥哥们一起守卫凡尔登呢？”小孩睁着无辜的大眼道，“奶奶说，修女和神父是上帝的代言人，而上帝站在我们这边，坏人会被打退的吧？”

《圣经》绝对是秦恬的一大软肋，她只看过《圣经》的第一句话："上帝说，要有光，就有了光……"

此时，秦恬感觉压力巨大，而周围知道她真实身份的士兵都偷笑着看她热闹，她没办法，轻咳了一声，道："上帝在我们所有人这边……"

话还没说完，远处忽然一阵骚动，还有轰鸣声传来，在空中，嗡嗡作响。

"后面怎么回事？"一个士兵站起来，手搭着车棚往后看去。

"可能只是……"秦恬刚想来点有创意的回答，却在嗡嗡声越来越响以后，忽然僵住了。

这声音，太熟悉了。

"轰炸机！德军的轰炸机！"秦恬凄厉地大喊起来，"散开来，往两边卧倒！"

"什么？你说什么？你怎么知道是轰炸机……"身边的小伙压根没有领略过德军轰炸机的"风采"。而秦恬曾在波兰"体验"过，她立刻发出警报的同时仓皇地四处望着，以判断轰炸机在哪儿。

秦恬的叫声并没有引起很大的骚动，人太多，近处的人听到了，顶多不知所措。他们还没有见识过战争的残酷，只是在广播中听到了德军来袭的消息，此时一个两个推推搡搡，谁都不愿意先滚进麦田中。

"快跑啊！"秦恬急得不行。人们的无动于衷让她觉得自己可能是幻听了，是精神太紧张了，其实根本没什么轰炸机吧。

可是那声音是那么深入骨髓，在艾森豪芬的地下室中，炸弹的爆炸声前，那被放大的隆隆的侵袭声，她听了那么久，怎么可能听错？

斯图卡，德军王牌轰炸机，德国空军的骄傲。

它以俯冲时特有的尖厉叫声享誉"二战"，更因为俯冲投弹后巨大的破坏力让敌人闻风丧胆。

嗡嗡嗡嗡……声音更近了。

没有错，真的没有错！

秦恬的脸煞白，她看看身后，大吼道："这车队就是个活靶子！快跑吧！"

士兵缓缓把小男孩还给他的奶奶，脸色煞白，看着远方。那儿还看不到什么东西，可是声音越来越响，隆隆而来。

他结结巴巴地说："可、可是这些物资……"

"物资重要还是命重要？很快飞机就会开到这儿，它怎么可能放过我们？这么多平民和一个军用车队！”秦恬劝道。

“你怎么知道就是德国人？说不定是我们自己的空军……”后面还有一个士兵道，他紧紧盯着外面。

军车的存在似乎是颗定心丸，难民听到声音，非但没有散开，反而争先恐后地挤过来围着军车。于是车子越开越慢，司机心急如焚。

这是条田间小道，除了路边稀稀拉拉的几棵大树，前后左右一览无余。秦恬很想不管不顾跳下车，抱头鼠窜躲到田野里，可是现在所有人都盯着军车，众目睽睽之下，她做不出来。

要面子？要命？

轰鸣声越来越响，秦恬气急攻心，各种想死，觉得自己眼睛肯定都红了，她狠狠瞪着站得最近的士兵：“真的是斯图卡！我没听错，我在华沙躲过了德军的空袭，你们怎么可以怀疑我？会死的，只要一颗炸弹就够了！”

秦恬没等士兵反应，回头朝着后面跟着的难民声嘶力竭地大喊：“德军的轰炸机要来了，快点分散开来！躲到两边的田地里去，快躲啊！”

似乎为了应和她的叫声，原本远远的声音忽然近了，转眼间轰鸣声铺天盖地，云层中似乎有什么东西一跃而出。

终于有人相信了，惊恐瞬间喷发。人们相互推搡着，本来就走在路边的人一拨拨地滚下田野，恐惧的蔓延远远快过喜悦的。一团乱后，越来越多的难民隐入一人高的田野，只见田野里的青色麦子翻滚着，像是被飓风吹动的绿色海洋。

秦恬松了一口气，没有这些难民盯着，她就能心安理得地逃跑了，她回头就朝士兵们喊：“快跑！”

没等几个呆滞的年轻士兵反应过来，一旁传来大喝声：“不行！”

一直坐在最角落的一位中年士兵走了出来，高大的身影几乎笼罩了秦恬：“你快跑吧，女士。”

“什么？”秦恬以为自己听错了，她以为烈士只有中国有，“你、你们，别告诉我是要和物资共存亡啊……”

“如果不战而退，丢失了军用物资，就算不死在这儿，上了军事法庭也不比活着好。”中年战士沉声道，“战士们，拿出你们的枪来！”

小伙子们手都在抖，但是枪还是拿出来了，但那姿势，奇奇怪怪的，明显没受过专业训练。

“拿稳，深呼吸！”中年士兵中气十足地大吼。

小伙子们纷纷深呼吸，车还在开，周围平民有些连头都不敢露。

“记住，这可能又是一次世界大战，这一次，就是你们在这次战争中开的第一枪！瞄准飞机！我们要战斗！”

光速是快过声速的，可是人类的视力决定了，在轰炸机来临时，他们只能先接受声波的洗礼。

这一次轰炸机的声音没有忽隐忽现，显然，它有了一个确定的目标。

后面，土路尽头的地平线上，那层层滚动的云中，一架飞机猛地出现，身影迅猛狰狞，转眼就带着尖厉的呼啸直逼车队。

车队间相互照应着，所有人都拿着步枪朝飞机射击。

飞机没有反击，嘲笑似的晃动了两下，机头一低俯冲下来，然后以一个利落而惊险的滑翔擦过车队，子弹对它没有产生丝毫威胁。

秦恬根本没有跳下车的时间，她被士兵围在了车子最里面，只能透过小小的车窗看到那飞机似乎贴着车子过去的，罩着布篷的车身剧烈地晃了晃。

她敢肯定自己脸色惨白，全身颤抖，因为她已经感觉不到自己的血液在流动。耳边传来一阵阵轰鸣声、枪声、飞机的尖啸声，甚至弹壳掉在车里的叮当声都能听到，除此之外，她还能感受到不断的震动和巨响。

让她死了吧，这种折磨……显然还要被折磨很久。

秦恬不晕车，但她想吐，很想……

终于，猫捉老鼠的游戏玩过了，士兵的枪响声中加入了一个巨大的合奏，轰炸机的机枪也开始扫射了。

嗒嗒嗒嗒——

极为快速的声响后，顶上的布篷瞬间出现了一溜整齐的弹痕，透入了一道道光，两个小伙子惨叫一声，一个直接摔出了车外，还有一个捂着肩膀向秦恬倒来。

秦恬根本来不及反应，就被压在下面。小伙子背对着她，看着瘦削，体重却不轻。秦恬被压得闷哼一声，双手撑着他的肩膀想把他抬起来，却感到了满手温热和湿滑，忽然脸上一片温热，小伙子自己移动了一下，肩头被贯穿的伤口流出血液，直接滴在秦恬脸上。

她快崩溃了。

外面的战斗极为激烈，飞机一直戏耍着车队。这个车队里配备的士兵并不多，装备也不好，步枪怎么干得过飞机？秦恬不知道别人怎么想，她觉得卡车正向死亡飞奔。

她不相信主角光环，所以她知道自己会死，却没想到是这种情况……啊，或许这已经是比较光荣的情况了，死在战场上、法西斯的镰刀下……

“起得来吗？”她努力地呼吸着，想把小伙子抬起来。

“抱歉……”轰鸣声中，小伙子的声音是那么凄惨。

“没……没事。”秦恬咬牙想把小伙子撑起来，她快断气了……

车内狭窄，还有很多物资，秦恬刚好躲在两个箱子之间。人类的思维在某些时候是一样的，比如要倒下来时，不是身不由己往外摔，就是有意识地扑向车内唯一一个死角……

“啊！”秦恬爆出一声惨叫，又一个！又一个士兵倒下来了！

她都快产生幻觉了，夹在中间的小伙子也被压得不轻，她看不见这块“夹心饼干”中的“夹心”的表情，可是却看清了最上面那个刚倒下来的人的脸。

刚才抱小男孩的那个战士，他睁着眼睛，定格着惊讶。他直接死了！

这混乱的场面让秦恬没有任何反应的时间，在她看到这个士兵死亡的那瞬间，第二轮攻击就下来了。嗒嗒嗒，几声脆响，激起了她身边的箱子上的一层烟土，她甚至能感觉到箱子被打穿了，转眼，又一个人扑倒在旁边，狠狠地磕在木箱的边角上，头破血流，他往这边滚过来，然后晃了一晃，摔了出去。

秦恬左右是叠得很高的箱子，上面是生死不明的“夹心”伤员，再上面是一具年轻的尸体。

她觉得自己快断气了，同时手足无措。

又是一串子弹直直地打进来，就在正上方，最上面的尸体被打出一片血雾，然后鲜血潺潺而下。

“你怎么样？千万别休克……”秦恬的声音沙哑而颤抖，她不希望身上的人死，也不想被两具尸体压着，这会让她觉得自己背负了两条人命。

“咳咳……”中间的人没法回答，有气无力地咳了一声，肩膀上的伤口不断地流出鲜血。秦恬可以用肉眼看见他肌肉的颤抖，他微微抬起手，想把身上的尸体推开。

忽然，车子剧烈地晃了一下，猛地一个转弯，一阵巨大的震动后，秦恬能感到车子冲下土路，压进了田野里。耳边传来刹车的声音，还有各种模糊的尖叫，有人在喊：“司机中弹了，跳车！跳车！前面有河！”可是车厢中没有动静。

身上的人猛地一个动作，在嘶嘶地吸凉气时，终于把身上的尸体推开了。他用力过度，猛地一仰，秦恬差点被他一个头给击晕了。但此时不是抱怨的时候，她看不到车厢内的情况，只能感激现在身上终于不再那么重了，便努力把伤员扶了起来。

车子持续往前冲，车厢里一片尸体。那个中年士兵双眼怒睁，倒在车门边，双脚卡在两个箱子间才没有摔出去。还有几具尸体在物资箱边七倒八歪，就在这一会儿，又是一具尸体被横冲直撞的箱子给撞了出去。

“跳车。”秦恬忽然不颤抖了，抓住身边的伤员，“你能行吗？”

她没等到回应，只感到腰被一只手臂紧紧搂住，然后两人连“一二三”都没有喊，就一起向外跳了出去。

跳车不是好玩的，更何况是从一辆在田野里横冲直撞的疯狂的车上跳下，秦恬和那伤员搂成一团滚了好几圈才停下，很快听到不远处传来扑通的响声。

车开进河里了，它终于彻底消停了。

远处，轰炸机还在骚扰着车队，枪声和轰鸣声虽远了，此时却仍不安全。

秦恬很彷徨，她还是被那伤员压着，从头到尾没看到他的脸，只闻到满鼻子的血腥味，身上这人肩膀上流的血快把她浸透了。

“你……你还活着吗？”她颤抖地问，身上这人一动不动。

秦恬沉默半晌，想探手去摸这人的鼻息，可是她被抱得紧，手抬不起来，只能摸索着这人的手臂……

“咳！”忽然，他震动了一下。

“哎呀，你活着！你还好吧？”

“不……”

“啊？”秦恬傻眼了，这种时候男人不都会说我没事吗？这小伙子也真实诚。

“冷……”

失血过多！

秦恬真没办法了，她想不起来当年学的急救包扎是怎么弄的，靠近心脏包扎伤口上面还是下面来着？

“你放手，我帮你看看伤口。”

那人一动，秦恬又感觉肩膀那儿一阵温热，这孩子迟早会失血过多而死。她扶住伤员，上上下下看了看。

天啊，他上半身通红，垂着头，深棕色的头发耷拉着，帽子也不知道掉到哪儿去了。秦恬把他的手臂搭在自己肩上，咬牙撑起他，隔着衣服也感觉得到搭在肩上的手臂透出的冰凉……

她左右看看，想起刚才那么多难民散在田地里，此时往回走，应该可以遇到一两个活着的。

作为一个女孩子，秦恬的力气没比别人的大多少，当年她在党卫队的注视下没有小宇宙爆发似的背起亨利，此时对这个半死不活的伤员依然没发挥出多少超能力。两人走得极慢，她能感觉到这伤员正努力减少压在自己身上的重量，可是并没有减少了多少。两人一步一挪，以比爬没快多少的速度在麦田里移动着。

“奶奶，那儿好像有人！”

一道稚嫩的声音传来，紧接着又传来一阵哗啦哗啦的声音，与此同时，秦恬看到几乎一人高的麦田被快速拨动。秦恬觉得那声音很耳熟，看到是之前被抱上车的小男孩从麦田蹿出来后，大松了一口气。

小男孩看到秦恬和几乎成了血人的伤兵，眼睛瞪得大大的，尖叫一声：“奶奶，是修女嬷嬷！”

秦恬一个趔趄。

“这样下去不行啊……”萨莎奶奶又一次看了眼独轮车上的伤员后，担忧地说。

秦恬在后面帮着萨莎爷爷推车，闻言探头，只看到毯子里露出的一撮棕色发丝：“很严重吗？”

“哥哥一直在发抖。”坐在伤员身边的小阿卡最有发言权。

秦恬愁断了肠：“没别的办法了吗？”

“血是止住了，但失血太多了。”萨莎奶奶用汗巾给伤员擦了擦额头，“都是冷汗……会脱水的。”说着又用汗巾另一角沾了水，去擦伤员的嘴唇。

“阿卡，”萨莎奶奶忽然叫道，“把衣服脱光光！”

“奶奶，现在还洗澡呀？”阿卡皱着小脸，却乖乖地脱着衣服。

“不，你爬进毯子里，抱着哥哥。”萨莎奶奶道，回头对目瞪口呆的秦恬解释道，“乡间的土办法，小孩子身子热，能止烧。”

“我、我知道了……”秦恬结结巴巴道。

阿卡没什么异议，他因为那个抱过他的哥哥牺牲了而伤感了很久，此时把自己脱得赤条条的，然后钻进毯子里，小手臂搂着伤员的脖子，小心地避过他的伤口，轻喊:“奶奶，奶奶，他的身体好冰!”

“所以要我们的阿卡小天使温暖他啊。”萨莎奶奶轻声道，“好了，你也顺便睡一觉吧，我们可能还要走很久。”

“不，我睡不着。”阿卡声音糯糯的，“哥哥都把我冻得清醒了……”

“哈哈……”秦恬很不厚道地笑了。

“嬷嬷，嬷嬷，你给我唱支歌吧。”小天使立刻转移视线。

秦恬的笑僵在嘴边，然后镇定下来。唱歌这事，她虽然不是高手，但也不是五音不全，哄哄小孩子还是没问题的。

唱什么呢?法语歌她现在只想得起《我的名字叫伊莲》，可她只能哼个调儿来，怎么都想不起来歌词。

德语……她欠抽呢……

波兰语……在波兰她只听到了肖邦钢琴和波兰国歌，不适合吧……

秦恬没办法，问道:“你们懂英文吗?”

“会一点点哟!”阿卡抬起小脸，“Hello! My lady!”

“哈，那我给你唱一首吧，你要是学会了，就跟我一起唱……”秦恬回想了一下，唱道，“A long long way to run……”

或许阿卡未来能看到电影《音乐之声》，只希望到时候他能够忘了自己这号路人甲。

在歌声中，阿卡带着笑容沉沉睡去。

这时一直沉默不语的萨莎爷爷忽然道:“前面是个小村庄，我们应该可以去那儿休息下。”

“那儿呀……”萨莎奶奶在夕阳下眺望着前面，突然一愣，问道，“那儿不是……”

“对。”萨莎爷爷满脸笑意。

“哎呀呀，秦，那可是我和你萨莎爷爷第一次见面的地方呢。”萨莎奶奶笑眯眯地回头对秦恬道，“转眼就四十年啦。”

秦恬听着，忽然一股羡慕的感觉油然而生，脑海中出现了一幅画面——萨莎爷爷和萨莎奶奶走在田野间的小路上，满身都印着晚霞的绚丽;远方村庄里炊烟袅袅升起，这对相伴四十年的夫妻正带着孙子走向他们初次相识的地方……

如果没有战争，一切该多美好。

小村庄原本的村民都走光了，战争的消息永远传播得最快。

此时，小村庄广场上，聚集着很多从附近各个村庄走到这儿歇息的人，这些人的目的地都是凡尔登。

走到凡尔登就安全了，他们一致如此认为，包括萨莎夫妇。他们的儿子和媳妇就在凡尔登工作，无暇照顾孩子，才把阿卡放到乡下的父母身边。

昔日凡尔登绞肉机的荣光是不善战的法国人最骄傲的话题，在他们看来，马奇诺的失败纯属偶然，而凡尔登摆在那儿，德国绕不开。

“他们会再在这儿摔个大跟头！”一个喝高了的大叔就着篝火大笑道，“让那群香肠崽子尝尝咱们的厉害，哈哈！”

周围一片应和声。

因为萨莎夫妇和阿卡明显是老弱类，而又有秦恬这个伪修女和受伤的“法兰西英雄”伤员在，所以先到的人给他们挪出了一片最舒服的位置，还给他们留了一堆温暖明亮的篝火。虽然村庄里大多数房子都空了，可是明亮的大锁摆明了它不希望被人骚扰，于是聚集的难民很有素质地聚在了广场周围。

春天的夜晚还是有点凉，秦恬抱着胳膊坐在篝火边，探头看那个自称医生的大叔拿着镊子、夹子在伤员身上鼓捣。

“再亮点。”他说。

于是，医生的女儿，一个可爱的十五六岁的小姑娘，一脸正经地把镜子转了转角度，使最亮的反射光对准医生手下的部位。

“这孩子命可真大。”医生嘟哝着，“肌肉把子弹夹住了，没伤到骨头，不多久又是一个活蹦乱跳的大小伙啦！”

他说完，毫不怜惜地拍拍伤员受伤的肩膀。只听伤员痛苦地闷哼一声。

“汤来了。”萨莎奶奶拿毛巾端着铁锅走过来，在秦恬的搪瓷杯里倒了满满一杯道，“尝尝，我特制的蔬菜蘑菇汤，还加了点熏肉。”

“谢谢。”秦恬捧起杯子，感到热腾腾的。

“喝完早点休息吧，明天得早起赶路。”萨莎奶奶道，“还要走好久呢。”

“好。”秦恬慢慢地喝完了汤。身旁的伤员已经包扎完毕，可是一直没醒，不过篝火热热的，似乎让他舒服了很多，他不再紧皱着眉头。

秦恬和衣躺下，背对着篝火，看着远处纷纷躺下的人们，被这宁静的感觉覆盖着，白天的铁与血仿佛只是一场梦，可是一闭上眼，那轰然的鸣响却汹涌而来，还有那压在最上面的战士睁着眼睛的面容，眼神里残留着惊讶与惶恐，以及中年战士的怒目圆睁。

很多很多，甚至是车顶篷被轰炸机打出的一串弹孔都那么清晰地浮现在眼前。

那个车队，只有她和伤员幸存了吧。

不行，完全睡不着……一切宁静都是假的！

秦恬翻来覆去很久，四周的鼾声开始此起彼伏。她烦躁得不行，只能坐起来，摸到火堆旁的铁锅里的汤还有点温热，便给自己倒了一杯，捧着杯子发愣。

“咳。”轻轻的咳嗽声传来。

秦恬看向身边，那伤员皱着眉头转了转头，又咳了声，嘴唇有点干燥。

“醒了？喝水吗？”秦恬凑上去，学着萨莎奶奶，将干净的手帕沾湿，点在他的唇上。

“喝。”伤员答。

秦恬想了想，一手扶着伤员的背，撑起他，把他的头靠在自己肩膀上，然后将水杯凑近：“来，张嘴。”

艰难地喂了几口，看着伤员胸口湿了一片，秦恬无比怀念吸管。

“还要吗？”

“不，谢谢。”

“好吧。”秦恬放下杯子，这才发现一直在用自己的杯子喂别人……

“还要睡吗？”

“不，但你应该休息了。”伤员声音很轻。

“没事，我睡不着，你躺那么久了，骨头很不舒服吧。”

“是。”

“呵，那就靠着吧，没事儿。”

“谢谢……”他的声音顿了顿，“我叫皮埃尔。”

“秦恬。”

“禁典？”

“……秦。”

“亲……”

“好吧，挺像了。”

“我们到哪儿了？”

“一个小村庄，我们要走去凡尔登，听说最快也要十多天时间。”

“这么久……车队，怎么样了？”

“那个，我没亲眼看到，不知道。”秦恬说谎不打草稿。

“我听到落水声了。”

瞬间被揭穿的某人面不改色：“那你还问？”

“呵……”他沉默了。

秦恬经历过太多次因为战争的冷场，她淡然地继续看着篝火。

她以为两人会这样坐到天亮，暗自计算到时候自己那半边身子会瘫痪到几级残疾，没想到才过一会儿，皮埃尔低声道：“你还是休息吧，别因为我累倒了。”

“好吧。”秦恬不跟他客气，小心翼翼地放下他，躺下就睡。

第二天早上很多人因为皮埃尔的苏醒而高兴，贺喜一番之后，相聚村庄的人组成逃难大部队登上了去凡尔登的路。

秦恬这才发现，皮埃尔是个清秀的小伙子。昨天他的脸上又是血又是土的，等清理干净都到晚上了，还真没看清。现在天亮了再来看，他长得眉清目秀，笑起来很温和，还带着点羞涩，淡棕色的眼睛看人也温温柔柔的，真想不通这样的小伙子怎么就参了军。

小孩子们都很喜欢他，围着独轮车跑跳着，一直到他低声唱了一首军营里流传的思乡之歌后，才心满意足地回家各找各妈。

旁边跟着走的秦恬很汗颜，人家明显是专业级别，昨儿个自己在那儿卖弄，不知道有没有被鄙视。

小阿卡很不给面子，秦恬刚担心完，他就开始秀自己新学的英文歌。这儿是法国，英文并不普及，很多乡下小孩没有听过，但是音乐无国界，转眼队伍里就有很多稚气的声音唱着哆来咪，不懂意思的人也拟声学着，一个赛一个有才……

“歌很好听呢！”皮埃尔称赞，过了一会儿也跟着哼。

途中还有不少散落在附近村庄的难民加入，这支队伍渐渐壮大起来，走过田野，走过村庄，走过树林和小山冈，颇有长征的架势。

路上，经常有人从村庄中央的广播中听到德军的进程，一面估算着自己的速度被德军追上的概率有多大，一面咒骂自己国家的不给力。形势一天比一天差，五天后的一个傍晚，当所有人疲惫不堪地聚在一个小村庄休息时，找到广播站的人又放起了广播。

"古德里安的部队已经越过了阿登省向默兹省进军，但是默兹省已经布置了我们精锐的部队。他们向法兰西民族发誓，决不让德军再向前推进一米，要让凡尔登重现光辉！德国将踢到的下一个铁板，就在默兹省！"这是最新战报。

"我们将会战胜他们，因为我们是最强大的！"这是法国总理保罗·雷诺声嘶力竭的呐喊，在每个村庄听广播时都能听到。

可在民众耳里，每个消息都不那么好。

"每当德军快到一个地方，广播就说那儿驻扎重兵，可是几天后，这个地方就被占领了……我真不知道该不该相信了。"医生一边给皮埃尔换药，一边低声道。

皮埃尔不说话，他的表情很难看。严格来说，他的表情就一直没好看过。

"怎么办？我们才刚进入默兹省。"旁边有人很担忧，这儿几乎都是从阿登省逃出来的人，感觉就像是正被古德里安的部队追打着。

"他们速度太快了。"

"我好害怕……"一个女孩子的哭声传来。

众人都沉默下来。夜凉，心累。

秦恬挑着脚底的水泡，沉默着。

不停地赶路无论对谁来说都是种折磨，即使周围的人都是不惧步行远程的农家人，可是在巨大的精神压力下，依然个个萎靡不振。他们每天抱着希望听广播，每天都会失望。

秦恬虽然没有抱过希望，可她的心理压力更大。她知道德国不仅没在默兹省凡尔登踢到铁板，反而飞速地兵临巴黎城下，所以逃到凡尔登无济于事，得到巴黎才行，可是现在，她连凡尔登的影儿都没见到。

她曾经是坐火车上大学都嫌累的人，现在连续几天步行，早就累得如死狗一般了。

"给。"一旁的皮埃尔递来一根翠绿的草，他嘴里抿着一根，微笑道，"尝尝，很甜。"

秦恬虚弱地笑笑，接过来咬在嘴里抿了抿，甘甜的草汁在唇齿间漫延。

"很好吃。"她说着，朝四面看去，想看看这草长在哪儿，好拔一把在路上当零食。

"别看了，路边到处都是。"皮埃尔抿着草根躺下，看着天空，"睡吧，明天还要赶路。"

对于战况，这个伤兵从来都没有发表过意见，淡定到秦恬以为他也是穿越来的。此时吸着草汁，秦恬心情忽然好了点，也趴下来，问道："你不担心吗？"

"担心什么？"

"战况啊……"

皮埃尔沉默了一会儿，道："我相信正义，侵略者永远不可能胜利。"

三天后，难民队伍忽然撞上一群法国士兵，他们在长官的带领下紧张地看着难民们。其中有几个士兵走过时偷偷问难民要水和食物。

"发生什么事了吗？"提供水和食物的难民都这么问。

"没什么……"士兵们回答时眼神游移。

事实上没人相信他们说的，因为他们衣衫凌乱、狼狈不堪，好几个手里拿着军工铲，连武器都没有。

"多半是败兵……"经历过"一战"的萨莎爷爷小声说，"看来德军追上来了。"

"那怎么办？"萨莎奶奶很担心，"我们这速度……"

"连败兵都没被赶尽杀绝，估计平民不会有太大危险，到时候记得躲起来。"萨莎爷爷说着，满是皱皮的手抓住萨莎奶奶的手，"跟着我就成。"

"哎！"萨莎奶奶转头叮嘱阿卡和秦恬，"别乱跑，跟着你们萨莎爷爷。"

板车上的皮埃尔仰天躺着，表情漠然。

到了傍晚，越来越多的败兵追上来，带来了更多坏消息——德国的装甲部队就在不远处。空气中似乎有股硝烟味弥漫开来，弄得人心惶惶，战争的阴云在人们心底酝酿，等待爆发。

夜幕降临，虽然所有人都精疲力竭，但谁都无心休息。依旧聚拢在一起的难民这次加快了速度，却错过了村庄，于是在一条小河边寻了块空地坐下。他们纷纷商量着要不要休息一会儿就立刻出发。

秦恬注意到，皮埃尔悄悄下了板车，捂着肩膀慢慢地往远处走去，整个人似乎就要浸入夜色中。

她原以为皮埃尔是去小解，可是看那背影，却充满着决绝的气息。

她悄悄地跟上去，直到皮埃尔走得老远了，还是看不出停下的迹象。她踌躇了一下，低喊道："皮埃尔，你要去哪儿？"

那身影一顿，缓缓转过身。阴影遮住了他的表情，他的声音很温和："天凉，快回去。”

“一个人危险，快回来。”秦恬喊道。

“不了。”皮埃尔低声道，“我留着，太危险。”

“为什么？因为你是法国士兵？可你明明穿上平民的衣服了，有什么关系呢？”

“虽然那些败兵一路跑出来没有危险，可是难保不出点意外，周围的人都知道我是士兵，万一，万一你们被冠上了私藏士兵的罪名……”

“你不相信和你一路走过来的人吗？”

“不，我是不相信德国人的仁慈。”皮埃尔似乎摆了摆手，“快回去吧，秦，我或许可以找个部队，再加入。”

“然后一起逃跑？”秦恬冷笑，“你也看到了现在的战况，你这样多事反而会给人带来麻烦。过来，跟我们在一起！”

“不行，你们都是好人，我不能拖累你们。”

“谁说你拖累了？你指给我看，我抽死他！”秦恬怒了，“我冷，我要回去，快过来，把你弄丢了我上哪儿找个替代去！”

“你可真是……”皮埃尔似乎无语了，他的伤还很重，没走几步就已经累得佝偻了，此时说话还带着点儿气喘，“我都不知道该说什么了。”

秦恬不耐烦了，走上去，一把把他拽回来。皮埃尔跌跌撞撞地跟着，看到远处萨莎奶奶带着阿卡在往这儿张望，而萨莎爷爷在篝火边点着旱烟，头也往这儿探着。

“姐姐，你们去哪儿了？”阿卡藏不住事儿，跑上来仰着脸问。

秦恬看了眼皮埃尔，摇摇头：“没事，散散步而已。”

“哦……”阿卡眼睛一转，问皮埃尔，“哥哥，要吃香草培根吗？奶奶刚做的，可好吃了！”

“好的，谢谢。”皮埃尔“离家出走”那么一会儿就虚弱得不行，半躺在篝火边休息。

秦恬倦意正浓，正昏昏欲睡，忽然感到大地震了一下。

低低的谈论声忽然消失了，所有人惊疑不定地互看着。

“刚才那是什么？”

“似乎还有响声……”

“莫非是……”所有人往远处望去，田野尽头赫然有光在闪。紧接着，爆炸声清晰地传进了每个人的耳朵。

“是德军！德军追上来啦！”一声大喊后，宿营地顿时乱成一锅粥，萨莎奶奶被挤得差点摔倒在地，秦恬一把抱住她，躲在独轮车边缩着。阿卡被萨莎爷爷抱在怀里，爷孙俩都表情茫然。

“躲到麦田中去，快！”刚躺下不久的皮埃尔挣扎着起来，“不被看到就不会有麻烦！”

于是秦恬一手扶着萨莎奶奶，一手扶着皮埃尔，几个人跌跌撞撞地往麦田里跑去。周围很多人也大多选择向麦田里跑，夜色中的麦田，不会有人来搜查。

很快，轰隆隆的声音越来越响，麦田间狭窄的土路上转眼就驶来一条机械长龙。卡车、指挥车、运兵车、辎重车以及后面的坦克无不彰显着这个车队所向披靡的样子，一辆接着一辆的车开来，几乎看不清车身，车灯全部打开着。

“法国要是有这么精锐的队伍，也不会往这个方向开。”面对一边几个难民关于车队国籍问题的疑问，皮埃尔冷静不乏自嘲道。

以前一直没有见过德国军队，这一队规模看似不大，但是气势十足，不用说肯定是先头部队。

秦恬躲在麦田里，盯着远处驶来的军队，心如擂鼓。当年在波兰，她不曾直面德国的机械化部队，遇到的全是有血有肉的人类，直到现在，感受着大地的颤抖以及轰隆的响声，她才真正意识到，这个国家，拥有着如此可怕的战争机器。

即使车队的声音掩盖了一切，可躲在麦田里的人依然大气都不敢出，心里祈祷着车队快点过去，然后他们再想个办法绕路走，千万别撞上先头部队后又撞上主力部队。

即使最前面的卡车已经跟他们错过百米远，可是后面土路可见的尽头，车灯依然闪烁着，不见队尾。更惨的是，这么一支庞大的军队竟然停下了。

“该死，他们要在这儿停下休整，明天下午估计刚好能到达凡尔登。”皮埃尔终于不淡定了，咬着牙道。

秦恬对于凡尔登什么的完全不在意，她在意的是，莫非今晚就在这儿躲一晚上？

没有篝火，没有毯子，即使是五月中旬，可仍然不是夏天，这几天的晚上都有点凉。

小阿卡已经不由自主地打起喷嚏了。

“怎么办？”萨莎奶奶拿手帕擦着阿卡的小鼻子，低声问道。

“等夜再深点，我们就赶路，往西南走，错过凡尔登。”皮埃尔比较有发言权，“他们肯定不会放过凡尔登，那是直取巴黎最快的途径。”

“那爸爸妈妈怎么办？”阿卡问道，稚气的声音充满了疑惑。

“爸爸妈妈，他们会安全的。”萨莎奶奶也知道现在不能去凡尔登，所以她即使比阿卡更担忧，也没有办法。

几人做了决定，便在麦田中静静地等着。远处军队似乎下了休整的命令，转眼很多士兵从各式各样的车子中冒出来，有的做着各种奇怪的动作放松着身体，还有的生火热饭、发结队号令……

秦恬感到身边皮埃尔的身体忽然绷紧了，她疑惑地问：“怎么了？”

皮埃尔的手慢慢抬起，往右前方指了指：“你看那儿……”

秦恬眯起眼，朝他手指的方向看，一开始看不出什么，只知道一队队人正被集结，可是当她看清楚那些人身边的东西，心哗啦啦地凉了……

狗——霸气的德国黑背，世界上最标准的军犬，正在那儿欢快地跑来跑去。

“这是……这是要巡逻吗？”

“掌握驻扎地周围的基本信息是必须的吧，”皮埃尔很无奈，“你们还是快跑，能跑多远就跑多远，他们的巡逻范围应该不会很远。”

没等皮埃尔说完，周围开始出现窸窸窣窣的声音，很多注意到军犬的人已经往远处跑了。

秦恬等人的劣势在于，有老人、小孩、伤员，能够有希望逃出巡逻范围的，只有她一个青壮。

秦恬想跑，真的想跑，可她抛不下这老弱伤残，就像当初在运送物资的车上时，她真想跳车，可周围都是难民，她做不出这种狼心狗肺的事。

不就是一条命吗？秦恬悲愤地想。她开始摸索，把刚才还没吃的香草培根拿出来握在手里。

“你要干吗？”皮埃尔注意到她的动作，“你不用顾忌我们，快点跑。”

“别吵！”秦恬紧紧盯着远处开始四面巡逻的德国士兵，“你说，我要是在狗见着我的那一瞬间把肉喂给它，它是不是就能安静了？”

“噗……”皮埃尔笑喷了，“这创意不错。”

阿卡隐约明白发生了什么事，说道：“姐姐，我觉得狗狗吃完了肉，会朝你叫，还会再问你要。”

“阿卡，别说了。”萨莎奶奶轻摸着阿卡的头，“秦，你别顾忌我们，快跑吧，他们看到我们这些老弱伤残，说不定不会为难我们。”

“那要是他们把你们抓起来，谁来照顾你们？”秦恬也不管别人看不看得清，扯扯身上脏兮兮的修女服，“我可穿着上帝的马甲呢，总不至于这么不中用吧？”

“对不起，拖累你了。”萨莎奶奶很抱歉。

秦恬脸都红了：“怎么能这么说，要不是你们的照顾，十几天前我俩就饿死了。”

这么一想，她发现刚才自己想独自逃跑的念头那是相当可耻，光记人家拖累自己，不记人家当初的援助之手，简直就是个牲口，她都想打自己两耳光。

身边那些难民几乎都走空了，秦恬这才想起，一路过来的难民大多都是青壮年，像萨莎老夫妻这年龄的没多少。

远处的士兵似乎注意到了这边麦田的骚动，加快脚步走过来，时不时警觉地朝四处搜查。秦恬忽然有点盼望前面能被搜出一些没来得及跑的难民，好让她知道被抓到是什么下场。可是显然，经过十多天的奔波和磨炼，没有一个难民是笨蛋。

“秦，真的，你还是快走吧。”天接近全黑，秦恬完全看不到萨莎奶奶的表情，只听到她担忧的话。

秦恬摸索着抱过阿卡，搂着他软软热热的小身子，微笑道：“萨莎爷爷，火把还在吗？”

“在。”萨莎爷爷道。

“我想，我们是不是把它点燃，省得这些士兵突然撞见人，一紧张按下扳机，那我们就死得太冤了。”

没听到表态，火把却唰地亮了，萨莎爷爷很酷地吹熄火柴，举起火把挥了两下。

远处立刻传来德语的大喝：“那儿有亮光！”

紧接着是狗儿兴奋的汪汪叫声，声音越来越近。

秦恬低头问阿卡：“冷吗？”

“冷。”小阿卡一向很老实。

“那就抖吧，皱起你可爱的小脸，要多可怜有多可怜。”话音刚落，一条威猛的黑背首先蹿过来，朝他们蹦着、汪汪大叫。随后，拉着狗链的两个高大的士兵拨开麦田走了过来。

他们谨慎地端着枪，先看向最右边相互依偎的萨莎爷爷和萨莎奶奶，又看向穿着修女服的秦恬和可怜兮兮地缩着的阿卡，最后看向靠着秦恬眼睛半闭的皮埃尔。

“起来！”他们用德语大叫。

除了秦恬，其余几人都一脸茫然，没等秦恬开口翻译，另一个士兵用蹩脚的法语喊了一句：“举起双手！站起来！”

秦恬扶着皮埃尔站起来，吃力地举起一只手，而皮埃尔两只手都举不起来，也不知道是不是故意的，他半死不活地站着。

萨莎夫妇还有阿卡倒是举得很标准，子孙三人都是一脸平淡的表情。

一个士兵盯着他们，另一个士兵带着狗走过来，搜了皮埃尔和萨莎爷爷的身，然后看看紧张的秦恬以及萨莎奶奶，还有一脸无辜的小阿卡，摇摇头，道：“没有威胁。”

“那走吧。”两人转身欲走，其中一个突然转身对萨莎爷爷恶狠狠道，“别在这儿点火！”

确实，在密实的麦田中，一不小心就会引发火灾，这个士兵明显不是为了珍惜法国的粮食，而是为了他们军队的安危。

士兵说的是德语，萨莎爷爷紧张地盯着那士兵的脸，表情很茫然，见那士兵依然恶狠狠的，他条件反射地看向那个会说法语的士兵，可是那个士兵也一脸无奈，张口用简单的法语词汇说了句“你还有火”就说不出来了。

秦恬无奈地轻咳了一下，见几人的目光都转向自己，她并没有去翻译那士兵说了什么，而是尽量诚恳地对那个士兵用德语道：“请问，能允许我们到小河边的空地上点堆篝火过夜吗？您看，我们老的老，小的小，病的病，恐怕难以熬过这个晚上。”

两个士兵顺着秦恬指的方向望望远处，小河边的空地被高高的麦子和浓浓的夜色遮盖得严实，什么都看不到。他们低声商量了一下，其中一个粗声粗气道：“不行，但你们可以到我们车队旁边，在我们的监视下点火休息，明天我们离开后，你们再离开。”

跟上千个德国士兵共度一夜绝对不是什么浪漫的事情，可是事已至此，命在他们手上，秦恬没有反驳的余地，就当这些士兵自愿帮他们守夜好了。她无奈地和萨莎夫妇以及皮埃尔解释了眼下的情况，他们只能点头同意。

“还有，我们的行李还在那个空地上，能允许我们去拿吗？”秦恬得寸进尺。

一个士兵粗声粗气地咕哝“真麻烦！”，但还是和战友商量了一下，接着，他带狗巡逻去了，另一个士兵则押着秦恬等人拿了行李去营地。

他们挪到营地才发现，原来和他们一样际遇的不是一两个，一辆坦克边较宽的路面上已经被圈出一块——专门供被抓到的难民休息。他们大多是老人和小孩，因为这些人跑不动。士兵没有射杀他们，还给他们提供了热水，当然，食物得自备。

他们五人又点了一堆小篝火，在火边坐了一会儿，众人终于缓过劲来，而此时，皮埃尔的体力已经到达了极限。他脸色惨白，昏昏沉沉地靠在秦恬的肩膀上，呼吸渐弱。

秦恬着急却没有办法，只能一点点给他喂着热水。

忽然，她听到耳边传来咔嗒一声，这声音熟悉得让她全身冒冷汗。她缓缓地回头，赫然看到皮埃尔后脑勺顶着一把枪。

黑色的手枪闪着幽暗的光，让秦恬有种闪瞎了眼的感觉，她大脑瞬间一片空白。

注意到这情景的萨莎奶奶终于扛不住，惊呼一声后，昏了过去。

而此时，一旁看守的两个德国士兵也把步枪微微抬起，冷冷地盯着秦恬和皮埃尔。

短暂的静默后，一道有些沙哑的声音从秦恬身后传来："如果我没看错的话，这个年轻人的肩膀上，是枪伤吧？"

"谁能告诉我，一群首次遇到我们的普通难民中，怎么会混着一个中了枪的年轻人？莫非，你是一个士兵，嗯？"

# 第十二章

# 告别

秦恬眼睁睁看着皮埃尔被押走。

她从来不相信自己是个有急智的人，而这一次因为头脑完全变得空白而更加确信起来。

她看着这个军装外罩着白大褂的男人招招手，让两个德国士兵过来扶起皮埃尔，又看着他优哉游哉地收起枪，然后看着皮埃尔无奈地朝她笑笑。她努力想该怎么办，可是她想不出来。

如果豁出去，她可以做出很多事情。

比如当初在波兰街头，海因茨拿枪指着亨利的额头时。他杀亨利不需要理由，杀她更不需要，所以她那次豁出去，纯然是已经无意识地赌上了性命。

事后她每次回想都是一次自我“征讨”：秦恬，你凭什么这么冲动？你算什么？你也会死，你也会受伤，你没有任何本钱，你更不是这个时代的主角。

“小姐，您还好吗？”

一束强光忽然直刺她的眼睛，秦恬惊呼一声遮住眼，然后不满地看着这个利落地收起手电筒的年轻德国军医。他的表情没有什么变化，只是低声道：“您似乎有点过于紧张，如果没有什么特别理由的话，希望您平静下来。”

说罢，他直起腰，看看圈子里的难民们，眼神高傲而犀利。扫视了一圈以后，他用法语问：“各位，有谁身体不适的，请告诉我，我会义务给你们进行一些必要的检查。”

秦恬蒙了，免费体检？有这么好的事吗？

其他人显然也很不安，紧张地盯着军医。

“我只是希望这一夜相处不会使我们高贵的士兵被传染什么病罢了，你们也不希望被身边的人传染了疾病吧。”

见还是没人动，军医无所谓地耸耸肩，背着双手慢慢地走来，扫视着坐在地上的人。偶尔路过一两个人，他会要求他们抬头，张嘴伸舌头给他看看。

幸好，从他转身离开的行为看来，在场的人暂时没有生病的。秦恬总算恢复了平静，她将火堆上刚烧开的水倒了一杯，握在手里使劲吹着，等能喝了，一点点给萨莎奶奶喂下去。

萨莎奶奶还没醒，秦恬有点担心，要是生病了就不好了，这种身心疲劳造成的病比纯受凉感冒更难处理。

还有皮埃尔，还有巴黎……还有奥古。

事儿怎么这么烦！

军医走后，皮埃尔一直没有回来，秦恬没胆子去问他的下落，周围的德国士兵显然对多了这么群人占用他们的休息时间很不爽，一两个脸色相当难看。

二十来个难民相互依偎着，最终疲劳战胜了恐惧，昏昏睡去。秦恬却依然很清醒，她本来就“擅长”熬夜，一受刺激，更加睡不着了，但她不敢往四周乱看，只能盯着火堆发呆。

过了很久，有人拍了拍她。

回头，她看到一个娃娃脸军官，看徽章，是个中尉。

他就着火光盯着秦恬看了半晌，看得秦恬浑身都快哆嗦起来了，才开口：“我听说，这儿有个东方姑娘。”

难道您老玩腻了金发碧眼，想换换口味？秦恬警惕地盯着他：“您有什么事吗？”

娃娃脸军官愣了一下，然后左右看看，看到周围几个本来昏昏欲睡的难民此刻都双眼炯炯有神地盯着他，他微咳了一下，低声道：“我能不能和你聊聊？”

他说着，指指旁边的营帐。

秦恬盯着他，下意识地护胸……

“喂喂喂……”娃娃脸无奈地笑了，“我们有纪律的。”

秦恬没办法，随手拿起自己的杯子，站起身来。

两人进入帐中，里面有个小火炉，行军床上的被子整整齐齐，还放有一个小行军囊了。

娃娃脸搬来一张小板凳，自己坐下后，指指床对秦恬道：“请坐。”

秦恬拍拍屁股，坐下了。

娃娃脸总是有亲和力的，就算穿着德国军装，依然让人难以产生厌恶感。

“要水吗？”

秦恬点点头，接过他手中的水壶，拿出自己的杯子，倒了一点，然后捂着杯子取暖。

“我想问下，你是哪国人？”

“中国。”秦恬毫不犹豫。

不知道是不是错觉，秦恬觉得娃娃脸听完有点激动。

她想到，奥古也是听到中国就很激动，难道这又是一个中国迷？

“你们中国女孩，对于婚姻和爱情是怎么看的？”娃娃脸一双圆溜溜的眼睛盯着秦恬，满脸好奇。

此时此地此情此景，秦恬脑中闪过无数个可能被问到的问题，她甚至准备好了对于故宫的介绍，就是没有这个，于是，她卡壳了。

娃娃脸问的问题太跳跃了，以至于她不得不设身处地地去想：在一九四〇年，一个中国女孩，对于爱情是怎么看的？

她不清楚……

然后她又想到，作为一个在法国长大的华裔，她的爱情观和这个时代欧洲女性普遍的爱情观会有区别，那么这个时代欧洲女性普遍的爱情观是什么。

她还是不清楚……

于是她只能原创了。

“首先，我不得不抱歉地说，我没谈过恋爱。”宅女秦恬真没谈过恋爱。

“然后我想，您的问题，有点宽泛……”她努力组织着措辞，“我不知道该怎么回答。”

“好吧。”娃娃脸苦恼地摸摸头，忽然恍然大悟似的伸出手道，“我叫凯泽尔·西弗瑟斯。”

“没有冯？”秦恬条件反射地问。

凯泽尔笑笑：“没有冯。”

“哦……我叫恬·秦。”

“我换个问法，你们会对你们的爱人忠诚吗？”凯泽尔又问。

秦恬额头冒出一滴汗：“那是必须的，中国女人崇尚……一旦嫁给了一个男人，就会一直忠诚，直到死亡。”

她想说“从一而终”，奈何用德语说不出来。

凯泽尔满脸都写着满意，他微笑：“那么，对于和一个不同血统，直说吧，和一个欧洲人结婚生子，你们会介意吗？”

“我觉得，因人而异吧。”她有点烦躁了，这个德国人问的都是些什么啊，“如果我爱他，当然不会介意那种东西，但如果是因为利益或被强迫的，可能就会……呃……反正不会那么乐意。”

如果真被强迫，她觉得自己绝对不会宁死不从、为了贞洁做激烈反抗，没到真的承受不了的时候，她就算不乐意也会忍，可是……会有这种情况发生吗？

两人在中国广大妇女的爱情观上磨磨叽叽了很久，到后来秦恬甚至感觉自己在和一个言情小说家交谈，这哥们儿就像在采访她一个宅女的爱情观，然后肆意地展开想象。他似乎很关心种族和中国女性的品性问题，难道他不知道龙生九子各有不同吗？

她觉得凯泽尔肯定有个朋友在为跨民族爱情困扰着，其中一个毋庸置疑是日耳曼人，而另一个，貌似是位中国姑娘。

这娃娃脸担心他朋友为情所伤，所以特地来她身上找慰藉。

秦恬不是个八卦的人，明白知道越多死得越快的道理，可是越聊她越觉得纠结。在这个种族主义泛滥的时代，娃娃脸的朋友和她的同胞会有好结果吗？

反正她是绝对没这勇气和霸气在小胡子的压迫下和一个注定没好结果的德国军官轰轰烈烈爱一场的。

她宁愿躲到战后，再找个普通人嫁了，老老实实、安安稳稳地过日子，外面洪水滔天与她无关。

话题持续到后半夜，秦恬拿着两罐鱼罐头走出了营帐。此时天已经微微亮，送她的凯泽尔颇为不好意思：“抱歉，耽搁了那么久，因为这是困扰我很久的问题。”

“没什么……”秦恬强忍着不问更多，只是不由自主地瞥向他。

注意到秦恬的眼神，凯泽尔微微沉吟，忽然问：“秦小姐，你说你在法国长大，那儿华人多吗？”

“还行吧。”秦恬哪里知道。

凯泽尔踌躇半晌，又问：“你认识一个叫媞安的女孩吗？中国人。”

“媞安？”秦恬立刻摇头，“不认得，抱歉。”

“哦，没什么。”他摆摆手，微微鞠躬，“劳烦您一晚上真不好意思，我要准备出发了，很高兴认识您。”

“我想问下，那个，你们带走的那个……那个士兵，还能回来吗？”秦恬不知道该怎么说，只能盯着凯泽尔。

凯泽尔微笑，但眼神冷却：“你是个聪明的女孩，你懂的。”

“是的……”秦恬干笑着转身，把鱼罐头藏到宽大的袖子里，坐回了萨莎爷爷身边，低下头微微叹气。

萨莎奶奶似乎还在睡着，萨莎爷爷却一直没有。他看了秦恬半晌，再看看周围那些难民投向秦恬的冷漠眼神，伸出一只老树皮一样的手，握住了秦恬。

感受到那粗糙的手传递来的温暖，秦恬忽然眼眶发热，一股酸意从胸腹直冲而上，涌入大脑。被带去问话的时候，她好像已经灵魂出窍，没什么可怕的了，只是强自镇定地说着话。

可是等回到这儿，冷风一吹，萨莎爷爷手一握，她才忽然发现刚才的自己是多么紧张。她甚至都快忘了自己在营帐里说过什么，只感觉此时身体微微发抖。

顾不得萨莎爷爷怀里还抱着萨莎奶奶，她苦着脸靠在了萨莎爷爷瘦瘦的肩上，忍着越来越汹涌的酸涩感。

他们都不知道说什么好，只能沉默着。

秦恬努力让自己不要想太多，明天还要赶路，已经聊了大半个晚上，接下来无论心里多么复杂，都必须静下心养精蓄锐，否则迟早病倒在路上。

等到天快亮了，远方出现粉色的朝霞，秦恬让萨莎奶奶和阿卡继续休息，她起来拿蔬菜和干肉炖了一锅淡淡的汤。当几人围坐着吃早餐时，一个德国军官走过来道：“我们即将开拔，请你们离开吧。”

最终他们还是没把皮埃尔带回来，不知道把他塞在哪辆车上了。

难民们如蒙大赦，相互叫醒，纷纷收拾东西缩到了路边，等德军队伍离开。

士兵们吆喝着上了运兵车，其中有些对路边褴褛萎靡的难民指指点点，嬉笑着。

这时，一辆敞篷军车开过来，在秦恬的面前减慢了速度。凯泽尔坐在副驾驶座，开车的竟然是那个军医，他朝秦恬挥挥帽子，什么也没说，车就加速了。

秦恬默然看着车子远去，其余军车也全速开进，很快这里只剩下飞扬的尘土。难民们无暇说话，此时在这儿的都是昨晚来不及逃走的老弱病残，一个比一个累。

皮埃尔的离开让萨莎奶奶很伤心，她时不时念叨着：“我可怜的孩子，可怜的孩子……”

阿卡缠着秦恬问：“姐姐，皮埃尔哥哥到哪儿去了？他还会回来吗？”

秦恬不知道，她怎么会知道?

难民们茫然地沿着土路继续走了大半天，大家都没有明确的目的地，本来要去的凡尔登已有德军虎视眈眈，他们现在还能去哪儿?

“他们是要到哪儿去?”半路上，有人问道，“我们总不能跟着他们走。”

这个问题的答案谁也不知道，这儿依然是法国边境的范围，前方什么情况都有可能发生。

“那个修女昨晚和一个军官聊了很久，她总会知道吧。”有人不怀好意地大声道。

秦恬回头朝那个说话的人看看，什么都没说。

“秦，昨晚到底怎么了?”萨莎奶奶面露疲惫，轻声问道。

“那个军官有个中国朋友也在法国，他想问我认不认识，顺便问了下中国的风土人情。”

“可你不是说你在法国长大的吗?”

“是呀，所以没有聊很久。”秦恬干巴巴地说。

“如果真是中国人，那你或许可以去找找，这样，就算德国真的把巴黎给……你也可以有个依仗。”萨莎奶奶诚恳地说。

秦恬抿着嘴，虽然赞同，却也不以为意。法国那么大，天知道那个媞安在哪儿混啊，而且能让一个德国军官这么喜欢的人，肯定是个强悍的人，这种女强人跟她绝对不是一路人，别到时候被拉下水了。

但是不知怎的，媞安这名字，老在她脑海里晃。

德国人口里的媞安，应该怎么拼来着?

秦恬站住，随手捡起一个树枝，在地上画写：媞安，媞安……Tian。

Tian……

秦恬傻住了。

秦恬突然想起了奥古斯汀，她下意识觉得这个媞安指的就是自己，但她没有任何证据，而且从凯泽尔的说法看，似乎那个德国军官和这个媞安已经相爱了。

可她和奥古斯汀……没有吧。

她爱奥古斯汀吗?不，连喜欢都谈不上。相识之初可能有为美色所迷，但无论他表现得如何亲和，她对他依然是以畏惧为主，更何况他还有海因茨那么个鬼畜般的朋友。

至于奥古斯汀对自己……也不可能吧。

人家是有高眼界的人，自己这个长相从东方人来看还算清秀可人，可到了西方人眼里那就是比清粥小菜还要清淡的类型了，根本算不上一盘菜……算什么呢，饭后的漱口水吧。

他的感觉，肯定是跟自己的一样，谁说命运相似就要相爱的？

想来想去，媞安是否等于自己，她还是没有把握，干脆把这事儿抛到脑后，跟众人一起商量路线。

“当然是去南边啦，往西南走，德国人打不到那边的，现在肯定全国人都在往那儿跑！”有人建议。

的确，法国西南边就是诺曼底，虽然后来德国人打过去了，可那儿却是最迟被占领、最早被解放的，而且德军掌控力也没那么强。

秦恬觉得，这些平民的战略意识还是相当强的。

萨莎爷爷和萨莎奶奶有点犹豫，他们的儿子和媳妇就在凡尔登，此时虽然不知道他们的去向，但二老不看到儿女，自然难以放心。要他们两个老人不理儿女的安危带着孙子跑那么老远，还真挺难的。

而秦恬自然是一门心思奔巴黎，她有想过把萨莎爷爷和萨莎奶奶以及阿卡带到巴黎去照顾，可是，她完全不知道自家状况怎么样，是穷还是富？要是到时候出点什么状况，她可真是叫天不应叫地不灵了。

谁知得知秦恬的目的地后，萨莎奶奶倒是有点心动，她问丈夫：“你说，朗科他们是不是也住在巴黎呀？”

“朗科？”萨莎爷爷回忆了好一会儿，才犹豫地点点头，“好像是吧，你的意思是……”

“唉，当初他们到乡下来不也住在我们那儿，这次我们干脆去他们那儿借住两天，我们给钱也行啊。”

“干吗给他们钱，他们应该的！”萨莎爷爷少有地激动起来，“他们敢拒绝，我就不认他这个弟弟！”

“那就这么定了！”萨莎奶奶笑起来，对秦恬道，“这样，我们就可以一路啦！”

本来对于自己可能要一人出发有点惴惴不安的秦恬相当高兴，她搂着小阿卡狠狠地亲了两口道：“阿卡，高不高兴一起走呀？”

“高兴！”阿卡笑嘻嘻，“皮埃尔哥哥要是在，那就更好了。”

一时间，众人皆沉默。

小孩子是最藏不住心思的，皮埃尔被带走是三个大人最难以面对的事，陡然被这么揭开，大家都很难受。

现在全法国有点能力的人都在往南跑，因为最先头的古德里安部队就在北部横冲直撞，速度之快超出所有人的想象，广播里说几乎所有人都在逃难，包括军队。

急于进攻的德军无暇顾及平民，甚至连大规模的俘虏都懒得搭理，可这不代表他们就会轻易放过眼前溃逃的敌军，所以在巨大的生存压力下，出现了败军跑得比难民更快的情况。

秦恬等人有好几次路过空落落的村庄，那里就像被洗劫过一样，原本紧锁的民居大门被粗暴地踢开，食物和牲口都没有了，屋内满地的空酒瓶子，还有凌乱的床单和被套……看来那些“强盗”在同胞的家中过得很好。

见到这些情景的难民脸色很难看。他们很希望这些是德军干的，这样他们可以更加痛快地诅咒那些天杀的去下地狱，可是为什么，闯空门的是他们自己的军队……

有几次他们进到村庄里的时候，还能看到几拨法国士兵在难民留下的房子里面七倒八歪地睡着，土黄色的军装，不修边幅。他们被失败打击得彻底，没有了振作和奋斗的意念，也没有了入伍前发誓的忠诚和荣誉感。

“如果我的儿子敢这么干，我非打死他不可！”一个大叔咬牙切齿，他前几天还得意扬扬地吹嘘他的儿子是多么厉害，在军队中担任些什么军职。

“我现在担心的是，亲爱的，我们的房子……”萨莎奶奶皱着眉双手合十，看着萨莎爷爷，“但愿他们不要发现我藏在树下的葡萄酒，那可是科曼出生前你亲手酿的……”

萨莎爷爷不说话，一向木讷的脸微微皱起，显得愁苦。

现在走回头路去看自家房子的情况已经不大可能实现了，难民队伍和败兵队伍分分合合，由于难民众多，两方在遇到困难的时候尚能相互帮助。这儿靠近东部边境，沿途不是无家可归的难民就是空落落的村庄和小镇，而从越来越少的败兵来看，显然，他们的路线和德军进攻的路线已经错开了。

接下来的行程，应该不会遇到德国军队。

自遇到凯泽尔那群德兵后，他们又遇到了德兵三次，每次都能看到机械化的装甲部队。他们行色匆匆，对待难民冷酷而无礼，但好歹没有出现滥杀无辜的情况，有一次甚至有军官嫌俘虏拖慢了进程，把十几个受伤的法国士兵扔给难民后，就发

动军车走了。

难民们用各自的办法带着那些受伤的士兵走了一路，其中有一个伤口感染在路上死了，有几个还躺着，还有几个已经勉强可以走动。他们请求难民随便找个空房子来安置他们，直到身体勉强恢复，再去寻找他们的队伍。

这样的请求对已经不堪重负的难民是求之不得的，虽然他们对这些伤兵有各种担心。在士兵的坚持下，难民们留下了一些食物和必要的生活用品，让士兵在一个小村庄里养伤，然后他们继续上路。

在平时，这种抛下伤者的行为一定会受到斥责，可是现在，所有人无论是善良如萨莎奶奶，还是纯真如小阿卡，都没有质疑。她这才发现在整个战争时代，所有人都已经被这种气氛潜移默化，默然地接受了冷漠的人际关系。

几天后，当秦恬跟着同去巴黎的难民到达了一个叫作维特里的小城时，他们得到了一个消息：英法联军，四十多万的精英部队，被德军包围在了敦刻尔克。

除非跳海，否则他们只有被俘，或者被歼灭。任何一条消息都表明，有史以来英法对抗德国最大的一次失败，即将诞生。

如果这四十多万人全被歼灭，那么别说是法国本土将陷入黑暗，即使是号称日不落帝国的英格兰，也将有数年时间只能靠殖民地的部队来维持本土的安全了。

“法国完了……”所有人都陷入绝望，他们发了疯似的收听有关敦刻尔克的消息，可除了播音员的阐述和法国高层声嘶力竭的呼喊，什么好消息都没有。

古德里安之所以那么着急地驱赶着他的坦克部队，是因为前方，有全欧洲最大一块“肥肉”在等着他。

女人们彻夜哭泣，男人们一个个蓬头垢面，相互询问着有没有谁家的子弟在被包围的法国部队中。

萨莎奶奶无比后悔，她一遍一遍地说：“我们应该去凡尔登，即使法国陷落了，好歹我们和科曼在一起。亲爱的，我们应该去凡尔登。”

萨莎爷爷抽烟不语。

此时，凡尔登早就被他们甩在了身后，再过几天，他们就能到达巴黎了。

现在说什么都为时已晚。

秦恬觉得，她快疯了。

面对这种全民绝望的情景，她的内心就跟被烧沸的水一样不断奔腾。因为她努力回忆过很多次，她知道这个事件。

如果说诺曼底登陆和斯大林格勒是欧洲“二战”的转折点的话，那么敦刻尔克大撤退也是一个小型的转折点。

想一想三十三万精英部队能给一场战役带来多大的变化吧，更何况这三十三万人有大部分人撤离法国后，转而从西南的海滩登陆，完成了另一个大的转折——诺曼底登陆。

秦恬知道自己不能说什么，她不想扮演神棍也没法让别人相信她所说的，她只是隐隐期待着，在面对这场战争第一次转折的时候，另一个同胞会做些什么？

奥古斯汀坐在坦克上，看着前方，相比周围人的失望愤怒，他的表情十分淡然。

海岸边，断壁残垣、弹坑处处、四面血肉横飞，方圆几公里没有一块完好的地方，没有一处完好的建筑，到处都是尸体，通往码头的栈道已经消失无踪，只剩下木柱旁的块块木板。

远处，海水依然蓝得无忧无虑，可波浪涌动间却没了往日的潇洒，每一次起伏都能看到各种船型的残骸、舢板、破烂的船舱、桅杆，还有……尸体。

那些破烂的船中，大部分都是民用的渔船、小型的游船，有些船的残骸甚至还挂着没有收起的渔网。

“这就是打败我们的所谓军队？龙德施泰特就是只猪，戈林更是猪中的猪！让空军来处理这四十多万人？哈哈！用什么处理？从天上撒网吗？还是扔光所有储备的炸弹炸死这群束手就擒的败兵？”

远处，古德里安将军朝着无线电通信器狂吼，他指着海岸，指着那片废墟，指着海中的船：“民用船！英国佬把他们全国的船都集结了起来！全英国所有能在水上漂的东西他们全弄到敦刻尔克了，哈哈哈！在他们大摇大摆运输军队的时候，我的队伍被下令在加来停留了三天！三天！我们死赶活赶是为了什么？为了眼看着他们在渔船上朝老子脱裤子露屁股跳大腿舞吗？而英国这么大规模的行动，事先竟然一点消息都没收到，你们情报部都是干什么的？”

奥古斯汀叹口气，看着营帐里暴跳如雷的将军。他听说过古德里安，也知道他的很多事迹，可没读过他的个人传记，所以并不知道他是个怎样的人，不过现在发现他确实适合指挥装甲部队——他自己就是一根炮筒。

“就连我手下的军官都知道这种时候拖不得，三天我就收到五十多个要求立刻进攻的请求，我该死地信了你们的邪！戈林不是说归他解决吗？三天？空军都能环绕地球了！飞机在哪儿?！作战计划在哪儿?！一通狂轰滥炸，最后还是得靠老子解决掉了留下来殿后的十万人。真是笑话，我这半个月拼死拼活全是笑话！全欧洲都在看我的笑话！明明追上了，还要等三天，等他们被民用船接走了，老子再来收拾他们的尾巴了?！”

古德里安大呼一口气，大手一挥，对通信兵道：“给我发过去，一个字都别落，什么责任都由我来承担！”

通信兵满脸大汗，调制着频道，将古德里安将军的愤怒发送了出去。

“奥古！奥古斯汀少校！”古德里安在营帐外大喊。

奥古斯汀快步跑上去，站定在将军面前，颔首道：“将军。”

古德里安朝他行了个礼，没等奥古斯汀回礼，就拍着他的肩膀：“奥古，让你失望了。”

“能得到您的支持，是我的荣幸，将军。”奥古斯汀表情很平淡，“虽然这次是有点遗憾，但我相信，即使这么多士兵都逃走了，胜利依旧是我们的。”

“是的。”古德里安的战争直觉让他无法被轻易安慰成功，他看着海岸，表情并不轻松，“你的战略意识很好，甚至比我更快意识到停留的危险，但是统帅部错误的决定让我们错失了良机。相信经历了这次，他们不会再轻易忽略我们前线军队的判断，以后会好起来的。”

“是，将军。”

古德里安看看奥古斯汀，又拍了拍他的肩膀：“小伙子很有前途，继续努力吧。”

“谢谢将军。”奥古斯汀知道，谈话结束了，能得到古德里安的指名召见，他这一次，已经值得了。

奥古斯汀不得不承认，他以前读书不怎么好，所以当他意识到情况不妙的时候已经很晚了，但好歹他行动得不晚。

他无数次通过各种方式向上面反映敦刻尔克的重要性，在停留期间甚至要求直接以个人名义联系统帅部申请部队前进，可惜任何努力都搁浅了，等他们拼死拼活歼灭拦路的敌人冲到海边时，什么都没有了。

三十三万人，本来的囊中之物，却因为统帅部一个错误的决定和某些官僚争功的心理，活生生地溜掉了。

他不心痛。他努力了，所以当知道心血付诸流水时，他感觉并不是输给了自己和自己的能力，而是输给了这个时代。

这没什么的，他对自己说，好歹这个时代给了他一个补偿——秦恬。

他已经无心应对接下来的战争，他所在的部队将会兵分两路：一半跟着古德里安将军继续往前推进，一直贯穿法国；另一半则转头往北跟另一支队伍会合，包围巴黎。

巴黎……

他对战友们所说的再次兵临巴黎重现德意志的荣耀没什么兴趣，但他对里面的一个中国餐馆很感兴趣。

他好几次想象自己闲逛到巴黎的第七区奥赛街十九号的画面。他走进那家中国餐馆，里面会有一个穿着旗袍的女孩子，一改在艾森豪芬时典型西式侍者严谨的形象，慵懒地拿着餐盘走过来，看着他粲然一笑："欢迎光临啊……"

他觉得秦恬就该是这样的，一个将宅的气息带到这个时代，如何磨炼都消磨不掉的女人。

不可否认，不管是否有关爱情，他都想她。在血与火中，在钢铁和死战中，他想她，非常想。

想抱一抱自己的同胞，想和她说话，想跟她吐槽：老子在队里打靶都没大满贯过，到了这鬼地方开枪杀人居然一颗子儿一个了……哦，对了，他还想问秦恬，她怕不怕杀人魔？

"唉，你干吗问那个问题？"秦恬会回答。

很快古德里安将军领着他新到的摩托部队继续向前了，剩下的一半装甲部队留在原地，等另一个将军赶上来接收他们。

夜晚，营帐中。

刚经历过一场血战，士兵们疲劳而亢奋着，一般这种情况，他们会选择在营帐里打打牌、聊聊天、写写信，平静一下心情再入睡。

奥古斯汀刚收到一封信，是在另一条进攻路线上的好友凯泽尔发来的。静坐在营帐中读好友的来信，这种平静的时刻是目前的奥古斯汀最喜欢的。

凯泽尔自从战争开始，每一次来信都很忧郁，可是这一次他却显得很高兴，他在信中写道：

亲爱的奥古，我遇到了一个中国女孩，她真的如你所说，非常温婉。我和她聊了很久，我发现中国女孩的爱情观真是可爱极了，她们崇尚对爱情保持忠诚，而且并没有该死的种族观念……

这是六天前的信……奥古斯汀看了下笔记本中的迷你地图，这时候凯泽尔他们应该快到凡尔登了，这时候秦恬的火车也应该早就到巴黎了。他又看了看地图上的巴黎，笑了笑，继续看信。

我一直以为我的英俊战无不胜，但是可惜，那个中国女孩似乎非常谨慎，我没法得到很多信息。不过我觉得，你要是真的喜欢你信里提到的那个女孩，我支持你，中国女性似乎比日耳曼女性更适合当一个妻子……让人非常有安全感。

谁说要让秦恬当妻子了？奥古斯汀失笑，从没想到自己在信里偶然提到的女性会让好友如此关注。凯泽尔的性格说委婉点就是细心敏感，说直接点就是八卦。奥古斯汀心想自己什么都没表示，他就开始考察起中国女性的品性问题了，关怀得可真彻底。

不过这么想来，似乎是件不错的事情。

海因茨最近行踪神秘，我估摸他也将进入巴黎。他现在变好了很多，我说不出哪里好，只是他的信不再让我不舒服了。我希望到时候我也能到巴黎，这样我们能再相聚一下，说不定能到你小女友的餐馆蹭吃蹭喝。还有，你这么喜欢中国，却一直没带我们吃过中国菜……

对了，我认识的那个中国女孩也说要到巴黎去，说不定能见到呢，到时候我要追求她，哈哈！她叫 Tian · Qin……等等，Tian……天啊，奥古！她不会就是你的媞安吧，神奇的中国名字！奥古，我会不会这么巧遇到了你的小女友？可是她不是在巴黎吗？我明明是在去凡尔登的路上遇到的她，这都过去多久了，你的小女友怎么还没到巴黎？会不会遇到了什么危险？我错了，奥古，我应该多问点的。

接下来写了什么，奥古斯汀完全没看进去。

他捏着信，再次翻开笔记本中的地图，一遍一遍描摹着路线，怎么也想不通，秦恬怎么会还在离巴黎这么远的地方？看路程和时间，就好像她一直是用爬的。

不用凯泽尔描述相貌，他就能确定那就是秦恬，可是她怎么会在那儿？是遇到什么危险了吗？那一路要是都用走的，多半是和难民在一起，会不会出事了？

奥古斯汀感觉束手无策，他只能希望，去巴黎的速度，能快点，再快点。

秦恬深刻地认识到，说维特里是一座小城真是夸奖它了，这完全就是一座小镇，从镇头走到镇尾用不了三十分钟，而另一头的路上如果探出一个德国士兵的头，中央广场上所有的难民都能一起看到。

再一次被德国军队撞上的难民队伍得到消息，前面将会成为一片战场，后面已经完全被德国占领，接下来的路，往哪儿走都没有意义了，除非他们能超过前面的德国军队，转个弯再往法国南部逃。穿越火线到达一个即将被德国人占领的地方和好好地待在一个已经被德国人占领且暂时没什么危险的地方，两相比较，谁都知道该如何选择。

很多难民收拾了行李，决定不往前走了，反正哪儿都是德占区。

萨莎夫妇继续彷徨着，他们倾向于干脆回去。

“我们老了，走不动了，如果到哪儿都一样，我们还是回去守着房子吧，说不定阿卡的爸妈会回来找我们。”长途跋涉，阿卡早就走不动了，好在他年纪小，身体轻，一直躺在爷爷的板车上醒了吃、吃了睡，像小猪一样，却渐渐地没有了婴儿肥。

坚强的孩子，一路上他只问过一次爸妈，然后就一直乖巧地跟爷奶走着。他心里怎么想的，没有人知道。

在难民们看来，往巴黎走的话，不知道那儿会成为一个怎样惨烈的战场，曾经他们以为凡尔登能再次挡住德军，可是现在他们不敢相信了。巴黎、法国南部，都将不安全。

这个想法很正常，要不是有记忆帮助，秦恬也不敢往前走。

她不吱声地看着难民们商量着。无论别人怎么商量，她的意志是不会变的，对她来说，最大的问题是在一切安全后，怎么独自到巴黎去。

没错，独自。萨莎奶奶一路都在犹豫，犹豫到现在，该是个尽头了。

傍晚，秦恬正在火堆上的煎锅里翻着肉肠，这是萨莎奶奶最后的私藏，以后他们就只能吃干粮了。

萨莎奶奶走过来，无声地接过秦恬手中的锅铲，翻炒起来。秦恬用围裙擦擦手，静静地看着萨莎奶奶，看她的睫毛在火光下微微闪动，似乎很不安的样子。

秦恬轻声道："其实，战争哪儿都有，没有绝对安全的地方，也没有绝对危险的地方……"她斟酌着词句："我觉得，在哪儿安心，就在哪儿吧……"

萨莎奶奶翻炒的动作越来越慢，然后转头看着秦恬，表情很复杂。

秦恬很努力想让这个善良的老人不要有愧疚感，走最适合自己的路是人之常情，他们的离开实在不是什么背叛。

秦恬看书够多，人情世故总是懂点的。

"您瞧，我这么铁着心要去巴黎，并不是因为巴黎多安全，只是因为我家在那儿。战争总是存在，怎么都逃不掉，这种时候，还不如待在自己家人的身边。"

"秦，你是个好孩子。"萨莎奶奶看着火光，许久才叹息出一句，接着，就再没说什么了。

第二天早上，等秦恬醒来时，萨莎奶奶和萨莎爷爷已经准备好了行李，阿卡还在睡觉。秦恬的小箱子被放在了一边，还有一张毛毯被绑在箱子上，那不是她自己的毛毯，是萨莎夫妇送的。

远处传来城外驻扎的小股德军起床的号令声，他们也要准备行军了。

秦恬恍惚地看着周围人走来走去，听着说话声、号令声，还有零星的枪声，她不止一次感到时空错乱，然后又不得不在残酷的现实面前清醒过来。

阿卡醒来了，揉着眼睛，嘴里塞着萨莎奶奶给的面包。他看看秦恬被放到一边的行李箱，又看看正在默然整理的爷爷奶奶，晶亮的眼睛就盯住了秦恬："姐姐，你不跟我们一起走了吗？"

秦恬接过萨莎奶奶给的面包，笑着摸摸阿卡的头："你要回家了，姐姐也要回家了。"

阿卡眼睛转而黯淡了："姐姐，你不跟我们一起走了……"

"是呀。"秦恬揉着阿卡的小脸，他脸颊肉的手感已经没有以前的好了，"但是姐姐可以来看你们呀，用不了多久的，相信我。"

"呜……"阿卡抿了一小口水，"我相信你哦。"

"必须的。"秦恬笑眯了眼。

"你要是不来看我，我就不喜欢你了哦！"

"哎呀，好恐怖，我一定来，怎么能让阿卡不喜欢我？"秦恬闷笑，被这小正太的威胁萌翻了。

阿卡和秦恬磨磨叽叽许久，之后秦恬又被萨莎奶奶叮嘱了一番，最后萨莎爷爷问人借了支笔，写下了他们家的地址给秦恬。秦恬在萨莎奶奶监督下完好地将其放进箱子的暗格。

看着老人、小孩在来路上走远，秦恬伤感之余更多地感到茫然。她不知道该做什么，也不知道该往哪儿去，明明目的地那么明确，现实却令她头脑一片空白。

她忽然提不起劲来，什么都不想做，疲累地坐在街角的凳子上。

这漫长的一路，要不是那老少三人的陪伴，她都不知道该怎么过来，这辈子都没想过要用两条肉腿走那么远。明明她的目标是最明确的，可是到头来，她却是最没有干劲的。没有熟人的陪伴，接下来还有十几天的路，她该怎么走？

就想松懈下来，好好地睡一觉，管它外面子弹乱飞。

累，真累！全身骨骼无一不在叫嚣，即使现在被子弹击中，死在路中间，她也不会有一点怨言。

活着有什么劲呢？走了这么久，她都快忘了在巴黎的家庭地址了。

秦恬在她睡觉的小巷子里铺好了毯子，继续躺下睡觉，可是没过一会儿就被隆隆的行军声吵醒。每到这时候，秦恬都会想起物理课上听到的声音在固体中传播比在空气中传播快的理论，然后反复想着这个理论等待军队过去。

但这次似乎不一样。

现在临近中午，大部分难民不愿意和德军共处，一大早甚至昨晚就迫不及待地离开了。现在小镇中除了宁死不肯离开的留守者，还剩下秦恬这样出于各种原因还没离开的难民。原本难民们聚集的小广场已经空旷了，德军部队正是要从这条相对土路来说更宽阔平坦的中央大道穿过。

秦恬缩在巷子里偷眼看着外面，一辆辆卡车载着穿着黑色制服的士兵开过，还有数十辆坦克车和装甲车以及各种辎重车，许多车上载着的东西被油布覆盖着，却勾勒出一个残酷的弧形——炮管。

在这儿看到黑色制服的秦恬已经淡定了，她已经知道并不是只有党卫队才穿黑色制服，陆军中有些装甲部队的军服也是黑色的。

大部队走得差不多了，接着是剩下的一批德国士兵。他们背着步枪走着，时不时朝后面大吼两声——三十几个穿着土黄色军服的法国士兵垂着头蹒跚走过。

俘虏吗？

秦恬仔细看着路过的人，她没指望看到皮埃尔，可是下意识就在寻找着。不过，她最后连那群衣衫褴褛、垂头丧气的士兵的脸都没看清，她已经自顾不暇了，当然不能追出去认人。

三十多个俘虏连带押解的全部走过去后，秦恬才松了口气。她等了一会儿，听到远处传来几声模糊的号令，接着许久都没有动静，隐约觉得危险已经过去了，她伸脚想走出去时，却猛然听到一连串枪响。

小镇中房屋耸立，枪声的回音经久不息，就像是十来条枪一起开火，还连续响了三次，震得玻璃都在发出嗡嗡声。秦恬刚听到枪声就条件反射地抱头倒地，可是等枪声平息，她安然无恙地起来时，整个人却僵住了。

好耳熟的声响，不仅是因为枪声，更是因为那号令和齐射的隐晦组合——枪决！

那是波兰国歌声中的凄厉的音符，是秦恬第一次直面侵略与被侵略的惨痛，是她毕生难忘的声响。

从回忆中缓缓撤出理智，千般复杂和万般惊恐汇成一个认知——他们，在枪杀俘虏。

不用了解历史，不用通晓战争，仅从人道主义的角度上就能看出，枪杀战俘，绝对是一种惨无人道的暴行，堪称丧心病狂。

枪声过后，小镇寂静无声，所有或目睹或耳闻的人都选择了对这一暴行保持缄默。秦恬闻到了顺风飘来的硝烟味和血腥味，这让她全身发冷。

她缩在巷子中，裹紧毯子，咬牙看着地面。

这就是战争，逼得人性丧失！

秦恬的害怕持续了很久，她更深地体会到了自己所处的危险。那些在难民们面前表现良好的德军士兵究竟深藏着怎样的黑暗面已经显而易见，她甚至觉得自己应该和那些难民一块往回走，因为现在她已经找不到和她同路的人了。

这么危险的路，她该怎么独自走过？

从上午枪决结束，一直到晚霞满天，秦恬什么也没吃。她在等，等待自己平静。

直到远处传来嗡嗡的法语说话声——终于有胆大的法国镇民敢走出来看一看了，这时秦恬便裹着毯子，提着行李箱，蹒跚地走了出去。

像是冥冥之中有上帝的指引，她直接走向了广场，枪决发生的地方。

那儿血已经流了一大摊，尸体一排叠着一排，皆仰面，横七竖八地躺着。

秦恬早已换下了修女服，没人给她让路，她探头了很久才看到里面的景象。相比没见过如此血腥场面从而震惊害怕的镇民们，她的反应淡定得有些突兀。

她挤过人群，近距离看着这些年轻的法国士兵。

她注意到，其中有几个身上还挂着眼熟的十字架，亮闪闪地露在外面，没人去捡。

站了一会儿，秦恬的视线扫过那些年轻的冰冷的脸，忽然一顿，身子止不住地颤抖，最后她蹲在地上，捂脸痛哭起来。

她看到了，看到他了，看到皮埃尔了……

# 第十三章

# 重逢

皮埃尔的表情很平静，就和他被两个德国士兵架走时一样。

他躺在最中间，手脚被两边的尸体压着，头歪斜在一边，眼睛没闭上，似乎在静静地看着什么。他手心里握着一个十字架，把手都硌出了印子。

秦恬坐在他的身边，迎接着他的目光，静静地和他对视，就好像他还活着，就好像她又问了他有关法国存亡的问题，正等待他的回答。

她一直没有看透皮埃尔，不知道他在想什么，也不知道他要做什么。他有时候说的话总让人头疼，可有时候又让人觉得他是个灰心到想死的人。

一个不知道有没有开过枪，就在战争之初成为败兵的军人，还因为受了重伤，不得不躺在板车上依靠老人的推动才能前进。

他该解脱了。

阿门，皮埃尔。

镇民们都是一些老弱病残，年轻人都上了战场或早已逃亡。天热，镇民们只好把尸体拖到镇外。在一个老者带头祷告过后，一个火把扔过去，所有尸体都归于尘土。

一个老奶奶抱着一个瓦罐走过来，没牙的嘴瘪着，她慈祥地看着秦恬，把瓦罐递过来。

秦恬一直站在旁边看着远处的麦田，并不知道发生了什么。她茫然地接过瓦罐，打开盖子，呆呆地看了看里面的块状灰，半晌才反应过来这是什么，脑子里轰的一声响。

继近距离接触尸体后，她开始直面骨灰了……

老奶奶抚摸着秦恬的肩膀，一下又一下，安慰着。秦恬的心情很沉重，她无暇解释误会，盖上盖子，任由老奶奶把她拉进家中。

老奶奶拿出一些食物，有煎饼还有鸡蛋，推到秦恬面前："吃吧，孩子，明天又是新的一天，上帝会保佑所有被战争所害的人。"

秦恬很饿，但她一点胃口都没有。她左手抱着骨灰罐，右手拿着勺子戳着煎饼，然后在老奶奶期待的眼神中，咬了一口。

不是很好吃，但是给秦恬带来了温暖。

"谢谢。"嗫了半晌，秦恬才反应过来应该道谢，可她张嘴后发现自己声音嘶哑。

"别说话，喝点水，别再哭了，一切都会好起来的。"老奶奶递过来一块手帕，秦恬木木地接过，擦了把脸，感受到了手帕上的湿润。

原来她一直在哭，可她自己不知道，之前的眼泪被风吹干后凝结在脸上，绷紧了皮肤，然后又一次被眼泪冲湿。

"我、我没想哭。"秦恬揉着眼睛解释。她不喜欢哭，虽然眼泪是女人的武器，流泪是女人的特权，可是她不喜欢，从小就不。

"伤心就该哭出来。"老奶奶往秦恬盘子里夹了两块煎肉，"只是哭多了不好，伤身体。"

秦恬依然抱着骨灰罐，开始慢慢地吃东西。

食物真是一种良药，随着胃里的东西渐渐增多，心脏上的重压似乎在慢慢消失。

吃完了晚饭，老奶奶不让秦恬帮忙收拾，她把餐盘都堆在了洗碗池中，又给秦恬铺了床。铺床时她介绍了自己叫伊桑卡，一个人独居，丈夫三年前就去世了，女儿在英国工作。

"我都不知道该怎么感谢您。"秦恬很庆幸，她以为今天又要在小巷子将就一晚。沿途而来的难民们很少进别人的房子，除非主人邀请，一向不愿意麻烦别人的秦恬一路上连床都没见到，此时被这热心的伊桑卡奶奶无私地照顾，她觉得非常温暖。

"我只希望你晚上不要把枕头哭湿。"伊桑卡奶奶回头眨眨眼，"以后有更多的好小伙等着你呢。"

"我跟他没有亲密关系。"秦恬就知道伊桑卡奶奶把自己当遗孀了，就算不是遗孀也是个失去了情人的少女，毕竟自己刚才那模样就是伤心欲绝。

只有自己心里明白，她哭的不只是皮埃尔，还有别的很多。

第二天早上告别了伊桑卡奶奶，秦恬右手提着箱子，左手抱着骨灰罐，再次上路了。

说实话骨灰罐真是个瘆人的东西，感觉就跟骷髅头差不多，但是抱着它，秦恬有一种诡异的安心感。她记得皮埃尔说过他家住在凡尔赛，那儿离巴黎不远。秦恬觉得在她力所能及的范围内，还是让他落叶归根吧。

皮埃尔，你应该感谢上帝让你认识了一个中国人。

带着伊桑卡奶奶塞的一大堆食物，秦恬觉得，省着吃，再加快步伐，或许不至于还没到巴黎就饿死。在这种时候，钱这种东西就是浮云，给钱别人也不卖食物。以前都靠着萨莎爷爷和萨莎奶奶生活的宅女秦恬在徒步逃难这种高难度的活儿上毫无独立生存经验，她甚至搞不清楚走到巴黎需要多少天，不排除还有迷路的可能。

好吧好吧，就当老天爷看她以前宅得太久心里不爽，惩罚她欧洲穷游几天吧。

一个人的时候，秦恬已经无暇去讲究什么了，渴了就着河水喝两口，饿了掏出干粮咬几口，累了就地坐会儿，拍着皮埃尔的骨灰罐自言自语，即使路上遇到了别人，她也懒得搭理，问了路以后自顾自走一段路，这些人自然就和她岔开路走了。

沿途没有人往巴黎走，因为所有人都知道，作为首都，那儿必将是战火集中之地。

此时，谁能记得那些艺术品的价值？它们不仅是文化和艺术的巅峰，在不久以后，也将会成为巴黎的守护神之一。

这天，她在一个小村庄落脚，据说往前走很长一段路，再路过一座城市就到巴黎了。虽说不远了，但秦恬感觉怎么走都走不到尽头。自己或许是最傻的那个，因为路上遇到的难民听说她一路向南，都一脸看“二百五”的表情。

小村庄里面没有广播，不管有人没人，门户都紧闭着。秦恬找了个草棚缩进去歇着，虽然才下午，但她还是走累了，决定睡到第二天早上。草棚里有阳光照进来，不管晚上会多冷，至少现在暖暖的，适宜入睡。

傍晚，秦恬被一阵突突突的声音吵醒。

这声音她不陌生，是三轮摩托的声音。虽然到处都有摩托部队，但是在这时候这地点，很难让人不往德国人身上想。

秦恬没深入村子，就在村口一个隐蔽点找了个草棚，万一一抬头和德国士兵对上，那事情可就大了。

似乎有三辆摩托开进了村子，非常单薄的队伍，发动机熄灭了以后，传来砰砰砰的敲门声。

秦恬微微挪动身体，靠近墙，忍不住抬头看。他们正在敲一户农户的门，门很快就开了，一个老人走了出来。

村子里很黑，屋里的光晕照亮了门外敲门的人，他穿着一身黑色的长皮衣，很酷炫也很恐怖。

秦恬记得海因茨在波兰分管盖世太保的时候也穿这身衣服，可是不代表只有盖世太保会穿这身衣服，他们究竟是谁？

算了，猜什么，先睡，等他们走了就什么事都没了。

秦恬低下头，靠在草堆里，这才注意到此时除了刚才睡觉焐热的地方，身下已经一块暖和的地儿都没了。春寒料峭，她苦着脸用不大的毛毯裹住全身，可风一吹，依然感觉冷得不行。

鼻子酸酸的……想打喷嚏……真要命……

秦恬想起一个偏方，她仰起头掐住人中，压抑着打喷嚏的欲望，同时偷眼看着前方的情况。

远处，窸窸窣窣的交涉声传来，几个德国士兵和那个老人聊了没多久，老人就让开身，敲门的德军也侧开身，刚才隐藏在黑暗中、一直只有香烟的火星昭示着存在的几个人才鱼贯而入。他们中有几个很懂礼貌，进去前还给老人行了个礼。

果然，三辆摩托车，九个人。

听到门吱呀一声关上，秦恬实在憋不住了，想打的喷嚏化成一股气流，响亮地发泄出来，回音不绝……

秦恬有些怯怯却也有些得意，好歹她憋到了那些人进去后，不是吗？

喷嚏后就是一阵寒风和彻底的黑暗，就着法国乡下的漫天星光，秦恬再次躺下，头刚碰着冰凉的干草，她又听到吱呀一声。

开门的声音……接下来是两个人不大不小的聊天声。

虽然不明白有什么事情一定要在外面说，但秦恬正为怎么熬过这寒冷的一晚而苦恼，便没有多想。

只是刚躺下没多久，她的后脑勺被什么东西顶到了，接着，咔嗒一声传来。

紧接着，不流利的法语在背后响起："起来，别有其他动作，很好。"

秦恬哆嗦着起来，她立刻明白了那两个一定要在外面闲聊的人到底是为了什么，就是为了掩盖这只"黄雀"的脚步声，而她竟然还傻呵呵的，一点危机感都没有。

可是，为什么要来抓她呢，就因为一个喷嚏？

"上尉，是个女的，似乎是平民。"那枪口自她站起来后就顶着她的背了，后面的人顶顶她，质问道，"你大半夜，一个人在草棚里干什么？！"

秦恬努力不让自己的声音哆嗦，用德语答道："我是难民，路过这里，没地方睡，就在草棚里了。"

那人似乎觉得秦恬说得有道理，枪口松了点，又粗声粗气地命令："转过身！"

秦恬无奈地转过去，身后的人亮起手电筒，把她的眼睛刺激得一阵发酸。

由于背光，秦恬看不到这士兵的脸，只见他用手电筒照来照去，将草棚四周照完了，开始上上下下照自己。

"毯子扔下，自动拿出危险物品，别逼我搜身，女士。"

秦恬翻了个白眼，把毯子放在地上，然后哆嗦着拍自己的肩膀、肋下、腰间、前后肚子，还有大腿、小腿……

"可以了吗？"秦恬一边说一边蹲下身，"还要我打开箱子检查吗？"

见她无比驯服的配合态度，士兵不多说了，拿手电筒往后照了照："没有问题，长官！"

那边说话的人闻言才慢慢地走过来。香烟的火星一闪一闪，几秒钟后，秦恬闻到了烟味。

"好了，没有问题就回去吧。我就说这时候这地方怎么还会有残兵呢，你多心了吧。"一个人扔了香烟，脚在地上碾了碾，"手电筒也打开吧，这么黑。"

"身为盖世太保竟然这么粗线条，真该把你送上前线。"另一个人打开手电筒，随便扫了一下秦恬，转身道，"走吧。"

秦恬正觉得那声音耳熟，可被这光束一刺激就只记得揉眼睛和暗自腹诽了。正当她嘴里叽叽咕咕、双手做着眼保健操时，忽然听到一阵急促的脚步声来到面前，远处还有一个人大声问："喂，你怎么了？喂！哎哟，汉斯，给我照着点路！"

手电筒的强光又一次无情地定在了秦恬的脸上。

还好这次她本来就没来得及睁眼，缓缓适应了一下后，她才用手半遮半挡地睁开眼睛，看着前方。

这人背光，秦恬还是看不清拿手电筒乱照的浑蛋是谁。

秦恬不说话，任由人照着。半晌，面前的人轻佻而字正腔圆地喊出："秦恬！"

秦恬一震，到嘴边的名字又给塞了回去。

等到那个叫"汉斯"的士兵用自己的手电筒照过来时，秦恬才看清面前的人是谁。

海因茨习惯性眯着眼睛嘲讽似的笑着，轻声道："睡草棚……哼哼，你能不能混得再惨点啊？笨蛋！”

不爱计较的秦恬可以轻易接受很多批判，所以得到“笨蛋”这等小儿科的称呼后，秦恬仍然能面不改色、忍辱负重，这似乎让海因茨同学很是惊讶加失落了一下。

“还是很能忍啊！”听语气，似乎有些咬牙切齿，“你怎么还在这儿？火车开到波兰去了吗，然后你爬回来的？你能不能再蠢点？”

他乡遇故知是件幸运的事儿，虽然这个“故知”是个凶残的党卫队军官，但秦恬还是颇有些激动，再次被“赞扬”后她依然笑眯眯的，嘴里却小声抱怨道：“那还要多亏了你们呀，到法国边境的时候有人说我跟你们关系亲密，十分可疑，就把我赶下车了，我还在马奇诺住了十多天呢。”

海因茨顿了顿，低声道：“两个笨蛋！”

“……”秦恬默然。

进门前，海因茨侧身，让走在旁边的两个同伴先进去，然后横在门口面对秦恬，挡住后面的目光，问：“你跟奥古，到底怎么回事？”

这个问题，秦恬自己都摸不清楚，她支支吾吾道：“我……我也不知道呀。”

海因茨抱胸：“他在追求你？”

“这个……没有吧……”

“那你们到底怎么回事？”

话题又回来了，秦恬很想拔头发：“我觉得，是不是应该让他告诉您啊，我真的不知道。”

“他说了，你是他朋友。”

“对呀，我就是他的朋友！”秦恬做肯定状。

海因茨盯了秦恬半晌，冷笑道：“你还真会顺杆爬，真实情况是，他也说不知道。”

被绕晕的秦恬赶紧换话题：“那个，奥古斯汀呢？他在哪儿？他怎么样了啊？”

“别转移话题，我在问你们的关系！”

“我不知道怎么回答，就只能问自己最关心的啦，这不是转移话题。”秦恬义正词严。

“你们到底什么关系？”

“你为什么这么关心这个？”秦恬受不了了。这审问的架势到底是什么情况啊？

感觉自己跟奥古斯汀偷情被发现似的。

海因茨停了一会儿，严肃道："你不知道《纽伦堡种族法》吗？身为奥古的朋友，我有权知道他违反与否，要知道，他可是一个军官！"

是谁在华沙的时候说《纽伦堡种族法》是个×，他和奥古才不愿意成为血统纯正的种马？秦恬不敢拿心里话反驳，她觉得海因茨这种残暴的生物会砍死她，于是只能纠结地说："那个，做朋友又不是生孩子，不违反那啥《纽伦堡种族法》吧？"

"那你必须说清楚！"

"说什么？"秦恬一愣，"找谁说去？"

"你以为你们在火车站的事儿只有我一人看到？以后要是有人问你，你就抓住朋友这点不松口，否则奥古斯汀很可能会有政治纠纷。"

"这么恐怖？可是在华沙你们这群人还泡妞来着……"

"被女人追和追女人是两回事！"

"……"秦恬不说话了，好吧，他是老大，他说什么就是什么。

感觉话题完了，海因茨依然在门口堵着。许久，他问："你手里抱着的是什么？"

"哦，这个……"秦恬故作不经意地看看罐子，"没什么，对了，请问奥古斯汀现在怎么样了？"

谁知海因茨理也不理，揭开盖子拿手电筒往里面一照，皱眉道："谁的？"

"一个朋友的。"

"又是朋友？你朋友可真多。"

虽然背光看不清脸，秦恬依然可以肯定海因茨在嘲笑她。

"谢谢。"秦恬拢了拢罐子，抱得更紧了点，"您是不是没打算告诉我奥古斯汀在哪儿？"

"秦恬，几天不见，胆子大了嘛。"海因茨道，"不再称我为长官了，还学会问不该问的了。"

原来她差点就"知道太多"了，秦恬点点头，不再造次："谢谢长官提醒，那我不问了。请问，您是允许我进去，还是让我继续睡草棚？"

咔嗒！熟悉的保险栓声。

秦恬几乎要骂人，她眼看着海因茨从腰间掏出一把小巧的枪，手指动了动，朝她的额头瞄准。

她不知道该害怕，还是该淡定，最后本能地问了句傻话："打火机？"

“沃尔特。”

“啊？”秦恬一头雾水。

海因茨动作利落地朝秦恬瞄了瞄，然后又放下，把枪递过来：“拿着。”

秦恬茫然地伸出手，感觉手上一重，略带温热的小巧枪体就这么搁在了她手心。

这把枪有点重，银色的枪身，黑色的枪柄，但给人一种圆润小巧的感觉，颇为可爱。

“会用不？”没等秦恬反应过来，海因茨已经握住了她的手，教她握住枪，然后控制着她的大拇指去开保险栓，“就这样，明白没？”

示范完，他就收手，卸下腰间的枪套，递过来。

“里面还有五发子弹，一般的麻烦足够解决了。”他顿了顿，补充道，“别让奥古看到你抱着骨灰罐跑来跑去。”

秦恬愣了一会儿，慢慢地收起枪。

以她的成长经历，她这辈子都没想过会有拿枪的那一天，而且还是一把党卫队的枪。

枪可以用来自卫，也可以用来杀人，她没有盲目的正义感，不会拒绝枪支，说自己绝对不会去杀人，但是此时她什么都说不出来，就好像思维被这把枪弄得停滞了。她只能呆呆地把枪装进枪套，然后放进大衣里面的口袋。

“行了，进去吧。”海因茨不耐烦地整了整皮带，“给了你枪，你要是还睡草棚那就不关我的事了。”

难道给她枪是为了让她去抢床？秦恬还是有些反应不过来，但好歹回了点神，低声道：“谢谢……您的配枪给了我，不会有什么麻烦吧。”

海因茨不理她，自顾自走进客厅，和他的伙伴们坐到了一起。

秦恬隐约听到里面传来起哄声，显然他的伙伴跟这屋子的主人交代了什么。随后，胖胖的女主人勉强地笑着迎上来，接过她的箱子，直接把她带到了二楼。从女主人口中，秦恬得知老人是这个村的村长，女人还解释他们家虽然有多出的房间，但是床铺不够，让她暂时将就一下。

继三天的独自行走、风餐露宿后，秦恬又一次得到了暖床。虽然是和村长的女儿安娜，一个微胖的少女共享。

女主人离开后，秦恬在洗漱间里对着镜子比了比自己的身材，又用脑子丈量了一下那张床的宽度，觉得自己要在那小床上占到一席之地，着实需要一番胆量。

再加上那少女明显冷淡的态度……

好吧，有被子与否，就看她腰够不够细了。

早上起床，身边已经没人，秦恬发了会儿呆，直到摸到一旁凳子上大衣里的枪，才恍然想起昨晚发生了什么。她来不及洗漱，便噔噔噔地跑下楼，却看到客厅空无一人，而外面，一辆摩托都没有了。

“他们早就走了。”身后，同床了一晚的安娜整理着东西，语带嘲讽道，“怎么？舍不得你的情人？”

秦恬就知道会这样。昨晚她就感觉到敌意了，好在这小胖妞素质还不错，没在大半夜为难她，不过也可能是看在楼下那九尊大佛的面子上。

她只好尽量平和地微笑，并解释：“你误会了，他们……”

“这是留给你的信。”安娜没打算听秦恬解释，拿着餐盘一阵风似的走过，随手往她胸口拍了一张纸。

秦恬无奈地叹口气，拿过纸片儿。海因茨并没有做保密工作，纸简简单单地折着，打开，只有一句话，竟然是波兰语，难怪他不怕偷看。这张纸上写着：

“秦恬，就待在这儿，不准动，不准去巴黎，等法国投降后再出发。”

这也叫信？海因茨信心爆棚啊，他怎么知道法国一定会投降？

虽然确实会投降……可也不该这么大胆地写在信里啊！

秦恬翻来覆去折腾这张纸，什么新信息都没得到，然后想向来来回回收拾东西却不断偷看她的安娜求助。安娜瞪了她一眼：“那个军官留了钱，让你在这儿住一个月，其后你自己看情况。”

秦恬无语地把纸塞进兜兜里，她的箱子和瓦罐完好地放在桌边，看样子没被动过。

她有些惆怅地呆站在客厅中，温暖的小客厅还残留着烟味，却平白有种萧瑟的感觉。

去巴黎之路已经那么难了，海因茨这货还要横插一脚。他事先肯定没和奥古斯汀通过气儿吧，否则怎么会这么命令她？

也对，这时候，谁能相信巴黎会不设防呢？

虽然待在这儿目前来看是挺安全的，但这让艰苦地奔波了半个多月的她情何以堪。她这么走还不是为了在巴黎被围之前进城，然后享受“家”的温暖吗？

可现在海因茨的信给了她不确定感。她是在巴黎被围之前进城就行，可是她不知道巴黎啥时候被围。

那她还赶什么路，等巴黎沦陷了再说吧。

只是，万一她的父母跟广播里没头苍蝇一样的法国人那样也逃难去了，她可怎么办？

本以为跟海因茨相遇也算一点点好运，现在看来，好运坏运未可知。

不知道村长卡其桑大叔被如何威逼利诱，反正他们全家都没反对秦恬住下，只是对待她总是很冷淡。

床照样睡，饭照样吃，“小透明”照样做。

醒来以来，经历了几个不同环境，秦恬虽不说混得如鱼得水，但是好歹凭着那点儿亲和、圆滑，活得不招人厌，像现在这样的情况，她还真无能为力。这一家人除了“请用餐”“可以睡了”之类的日常对话外，一点别的话都不跟她说。而且，她的存在似乎就是个耻辱，他们都不希望她出去，以免引起别的村民的疑问。卡其桑大叔说得委婉，卡其桑婶婶在旁边赔笑，安娜却毫不留情地说：“你出去让别人看到，别人问你是谁，我们难道说，是几个德军寄养在我们家的情妇吗？”

“情妇”这词，有点难听了。

秦恬微笑没变，心情却低沉下去。她直直地看着安娜，轻声道：“你想听一点解释吗？”

“解释？什么解释都是狡辩，我们都有眼睛。”安娜就像只胖刺猬，讥讽道。

“那你眼睛看到的是什么？是他半夜爬我的床，还是我怀着他的孩子，抑或是我们拥抱、亲吻、打情骂俏？”

“你们不当着我们的面做出这些，不过是隐藏关系罢了！”

“所以你光凭你的直觉，就给我下了这样一个名头？并且不给我任何解释的机会？”

“那你有什么解释的？”安娜抱胸，一副你说什么我都不信的样子。

秦恬张张嘴，准备好的长篇故事全没了，只能无力道：“我在德国读书的时候，并没想到会有今天，而我的朋友……他们，也没想到。”

安娜依然瞪着秦恬，却没做出犀利的反驳。

半晌没等到回音，秦恬撇撇嘴转身上楼，顿了一顿，她气不过，指着楼梯下小柜子上放着的瓦罐：“你们已经看过了吧，知道这里面是什么了吧。”

三人都盯着她，显然相比她在德国的遭遇，他们更好奇这罐子骨灰的事情。毕竟一罐骨灰这么摆着，谁心里都硌硬。

“他叫皮埃尔，是个法国陆军下士，本来要去凡尔登作战，结果半路遇袭。他保护了我，受了重伤，然后我们分开了。几天前我看到他被枪决了。”秦恬的解说很苍白，干巴巴的，她实在不想多说，也不知道该说什么，解释完她看着沉默的三人，又补了一句，“谁对谁错，我心里清楚。我只是个普通人，没法抗争什么，但我好歹能把他的骨灰带到他家乡去。”

经过这么一番半真半假的会谈，虽然那三人都没有表示什么，但秦恬的日子总算好过了点。她倒没觉得自己骗人有什么不对，虽然在海因茨这事儿上她说了假话，但是无论说什么，都是为了证实她和海因茨没私情，过程不重要，结果达到了不就行了。

这一家人是非常隐秘的爱国者，他们会一时屈服于侵略者的淫威，但是态度上却不会谄媚，对于秦恬这样的疑似“卖国者”充满了敌意却又无可奈何。秦恬深刻理解这种感受，所以没有感到愤怒，现在境况好点了，她就已经很高兴了。

又过了几天，就在秦恬无聊地翻看起安娜私藏的那些言情小说并喷笑时，楼下每天定时响起的广播声吸引了她的注意。

作为村长，卡其桑大叔每天都要听广播了解战事，前几天听说巴黎及其周边郊区被轰炸时，他还愤怒地大吼了一嗓子。

“那群该死的野蛮人，他们竟然轰炸巴黎！如此毁坏艺术，他们会被诅咒的！”卡其桑大叔骂得唾沫星子飞溅。

秦恬听得皱眉，为什么还会有轰炸？巴黎不是不设防吗？难道历史改变了？

她心下惴惴不安，不由自主地每天关注起广播来。以前都是法国总理贝当在那儿瞎吵吵，没有一点意义，可现在事关自己到巴黎后的安全，就不得不注意了。

这一次的新闻是，继昨天的巴黎人集体大逃难后，今天巴黎市长以及市政府机关离开了巴黎。

沉默的卡其桑大叔抽了一口烟，手肘搁在收音机上，一句话没说，而安娜和卡其桑婶婶则陪在一边。过了一会儿，卡其桑婶婶哭了起来，安娜流着眼泪安抚着她的母亲。

他们不是巴黎人，可依然伤心，因为他们是法国人。

秦恬恍然想起了在波兰、在华沙、在艾森豪芬的地窖中，听到政府逃离了波兰的消息时，周围人的表情也是那般木然、悲哀，或者失声痛哭。被家人抛弃，还有祖国在，可被祖国抛弃了，一个人还剩什么呢？地球吗？

人们会说，我的家，我的祖国，可是很少有人说，我的地球。因为地球太大，没法给人归属感。

一直到收音机没有了声音，屋子里还安静着，只有卡其桑婶婶的抽噎声时不时传来。

过了许久，卡其桑大叔敲了敲烟斗，叹气道："这仗，该结束了。"

大概十天后，巴黎宣布，城市不设防。

一九四〇年六月十七日，巴黎沦陷。

于是两天后，秦恬再次上路。此时的法国北部，已经空了，市政交通形同虚设。走在空旷的乡间小道上，秦恬开始想象此时的法国南部，该是多么拥挤啊。

据她这一路过来的了解，法国的地域分歧也很多。南北方生活习惯差距巨大，有些地方的方言，例如阿尔萨斯方言，在别人听来和德语很像，平时还不觉得，现在肯定很遭人歧视——这是一个操着阿尔萨斯方言在南部被质疑过的大叔的原话。

而如今，一大群说着阿尔萨斯方言的难民涌向了法国南部，天知道那时候会有什么乐子。另外，有些地方的人不习惯把厕所建造在起居室内，可是南部却有很多地方把厕所造在房间里，这显然又是一个大矛盾。

法国人的地域差别造成了他们相互看不起的局面。秦恬觉得照这情况看，法国北部不久就会繁荣起来，因为习惯了享受的法国人绝对忍受不了异地的生活。

秦恬打听了路线，照她的速度，大概走三天就能到巴黎了。

这一路她已经走得麻木了，腿酸脚麻什么的都是浮云，血泡浮肿什么的都可以无视，心情好坏和疲劳与否更是不在考虑范围内，好几次她甚至走着走着出了神，等回过神来时，天已经快黑了。

她决定将自己的走路神功和罚站时的睡觉神功并称为两大绝学。

可能是因为危险减小而巴黎就在前方，秦恬的心情莫名地雀跃起来，时不时对着太阳哼支歌，转个圈，颇为舒畅。

就这样两天过去，她已经看到了路牌，写着：前方巴黎。

再过一夜，明天，或许明天晚上，就能到巴黎了。

这一路偶尔会遇到零星的德军部队，另外则是一些运输队伍还有少数难民。对于孤身一人行走的秦恬，他们基本都不理睬。秦恬也松了一口气，到后来甚至锻炼得，能够面不改色地朝路过时瞥向她的德军微笑点头——要知道以前她的头是能多低就多低的。

她一直走到傍晚，好不容易才在一望无际的麦田中看到一幢发出荧荧灯光的民居。她有些踌躇，孤身一人在麦田里或者路边睡觉都是不现实的。前两天她找到了小村庄之类的地方，但她不大敢借宿，怕遇到黑心的主人，毕竟战争时代什么可能都有，所以依然是睡草棚或者屋角，反正她总是天一亮就醒来，然后悄悄离开。

这一次，借宿的想法也只是和往常一样露个头，便被硬生生地压了下去。她悄悄地绕到屋后，在一堆干草垛边随意地整了整，听了听屋里的动静，便静静地躺下，沉沉地睡去。

睡梦中，她感受到眼皮有些灼热，还有橙色的光……

身上有点凉……有点重……

谁的触碰?!

秦恬猛地惊醒，被眼前正对着她眼睛的手电筒光刺激得闭了眼。头晕目眩中，她一低头，发现一个男人趴在她的身上，正扒着她的衣服，她上半身已经基本裸露了出来，而男人的咸猪手又撩起了她的裙子，急促地摸着她的大腿!

秦恬下意识地剧烈挣扎起来，嘴里大叫:“滚开！快滚开！”

似乎没想到秦恬那么快就醒，男人停了一下，两只手伸上来就要抓住秦恬的手。秦恬哪能让他得逞，一手抵着他的头，一手去抓旁边的大衣。

她几乎是立刻就想到了她的枪，但她怕枪走火，睡觉时从来不敢放太近，而是放在大衣口袋里和毯子一起盖在身上。

“宝贝儿，宝贝儿，别动，你乖乖的，就不会受伤……”这是个相当高大粗壮的男人，光压着秦恬就能让她有气出没气进。

秦恬拳打脚踢，用上了吃奶的力气，右手已经摸到了大衣口袋里，她脑袋一片空白，使劲够着枪……

啪!

秦恬激烈的挣扎终于引出了男人的怒火，他一巴掌重重地打在秦恬脸上，打得她头昏眼花，几欲昏厥。秦恬恍惚了一下，就那么一会儿，她感觉下身一凉，丝袜被扯破了，两条腿被硬生生掰开，她甚至能感觉到某样东西抵在小腹上。

“啊啊啊！”秦恬从来不知道自己的尖叫可以这么凄厉，她一张嘴就能感觉到脸颊的剧痛。此时，虽然摸到了衣袋中的硬物，却怎么也拿不出来，她急得泪水横流，挣扎得更为剧烈。

男人一手抓住秦恬的左手，也不管秦恬右手在磨叽什么，迫不及待地挺起上半身，开始用另一只手解皮带。秦恬恨得咬牙切齿。

男人很快解开了皮带，他的两只手抬起秦恬的大腿，蓄势待发。

不到这时候秦恬永远体会不到男女之间力量的巨大差距，她几乎绝望了，却在这时候，终于抽出冰凉的枪！

砰！

仿佛海因茨的手在操控着她，从打开保险栓到扣动扳机，一系列动作几乎没有过脑就完成了，转瞬响起的男人的惨叫终于拉回了她的神志。她右手握枪指着前方，左手拿起身边的手电筒往前照取，入目便是一张痛苦扭曲的脸和流满半身的血。

她打偏了，或者说她本来就是乱射的。子弹打穿了男人的左肩，他捂着伤口号叫着，眼睛恶狠狠地盯着秦恬，鲜血从指缝中喷涌而出。

被那样的眼神瞪着，秦恬几乎想也不想又开了一枪，完全不管她的手腕已被枪的后坐力震得发麻。这一次正中大腿。

男人又一声惨叫，仰天跌倒在地，滚来滚去。

秦恬用手电筒照着他。此时，她衣衫不整，却腾不出手来穿衣，干脆半裸着站起身，用枪指着男人，一句话都没说。

“臭婊子！”男人即使沦落成这样，嘴里依然不干不净地恶骂，“杀了我呀，有种你杀了我呀！”

“我是女人，我没有种。”秦恬的声音嘶哑，她蹲下身，枪口指着男人的下身，“你信不信，我能让你也没种！”

“啊！啊！”男人只知道叫，同时在地上滚来滚去。

秦恬忽然发现，他的另一只手，似乎正在每一次滚动中，靠近草垛。

她想也不想一脚踩在他手上，在又一声号叫中拨开草垛，赫然发现一把长柄猎枪。

果然，一个深夜外出的农民怎么可能没点防身的东西。

秦恬冷笑一声，弯腰捡起猎枪，对准了男人的额头，还是一句话不说。

眼看枪被缴获，男人没了办法，哀求起来：“我错了，我不该这么做的，我妻子死了，我看你睡在屋后……对不起，求你放过我……”

他疼得直抽筋，不住地哀求。那张脸秦恬越看越恶心，她把枪口对准他的眉心，手电筒下那男人汗流满面，脸色惨白。

咔！当扣动扳机的声音传来，男人惨叫一声，吓得昏死过去。

秦恬收起枪。她扣动了扳机，可没拉保险栓，她不想为一个人渣背上杀人的罪名。

秦恬严严实实地穿上衣服，检查了一下装备，同时确定她并没有打中男人的大动脉后，秦恬决定连夜上路。

走了两步才发现，她的双腿是软的。

一直在硬撑，一直被怒火激发着潜能，直到现在，后怕才汹涌而来。

这就是没有依靠的结果。她知道一个女子孤身上路是危险的，可是这么多天的安稳却麻痹了她的警觉心。她一直以为海因茨给她枪是多余的，全世界人民唯一的敌人就是德国士兵，可现在她才发现，相比战争，人性才是最可怕的东西。

要是没有枪，要是她的反应再慢点，要是她早早地绝望了……她不敢想下去。

因为剧烈反抗而被严重伤害的女性在事后可能会被骂傻，可是只有经历时才会深刻体会到那种屈辱感。

夜深寒凉，星空下四周苍苍茫茫，秦恬已经无暇去想象那些属于黑夜的故事了，她只想在自己撑不住昏倒前再走一点，再走一点。

终于，她听到了水声，这是一条小河，河边还有人工开凿出来的阶梯。她寻了一块空地，找了点干柴，点起了火。

在河边清洗了一下身体，穿上衣服，裹着毛毯，坐在被篝火烤得暖烘烘的地面上，她长长地叹了口气。听着周围的虫鸣，她终于撑不住身心俱疲，紧握着枪，昏睡过去。

第二天下午，她终于通过了守城的德军的层层盘查，进入了巴黎。

五月十一日从马奇诺防线小哨站出发，到六月二十三日到达巴黎，历时四十三天。

# 第十四章

# 回家

巴黎这座城市，确实很有气质。

柏林冷硬而严肃，与其说是大气，不如说是有种军国主义特有的威严感。

可是巴黎，真的大气而优雅。古老而充斥着艺术气息的房子罗列在宽阔的马路两边，马路尽头大多是一个有着精致喷泉的小广场，抑或是相隔着一条窄窄的小巷，里面透着与中国的乡村小巷神似的悠闲气息。

这些日子，秦恬跟随着战争的步伐四面行走，早就习惯了德国军队带来的凛冽和压迫感，所以相比那些匆匆走过的表情恐惧的巴黎人，她的步伐显得悠闲自在。

冷硬的坦克和装甲车停在路边，德国士兵靠着路灯或是车子随意地闲聊着。他们手中拿着枪和香烟，时而对着路过的巴黎美女和旁边的建筑指指点点，时而嬉笑打闹，这样的画面在巴黎市内随处可见，古老恢弘的建筑和冰冷的坦克，矛盾却又和谐。

柏林虽然完好，却充斥着激进的人民和备战的气息。波兰已成废墟，人民颓丧而绝望。而巴黎，它投降了，也依然完好。

于是巴黎的人民，就像是温室中的花朵，感受到了温室外的腥风血雨，却始终无法深刻体会到战争的残酷。他们看到来自异国的军队，就好像是看到了侵入温室的食人花——人不犯我，我不犯人。

所以，相比在波兰看到的，秦恬深刻感觉到巴黎的人民多了一分从容，少了一分血性。

巴黎市很大，分了好几个区，从秦恬进入的地方，到达她的目的地第七区还要走好久。她一路左顾右盼，并没有看到传说中的埃菲尔铁塔或者凯旋门，或许这些建筑在更远的地方。现在，相比游览观光，她更需要一张床和一个拥抱。

本来她盲目地走着，沿途问了两个路人，勉强找准了方向，可直到夜色降临，她进入了第七区，却始终没在路口的指示牌上看到奥赛街。

等到路灯亮起，她终于有些急了。

她隐隐看到前面有一个路人，便追了上去，喊了一声："请等一下！"

路人停下了，在路灯下转身，是个高挑的西方美女。

她表情冷淡地看着秦恬："什么事？"

好好听的声音！

秦恬瞬间想起一首歌，《莉莉·玛莲》，那种慵懒的、磁性的女低音。

"我……我想问一下，奥赛街往哪儿走？"

"奥赛？"女郎左右看看，指着右边，"从那儿笔直走，过三个路口，左转。"

秦恬顺着她的手指探头看着，在昏暗的天色中勉强记了一下路线，点头道："谢谢，谢了！"

女郎点点头，转身就走。

出于好感，秦恬忍不住又叫住她："那个，女士，您晚上一个人……还是，小心点吧……"

女郎一顿，转身朝秦恬微笑了一下，虽然没什么温度："谢谢，你也一样。"

"嗯。"秦恬得到回应，颇有点受宠若惊，乐呵呵地向右转，快步走去。

奥赛街，十九号。

秦恬双目炯炯有神地看着眼前这幢三层建筑，它与沿街的建筑和谐地融为一体，只是在门面上多出了中式的屋檐。屋檐上挂着灯笼，二楼与一楼正中的两个灯笼间挂着一块牌匾，蓝底金边，写着金色的隶书："福气楼。"

秦恬脑中飞速划过诸如楼外楼、黄鹤楼、岳阳楼等众多名字，甚至还有悦来客栈、龙门客栈、七天连锁……

就是没有福气楼那么……中正平和的名字。

好在，她可以确定这是自己家。

她在门口站了许久，怎么都无法完全调整好心情，这不仅是所谓的近乡情怯，更是一种恐慌。

里面，是"她"的父母，可是，她一个都不认得。

认错了怎么办？穿帮了怎么办？没有人怎么办？

至少目前看来，虽然门口的灯笼亮着，可是这三层楼，没有一点光亮。

秦恬通过旁边的小巷绕到后面，以她对一家餐厅的了解，肯定是有后门的。果然，餐厅的后门拦着一个小院，院墙上一扇小小的门隐在黑暗中，虽然窄小，但是餐厅的主人还不忘在这后门上安上中式的屋檐。

一种亲切感油然而生，秦恬本来还以为自己需要时间去调整心情，可她鬼使神差地伸出了手，叩响了门扉。

敲了一分多钟，门里才传来脚步声，还有法语的应门声："来了来了，是谁呀？"

那声音苍老、低沉，秦恬忽然有一种想哭的冲动。她又敲敲门，哑着声音用中文颤声道："阿爸，我是阿恬。"

门飞快地打开了，迎面而来柔和的灯光。老人拎着油灯抬起手照向秦恬，半晌后，才用中文哑声道："阿、阿恬啊，你回来啦。"

就着昏暗的灯光，秦恬看清了父亲的脸，和声音一样，显得沧桑而沉郁。秦恬与他一样有着尖削的瘦脸和秀气的鼻子，江南男性的柔和似乎也融合了生活给他的磨砺。他本应该是个很帅的中年人，却因为年岁的无情而有些微微伛偻，曾经笔挺的腰板仿佛承受着什么重压。或许他曾经强壮高大，此时却显得无比瘦削。秦恬心里有个声音告诉她：他瘦了，又瘦了……

又一次鬼使神差地，秦恬哽咽着伸出手去摸他的脸："阿爸，您瘦了。"

秦父仿佛没有听到，只是抓住秦恬的手握在手心，连连点头："回来好，回来好，来，快进来，外面凉。"

他的手心温热干燥，让秦恬从心里泛着暖意。她带上后门，跟着父亲快步走过小院，往里头一幢依附于主楼的小别墅走去。

两层楼的小巧别墅，也是中式的外表，虽然不可避免带上了西式的风格，却让秦恬心里的亲切感一阵泛滥。

此时一楼的灯亮着，秦父打开门走进去，刚换着鞋子，就有一道中年女性的声音传来："阿辉啊，是谁啊？这大半夜的。"

"你猜谁回来了？"秦父的声音响亮，带着欢愉，"阿静啊，快弄点吃的，阿恬爱吃的。"

"阿恬？"伴着激动的声音，秦母跑了出来。她穿着长袖长裤的棉布睡衣，披着一条大披肩，一脸的慈眉善目，以前应该是个大美人儿，只是现在有点发福。

秦恬鼻头发酸："阿妈，是我。"

"阿恬啊！"秦母扑上来，一把抱住秦恬大力地拍打她的背，哭了起来，"我可怜的女儿，你这一路该遭了多少罪啊！瞧瞧，怎么瘦了那么多？脸也肿了，谁打的？怎么回事？”

“没什么，都过去了。”秦恬一手抱过母亲，一手去搂站在一边微笑的父亲。见秦父瞪大眼睛不动，她撒娇道：“阿爸，我们一家人抱抱嘛！”

秦父似乎很不习惯，扭扭捏捏却满脸笑容地走过来。三个人搂在一起，只听到秦母低低的哭声：“要是你哥哥在，我们一家人就团圆了。”

“哥哥啊……”秦恬不知道秦父秦母知不知道哥哥秦九的去向，不知道该说什么，“他……应该还好吧？”

“怎么可能好？我们这是造了什么孽，把女儿送去德国，把儿子送去波兰，结果德国打波兰，两边都不得好！阿恬啊，你怎么现在才回来？在德国没遭罪吧？”

秦恬暗道坏了，二老果然不知道秦九跑去中国打仗了。她心里纠结，不知道该不该说出真相。她努力回忆信里的内容，秦九没提这事儿要不要告诉父母，她实在不敢下决定。

不过有一点可以肯定，没秦九的消息他们会担心，而有了秦九的消息，他们会更担心，所以，还是不说了吧。

秦恬沉默半晌，缓缓道：“他应该还好吧，听说波兰那儿不乱抓人，只抓犹太人。”

“怎么说也是亡了国的地方，谁能过得好啊！”秦母还在抽泣，她捅捅秦父，抱怨道，“都是你这老顽固，把小小年纪的孩子们往外赶，你看吧，差点回不来！”

“这不是回来了吗？”秦父不以为意，笑呵呵道，“放心，阿九那孩子机灵，不会出事儿的，那儿不是还有他的几个同学嘛，都是好孩子，没事儿！”

似乎就是那几个同学把秦九撺掇上中国的船的，秦恬默默地想。

“来，是要先吃点，还是……”秦母高兴得有点手足无措，“还是先去洗洗吧，换身衣服，我给你热点你爱吃的，舒舒服服地吃。”

“好。”秦恬对这儿有种莫名的熟悉感，熟门熟路地走上楼，听楼下秦父嚷着要酒，不由自主地微笑。

家的感觉，真的很美好，美好到能让人忘了外面的险恶。

既然要隐瞒秦九的消息，那么去波兰的事儿就不能对他们说。洗完澡，秦恬一边吃着地道的中国饭菜，一边简单地说了下她的“经历”——学校停课，她担心家里，听说巴黎投降，就赶过来了。

“那这罐子是怎么回事？”秦父不傻，直指关键，他似乎认出了这里面是什么。

秦恬编谎话已经编成了习惯，顺口就来：“火车半路上被堵了，我走了一段路，路上认识了一个法国士兵，再一次遇见的时候……我看见他被枪毙了。”

气氛瞬间沉闷了下去，秦母眼中含泪，握着秦恬的手缓缓抚摸：“我可怜的孩子。”

秦恬强笑道：“几个村民火化了他，我知道他家在凡尔赛，想着就算不能把他的骨灰送到他家，好歹得埋在离他家乡近点的地方，毕竟落叶归根嘛。”

“应该的，应该的。”秦父很赞成，“明儿个我找个地方先埋了，再烧点纸钱给他，顺便孝敬下这儿的土地公公，照顾下这小伙儿！”

“呵……”秦恬干笑。给信上帝的家伙烧纸钱，就跟她当初在餐桌上喊阿弥陀佛一样，不愧是亲爹。

气氛很温馨很美好，她紧绷了许久的心情终于放松下来，一瞬间疲劳汹涌澎湃，吃着吃着就想睡过去。秦父秦母看出了她的困倦，便不再多说，催促她吃完早点休息。于是吃完饭后，她洗漱了一下，铺了床便睡了。

本来就不认床的秦恬闻到了从身心上习惯的味道，瞬间坠入了梦乡。她做了好长一个梦，梦里她有一对父母，他们在厨房里忙碌着，然后胖胖的父亲背着母亲偷偷在她嘴里塞了一个小鸡腿。她低头啃了两口一抬头，厨房变了，里面却依然有两个人在忙碌，他们端着盘子转身，却是秦父秦母。

她心如刀绞，号啕大哭起来。

早上秦恬起床，盯着天花板愣了许久才反应过来发生了什么。她一摸枕头，一手的潮湿。

洗漱间在走廊尽头，秦恬走出房门看看外面，家中似乎空无一人。她洗漱完，回到房间打开衣柜，窘了一下。

大半柜子的旗袍，小半柜子的普通衣裙，旗袍的色彩都很简单，料子基本都是棉布的，十分简约舒服。

秦恬心动地摸着旗袍，看看外面，春光大好，穿旗袍不是正好吗？不仅圆了旗袍梦，还能在西方继续弘扬中华文化！

想到就做，她挑了条白底蓝花的旗袍套上。虽然许久不归家，人长大了，可是经历了长途跋涉，人也瘦了，穿着除了短了点，其他倒也刚好。

秦恬长得很小家碧玉，虽然不古典但也算典雅，现在历尽千辛，多了点自信的气息。她梳了个花苞头，在镜子前自恋地转了转，才下楼去。

一楼的小餐厅和厨房相连，锅上热着花卷馒头，锅里是小半锅温热的豆浆，简单，却透着温馨的气息。

听着外面的人声和鸟鸣声，秦恬吃着早餐，感到身心舒爽。

这时一阵敲门声传来，还有叫唤声："是阿恬吗？阿恬你起来没？我是你康叔啊，你妈喊你出去帮忙。"

"唉！"秦恬响亮地应了一声，快速解决了早饭，舒服地叹息一声，然后走出门去。

餐厅帮忙什么的，她最擅长了。

巴黎虽然沦陷，但是渐渐发现德国士兵的威胁不大后，巴黎人贪图享受的本性立刻暴露出来。现在虽然刚到中午，但一楼大厅里已经有了四桌客人。在秦恬看来，战时能有这样的成绩，已经不错了。

秦母正收拾着一张桌子，见秦恬来了，上下扫视她的穿着，眉开眼笑："我们家阿恬越来越好看了，就是这脸还肿着……我搁在床头柜的药你涂了吗？老家的土方子，很管用的。"

"呃，没看到……"她光发愣看天花板去了。

"唉，你这孩子……来客人了，去招待下。"

"好！"秦恬清脆地应了一声，一手茶壶一手菜单，走向刚进来的那个客人，"请问需要什么吗，女士？"

这个款款走进来气质很好的金发女士一抬头，两人都愣了。

她竟是昨晚见过的那个冷艳美女。今天，她穿着华贵的黑色长裙，戴着华丽的礼帽，颈上是一条细细的白金项链，手臂上搭着一条毛茸茸的狐裘，金色的头发严谨而又高雅地绾着，垂下两绺小卷，睫毛如扇，眼窝深陷，眸色碧蓝，鼻梁高挺，唇色艳红，唇角还性感地微翘着。

真是个尤物啊！虽然看起来不是那么年轻，却是相当成熟而有风韵，完全就是个美貌贵妇。

秦恬很快反应过来，微笑道："您好，又见面了。"

贵妇也反应过来，优雅地点头："是的，没想到你真在这儿？"

秦恬倒了杯茶，把菜单放在她面前，微笑道："请点菜吧……莫非您在找我？"

贵妇略抬戴着黑色丝绸手套的手，拿起菜单，一边看一边淡淡地说："差不多吧，腹中空虚，无处可去，想到最近听到的一个地点便是奥赛街，而最后一个和我说话的人是一个亚洲姑娘，上帝像是听到了我的心声，安排我走进了这家中国餐馆。你说，我算不算是在找你？"

说完，她嘴角轻扬，微笑着看秦恬。

这美女真是男女通杀啊！

秦恬被贵妇电得全身一阵酥麻，咽了口口水，干笑道："哈哈，那可真是我的荣幸。虽然我不是老板，没法做主请客，但是我可以请您尝尝我们的酒，希望能让您更愉快点。"她路过后院的时候，看到厨房外放着好几坛密封着的米酒，虽然没喝过，但味道应该不差。

"那可好极了……"贵妇看看菜单，不动声色地放下道，"我没有吃过中国菜，或许你可以给我推荐几个。"

"那么，您有什么特别不爱吃的吗？以免我给您安排的您不喜欢。"

贵妇歪头想了想："我不爱吃鱼，不喜欢口味重的。"

"好，我会尽量满足您的要求。"秦恬微微躬身，收起了菜单，转身求助秦母。

秦母显然经常遇到这类事情，听了贵妇的忌讳后，便得心应手地安排了两菜一汤，然后又瞅了那个坐在窗边艳光四射的尤物一眼，忽然恍然大悟："我说怎么这么眼熟，那可是一个伯爵夫人，叫什么来着……"

"尚卡伯爵夫人。"秦父忽然插嘴，同时递给秦恬一壶酒，"刚启封的米酒，说了请人家，就要讲诚信，快送过去。"

"好。"秦恬接过米酒，竟然还是温热的。

秦恬如往常一般不去探寻尚卡伯爵夫人到底是个什么样的人物，可是秦母却问了起来："哎呀，是不是住在隔壁街沿河的大房子里的那位？我说呢，前两天闹的动静挺大。"

"是什么事？"秦恬小心翼翼地问，一见父母看向她，又立刻摇头摆手，把酒壶晃得哐哐响，"当然，不能说的就不说，我不想知道太多。"

"有什么不能知道的，全法国都知道啊。尚卡伯爵叛国被押，没想到他老婆倒还逍遥自在。"秦母擦着桌子，"要不是你爸妈去他们的宴会做过菜，还真认不出来，那时我就觉得这个西洋女人真漂亮。"

"好吧。"秦恬随意地应了一声，转身去给尚卡伯爵夫人上酒，"夫人，我建议您先尝一点点。”

她拿出白色的小杯子，倒了一杯温热的酒。见伯爵夫人拿起了杯子，她不放心地叮嘱道：“抿一点点，客人当场醉倒可不好……”

伯爵夫人喝了一口，微微眯着眼：“甜的。”

“嗯，我们自家酿的，放了很多材料。”

“很好喝。”她又抿了一口，然后抬起头，“你知道我是谁了？”

“嗯。”她没什么好不承认的。

伯爵夫人拿着杯子看着窗外，忽然道：“尤丽安娜。”

“尤丽安娜？”

“嗯，我叫尤丽安娜，不是什么尚卡伯爵夫人。”

“好的，尤丽安娜……夫人。”

尤丽安娜微微摇了摇头，不再纠正。

这时，菜上来了，简单的肉末茄子和三杯鸡，还有一碗鸡汤。秦恬布好了菜，又在盘子里盛上一大勺饭，用勺子敲成半月形放在菜边，给尤丽安娜放上了叉子和勺子，道：“请慢用。”

尤丽安娜点点头，开始优雅地进餐。

伺候好这位主儿，秦恬退到一边，见没有新的客人进来，周围也没有需要整理的东西，便无聊地玩起了旗袍的花边。腰间的绣花有点毛糙，她的手一下一下地抚着，想把毛糙给抹平。

与此同时，她总感觉不大对，似乎总有人在看自己。

刚才忙着应付尤丽安娜没注意，现在平静下来，这种被注视的感觉尤其明显，弄得她鸡皮疙瘩一阵一阵的。

她左右看看，餐厅四周没有异样，又看向餐厅外，愣住了。

那身影好熟悉……

是奥古斯汀！一身银灰色西装的他微笑着站在餐厅外。他正准备一脚踏上台阶时，一眼看到了里面的秦恬，就不再动了。

他手里还有一枝花，见秦恬看向他，有些不自在地缩缩手，似乎想把花藏到身后，于是那本来就不怎么精神的花一头撞在他腰上，悲催地低下了脑袋，彻底阵亡。

“噗……”秦恬捂着嘴偷笑了一会儿，看看柜台里面在算账的秦母，又看看盯着她的奥古斯汀，摇摇头，示意他别动。

奥古斯汀耸耸肩，没有走进来，笔直地站在外面。

秦恬自然是激动的，但她没有失去理智。奥古斯汀现在虽然穿着西装，但并不代表他在巴黎期间就会一直穿着西装，如果贸然表现亲密，一旦他的身份暴露，迎接秦恬甚至秦恬父母的，将不知道会是怎样的风暴。

如果没有战争，看到一个老乡，她会扑过去抱得紧紧的。但是现在，就算憋死，她也要把这种冲动忍住。

秦恬努力集中注意力去应付一些客人的要求，加一条餐巾、再来一碗饭、换个勺子，或教客人用筷子什么的……可是在艾森豪芬磨炼出来的耐力和修养此时似乎不大够用，她真希望这拨客人快点吃完，好让她有理由溜出去。

而奥古斯汀，一直保持笔直的站姿，虽然中途变了好几次位置，但从没让秦恬离开过他的视线。

隔着玻璃秦恬都能感到有人在看她，这让她心情很好，笑意嫣然。

“服务员。”磁性的女低音传来，伯爵夫人终于优雅地用完了她的午饭。秦恬微笑着走过去微微躬身：“有什么需要吗？尤丽安娜夫人。”

“买单，还有……”尤丽安娜一边掏出钱包，一边往窗外瞟了眼，“那是你的恋人？”

“哦，不是。”秦恬想也没想就否认，“四十七法郎，夫人。”

“嗯哼。”她从钱包里拿出五十法郎，“不用找了，还没请教你的名字。”

“恬·秦。”秦恬收下五十法郎，心里感叹这餐饭可真不便宜。

“媞安？”

“呃，可以这么说。”秦恬愣了一下，回道。

“好吧，媞安，”尤丽安娜就这么把秦恬的新名字给叫顺口了。她缓缓起身，戴上帽子，披上披肩，戴上手套，又看了看外面的奥古斯汀，幽幽道：“别让你的追求者苦等，我可爱的小妹妹。等你结婚了，你会想用一辈子交换那个曾经等待你一下午的男人。”

大美女款款离去，秦恬却被雷得不轻。她承认美人儿忧伤地说着这话时感觉很美啦，可是……也不用影射到她身上吧……

最难伺候的人走了，接下来几对客人她应付得轻松爽利，一直到下午两点半，客人终于走光了。

似乎注意到秦恬频频往外看，秦母非常贴心地建议道：“阿恬啊，你要是没事儿干，出去逛逛吧，顺便拜访下周围的朋友，他们可经常问起你呢。”

“哦，好。”秦恬就跟得了特赦令一样，欢快地跑了出去。她朝奥古斯汀笑了笑，方向一转，走向旁边的路。她昨天注意了路牌，往这个方向走就是塞纳河了。

这时候还有谁有心情在河边散步呢？人肯定最少了。

果然，河边的小径人烟稀少，除了对岸有人坐在河边的长椅上外，四周都没有人，静悄悄的。

秦恬走了几步，奥古斯汀就跟了上来，他的声音里满是笑意：“很有做特务的天赋嘛。”

“那必须的。”秦恬的步伐慢下来，和奥古斯汀并行，“谁叫你的身份这么敏感。哎呀，你终于舍得说中国话啦？”

“那歌怎么唱来着，”奥古斯汀微笑，“扁担宽，板凳长，然后呢……”

秦恬耸耸肩：“然后？什么扁担要绑在板凳上，板凳和扁担比长什么的……我也不记得，那歌我没听过几遍。”

“哦，这样……”奥古斯汀还是诡异地保持着笑脸，“秦恬。”

“嗯？”

“我能抱抱你吗？”

“嗯。”

秦恬很少跟人拥抱，她很后悔没深情地抱过以前的爸爸妈妈，很后悔没有尝试过和异性拥抱的滋味，很后悔言情小说看少了……所以当这个拥抱越来越紧、耳边的热气越来越挑逗的时候，她已经不知道该怎么反应了。

她打开始就搂住他的背了，也深切地了解到一个男性拥抱的力度了……然而对方无声，她也什么都说不出来了。

河边，柳树下，小径。

偶尔有一两个路人走过，都会好奇地看看这边，然后顶着“我懂的”的表情转过脸去，面带微笑地走开。

秦恬哀叹，法国人你们能不能不要这么浪漫多情啊？要是在中国大街上，这时候估计都能造成交通拥堵了，围观之下必有勇夫，奥古斯汀就算帅成潘安也不得不放开她。

虽然他抱得很紧，但双手停在安全区。秦恬实在矫情不起来，只能尽量挺直腰，承受某颗头在颈窝的重量。

五分钟……

十分钟……

十五分钟……

当当当！很好，昭示三点钟的大钟声适时响了。

两点半出来，十句话不到开抱，到现在整整半个小时，这个拥抱，有点长吧？

秦恬尝试着轻咳了一声，尴尬道："那个，我的腰有点酸……"

"哈哈！"奥古斯汀笑了，"我还在想，你什么时候才说出来呢。"

"拜托……耍我好玩吗？"秦恬苦笑，"我……我好像抽筋了。"

"我帮你捏捏？"有只"咸猪手"捏她腰上的肉，"哎哟，身材不错，掐不出赘肉来。"

"这是太瘦了好不好？我做梦都想丰满啊！"

"嗯，胖点好，手感好。"奥古斯汀笑嘻嘻地点头。

秦恬鄙夷地撇嘴："你还搂着干吗？放手啦！"

"好吧。"他的语气里有种颇为遗憾的感觉，"那么，想胖的少女，需要我给你喂吃的吗？"

"说起这个，你吃午饭没？"

"没有，你用眼神制止了我。"奥古斯汀眼神里竟然有点委屈，过了一会儿他又补充，"我很饿，小姐。"

"那我们去吃好吃的吧，我也没吃午饭。"

"不去你家吃？"奥古斯汀挑眉，"我连着去了五天，你爸妈手艺不错。"

"五天？你这么早就到了？"

"小姐，从行程上看，应该是我问你怎么这么迟吧？"奥古斯汀忽然摸了摸秦恬的脸颊，"话说你脸怎么肿了？被人打的？"

"没事儿，都过去了。"秦恬不想跟人说自己遇到色狼的事儿。

"不告诉我？"奥古斯汀盯着她，眯起眼睛，"那么，你告诉我，那个浑蛋还能再次伤害到你吗？"

"不能。"秦恬回答得斩钉截铁。

"那行，晚上给你拿点伤药来。"

"不用了，我妈妈有土方子，据说很有用。"腰上那手臂一放松，秦恬就觉得饿了，她深刻明白了勒紧裤腰带防饿的"依据"，"你来这么久了，总有好吃的店推荐吧，我还没吃过法国菜呢。”

“可我来到法国后，除了去军营就在你们家餐馆了，我也不知道哪儿还有好吃的啊。”奥古斯汀一脸哀怨的样子，“为什么你一来我就不能去吃了？”

“反正，反正现在不行啦……你走不走？”秦恬总觉得两人瞬间那么熟，再带上门，好像是见家长的感觉……好诡异。

“行行行，那我带你去吃别的。”奥古斯汀终于妥协了，拉起秦恬的手就往前走，一边走一边愉悦地介绍，“塞纳河畔的美食相当有名，你不让我去你家，我就带你一家一家去吃。”

“好。”秦恬笑眯了眼。

两人都没什么计划，沿着河又溜达了一个多小时，才钻进一家开在河岸上的餐馆。

白色的观景房充满着艺术感，里面没有客人，两人一走进去，侍者就上来殷勤地接待，笑容如春光般灿烂。

“他的专业素质没你好。”两人靠窗坐下，点了菜后，看着侍者款款走开，奥古斯汀忽然调侃。

“……”秦恬翻了个白眼，转头看风景。

“秦恬。”

“嗯？”

“秦恬。”

“啊。”

“秦恬。”

“什么事？”

“秦恬。”

“……”

“你真是从中国来的吗？”

“嗯，你还不相信啊？”

“没有，我相信。”奥古斯汀微笑，“只是在这种情况下看到一个穿着旗袍的姑娘，感觉太奇怪了。”

“好吧，那这时候听到一个西方男人说中文，感觉也很奇怪。”

两人相视而笑，边吃边聊间，时间又过去了许久。两人仿佛有聊不完的话题，使得冗长的法国料理时间显得颇为短暂。

再点了一杯咖啡，夜幕慢慢降临，餐厅中，客人渐渐变多。

这时，几个德国军官走了进来，其中有个人朝奥古斯汀叫道："我就说这个人很像奥古！嘿，奥古！"

他走过来，在秦恬眼皮子底下挤眉弄眼："我说你怎么天天带枝花呢，原来这么快有目标啦！"说罢，他转头对其他人喊："兄弟们，大木头终于开窍了，我们是不是该为他开一瓶香槟？"

"没错！"军官们起哄，侍者极有眼色地拿上来一瓶香槟，放在桌上。

那带头起哄的军官长得很是方正，却嬉皮笑脸的。他开了香槟倒在好几个杯子里，极为绅士地递给秦恬一杯："请用，小姐。"

秦恬抽搐着嘴角接过，又看那军官凶巴巴地对奥古斯汀说："浑蛋，要喝自己拿！"

奥古斯汀嗤笑一声，很是不屑地拿起一杯，看也不看他，朝秦恬扬了扬，自顾自喝了起来。

被鄙视的军官震怒了，他拉了张凳子坐在秦恬身边，和她碰杯，喝了一口后，凑近她神经兮兮地说："小姐，我跟你说啊，奥古这家伙诡异着呢。他一副号称纯正的雅利安形象，偏偏打小就行为古怪，不跟我们一起偷看美女，不帮忙写情书，不谈恋爱，不跟女人上床，就跟那个长得特娘的那谁……奥古，谁来着？党卫队的那个……"

奥古斯汀翻个白眼道："你说海因茨？"

"对对，海因茨！他俩成天黏黏糊糊的，你小心啊，千万小心啊。唉，一看你就特别纯洁……我也不明说了，你瞧我，高大威猛，多阳刚，多有安全感……"

"行了行了，费德列，你再说下去，你面前这位'纯洁'的小姐估计眼睛都要放光了。"奥古斯汀哭笑不得地阻止，又指着秦恬，"你别乱想啊，我大致知道你是个什么生物。"

秦恬早就眼冒绿光了，在这个叫费德列军官的口中，两个俊美德国军官的感情是多么吊人胃口啊！

她甚至开始回忆海因茨对自己的态度——别扭得要死，傲娇得不行，不会是嫉妒吧？

哎呀呀……她捂住脸，一边笑得嘴都合不上，一边鼓励费德列："继续，继续。”

“行了！”奥古斯汀终于挺不住了，站起来一把揪住费德列的衣领，在旁边几个军官的哄笑声中把他提溜回去，“闭上你的嘴！再乱说话我就写信告诉你老妈，你昨天参加了什么样的聚会！”

于是费德列就像被掐住脖子的鸡，咯的一声就不说话了。

秦恬笑翻了，怕老妈怕到这份儿上还真是个奇葩。

“恬，走了！”奥古斯汀很不自在地喊了声，拿起香槟，又拿了两个杯子，往外走去。

秦恬应了一声，路过那桌军官的时候，终究不敢太过随意，弯了弯腰，挤出一个羞涩的笑容：“谢谢……再见。”

“再见，可爱的小姐！”费德列又热络起来，抬手喊了声。那手势可真眼熟。

“你还跟他们打什么招呼！”外面等着的奥古斯汀很不爽，“一群人渣！”

“嘿嘿，他很可爱，当你面撬墙脚，总比背后说好。”

奥古斯汀闻言，不再说话，慢慢地往前走去，秦恬亦步亦趋地跟在后面。

此时夜幕已经降临，刚才一顿饭吃得够久了。巴黎市区华灯初上，深蓝的天幕中星空璀璨，远处连绵的城区霓虹辉映，没有比这更美的城市，十年后或许就看不到了。

“秦恬，对不起。”奥古斯汀突然道。

“什么？”

“我不该来找你的，可是我忍不住。”

“怎么了？”

奥古斯汀沉默了一会儿，坐在沿河的长椅上，倒了两杯香槟，递了一杯给秦恬。

秦恬挨着他坐下，抿了一小口，等他说话。

“你该知道，战后跟德国军官有联系的女人，都是什么下场吧，特别是法国。”

“……”

“我最近总在回忆这方面的事情。法国人无能，他们打不赢仗，要靠别人才能夺回国土，于是他们只能将气撒在战俘和那些为了生存不得不对德国人虚与委蛇的女人身上。”

秦恬转着杯子，出神地看着杯子中映出的塞纳河幽幽的波光。

“但是我现在越来越害怕……如果因为我的关系，你受了伤，我该怎么办？”说话间，奥古斯汀抚着额头，呼了一口气，“果然，段数不够啊。我要是再聪明点，总能想个两全其美的办法，但现在，他们已经看到了你……”

“奥古，你原来不叫奥古斯汀吧？”

“废话，罗桐，梧桐的桐。”

“那好，罗桐，我问你，在火车站我揭穿你以后，你有没有想过到巴黎找我？”

“当然，我甚至为此死缠烂打地找上了古德里安。”

“哇，酷！古德里安？”秦恬惊讶了一下，又拉回正题，“我就知道你肯定会去巴黎，所以就算在马奇诺防线被拦下，我还不照样用双脚走过来了？”

奥古斯汀看着秦恬，睁大眼睛：“你……走过来的？”

“嗯，我又没机械化部队。”

“……”奥古斯汀的蓝色大眼似乎有水汪汪的趋势。

“重点不在这里啦！”秦恬潇洒地一挥手，“重点是，我在来之前，对这个家没有丝毫感觉，甚至那时候觉得住在被德军占领的村庄比待在这儿还要安全，可我为什么还是走过来了，你明白吗？”

“不明白。”奥古斯汀一脸“我明白，但我就要你说出来”的贱兮兮的表情。

“好吧，你赢了，那是因为你会来啊！”秦恬站起来握拳道，“我在这儿已经够悲剧了，总要让我遇到点好事吧！”

# 第十五章

# 救人

一个月后，奥古斯汀有了新任务，他来打了个招呼，真的只是个招呼而已。他穿了件银灰色西装，下身配着岩灰色的军裤，在福气楼门口给了秦恬一个拥抱后，就跑出去，拐过街角，脱下西装交给留守的朋友，然后坐上轿车离开了。

秦恬只跟到街角，看着他离去，就回到了家中。

这是下午的空闲期，秦母坐在柜台边的摇椅上，一边拆毛线，一边笑眯眯地看着她，朝门口抬抬下巴，问道："那是哪家的小伙啊，这么好运，让我们阿恬都这么放不下了。"

秦恬勉强一笑，她知道奥古斯汀穿着西装来是为了掩人耳目。

奥古斯汀会离开好几天，如果秦母问这个三天两头把她拐出去的男孩怎么不来了，她可以编谎话瞒过去，可是战后呢？

她沉默了半晌，走到秦母身边，蹲下来，靠在她的大腿上。

秦母放下毛线，温柔地抚摸着女儿的头发。

许久，秦恬才道："他是个德国军官。"

秦母一顿，继续揉她的头发，声音轻柔："然后呢？"

"妈，德国不可能胜。"

"嗯？"

"他们在用一个国家对抗全欧洲……他们不可能赢。"秦恬说得很平淡。

"那么，你们有什么打算吗？"

"他下次来的时候如果穿着西装，您就当不知道，好吗？"

"那如果穿着军装呢？"

"就让阿爸和康叔，拿扫帚把他打出去！"

秦母半晌无言，最后长长一叹："阿恬，你这是何苦？"

秦恬觉得自己很镇定，可眼睛还是酸酸的，哽咽道："我不苦……我怕苦了你们。"

秦母叹了口气，不再说话。

"妈，您为什么这么冷静？"

秦母微笑："因为我们早就知道啊。"

"啊？"秦恬惊讶地抬起头。

"长这么大还跟小孩子一样，箱子摆那么久都不会自己整……你说说，那把枪是怎么回事？你阿爸好歹有点见识，那枪，满大街的德国警察都带着，怎么我们家阿恬也有呢？"

"……"

"阿恬，你长大了，知道自己该怎么做，对不对？"

"嗯。"

"那么，我们相信你。"

秦恬低下头，什么都说不出来。

无论家中多么温馨，开着餐馆终究不会轻松。秦恬的到来只是给父母减少了一个服务员的薪水，即使她是个复合型人才。

餐馆里仍然有许多活儿要干，大家的工作量都不轻。而且因为巴黎现在的特殊情况，庆功的德国军官和醉生梦死、自欺欺人的法国上层总是有很多宴会要开。福气楼算是法国现有的少数几家中式餐厅中顶尖的，一些大型的宴会或者沙龙大多会邀请福气楼的主厨。

秦父自然是手艺最好的，可是他要管理餐厅生意，所以一般外派的都是二把手康叔。

康叔五十五岁了，长得却像六十五岁。他是秦父的战友，两人一起当过华工，所以也可以算是工友。康叔在"一战"时因为秦父的间接关系受了伤，从此无法有后，秦父愧疚得不行，便一直接济他。秦父后来开了餐馆，擅长川菜的康叔也加盟了餐馆，中国南方东西部两大菜系强强联合，福气楼的生意蒸蒸日上。

康叔一直干得很好，只是经历了冬天后，直到开春，康叔的关节炎还没好。被秦父外派了几次后，他有点吃不消。二老就这么轮流替换着去，毕竟他们不去不行，因为帮工的小伙子不机灵，帮不上大忙，宴会的各种事情总是要他们亲力亲为，要不是秦恬回来了，他们已经在考虑挖另外一家中餐馆的墙脚了。花点钱没关系，总比拖垮了他们的身体好。

秦恬回来后，虽然开宴会时还是得邀请二老出马去做菜，但好歹其他事情不用他们操心了。他们只用专心站着掌勺，交接、安排菜、谈酬劳，甚至摆盘等活儿全都由秦恬负责了。

虽说下午奥古斯汀的离开让秦恬颇为失落，但是晚上的宴会还是会按时开办，她得重振精神去工作。这次的工作算是轻松的，主办者愿意负责材料的采买，这样就省了跑供货商订菜的麻烦，但是同样，这种情况下就必须听主办者的，比如别人点什么，他们就得做什么，而不像一些自己买材料的宴会，可以按照自己的意愿做一些简单并且适合宴会的中式菜肴。

“作孽哦，那个肥佬居然点名要佛跳墙！他怎么不点满汉全席？就一下午炖什么佛跳墙哦，材料都买不齐！”

整整一个上午，主办者的管家已经来回跑了好几趟，显然主办者很紧张这次宴会。食物增增减减、改改换换把康叔愁得头发都白了，下午，秦恬跟着康叔出门前他还在担心：“阿恬啊，东西都拿齐了？”

“嗯！”秦恬熟门熟路地提着装特制调料的布包，背上背着大铁锅以及康叔用惯的菜铲和用具，略重，压得她弯了腰……路过一个橱窗时，她借着余光看了看，感觉像一只忍者神龟路过了……

这一次的工作地点在一个公园里，位于第八区的蒙梭公园。秦恬不了解蒙梭公园，对于法国的了解仅处于中国人民的平均水平。由于战时情况特殊，她和奥古斯汀出去顶多找个咖啡馆坐一坐、聊聊天。在这里这么久了，她还没去过卢浮宫，没见过凯旋门，也没瞅见过埃菲尔铁塔……

暴殄天物啊！人家出国十五天十国游能把想见的都见了，她在巴黎一个月啥都没瞅见，就跟塞纳河对视了。

第七区、第八区听起来似乎相邻，但其实隔着一条塞纳河，所以他们得坐地铁去。

其实秦恬很想坐坐传说中的那种欧洲有轨电车，可是问了才知道，巴黎竟然在三年前取缔了有轨电车，原因是，要给新出现的交通工具——汽车，让出道路，而她问这问题之所以没被人怀疑，是因为她很早以前就去了德国。

两人走到地铁站时，站里人不多，巴黎的地铁并不像秦恬以为的那样长，而是像非常普通的电车一样，边缘还有雕花。车开动了，速度并不是风驰电掣的那种，玻璃窗里面绅士淑女们或是谈笑或是看报，一副太平景象。

她来这儿以后没坐过地铁，明知道这副见啥都新鲜的模样非常像土鳖，她还是忍不住左顾右盼。

秦恬背着“龟壳”没法坐在座位上，只能顶着各色目光硬着头皮站在康叔身边。康叔坐在座位上闭目养神，帮她拿着小包包。

一路上她观察发现，地铁里居然没有德国士兵。

也是，德国士兵自有他们在地上的交通体系，运兵车、轿车还有摩托，他们的观光手段多种多样，根本不需要也不会来这儿挤地铁。而且他们挤地铁的话，很有可能被一些热血的巴黎青年分尸，然后被悄悄抛到地铁轨道，被来回碾轧……

换种悲催的说法，沦陷的巴黎，地上是德国人的，地下，才是巴黎人的。

很快到了站，秦恬和康叔随着人流走出地铁站。康叔在这儿住了这么多年，对于几个重要地点还是心里有数的，当下带着秦恬笔直往前走去。

走着走着，秦恬忽然产生一种不一样的感觉。

虽说七区、八区同在巴黎，只不过被分成区块罢了，但是不知怎的，她总觉得到了八区后，那些街道有些不一样，似乎更加精致和大气一点。

见秦恬左顾右盼看什么都觉得新鲜，康叔看看时间还够，便放缓了脚步，微笑道：“好久不来了，想起了什么？”

“什么？”秦恬眨巴着眼。

“你小时候在那儿，”康叔指着一个拐角，“尿在了你阿爸身上，哈哈！”

秦恬满脑门子的黑线。

“然后你哥，还傻呵呵地去闻你的尿布，哈哈哈！”康叔笑得更欢了。

秦恬的背伛偻着，催促道：“康叔，快走吧。”

“哈哈，好！”康叔很不厚道地带着秦恬“重温”撒尿之路，秦恬正满心郁卒，走出巷子刚一抬头，她愣了。

空旷的广场带来的是新鲜的空气、绚烂的灯光和幽静的暗处，她一直相信自己迟早会把巴黎玩个遍，却没想到凯旋门会那么干脆地闯进她的视野。

没错，不远处，不正是凯旋门吗？

电视上、电影上、图片上、封面上，就连秦恬曾经用的圆珠笔上，到处都印有凯旋门和埃菲尔铁塔的图像，此时一见凯旋门，她不禁感叹亲眼见和从图画上看到的效果果然不同。它的气势浑然天成，给略带阴柔的巴黎带来了一种别样的霸气。

“这什么眼神啊，阿恬，你又不是没见过。”康叔好笑地拍拍秦恬的背，“你阿爸跟你说过咱们的长城吧，比这可要雄伟几十倍、上百倍！洋人的东西就是这样，华而不实，你说好好地造个门，不能御敌不能守城，哎呀，劳民伤财！”

谁说不能御敌？秦恬暗自腹诽，要不是这些个“华而不实”的艺术品，巴黎早被轰成渣了。

路过凯旋门，往东北方向走了许久，经过一个标着古塞勒大道的路牌，出现一片朦胧的绿意。

“那就是蒙梭公园了。”康叔走得有点累，扶着膝盖道。

秦恬蹲下身，双手给康叔揉着膝盖，光摸着，都能感觉到他膝盖中的滞涩。

“我还行，走吧，还有很多活儿要干呢。”

“嗯。”

宴会要晚上才开始，现在是很多被请来的特色菜厨子的准备时间。接待的侍者把他们带到了已经布置好的宴会现场，指着正在指挥的管家，告诉他们如果有事找管家。

接着，他们就被带去庭院后面的一间屋子中。那儿有好多个灶台，已经有不少厨子在干活儿了，很多都是熟面孔。康叔带着秦恬跟相熟的几位打了声招呼，便到他们指定的位置干开了。

食材很丰富，似乎比其他几个灶台准备得都多，看来这一次中式菜的比重不小。不远处还有三个亚洲厨师在做菜，看食材应该是在做寿司。

秦恬很淡定，她这一个月已经不是第一次在这样的工作场所遇到日本人了。大家都很忙，谁都没空挑衅谁。在场的厨师们国籍各异，谁没点国仇家恨，甚至有一次有俩日本厨子还过来很客气地借调味料，康叔也大方地给了。

不得不说，日本那些个寿司、饭团，确实适合出现在宴会上。且不说好不好吃吧，至少方便分发，而且一个个色彩鲜艳，还适合摆盘。

不像主办者老是指定他们做红烧肉、糖醋里脊什么的，弄出来都一坨坨的，看着被那群洋人拿叉子叉着吃，康叔眼角都在抽抽。

由于备菜量大，秦恬必须负责一些简单的菜。她的新式番茄炒蛋在一次宴会准备时被一个意大利厨师要去盖在了意面上，结果相当美味，受到好评，只是它作为一种菜的功能就这么被无情地屏蔽了。而这次，那个意大利厨师又来了，见到秦恬，他笑嘻嘻地蹭过来，一脸讨好。

“你不是去学了吗，还来干吗？我就这么一个拿手绝活。”秦恬看到他想占便宜的模样，怨念道。

“嘿嘿，做出来总没你的好吃，我要么多加了调料，要么忘了加原本需要的……”小伙子名叫托尔，觍着脸讨好，“姐姐，我叫你姐姐，你再帮我调一盆吧！”

“我说了，那是菜，是菜！”

“好好好，那你再帮我调一盆菜吧，明天我请你吃饭？”

“我家就开餐馆的，我缺饭吃吗？”

“姐姐，我叫你姐姐……”这货竟然开始撒娇了。这意大利小子肥嘟嘟的，长相只能算清秀，竟然还嘟起嘴扮小猪。

秦恬没办法，扬扬手中的菜刀：“总要让我先把手头的工作处理了吧。”

“我帮你，我帮你！”

“一边儿去！”

“呵呵！”康叔戴着口罩，一边晃锅子一边笑，半晌后，给秦恬出主意，“阿恬啊，这小子拿手的那个蒜香芝士酱汁调得不错，你去骗了来，回去康叔给你做盖饭。”

“这主意不错。”秦恬咧出八颗牙奸笑，看着意大利冤小头。

他俩用的中文，托尔自然听不懂，见秦恬笑嘻嘻地看他，便傻乎乎地跟着笑。

这时，主办者的管家从门口走了进来。这个中年绅士一副正统打扮，一本正经地摇了摇门上的铃铛，等众人都静下来看他时，他轻咳了一下道：“各位辛苦了，第一轮菜可以上了，请各位在五分钟之内把指定的菜装盘，放在中间的桌上，会有服务员来接收，同时，也请在半小时内，准备好第二轮菜。”

托尔嗷嗷叫，火急火燎地回去伺候他装满酱汁的大锅。秦恬朝康叔吐吐舌头，拿出灶台下面的盘子开始装盘。

根据秦恬的经验，第一轮以后，会更忙碌，还会更乱。

主办者会努力满足客人的所有要求，所以如果某道菜吃完了，而有些客人还意犹未尽，那么厨师就有义务再做一份。

果然，没过一会儿，侍者就频繁进出厨房，各种要求层出不穷，甚至有人要求一个厨师把拿手的煎牛排做得辣一点，毫无准备的厨师只能跑来问秦恬借辣椒。

给宴会做菜真是个体力活，到后来就完全没有所谓的几轮菜了，缺什么填什么，什么热门做什么。康叔忙得汗如雨下，秦恬感觉自己什么都要干，包括负责给康叔擦汗，就像是手术中的助手。

一直忙碌到晚上十点多，管家总算来宣布，不用再烧了，等外面的菜吃完，宴会也差不多要结束了。

所有人都松了口气，累得几乎瘫倒在地。

秦恬还好，开始给康叔揉胳膊揉腿，还用剩余的食材烧了锅清淡的汤给康叔喝。几碗热汤灌下去，康叔总算恢复过来了。

“阿恬啊，我休息会儿，你去跟管家说一声，我们先走，钱明天结算。”

“嗯，我知道了。”有头有脸的宴会主办者不稀罕赖账，而且为了体面，一般不会在大半夜给厨师算钱，都是管家带人清算好，第二天每家分送。

秦恬想找个侍者转达一下，但是侍者们都还在外面服务。她觉得这次康叔实在累惨了，还是早点回去好，便硬着头皮走出厨房，在露天宴会的接待口找到了笔直站立的老管家。

她上前解释了两句，同是中年人的管家很担心康叔的身体，表示第二天会派人送钱和明细清单。道了再见后，秦恬好奇地往宴会厅里看了一眼，正好看到一个熟人。

尤丽安娜·尚卡伯爵夫人穿得艳光四射，正被一个德国军官搀扶着，袅袅婷婷地走过来。两人谈笑风生，醉意蒙眬，似乎正准备离开。

秦恬规规矩矩地站在老管家身后，准备等客人离开再走。这是一个高档餐厅侍者该有的职业素养，此举博得了老管家一个赞许的微笑。

尤丽安娜穿着酒红色的丝绸长裙，美艳不可方物。她路过时朝老管家优雅地点头，抬眼便和秦恬对视上了。

秦恬没什么特别感觉，只是朝她微笑并点点头。

倒是尤丽安娜，突然转过头去，加快了脚步，似乎在躲避什么。

秦恬撇撇嘴。虽然人家在宴会里被殷勤招待，而自己只是后厨做菜的，确实地位悬殊，但也不用跟躲瘟疫一样吧。

她看着尤丽安娜走到一辆轿车前，军官帮她开了门，等她坐进去，军官也挤进去，车子发动，开走了。

秦恬有些蒙，尚卡伯爵夫人，既是夫人，那肯定有老公吧？而且她老公似乎犯了叛国罪，正被关押着，她怎么就能这么和德国军官上车开房呢？

别说她乱猜，她在艾森豪芬看多了，现在光用鼻子就能闻出两个表面无关的男女是否有暧昧关系。

宴会的筹备让福气楼大赚一笔，秦父给康叔拨了一大笔零花钱让他休息，秦恬则继续帮工。她越来越有在艾森豪芬的感觉，还突发奇想给来打工的丁小妹培训了一番，当然是按中式的标准。

她让秦母找个裁缝给改了两件旗袍，让丁小妹穿了上班，并嘱咐她注意走路无声，做到身姿优美。她觉得自己做得就不错，可是有一回带着丁小妹一起练步伐，把秦父秦母笑得差点昏厥过去。

此举有点“美人计”的嫌疑，虽然生意没因此兴隆起来，但总归有一两个客人对于服务员的穿着夸奖了一番。巴黎人嘛，总有那么点对美的向往。

法国在秦恬到的没几天后就宣布了战败，戴高乐在英国宣布成立临时政府，而贝当在这儿继续掌管着傀儡政府，就好像柏林有希特勒的演讲，波兰有德国人的怀柔广播，巴黎，则是贝当同志在那儿大吼：巴黎的人民，反抗是没有用的，只会害人害己……

清晨，秦恬又被这广播声吵醒了，她不满地揉着眼睛，瞪了半晌窗外树上的广播，叹了口气坐起身来。

秦母忽然敲敲门走进来，有些紧张地说：“阿恬，你下来看看吧，店里有个德国军官，不吃饭也不说话，就走来走去。”

啥都不干就在餐厅里乱转？真奇怪！秦恬很快换了衣服，洗漱完后下楼，一看大厅里站着的哥们儿，她就咽了咽口水。

“妈，我认识他。”

“是吗？他是？”

“爸呢？”

“他订菜去了，要中午才回来呢。我刚开门他就进来了，把我给吓得……”秦母摸着胸口。

“没事，我来应付……”秦恬刚想安慰，转而想了想，又低声道，“其实，我也不敢打包票说没事啦。”

她慢慢走上去，咳了两声，吸引了那人的注意力后，强笑道：“早上好，海因茨长官。”

海因茨瞥了她一眼，转头继续看墙上的画，半晌才道："这画的什么？"

"山。"

"嗯，中国画。"他点点头，"一笔就搞定了。"

"是啊。"

"你什么时候到的？"

"一个多月前。"

"我信上怎么跟你说的？"

"你说，等法国投降。"

"但你回来一个多月了。"

感觉气氛有点危险，秦恬谨慎地退后两步，干笑道："我看，都差不多嘛。"

"枪呢？"

秦恬愣了一下，立刻反应过来，逃命似的往自家院子跑，一边跑一边叫："我给您拿来。"又用上敬语了。

见秦母还在院子里等着，秦恬想了想，说道："妈，您弄点菜粥啊包子什么的摆在桌上，人家爱吃不吃。"好歹海因茨是借她枪救她命的人。

秦母点点头准备去了，秦恬翻箱倒柜找出枪，又飞奔回到餐馆一楼。这时候秦母刚好摆上了简单的早点，海因茨在桌前正襟危坐。

"给。"秦恬双手递上，"谢谢。"

"谢？"本来接过枪想直接收进去的海因茨一挑眉，手指一动，打开了弹夹，眯起眼睛，"少了两发。"

"啊，那个，嘿嘿……"

"用在哪儿了？"

"没事。"秦恬摸摸脸，那儿早不肿了，"遇到个流氓。"

"要流氓到要你用枪的地步？"

"反正，倒霉的是他。"

"嗯哼。"他收了枪，又从口袋翻出一把枪来，拍在桌子上，"给你的。"

"啊？"秦恬傻眼，摇摇头，"应该，用不着了吧。"

海因茨懒得跟她磨叽，又放下一个弹匣，说道："勃朗宁，比利时制造，十四发子弹，自己放好。沃尔特是我的制式手枪，你拿着不方便。"

秦恬看着那枪，有些纠结，最后她咬咬牙，拿过了枪，低声道："谢谢。"

海因茨没回话，喝了口粥，撇撇嘴："见到奥古了吗？"

"嗯。"

"这样……"海因茨又喝了一口，"你跟尤丽安娜·尚卡认识？"

秦恬半晌才反应过来这名字指的是谁，想了想，摇头："不算认识吧，她来吃过饭，所以聊了几句。"

"上次宴会我看到你了。"海因茨盯着她，"我注意到，尤丽安娜似乎对你有些不一样。"

火眼金睛啊，话说他当时在啥位置啊？能看到她们眼神交流……莫非是在她旁边的树上？

秦恬老实交代："好像是，但不一定是针对我，所以我也不知道。"

"好吧，给你个忠告，别和她太接近。"他邪恶地一笑，"你玩不过她。"

"嗯。"谁玩谁啊，和那美女有什么好玩的。

海因茨吃饱喝足后，大摇大摆地走了。中午场开始，秦父回来，听说了海因茨的事，没说什么，直到忙完了这一拨客人，才把秦恬叫到院子里的石桌边坐着，问道："送你枪的是党卫队军官？"

"嗯。"

"那另外一个是？"

"他是陆军军官。"

"你跟他们俩到底……"秦父不擅长谈心，比画了半天说不出来。

说实话，磨叽了一个月还没和奥古斯汀发展出什么实质关系来，秦恬自己都佩服自己的矜持。显然她和奥古斯汀都有一道跨不过去的坎，那就是灰暗的未来，这玩意儿把他俩的荷尔蒙压抑得死死的。他们聊天时，时常说着说着就戛然而止，然后一块叹气。

压力好大。

"我们，不是恋爱关系……"秦恬斟酌着字句，"您瞧，国籍上、血统上都不可能。"

"阿恬，你别搞法西斯那一套，只要你喜欢就没问题。阿爸老了，有生之年都不知道能不能回中国，只希望你能开开心心的。"

"如果我真跟他们中的一个人谈恋爱，那怎么都不可能开开心心啊。"秦恬摊手，抚着秦父的背，"阿爸，您别愁了，我也不愁，都顺其自然吧，船到桥头自然直嘛。"

秦父点点头，沉默半晌，忽然道：“要是你哥回来就好了。”

秦恬摸背的动作顿了一下，然后佯装无事：“波兰现在管得严，他可能暂时回不来吧。”

“阿恬啊，说你这孩子缺心眼儿你不信，你还不跟你阿爸说实话吗？”

“啊？”秦恬露出纯洁无辜的眼神。

“你阿妈朝着你箱子里的枪发愣的时候，你阿爸眼尖先藏起了那封信，明白不？”

那封信！秦恬恨不得扇自己一个耳光，回了家什么都忘了，秦九那跟投名状似的信简直就是大杀器！

“你阿妈可能会很伤心，咱们先不告诉她，可是你为什么不告诉阿爸？儿子这么争气，阿爸高兴啊！”

“阿爸，对不起。”

“没什么好对不起的，阿爸明白。”秦父摸摸秦恬的头，“阿恬，以后有什么打算吗？”

秦恬想了想，斩钉截铁道：“回中国，带着你们一起。”

“哈哈，好！阿爸等着！”秦父扶着膝盖站起来，笑眯眯地往餐馆走去。

短暂的磨合期后，巴黎的白色恐怖逐渐开始。

秦恬对此很习惯，她已经在波兰磨炼出了神奇技能——闲事不管，饭吃三碗。

巴黎还没陷落时，德军围城，虽然巴黎人锐减，但物价飞涨，到了现在，法国投降，大批法国人返回家乡，巴黎人越来越多了，物价却没见降下来。

就连咖啡都成了奢侈品，蔬菜什么的更是见天儿地涨价，黑市成了人们获得食物和生活必需品的常用渠道。

好在福气楼本来就是定位于中上流阶层的餐馆，一般人吃不起，现在虽然生意受点影响，但没到无人光顾的地步，吃不起的还是吃不起，吃得起的还是吃得起。

秦父现在最主要的工作就是联络货源，店里经常出现只有一半甚至更少的菜能够上桌的情况，好在客人们也都理解，并且会和秦父一块感叹市面萧条。

虽说成年了在家吃父母的不好，可是这时候，爸妈都不想儿女远离自己。秦恬是个能懒就懒的人，偶尔帮帮忙，啃老啃得心安理得。

据说她以前认识的那些朋友大多都逃出去了，现在巴黎的人口不到原来的十分之一。秦恬觉得很庆幸，没有那些朋友在，她也省得头痛怎么应对了。

而她少数认识的人，海因茨什么的，人家忙，又不爱吃中国菜，上次见面后压根没来过，奥古斯汀也没消息。

秦恬觉得，战争年代，无论多少关怀，都必须把朋友当死尸一样对待，否则，等朋友真死了，更加受不了。

她时刻准备着。

没过多久，事儿真来了。

一天早上，秦恬打着呵欠下楼，却见父母谁都没出去，面色凝重地坐在桌边。被楼梯挡住的那一面还传来杯盘相撞的声音。

“吃点，再吃点。”秦母温柔地把面前的盘子推过去一点，然后担忧地看看秦父，看到踌躇的秦恬时，她微笑道，“阿恬，醒了啊。来，下来吃饭。”

秦恬走下楼，歪着头，看到桌前坐着一个正狼吞虎咽的小男孩。

秦恬不大会分辨西方男孩的年龄，但他应该不大，看起来十一二岁。他穿着格子衬衫，披着灰绿色的外套，下面是一条宽宽的短裤，露出两条细细的腿，小皮鞋已经看不出原来的颜色。

他胸前还挂着一条红色的小领带，桌上的灰绿色的帽子上还有个亮闪闪的小徽章，一头栗色的头发乱蓬蓬的，墨绿的眼睛紧紧地盯着秦恬。

他甚至弓起了背，似乎随时准备夺门而逃。

“别怕，别怕，她是我们的女儿，不会伤害到你。”秦母连声安慰，又给小男孩递了一杯牛奶，“还热着呢，喝点，喝点。”

秦恬看着小男孩挺翘的鼻子、黑头发黑眼睛，有点犹疑。最近满大街在抓犹太人，她已经养成了习惯，见人先看鼻子发色和眼睛。她慢慢走下楼，朝小男孩微笑，然后拿了一个烧饼走到门外，出门前朝一直沉默的秦父眨眨眼。

父亲过了一会儿跟了出来，秦恬大口嚼着烧饼，口齿不清地问：“怎么回事？阿爸您出轨了？”

她的话换来秦父的一个瞪眼。秦父叹口气坐下来：“昨晚听着库房里有声，折腾了大半宿，找着这小子，也不知道怎么溜进来的，可真能躲。”

“躲……”秦恬努力吞咽，小声道，“犹太人？”

“嗯，我们抓着他的时候，他哭个不停，好不容易被你妈安慰下来，刚坐下吃东西。”意思就是什么都没问到，只知道他是犹太人。

秦恬看着父亲眼下的黑眼圈颇为内疚：“我一点都没听到……”

秦父失笑，摸摸女儿的头："这是福气。"

"呃……"秦恬尴尬地继续吃烧饼。

"阿恬，你说怎么办？"

"什么怎么办？"

"阿爸知道，在德国你住在一个犹太人家里，你还来信说他们人很好，现在……"

"我们藏不了他。"秦恬斩钉截铁，"阿爸，您没看到吗？前几天大街上几乎一夜之间一个犹太人都没有了，他们并不是全被抓光的，而是全都躲了起来。每天都有一车一车的犹太人被抓，这不是您说我不说就能瞒住的事情，盖世太保、告密者，随便哪个都能让我们死得透透的。"

秦恬说得很快，几乎不假思索。藏犹太人，她首先想到了《安妮日记》，接着是《辛德勒的名单》，里面犹太人藏匿的方法堪比《孙子兵法》，可是最终呢，德国人有的是办法，就像她在德国看到的，甚至连军医的听诊器都能用来寻找藏匿的犹太人。以他们家的实力，她没把握能保护得了这个小男孩。

他们不可能把一个小男孩关在笼子里，放在地窖中一直到一九四五年，如果邻居听到什么，或者对街的人看到什么，甚至那些身处上流社会闲来无事逛后院的客人瞅见什么……那都将会成为他们的灭顶之灾。

她思绪转得很快，说得非常顺溜，也觉得自己很正确，可就在抬头看到父亲表情的瞬间，声音戛然而止。

父亲那表情，很平静，却有着失望和痛心。

他深吸一口气，缓缓地开口："阿恬……"接着，他就再没说下去。

秦恬却红了眼眶。她不想哭，也不想让自己显得软弱，可是迎着那种让人难以言喻的目光，她却委屈得想号啕大哭。最终，她忍不住流了眼泪，哽咽道："阿爸，您是不是觉得我……"铁石心肠、自私自利、视人命为草芥，不配做您的女儿？

"阿恬，我知道你说得对。"秦父转头望向他们的小屋，窗户正对着餐桌，小男孩双手捧着牛奶，正一口一口喝着。秦母手里拿着针线，正在替他缝补着袖口的裂痕。

"可是，阿恬啊……阿爸只是有些后悔。在你小的时候，把你哥哥培养得太向往中国，显得他不合群，所以一念之差，没有教你太多你该学的，比如我们中国人的仁义道德……我们中国人该有的那些……"

他说不下去了，而秦恬也听不下去了。

秦父说的每一个字都像是一块巨石，一块叠着一块压在她胸口，让她喘不过气。她真的快窒息了，这比直接指着鼻子骂还要让她难受。

可再给她十次倒带的机会，她还是会这样说。只是这个过程，太让人痛苦。

面对父亲这样痛心的指责，身为女儿，一个存着基本孝道的人，如何能忍受父母对她的人性道德产生怀疑并且失望到用这样的眼神看她？

秦恬不能，她爱父母。她可以自私，可以没机会尝爱情的滋味，可以自恋，可她没法不爱父母，她受不了。

秦父没再说什么，只是长叹一声，拍着秦恬的手，一下又一下，然后缓缓起身："总有办法的。"

秦恬沉默，低下了头。

"阿恬，从今天起，阿爸要开始给你上课了。"秦父往家门口走着，朗声道，"第一课，仁义！"

当天，秦恬的家中多了一个小家伙——十二岁的犹太男孩皮比诺。

他说在学校上课时，盖世太保突然闯入，公然要带走在场所有犹太小孩去"见父母"。其他班级的老师都猝不及防，唯独他的班主任老师反应过来，把皮比诺和班里其他几个犹太小孩都藏了起来。可盖世太保既然会来，自然是知道学校里有多少犹太小孩，班主任当即就被带走了。

其他的孩子都吓坏了，校长一宣布放学就全都一哄而散，所有人都遗忘了躲在清洁柜中的他。当他爬出柜子，走出学校，早就饿得前胸贴后背，游荡了许久后终于忍不住往家走去，却没想到还没碰到门锁，旁边听到声响的邻居就大叫了起来，几乎是立刻，街角就传来德国士兵的喊声。

他害怕得不行，连滚带爬地逃出公寓，走了大半夜，闻到并不高的秦家后院还隐约飘着饭菜的香味，就翻了进来……

接下来，他就被秦父秦母发现了。

秦母听得眼泪直流，抱着皮比诺安慰。秦恬见过更惨的，没太多的反应，而秦父，则带着伙计去加高了自家的后院围墙。

秦恬看得出来，虽然很同情小男孩，但是由于住在市中心，秦父秦母对于皮比诺的存在也是很担心的，只是他们无论如何都做不出把小男孩交给德军的举动。

其实秦恬自己也做不出，她说得斩钉截铁，劝得理直气壮，为此还承受了一番酷刑一样的痛心指责，可要她把这小男孩亲自交给德军，打死她都干不出。甚至在她听小男孩叙述时，对于那个看到小男孩就大叫的邻居感到极端的鄙视和愤怒。

在这里，邻居间都相熟，而且关系一般都很融洽，谁知道到了这种时候，却连简单的“视而不见”都不愿意。

多让人心寒的时代！

皮比诺真的是一个太乖的孩子，他知道自己处境尴尬，所以本能地减少自己的存在感。平时他几乎不说话，让他做什么就做什么，洗澡、吃饭、看书，安静得像是经过特工训练，他甚至从来没问过自己的父母在哪儿，虽然即使他问了，秦家人也没人知道。

如果他的父母在，会不会心痛于孩子这样的成长呢？

就好比秦恬，她这样的成长，显然不是秦父愿意见到的。

胆战心惊地过了一个礼拜，似乎风平浪静，但一家子不敢掉以轻心。因为外面的风声越来越紧，后来几天不论白天晚上都让小男孩躲在房间里，他们中谁有空谁就去送饭送水。

一天，秦恬刚从楼上送完吃的下来，秦母就着急地找她：“阿恬，那个德国军官又来了！”

“哪个？”

“给你枪的那个。”

该死！要么不来，要么不该来的时候来。秦恬翻了个白眼，整理了下衣服，连忙跑到餐厅去，只见海因茨正和另外两个穿黑色制服的军官在用餐，看到她，眼神都没给个。

很好，装不认识什么的她最擅长了。

秦恬很淡定地上酒、上菜、上汤，动作很利落，上完就走，绝不多停留一秒，这样就和所有他们可能谈论到的机密绝缘了。

秦恬异国的相貌似乎让这几个军官感到轻松，不是在法国餐厅里众多敌国人的注视下进餐，所以谈话也相对大声了一点。当然，依然是在远处的秦恬听不到的音量范围内。

三人吃得很快，走时还给秦恬留了小费。秦恬拿着多出来的五法郎，决定买点糖和家里的小孩分着吃。

可一小时后，海因茨又转了回来，他直接问秦恬：“做了坏事儿没？”

“啊？”秦恬一脸茫然。

海因茨扫视了她一下，哼了一声道：“刚才那两个军官看到了没？”

“嗯。”这么两大活人谁看不到啊。

“他们职位都比我高。”

“哦。”

“他们专门负责监视巴黎驻守军官的作风问题。”

“哦。”

“过两天，奥古就要回来了。”

“哦。”

“懂没？”

“嗯。”

“很好。”他笑了笑，“跟聪明人说话就是轻松。”

“您还有事吗，长官？”

“我很忙，走了。”

“您老慢走，不送！”

看海因茨潇洒地开车走了，秦恬大叹气，转身擦桌子，擦一下念一句：“关我啥事！关我啥事！关我啥事！”

晚上，全家开了个小会，灯光幽幽，桌上还有一盘春卷，只是谁都没胃口。

“我去打听过了，很多犹太人都逃到乡下去了，但就在前两天德国人不知怎的把那些出路都堵了，看来是有人告密，现在都打听不到他们的下落。”秦父小声说，“要送走皮比诺，有点难度。”

“老康说倒是可以让孩子躲他家去，至少他那儿没那么多人来往。但我想了想，他自己都不大回去，平时都在店里吃饭，孩子在他家岂不是要饿着。”秦母也愁，“而且，要是老康突然就经常回去，反而惹人怀疑。”

秦恬沉默。

秦母以为她还在郁闷，摸着她的手，柔声道：“阿恬啊，别怪你爸爸，一家人就该同进退。咱这一家子，求的就是活得问心无愧。你爸爸这么决定，妈妈也是赞成的。我知道你在德国不容易，吃了很多苦，但我们不能委屈了自己的良心，懂吗？”

“我懂，我都懂。”秦恬忙点头。她何尝不明白，只是现实比理想更残酷罢了，她追问道：“那么，还有什么可信的人吗？”

“没有了，你爸爸手下的伙计都不知道这事。咱们家虽然没跟人结仇，但又能交多少生死朋友？”

“唉，愁！”秦恬抓了抓头发。

“前两天我打听到个消息。”秦父忽然低声道，“德国人在郊区建监狱。”

“那前阵子被抓的那些犹太人……”秦母道。

“都被送到德国本土或者沿途修建的监狱里去。”秦父回答。

“他们动作可真快。”秦恬嘲讽地笑笑，“阿爸您落伍了，这种事情我在波兰就耳熟能详了。”

“最可恶的不在这件事。”秦父皱起眉，“你想想，这么多犹太人，是怎么被送到那么远的？”

“火车呗。”秦恬满不在乎地说着，忽然卡壳，“莫非是……”

“没错，是法国国营公司的火车！”秦父龇牙，“一个欧洲强国，就算战败也该血性犹存，没想到法国一陷落就如此做派，实在让人不齿！”

“人家也没办法。”秦恬觉得应该站在别人立场上想想。

“阿恬啊，别劝了，你阿爸不就是这样。”秦母笑道，“你阿爸当初自愿报华工，还不是因为自己的国家任由别人欺负却没能力反抗才来的吗？估计在你阿爸心里，人家国营公司就该宁死不屈，绝不为虎作伥，与侵略者抵抗到底呢。”

“那人家来吃饭，您还给人家做菜。”秦恬嘟囔道。

眼看秦父瞪起眼来了，秦恬才狗腿似的道：“好好好，我错了，我们跟他们不一样，我懂，我都懂！”

“唉，现在德国警察查得越来越严，周围总有人探头探脑，那孩子估计藏不住很久了，总要想个办法。”秦父道。

当初就该给点吃的和钱让他自己走……秦恬心里腹诽，但事已至此，多说无益，况且当初她就算说出来，家里三个谁也干不出这事儿。

正愁苦的时候，一道小小的声音突然传来：“寺庙。”

三人同时惊悚地抬头，小男孩皮比诺不知道什么时候坐在楼梯上了，两条小细腿儿从扶手杆间伸出来，在半空中一晃一晃。见三人看着他，他才小心地站起来，躲在楼梯拐角，又说了一遍：“我听爸爸妈妈说过，要带着我去寺庙，但我不知道什么意思。”

“寺庙？”秦恬看四周窗帘紧闭，便招招手，“下来，说清楚点。”

皮比诺轻轻地走下来，被秦母拉在身边，手里被塞了个春卷。他啃了一口，小声道："爸爸妈妈被抓前一天晚上，我听到他们在客厅里吵架，妈妈说要去寺庙，然后……我就被赶进房间睡觉了。"

寺庙？

对于送去寺庙就安全这一点，一家子都不怎么明白。

不能怪他们，一家子只有秦母算个山寨的佛教徒，平时转转佛珠，念叨几句阿弥陀佛，可真要她说出哪个佛祖的生日，她是一个都说不出来的。

而另外几个，受秦父的影响，虽然在这儿住了二十多年，可对于西方的宗教世界一点兴趣都没有，都是无神论者。

这里不是印度，可以成天为了教派问题群殴。在巴黎一个如此散漫的地方，虽然可能信仰也是虔诚无比，但绝不会因此产生明面上的纠纷。

秦恬又问："你说的寺庙在哪儿呀？"

皮比诺茫然地摇摇头。

秦父说道："这我知道，在第五区，离巴黎圣母院不远。"

巴黎圣母院！秦恬惊了一下，不说她都忘了，巴黎还有这么个地方，她最后用的一本练习本上就印着呢！

秦恬道："要不我们让皮比诺去圣母院避难吧？"

一说完，全场都安静了，然后三双亮晶晶的眼睛直勾勾地看着皮比诺。

秦母微笑："对啊，你不说我都想不起来，洋人的教堂不是能避难吗？军队都不能进去。"

于是秦父也振作了，当即拍板："那也不用非得去圣母院，咱们七区就有个小教堂，避难足够了。"

一家三口也没管皮比诺的想法，相对傻笑。

"抱歉，不行。"皮比诺又小声地说话了，他很惶恐，眼泪汪汪地说，"教堂不会收留我们的。"

"为什么？！"秦恬感觉压力狂增。

"因为我们信仰不同。"

"这有什么关系啊？"秦恬咆哮了。

"那、那寺庙就行吗？"秦母疑惑道，"教派差那么多，人家虽说也是寺庙，但能避难吗？"

皮比诺摇头："不知道，我都不知道。"

"我彻底晕了！"秦恬无力地倒在椅子上。

"我也听不懂。"秦母摸头。

秦父坚强地支撑着，做了个伟大的决定："明儿个我去寺庙打听打听，看是不是有什么原因。"

"只有这样了。"秦母点头，"明天你不是要去郊区提货吗？还是我去吧。"

"你个妇道人家懂什么。"父亲斥责，却也意识到问题，皱起了眉。

秦恬只好自觉地举手："要不，我去打听打听？"

"不行，太危险。"

"这有什么危险的，我可以去圣母院转转，再去寺庙转转，然后溜达回来。"秦恬想得很美好，"妈，您在家看着小孩，胜利在望了，不能出差错。"

"好吧。"秦父秦母两人想了想，异口同声道。

秦恬弯下身，捏捏皮比诺的脸颊肉，装出凶神恶煞的样子道："死小鬼，乖乖的啊，不乖回来吃了你！"

"嗯嗯！"小正太做出一脸害怕的表情。

第二天一大早，秦恬整装出发。

此时已经八月，天气微热，秦恬上身穿着短袖衬衫，下身穿着一条咖啡色中裙，拿着小皮包走着，没多久就一身薄汗。

街上的人多了起来，巴黎在表面上恢复了从容。绅士淑女挽着手沿着河聊天散步，家庭主妇抱着装满食材的纸包，小孩在街角相互追逐，可是当路口出现德国士兵时，他们便吓得尖叫四散。

一辆装满普通人的运兵车从秦恬眼前呼啸而过，隐约可以看到车上老少皆有，还有行李。秦恬不由得产生各种联想：犹太人、包庇犹太人的家庭、福气楼……

想到这儿，她连巴黎圣母院都没兴趣看了，只是瞟了一眼，略微被震撼了一下，就匆匆走开了。

寺庙果然就在巴黎圣母院不远处，一转弯，就出现在眼前。

比起秦恬见过的那些建筑，这座寺庙其实也没那么霸气。当然，确实大，也确实很气派，绿色的屋顶下是白色的墙壁，在看过圣母院后更是觉得它风味别样。通过围墙的长度和里面突出的屋子判断，这寺庙虽然古朴不华丽，可体积确实可以称霸巴黎了。

为什么看得那么仔细？

因为她进不去。

如此大的一座寺庙，竟然只有正对街角的一扇小铁门算作正门，此时紧闭着。她敲了敲，没人应，耳朵凑近听了听。

这么大一座寺庙，一点人声儿都没，怪瘆人的。

秦恬绕着围墙走了两遍，隐约觉得不对，她警觉地看了看四周，好像对面街上，还有旁边树下的那些人鬼鬼祟祟的。她越想越不安，在门口胆战心惊地转了一下，想立刻离开，但又担心贸然离开显得自己做贼心虚，于是更加不安，唯恐给家里带来灭顶之灾。

这时她忽然听到身后的门被人敲了敲，正要回头，一个浑厚的男声传来："小姑娘，别回头。"

"……"秦恬保持肃穆。

"这是晌礼时间，跪下来，向东，就是你的右手边，拜十拜。"

"啊？"

"记住，虔诚，小姑娘，虔诚。"

"……"

秦恬豁出去了，也不管路过的人怪异的目光，她朝着右手边缓缓地跪下，然后双手合十，一拜，又一拜……

她的心怦怦直跳，每一次拜倒，她都能听到自己急促的呼吸声。她努力想让自己呼吸不那么乱，至少不要让胸口起伏太大，于是不停地深呼吸。

"祷告十五分钟，等会儿我给你开门。"那声音又道。

秦恬不敢说话，低下头做祈祷状，嘴里不断念着阿弥陀佛，希望庙里的神能够向佛祖转达她的敬意。过程中，她眯缝了眼睛偷看，才注意到刚才在树下一直偷看她的礼帽男，此时他轻松地靠在树下点了根烟抽着。不知道是不是换了个方式盯，总之他给人的压迫感没那么重了。

而对面街上的人，则自在地坐在长椅上看起了报纸。

应该是危险解除了吧……

她一个这么明显的"塌"鼻子东方人，身形瘦小，又不是一脸精明样，还这么虔诚地祷告了。怎么看都是毫无威胁的。

果然，十五分钟后，小铁门开了。

一个络腮胡大爷走出来，站在门口，扫视了一眼秦恬，不满地点着她大声道：“衣净、水净、处所净……你一样都没做到！一个不合格的信徒！”

“我心中有愧，想接受您的教导。”秦恬一脸愧疚地胡编。

“哼，进来！”说完，他鸡爪子一样的手紧紧抓住秦恬，将她拉了进去，关上了铁门。

里面非常洁净，很多信徒走出来看到秦恬都很惊讶的样子，过了会儿又很友好地行礼。前面的络腮胡大爷一直在领路，两人经过祷告堂，走进旁边一个小房间里，里面只有一张桌子一张床一个衣柜，应该是他的房间。

“粗心又大胆的姑娘，你怎么敢这样大摇大摆地过来？”大爷一屁股坐下，很不高兴的样子。

秦恬有些手足无措：“我……我刚逛了巴黎圣母院，走到这儿，也想拜访一下……”

“当我老头子是瞎的吗？你没事儿在外面瞎转悠什么？”

秦恬低头：“好吧，我确实有些事情要问，却没想到寺庙门口这么危险……那些盯梢的是谁？”

“盖世太保。”

“啊！”

“你应该没事，他们主要盯法国人和犹太人，你的长相很容易让他们相信你是没有威胁的人。”

秦恬不由自主地摸摸脸，这张东方脸又救了她一命。

“那么，你有什么事？”

秦恬踌躇了一下，想走近两步说话，被大爷不耐烦地阻止：“没关系，他们听不到，就算有人听到，这儿的人也可以相信。”

秦恬很想就人心隔肚皮问题和这大爷进行深入的探讨，最后还是憋住了，低声道：“我们收留了一个犹太小孩，他失去了父母。”

“嗯。”大爷没什么特别反应，把手放在一本砖头一样厚的书上，上面写着一串蚯蚓似的阿拉伯语。

“我们家开餐馆的，养倒养得起，可就因为是开餐馆的，孩子藏不住……”

“嗯。”

秦恬心里有点没底：“那孩子说，他父母提到过要到寺庙来，我们没听明白，所以想问个究竟。”

“你倒真是开门见山。”

“因为我不会迂回……”

大爷点点旁边的椅子，道：“坐吧。”

秦恬规规矩矩地坐下。

“我们这儿不是专门避难的地方，你懂的。”

“……”

“但是我们无法对平民的灾难视而不见。”大爷叹口气，“我们要保护弱者、遵守许诺，当有人到你家来敲门，房子的主人应当接待这位不速之客，不管他来自何方，是什么人，都应当解救他的生命。”

秦恬坐得更直了点。

大爷考虑了一会儿，道：“如果只是一个孩子，就带过来吧。”

“合适吗？”秦恬假惺惺地客气起来。

“别装了。”大爷笑了，“带过来吧，不过我们寺庙收入不多……你懂的。”

“我懂我懂。”秦恬连连点头，就算大爷不说，她也考虑给点生活费，毕竟是摆脱了那么大一个麻烦。

“到时候如果有人问起，就说他是信徒，在你那儿暂住过。”

“好。”秦恬想了想，又问道，“我能问个问题吗？”

“什么？”

“如果是个成人，你们会怎么做？”

“给他们发放寺庙证明，告诉那群警察，他们不是犹太人，只是我们一个教友的远房亲戚。”大爷微微眯眼，“这时候如果有教友在，他会站出来承认的。”

秦恬走出寺庙时，是大爷给她开的门。她刚走出两步，大爷忽然叫住她：“小姑娘！”

“什么事？”她回头。

大爷竖起一根食指道：“记住，有能力的人应该保护弱者，遵守许诺。”

秦恬眼睛酸酸的，她用力点头：“嗯，不会忘的。”

接下来的任务很简单，把小崽子扔进寺庙，万事大吉。

可当秦恬回到家，把事情经过一说，老爹首先泼冷水：“什么时候送去？晚上？

天黑就宵禁，你怎么送去？”

对哦，宵禁……这时候看到可疑人士，巡逻士兵是有权射杀的。

那就只有白天了，而且是一大早。

曾经每天四点半起床的秦恬双手握拳，表示毫无压力。

皮比诺知道自己下一站要去哪儿后，给了每个人一个晚安吻，然后独自在秦恬的床前做着睡前祷告。不知怎的，这一次祷告时间，特别长。

相处这么久，对于这么乖的小孩，秦恬自然心里是不舍的。她在床上翻腾了很久都没睡着，脚后跟那毛茸茸的小脑袋还低着，房间里满是细微的声音，不显得鬼祟，反而很神圣。

她听了一会儿，起身，也跪在床脚，忍不住问道：“你在说什么？能教教我吗？”

小男孩没有抬头，保持着祷告的姿势，过了一会儿才低声道：“这是我们逾越节时家宴的祷告词，我很喜欢。”

“哦？”秦恬下床，和小男孩一个方向跪着，“教教我吧。”

“嗯。”小男孩深吸一口气，道，“愿我们永远不会太自满，以致忽略了世上的不义。”

“愿我们永远不会太自满，以致忽略了世上的不义。”

“愿我们永远不会因为在自己家中太舒适，忘了那些无家可归的人。”

“……”

“愿我们永远不要以为自由是理所当然的，以致忘记了那些不自由的人。”

“愿我们永远不要不分青红皂白就接受权威，而不察看它是否合乎正义。”

“愿我们永远不忘用自己的声音、时间和精力，让我们所生活的世界变得更好。”

“也愿我们永远不要丧失憧憬，永远要期待事情会更好。”

“而且，我们永远都应该让它变得更好。”

祷告词很简单，几遍以后，秦恬就能轻松地念诵，一遍又一遍，然后她不由自主地感到身心全都平静了，全身每个毛孔似乎都在缓慢地呼吸，一直积压在脑中、胸口的郁结感缓缓地消散了。

月光透过窗户照进来，正好洒在皮比诺瘦小的身体上。小小的孩子、轻轻的祷告声、月光、黑夜，秦恬估计她一辈子都忘不了这场景。

这时，外面忽然传来卡车和摩托路过的声音，紧接着远处传来枪声，把皮比诺惊得一跳。秦恬连忙把他搂进怀里，安慰道：“没事，没事，明天你就安全了。”

“姐姐……”怀里传来哽咽声，“你知道我的爸爸妈妈在哪儿吗？”

这么多天的沉默后，他终于问了出来。

秦恬当然不知道，且她不愿意把最可能的情况讲出来，只能说：“想想你的祷告词，一切都会好的。”

清晨，饱餐一顿后，看时间才六点，宵禁刚结束，秦恬带着全副武装的皮比诺走上了前往寺庙的路。

去第五区要跨越六区，最快的方式自然是坐地铁。秦恬带着皮比诺坐上第一辆地铁。人不多，车厢里空空荡荡的。坐在座位上，秦恬给皮比诺拉低了鸭舌帽，其实这孩子的犹太人特征不是很明显，但终究做贼心虚，总想遮严实点儿。

下了地铁，从地铁站到寺庙还要走约半个小时，此时路上行人已经逐渐增多。秦恬有些焦急，但又不敢走太快，只能带着皮比诺状若闲庭信步。

皮比诺也很紧张，小手紧紧拉着秦恬的，一声不响，低头走路。

再过一个拐角，就能看到寺庙了。秦恬感到胜利在望，手里比画了个小小的 V 形，一个大跨步，却僵住了。

她看到了对面的寺庙小门，以及一群全副武装的德国士兵……

好大的阵容！五十多个士兵虎视眈眈地围在寺庙围墙外，同时控制了整个街区。寺庙小门紧闭着，一点动静都没有。

很多和秦恬一样猝不及防的路人一看这情景就吓得头一低穿街而过，装作什么都没看到。若不掉头就走，很可能引火上身。

秦恬不知道穿越街区后，她还能带着皮比诺往哪儿走？因为她的目标就是寺庙，而现在她很关心寺庙到底怎么了，所以紧紧拉着皮比诺，强自镇定地继续往前走。在街边若干个盖世太保隐晦的眼神中，他们走了一会儿，然后一拐，进了寺庙对面的咖啡馆。

咖啡馆里人不多，而且看起来这少数的人都很想走，只是不敢出去。服务员倒还镇定，秦恬带着皮比诺在落地窗边刚坐下，他就微笑着走过来问要什么。

“两杯橙汁，谢谢。”秦恬盯着外面。

皮比诺很自觉地趴在桌子上，尽量不让人看到脸。

橙汁来了以后，秦恬摸摸皮比诺的头，低声安慰：“没事的，不会有事的。”

皮比诺双手捧着橙汁，喝了一小口，低垂着眼睛，看向远处。

一直过了很久，什么动静都没有，士兵一动不动，什么都一动不动，就好像街区静止了。秦恬喝光了橙汁，又要了一杯白开水。她静下心，想等等看，皮比诺却忍不住了，小声唤道："姐姐……"

"嘘，再看看。"总要弄明白发生了什么事。

半杯白开水下肚后，砰的一声，寺庙小门开了，里面走出三个军官，后面跟着络腮胡大爷。他微微躬身，默默地走着。

四人走了几步后，领头的一个军官忽然转身，把枪顶在了络腮胡大爷的额头上。

看到那张正脸，那个动作，秦恬差点儿掀桌！海因茨！那个反派竟然是海因茨！

对啊，干这种活儿的，是海因茨其实很正常不是吗？

即使看不清他的表情，秦恬还是能想象出，此时他肯定皮笑肉不笑，眯着眼睛，一脸威胁人的表情……

络腮胡大爷很平静地看着海因茨，一老一少迥异的气场在宁静的街区对撞。在一群年轻人的包围下，伛偻的络腮胡大爷显得苍老而孤独。他的须发皆白，大胡子遮住了半张脸。虽然他背对着秦恬，但是她明显可以感到他身上趋近于祥和的气息。

秦恬忽然压抑得想流眼泪。

一个老人，顶着枪还如此从容，他以一己之力保护着寺庙，他不仅在保护自己的信仰，还在保护无数弱者。而此时，她正准备给他带去一个新的麻烦。

海因茨不知道说了什么，他抬了抬另一只手，几乎一瞬间所有的德国士兵就跟马达被启动似的动了起来，他们抬起枪就要往寺庙里跑。

络腮胡大爷退后了一步，大吼一声："这是寺庙！没有恶棍、没有武器能进入这里！"

在其他士兵等着海因茨的二次命令时，海因茨几乎是狞笑着递进了枪口，毫不犹豫地打开了保险栓，眼看就要扣动扳机。

咖啡馆里一片惊呼，很多人都转过了头。原来，所有人都在关注着这一幕。

可枪声并没有响。

秦恬看到在另一个街角，奥古斯汀就跟从天而降似的走出来，一把握住海因茨举枪的手，严肃地说了什么。

海因茨不依不饶地盯着络腮胡大爷，却缓缓地放下了枪。他大声地下了一道指令，所有德国士兵，包括他身后两个低级军官，全都列队跑进了刚才奥古斯汀出来的街角。一阵马达发动声后，一辆轿车领着两辆运兵卡车开走了。

络腮胡大爷行了个礼，蹒跚地走回了寺庙，关上了门。

海因茨摘下帽子，忽然冲上前，发泄似的朝铁门踢了一脚，还待再踢，被奥古斯汀拉开了。

秦恬松了口气，络腮胡大爷没事，一切还有余地，然而让她纠结的事情突然发生了，或者说这事让全咖啡馆正准备跑路的人都纠结了。

奥古斯汀拉着拉着，就把海因茨一起拉进了这家咖啡馆。

两人没看到秦恬，在她前面靠门的位置坐下了。

这时候没有士兵在外面守着，咖啡馆里为数不多的几个人约好了似的，陆陆续续走了，唯有秦恬不敢立刻走。她深恨刚才自己为什么坐在最里面的靠窗座位，此时这么出去，肯定会被发现。

她不敢赌那俩大佬的眼尖程度，看皮比诺这孩子吓得都快要发抖了，只能低声安慰道："冷静，冷静，那两个人认识我，我们不能被发现。"

皮比诺乖巧地点头，他趴在桌子上，大眼睛滴溜溜地看着桌上玫瑰形状的灯。

秦恬觉得自己有足够的耐性等到他们走，但显然老天不愿意，只听砰的一声拍桌声，海因茨的怒吼声随之传来："我迟早宰了那老浑蛋……咦，秦恬？"

奥古斯汀也站起来，往后看到全身僵硬坐在那儿傻笑着招手的秦恬。他柔和地笑笑："恬，真巧，你怎么在这儿？"

"啊，我……我带朋友小孩参观巴黎圣母院……"秦恬想不出别的理由。

"巴黎圣母院有什么好玩的？"海因茨露出一贯的怀疑态度。

"卡西莫多啊什么的……"秦恬看向奥古斯汀，指望老乡给点默契，"你懂的。"

奥古斯汀忍笑："行了，那你玩好没，要我们送你回去吗？"

"不行，奥古，你忘了卡彻那个浑蛋当时说什么了？"海因茨不赞同，他看向秦恬，"自己回去吧，除非你想被当成情妇。"

"好的好的，我自己回去。"秦恬觉得如果奥古斯汀一直在巴黎，那自己很可能永远逃不出情妇的形象，但眼下还是少说为妙。

"那你还不走？哦，对了！"海因茨眯起眼睛，诡异道，"刚才那场戏好看吧？"

"行了，海因茨，别吓她了。我们先走吧，你还要回去做报告。"

"你不是说要在这儿逛逛吗？要不然你干吗搭这顺风车？"

"我怎么知道你这任务这么麻烦，走吧，我没心情玩了。"

“都是那个老浑蛋！”海因茨再次咬牙切齿。

“海因茨，别在这事儿上太上心，这对战争没有任何意义。”

秦恬努力降低自己的存在感，在两人说的内容可能越来越机密的时候，她举手了：“你们先聊，我……我先走了，来，皮比诺。”

皮比诺的双腿发软，拉住秦恬的手，“飘”在她的身后，跟着离开。两个军官还在争执着，似乎没有注意到他。

可是……

“等等！”海因茨忽然按住皮比诺的头，“小孩，抬起头。”

秦恬心都凉了，一副护犊子的样子转身，拍开海因茨的手：“你干吗？”

海因茨收回手，却没看皮比诺，而是眼神幽幽地盯着秦恬，然后看向奥古斯汀，皮笑肉不笑地说：“奥古，你看着办吧。”

奥古抚着额头，指着皮比诺：“犹太人？”

秦恬已经行动无能，僵硬地摇摇头：“不是。”

“不是？”海因茨冷笑。

怎么办？她能怎么办？

“我跟你说过别干坏事儿！你……”

“海因茨……”奥古斯汀的声音传来，带着叹气声，“冷静。”说话间，他挡在了秦恬前面，拍拍海因茨的肩膀：“你太激动了。”

“奥古，你想包庇吗？”海因茨阴冷的声音传来。秦恬被奥古斯汀挡着，看不到海因茨的表情。

“海因茨，如果你还当我是朋友，放过这个孩子，他还只是个孩子。”

“可他是犹太人！无关老弱，他有那身血！”

“他是个孩子！”奥古斯汀加重了语气，“海因茨，别做会让你后悔的事。”

“奥古，你是怎么了？”

“海因茨，应该是我问你，你怎么了?!”说罢，奥古斯汀一把抓住秦恬的肩膀，连拖带拽地把她拉出咖啡厅。

秦恬自然紧紧拽着皮比诺不放，她很紧张，紧张得发抖：“你……你要干吗？”

奥古斯汀转身把秦恬拉到咖啡店旁的小巷子里，然后对着皮比诺，指着寺庙的门说：“去，去你该去的地方！没人会拦你，愣着干吗？快！”

皮比诺摇头。他看到奥古斯汀表情凶恶，吓得嘴唇都在抖动，却紧紧抓着秦恬的胳膊，身子还护在她的前面。

秦恬心里一阵柔软，摸着皮比诺的头："乖，我不会有事的，去找络腮胡大爷吧，快去！顺便帮姐姐向他问好。"

皮比诺这才点点头，一步三回头地跑向寺庙，敲开了小门，被快速地扯了进去。

秦恬松了口气。

"现在，该解决我们的事了。"奥古斯汀低声道，"我很不爽！"

"我知道，但是……但是这孩子是自己上门的，我做不出……"

"我知道你不可能自己招惹麻烦，我生气的是……"奥古斯汀烦躁地弄乱了原本梳得一丝不苟的头发，"刚才海因茨说你的时候，你都没看我一眼，是不是你压根没指望过我?！"

秦恬愣了一下，刚才她太过紧张，压根没来得及想到找奥古斯汀求助，于是老实地点点头，嘴里辩解道："你至少明面上该跟他一个立场，我不能给你添麻烦……"

"Fuck！"奥古斯汀连英语都爆出来了，狂躁道，"你什么都靠自己，那我拼死拼活是为了什么？我早该退役的！"

# 第十六章

# 威胁

秦恬眨眨眼，慢吞吞地说了句："你这么说，我压力很大……"

"你这样子，我压力也很大啊！"

"我哪有给你压力啊？"

奥古斯汀拔下自己一根头发，竖在秦恬面前："没有吗？被你压得头发都掉了。"

"你疯了吗？"

"呼！"奥古斯汀叹口气，扔了头发，忽然笑了，做温文尔雅状："抱歉，我有点激动了。"

"……"秦恬瞪大眼睛。

"我知道，我的身份让你很难应对，但是你记不记得我们还没挑明身份的时候，我就跟你说过，只要有我在，我就会竭尽全力保护你，绝对不让你受一丝伤害。"

秦恬点点头，日耳曼美男的守护誓言啊，她确实被狠狠地感动了一把："那时候……其实我没信。"

"我知道，那现在呢？"

"我知道你是说真的，但我不想相信。"

"为什么？因为立场不同？"

秦恬低头，斟酌着字句："其实，就这个时代来讲，我这样的平民，面对的最危险的人是德军……"

奥古斯汀的手紧了紧。

"但是我们都明白，我们太需要互相支持，如果这么孤单地在这个时代活下去，可能早就崩溃了。所以……所以我好几次干活儿很累的时候，第一个想法不是睡觉，而是找你吐槽……"

"呵，我也一样。"

秦恬尽量微笑："所以，既然我们已经被拴在一条链子上了，那就不能让这条链子往坏的方向延伸。如果刚才那样的事情会让你受到伤害，那我宁愿发现我们的不是你，而是随便哪个军官。这样你就不用为难，就不用为此和同僚争执。虽然我会吃点苦头，但至少我们中有一个人好好的，不用一起难过……"

"你一直都是这样想的吗？"奥古斯汀的声音很低沉。

"可能一直不是很明确，但是，刚才突然发现，是这样的……"秦恬认真道，"有难同当什么的，很自虐……如果因为个人的错而连累到自己很在乎的人，这种感觉很难受，我不喜欢。"

"不愿意麻烦别人？你知不知道你这样的性格会很伤人？"

秦恬摇摇头，又点点头："或许吧，或许我伤到人了，但我知道是为那个人好就行了。"

"那你有管过那个人是怎么想的吗？"奥古斯汀抓住她的肩膀，盯着她，"反正我已经做到这步了，反正我已经决心为德国做我该做的了，所以，我只有一个想法，与其战后在战俘营病死或者被作为战犯吊死，我不如死在战场上或者……为保护我想保护的人而死！"

他急促地喘着气，焦急道："恬，你到底懂不懂？我希望你有事告诉我，我希望你能依靠我，这是我现在这么积极地参与一场必败的战争最大的念想！否则，你以为我图什么？！"

他抱住了秦恬，无助地低叹："你让我还图些什么？"

秦恬僵硬了一会儿，这才伸出手，搂住了奥古斯汀的背。

"我不想喝第二杯咖啡！也不想看到第二个犹太人拿着证明进寺庙！"一个气鼓鼓的声音传来，打破了温情的氛围。

两人缓缓分开，完全没有被"捉奸"的觉悟。巷子口，海因茨抱胸站着，也一点儿没有非礼勿视的觉悟。他冰冷的视线从帽檐下射过来："你们够了吧？看样子压根没想避讳！"

秦恬镇定地放下手，拍拍衬衫，然后微笑："那个，我回去工作了。"

正要走，感受到奥古斯汀捏了捏她的手掌，秦恬的嘴角抽搐了一下，明显看到海因茨一脸受不了的表情，于是干笑着，侧身走出巷子，准备落荒而逃。

"秦恬！"海因茨突然叫道。

"什么事？海因茨长官！"秦恬立刻立正。

“没有下回，知道吗？没有下回！下次就算奥古给你挡枪，我也会给他一拳头，然后给你一颗枪子儿！”

“没……没有下回！”秦恬就差行礼了，这位大爷她惹不起。

“哼！”海因茨挥手放人。

秦恬做苍蝇状“飞”走。

她这一下，跑了可不止八百米，等到停下来时，巴黎圣母院都跑过了，直接到达地铁站。

直到坐上地铁，她才略微平静下来。等到勉强厘清了思绪，她突然笑了出来。

她不知道为什么会笑出来，只是觉得刚刚发生过什么值得高兴的事情，好像和奥古斯汀说的话有关，可是奥古斯汀明明说得那么恐怖，又为什么让她想笑呢？

回到了福气楼，一直等在门口的秦母看到秦恬身后没别人，松了口气，问道：“怎么去那么久？我还以为出事了呢。”

“没，遇到熟人聊了一下。”秦恬当然不会说实话。她一回到家就进入工作状态，拿起抹布开始擦桌子。

“阿恬，先别干了，刚才有你的信到了，去看看吧。”

“信？”秦恬第一反应是那远在中国的哥哥，但是想想又不可能，问道，“哪儿来的信？谁的？”

“你康叔说的，我也没看，就放在柜台上，去看看吧。”

“好。”秦恬扔下抹布跑了过去。

信封是米黄色的，朴实无华，上面简单地写着收信地址和收信人，下面写的寄信地址显示来自波兰。

秦恬有些兴奋又有些不安，她没想到波兰和巴黎竟然这么快又能通信了。她一直以为在这个时代通信是件奢侈的事情，毕竟时局这么混乱，信差送信说不定要穿越战场。

她回到自己的房间，拆开了信。信只有薄薄两页，是桑塔婶婶寄来的，由经理代笔，上面写了他们现在的生活，这个很好，那个也很好，还说某个女同事怀孕了，全酒店员工给那对年轻夫妻办了个庆祝会，可惜进行到一半时被突击检查的纳粹冲锋队员给终止了。

信上还写了不少她离开后的趣事，让秦恬甚至有种波兰没有被占领的感觉。

可信上最后的一段话，残酷地将她拉回了现实：

秦恬，我们讨论了许久，还是决定告诉你一件事，希望你不要太难过。

亨利死了。他被纳粹从桑塔婶婶的家中带走，两天后，桑塔收到了他的骨灰。

原因很简单，《纽伦堡种族法》已经涵盖德占区，智障、残疾等“浪费粮食”和“消耗健康劳动力”的人都有义务为国家的繁荣献出生命。

亨利才二十三岁，他虽然残疾了，可他很聪明，刚学了做木匠的活儿。他的师傅夸他细心、认真还很有毅力，是个很有前途的木匠。可是就因为他残疾，那些人竟然就这么突然带走他，然后给他实行了安乐死！

他的残疾是他们带给他的，可最终他要为此而死。秦恬，如果这场战争让这些侵略者胜利了，这个世界还让人如何生存？

秦恬，希望你有朝一日回到华沙时，艾森豪芬还能给你一个温暖的怀抱。

你最慈祥和痛苦的经理大叔

秦恬合上信。

她呆呆地看着窗外，塞纳河边的鸽子一群群飞过，阳光投进来的光影和鸽子的鸣声，多像那天的场景。

亨利刚残疾时，她去看他，她问他在看什么，他说：“看鸽子。”

安妮刚死时，她去看他，他说：“我答应了安妮，我会好好地活着。”

他努力了，他好好活了，可他没抗争过命运。

秦恬想，被强制安乐死时，他应该是高兴的吧？因为他从双腿残废起，身上一直有种掩饰不住的绝望气息。

可是他残疾，他就该死吗？就像当年华沙的台柱安杰丽卡，她怀孕了，因为不是雅利安血统，她就该死吗？

他们都不该死，该死的到底是谁？

“阿恬，你还好吗？吃中饭啦。”门外，秦母敲着门。

“妈……”秦恬回应了一声，声音在颤抖。

秦母推开门，走上前来，担忧地看着秦恬：“刚才还高高兴兴的，怎么转眼又掉‘金豆子’啦？”

秦恬没想哭，她只是觉得太悲哀了，悲哀到全身发冷而已。她慢慢地靠在母亲的怀里，听着秦母有力的心跳："阿妈……"

"嗯？"

"又一个朋友离开我了。"

"哦？去哪儿了？"

"谁知道呢，可能是去找耶和华，也可能是去找耶稣……"

秦母叹口气，拍着秦恬的背："阿恬，只要你记住他就好啦。"

"是啊。"秦恬低声应着。她绞尽脑汁，却想不起亨利的全名，还有卡瑟琳的、莉娜的，她只能想起他们的长相。

死者已矣，生者犹在，要好好活，何其艰难。

战争照打，日子照过。

这些天经常听到德国和英国在英吉利海峡抢夺制空权的消息。英国的皇家空军在"二战"时期相当有名，虽然德国的飞机机型更新，英国的几种飞机机型有些老旧，可毕竟瘦死的骆驼比马大，双方一个老牌王者，一个新兴贵族，打得十分激烈。

每天都有不同的消息传来，当然，放给法国人和驻守德军听的，自然都是好消息，比如昨天，德国又暂时取得了制空权，就等待今天的新一轮厮杀了。

秦恬隐约觉得，德国空军似乎在这一战中并没捞到好处，不列颠空战刚开始的时候，奥古斯汀表示对这一战印象不深，两人聊着聊着觉得反正结果一样，这个战争胜不胜都没什么意义，就是可惜了那些飞机罢了。

可是即使如此，又真能置身事外吗？

福气楼隔壁面包店的主人把一个收音机搬到了外面，每天都有一群大爷围着一起听。他们并不是自己没有收音机，只是希望和同胞交流一下感想。每当德国的战报没什么好消息时，他们都会一阵欢呼，然后问秦父要点儿白酒尝尝。

"没有好消息就是最好的消息！"一个大爷抿了一口白酒，满脸通红地吼道，"法国万岁！"

这时正好外面路过一队德国巡逻兵，听到这喊声，巡逻队里两个小伙子竟然也用半生不熟的法语吼道："法国万岁！"然后笑嘻嘻地走开。

大叔们沉默了，这话从占领者嘴里说出来，很诡异。

今年巴黎的夏季并不是很炎热，又或者是太多的事情让人们忘了这些小小的不适，转眼秋天就来了。

法国梧桐黄色的大叶子铺满了路面，清洁工人怎么扫都扫不完。每天的天空都是蔚蓝的，映着金黄的大街小巷，格外美丽。这秋高气爽的天气似乎让人都轻松了起来，每天都有很多穿着大衣的人在梧桐下散步。

比起夏天街上一水的复古连衣裙，在秋天，巴黎的美女们有着永恒的时尚感，她们的大衣十分漂亮，款式简洁又大方。男人也会穿长大衣，时尚感不输女人。

这时候上街，比起过去几个月的不安，秦恬有种走在电影里的感觉。

似乎街口那个穿银灰色长大衣、皮鞋锃亮、发型严谨的高大欧洲帅哥就是等着自己的人，秦恬幻想着，抱着刚买的调料走过去，发现还真是个等自己的。

“奥古斯汀，你找我？”

“嗯。”他欲言又止，走进街边的小型花园中，找了个长椅坐下。

秦恬坐在他身边，一言不发地看着街面。

“我……要去前线了。”

“……”

“可能要很久。”

“到战争结束？”

奥古斯汀摇摇头，把秦恬拉到怀里搂着，深吸一口气：“我还没到能打探统帅部战略意图的地位，但从时间上和进度上来看，逃不出是去卢森堡、希腊那块儿，说久，也久不到战争结束，说不久，也要等明年才能看回不回得来了。”

“明年？”秦恬歪头想了想。

秦恬沉默了一会儿，问：“你会去东线吗？”

“很有可能，现在驻扎在波兰的军队不足以进攻苏联，肯定要从西线调兵过去，希腊和卢森堡肯定会投降的，我估计……”

秦恬捏了捏拳头，感觉颇为无力：“怎么办？我越来越难受了。”

“难受什么？”

“前途好黑暗啊。”秦恬把头埋到奥古斯汀怀里，涩然道，“朋友一个个死，都是因为纳粹，因为法西斯，可是你是个杀千刀的……”

“你现在和杀千刀的某人在一条船上。”他轻声笑道。

“谁说的！”秦恬倏地起身，“咱现在就可以装不认识，然后啥交集都没有。”

奥古斯汀不说话，看着她微笑。

于是秦恬挫败地低下头：“好吧，你赢了。”

“乖。”奥古斯汀摸摸她的头，看了看手表，起身道，“时间差不多了，等会儿就要集合上火车。”

秦恬半晌憋出一句：“我不能劝你贪生怕死，你说过你对德国也有你的责任，但好歹、好歹给个面子，努力点……咱们一起活下去呗。”

他们在德国摊牌时，一个将上战场，一个已经坐上了去巴黎的火车，想说什么、想有什么感觉都来不及。后来在巴黎重逢，奥古斯汀每一次出去都说是出任务，秦恬并没有特别的感觉。

可是这一次，他明言了是上战场，秦恬忽然就觉得恐慌了，无措了。

她从来没细想过把亲友送上战场的时候应该怎么做？追火车、无数次的拥抱，还是干脆在站台前来个法式接吻？

即使到了这种时候，她也只能把担忧藏在玩笑一般的句子中说出来。

“你这是什么话？”奥古斯汀今天一直保持着微笑，“知道历史都活不下去，那就是白痴了。”

“你又不能决定自己上哪个战场。”秦恬皱起眉，“万一真的去了东线……”她不敢想下去。

“如果真的去了东线，我就直接逃到中国去，哈哈！”

秦恬差一点儿就赞同这个“好主意”了，可一想到那辽阔到一个城市能塞下两个欧洲国家的地方，她就一阵冷战：“如果你真逃过去了，算你厉害！”

“总有办法的，恬，总有办法的。”

奥古斯汀戴好帽子，整了整衣领，每一个动作都缓慢而优雅。最后，他长叹一口气，扶着秦恬的后脑勺，贴了贴脸颊，然后转身离开。

秦恬站在长椅边，看他拐过树丛。

没一会儿，他的头又探回来：“恬，问你个事儿。”这次是用的中文。

秦恬瞧他那纠结的小样儿，忍不住笑道：“说。”

“你现在，是我的谁？”

秦恬呆了一下，脸有些发烧：“我怎么知道……老乡呗。”

奥古斯汀苦脸道：“那我有上位的可能吗？”

秦恬笑道：“看你表现啦。”

奥古斯汀低头想了想，严肃道：“看来我得给自己争取一个够长的表现期……”

秦恬明白了，点点头：“嗯，那就活久点。”

奇怪的是，她没有一点伤感。

世事总是如此，要么没事，要么就一堆地涌过来。

下午她刚回到饭馆，就被秦母叫过去："那个尚卡伯爵夫人在你房间里等你一个中午了。"

"我房间？"秦恬有些不满，"你们怎么能随便让她进我房间？"

"哎哟，你房间又没什么见不得人的东西。再说了，她看起来有些奇怪，要是在客厅里被后院闲逛的客人看到就不好了，知道不？"

秦恬无奈，只能点点头，奔回自己的房间。尤丽安娜夫人依然雍容美丽，秦恬一进门就看到她坐在床边的软凳上看着外面，即使有人进门也没回头看一眼。她表情愣怔，几乎完美的侧脸，让同为女人的秦恬都感到一种揪心的美感。

秦恬关上门，见夫人还没反应，便敲了敲门，咳了一声道："您好，请问……"

尤丽安娜终于转过头，微笑道："你来了。"

"有什么事吗？"被那气场压得有些难受，秦恬决定开门见山，加把劲自己掌握主题。

"关于我，或者我的丈夫，你有什么耳闻吗，秦恬？"

"没有。"

"他们说，我丈夫卖国了，我卖身了。"她的语气慵懒，满是调侃。

"……"秦恬真的不知道该说什么，她回来后还不怎么清醒的脑子此时更混乱了，这是哪儿跟哪儿啊。

"他们说得没错，至少有一半没错，我卖身了，可我丈夫没有卖国！"她的语气加重，忽然从手提包中拿出一个精致的烟盒，打开，里面却没有烟。

秦恬疑惑地看着她："那个，夫人，我不明白您为什么要在这儿对我说这些。"

尤丽安娜顿了顿，放回烟盒，却没有理会秦恬的问题："我的丈夫，不愿参加任何一方，于是那些所谓的爱国分子担心他成为阻碍，而德国人认定可以从他嘴里套到反抗分子的消息……哼，所以，一个什么都不知道的人，却在两边人的默认下被关押起来。"

"夫人……"秦恬有点恼火，这是闹哪样啊？这女人疯了吗？

"巴黎刚陷落，他就被关押了，我上下运作，处心积虑，眼看只差一点点，他就能回到我的身边了，只差一点点……"她一只手擦着脸颊，表情有点扭曲，"就在法国投降后不久，当我坐在家中准备好丰盛的晚宴等待我的丈夫时，突然有人告诉我，他的案子换人接手了……所有的一切，我的申辩、我的努力、我打通的关系、我付出的金钱、我毁掉的尊严，全都没有了意义，全都白费了！”

“我很同情您，可是这些事……”秦恬根本无心听她说什么，她被这种怪异的气氛弄得有点恐慌，不由得抬高了声音。

“我想过劫狱，可新接手的人我都不认识，甚至都不知道该从何处开始。”

“夫人！”秦恬大喝。尤丽安娜终于从梦游一样的叙述中醒过来，看着秦恬，眼里满是泪水。

秦恬深吸一口气：“我觉得，您现在需要的不是倾诉，而是回去好好睡一觉。”

“请听我说完好吗？”她坚持道。

被这样一个美女看着，秦恬压力很大，但还是坚定地摇头：“抱歉，我不习惯陪人谈心，更何况我们并不熟。”太诡异了！

“请听我说完，好吗？”她的眼泪流了下来。

秦恬没办法了，她不会用暴力，也没有说服她的能力，只能无力地坐下，一言不发。

尤丽安娜擦掉眼泪，吸吸鼻子，尽量做出镇定的表情：“新接手的长官军衔不高，但是在党卫队的职位很高，我能求到的所有关系都没法和他搭上线，而盖世太保，更是我接触不到的组织。我用尽所有办法，观察了他很久，最后只发现一个突破口。”

秦恬有不好的预感，她感到尤丽安娜灼热的眼睛正看着自己，瞬间鸡皮疙瘩都起了一身。

“海因茨·冯·克鲁特曼党卫队少校，你认识。”她以陈述句说出来。

“谁？”

“秦恬，我看到好几回你跟他在交谈。我听说你是从德国留学回来的，你们除非认识，否则不可能这样相熟。我观察过，这个少校油盐不进，而且身边几乎没有女性，唯独你能和他相谈甚欢……”

相谈甚欢？她哪只眼看到自己跟海因茨相谈甚欢了？！

显然眼前这位伯爵夫人已经病急乱投医了，也不管死马活马一通乱治。秦恬承认她很好奇，是什么样的男性能让这样一位雍容华贵的美女这么死心塌地地为他奔波，同时，心里有种说不出的不适感。

她那急迫的样子，笃定自己跟海因茨有关系的样子，怎么看怎么不顺眼。

秦恬干笑两声道："如果您说的是那位党卫队军官的话，认识倒说不上，他对中国很感兴趣，所以才聊了几句，您的事我是帮不上忙的。"

"不、不用你说话。"她摇摇头，"我没有时间了，再等下去，反抗分子会忍不住杀了我丈夫，我必须亲自和他谈！"

拉皮条啊？秦恬惊得汗毛都起来了，安排这样一位身份敏感的女性和年轻英俊的德国军官见面，会让她有种潘金莲对门那个王干娘的感觉。

"不行。"秦恬想也不想，斩钉截铁拒绝，"这不可能。"

似乎早就料到秦恬会拒绝，尤丽安娜淡定地点点头："我知道你不会轻易答应，你要什么？只要你说，我就会努力办到！"

你这么厉害怎么连老公都救不出来？秦恬一边腹诽，一边继续拒绝："不行，夫人，万一您激怒了那位军官，到时候连我们家一起倒霉。"

"秦恬，你知道我为这件事付出了什么吗？"尤丽安娜那副隐忍的样子，让秦恬觉得她下一秒就会爆发，可是她没有，而是继续低沉地说，"我怀孕了。"

没有相公哪来的种？

"一个德国杂种，呵呵，这个人渣满口保证会帮我，可却在我发现自己怀孕的那一天告诉我，案子换人接手了。"

"……"秦恬张张嘴，最后还是没问出医院有没有人流这种傻问题。

"我每天都在煎熬，我想把孩子捅死，想把刀插进肚子里去，可我舍不得……"尤丽安娜深吸一口气，"我现在什么都能做得出来，我什么都不怕了。秦恬，你可以把我的话当作威胁。我只要你一句话，这个忙，你帮不帮？"

秦恬短暂沉默后，道："抱歉，我真的做不到。"

看着尤丽安娜走出去，秦恬心里没有多大波澜。

她有种千帆过尽的感觉，奥古斯汀走的时候，尤丽安娜走的时候，她都没有什么特别的感觉。她在经历了那么多事后，能神奇地置身事外了，又或者说，是置生死于度外了。

她觉得这样有点过于麻木不仁，但又觉得这样没什么不好，至少方便自保。

秦父秦母并没有问秦恬伯爵夫人来干吗，他们对于秦恬的自控能力很信任。为了回报这份信任，秦恬在夜宵时对他们坦承了。

“……事情就是这样，所以如果那女人来，招待依旧，但别太熟了，她会带来麻烦的。至于那个党卫队军官……应该不用担心，他不爱来，我也找不着他。”秦恬说完，心安理得地喝起绿豆汤。秦母秦父稍稍就此聊了一会儿，便没了下文。

其后几天，尤丽安娜都没有出现。

秦恬觉得有些奇怪，她那天走的时候明显没有死心，虽然不来更好，可没点动静总像是暴风雨前的宁静。

可很快她就无暇关注这些了。

不列颠空战，德国首次踢到了铁板。所谓德有意大利，英有法兰西，每一个强国身边总有个不成器的兄弟。意大利在非洲战场早早受挫，德国不得不把隆美尔派去支援，拉一拉那条后腿。

西欧战场则掉了个个儿，法兰西的领土就跟被戳破的气球似的迅速缩减，只有靠英国的皇家舰队和皇家空军跨越海峡来点强力的支援，好让德国不那么嚣张。

德国空军还在不屈不挠踢铁板时，九月，新的消息传来，德意日三国签订了三国军事同盟。这一消息传来后，周围一片哀叹，敌人不仅节节胜利还联合了起来，自己却连属于哪个政府都不知道——是傀儡的维希政府，还是远在英国的戴高乐政府，抑或是掌握实权的德国政府？

这一消息让秦恬震惊了，她一直以为德国刚开战的时候就已经和日本、意大利成为同盟国了，却没想到是在开战一年多后。那奥古斯汀和她初见面时，她还想那么多，奥古斯汀还一本正经地说她可以说自己是日本人……两个人早就以后来人的思维在对话了，却直到这么久后才发现，真是俩二货！

很快，人们称呼敌人时开始叫同盟国了。周围人聊起战争时，开始关注遥远的东方的亚洲战场，企图从报纸的只言片语中了解一下德国的同盟国是个怎样的国家。

同时常来店里的客人也开始对他们有了更多的亲近感。秦家两代人虽然都是法国国籍，但所有人都知道秦父是“一战”时期来的华工，对于他的祖国再次被侵略，很多来用餐的法国人言语间都多了一种同病相怜的感觉。

秦父一直关注着中国，自然早就知道这些，更何况他的儿子就在战场上。这时候秦九的下落自然是瞒不住了，秦母刚得知儿子去了亚洲战场，大哭了一场，在秦父和秦恬的劝慰下，才勉强平静下来。

接着和那些法国人聊起战争时，二老都会很自豪地说，他们儿子也和那些法国子弟兵一样，在和法西斯战斗着！

秦恬只能苦笑。

欧洲战场好歹偶尔还顾及什么红十字会，亚洲战场呢？那群畜生丧心病狂地残害着中国人，秦九此时说不定早已成为一具尸骨。秦恬没法阻止自己往最坏的地方想，她还会不由自主地想到奥古斯汀，他也在战场上，为了法西斯而战斗，什么消息都没有，说不定也成为一具尸骨了……

她觉得很压抑，急需发泄。

经过秦父的建议，秦恬给自己拟定了一条短短的旅游线路——沿着塞纳河走，走到中午就回来。

很白痴也很省力的玩法，了解一座城市，最好的办法莫过于在这城市里穿街走巷。

她一个人拿了一点点钱和一张身份证明，慢慢地晃了出去。

塞纳河边的秋天风光独好，她在河边的建筑群中走着S形路线，从一条条小巷中走进走出。巷子边有坐着安乐椅、腿上盖着毛毯、安详休憩的老奶奶，有摆着小吃摊的大叔，有身上挂着各式工具的水管工，还有蹲在地上卖纽扣、钉子等零碎物件的商贩……

战时生活的百态全都在这些小巷中体现了。秦恬还在一个居民大院里瞅见一个小型的跳蚤市场，很多家庭摆出了自家不用的东西，用行李箱、小桌子盛放在那儿。有些摊位边站着人，大多都是小孩；有些摊位则干脆没人，货品上贴着纸条写了价格，如果要买就把钱扔在旁边的小盒子里。

有人管的摊位大多可以以物换物，秦恬在里面逛了一会儿，发现各种各样稀奇古怪的东西都有。

这时候，一个小孩子拉了拉她的衣角。秦恬低头看他，是个眼睛亮亮的小正太。她微笑道：“你好！”

小正太羞涩地看着她，不说话。

秦恬顺着他的眼神看到了她大衣口袋里红纸袋的一角，这是刚才在别处顺手买的方糖，打算回去泡咖啡用的。她一时没明白过来：“要糖吗？”

小正太继续羞涩，但眼神摆明了想要。

“只是方糖哦……”秦恬强调。

小正太的眼神有些疑惑。

既然不嫌弃是方糖，秦恬大方地拿出了纸袋子，里面方糖不少，她刚拿出来，小正太就向小伙伴招招手，转眼，她身边围了一大群小孩儿。他们脸上都带着雀跃的笑容，那些不含杂质的眼神瞬间让秦恬有种被电到的感觉。

她不禁庆幸自己买得够多，给他们一人一块后，还有剩下的。她又分给了旁边晒太阳的老奶奶老爷爷，直到袋子空了，才心满意足地结束“派发”。

看着周围人一脸习以为常地抿着方糖的样子，她才明白，原来西方人把方糖当糖果吃的。原谅她从来没这习惯，她一直把方糖当调味料，没当它是糖果。

她环视四周，忽然发现这儿有很多人的衣服上都有颗黄色的六角星。

竟然是个犹太人群居地。

这儿显然是中低产阶级住的地方，公寓老旧，设计逼仄，院子狭小拥挤，一大群人正在干自己的活儿。孩子们有些在追逐打闹，有些则扑到母亲怀里说话，每个人看到秦恬都温和微笑着。

想到这些普通的犹太人以后可能会有的遭遇，秦恬忽然就笑不出来了，只觉得眼前温馨的场面好刺眼。

“我认得你。”一个和蔼的声音传来，是坐在一棵梧桐树下盖着毯子抱着猫的老奶奶，正温柔地看着秦恬，“你好久没来了。”

“您好。”陡然遇见以前的熟人，秦恬有些紧张，拘谨地微微鞠躬，“我……我生了场病，不大记得了。”她只得这样解释。

“来，坐。”老太太不以为意，拍拍身边空着的凳子，凳子上还有个毛茸茸的垫子，看着就软软的，“可怜的孩子，我是你的伊路莎奶奶，在你小时候还给你做过坚果派呢。”

“是吗？”秦恬放松下来，坐在凳子上，“那可真好，您身体还好吗？”

“就那样呗，每天向上帝走近一步。”伊路莎奶奶朝院子抬抬下巴，“变化很大吧？”

“嘿嘿，不大记得了。”

“也对，多了很多小的，少了很多老的，走了很多年轻的……”伊路莎奶奶叹口气，摸着怀里的猫，“人类啊，打来打去，争来争去，最后还不都要回到上帝的怀抱。”

秦恬笑而不语，不是每个人都能这么看得开的。

“伊路莎奶奶！”一个小萝莉跑过来，棕色的卷发上扎着蝴蝶结，胸前贴着大卫之星，“伊路莎奶奶，伊万哥哥回来了！”

“哦？”秦恬看到伊路莎奶奶手抖了一下，放掉了猫，做出要起身的动作，可她又很快坐了回去，一脸平淡道，“回来就回来呗，有什么好激动的。”

“妈妈说您会高兴的，伊万哥哥好久没回来了。”

“唉，谢谢你妈妈。”伊路莎奶奶神情有些古怪。

小萝莉朝秦恬甜甜地笑道：“姐姐，谢谢你的糖！妈妈要我邀请您来我们家吃晚饭，今天有她拿手的烤肉饼。”

秦恬被这盛情招呼得有点反应不过来，连连摇头：“不不不，一颗糖而已，不用这么破费。”

“一定要来啊！”小萝莉很热情地说完就走了，不给秦恬拒绝的机会。

“萨拉家的烤肉饼是远近闻名的，值得尝尝。”伊路莎奶奶笑道，“你不用等到晚饭和她们坐一桌，她现在肯定在做，你可以带走了吃。我的厨房里还晾着坚果派，等会儿也带点回去，我记得小时候你很爱吃。”

“那多不好意思。”秦恬还是觉得太热情了。

“呵呵。”伊路莎奶奶不说话，眼睛却一直盯着院门口。

过了一会儿，一群刚才跑出去的小孩欢叫着跑进来，随之而来的是一个青年。

稍长的深棕色的头发扎了个小辫儿，高大却不健壮，穿着法国警察的黑色制服，戴着黑色的圆筒警帽，帽檐下是一张清秀的脸，细看之下，还有点可爱。

他带着一脸阳光的笑容走进来，手里提着一串布袋子，和就近的邻里打了招呼后，径直走向伊路莎奶奶：“奶奶，我给你带了你最爱吃的曲奇饼。”

伊路莎奶奶点点头，就不再说话了。气氛有点奇怪，伊万挠挠头，看到秦恬，歪着头辨认了一会儿道：“呀！奥赛街上那个中国姑娘！”

在祖孙俩僵硬的气氛中，秦恬僵笑着点点头：“你好……那个，时间差不多了，我该走了。”

“吃了坚果派再走！”伊路莎奶奶立刻回头，对伊万道，“去厨房，包一包坚果派来。”

似乎对奶奶的命令受宠若惊，伊万立刻屁颠屁颠地跑进了公寓。这时一直在旁边的小萝莉也跟着跑进了公寓，见此情景，伊路莎奶奶笑道：“你今天的点心是不用愁了。”

秦恬干笑。很快手里被放了一大堆吃的，不仅有坚果派和烤肉饼，还有很多别家的食物，看来不止一家打算请她吃饭以回报糖的情谊。

“记得常来玩！”离别时，好多人在喊。

秦恬带着一大堆吃的离开，心中颇为感慨。她一边吃一边走，直到快晚饭了才往回赶，到餐馆里时刚好是就餐高峰期。因为辞退了几个帮工，秦母亲自上阵，正端着盘子上菜，看到秦恬时脸色有点怪，朝二楼扬扬下巴：“楼上！”

“怎么了？”秦恬走过去帮她上好菜，跟秦母一起往厨房走。

“今天那个党卫队军官突然来了，见你不在，点了一碗粥在吃，正准备走的时候，伯爵夫人就来了，两个人说了两句，就让我把二楼的包厢给开了。”

福气楼一楼大堂，二楼包厢，三楼宴会厅，近期客人少，二楼三楼关了很久没开过，没想到竟然在这种时候派上了用场。

秦恬仰头望望天花板，问了个很傻的问题：“那啥，包厢里没床吧？”

秦母噎了一下，狠狠地瞪了秦恬一眼。

秦恬感觉很冤枉，尤丽安娜肯定在这附近安插了眼线，海因茨一出现就回去通风报信。千防万防没防住，还是让她的堵人大计在这儿得逞了，等会儿海因茨不定怎么狂化呢，秦恬心叹。

再一次看着伯爵夫人离开，秦恬不像上次那样淡定。

虽然她的表情如同往常，但是气场有些低迷。而旁边坐着的人，表情就不咋的了。

海因茨低垂着眼，坐在包厢里的太师椅上，手指一下一下地敲击着桌面。

秦恬端了杯茶进去，半晌没见他喝一口，想了想，还是给他倒了杯酒。

她刚转身，阴森的声音就传来了：“逃跑不能解决问题。”

秦恬以军训姿势向后转、立正，报告道：“我我我我什么都没做，只是想给您倒杯酒。”

“哼！”他喝了一口茶，做出一脸受不了的表情，然后放下茶杯，“给我杯水。”

“还要……酒吗？”

“我的德语不标准到这程度了？”

“我我我给您拿……”

“别结巴了，又不打你！”

“是是是。”秦恬跑下楼，拿着玻璃杯先给自己灌了一杯水，调节了一下心情，才拿着一杯水上楼。

海因茨继续做经典的幕后 BOSS 状坐在那儿，秦恬悄悄在他手边摆了水，他没什么反应。过了一会儿，他才说："当初我怎么跟你说的？"

"我没搭理人家啊，是她找上我的，我什么都没答应。"

"让我想想……"他揉着太阳穴，"她是不是跟你说，反抗分子想借我们的手解决她丈夫，而我们想从他身上获取更多的情报？"

秦恬眨巴眨巴眼："我不知道呀……"

海因茨深吸一口气："以后遇到我以外的任何一个盖世太保这般询问，别摆出这么一副无辜的样子……看犯人这副样子总会让人有开枪的欲望。"他顿了顿，又道，"一般情况下没人会特地去忍住这种欲望。"

"哦。"秦恬立刻一脸严肃，"我记住了。"

"唉……"海因茨又叹气，"真麻烦，以后她来，赶出去！"

"人家是客人，还是老主顾，哪能随便赶，被别人看到，还以为我们不做生意了呢。"秦恬虽然也想，但总觉得不妥，"再说了，只要您不来，不就没事儿了吗？"

"噗！"海因茨正喝水，当场喷了，瞪大眼看秦恬，"你赶我？"

秦恬刚才没过脑就说出这话，现在反应过来了，立刻双手抱头做忏悔状："没没没没有，我只是想说，您又不爱吃中国菜，人家爱吃，那啥，您过来了，我们也没啥能招待您的……"

"胆儿肥了啊？"海因茨还是一副不可置信的模样，"你的意思是我来这儿还给你添麻烦了？要道歉不？"

"别，您是老大，您说什么是什么。"秦恬狗腿似的道歉，就差掉眼泪了，"说实话，那女人跟我说这事儿的时候我就盼着您别来，但那时候也通知不到您，想想您不爱吃中国菜一般不会来，却没想到……"

她的话被海因茨的一个动作阻止了，他从口袋里掏出一封信放在桌子上，斜着眼看她："于是我该滚了？"

秦恬张口结舌，海因茨带来的，还能是谁的信。她低下头，低声道："谢谢。"

"哼，你俩进展挺快啊，已经用上家属通道了。"

"……"

"我在巴黎的时候他会让我转达，等我不在巴黎了，他如果直接寄到你家，你自己考虑好怎么解释。"原来让海因茨转交是为了保密。

其实有什么好保密的呢，邮差送来一封有鹰徽的信和盖世太保亲自来一趟，在别人眼里一个含义。

秦恬想了想，道："其实，我父母知道。"

海因茨挑眉，似笑非笑："哦，他们竟然支持？我记得奥古斯汀说中国家庭很注重气节，你们的气节呢？"

秦恬报以冷笑："这无关气节，他们没有表态，我自己的选择自己负责。"

海因茨斜着眼看了秦恬半晌，冷笑一声，耸耸肩站起来："那么，祝你好运。"说罢，他大摇大摆地下楼，刚巧遇上在厨房收拾东西的秦母，还人模狗样地做彬彬有礼状，扶着帽檐点了个头。

排除立场问题，秦母公正地评判过她见过多次的这俩军官，对奥古斯汀是赞不绝口，而对海因茨，除了说他样貌好，其他的就只剩下类似于让人发怵啊、发慌啊这种形容了。

显然，海因茨的礼貌让秦母"心里发慌"了，她的手一抖，差点没拿住抹布，然后勉强地回了个微笑。

等到背对海因茨了，她才用手抚着胸口。

秦恬连忙下楼扶着她，母女俩相互靠着，看海因茨走了，不约而同地松了口气。

"阿恬啊，这个军官怎么这么吓人啦。"秦母道。

秦恬颇为愧疚："对不起，阿妈，都是我的错。"

"哪能呢，我们阿恬这么乖，这些人又不是你招来的，只要记得小心做人，总会没事的。"

"嗯。"秦恬不置可否，她还是觉得不安。

第二天，那伯爵夫人又来了，她直接找了秦恬，抱歉道："对不起，昨天我太激动了，走得太匆忙，没给您带来什么麻烦吧？"

秦恬脸色不太好，或者说是相当臭。她看了伯爵夫人半晌，缓缓道："如果平时也就算了，但是夫人，现在是战争时期，您有想过您这样的行为一不小心会给我们家带来灭顶之灾吗？所以抱歉，我希望以后您不要再出现在我家餐馆附近了，也希望您的手下能够收敛一点。"

伯爵夫人很平静地看向窗外。

秦恬笑了笑："我不认识您的手下，他们就算在我家餐馆外探头探脑，我肯定也无法察觉，而您，若是您这么大摇大摆进了我的餐馆，我也不会拿扫把把您赶出去，相反，我会好好招待。但我相信您一定能明白我不情愿的心情，希望您不要强人所难，也不要把自己放在一个……”她皱皱眉，寻找措辞，“放在一个不受欢迎的、招人讨厌的位置。”

伯爵夫人精致的面容终于有些变化，嘴角不可抑制地往下撇，看着秦恬，轻笑道：“我倒看不出你是这样一个女孩。”

怎样一个？秦恬疑惑。

“是那个海因茨少校说的吗？他说不让你接待，你就来赶我了，对第三帝国如此忠诚，看来我们福气楼聪明的中国女孩已经找到自己的归宿了。”她语气很平静，但秦恬却觉得她周身弥漫着一种类似于失去理智的气息。她继续说着：“我本就没指望一个黄种人拿了法国国籍就能对法兰西忠诚到底，但是你的表现太让人心寒了，法兰西养育了你，你就用为虎作伥来报答吗？”

秦恬不由自主地瞪大眼，张大嘴，却什么都说不出来。当然不是因为愧疚，只是因为这番转变太突然，反应不过来而已。

过了一会儿，秦恬笑了，气乐的。

“面对您的指责，我只有一个字能回答，滚。”秦恬转身，想想还是觉得气不过，冷笑道，“您的丈夫是个救国大英雄吗？我，一个和您素不相识的人，就活该为了您那罪责不明的丈夫和您的鲁莽牺牲自己的家庭吗？夫人，如果您总是认为别人都有义务来帮助您的话，那您还是学学怎么好好做人吧，如果刚才拒绝您来这儿用餐时我还带着略微的愧疚，那么现在，我发现我做了一个无比英明的决定！”

“你！”估计是没有被这样说过，大美女终于变脸色了，气得站起来。

“奉送您一句吧，您的婚姻前途黑暗，好好想想您到底在干什么吧。”秦恬充满恶意地说。

“你什么意思？”

“我想您求助的人不止我一个吧，估计有不少人已经看出您肚中有小生命了，试问您能向您的丈夫隔空借种吗？”秦恬忽然发现像反派一样说话会上瘾，又加了一句，“在我们国家的旧社会，您这种人是会被沉塘的！知道沉塘什么意思吗？就是把人绑上石头，关进笼子里，扔到池塘里。我倒不知道，法兰西已经浪漫到这个地步了，丈夫能容忍妻子跟侵略者上床生小孩。”

“闭嘴！我是为了……”尤丽安娜气得浑身发抖。

秦恬深吸一口气，让大脑降降温，才忽然觉得有些不安。她发觉自己确实说得有些过分，甚至相当邪恶，可是她确实怒了，尤丽安娜那些有关中国姑娘、黄种人的言论把她的理智都激没了。

不后悔，秦恬咬牙，对付这种没自知之明的人，嘴巴越毒越好！

这边厢，伯爵夫人已经气得像牛一样在喘气了，她鼻子高挺，愤怒之下更显夸张。然后她拿起皮包，转身就走了出去。

看她离开，秦恬终于有点后悔了。

她太冲动了，虽然法国的所谓贵族都只有虚名，并没有实际的特权，可这个伯爵夫人还是个有点手段的，秦家一家子根本斗不过，更何况，尤丽安娜肚子里的孩子还有个爸爸呢。

能把尤丽安娜逼到上床的地步，这孩子他爸肯定不简单，职位肯定不低，要不是海因茨接手，说不定就把尤丽安娜丈夫的事儿给办了。

尤丽安娜现在这副样子明显已经处于一不做、二不休的边缘了，她既然还敢挺着那微微隆起的肚子四处奔走，显然是对孩子他爸还抱有希望。秦恬只希望孩子他爸不会无聊到欺负她一个小商人。

秦恬本来就对自己说出那么一番话有些良心不安，再加上冲动之后的懊悔，萎靡不振了许久，不过等了几天，平安无事，她又满血复活了。

人家一个大军官，管自己干吗，以为人人都和海因茨一样闲吗？

# 第十七章

# 礼物

几天后传来消息，德军占领了罗马尼亚。

秦恬甚至不知道罗马尼亚在哪里，她只知道那儿似乎是吸血鬼的故乡。她把这些用中文写在了小本本上，最近日子开始无聊起来，她觉得自己有必要做点事情打发下时间。

天气转冷了，秦母开始帮秦恬倒腾以前的大衣。相比春夏的衣服满是中国风，秋冬的衣服就比较西化了，以前穿的短款一件件被换下，长大衣开始成为衣柜里的“主旋律”。

秦恬一开始以为宅在家中，帮忙端端盘子，偶尔看看汤锅，这些大衣能穿到的机会不多，可是很快，她就知道不是如此。天一冷，以前负责联络货源的康叔老寒腿就犯了，一般这种情况，掌勺的秦父就会负责联络，而改由康叔做饭，可是今年不知怎的，康叔有时候腿疼得站都站不住，更别说做饭了，于是联络的差事就落到了新兴劳动力——秦恬的身上。

联络货源其实是个例行的差事，大家都是老熟人，联系来联系去也就这么几家。只不过每过几天菜价、肉价等都会有变化，有些商人担心辛辛苦苦送到了货，却因为价格变化被退回去，而电话里面又说不清楚，有时候便需要餐馆派人亲自去选货、验货。比如猪肉涨价了，却还没到无法忍受的地步，那么就需要秦恬亲自去看看，这猪肉的品质是否值得继续按平时的量买。

曾经分不清生菜和青菜的秦恬现在已经号称“全身沾满阳春水”——相对于“十指不沾阳春水”而言，她虽然没有奸商的天分，但是经历了这么多，在这个相对来说比较朴实的商业氛围中，还不至于吃亏。

福气楼的生意平稳进行，秦父秦母不是溺爱孩子的人，秦恬得干活才能攒零用钱，几个月下来秦恬终于小攒了一笔。她没什么特别大的理想，只是想着买些好东西收藏，好留到以后升升值。

可是走到路上随便逛一家店，她就发现自己对于什么东西价值比较高一窍不通，左思右想后，最终跑进邮局，买了一整套同一系列的邮票。

别看邮票便宜，这么一沓加下来也不是一个小数目。秦恬摸着瞬间瘪下去的钱袋子，心疼得眼泪都要流出来了。她抱着邮票回家，刚放好邮票，就被秦父派出去干活儿。

晚上有一个高级聚会，主办者派人来买他们的蒜香牛肉当主菜吃。订单有点急，秦父看到订单上那个鹰徽标志，只能硬着头皮接下，然后让秦恬火速去买牛肉。

牛肉要口感好是需要时间烹制的，必须先在餐馆里炖得半熟，然后再到聚会上现做。

此时刚进入下午，饶是时间充裕，秦恬也一点不想耽搁，她火急火燎地跑到七区的牛肉店，那儿不仅有零卖，还接比较急的大批量订货。

秦恬刚和店老板谈完走出肉店，就看到一个熟人在挑肉。

圆筒警帽下半长的深棕色头发还扎着小辫儿，清秀的脸蛋上带着温和又阳光的笑，显得很可爱。他正细细地挑着挂在肉铺上的牛肉，半晌后，对伙计道："我还是觉得你骗了我，牛腿上有那么多肥肉吗？"

秦恬神采飞扬地向他打招呼："伊万！"

伊万揪着牛肉，转头看到秦恬，朝她挥了挥手，比她还神采飞扬："哎呀，亲爱的媞安，你来买肉吗？"

自从上次误入犹太人群居的大院后，秦恬每每路过都会进去看看。伊路莎奶奶常年坐在院子里晒太阳，她很疼孙子伊万，可是每次他出现，她都爱理不理。秦恬试探性地问过原因，但无论是伊路莎奶奶还是周围的人都不肯说，秦恬自然不再多问了。

见过几次后，秦恬发现伊万真是个憨到可爱的孩子，很难想象一个在法国警察队伍里混了两年的男人依然这么纯真率直。据大院里的人说，他从小就是所有人的开心果，又憨直又好欺负，很多人都觉得要不是他强悍的奶奶在背后撑着，这孩子早就被人拐到非洲去了。

对此，秦恬深表认同，然后就更加奇怪这样单纯的人是怎么在法国警察队伍里生存的，莫非这就是法国战败的原因？

但不可否认的是，有伊万在，大院里的犹太人在一定程度上受到了保护。

其实大院里并不全是犹太人，也有一部分法国人，伊路莎奶奶和伊万就是法国人。

只是在“二战”前，从来没有人意识到这点区别罢了。

伊万兴奋地问道：“媞安媞安，你会挑肉不？奶奶要做茄汁牛排，她让我挑肉。”

秦恬自认眼毒，看着伙计推荐给伊万的肉，又看看余下的，确认道：“这块肉很好。”

“真的？可是好肥……”伊万嘟囔着，还是付了钱，然后抓住秦恬的袖子，“跟我们一起去吃饭吧！”

“不了不了，我晚上有重要的事情。”

“那太遗憾了，你什么时候给我们带点酥油饼来吧，我拿奶奶的黑加仑布丁跟你换。”

“你不是不喜欢吗？”

“我挺喜欢的，只是没奶奶那么喜欢罢了。”

“好吧。”秦恬默默记下了。

两人寒暄几句，秦恬打算走开，忽然被伊万叫住：“媞安！”

“什么事？”

“你们那有……有……”

“什么？”

“算了。”伊万最终没说出来，笑了笑朝秦恬挥挥手，“记得给我带酥油饼啊，如果你还想吃到黑加仑布丁的话。”

秦恬冒汗道：“我貌似还没吃过那个啥布丁。”

“很好吃，真的很好吃，不吃你亏了！”

“好吧……那么，再见！”

回到餐馆，秦恬照着吩咐给牛肉加了调料炖到七成熟，然后带着它跟着秦父出了门。

这次是在香榭丽舍大街上一家高级会所摆的宴席。秦恬等人直接从后门进去，进了大厨房忙不迭地开始准备食物。这儿的环境没上次跟着康叔去的那家那么好，可能是宴席更大型的缘故，厨房里“兵荒马乱”，秦恬端着盘子穿梭其中，跟走凌波微步似的。

参加了几次类似聚会后，秦恬渐渐被餐饮业的人所认识，至少周边几个区的饭店的很多工作人员都认识她，有时候一提到缺人手，就会有人推荐她。

这不，秦恬刚进厨房不到半小时，还没帮秦父摆好盘子，就有人找过来让她帮忙了。

秦父对这事儿也习以为常，反正这样会多加钱，何乐而不为，于是自己摆起盘子来。

秦恬准备准备就换了服务员的衣服上阵了。可她一进大厅就晕了，这什么情况？楼上楼下全是人！而且一片灰色或黑色的军装中，夹杂着各色华丽的晚礼服，男人的刚硬和女人的柔美在这儿完美融合。显然，这是个法德军方大型交际舞会，主办者权力绝对不小。

这种时候必须夹紧尾巴做人，秦恬端着盘子，跟着一群被临时拉来的服务员开始工作。这时，服务员供不应求的情况完全暴露了——满大厅客人，只有几十个可怜兮兮的服务员在其中穿梭。

秦恬端起酒盘十分钟不到，就遇到了三次同时被三拨上尉以上军衔的德国军官叫住要酒的情况，饶是她业务熟练也有种团团转的感觉。

有时候她辨明军衔后准备向军衔最高的迈步，那个军衔最高的却说："不不不，你先给'某某某'吧，他职务比我高。"然后那个职务比较高的"某某某"则会客气道："军衔是军衔，职务是职务，这种时候只看军衔不看职务。"

秦恬快哭了，但"这种时候"只有靠自己去分辨。大多数情况下，她一旦迈步绝不停下，径直倒好酒，再微笑着问一句："还有什么要求吗？"那些有身份的人也不好为难她一个小服务员。

可总是有这么一两个不好惹的，秦恬刚一上前，那人就怒了："怎么回事？让你先给法尔施泰因上校倒酒，你耳朵聋吗？！"

遇到乱发脾气的，秦恬就不能装傻了，只能无奈地低眉顺眼，转头给那个法尔施泰因上校换酒杯。她换了酒杯后刚要转身，这位三十多岁的陆军上校突然开口道："没想到在这场合会遇到亚洲姑娘。"

秦恬僵硬地笑笑："在这儿工作是我的荣幸。"

法尔施泰因又道："来来来，亲爱的，这是你说的中国姑娘吗？"

秦恬抬头，刚好对上伯爵夫人似笑非笑的眼睛。她优雅地抿了一口红酒，点点头："嗯哼。"

"哦，还真是！"上校做出惊讶的样子，挑挑眉扫视了一下秦恬，道，"听说你因为尤丽安娜和我交往，不让尤丽安娜进你们餐馆用餐？”

秦恬沉默了，这种时候沉默反而比较保险。

“那你现在在为我换酒，你会怎么惩罚自己呢？砍了自己这只为敌人换酒的手？”说完，他似乎认为自己说得很好笑，哈哈大笑了两声，旁边几对围观的客人也笑了，军官还好，他们的女伴笑得尤其大声。

秦恬深呼一口气，说道：“胜者为王，我无话可说，但人总有点想守护的东西。”

“你的意思是，我的尤丽安娜伤害到你想守护的东西了？”这哥们儿还不是笨蛋，他一手搂住尤丽安娜，“亲爱的，我就说你有时候太强势了。”

尤丽安娜的表情是一贯的慵懒，她是笃定秦恬不敢在这场合做什么，便笑道：“难道我吃了他们的饭菜，对外宣扬他们的饭菜很不好吃了？呵。”

“道个歉吧，姑娘，也不是什么大事。”谁知法尔施泰因竟然摆起从中调停的架势，他拍拍秦恬的肩膀要求道。

秦恬的嘴角抽搐，没对上尤丽安娜看过来的目光就快速道：“对不起！”

“哈哈，这不是很简单吗？”法尔施泰因对于秦恬的配合很满意。

“我记得你说过，如果我硬要到你那儿吃饭，你依然会招待，只是心里不情愿罢了。那么现在，我们硬要你道歉，你依然会道歉，只是心里也不情愿，是吗？”尤丽安娜说道。

秦恬暗骂，这妞能不能再烦人一点？她到底哪边的！

“行了，尤丽安娜，我记得你不是那么纠缠不休的人，不过一个小姑娘意气用事而已，你何必计较。”谁知秦恬没爆发，倒是法尔施泰因先不满了。

尤丽安娜瞪了法尔施泰因一眼，语气虽然保持一贯的高傲，却带了点儿娇嗔道：“身为贵族，我选择了你是我的自由，她一个平民凭什么拿这种理由赶我？她以为她是谁？你身为一个军官，就什么都做不了吗？”

那话放到平时可能像女王，可是放到现在……秦恬真不知道如何形容。

法尔施泰因哈哈一笑，轻啄了一下尤丽安娜的脸颊，温柔道：“我可以一枪毙了她。”

秦恬吓得往后退了两步，撞到两个军官，引来几声不满的呼喝。

“但是，第三帝国的子弹，更喜欢射死不知廉耻的卖国者。”法尔施泰因似笑非笑地说，“尤丽安娜，你三番五次撺掇我收拾一个对你没有威胁的正义同胞，不觉得很卑劣吗？”

情况急转直下，秦恬端着盘子完全忘了自己的职责，傻乎乎地看着眼前这一对上演虐恋情深的戏码。

伯爵夫人脸色刷白：“法、法尔，你在说什么？你疯了吗？我们、我们……”

“没错没错，我进驻，你勾引我上床，我让你怀孕……一切都是你情我愿，不是吗？为了你的丈夫，哈！当你知道我帮不了你时，我以为你会打掉孩子，可是你没有……”法尔施泰因看了秦恬一眼，秦恬悚然惊醒，立刻准备逃窜，戏再好看也得有命看才行！虽然身边到处都是人，却没人注意到这儿，刚才围在旁边的军官早就各自走开了，一不小心这场戏竟然只剩下自己一个观众。

秦恬微微躬身，不着痕迹地后退。

“小姑娘，再给我一杯酒。”法尔施泰因竟然又把她叫住了，等秦恬换了酒以后，他又说，“你等会儿。”

这是要留她看戏？瞟了一眼尤丽安娜铁青的脸色，秦恬真不知道这是什么情况，但可以肯定的是，这个军官肯定也心理不正常。

“我大致猜想了一下你没有打胎的原因。你这么处心积虑地接近我，似乎付出了全部，你已经没有精力去勾引新的负责人……哦，我可怜的尤丽安娜，是我让你很没安全感，还是新的负责人让你深感无处下手？你觉得，你需要用一个孩子锁住我这个后盾是吗？”

秦恬看到尤丽安娜的身子在颤抖。

秦恬已经淡定了，小说看多了就这好处，照这种剧情发展下去，要么法尔施泰因突然一枪把自己崩了，要么一脸温柔地把尤丽安娜甩了……

反正逃不掉，就迎接命运吧。

“尤丽安娜，你知道你错在哪儿吗？你错在太自以为是。难道你忘了，即使新的负责人和我完全不是一个系统，但我们依然都是德国人吗？”法尔施泰因做无奈状，“你，不值得任何一个德国军人出卖国家。”

说罢，法尔施泰因指向秦恬，对尤丽安娜道：“我们希望我们征服的，是一个不屈的民族，而不是像你这样，沦陷不到一周就爬上我的床的人。老老实实地当你的情妇，不顺从，就是死亡。”

听完这番嘲讽，秦恬终于得以抽身离开。她脑子里不停晃过尤丽安娜铁青的脸，还有法尔施泰因一直很用力地搂着尤丽安娜的腰，而尤丽安娜的手，一直护在微微隆起的腹部上。

如果尤丽安娜一开始真的是很坚定地抱着献身也要救回丈夫的信念爬上法尔施泰因的床的话，那么到刚才，她还在坚持着自己的信念吗?

法尔施泰因打从开始就当尤丽安娜是个玩物，一个想利用自己达到某些目的的情妇。一直到刚才，他还这么认为着。

可怜的伯爵夫人！所以说，女人真不该做色诱男人的工作，不仅伤身，还伤心。

宴会快结束时，秦恬跟着父亲背着大锅往回走。她心情很激动，忍不住跟父亲说了宴会上发生的事情，在她看来，这件事不需要保密，让家里人知道，心里有个底，以后也好有个照应。

秦父听完以后沉默半晌，忽然道:“阿恬啊，前阵子我一个朋友跟我说，他女儿去了一个护士学校学习，现在那儿还能报名。我琢磨着，如今你阿妈跟我加上康叔，生意也应付得过来，你与其在家待着，不如去上培训班，看看能不能学个一技之长。”

“护士学校?”秦恬愣了一下，不明白秦父为什么把话题转移到这里，“您怎么突然提到这个?话题转换得有点快吧。”

“你跟那些人的事情，阿爸帮不上什么忙，但是为你以后规划一下还是可以的。你现在既然不能回德国继续学你的专业，法国的大学也被严管，你再上学是不可能了，可你总不能这么蹉跎着，战争总是要结束的，你以后不找工作了?就跟着阿爸阿妈开餐馆了?”

开餐馆没什么不好啊，秦恬暗想，以前梦想开咖啡馆还愁没启动资金呢，现在自家就有家餐馆，多好啊！不过她嘴上是不敢这么说的，怕秦父骂她啃老。秦父在国外那么久，别的没学会，倒是学会了外国父母放养小孩、不给啃老这套。

“话是这么说，但为什么是护士学校啊?”秦恬纠结，“我一点基础都没有，一不小心再弄出人命来，不是亏大了。”

“去去去，说什么呢！主要的活儿都是医生干，护士也就打个下手，你打下手都能闹出人命来?阿爸没别的意思，你看现在世道这么乱，学什么都没学点保命的技术好，而且，现在咱们一家子就你一个年轻人，不靠你保护靠谁保护?不需要你拿枪杀人，只是有个头疼脑热的，你能出点力就好。”

秦恬想想也对，她打小就对数字不敏感，金融类是和她彻底拜拜了，又不能这时候傻乎乎去学个文学，不如趁着有个培训班，学点急救知识也好，以后管管康叔的老寒腿，治治阿妈的头痛病，处理下阿爸天冷时的咳嗽。

既然决定了，第二天，秦恬便跟着秦父周周转转到了第八区，找到了那家护士学校，竟然是红十字会下属的红十字护士学院。

正经的护士是需要通过正规学习的，而秦父帮秦恬联系的学校只是临时培训班，说好听点是只学实用的，说难听点就是学最浅显的护理知识。

看大教室中满满当当的人，秦恬忽然觉得不对，问秦父："阿爸，怎么这么多人？"

"学的人多不是好事吗？证明这培训班靠谱啊！"秦父乐呵呵的。培训班的报名费便宜得跟不要钱似的，花不了多少钱就有课上，他那一辈人可是做梦都碰不着这样的好事。想到这儿，他拍拍秦恬的背："阿恬，你打小就聪明，可得好好学，有用！"

秦恬很窘，那个打小就聪明的"你"在哪儿啊？走就走了，别给俺这么多压力啊！

报了名，订了护士服，秦恬好奇地往大教室里望，里面坐满了临时学员，都在认真听课。

这个培训班隔十天开一个班，总共开三个。秦恬轮到的是下午那个班，两天后开始，里面这些是早上那个班的人。每天上四个小时的课，如果想提前学或者巩固知识，可以来听早上的课或者等十二天后晚上班启动了再来上课。

报名的时候她隐约听说，现在巴黎几个护士学校都在开类似的班，初级课程要一年，接着学中级又要一年，毕竟护理不是个简单的学问。初级毕业你只能学会包扎，中级、高级那就厉害了……

秦恬对护理这行一窍不通，她纯粹是冲着学一技之长来的，战争期间没有什么比能保命更重要。看学费不贵，她便心安理得地来了。

既然要上课，那必要的准备不能少，秦恬翻了下房间，竟然没有空的笔记本，墨水也凝住了，都得买。

这几个月她把自己的房间研究了个遍，很普通的女孩房间。只是以前的自己不爱记日记，她看不到什么有用的信息。其他一些笔记本上满满的都是课堂笔记，数学、物理的尤其多，让她看了很头疼。

秦恬拿了点零钱，招呼了一声，便去了临街的博来书店买本子。

日子在向十一月迈进，寒风萧瑟，冬天微微露了点头。秦恬裹着大衣走得飞快，但刚拐过街角她就愣住了。

书店门口停着一辆车，车前挂着帝国鹰徽。

秦恬观察了一下书店，这才注意到橱窗玻璃上用白色油漆画了一个六角星。

是犹太人的书店！

她站了一会儿，发现这家书店没有被打砸的迹象，还有几个法国人在进进出出。而德国车边上站着两个戴了钢盔拿着冲锋枪的士兵，因为秦恬到了街角突然停下而注意上了她。

秦恬深吸一口气，面色如常地穿过马路，在那两个士兵的瞪视下走进书店。

别看门面小，书店里面却不小，布置得也非常温馨。书架很高，一直顶到天花板；书架也很长，绵延到深处，直接穿过公寓楼通到另一边小巷。每隔一段，书架间就放着一张小桌子，旁边围着四把小椅子，桌子中央摆着一朵花，放着一套朴素而可爱的茶具。

此时里面没有多少人，两个中年男人不动如山地对坐着看报；远处一个少女往这儿瞄了几眼，就低头奋笔疾书；还有一个小伙子靠着书架站着，在认真地看书。

剩下的，就是一个德国军官了。他背对着秦恬，在放笔记本的架子前站着，随意地挑选着。一个明显有犹太血统的中年男人安静地站在一边，看着德国军官挑选，他显然就是店主。

看秦恬进来，店主看了眼军官，然后走过来问道：“有什么需要吗？”

秦恬很不安，她是来买笔记本的……

见秦恬瞅瞅笔记本架子又瞅瞅德国军官，手里攥着钱，一脸紧张的样子，店主了然地点点头：“如果是看书的话，请稍等，我给您沏壶热茶，今天店里有优惠活动，待一个下午只要一法郎。”

只能先这样了。秦恬道了谢，随便选了个位置坐下，很快店主就上了一壶热茶，还体贴地问：“要放什么吗，奶精、红糖？”

“能都要吗？”秦恬不好意思地问。外国人沏的茶她总觉得怪怪的，每次喝只能加配料当冰红茶来对待。

店主点点头又走开了。这时那军官却还没走，一直在挑选，一本又一本地翻着。

秦恬随手抽了一本书打开，竟然是本散文诗集，而且还是情诗选，只看了一眼她全身起鸡皮疙瘩。这一点咱中国的古诗处理得多好，那些情诗又有意境又深情又不肉麻，只不过要看懂需要点文化素养。

秦恬快速地翻了两页后，店主已经把切好的柠檬和一小碟红糖放在她面前的桌子上，让她自己取用。秦恬还在瞟那军官，看他的样子，越挑越有耐心。秦恬腹诽：笔记本又不是定情信物，你挑剔个什么劲啊！

虽然秦恬有时间，这地方也很适合消磨时间，但是绝对不是在一个德国军官在场的情况下，她不像其他几个顾客那么神经粗大，她怕了那群鬼畜，除了奥古斯汀，其他德军她多一秒都不想共处。

秦恬不想让自己显得做贼心虚，既然那军官愿意磨蹭，她就等。换了本书，是讲宗教与科学的，捧着热腾腾的冰红茶，她慢慢地看了起来。

不知过了多久，桌子忽然一震，一个男人在旁边轻声道："这位小姐，麻烦帮个忙好吗？"

秦恬抬头，愣住，这不就是那个挑挑拣拣、半天不走的德国军官吗？只不过，这娃娃脸好像在哪儿见过……

"啊，是你！"那军官倒先认出了她，低声笑道，"你是媞安吗？奥古家的中国姑娘？"

秦恬无语了，她什么时候这么有名了？

她有些坐立不安，挤出一个笑容道："您好，我应该见过您……让我想想……"

"那时候你跟着一群难民。"军官好心提醒。

"哦。"秦恬想起来了，他就是那个半路上遇到的特别文艺的军官。这个发现并没有让她高兴起来，因为就是他们带走了皮埃尔，从此使他和她天人两隔，"我想起来了，您是叫……叫……"

军官微微躬身，伸出手道："凯泽尔·西弗瑟斯，为您效劳。"

秦恬条件反射地伸手握上去，刚要晃，却觉得手位不对，因为凯泽尔把手一拉，低头在她手背上轻啄了下。

秦恬瞬间愣住，她还是没办法习惯西式的吻手礼。

秦恬僵硬地收回手，问道："您说需要帮助，有什么我可以帮忙的吗？"帮完忙大家就回家各找各妈吧，受够你们了！

"是这样的。"凯泽尔"腾"地拿出一沓本子，"今天是我一个朋友的生日，她是个年轻女孩，我想送她一个本子，可是我怕我自己挑的不适合女孩子用，你能帮我参考下吗？"

秦恬闻言，二话不说拿过那沓本子看起来，一看之下惊呆了。

这些都是手工的皮面本子，饶是不懂皮革，秦恬也被那舒服的手感给折服了。本子很厚，里面是泛黄的牛皮纸质，做工精细，没有恶俗的LOGO，只在不显眼的地方有个造型优雅大方的印记，或是一朵玫瑰，或是一个徽章，以示出品人身份。

秦恬摸了这个又摸那个，爱不释手，凯泽尔也不催，在一边笑呵呵地看着。

过了一会儿，秦恬才理智回笼，问道："如果您知道那朋友喜欢什么颜色，就不用那么麻烦了。"

凯泽尔耸耸肩："抱歉，我偷懒了。其实那是我朋友的女朋友，我朋友他在战场上买不了，也来不及送，我收到他的信的时候已经是昨天半夜了，什么都来不及问，所以，只能瞎蒙了，幸好遇到了你。"

秦恬明白了，便开始帮他挑选本子。她看来看去，挑出一个纯黑色的本子，道："要我选，我就选这个。"

凯泽尔很高兴的样子："我也喜欢这个，我还担心女孩子不喜欢。"

"这个很好。"秦恬拍拍本子表示满意。

"还有呢？"

"还有？一本不够吗？"

"一本才多少钱，完全不够表达心意啊，再挑两本。"

"全按我的喜好来？"

"嗯嗯，我再看看别的。"

秦恬埋头挑本子，又拿出一本纯棕色的和一本香槟色的，和纯黑色的放在一起，每一本都分量十足，叠在一起够一个中等包裹的分量了。

这时凯泽尔又走了过来，手里拿着一个盒子，他看看秦恬挑的本子，很满意地点点头："多谢啦。"

"不用。"

"那么，为表感谢，我想请您喝杯咖啡。"

秦恬想也不想地拒绝："不了，我也要挑本子，还要回家帮忙。"

"这样啊。"凯泽尔顿了下，道，"我注意到旁边有家礼品店，能不能麻烦你过去再帮我挑下包装纸？一会儿就好。"

秦恬也看到那家礼品店了，确实不远，她无法拒绝，便跟了出去。凯泽尔左手本子，右手盒子，那两个站在外面的士兵跟上来要帮他拿，被他挥退了。

到了礼品店，秦恬速战速决地帮他挑了一张墨绿色的包装纸，却又被凯泽尔拉着等伙计把本子和那个盒子一起包装完，两人才又慢腾腾地折回了书店。

秦恬此时已经完全没有脾气了，她站在门口决定送走了凯泽尔再安心挑本子，却见凯泽尔在车子后备厢捞啊捞的，最后捞出两个大袋子，连带着大礼盒，一起塞给了她。

“这、这是做什么？”秦恬傻眼了，手忙脚乱地捧着一堆东西。

“生日快乐，媞安！”

“啊？”

“今天不是你的生日吗？奥古来信说，十月三十号是你的生日啊，不是吗？”

“十月……三十！”秦恬瞪大眼睛。

她告诉过奥古，自己也没当回事，因为以前她就不怎么注重生日，却没想到……

秦恬鼻子酸酸的，她吃力地揉揉眼睛道：“谢谢，今天虽然是我的生日，但也不用买这么多礼物。”

“不多呀，我觉得很少，其中还包括我和海因茨的。”

“海因茨？他他他……”

“他现在在外面，我先替他垫着，以后我会问他要钱的。”

“他不知道我的生日吧，”秦恬问道，“他对此完全不知情吧。”

“没事，以后他会知道的，他从来不会欠钱不还。”凯泽尔挥挥手。

就算“被负债”也心甘情愿地还吗？秦恬默然。

凯泽尔给人感觉很平易近人，所以她胆儿很肥地问了句：“其实他们两个的钱，全是你垫的吧？”

凯泽尔望了望天，傻笑：“没事没事。”

秦恬憋着笑微微鞠躬：“麻烦您了，一人买三人份的礼物。”

“如果要报答，哪天我来你家的餐馆，给我尝尝你的拿手好菜呗。”没等秦恬答话，他火速加了句，“我会穿便装来的。”

秦恬笑着点点头：“没问题，只要您别吃吐了就行。”

“那么，我先走了，再见。”

“再见。”

秦恬看着车子拐过街角，重新进了书店，付给店主一法郎做茶费。店主依然微笑着，笑容却没那么真心了。

秦恬也懒得解释，拿着大包小包的礼物回到家。秦父坐在院子里喝茶，秦母在大堂看店加算账，见秦恬带了那么多东西，让她别在房间里乱丢，就由她去了。

回到房间，秦恬拆礼物时才想起来忘了买墨水，于是她一边好奇地拆礼物，一边哀叹等会儿还得出去一趟，不知道那个犹太店主愿不愿意卖给她。

两个大袋子里面，分别装了一个精美的手包和一双黑色的皮手套。手套看着朴实，内在却很是讲究，周围一圈毛毛，里面还有软融融的小绒毛，一戴上就感觉很暖和。

接着就是礼盒了，打开礼盒，秦恬瞟了眼那三个本子，就接着拆里面的小盒子。

很好，一支红色的钢笔，一瓶墨水。

相当完美的礼物，笔墨纸全齐了。

凯泽尔说话算话，第二天就屁颠屁颠地来了。让秦恬窘的是，他确实穿着便装，只不过他所谓的"便装"指的是大衣，不是瞎子都能看到他大衣里的军装。

秦母的表情很复杂，在柜台偷眼瞟着秦恬和凯泽尔有说有笑地点了一会儿菜，她悄悄问秦恬："这又是谁？"

秦恬沉默了一会儿，道："记得那骨灰罐不？"

"啊？他杀……"

"差不多，间接的。"

于是秦母一脸呕血的表情，看着秦恬转头又和凯泽尔有说有笑。

秦恬心里何尝不吐血，俗话说"伸手不打笑脸人"，人家都摆出这么傻呵呵的笑脸了，她能怎么着？

凯泽尔自己当然点不了菜，秦恬给他简单弄了点家常菜，这小子两手举着叉子吃得很欢。等他吃完后，秦恬以为解放了，没想到那货坚持结账。他结了账后擦把嘴，捏住秦恬的袖子道："我才来没几天，所有人都忙，没人带我玩，你刚不是说下午一般都没事吗？你带我玩吧！"

秦恬不好拒绝。

她蹒跚地回到房间换了衣服，拿上秦母给的购物单，丧气地走了出去。

凯泽尔说是玩，那就真的是玩。秦恬还没问他想去哪儿，他已经欢快地往一个方向走了。秦恬没办法，只能跟过去。

天气虽然有点寒凉，可是秋高气爽，大地被梧桐叶遮盖得一片金黄，秦恬慢悠悠地走着。凯泽尔先走了两步，然后放慢了脚步，和她并排："你会不会觉得我太鲁莽了？”

你不能更鲁莽了……秦恬默默地擦冷汗，嘴上支支吾吾：“啊，可能吧，那个……”

“我知道我知道，”凯泽尔做安抚状，“我会注意影响的，绝对不对你做那样的事……”说罢，他指了指路边，还大声打起了招呼。

秦恬顺着看过去，巷子里有个露天咖啡馆，木质的乡村风格还有蓝白条纹的帐子。里面五个德国军官各自搂着他们的女伴肆意调笑着，看到凯泽尔和他身边的秦恬，高声地吹起口哨。

凯泽尔呼喝两声：“别误会，她可是奥古的宝贝！”

口哨声更响了。

秦恬擦把冷汗，都这样了，还有什么好误会的……

凯泽尔苦笑：“抱歉，我只是想让他们别欺负你。”

秦恬不想说什么，她要是好好地待在餐馆，谁闲着没事欺负她啊。

“凯泽尔，过来喝杯咖啡啊！”有军官大声邀请。

“不了，我要到别处逛逛。”说罢，凯泽尔扯着秦恬的衣袖往别处走去。

走着走着，秦恬觉得有点儿诡异，凯泽尔走的方向往前确实有东西玩——一个不大的空地上，出现了一个小型的游乐园。

这里像是个社区活动场所，里面最大的游乐设施就是一个旧旧的旋转木马。旋转木马还运行着，放着欢快的音乐，上面坐着几个小孩和几个少女，旁边妈妈们和孩子们或是跟着走两步，或是站着看，脸上都带着笑。

凯泽尔看到旋转木马的时候就笑了，疾走了两步，忽然又停下，站在街角的阴影处。

秦恬站在他身后，歪头看到他的表情，他依然在笑，却不那么自然。

“你要玩吗？”秦恬真的不鄙视一个爱玩旋转木马的男人，她啥没见过。

凯泽尔点点头，却后退了两步，道：“先去别处逛逛吧。”

秦恬耸耸肩，不置可否。

两人开始大街小巷地乱走，秦恬想问奥古斯汀的事儿，还想顺便问问海因茨的，但又觉得，凯泽尔是个话比她还多的人，他愿意这么有一搭没一搭地聊天，而没主动透露那两人半句，那她也没什么可问的，否则跟间谍似的。

很快，两人走过了大半个七区，吃了点儿土耳其小馅饼，手里拿了两盒蛋饼包冰激凌，还有一盒子咖啡味的小曲奇。

咖啡曲奇略苦，真正磨了咖啡豆在里面，咖啡和曲奇完美融合，有点涩，却醇美，秦恬甚至怀疑自己晚上会睡不着觉。

秦恬吃了两块曲奇，虽然味道好，却不敢多吃，便随手塞给了刚吃完馅饼的凯泽尔。

凯泽尔顺手接过，开始吃剩下的，还夸道："哎呀，很好吃！"

这点儿默契似乎瞬间拉近了两人的距离。秦恬想了想，忍不住好奇地问："你总有什么是能说的吧？"

凯泽尔一愣，看着秦恬。

"比如说，以前的事情啊什么的……"

"对哦！"凯泽尔顿时兴致高昂，"你想听谁的？奥古的是吧，没错吧！"

秦恬其实有点累，没什么兴致，只能装出一脸兴致勃勃："对啊对啊！说点儿！"

"哈，我和他可是一个学校的，只不过我和海因茨一个寝室，他和……"凯泽尔忽然又不说话了。

秦恬当然不会傻到跟着问"和谁啊"，于是跟着沉默，同时偷偷看凯泽尔的脸色。

凯泽尔深呼吸一下，忽然笑了："哎呀，他已经走了一年了。"

牺牲了吗？秦恬默默点头。

其实她不该为一个法西斯默哀，但是算算时间，牺牲了一年，那岂不是战争之初就挂了？这哥们儿还没来得及作恶呢，还是个纯洁的孩子，还是默哀一下吧。

"哎！"两人同时叹了口气，惊愕地对望，同时苦笑起来。

"我兄弟死了，你叹什么气？"凯泽尔好歹有点自知之明，知道法西斯不招待见。

秦恬摇头："一个大好青年离开，我为什么不能叹气？"

凯泽尔点头："是啊，大好青年，弗兰克是我们之中最厉害的。"

"哦，叫弗兰克。"秦恬淡淡地重复，"很帅吗？"

"帅！他是我们几人之中个子最高的，也是最酷的，我们都叫他石头叔叔。"

又帅又酷不是应该叫冰山美男吗？叫什么石头叔叔……秦恬默默地吐槽。

"奥古经常赖床，被叫起来了也总是犯困，弗兰克就经常注意他站军姿时有没有睡过去，他头一点，弗兰克就用手肘撞他一下……哈哈，那时候我和海因茨站在他们后面，看到弗兰克用手肘撞都没用时，就会一起踢奥古的屁股。"

可怜的奥古斯汀……这就是他“窄臀”的原因？被外力打造出来的。

凯泽尔越说越起劲，没一会儿就吐槽了一大堆。

“媞安，你知道吗？海因茨以前恐高，一上跳伞实践课他就装病，穿着军装来上课，却故意不带伞兵服，结果教官要求他上飞机旁观，到了高空逼着他背起临时伞包，把他踢下了飞机。后来我们集合没看到他，一群人去找，找到他的时候，他被挂在了树上，裤子都掉了下来。哈哈，第二天，隔老远的护士学校的女孩都知道了他穿着绿色的内裤，哈哈！”凯泽尔笑得眼泪都掉了出来。

秦恬擦着冷汗，这个槽，吐得有点狠啊！千万不能让海因茨知道她知道了这个八卦，否则绝对被他的真枪射个对穿，然后被他的假枪烧成灰。

“后来，弗兰克按照父母的要求订婚了，我们去参加他的订婚宴，只露了个面，晚上就一起回学校了。结果一周后弗兰克的未婚妻来了，竟然偷偷给海因茨塞情书，哈哈，他当时没拆，晚上把信扔给我们看，结果我们发现信居然是写给奥古的！哈哈，我们告诉海因茨后，他气得两天没和我们说话。”凯泽尔说罢，突然问秦恬，“媞安，你觉得海因茨和奥古斯汀，谁比较帅？”

秦恬想了想，笑着露出一口白牙：“你比较帅。”

说实话，西方男生五官立体，只要没有先天缺陷，基本不会丑到哪儿去，更何况是具有先天优势的日耳曼血统。只不过欣赏可以，要她真正把这些帅哥作为伴侣来考虑……还真有些不习惯，文化差异和审美差异真的很难攻克。

凯泽尔一脸理所当然，摸着下巴：“是啊，我也觉得我比较帅。”这时，他手里的东西吃完了，左右环顾，指着街角一家露天咖啡馆道：“走累了，坐一会儿吧。”

“好。”秦恬随他走过去，坐下。

凯泽尔要了一杯咖啡，秦恬要了一杯橙汁，凯泽尔继续和秦恬说着他们以前的趣事，秦恬听着听着忽然觉得，怎么关于弗兰克的比重越来越大？

而且凯泽尔的表情，不对劲……

他不停地说着：“弗兰克那时候还问我为什么没进党卫队，我说我体检没通过，他不相信。其实我没告诉他，是我不想进，我想跟奥古进陆军。奥古跟我说过，党卫队太极端了，不适合我，也不适合他。”

“我真后悔，我应该拉着弗兰克的，这样他就不会被那个疯子指挥官指挥，头脑发热地喊着口号，就去冲击别人的阵地。”

“波兰战争一共才死这么点人，为什么偏偏他就在里面？”

“他一直是我们的大哥，保护着我们，替我们善后，帮我们逃课、作弊、记笔记、骗教官……为什么是他？”

“我不明白，我不明白这都是为什么？”凯泽尔抱着头，痛苦地缩在位置上。

秦恬紧张得连橙汁都没喝，舔舔干涩的唇，伸出一只手企图去拍拍他的手背，脑子飞速转着，想说些安慰的话。可没等她的手碰到凯泽尔，凯泽尔忽然发作，手一抖不知从哪儿摸出一把手枪来对准了秦恬的额头。他表情狰狞，眼神涣散，瞪大眼一言不发地盯着秦恬。

秦恬反应极快地缩回手，双手举起，盯着凯泽尔，一口气就这么憋着，紧张得忘了呼吸。

又是枪口，怎么回事啊！

凯泽尔刚才的动作极为快速，可见军事素质相当过硬，枪口对准秦恬的时候，保险栓都已经拉开了，就等食指动那么一下。两人对峙的时间很短，可是足够咖啡馆其他人尖叫着逃离，足够秦恬恐惧到有作呕的感觉。

凯泽尔表情不大对劲，反正不是在看着她，似乎正在整理自己的思绪。秦恬小心翼翼地问：“凯、凯泽尔，你……你还好吗？”

凯泽尔疑惑地歪歪头，忽然恍然大悟似的，飞快地收起枪，狰狞的表情转瞬间变成了一脸的阳光灿烂、人畜无害。他躬身道歉：“对不起对不起，我、我总是控制不住。”

秦恬还保持着双手举起的状态，她已经被那口气憋得胸口窒闷，此刻终于恢复了呼吸。她感觉压力很大，摸着胸口，考虑着该怎么逃离这个变脸比翻书还快的男人。

其实不难看出，凯泽尔有精神疾病。患病者一旦有某个契机，就会进入自己的世界，然后跟恶鬼附体一样。显然，弗兰克的死亡就是让这个阳光少年变身的原因。

秦恬虽然报名了护士学校，但一来她还没去上过课，二来她就算上课了，也不学习精神疾病相关知识，所以现在最好的办法就是逃了。

凯泽尔却似浑然不觉的样子，笑眯眯地问秦恬：“媞安，我跟你开玩笑呢，没吓到吧？”

秦恬心里爆粗口，面上却镇定自若：“你可真吓到我了。”

“放心，我绝对不会伤你的，我答应奥古会照顾你的。”

“不用不用，我自己能照顾好自己。”奥古斯汀派了个鬼畜不够，还派个精神分裂者，这是想活活整死她啊。

“哎，答应别人的事情怎么能忘，而且我也照顾不了很久，我只是跟着上司来这儿受勋，过几天就要走的。”

“是吗？恭喜你。”秦恬的声音还在颤抖。

凯泽尔看看秦恬似乎有些苦恼的样子，又看看天色，然后一口喝下咖啡，在桌上放了点钱道：“走吧，看看木马那儿还有那么多人没。”

秦恬起身跟在凯泽尔身后，深感旋转木马应该是她解放的关键了，心情总算轻松了一点，这才小心翼翼地问：“其实刚才还有很多马背是空的，既然想玩，为什么不上去？”

凯泽尔苦笑着撩撩大衣，露出里面笔挺的军装：“我要是这么坐上去，把人吓得一哄而散，那多不好。”

要是十五分钟前他这么说秦恬或许会有一点点感动，可现在秦恬只剩下满心的赞同——是啊是啊，你确实很吓人！

凯泽尔说过几天就要走，还真是不含糊，三天后就来登门道别了，还给秦恬送来了奥古的信，告诉她不用纠结回信，战场危险，回信不一定收得到。

秦恬其实曾提笔尝试回信，却不知道写什么好。

所以对于凯泽尔体贴的不用回信的要求，秦恬一口答应，倒弄得凯泽尔一脸惊愕。

凯泽尔拿出信封：“这是海因茨的公寓的地址和钥匙，他是常驻人员，有资格配发公寓，我和奥古常去暂住。现在我们三个都不在，你要是有空，或许能帮忙打理一下。”

秦恬接过信封，心里想着家里有哪个隐蔽点的柜子能够锁上就忘了的。

两人沉默了一会儿，秦恬侧过身：“不进来坐坐？”

凯泽尔指指远处：“车等着我呢……对了，听说你在华沙的一家酒店工作了很久？”

“是的。”秦恬点头，忽然觉得有点不妙，“你这是要去……”

“波兰。”凯泽尔笑，“你和奥古斯汀就是在那儿认识的吧。”

去波兰……秦恬沉默了，心中有一种相当复杂的感觉。今年吧，似乎就是今年，东方战线就要开始了，斯大林格勒、列宁格勒……作为重要的中转站，被派往东线的部队都是先在波兰驻扎，这一点，稍微懂战略的都分析得出来。

现在，在她面前站着的，是一个即将走上苏联战场的人吗？

她的心情忽然就沉重了。这么一个阳光少年，已经被战争逼成了人格分裂，一半天使一半魔鬼，等到了恐怖的苏联战场，不知道他这样的心理承受力能生存多久。

说不定，这一别，就是永不再见。

不同于奥古斯汀所在的摧枯拉朽、不战而胜的卢森堡战场，不同于海因茨那只有他害人没有别人害他的纳粹任务，眼前这个孩子，他将前往“二战”最黑暗和残酷的地方，很可能受重伤甚至死亡。作为一个军官，战争结束前，他的内心很难再获得安宁。

想到奥古，就更担心东线，那儿是德军的坟墓。她每看到一个德军，就经常会条件反射地把他和东线联系起来，然后满肚子幸灾乐祸或是同情怜悯。

顽强的苏联军民，铁血不亚于法西斯的红色政权，广袤无垠的土地，百年难遇的西伯利亚寒流……

东线战场开辟，德国开始走向毁灭，而凯泽尔，就是为第三帝国牺牲的第一批年轻人。

秦恬的鼻头忽然就酸了，她眯起眼，忍着眼眶里的热流。

“你那是什么表情？现在波兰没有战斗，你工作的那个酒店有没有好吃的可以推荐？我还可以帮你带信，说不定我就住在那儿了。”

秦恬揉了揉脸，还是没法让表情欢快起来，听凯泽尔絮絮叨叨地说着话，心里在挣扎。

她当然不可能说，凯泽尔，你别去波兰好不好，她挣扎的只有一件事。

“凯泽尔……”

“嗯？”

“那个，你别想歪……”

“什么？”

“能……给个拥抱吗？”秦恬艰难地说，尽量让自己表现得很严肃，“还有，亲一下……就亲脸，只亲脸啊，我、我……”她后悔了，不该有这个冲动，她只是单纯地想留个念想。无论凯泽尔什么立场，无论他如何吓到自己，他都没有真正伤害过她，从来没有。

他给她带来了那些礼物、八卦、叮嘱、玩笑、零食，还有旋转木马……而下一刻，他就要去东线了。

“算了，就、就抱一下吧，亲就算了……”秦恬语毕，凯泽尔突然抱住了她，正太的脸，却有个温暖宽广的胸膛，银质的扣子磕到了她的脸，差点砸掉她的大牙，她半张着嘴呆了半晌，慢慢地抚上他的后背。

凯泽尔一言不发。他身上有很清新的气息，似乎用的是那种最便宜的德国香皂。

“你是奥古的兄弟，就是我的兄弟。”秦恬轻声道，“无关立场，无关国籍，我知道你是个好人。”

拥抱更紧了。

“我一直很矛盾，我和奥古，和你们，立场相对。我不恨你们，可我也不该和你们走得太近。”秦恬有点想哭，事实上她的眼泪的确在流，“你们，夺走了我的朋友、我的生活，让我吃了很多苦头。我为了回家，穿越法国，我看到你们枪决的战俘……里面有一个护送我的法国士兵。”

凯泽尔的拥抱有点僵硬。

“我痛恨你们的一些做法，可是我明白，真正该恨的，不是听命行事、为国战斗的你们，而是那些贪婪的当权者和野心家……大家，都是可怜人。”秦恬抽噎了一下，“凯泽尔，你很奇怪吧，为什么我反应那么大？其实我也不知道，我不想哭的。”

她抽回一只手，想擦眼泪，但凯泽尔捧着她的脸，低着头专注地看着她，看得秦恬脸上火辣辣的。

他用指腹擦掉她脸上的眼泪，轻声问：“你也在为奥古哭吧，或者还有海因茨。”

秦恬点点头，努力想挤出微笑来：“抱歉，我太冲动了，我都不知道我在说什么，你就当没听到吧。”

“你说得很对，这场战争也带走了我的朋友、我的生活，可是那终究是我的祖国，那个当权者改善了我们全家的生活，还给了我上学的机会。”凯泽尔顿了顿，又道，“吾之荣誉即忠诚，在吃上第一根香肠时，我就是这样发誓的。”

“我明白。”秦恬抽噎。

凯泽尔快速地在秦恬脸颊上啄了一下，然后擦掉她的眼泪，又将她拥在怀中，低叹：“遇到你，肯定是奥古最幸运的事情，好羡慕他。”

“遇到你们，肯定是我最不幸的事情，好同情自己。”秦恬苦笑。

凯泽尔离开后，秦恬坐在大厅，发了很久的呆。

她承认，她圣母了。

她恨纳粹作恶多端，可是她却无法把恨落实到个人。她的幸运在于她遇到的德国军官都因为奥古斯汀对她很友好，可她的不幸也在于此。

当猜到凯泽尔要上东线战场时，她打心眼里为这些年轻人感到悲哀。

如果现在波兰已经开始囤积军队，那么奥古斯汀呢，她不知道他什么时候才能结束他那里的战斗，而一旦战斗结束了，是在那儿驻扎，还是会被送往东线？这一切，都成了压在她心头的石头，让她喘不过气来。

而且今天的冲动——与凯泽尔的这一抱一亲，万一被人看到，她的形象是彻底完了。

现在的法国人当然只会心里暗自鄙夷，因为德国现在是这儿的地头蛇，他们也想不到德国几年后会被打败，而等德国被打败了，那就是新仇旧恨一起算的时候了，她这样公然与德国军官搂搂抱抱的人必定会被推到风口浪尖上，到那时根本不可能有保住全尸的机会。

相比以往模糊地想想，她第一次清楚地意识到应该筹划以后的生活了。

冬天来了，转眼就是圣诞。

秦家至今没有过圣诞节的习惯，巴黎也没有人养成圣诞节在中国餐馆用餐的习惯，所以今晚，秦家停业。

一家人和康叔围坐在温暖的客厅中，秦父和康叔下棋，秦恬在一旁捧着上护士课记的笔记有一眼没一眼地看着，最后还是忍不住放下笔记观战，时不时地惊呼一两声。

秦母在一旁打毛线，米色的毛衣已经有了雏形。应秦恬的要求，毛衣打得相当宽大，还有着时髦的堆堆领。

壁炉烧着柴，噼啪地响着，这是秦恬最喜欢的桥段，她以前就很羡慕电影里的主人公，坐在壁炉边，腿上盖着毯子，手上拿着书的感觉。

远远的塞纳河边的小广场中有圣诞舞会，据说到了晚上还有烟火，这一切在准备阶段时秦恬毫无所觉，到了晚上却突然感受到了热闹。

大冬天的，她不想出去凑洋人的热闹，因为这不是她在这儿过的第一个圣诞节，有些什么套路她也不再好奇了，只是感叹最近两个圣诞节全在德占区度过，真是悲剧。

隐隐约约听到有人在合唱，声音很是悠扬，秦恬侧耳听着，却有道敲门声响起。

“阿爸，有人敲门。”秦恬起身，披上外套，“我去看看。”

这时候怎么会有人敲门呢？秦父不放心，也披上外套跟出去。

秦恬在门内问道：“谁啊？”

“媞安，是我，伊万！”

秦恬打开门，看到伊万在门口跳脚，嘴上哈着白气。

“媞安，圣诞快乐！”伊万提起一个大盒子笑嘻嘻地说，“这是我们院子里的人送给你的礼物，全是那些大婶的拿手点心，奶奶做的鸡肉土豆泥也在里面。以后有人问起，你一定要说我奶奶做的最好吃哦，土豆泥可是我碾的！”

这时秦父打开了门廊上的灯，伊万才看到秦恬身后站着的人，不好意思道：“哎呀，伯父好，伯父圣诞快乐！”

秦父忍俊不禁地点点头，既然是认识的，他就不陪了，转身回了房，临走前还道：“阿恬，请你朋友进来坐坐吧，外面冰天雪地的。”

伊万闻言忙拒绝：“别啊，今晚我值班，巡逻刚开始呢，谢谢你们……不过媞安，能给我一杯热水喝吗？我觉得我呼吸的都是冰碴儿，胃里的肉汤都结成冰了。”

秦恬接过礼物盒，颇有些不好意思，她都没想到给院子里的那些人送圣诞礼物：“好的，你等等啊。”

说罢，她转身回房放了盒子，倒了一杯热咖啡拿出来给伊万。

“哦，热咖啡，太好了，你真体贴！”伊万欢呼一声接过杯子，小口地抿着，还是被烫得直吐舌头，随后他指着外面门边的信箱道，“阿恬，你们有信不取吗？会被弄湿的。”

“啊？”秦恬探头看看，信箱里隐约有一个信封的角露出来，不仔细看还真看不到。要不是伊万等待的时候乱看，凭着秦恬一家几十天不注意信箱的习惯，估计这信得放到明年圣诞去。

她回房取了钥匙打开信箱，里面只有孤零零的一封信。

没等秦恬仔细看，伊万已经把咖啡喝完了，他满足地摸摸肚子，把杯子还给她，道：“真是太谢谢了，你拯救了我，媞安！”

“没什么，你去工作吧。要是路过时渴了冷了就敲门，我们很晚才睡。”

“好，再见。”

秦恬送走伊万，关上门，按捺不住好奇心，便就着门廊灯看了看信封，瞬间震惊了，上面赫然写着：

法国巴黎第七区奥赛街十九号福气楼秦辉先生亲启。寄信人：中华民国秦九。

# 战起1938

下

疯丢子——著

贵州出版集团
贵州人民出版社

# 目　录

# 第十八章

# 突袭

家里的沙发边多了一个精致的相框，相框里有一张照片。

照片上，年轻英武的男人穿着灰色的德式军装，大盖帽，白色手套，打绑腿，长筒马靴，身量笔挺，微笑地看着镜头。虽然整个人有些偏瘦，却英气勃勃。

他侧站着，一手弯曲，握着左手边悬挂着的中正剑剑柄，戴着蓝色的领章，还有铜质的带星星的肩章。

一个国民党炮兵中尉，还是一个黄埔军校毕业并得到蒋介石授予中正剑的荣誉的学员。

秦恬看着照片半晌，又低头看信，不知道该哭该笑。

一旁的父母还有康叔烧了几碟小菜，热了一壶酒，庆祝儿子出息了。唯有秦恬在壁炉边，对着照片和信发呆。

原来秦九在去中国前就已经安排好了行程，他早早地递交了黄埔军校的学员申请，赶到成都后，刚好加入了一九三八年十月第十六期学生第一总队，即将在一九四〇年十二月毕业。学习愉快，一切安好，他觉得自己脱胎换骨，虽然思念父母亲妹，但决定不救国，不归家。

这封信是他毕业前就写好的。作为优秀学员，他得以被校长授予中正剑，几天后就是毕业典礼，他估计毕业后无暇写信，便央求老师先给他拍了一张照片寄回来，算是归国华侨的一点福利。

看日子，这封信整整寄了一个多月才到法国，那么现在的秦九，应该已经在战场上了吧。

细想之下，秦恬全身顿时冰冷，一股悲凉的情绪油然而生。

她见爸妈笑逐颜开的样子，起身强笑道：“爸妈，你们有什么要说的吗？我给哥回信。”

秦父想了想，道："你有什么想写的先写吧，我负责我跟你阿妈的，省得你们兄妹俩有什么小秘密要藏着掖着。"

秦恬还没反应过来，秦母笑着拍了下秦父道："你还在记恨那次啊？"

"哪有！"秦父回嘴。

秦恬傻站着问："什么小秘密藏着掖着的？"

秦母也不把康叔当外人，笑道："你忘了？那时候你还小，你哥去波兰留学了，全家给他写信，你爸让你先写，你那时第一次来每月的那事儿，肚子疼，就在信里跟你哥说了，你爸看到了，笑了你两句，你气得三天没吃饭，哈哈！"

秦恬窘，虽然她早就达到了拿透明塑料袋装着卫生巾过大街面不改色的等级，但还是有点接受不了，兄妹俩感情再好，至于把这也往信上写吗？别说她爸笑了，她哥估计也是顶着张窘脸看的。

不过这样也好，省得她写些什么出格的，秦父秦母不能接受。

于是秦恬噔噔噔上楼，扯了一沓信纸，就开始奋笔疾书。

她有太多要写，太多要叮嘱的，虽然她哥从最开始就走了最错的一步，但是福祸相依，说不定这可以成为一个转运的契机。好歹他现在是黄埔学员，前途无量，就算逃到台湾也不会没饭吃，而战后如果能回到法国那就更好了。她在战争结束前肯定是要离开法国的，不可能留在这儿受那群法国人的气，有秦九这么一个战胜国将领在，肯定可以给秦家多一个保障。

写些什么呢？

首先，交红色的朋友是最好的了，别问我为什么，听你妹的没错。实在想知道原因？好吧，中国人不打中国人，要让你爹知道你好好的小日本不打跑去干别的，那就永远别回来啦！

接着，呃，军功重要，生命更重要，死了就什么都没啦。

还有，钱，大哥，多赚钱没坏处的，那种投资啊、古董啊什么的，没让你搜刮民脂民膏哦，只是说，脑子要灵活点，别一门心思勒紧裤腰带打仗，要想想战后的日子怎么过。给你个提示啊，以后会升值的东西多了，邮票、书籍、报刊文摘、瓷器花瓶什么的不用说了，你只要知道，就连一个板凳都是古董。

说起古董，哥啊，要是有实力，别让咱中国的东西流落到外国人手里啊。你知道不，前阵子阿爸到别人那儿干活，看到他们屋子里放着咱中国的青花瓷，气得喝了一晚上酒。黑心的事儿咱不干，凡事你要凭良心来，别上面鼓动一两句你就热血上头了，做事前判断判断，暗杀啊、下绊子啊那种阴损缺德事儿让爱干的干去，阿爸说过，咱要活得光明磊落。

我说的你可能看得莫名其妙，但是请记住妹妹我说的，时常拿出来看看，有好处的！

最后，最重要的，哥，我有嫂子了没？别私订终身啊，找着人了记得给咱爹妈尤其是我过过目。要高，要漂亮，但别比你高，更别比你妹漂亮，记住啦！

秦恬看看草稿，大致就那意思，再润色一下笔调就行了。她想了想，最后简单地说了一下她在华沙的事情，又讲了她参加了红十字会的护士培训班，便不再多写了。

秦九的来信让秦母格外兴奋，秦恬再次下楼的时候，秦母不知从哪里翻出来一本相册，和秦父还有康叔一张张看着。

条件有限，他们的照片并不是很多，也就薄薄一本，但每一张都是经典，秦母甚至记得每一张照片的背景故事。

秦恬五岁生日的时候，秦九赶作业，没搭理她，秦恬一怒之下把蛋糕盖在他头上，然后坐地上号啕大哭。秦九顶着满头奶油气得半死，还得憋着气安慰妹妹，那脸色有够精彩。刚进门负责拍照的邻居看到这一幕火速抓拍，于是就有了满头满身奶油的正太蹲着，抱着坐在地上大哭的小萝莉，一脸的仇恨全社会的模样。

全家去看秦九在学校的表演，他演《王子复仇记》里的一个炮灰，负责被哈姆雷特一剑刺死，然后摔个大马趴。结果小秦恬一看哥哥被刺死了，猛地蹿上去，捧起台前装饰用的小花盆就往哈姆雷特身上砸，把王子砸得泪流满面、满场乱窜，地上的炮灰秦九反应不及，仰起头惊愕地看着妹妹英勇地为他报仇……这混乱的一幕也被学校的照相师拍了下来。

…………

一张又一张照片，虽然大多是严肃的，但每一张窘照都有个精彩的故事。秦母说着说着声音低了下去，一边笑，一边擦眼泪："你们两兄妹哦，以前可是有名的淘气鬼，谁见都头疼。"

秦恬也看得眼眶发热。一旁，秦父已经和康叔默默地走开，两人对坐着，开始下棋。

相册终于翻到最后一页，秦恬和秦九长大了，全家福的旁边，有兄妹俩的合照。

青涩的秦恬挽着秦九的手臂，头微偏搁在秦九的肩膀上，眯着眼笑得极为开心。已经是青年的秦九似乎努力想让表情严肃、成熟点，可依然憋不住嘴角的一丝笑意。两人合照的背景，是福气楼。

“说起这张照片，你说是你拿零用钱请的照相师，最后到底是谁付的？你哥还是你？”秦母忽然问。

秦恬一愣，看看照片，笑了：“肯定是哥啦，你看他那肉痛的表情。”

秦母笑着拍了下秦恬：“哪有肉痛，你哥从小被你打劫那么多零用钱，从来没皱下眉头。你要合影，他高兴都来不及，怎么会肉痛。”

“行啦，谢谢阿妈，给了我一个全天下最好的哥哥，成了吧！”秦恬捧着秦母的脸大大地吧唧了一口。

第二天，秦父和秦恬都把各自的信写好了，只是秦母磨磨叽叽，总有说不完的话。她会算账，但不会写字，还要靠着秦父写。全家商量过后，决定过阵子再寄，顺便还可以给秦九寄几张他们的照片。

康叔回了小屋去休息，秦恬一家三口上了街，发现礼品店还开着。他们敲开门，问女店主买了一个薄薄的项坠，可以放照片的那种。

然后他们又去了照相馆，那儿倒是营业中，很多家庭在新年第一天穿了新衣服来拍照。见他们一个个都打扮得很正式，秦母连忙拾掇起秦父和秦恬来，她帮秦恬涂着口红，嘴里还埋怨：“瞧你们，我说要穿好看点，你们不听，非把灰不溜丢的大衣穿出来，你瞧别人穿得多光鲜！”

秦父不自在地咳了下：“又不是拿去相亲，拍那么好看做什么？”

“哦，你儿子在中国给他同僚看家人照片的时候不要脸面的啊？你老是说要给我们阿恬找个中国帅小伙，找遍巴黎找不到，还不是只有靠我们阿瑞来找？阿恬不打扮得漂漂亮亮的，阿瑞拿得出去啊？对了，给阿恬单独照一张！”秦母说话间，又一个命令下达了。

秦父摸摸鼻子，背过手去，做出一副不跟妇道人家计较的样子。

秦恬倒无所谓，她穿了黑色大衣没错，可里面有秦母打的堆堆领毛线衣，别提多洋气了，只要头发整整，问题不大。

秦恬头发长，弄了个中分，长刘海柔顺地贴在两边，梳了个淑女头，这么微微一笑，赫然就是白净秀气的小家碧玉。秦母看得满脸高兴：“我们家阿恬，像我。”

秦父给了个白眼儿。

“又漂亮，气质又好，呵呵，拿得出去！”秦母高兴地说道。

又不是开展销会，怎么老是说什么拿不拿得出去啊？秦恬暗自腹诽。

照完相后，定了尺寸，约了领照片的时间，三人沿着塞纳河慢慢地散步回去。

圣诞之前一直在下雪，现在河边路边都是积雪，远处几个巴黎的清洁工人在铲雪。雪堆处，还有小孩在堆雪人，雪人的样子很简单，很复古。

秦恬也想堆雪人，可看看自己的新手套，想想还是算了，赤手空拳她不干，废了新手套她也不乐意。

现在是中饭时分，路过一条美食街时，浓郁的香气扑面而来。虽然有三三两两的德国兵也在吃饭，但也不乏普通市民进出。秦父看看身上带的钱，一挥手道：“走，今天我请你们下馆子！”

秦恬噗地笑了：“天天吃馆子，还下什么馆子。”

“行了吧，你阿妈跟着我，还没出去吃过几回。”秦父左右看，“老太婆，要吃什么？”

秦母抿着嘴笑，她虽然在照相馆门口爆发了一下，但是大多数时候，她在公共场合还是很贤良淑德的范儿。

三人挑来挑去，选了一家意大利餐馆。这家的意大利面很好吃，而且还有熟人——一个以前一起工作过几回的意大利厨师，托尔。

不过可惜，今天托尔没在。

三人吃完面溜达回去，刚走上奥赛街，发现路口竟然设立了路障。两个德国兵拦住了他们：“你们干什么？”

秦父手一拦把妻女挡在身后，回答道：“我们回家！”

“家？在哪里？”

“十九号，福气楼。”

两个德国兵交流了一下，问道：“那个中国餐馆？”

“是的。”

“哦，这条街戒严了，要么别进去，要么进去别出来。”

“戒严？怎么回事？”

“这不是你们该管的！选择吧，进去，还是不进去？”

秦父顿了一下，道：“阿静，你和阿恬先去老屋等着，我回福气楼。”老屋是秦母的父母的屋子，没多远，现在已经空了许久。

秦母声音都抖了："怎么可以啊，要去一起去。"秦恬也忙点头。

"不行！有人在外面也好有个照应，你们两个去老屋，我得去店里，总要有个人看店。"

"店里又没什么值钱的。阿辉啊，我们一起去老屋。"

"喂，你们商量好没有？"士兵不耐烦地催促。

秦父把秦母和秦恬一推，往前走两步："我进去，我妻子和孩子回家。"

"阿辉啊！"秦母好像生离死别。

秦恬也很担心秦父，可是她明白，现在冲回福气楼，除了陪着秦父，什么都做不了，不如四处打听一下到底出了什么事。想到这儿，她拉住秦母安慰："阿妈，阿妈，我们在外面，才能做更多，不能拖累阿爸。走，走，我们先走。"

她朝秦父的背影喊："阿爸，小心，实在不行，实在不行的话……"她咬咬嘴唇，还是摇头道："阿爸，小心！"

秦父挥挥手，穿过路障朝里走去。

秦恬扶着秦母慢慢转身往老屋的方向走。其实她刚才想说，实在不行就报海因茨的名字，可是转念一想，这真是最可笑的想法，别说海因茨现在不在，就算在，不该他管的他绝对不多管，绝对懒得搭理自己。再说现在也没出什么严重的事，应该没关系。

她可真是病急乱投医。

"阿恬啊，到底是出了什么事啊，怎么会这样呢？"秦母止不住哭泣，"作孽哦，这真是作孽哦！"

"阿妈，你先回老屋等等，我出去打听一下。"秦恬也很茫然。

圣诞第二天，街上人很少，不知是不是临近的奥赛街戒严的缘故，这一块更是半天见不着几人。秦恬刚把秦母扶进位于不远处一个公寓三楼的老屋，忽然就听戒严区方向传来枪声，秦母愣了一下，顿时痛哭失声，作势要冲出去。秦恬连忙拦住她："阿妈，阿妈！没事的，没事的！他们不敢乱杀人！"

这是德国占领法国后的敏感期，身为侵略者更要注意自己的所作所为，否则一着不慎，满盘皆输，秦恬笃定德国人不敢乱来。

但同时，她也心急如焚，巴黎很久没出现枪声了，到底是出了什么事？

安顿好秦母，秦恬立刻跑了出去，但到了楼下，她却发起了呆。

其实她也不知道该去找谁，她上头没人，对头倒不少，找人乐呵可以，找人帮忙还真是无从下手。

秦母是典型的家庭妇女，有生活的睿智，有照顾家庭的勇气，但是因为缺乏知识，她比秦恬还没主见，此时吓得六神无主，什么建议也给不了。

秦恬开始后悔了，她觉得刚才的分工出了错误，应该是秦父出来陪秦母，她回去看店。至少秦父在这儿住了那么多年，总该有些门路，而她，什么都不记得，这段日子，也不见有什么叔叔伯伯上门。

但事已至此，别无他法，她只有硬着头皮上了。

这种事关人身安全的时候，该找谁呢？秦恬走着走着，进了第七区的警察分局，里面人来人往，很是忙碌。

她站了许久，却没人来搭理她，只能自己随便拦住个警察："你好，我想问下……"

"有什么事，请去咨询台。"警察随手一指。

秦恬撇撇嘴，顺着那手指找到了人流中的咨询台，走过去拍拍桌子。咨询台中坐了两人，一个穿着法国警服，一个穿着德国军装，两人同时看着她。

"我想问下关于奥赛街的事情。"秦恬道。

两人对视一眼，一起低下头。

"对不起，我只是想问一下。"

"抱歉女士，我不知道，而他，也不会告诉你。"法国警察抬起头回答。

"那……"秦恬只能换个问法，"会有危险吗？戒严什么时候解除？"

"不知道，不知道，不知道……"法国警察摇着头，用咏叹调一般的声音回答着，手里整着一沓资料，满脸敷衍。

"嘿！"秦恬双手砰地砸在桌面上，提高声音，"就算法国沦陷，我们纳税人就活该交着钱却得不到半点儿保护吗?！你吃谁的？喝谁的？用谁的？这么简单的问题都回答不了，要你们警察有什么用啊?！啊，有什么用?！"

法国警察呆住了，一旁的德国士兵站了起来，严肃地看着秦恬，用生硬的法语道："女士，如果你是来闹事的，请出去！"

秦恬摸了把额头，让自己冷静下来。她绝对不求法国人了，这大胡子在这儿就是个摆设，比傀儡还废柴，还不如求助德国兵。秦恬挤出一点微笑，用德语回答道："您好，我的父亲被困在奥赛街戒严区，我想知道那儿发生了什么事……就算不能告诉我发生了什么事，起码让我知道无辜的平民是否会有危险，还有什么时候能解除戒严……我和我的母亲都很担心。”

显然，听到母语是一个让人精神舒缓的事儿，德国士兵盯了秦恬一会儿，缓了缓表情，回答道：“搜查逃犯。只要不包庇，普通人没有危险，持续多久不知道，我们要等通知。”

“谢谢。”秦恬想想，还是不放心，于是赔着笑脸，更加柔和道，“抱歉打扰，我能再问下，一般这种戒严会持续多久？”

德国士兵暂时还没表现出不耐烦：“或许你现在回去戒严已经结束，没有的话，我也不知道。”

“非常感谢。”秦恬点头道。

觉得德国士兵说的和自己心里想的差不多，秦恬放心了些，这才有空注意起四周，不由好奇，为什么这么多人？

似乎警务厅已经成了杂事的集结地，里面很多人在转悠，也有很多办公桌面前坐着处理事务的人。秦恬慢悠悠地走向门外时，隐约听到一个妇女在说：“我的姐姐来信告诉我，他们被赶出了房子。我来的时候，找不到他们一家的下落，而她原先的房子，竟然已经换了门锁，被别人占了！我不指望要回房子，但我要知道我姐姐一家的下落。”

秦恬放慢脚步，竖起耳朵。

那秃顶的工作人员一脸麻木地问：“犹太人？”

那女人一愣，缓慢地应了一声。

“你的‘大卫之星’呢？”

“我、我没戴。”

工作人员看了女人半晌，朝周围看看，见没德国人，才叹口气低声问：“你姐姐什么时候写的信？”

“半个月前。我住在凡尔赛，刚赶过来。”

“半个月前……我看看……”工作人员翻翻资料，道，“别找了，为了给德国军官腾出房子，很多犹太人都被送到外面去了。”

“外面？哪儿？”女人急切地问。

工作人员耸耸肩：“集中营，隔离区，具体在哪儿我怎么知道？你快走吧，别被人看出来。”

警务厅里，似乎所有人都焦头烂额，相比之下她是多么轻松。秦恬偷听了一会儿便慢慢走了出去。

她沿着街走了一段路，看到一家面包店，摸摸自己的钱包，进去挑了最大最便宜的硬面包和一罐牛奶，刚好把钱花完。

秦恬抱着简陋的食物心里默默流泪。她零用钱不多，又抠门，就怕出门花钱，今天只带了一点点钱，只能回去委屈老妈了。

奥赛街在戒严，可别处没有，圣诞第二天的气氛还是很热烈，街头有画家在画着画，冰雪中的小花园有彩色的凳子，还有玩耍的小孩，当然，也不乏裹着奇怪布料缩在墙角睡觉的流浪者。

秦恬抱着食物快步走着，路过一条小巷时，眼角瞅见一个妇女带着两个小孩在掏垃圾桶，其中一个小孩手里抱着一个用纸包着的东西，大眼睛直直地盯着秦恬——手里的面包。

秦恬下意识地收紧手臂，低头快步走过小巷。

当她有条件帮助别人的时候，她丝毫不介意在遇到这样的组合时贡献一下手里的面包和牛奶。可是现在不行了，她只有怜悯，完全不想贡献。

耳边传来脚步声，那小男孩竟不由自主地走到巷口，探出头，用大眼睛看着她。秦恬微微侧身瞅见那样子，连忙转头，默想：你就算眼睛瞪脱窗了也没用，姐姐不是圣母！

她一路疾走，回到公寓，客厅没人。估计秦母在卧室，于是她边放下食物边大声说："阿妈，我刚去问过一个德国兵，他说阿爸老实待着就没事，抓个逃犯而已，你放心好了，很快就能回去了。阿妈？阿妈你听到没？"

没有回音，秦恬心里咯噔一声，她快步走到房中，发现秦母躺在大床上，紧闭着眼，不知是不是睡着了，可是那满脑袋的虚汗还有满嘴唇的燎泡都显示——她很不好。

她似乎还做着噩梦，眼皮不停跳动，头微微摇动着，表情极为不安。

秦恬感觉自己心跳瞬间变快了，她连叫几声，秦母都不醒来。护理课不是白学的，她连忙去接水，却发现没有水……房间空置太久，早就断了水电，她出门的这会儿工夫，秦母滴水未进。

秦恬想也不想就跑到对面拍门借水，却没有人。

怎么办？秦恬第一次恨自己的逃避。她害怕自己和以前的朋友接触过多会被揭穿，也懒得再去小心翼翼，所以在巴黎一直没有相熟的人，此时家回不得，上医院没钱，竟然被逼到了走投无路的地步！

唯一能喝的液体只有那罐牛奶，可生病时，这种高蛋白高脂肪的东西可能会加重病情。

秦恬烦乱地在床边转了好几圈，一咬牙，还是决定把秦母先送进医院，她相信这时候的医院不至于丧尽天良到先交费后收治的地步。

背起秦母下楼，辨认了一下方向，秦恬往记忆中最近的医院走去。记得就和奥赛街隔了一条街，光靠走有点远，但秦恬没办法，她坐不起出租车，这么冷的天也找不到马车。

耳边是秦母急促的呼吸声，地上还残留着冰层，一步一滑，秦恬就算历练出了一身力气，却也有限，更何况秦母虽然不高大，却已经有点发福，还没走出这条街，她已经累得气喘吁吁，艰难程度不亚于当年徒步穿越巴黎。

越心急越走不稳，秦恬跌跌撞撞地走出这条街时，扶着秦母双腿的手已经有些脱力了，肺部如拉风箱一样，但她不敢停，只能靠着惯性往前走。

实在走不动了，秦恬就把秦母放在路边的椅子上，弄一点积雪拍她的脸降温，又找了点干净的雪，塞进秦母的嘴里，让她含着，降降火气。

秦恬第一次觉得，学护理真的很重要，要不是她去上了几堂课，这时候恐怕早就把一整罐牛奶往母亲嘴里灌了。她一边碎碎念地背着一些印象比较深的护理口诀，一边擦着秦母脸上的汗，等缓过劲来了，再背起母亲继续前进。

就这样走走停停，等秦恬快虚脱时，才勉强到了那条街的附近。

眼看胜利在望，她极为兴奋，一鼓作气地背着秦母往前冲，但刚拐弯，她心都凉了，路口竟然站着德国兵，还设有路障！

他们在找史前巨怪吗？至于这么一大片全戒严吗？！

秦恬心里不甘，真想干脆冲进戒严区算了，跟秦父在一起，远好过她在外面六神无主，也有钱找医生，她所知道的医院就只剩八区的了，那可是要坐地铁过塞纳河长途跋涉的啊！

这么想着，她腿一软，绝望如潮水般涌上心头。

想来想去，只剩下大院了。

秦恬实在不好意思麻烦那些本来就不富裕却极为热心的人，昨晚他们托伊万拿来的礼物还没拆，她也没来得及回礼，没想到第二天就要去麻烦人家了。

虽然累得不行，但她不愿意在那些路障前的德国士兵眼皮子底下休息，吃力地背着秦母转了个弯。这儿已经是商业区，路边没有椅子，行人也很少，大多躲了起来，她只好把大衣脱下来，垫在结冰的地上，让秦母坐上去不至于觉得冷，自己则蹲着，拿雪水给她降温。

远处有车子行驶的声音传来，秦恬抬头一看，似乎是德国军官的车子，前后还有三轮摩托护驾。眼见避不过，她只能蹲在秦母前面，能挡一点是一点，自己则垂下头，尽量不去看他们。

吱——

车停了，似乎就在面前。

拐弯就是路障，也没地儿停车，所以秦恬并没多想，听到开车门的声音，更不敢抬头看，唯恐刺激到那群杀人机器。

嗒嗒嗒，一双长筒马靴在面前停住了，秦恬终于忍不住抬头看了看，立刻呆住。

海因茨一身皮装，戴着皮手套，正拿着打火机点烟，点燃后狠狠吸了一口，吐着烟圈道：“不错啊，你那儿不是戒严吗？竟然出得来。”

秦恬有气无力，她站都站不起来，虚弱地回答：“我根本没进去。”

“嗯哼。”海因茨继续抽烟，不说话。

他身后一个军官走上前对着他耳朵低声说了两句，海因茨点点头，看了秦恬一眼，往戒严区走去。

秦恬心里松了口气，羡慕地看着停在眼前的车子。想当年她可是花了千把块考出了驾照的呢，可现在有车在前，她依然只能背着老妈步行，早知道那千把块拿来买吃的呢。

海因茨等人消失在街角后，秦恬觉得不该待太久，便咬牙把秦母背起来，感觉耳边的呼吸更加急促和灼热了，可她此时已经是八百米跑到末尾的状态，脑子里再怎么急促，步子也迈不起来，甚至越来越小，最后干脆蹒跚了。

走了不知道有没有二十米，在秦恬感觉中几乎有一个世纪长，她忽然听到不远处传来一连串的枪声，砰砰砰砰，竟然有十多枪！别说她耳朵被震得嗡嗡响，昏迷不醒的秦母都在随着枪声一下一下地震动。

就像燃烧了小宇宙，秦恬猛地大跨了几步，然后又变成气力不济地慢慢走。

就算这时候戒严结束，她也绝对不敢回去，万一满街是血怎么办？

就在她继续往大院前进时，身后传来车子发动的声音。很快那车队就赶了上来，在她身边停下，海因茨不满的声音传来："谁准你走的？"

秦恬一愣，往身边的车上看了一眼，赔着笑脸道："抱歉，您瞧，我很急。"

海因茨嘴边还叼着烟，似乎微微思考了一下，问道："去哪儿？"

"呃，不远，朋友家。"

"朋友？你有朋友？"他似乎听到了很搞笑的事情，"一个从不随便出门的人会有朋友？"

秦恬慢慢地挪，不回答。

"不找医生？"他抬抬眼，"她看起来病得挺严重。"

"医院在戒严区里。"想到这儿，秦恬眼睛一亮，问道，"我什么时候能回去？我家有危险吗？"

海因茨挑眉："不知道。"

"我走了。"

"哼，你还走得动？"

"不用担心。"

"上车。"

秦恬顿了顿，继续往前走，嘴里道："您办公吧，长官，我可以的。"

"你能再蠢点吗？要我用强的？"海因茨又点了一根烟，不耐烦道，"趁我有空，趁车上有空位。你要是累死了，别跟奥古告状！"

不会的，我比你成熟多了，秦恬抽搐着嘴角，最终还是挡不过大腿颤抖的虚弱，挪动着爬上了车。

纵使走这么一小段路，也把她累得直翻白眼儿。

上了车，海因茨继续抽烟，帽檐压得很低，一言不发。

秦恬算了下日子，她上一次见海因茨似乎还是入秋，现在圣诞节，也就是说有三四个月没有见着他了，心里不由得庆幸，还好自己"主角"气场不浓，这种阿猫阿狗没有成天在身边转悠。不过看情形，阿猫阿狗海因茨也不乐意搭理自己。

好吧好吧，互看不爽更好，省得他出征时自己会像对凯泽尔一样对他心软。

"你确定不要送医院？"

秦恬沉默了一会儿，摇摇头，然后把刚才用来给秦母垫地板的大衣裹在身上。虽然只是一会儿，可大衣依然湿了。秦恬很无奈，车子是敞篷的，她很冷，很冷。可她没有钱，没有胆量，也没有日耳曼血统……

海因茨见状哼了一声："随便你。"

两人默然。

秦恬给驾驶员指了几个拐弯后，就在快到大院时，她忽然叫道："停停，到这儿就行了。"

这是个路口，四周都是商业区，明显不是秦恬说的公寓。

海因茨看看四周，一脸怀疑："到了？"

秦恬挤出一个生硬的笑容："那个，里面是土生土长的法国人，您看，你们送到门口，不、不方便……"

这下连驾驶员还有副驾驶座上的军官都不爽地看了秦恬一眼。

秦恬抿着嘴，努力让自己的表情显得可怜兮兮的。

这时，秦母难受地哼了一声，头靠在秦恬的肩上。秦恬一摸，滚烫滚烫的，看来刚才冷风一吹，病更重了。

秦恬难受得不行，她打开车门，抱住秦母往车下挪，嘴里用中文小声安慰："阿妈，对不起，我没钱送您去医院，我也不想问这个党卫军借钱，但相信我，我能照顾好您的。"

秦母难受得呼吸愈发急促。

"关门！"海因茨忽然道。

秦恬不明所以，继续把秦母往车下挪。

海因茨猛地探过身来，伸手关上了车门，差点把秦恬的手给夹了。

秦恬吓了一跳，感觉背后发凉，回头怒道："你你你……"

"陆军医院。"海因茨跟什么都没做似的靠在椅背上，"还有，盖上车盖，没见我快冻死了吗?！"

"喂……"秦恬很没底气地阻止，"哪个医院?"

"有医生就行，你管哪个医院！"

"可是，"秦恬咬着嘴唇，"我没有钱……"她很不想说出来，唯恐说出来会让海因茨误以为她在求助、她想借钱、她很无能……

果然，海因茨翻了个白眼儿，鄙夷道："你一定要我把钱砸在你头上才会收起你那该死的自尊吗?！"

"不是啊，我没有自尊……"秦恬噎了一下，立刻改口，"不是不是，我有自尊，只是……只是这跟自尊无关，我母亲是一下子着急上火了，不去医院也能治好，我确定。”

“我倒不知道你比医生还厉害了。”

“我好歹学了点儿护理。”

“你？学护理？”海因茨仿佛听到了很好笑的事情，哈哈大笑起来。

秦恬气鼓鼓的，干脆不接话。

秦恬不回应，海因茨笑久了也没意思，他收起笑容，看看秦恬，又看看窗外，忽然哼了一声：“你不错啊，快四个月了，一封信都没给奥古回。”

秦恬疑惑地看着海因茨：“你怎么知道？哦，你们通信……他会跟你说这个？”

海因茨嘚瑟地吐烟圈。

秦恬只能回答：“是凯泽尔告诉我的，不用回信，回信也不一定收得到。”

“所以你连试都不试？”

我又不是电影里忠贞的女主，说了别寄还眼巴巴地写了寄出去，虐的哪门子身心啊？秦恬暗自腹诽，却做出乖巧状，低下头：“我错了。”

“真的认错了？”

“我真的错了，以后我会努力寄信的。”

“哼！秦恬，你自己不聪明，何苦自欺欺人还把我当成傻子，你心里不定怎么骂我。”

“……”

车停了，副驾驶座上一直一言不发的军官先下了车，打开秦母这边的车门，两手一伸把秦母抱了起来，然后对秦恬道：“进医院。”

秦恬看看安然坐在车上的海因茨，又看看那年轻军官，下了车，有些蒙。饶是她知道海因茨已经无形中包办了秦母的病，可还是有些难以置信，于是回头对海因茨严肃道：“那个，我会还钱的，谢谢。”

海因茨不耐烦地挥挥手，一副赶苍蝇的样子。

陆军医院位于巴黎市郊，占地颇大，医院门口有个极为宽阔的空地，放眼看去全是四面被拆过的痕迹。这儿显然是把原本周围的建筑拆了，再扩大的地方。这种平台的用处，不是开会，就是停直升机了。

秦恬跟着那名军官刚进医院，就看到一大群医生、护士还有士兵呼啦啦地往外跑，他们手里提着担架和各种医疗设备。紧接着，远处传来飞机落地的声音，一路滑行，刚好到医院门口，人们纷纷拥上去把伤员往下搬。

学了一阵子的护理，接触的大多都是这种紧急伤的处理，秦恬不由得有些好奇，一边跟着军官往前走着找医生，一边回头看那些被搬进来的伤员。

才看两眼，她就全身发冷。

虽然她从波兰一路过来，但并没有大面积接触到伤员，所以秦恬一直觉得，学护理只是个保命的同时能帮助别人的技能。

可现在她忽然后悔学护理了。若是现在上阵，她根本没办法捧着伤员只剩下骨头的小腿，让一旁的医生拿锯子切割；也没办法用手去处理伤员那烧得面目全非的半张脸，特别是另外半张脸上那蓝色的眼睛正痛苦地紧盯着自己；更没办法用手指拨开血肉模糊的伤口，用镊子去寻找不需要手术就能找到的弹片。

此时的护士已经不仅仅是医生的助手了，她们要比医生更加坚强，一个个筛选伤员，把紧急的能治的送到急救室医生的手下，安抚和处理不紧急的，最后把伤重不治的交给神父。

几人抬着担架正从她身边冲过，一名护士跑在担架边大叫："快点，快点！"她正拆着伤员的绷带，当她揭开最后一层时，秦恬赫然看到那伤员小腹里的肠子随着担架的震动而往外流了出来。

血红的，在蠕动。

"停！"那护士命令道，她直接用手把流出来的肠子塞进去，然后双手堵住伤口，大吼，"快！快！"

于是担架火速跑远，四周全是伤员的哀号，秦恬甚至没注意刚才担架上的伤员是否还清醒。

他们又路过一个房间，里面几个士兵正压着一个伤员，那个伤员左手空的，右手却拿着一只手臂，大声嘶吼着，左臂的血染红了全身，也把旁边压着他的士兵染成了血人。

"手！我的手……呜呜呜！"他疯狂地嘶吼并挣扎着，想脱离战友的钳制跑出去。旁边护士焦急地摆弄着针筒："你们压住他，压住他！我得让他镇定下来，否则无法包扎！"

秦恬看得呆住了，忽然，那个断手的伤员抬起头，双眼死死地盯住了站在门口的她，猛地一声大吼："手！"

秦恬一阵头皮发麻，迈不动腿，眼见那军官带着秦母越走越远，她赶忙跟上，踉跄着差点摔倒。

“请问，巴黎郊区为什么会有这么多伤员？”秦恬实在忍不住好奇，小声地问那军官。

“为了减少前线压力，节省前线医疗物资，在条件允许的情况下，重伤员都会被运到这儿，至少这儿医疗条件好，也不用担心物资浪费。”那军官顿了顿，嘴角不知怎的勾起一抹嘲讽的笑，“重伤员与其在前线浪费物资，不如送回来看看还有没有价值。”

秦恬抖了抖，她是被这军官的诡异语气吓到的，不知道是激进纳粹还是愤世嫉俗，反正那模样和海因茨是一样一样的，果然近墨者黑。

沿途都是惨叫的伤员，有些地方甚至满地是来不及被清理的鲜血，不知道的还以为这儿就是前线医院。秦恬看得冷汗直流，一直跟军官上了三楼，才勉强冷静下来。

军官带着她找到一个办公室，里面没人，他把秦母放办公桌旁空置的床上，让秦恬在一边守着，便出去找医生。

秦恬摸着秦母的额头，依然滚烫，满嘴的燎泡，再摸摸内衣，已经湿透了，但身上却冰凉，呼吸也相当急促。她的心情不禁有些复杂，如果真的执意把秦母送到大院，由自己照顾，不知现在会是什么样子，看来还是送到医院保险。

她刚倒了一杯水，一点点灌进秦母的嘴里，门开了，一个精神矍铄的老军医，军装外面套着白大褂，大步走了进来，表情很严肃，后面跟着那军官。

“就是她。”军官指了指秦母。

秦恬连忙站起来，捧着杯子，有点无措道：“对不起，我不是故意碰您的东西，实在是我母亲……”

“没事，应该多喝水。”军医说话了，语气竟很柔和，带着老年人微微的沙哑。他上前听了听秦母的心跳，看了看瞳孔和口腔，道：“没大事，打针、吃药……道奇中尉，麻烦你把这位女士转移到我隔壁的那个病房去，里面有空床。”

道奇中尉，也就是那个军官，一言不发地抱起秦母，走出房间。

秦恬有点不放心：没大事？那怎样才算有大事？她想了想，还是问老军医：“我无意冒犯，只是，我母亲烧得有点厉害……不算小事吧……”

老军医喝了一口冷掉的咖啡，似笑非笑地看着秦恬道：“姑娘，如果你是从一楼上来的，就应该知道，你母亲真的没什么大事。”

秦恬一愣，觉得脸上火辣辣的，行礼道：“您好医生，您可以叫我媞安。”

“施密特。”医生微微颔首，“现在你可以去看看你母亲，等会儿我会让护士送药来，有什么需要可以问她。你母亲大概后天就能出院了。”

“谢谢。”秦恬还想问问多少钱，她的观念中上医院就是一次大出血，她必须确定在这个物资匮乏的医院里她能够不倾家荡产就治好秦母的发烧，可转念一想，要后天才出院，其间用药还不确定，还是以后再问吧。

秦恬走进病房，这是个集体病房，放了两排，八张床位，其中有六张躺了人，病人大多都睡着了，还有两个在和探病的人聊天。秦母躺在靠窗的那张上，已经有一个护士在给秦母做皮试，道奇中尉在一旁看着。

秦恬走过去看了会儿秦母，回头对道奇道：“谢谢您送我母亲上来，还帮她找医生。”

道奇表情没什么变化：“不用谢，我按照命令办事。”

哪来的命令，一路上你们仨就没交流过，难道用的心灵感应？秦恬无语。

她看周围似乎都是德国人，有点担心地问道：“这是你们的医院，我母亲在这儿会不会……”

“你又不是不付钱。”道奇一语中的。

秦恬强笑道：“麻烦您替我告诉海因茨长官，他的钱，我会还的。”

“我会转达的。”道奇微微点头，过了一会儿道，“我有任务，先告辞了。”

“那您慢走，麻烦您了。”

过了一会儿，皮试成功了，接着护士给秦母打了针，叮嘱了一些饮食禁忌后就离开了，留下秦恬在那儿发愁。

眼见晚饭时间快到了，护士说医院提供病号饭，但是陪护人的要自己解决。

看来她还得回老屋一趟，把吃的拿来。

这个郊区医院离七区不是很远，坐地铁的钱她还是有的，大不了到时候跑到大院借一点。或许可以去戒严区看看，这么久了，该解除了吧，如果是这样的话，情况会好很多。

不过首先得等秦母醒来，她才能放心。

# 第十九章

# 照顾

这一等，就等到了天黑。

秦母额头热度开始降下去了，出汗也不是那么凶猛了，秦恬稍稍放心，终于挡不住疲劳汹涌，靠在床上闭上了眼睛。

感觉刚闭眼，她就被拍醒了。

转头，海因茨正收回手。

“是你？”他怎么又来啦？

“跟我来。”海因茨抓着秦恬的手臂就往上提，一点儿都不怜香惜玉。

“什么？”秦恬被迫站起来，“一会儿我妈的饭该来了，什么事这么急？”

“奥古。”

“啊？”秦恬没反应过来。

“刚才那飞机上送来的重伤员中，有奥古。”海因茨皱着眉，“你去不去?！”

奥古，重伤员？

秦恬感到大脑嗡的一声，不能思考了。

一楼经过一下午的忙乱，已经渐渐安静下来，但时不时仍有痛哼的声音在走廊中回响。

秦恬跟着海因茨一路走向尽头的手术室。手术室门紧闭着，门口有不少军官守着，其中几个还有点眼熟。

海因茨走上前，在手术室门口站了一会儿，转头问旁边的军官：“怎么样了？”

那军官摇摇头，轻声道：“不知道，护士处理了一下午，夹出四十七个弹片，整个后背都被打成筛子了，好在没伤到内脏。”

秦恬整个人呆滞了，脑中阵阵作响，身体止不住颤抖起来，她多希望海因茨问的是另外一个人的情况，随便哪个都行，反正不要是奥古。

不要是……罗桐。

“罗桐……”她轻喃一句，第一次认真地叫出他的名字，仿佛这样子就能让那个人拥有全开的主角气场，不死，不伤。

可那军官下一句话就打破了她的希望：“他们刚把奥古送进去的时候，我还以为他死了，全身都是血，也不知道会不会下辈子都得趴着睡。”

海因茨听得眉头皱得紧紧的。

那军官继续嗤笑道：“也不知道那群女人怎么看的，居然说他的伤不算重，我看着他比别人重多了。”

说话间那军官终于注意到了秦恬，一脸惊讶：“咦，这位女士看着有点眼熟。”

海因茨打了他一拳：“你能不能别见谁就搭讪，费德列？”

这时秦恬和费德列同时恍然地看着对方：“哦，是你！”

确实见过，她跟奥古第二次正式见面，在塞纳河边吃晚餐时，遇到了费德列和其他几个军官。

但此时双方都没有叙旧的心情，也没什么可说，点点头就沉默下来。

秦恬见周围的人都认识，便壮着胆子问道：“奥古他，到底为什么……受那么重的伤？”

“对方的炮弹造成的，他的副官把他推开了，但是你知道，真正的杀伤力来自飞散的弹片。”费德列说得很简单，“我也不大清楚，本来已经胜利了，我是先回来的一批，这是他身边的伤员说的。”

说罢，他还摇头叹气：“只是可惜了霍恩中尉，非常不错的小伙子。奥古还说过，这场打完回来，让霍恩出去好好历练一下，别在副官这位置上浪费了。”

秦恬见过霍恩很多次。第一次见面还是在波兰，奥古斯汀单独把她叫走做菜，霍恩就沉默地顶替了她的位置。

后来他几乎影子一样地出现在奥古的周围，经常远远地跟着他们，开车接送，或者送点东西，话不多，却很可靠。

他救了奥古吗？

他死了。

这时候这个叫霍恩的影子突然就清晰起来了，秦恬很伤感，她记得霍恩是个英俊的青年，永远是一身笔挺的军装。奥古还向她夸过他，可她都没放在心上，现在，她对他充满感激。

但一切都迟了，这个青年永远地留在了敌国的战场上。

秦恬低下头，默默地坐在旁边的长凳上，又忽然想起母亲，对海因茨道：“海因茨……长官，您会一直在这儿吗？”

海因茨嗯了一声，头也没抬，只管看着手术室的门。

“我、我得先照顾我母亲用饭。”这时候母亲应该醒了，再担心奥古，也不能置亲人于不顾。

“走吧，走吧。”海因茨不耐烦。

秦恬火速奔上楼，果然秦母已经醒了。她鼻子一酸，奔到母亲怀里：“阿妈，你吓死我了！”

“哪有那么夸张？”秦母很虚弱，拍拍秦恬的头笑道，“真的担心，怎么我醒来时没人了？”

秦恬张张嘴，只是道：“我遇到认识的军官，他硬是带着我们到这儿来了。这是郊区的德国陆军医院……阿妈你还是别说什么了……不过还好他坚持，否则你病这么重，我真不知道该怎么办。”

“那还是要谢谢人家，”秦母轻声道，“不过你有钱吗？不会是人家出的吧？”

“不，是人家垫的，我跟他说清楚了，要还的。”

“嗯，那就好。”

秦恬见病号饭已经在床头柜放着了，还是热的，有肉汤、蔬菜还有香肠，营养挺均衡，便扶起秦母道：“阿妈，你先吃点东西，然后好好休息。”

秦母喝了一口汤，问道：“阿恬，你吃了没？”

“吃了……我刚刚下去就是去吃东西的。”

秦母想想也对，就安心地开始用餐。虽然胃口不好，但在秦恬的坚持下，她还是吃了个精光。

秦恬拿手帕给秦母擦了擦脸、手和脚，又让护士帮量了个温度，然后秦母吃了药便又躺下睡了。

秦恬等秦母睡沉了，立刻飞奔下楼，奥古却还没出来。军官走了几个，就剩下海因茨和费德列等着，两人正低声说着话，见秦恬来了，也没搭理，自顾自聊着。

秦恬坐在他们身边，看着手术室的门发呆。

一直到深夜，手术室的门才打开，一个护士走出来看看外面问道：“还有吗？”

旁边不远处一个护士拿着记录板出来道："没了。"

"好。"护士又走进门去。

过了一会儿，一个医生走了出来，白大褂已经染成了血色，他正摘着胶皮手套。后面，两个护士把一张病床推了出来。

海因茨和费德列唰唰地站起来，盯着医生。

秦恬缓缓站起来，盯着那张满是血的病床。

耳边是医生的声音："伤口太多，都比较深……冬天衣服厚……有人挡着……左手骨折……静养……"

秦恬竖起耳朵听，觉得似乎不是那么严重。

最后医生总结："要静养。小伙子身体好，会好起来的。"

说罢，医生就急匆匆地走了，看他说话时有气无力的样子，似乎下一秒就会昏睡过去。

秦恬上前，看海因茨微微撩开毯子，露出奥古的头。

他趴在床上，身上的被单全是血，铂金色的头发还带着血迹，粘在一起一绺一绺的，脸上也脏兮兮地沾着血污，眉头还紧皱着，已经陷入沉睡。

海因茨和费德列一起围观了奥古斯汀一会儿，然后走到一边低声商量了两句。接着海因茨走来对秦恬道："秦恬，这阵子由你专门照顾奥古斯汀吧。"

"啊？"秦恬第一反应是呆滞，"我……我妈妈还在楼上。"

"你妈妈的病不是很快就好了吗？奥古可能要养好几个月，估计得一直在巴黎，你照顾着吧。"

秦恬很纠结，她自然是愿意照顾奥古的，可是她拿什么立场去照顾？每天跑进跑出的让别人怎么看？她不是圣人，哪怕是为了父母，她也得顾及点别人的眼光。

德国战败是肯定的，她必须考虑战后父母的生活。以前奥古和她在一起，或者她拥抱凯泽尔时，都是看四周没人才敢，而海因茨来时，时常都是吹胡子瞪眼的，这才没让人觉察不对劲。

但是现在，若是成天跑出去照顾奥古，频繁的接触肯定会被人注意到，就算全身上下都是嘴也解释不清了。

她赌不起。

这么一想，秦恬便退缩了，摇着头拒绝："不，不行，我会经常来照顾，但是不能一直……"

“你拒绝？”海因茨瞪大眼。

“嗯。”秦恬不忍心拒绝，可她必须这么做，“我还在上护理课，本来就是个半吊子，我怕照顾不好。他一个少校，肯定有专人照顾吧。”

“照顾他的专人已经死了！”海因茨眯起眼，怒气腾腾，“你在怕什么？秦恬，你不是个胆小的人，但你总是担心这担心那，你有什么可担心的?！我们德国才是胜利者！只有我们能保护你，可你却宁愿抛弃奥古也要和我们保持距离吗？”

“我没有抛弃他。”秦恬急了，“你哪只眼看到我抛弃他了？海因茨，虽然你是军官，但你乱说话我一样告你诽谤！”

“你告啊。”海因茨反而笑了，他指指后面来去的护士，“新的副官没有派下来，负责照顾奥古的就是这群貌美如花的年轻护士小姐。她们来这儿不仅为了救死扶伤，更是为了能和一个军官发展些什么，你觉得奥古这样的，会不会很抢手？”

秦恬捂住额头：“海因茨，你明明说奥古不近女色，何必拿这个来刺激我。”

“受伤的时候最脆弱，你又不肯照顾他，难免出现点不可预料的转变。”海因茨笑得阴险。

秦恬无奈道：“那就是命了，躲也躲不过。随便你跟他说什么，反正我相信他懂的。”

相信他明白自己的苦衷，相信他知道自己也有责任，相信他相信自己。

海因茨气哼哼地跟着病床走了，秦恬在手术室门口呆站了半晌后，慢慢地走回秦母的病房。

坐在秦母的床边，她眼前老晃过奥古斯汀全身是血趴在床上的样子。他背上全是伤，肯定很疼很疼，秦恬想着，感觉背后一阵发毛，又想到医生说左手骨折……

趴着，左手还残着，翻不了身，撑不起身，这样一直到背后的伤痊愈，然后还要慢慢地养骨头……

这苦头，吃得有点厉害。秦恬越想越难受，越想越心疼。

她不禁有点后悔了，比起奥古的伤，她顾忌的那些事根本不算什么。当初就该答应海因茨去照顾奥古，至少，她还可以陪他聊聊天。

可抬头看到秦母苍白的脸，秦恬又打消了那个想法。冲动是魔鬼，一不小心，一辈子就悲剧了，她得忍住。

秦恬不断在心里骂自己：你敢不敢再胆小点？敢不敢再狠心点?！

第二天早上，秦恬是饿醒的。

她看天还没亮，便到外面接了一杯水灌下去，好歹垫垫肚子。等会儿服侍秦母吃完了早饭，她就跑出去，先到老屋拿了昨天买的面包牛奶，然后看看奥赛街那儿的戒严有没有解除。

这么计划着，多少忘了点饥饿感。秦恬捂着肚子实在没有睡意，便四面闲晃，不由自主地就晃到了二楼。

她听周围的护士讲过，二楼的集体病房里都是一些受伤的军官。

病房里一片寂静，要么在睡觉，要么还在昏迷，趴着的有好几个。秦恬在几个病房前都张望了许久也没看出谁是奥古。

等到七点的铃声响了，病号饭来了。

秦恬叫醒秦母，先帮她量了体温，已经好了不少，看来不用住满三天。她喂秦母吃了药，然后喂早饭。

早饭不是很丰盛，但足够吃饱，看得秦恬口水直流，秦母不禁问："阿恬，你吃了没？来，你也喝口粥。"

这回秦恬不说谎了，直言道："还没吃，不过你吃完了我就回去一趟。我在老屋有买吃的，粥我就不喝了，您生着病呢，也不怕传染我啊。"

秦母没话说，乖乖地吃完了东西，然后忧心忡忡道："你等会儿回去，看看咱家那边……"

"我知道，我知道，都计划好了。放心，我很快就回来。"

吃完饭，秦恬让秦母继续躺下休息，拿上大衣，又在二楼病房区那儿溜达了一会儿，看到护士、副官、士兵们忙忙碌碌地打针、喂药、看护伤员吃饭，却依然看不到奥古斯汀。

秦恬没办法，只能跑出医院，先坐地铁到老屋那儿拿了面包和牛奶。天气冷，牛奶和面包都还没坏掉，她狼吞虎咽了一半，然后打着嗝抱着剩下的食物出了门，往戒严区赶去。

路口已经没了路障，看来戒严已经结束，秦恬一阵高兴，马不停蹄地冲到福气楼，却被眼前的景象惊呆了。

福气楼里面桌椅凌乱，碎盘满地，仿佛台风过境。秦父正和康叔拿着簸箕和扫帚收拾着，看到秦恬，也没说什么。

"阿爸，这是怎么了?！"

秦恬走进去，地上都是垃圾，连落脚的地方都难找。

她甚至在碎片中看到了弹壳！

“阿爸，你们受伤没？为什么还有弹壳？啊！还有血！”

“晦气啊，阿恬。”秦父叹气，“几个法国特务昨天早上躲到这附近，德军挨家挨户地搜，好死不死他们就在我们店里。德国人劝降不成就开打，可怜了我的店啊……”

“你……你有没有受伤?!”秦恬上上下下地查看秦父，结结巴巴道。

“没事。我到的时候，我们店里的已经被抓出来了，但是听说还有几个在附近别处躲着，所以又折腾了一下午，昨天半夜解的禁。”秦父把碎木头、碎瓷片扫进簸箕，心痛不已，“这种事情，都找不到人赔偿，这一大片地方好几家遭殃，听说抓出了十来个特务。我还算运气好的，你常路过的那家面包店的老板娘，被流弹击中，当场就去了，哭都没处哭……你阿妈呢?”

秦恬听得酸涩不已，回答道:“阿妈担心你，老屋又没炉子，生病了。”

“啊?”秦父手上的扫帚都掉下来了，“她现在在哪儿，没事吧?!”

“我遇到个朋友，帮我把阿妈送到医院去了，她现在差不多好了。我没带钱，回来看看。”

“哦，你妈没回来也好，你先拖着，大概晚上我和你康叔就理好了，你阿妈也不至于太担心……真的差不多好了?”

“真的，本来也不是大病，打个针吃点药就好了。”

“唉，真要谢谢你那个朋友。你这丫头出门也不爱带钱，现在欠人家了吧。你差别人多少钱?”

“我……我还没问。”秦恬窘，“看病要多少钱？你先给我。”

“阿爸阿妈身体好没去看过，不清楚啊。要不，钱包你先拿去，还一点是一点。”

身体好还一个气急攻心就病了，哪门子健康啊，秦恬腹诽。她接下钱包，打开一看，也就几十法郎，不过也算多了。她放好钱包，拿起了扫帚。

“你干吗呢?”秦父问。

“帮你打扫啊。”秦恬一脸理所当然，“难道让你们两个老爷子在这儿慢吞吞弄吗？我这么个壮劳力你要赶出去?”

“壮劳力？哼，娇滴滴的小姑娘……你到楼上吧，二楼三楼归你，弄好了就去照顾你阿妈，别的就别管了。”

"你都知道我娇滴滴了还给我分派两个楼层！"秦恬这下不自称壮劳力了，一边惨叫一边屁颠屁颠上了楼，一看二楼，虽然桌椅乱了点，但没什么大变化，"阿爸，二楼没什么事儿啊。"

"枪战只在一楼发生，二楼和三楼，德国兵担心没抓完，只搜查了一遍，把桌椅搬回原位就行了，反正楼上又不开放。"

"哦。"秦恬缩回头，又觉得不对，大叫，"那咱家呢?！"

"昨晚弄好了。"

"……"看来也被搜查过了，要不要这么细致啊！

秦恬满腹牢骚地整理起二楼和三楼，相比二楼，三楼包厢区就悲剧了，几个锁好的包厢门都是被踢开的，锁坏了不说，门也要换。

这损失可大发了。

一直弄了两个多小时才弄好。秦恬下楼洗漱了一下，给秦母带上了毛巾等东西。一旁秦父走过来，手里提着个蓝布包裹，里面是个大食盒，另一只手也有个蓝布包裹，包着一个搪瓷锅，他把两个包裹递过来："拿得动不？"

"吃的？"

"嗯，食盒里是你们俩的晚饭，菜够多，放开吃。锅里是鸡汤，煲了两个多小时，够味儿了。"

"这么一锅，怎么吃得完啊？"

"那就慢慢吃，反正别带回来了。"

"行……阿爸，你们慢慢来，别累着了。"

"嘿！"秦父笑道，"小丫头懂得心疼人了。没事，你阿爸和康叔什么苦头没吃过，这是小意思。"

秦恬回到医院的时候，路过二楼，又忍不住去看看，依然没找到奥古。

她觉得委屈，就算自己没打算全天照顾，怎么人在哪儿也不告诉她，她不说出来又不是代表她不担心。

心吊着还没处说，难受啊！

回了病房，秦恬避重就轻地说了下父亲的情况，等护士给秦母打了针，便准备和秦母一起吃饭，这时病号饭也送来了。

等秦母把饭吃了，秦恬拿着病号饭和食盒汤锅往外走时，秦母叫道："哎，阿恬，你不吃饭吗？出去干吗？”

秦恬回头笑笑：“这儿消毒水味道太浓了，我出去吃，胃口好点，还不用浪费病号饭。”

“那行，这吃饭也够累的，我休息会儿。”秦母说罢，躺下休息。

秦恬在走廊上吃了病号饭，其实这饭味道还不错，而且还管饱，吃完她提着还剩大半的饭菜和鸡汤，往二楼走去。

这回手上拿着“探病”的东西，秦恬底气十足，一个个病房找过去，直到第三个病房，刚进去她就知道这回找对了。

在最尽头病床边啃着神秘物体的不就是海因茨和费德列吗？

秦恬条件反射地拿紧包裹，感觉自己手里拿着灰太狼，前方坐着喜羊羊——没有说反。

还是等会儿再来吧，否则老爸的爱心晚餐就悲剧了。

谁知还没转身，就被叫住了。

“哟！媞安小姐！”一般人发声还能装没听见，费德列一叫秦恬就没办法了，只能硬着头皮往前走。

费德列嘴里鼓鼓的，手里还拿着一个插着香肠的叉子，眼睛盯着秦恬手里的两个包裹，夸张地吸吸鼻子：“你简直就是天使！”

一旁海因茨一手拿着黑麦面包，另一手的搪瓷杯里装着咖啡，坐着没动，斜着眼看秦恬。

秦恬鼓起勇气，抱紧包裹：“对不起，这……这是给病人吃的。”

“哎，他还没醒呢，我们先吃点儿，他不会介意的。”费德列几乎是扑上来的，大狗似的眼巴巴地瞅着秦恬还嫌不够，又把手上干瘪的香肠朝秦恬晃了晃。

秦恬败退了，她快呕血了，一个五大三粗的壮士卖萌真是件杀伤力很强的事，她本来就没多少的战斗力瞬间下降三千点，松开包裹无力道：“吃吧吃吧，但得给奥古留顿晚饭。”

菜刚才在三楼的炉子边热过，打开食盒，香气腾腾，一瞬间可以和消毒水味相抗衡，旁边好几个蔫蔫的伤员都转过头来。

洋葱牛柳、炒三鲜、番茄炒蛋、青椒包肉，一碗蛋羹，还有大半锅鸡汤。

菜剩得挺多的，主要是秦母没胃口，她连蛋羹都不想吃，全剩了，看着就跟没人吃过似的。费德列拿出自己的搪瓷饭碗，一边嘿嘿笑着夹菜，一边朝海因茨道：

“上帝啊！感谢你赐予我如此美味！快吃快吃，我都想祷告了！”

海因茨慢条斯理地叉了一块牛柳，边吃边问：“你不是怕和我们扯上关系吗？现在不怕别人看到了？”

秦恬耸耸肩：“这儿没有法国人。”

“哼。”见费德列吃得太快，海因茨也直起身子，开始抢吃的。

秦恬见情况不大对，立刻拿出两个洗过的大海碗，一碗装满鸡汤，还有一碗把每样菜都夹了一点装满，然后放到食盒底层盖着，一脸大方道：“行啦，吃吧。”

“嗷，你都把肉挑光了！”费德列的叉子在洋葱牛柳盘子里倒腾。

“绝对没你刚才吃得多，好不好。”

两人一边抱怨，一边埋头苦吃。秦恬便坐到床边，小心地看着奥古。

他已经被打理过了，脸上很干净，但仔细看，脸颊上还有一点淤青。秦恬忍不住往他的淤青上戳了戳，他皱皱眉，却没什么动作。

“好瘦……”秦恬嘟哝，本来就没多少肉，现在更少了，都快成瓜子脸了。

旁边的费德列嘴里塞得鼓鼓的，不知道听成什么，回答道：“淤青算什么，他是脸着地的，没扁已经很好了。”

秦恬：“……”

等他们把食物全吃光，秦恬洗了盘子，跑到三楼放好食盒，见秦母已经熟睡，左想右想，还是下楼继续守着奥古斯汀。

一直到凌晨两点，奥古还没醒来，海因茨和费德列对于秦恬的神采奕奕表示震惊：“你不困吗？”

宅女状态全开的秦恬笑而不语，红光满面。

所谓愈夜愈精神，形容的就是秦恬这种人，等到凌晨三点，海因茨和费德列都有点昏昏欲睡，秦恬继续眼若铜铃，东张西望。

奥古终于有动静了，他低低地嗯了一声以后，并不像小说中写的那样缓缓张开眼睛，而是在秦恬刚兴奋地凑上去时，猛地睁开了眼。

“啊！”秦恬保持着前倾的姿势，僵在当场。

奥古眨眨眼，又闭上眼。

梦游？秦恬被吓得小心脏咚咚跳。

然后这倒霉孩子又睁眼，又闭眼，又睁眼……

“眼睛难受？”秦恬只想到这一种可能，“那个，要眼药水不？”

奥古盯着她，张嘴，嘶哑地小声问：“恬？”

“嗯，你要眼药水不？”

奥古忽地一动，痛得闷哼一声。秦恬连忙按住他，低声道：“你别动，背上都是伤，左手也折了……”

“奥古醒了？”后面传来询问声，海因茨和费德列一前一后挤上来，欣喜地看着奥古。

海因茨继续毒舌：“才醒，太弱了你。”

奥古咳了两声，苦笑：“等我好了，会不会变成歪脖子？”

“这个不会吧……顶多斗鸡眼而已……”秦恬实事求是，她知道长时间侧躺着在床上看手机是会斗鸡眼的。

于是奥古斯汀脸黑了。

他和海因茨还有费德列说了两句，海因茨忽然拍拍秦恬道：“晚上交给你了。”

“啊？哦……”秦恬应下，守个夜而已，问题不大吧。

那两人走后，秦恬二话没说，拿起床头柜的饭菜到屋子中间的炉子上加热了，回来拿着勺子道：“饿了吧，先吃点东西再睡觉。”

奥古斯汀神采奕奕，眼睛亮晶晶的，问道：“你喂我？”

“你自己能吃吗？”

“你天天喂我？”

“做梦！我有爸妈的！还是法国国籍！”秦恬强调。

奥古斯汀笑而不语，对于拿到面前的饭菜，张嘴就吃。

秦恬从食盒底部又拿出一碗浓稠的粥来，刚才海因茨和费德列都看不上这个，才得以保存给奥古斯汀。她用热菜和着热粥，一口一口往奥古嘴里喂。

奥古斯汀胃口很好，全吃完了还意犹未尽。等秦恬收拾了东西回来，他趴在那儿百无聊赖地咂嘴：“还饿。”

“谢谢你的好兄弟们吧，他们吃了大半。”秦恬趁机告状，又忍不住道，“拜托你冷面高贵一点行不行，你这样很毁形象的。”

奥古斯汀瘪瘪嘴。

“你似乎很精神嘛，快睡觉，我都困了。”

“困了？”奥古斯汀笑了，“来，睡过来。”

秦恬看那张被躺得只剩下缝儿的床，不搭理他，端着凳子坐到一边道：“我眯会儿就行，这都快天亮了。”

“过来啊，这样怎么睡？”

“你安静点。”

“恬！”他低声命令，气场全开。

秦恬被吓了一跳：“干、干吗？”

“过来！”

“你搞什么啊？”秦恬没办法，只能走到他脑袋边站着。

“坐下。”

“……”秦恬听话地坐下。

奥古斯汀忽然用右手把半边身子撑了起来，秦恬吓了一跳，连忙去按他，怒道：“你干吗?！你知不知道你现在后背跟筛子一样！你想死啊！有种继续动！”

“不想我死……就坐进来点，快……”

“你这样会扭到伤口的，你好好躺着不行啊？”秦恬骂道。

奥古撑着右手冷汗直流：“快，我觉得背上裂开了。”

秦恬不敢动粗，只能乖乖挪坐进去。奥古手一松，头靠在她的大腿上，脸对着她的肚子，舒服地叹了口气。

对于纯洁的秦恬来说，这个姿势已经相当重口味了，即使只是搁大腿上，但那货呼吸的热气全喷到肚子上了，太暧昧了！

秦恬僵硬着，过了一会儿，苦笑道：“你也太明目张胆了，喂，这样我很累的。”

“放松靠在床头就不会累了。”又是一阵热气拂过，“就当个枕头而已。”

秦恬没办法，努力挪动了一下，给自己找了个舒适的位置，靠在床头。她总觉得手撑在身边很别扭，于是随手放了个感觉舒服的位置——正好是某人的头上。

她想起以前跟外婆撒娇时，就是这样躺在她大腿上，然后外婆会一边听越剧，一边慢慢地捋她的头发，很舒服，会有种天然的温馨安宁的感觉，很快她就会睡着。

于是她尝试着，也开始捋奥古的头发。

软软的铂金色的头发在窗外明亮的月光中流泻着银色的光，秦恬慢慢地捋着，慢慢感觉到奥古的呼吸似乎和她手上的动作同步。

“呼……”奥古叹气，轻声地用中文道，“恬？”

“嗯？”

“我刚才做了个好长的梦。”

“什么梦？”

“我梦到我正要冲上去，一颗炸弹飞过来了，霍恩把我推开，我趴在地上，感觉他压着我，然后我回头，看到了我以前的脸……”他顿了顿，“罗桐的脸。”

秦恬觉得自己的手指有点颤抖，她尽量平静地继续着动作。

“然后，然后我还爬了起来，我扶着身上的躯体，他有罗桐的脸，却穿着霍恩的衣服，他，他竟然还没死……”

“他抓着我的手臂，说……”他深吸一口气，“他说：‘对不起，没办法再保护你了。’”

奥古接着说：“我放下尸体，站起来，走……走了很久，一直走到一条河边，我冲上去洗脸，然后我看到……河里倒映的，是你的脸。接着，倒影里又出现了霍恩，他就站在你或是我的身后……他朝我行了个礼，下一秒，他忽然碎了……断腿，断手，内脏……我就醒了。”

秦恬沉默着，双手拥住奥古的头，微微弯腰，想尽量把他抱在怀里。她感到大腿上有湿意在漫延，温热的，一下又一下。

“怎么办？恬……”奥古的头埋在秦恬怀中，声音嘶哑，“我该怎么撑下去？”

清晨，趁其他伤员还没醒，秦恬把奥古安置好，悄悄走了。

忘了伤员是喝不了鸡汤的。她热了汤，让秦母就着病号饭一起吃下。秦母问：“咦，昨天吃剩的都没了？”

秦恬不好意思道：“遇到送我们来的那个军官了，他们没吃晚饭。”海因茨，你黑锅多背一个也不多。

“哦，那应该的。我看到他们吃的，哎哟，西方人对这个就是不讲究。”秦母很久前就这么觉得了，现在只是老调重弹。

“是啊是啊，所以我们要快点回去，吃阿爸做的香香的饭菜。”

“阿妈也觉得身体好很多了，想回去了。”

“阿妈你先整理下，我去问问多少钱。”说罢，秦恬跑到医生那儿。一大早，医生已经在了，见到秦恬微笑道：“我看了护士的记录，你母亲恢复得很快，今天就可以出院。”

“是啊，多谢你们了。”秦恬行了一个礼，“我是来结账的。”

“哦，到走廊尽头那儿，拿着你的记录单过去，他们会告诉你怎么办理手续的。”

结账回来，秦恬陪着母亲整理好东西下楼。到了二楼，秦恬让秦母先等等，她跑进奥古所在的病房。

奥古斯汀正由一个漂亮的护士喂饭，场面倒是很和谐。秦恬径直走过去，没搭理护士，对奥古斯汀道：“我妈要出院了，我先走了。”

“狠心的家伙。”奥古斯汀做出哭丧脸，“你忍心抛下我？”

“少耍宝，你一直住这儿？”

“不，下午就到海因茨的公寓去，他请了专人照顾。”

“哦，有专人啊。”秦恬下意识地重复了一遍。

谁知奥古斯汀着急地接茬儿：“男的！我的新副官。”

秦恬愣一下才明白他啥意思，然后她破天荒地羞涩了，不自然地说：“其实还是女的好点，细心。”

“那不是有你吗？”

“我尽量。”秦恬安慰小狗似的拍拍奥古的头，就急匆匆地走了。

秦母在走廊口等着她，一脸惊吓：“阿恬，刚才不知道哪里送来的伤员，叫得好惨啊。”

秦恬深刻理解母亲的感受：“是啊，太恐怖了，我们快走吧。”

“你阿爸还让你学护士，以后难道也要到这种地方工作？太可怕了！”

“做着做着就习惯了，这些护士哪个不是这么过来的？再说，我也不一定就吃这碗饭啦。”

“还是不要走这条路好，太血腥了，晚上会做噩梦的！”

“嗯嗯……”秦恬无意识地应着，心里却老想着奥古斯汀趴在那儿惨兮兮的样子，她觉得自己应该认真点儿学了，就算现在帮不了奥古，难免以后有用。

母女俩回到店里时，秦父和康叔已经整理得差不多了，桌子都换成了新的，还盖上了桌布，乍一看好像什么都没发生过似的。

不过秦恬发现秦母的手状似无意地摸过柱子上一处颜色比较亮丽的地方，那是新漆，掩盖弹痕用的，但她什么也没说，面色如常。

显然，阿妈心生怀疑了。秦恬觉得还是把她交给阿爸好，让阿爸头痛去。

第二天，秦家一家子和街坊邻居一起去参加了面包店老板娘的葬礼。已经知道事情经过的秦母泪流满面，回家后搬出封存很久的如来佛像摆在客厅里，数着念珠开始拜佛。她说要给那老板娘祈福，同时还要谢谢老天爷让他们家逃过这一难，并希求以后能够继续受老天庇护。

秦恬有些担心，总觉得阿妈一旦开始拜佛就很超脱，完全沉浸在自己的世界……这样不大好，于是她去找父亲。秦父却对此见怪不怪，说你阿妈不是经常这样一弄就七天吗？

秦恬只好也做出一副见怪不怪的样子，陪在秦母身边看书。

圣诞节假期还没过去，还有十天红十字会才恢复课程，而这次戒严事件对整条街的商家的生意打击都很大。秦恬无所事事，便想着法子往奥古斯汀那儿去。

奥古斯汀的新副官狄科是个很腼腆的大男孩，相貌虽然普通，但是很有亲和力，做事也相当细心。他本来还不够格给奥古当副官，当初海因茨给奥古提出的人选是一个纳粹党少尉，不过奥古拒绝了，从名单中挑出了这个中途退出军校来法国参战的小学弟。

海因茨的公寓的原主人是一家犹太富商，在那一家子被赶走后他鸠占鹊巢。公寓里面相当大，装饰极为华丽，角落甚至还摆着中国的花瓶。秦恬不会鉴赏，只觉得好看。

这幢公寓楼里也不全住着德国军官，有几家法国人还在这儿住着，不过他们不轻易开门，这让秦恬的秘密潜入方便了不少。

秦恬进去的时候，狄科正低着头挨训，面前站着一个比他略高一点的年轻军官，戴着金边眼镜，穿着灰色陆军军装，手上搭着一件白大褂，似乎是军医。

“告诉过你牛肉和酒不能碰，他说要你就给？这种时候听医生的还是听长官的?！”

“听医生的。”

“拆绷带的时候无论会不会碰到皮肤，剪子、刀片什么的全要消毒，我提醒过几回了？”

“两回。”

“药必须按量吃！他说疼你就多喂药，你看没看医嘱？”

“看了。”

“闲杂人等不准叫进来，这种时候还给他叫女人，你真是好副官，还负责拉皮条！”

“啊？”狄科抬起头，满脸茫然地看着军医，然后顺着军医笔直的手臂，看向了同样满脸茫然的秦恬。

“你哪来的钥匙？”军医不满地问秦恬，“伤员都伤成这样子了，你能做什么？”

秦恬机械地抬起手里的食盒：“我……我来送吃的。”

“吃的？放下！检查！”

秦恬放下食盒，看那军医步步走近……怎么觉得有点眼熟？

军医身后，狄科巴巴地跟着，着急道：“霍夫曼上尉，这是奥古少校的女友，没关系的。”

霍夫曼理也不理，打开食盒，掀开保温的棉罩，蒸腾的热气立刻在他的眼镜上蒙了浓浓一层水雾。他呆滞了一下，拿下眼镜，掏出眼镜布，一边擦，一边瞪了旁边想笑不敢笑的秦恬和狄科一眼。

这一眼，把秦恬看得一愣。

她认得他。

这个军医，在难民堆中，带走了皮埃尔。

世界真小……

秦恬心情忽地就坏了，皮埃尔的死，他算是罪魁祸首，要不是他一定要提溜出已经毫无威胁的皮埃尔，皮埃尔就不会死。

她的眼前晃过那个骨灰罐子，她想起了皮埃尔被枪毙时的枪声，想起了他死后那双很安静的眼睛。

她不想笑了，也笑不出来，安静地等霍夫曼仔细检查她带来的鱼片粥等食物，才盖上了棉罩就问：“放心了？”

霍夫曼不说话，他站起身，套上白手套，居高临下地盯着秦恬，忽然皱眉道：“我见过你。”

“没错。”秦恬假假地笑了下，“来巴黎的路上。”

“嗯。”他点点头，回头朝奥古的房间看看，道，“认识凯泽尔？”

“是的。”

“哼。”霍夫曼没说什么话，他再次拿起随手搁在一边的白大褂，转身正要离开，秦恬却一把把食盒塞到狄科怀里，走上前拦住了他。

“什么事，女士？”

“你记得那个被你带走的人吗？”

“哪个？”

“你见到我那次，你从我身边带走了一个年轻人。”

霍夫曼歪头看着秦恬，眼神显示他在思索，过了一会儿略微点头：“他这时候应该在外面的战俘营。”

“你确定？”秦恬逼近他，气得嘴都在抖，“你确定他还活着？”

霍夫曼没有退让，冷声道：“他的枪伤愈合得很好，在战俘营中不至于死亡。”

“你看着他进战俘营的？”

霍夫曼终于不满了，眯起眼道：“女士，请注意你的态度，谁给你的权力质疑我？”

秦恬深吸一口气，尽量放缓语气道：“那么长官，请原谅我的冒犯，我希望您告诉我，您确定他在战俘营中吗？”

霍夫曼冷着脸道：“我们不可能带着战俘急行军，我把他交给了另外一支队伍，他们带着很多俘虏。他们的长官告诉我，不出意外，这些俘虏都会被送到路上建造的战俘营中。”

“所以你只管把他揪出来，别的都不管了是吗？”

“那么，你要我管他什么呢？他还是单身，需要我给他找个女友吗？”霍夫曼讽刺道，“如果你想去找他，可以找你的男友帮忙。”说罢，他绕过秦恬走向大门。

秦恬转身冷笑道：“谢谢您的建议，他就埋在我家后院里。”

霍夫曼停下脚步。

“我亲眼看到他在巴黎郊区的一个小镇被枪决，他，和很多战俘。”秦恬努力让自己冷静，“不过您的诊断没错，他的枪伤确实好了。”

霍夫曼转头，墨绿的眼睛透过镜片朝她泛着冷光。半晌，他扬声回答：“为了第三帝国的兴盛，一切牺牲都是值得的，更何况只是几个帝国的战俘。女士，别让你所谓的正义感害了自己，战争，本就没有正义。”

说罢，他仿佛胜利者一样地离开，开门前，还微笑着看了秦恬一眼。

秦恬双手握拳，她快气炸了。

狄科在一旁抱着食盒左看看右看看，等霍夫曼走后连忙道：“秦恬小姐，少校在等着您。”

秦恬沉默地走进房间，给奥古喂饭、擦嘴、洗脸，她下手很重，洗脸洗得奥古嗷嗷叫。狄科在门外不时探头探脑，一副随时准备冲进来救驾的样子。

“恬，谁惹着你了？怎么往我身上撒气啊！”

“就你惹着我了！”

“哪有！”

“你这浑蛋，投错胎啦！”

“这你不是早知道，怎么今天才朝我撒气？”

“因为今天特别生气！”

“好吧，好吧，狄科！看什么呢！关门！”

“是，少校阁下。”狄科颤抖着手关上门。

“现在，随你来吧，毁容什么的都可以，反正我不勾搭小姑娘。”

秦恬气乐了：“你全身上下除了脸还有哪儿能让我蹂躏的？”

奥古斯汀也笑，贱兮兮的：“所以现在我很大方地让你蹂躏啊。”

秦恬却扔下毛巾，叹口气，忽然起身道：“我回去了！”

“啊？你才刚来啊。”

“你饭都吃完了，还刚来……”秦恬开始收拾东西，“我有事。”

“什么事？”

“回去烧香！”

“什么？”

还没回答他，秦恬已经穿上大衣打开门了：“抱歉，我实在不爽。至于到底发生了什么事，狄科应该看懂了，你问他。”

她忍不住了。见过霍夫曼后一直心浮气躁，她忍住砍人的冲动，却绝对没法忍住给皮埃尔烧炷香的想法。

十天后，秦恬恢复课程。

如果说以前护士课程对她来说是可有可无的、用来消磨时间的东西，那现在她则不由自主地开始认真对待。

毕竟这玩意儿，是真的有用。

相比以前来了就上课，上完课就走，她现在会预习、听课、记录不懂的，下课后就去围着老师问。

直到这个时候她才体会到西方学习的风气，原来老师每天下课后吃饭前的半个小时都会在教室里答疑解惑，而且每次都无法一一满足所有围堵她的学生，于是很多家住得远的学生就会把问题记录在本子上，让老师带回家去，然后第二天来取。

秦恬第一次遇到这样的情况时很是感慨了一番。

其间，她和不少女孩“不打不相识”，其中就有同住第七区的爱伦娜——她俩因为一点小疑惑在老师那儿争论了起来，老师看她们掐架似乎很开心，让她们自己找出答案来。

秦恬本人不是很喜欢争论的人，经常别人嗓门一响她就口头妥协了，心里却坚持自个儿的。可不幸的是，当她在教室里口头妥协后，在回家的路上，竟然发现那跟自己吵得最凶的妞儿也在车上！

很好，两人再次火星撞地球。长长一路，秦恬是绝对忍不了那么久的，两人一番引经据典，秦恬甚至搬出自己胡编乱造的“中医理论”，把那洋妞儿说得一愣一愣的。等到了目的地，两人已经勾肩搭背了……

但是，最后老师给出答案，秦恬是错的。

秦恬窘得想死，可让她更窘的事情发生了——爱伦娜同学竟然把她胡编乱造的东西记得清清楚楚，开始跟老师据理力争！

秦恬不能当着那妞儿的面告诉她，当初那些理论就是自己编出来涮她的，于是只能站在爱伦娜的身后保持坚定的眼神，直到两人一起被事实彻底打败。

爱伦娜不相信她心目中博大精深的中医竟然是错误的，秦恬在上课时偷偷传纸条告诉她真相。下课后，爱伦娜一把抓住秦恬的肩膀道：“为了补偿我盲目的战斗，你得赔偿我一顿晚饭！”

秦恬笑了：“你不说我也想问你，愿不愿意接受我赔偿的精神损失费？”

当晚，秦母很高兴地迎接了秦恬回巴黎后第一个谈得来的同性朋友——金发大美人儿爱伦娜姑娘，爽利而一根筋的妞儿，以前学的文学，却向往做护士，对中医更是有耳闻而不得见，心痒痒得慌。

据她的说法，其实她见到秦恬第一天就有结交的想法了。

“一个纯正的东方女孩，天啊，我看到你就觉得充满神秘气息！”她边啃五花肉边感叹。

秦恬默默吃青菜，心想：有人这么喜欢中国文化真是件很爽的事情。

“媞安，等你毕业，你想去哪个国家？”

秦恬一愣：“什么？”

“等你护士课程毕业啊，你想去哪个国家？”

“不懂。”

“你没看入学协议?！这么便宜的学费，你以为这年头谁会那么好？”

“我、我爸爸看的，他负责报名缴费什么的，我当时在看教室……”

“那你爸爸难道没跟你说，毕业以后必须选择一个地方进行义务服务吗？”

“什、什么服务……”秦恬感觉头都炸了，她下意识地往厨房的方向看，秦父没事成天待在那儿，说灶台暖和。

“红十字会啊！你以为他们的工作人员哪儿来的？还不都是各地培养的，还必须签订五年的工作协议，不过那酬劳基本跟志愿者没什么差别。他们会派给你任务，五年间必须满足一定数量才行，否则就是违约。”

“那……你说的选择一个地方是指什么？”

“正常的课程是培训满两年，但我们可以选择培训满一年就前往一些准许的地方工作。红十字会有很多项目，运送物资、治疗战俘甚至给一些急需医疗的国家输出医疗人才——无论他们是否参战或者站在哪边。”爱伦娜声音低下去，“你瞧，法国现在这个样子，男人们在前面奋战，我们，总要做点什么。”

秦恬坐不住了，她起身道了个歉，跑向厨房，找到秦父：“阿爸！你是不是有事儿瞒着我？”

“什么？”

“这个护士培训班，培训完必须跟着他们混的！”

“哦，我知道啊。”

“你为什么不告诉我？”秦恬呻吟。

“你上了那么久的课，竟然还不知道？”

“……”

秦恬和秦父两相对望，同时叹了口气。

“我当时看到入学协议没当回事，确实不对。后来想想，德国人那么凶悍，万一你毕业了把你派上战场，我们岂不是要痛心死？可注意了那么久，你上课回来一直没什么反应，还以为你没有意见……”

“你要是跟我说一声，我绝对不会报的。”秦恬下意识地反驳。

“怎么，多学一门技术不是好事吗？再说，那课程得两年了，这场仗能撑多久啊，能出多少事儿？”

多学一门技术是好事，那也得有命用啊……这场仗得打六年，也就是说她即使两年后毕业，和红十字会的协议也依然处于有效期。

她此时多么希望自己可以和秦父一样抱着单纯而美好的愿望，相信两年后战争就能结束，她能找个大医院，有一份体面的工作。

可是……可是……

秦恬叹了口气，什么都不想说。她不能怪红十字会，因为人家当初就拿出了协议，只是她家，比较父权罢了……

秦恬蔫了吧唧地回到座位上时，爱伦娜已经觉察出发生了什么事，小心翼翼地问秦恬："你爸爸怎么说？"

"他知道，他以为我知道，然后……"

"噗……"

"……"

"行了，没事儿，你只要上满两年，到时战争也该结束了。别看这回德国声势大，看看历史，他们撑不了很久的。至于我，再上半个学期，我就要投递申请，做战时医护人员。"

秦恬喝了口汤，咂嘴，伸出大拇指："伟大！英勇！"

"等我回来，我们一起周游世界好吗？"

秦恬眨眨眼，摇摇头："我懒。"已经欧洲三国深度游了，她别无所求，就等着中国改革开放了。

"哎，你真没意思！就这么说定了！"

# 第二十章

# 新年

这一年的元旦基于各种原因，过得极为平淡。为了驱赶晦气，秦母决定，新年必须热热闹闹的！

秦恬还以为父母会请另外的华人来，可是没有，秦父和秦母只是忙碌着置办各种年货。看来即使在国外，各家还是喜欢跟自己家人过新年。

按习俗，新年必须准备各类炒货。秦父从仓库中拿出了一个大锅子，康叔烧火，秦母则撒着调料，把栗子、杏仁和瓜子各炒了一大包，椒盐味的、奶油味的，满满地堆在客厅的果盘上。另外，秦母还腌制了很多果子做成零食，又做了许多精致的特色点心：酥油饼、葱油饼、马蹄糕、定胜糕，等等。

桌子不够大，就把餐馆里的大圆桌板搬来，放在家里的方桌上，可秦母又嫌这样让大家距离远不热乎，就撤下了圆桌板，搬了很多椅子在四周放着，上面搁着各类吃食。

菜色丰富自然不用说。秦母不知从哪里变出了一把大葱，做了大酱放在桌上，刚好康叔和秦父提着他们自酿的高粱酒进来，看到大葱乐得击掌大笑。

秦恬也露了一手，她脑子里装了不少未来的菜，虽然只吃过，但好歹有秦父在，研究了一下也做得像模像样。特别是玉米烙，把西方的甜玉米烤成饼状，撒上美味的甘糖，让爱甜食的秦母赞不绝口，更别提那些龙井虾仁、蒜烤河虾等菜了，这一年秦家的年夜饭，新菜将比往年多了一倍。

一家人一下午都忙着准备年货，秦恬却一副心事重重的样子，别说秦父秦母，就连康叔都看出来了。

“阿恬，你是不是有什么事想跟我们说？”

秦恬沉默了一下，道：“让我再想想。”

有事，但还没想好怎么说……

秦母在秦恬嘴里塞了块霉干菜饼，微笑着走开了。

秦恬想的事，很纠结，也很简单。

她想邀请奥古一起来过年。

那家伙背上的伤好得很快，就是手还不方便。她自从上课后，就只去看过他一次，因为实在不顺路，她也找不出理由。

可是当这几天，秦母忽然宣布要过个大年时，她的心思开始活络了。

中国人的年，要不是父母辈的记着，小辈基本不会去算日子，更别提这个时期，在一群不搭理春节的西方人中。所以今天对奥古以及奥古周围的人来说，都不会是什么特殊的日子，除非奥古同学会算农历。

秦恬觉得，如果今天突然把奥古请来过年，对他肯定是个惊喜。

但就是不知道，对家人，会不会是个惊吓。

“阿爸，阿妈……我想请一个朋友来。”

“哦？”父母对视一眼，秦父问道，“很麻烦吗？”

“是德国军官。”

“你在德国认识的朋友？”

“嗯，他很照顾我，还救过我，对我很重要。”秦恬说着说着就低下头，她不知道自己脸红没红。

“救过你的命？”

“对。”

“那就要请！”秦父一拍大腿，敲定，“具体怎么安排，阿爸相信你心里有数的。”

“嗯，我会把他偷偷带来。”秦恬着重“偷偷”俩字，然后拿上大衣跑了出去。

她熟门熟路地溜进海因茨的公寓，很高兴地发现里面只有狄科一个人，他拿着扫帚打开门笑道：“秦恬小姐，真没想到您来了。”

“狄科，你有车吗？”

“楼下停着一辆公用的，我可以开。秦恬小姐要去什么地方？”

“嘿嘿，我要问你借用你家少校阁下一晚上。”

“什么叫问我借？”狄科竟然没有羞红脸，很正经地引着秦恬往奥古房间走，“小姐您要，随时拿去，少校为了您什么都愿意做。”

秦恬瞬间觉得自己被反攻了。

奥古正站在房间里看着窗外。他现在勉强可以坐，但趴了那么久，他更喜欢站着。他一见秦恬，喜上眉梢，笑眯眯地挪过来：“恬，你来了，今天没课？”

“请假了。”秦恬搓搓手，“你有便装没？”

“有，怎么了？”

“你能出去吗？请你吃饭。”

“行。”奥古想也没想一口应下。而狄科已经很有眼力见地拿出了西装和大衣帮他套上，嘴上却道：“少校阁下，您现在的伤，要出门并不方便……”

“狄科，看好屋子，海因茨他们来了就说我约会去了。”

“不行。”秦恬连忙道，“狄科要负责开车。”她不好意思地看看狄科。

“保护少校是我的职责。”狄科还贴心地拿了一张毯子，在桌上留了便条，也换上便装，检查完枪械，才跟着奥古和秦恬出门。

奥古笔挺地坐在车里，问道：“怎么突然想到请我吃饭？”

“因为你救了我一命嘛。”

“那怎么现在才请？”

“嫌迟？那你别来吃啊。”

“我都在车上了。”奥古嘟哝，看向窗外。

奥古要求低调出行，车子前面的帝国鹰徽便被摘下了。一直开到福气楼后门，两人扶着奥古到客厅里坐下，接着，秦恬看着狄科发愁。

赶，还是不赶？她确实不怎么能负担奥古的安危。

狄科似乎对这种情况很有认知，他笑眯眯道：“你们能给我一个房间吗？我胃口很小，只要一点点吃的，我声音很轻，不会打扰你们的。”

奥古却摆摆手：“如果是担心他乱说的话，放心吧，没关系的。”

有了这句话，秦恬就放心了，她连忙把狄科拉到沙发边坐好，道：“那么帅小伙，今天你就负责逗我家老人开心吧。”

在厨房忙活的三位听说秦恬把人带来了，一个两个都跑来围观。他们对法国的家国主义思想并不浓厚，所以对于奥古和狄科也没什么心结。不过厨房里还烧着菜，他们来看了眼，便又匆匆跑走了。

“你们准备了好多东西！”奥古看着茶几上、桌上、凳子上的吃食，“这是干吗？”

“今天几号？”

奥古看向狄科，狄科连忙咽下一块酥油饼道：“报告少校，今天是一月二十六日。”

奥古歪歪脑袋，看向秦恬。

秦恬微笑，双手抱拳，用中文说道：“春节快乐！”

奥古斯汀怔住了。

半晌，他红着眼圈问：“借块手帕……”

饶是奥古有伤，在所有人的怂恿下，他依然一口闷了小半杯高粱酒。

秦父拍着他的肩膀大笑，奥古龇牙咧嘴地跟着笑，然后道：“伯父果然好手艺！”

他说的中文，字正腔圆。

秦恬脸色变了变，然后放平和，对惊讶的家人道：“他是中国通，中文好得很。”

基本上这已经解释一切了，说不定还能让家人更接受他。

果然秦父很感兴趣，开始给“中国通”考试，从最简单的知不知道长城啊孔子啊，到开始探讨秦始皇啊汉武帝啊什么的，连吕后和武则天都搬了出来。

康叔虽然书读得不多，但在这几年耳濡目染之下，也能插上两句嘴。秦母在一旁听着，时不时给大伙满酒、夹菜，在秦父有大男子主义言论的时候会顶两句嘴，大部分时候都微笑地坐着。

于是场面变成了秦恬负责照顾狄科。

狄科的法语一般般，刚刚到可以交流的程度，中文更是不行，他叫秦恬为秦媞安。对奥古如此精通中文表达了一下惊讶后，他就开始毫不客气地埋头苦吃。

秦恬特地给狄科配了刀叉和盘子，狄科看了看满桌人，即使是他的长官，也一手筷子一手碗使得欢畅，他感到颇为不好意思，可捏了两下筷子后，他老实地举起了叉子……

“来，尝尝这个。”秦恬笑眯眯地给他夹了块肉。

狄科警惕地看看秦恬，看看碗里红色的肉，又抬头看看他家少校……奥古瞥了眼他碗里，顶着和秦恬一样的笑容转头和秦父聊天。

小少尉叹口气，把肉放进嘴里，刚嚼了两下，他的眼眶就湿润了。

“别吐呀，这肉顶好。”秦恬乐呵呵的，“你先吃，水一会儿给你倒。”

“呜……”狄科每嚼一下，表情都凄惨一层。

“好了，阿恬，你这丫头忒坏，人家吃不得辣的，你专给人家挑水煮肉片吃。”秦母看不过去了，倒了杯凉水给狄科。狄科哇的一声把肉吐出来，扇着风狂灌水，掩住嘴在那儿喘气。

“媞安，媞安小姐……你、你太邪恶了！”

“哦，不好吃吗？”秦恬夹了一块水煮肉片，放在嘴里嚼吧嚼吧吃了，面不改色，“我觉得很好吃啊，才特地让你尝尝。”

狄科看秦恬淡定吃肉片的样子，有苦说不出，只能自认倒霉，狂喝水。

这边厢奥古斯汀一直憋着笑，说：“狄科，我是想吃没得吃，你居然还吐掉，太浪费了。”

“对不起少校，我错了！”狄科眼泪汪汪，埋头吃白饭。

秦恬不再恶作剧了，老老实实给他夹了点蒜泥菠菜：“行了，尝尝这个，不辣，特别香。”

“咳咳。”奥古斯汀在假咳。

“没筷子啊？自己夹！”秦恬起身，“我去看看鱼汤煲好了没。”

奥古斯汀摸摸鼻子，在秦母的推荐下夹了一块玉米烙，才吃了一口，甜得他整张脸都皱了起来。

秦父看看奥古斯汀夹着夹板的左手，摸着胡子道：“小伙子虽然身体好，但是伤筋动骨终究麻烦，阿静啊，我们以前不是有泡过药酒吗？”

秦母笑着起身：“有的有的。”“我也去拿。”秦恬附和道。

于是秦恬和秦母一起走向厨房，刚出门两人就沉默了。外面还在下着雪，夜色寂静。

“阿妈……”秦恬叫了一声，便不知道该说什么了。

秦母叹口气：“阿恬啊，阿妈相信你。这是个好小伙儿，他对咱中国这么了解，你阿爸问啥都答得上来。这么多年了，除了你哥，你阿爸恐怕还没遇见过这么谈得来的小伙儿，我看得出来，排除那层身份，你阿爸对他，也是很喜欢的。”

秦恬点点头，苦笑：“可是加上那层身份……”

“唉，你阿爸心里只有中国，欧洲人怎么打，是他们的事，老百姓管不了那么多。可你也知道，德国和日本是一路的，你阿爸啊，恨死日本了。”

“我知道，我也恨，可他……”

“阿恬，你成年了，自己看着办吧。你只要不犯浑，阿爸阿妈总是支持你的。”秦母顿了顿，道，“既然你已经带他来见我们了，我们觉得，他本人是不错的，但要是还考虑别的，就要多想想了。如果你们把未来怎么过都考虑好了，那就没问题了。”

秦恬有点哭笑不得：“只是过个年而已，你别以为我们私订终身啊，我带他来，确实有让你们认识的意思，但还没到见家长的那种程度啊。”

“怎么能没有，你给那个叫狄科的小伙子夹菜，你没见奥古盯着啊？”秦母笑了，“那吃醋的小样儿，把你爸都看乐了。”

“没。”秦恬嘟哝，“让他不爽好了。”

“女孩子别仗着男孩子喜欢你就拿乔，小心以后后悔。”秦母语重心长。

秦恬窘了：“阿妈，我现在跟他顶多是‘朋友以上，恋人未满’，你别弄得我们已经准备结婚了似的。”

“行，阿妈误会了成不，拿了汤进去吧。”

“你笑什么啊，你还是不相信！”

两人在厨房里下了包好的饺子，拿着鱼汤和药酒进客厅去，看到在康叔的指点下，奥古正和秦父划酒拳。

他们虽然喝了不少，但还不至于面红耳赤甚至打起赤膊来，奥古杯子里是家里酿的度数极低的果子酒，秦父杯中则是他最爱的黄酒。两人“一、五、十、十五……”地叫着，没一会儿就有一个人被罚酒。

两人各自带着狐狸似的笑容，活像衣冠那啥。

连狄科都被吸引过去，他虽然听不懂，但也很兴奋，手上的叉子还插着一个红烧鸡翅，只咬了一口就遗忘了，每次轮到奥古喝酒他就哈哈笑着拍手。

秦恬给每人都舀了一碗雪白的鱼汤，然后自己把碗捧在手里边喝边看热闹，这时发现桌上菜还有许多，她大喝一声：“吃菜！别剩到明天！”立刻就传来噼里啪啦夹菜的声音和吧唧吧唧的咀嚼声。

过了一会儿，秦母又端了一大盆饺子进来，她笑道：“本来我还觉得家里三老一小吃不了那么多，现在可放心了。”盆子砰地放在桌上，震得碗碟一阵惨叫。

奥古摸着肚子和狄科对视，苦着脸小声道：“我已经吃撑了……”

狄科忙点头。

秦恬正好在旁边，一把抓住狄科的肩，笑道：“水煮肉片，还是饺子？”她指指桌上，水煮肉片还有一大锅。

“……”狄科老实地拿起自己和奥古的碗走向正在盛饺子的秦母。

“喂喂喂，居然把我的碗也拿走了，这臭小子！”奥古惨叫，对上秦恬的笑脸，惨叫立刻被掐断，“啊哈哈，太好了，他真贴心。”

“呵呵。”秦恬微笑，拿出一个小搪瓷杯，“尝尝。”

“是什么？”奥古打开盖子，“啊，好香！”

“黄酒冲蛋，我们这儿的特色做法，还放了生姜，喝了全身暖和。”秦恬得意，“好喝不？”

“嗯嗯。”奥古连连点头，又喝了一口，舒畅得直叹气。旁边的秦父看到，笑道：“臭丫头又糟践好东西，这可是你阿爸好不容易拿来的十六年花雕酒，你居然拿来冲蛋！”

“十六年花雕酒？”没等秦恬反驳，奥古先惊讶了，“是绍兴花雕吗？鲁迅文章里写过的那个？”

“好小子，还知道鲁迅！不错不错，哈哈！”秦父更高兴了，“阿恬，你看看还有花雕酒没，给奥古他们拿点，黄酒冲蛋冬天喝正好！”

“哦。”秦恬抹着冷汗，顺便瞪了奥古斯汀一眼，让你得意忘形，满嘴跑火车，鲁迅是你这种德国本地人能知道的吗！

话说这年头有没有《鲁迅文集》的八国语言版啊，秦恬一边去储物室一边天马行空地想。说实话，以她现在小语种人才的身份，至少可以搞英语、德语、法语、波兰语、中文五国语言互译啊，厉害了！

等秦恬拿着两瓶花雕酒回到客厅，形势再一次发生变化——秦母在收拾被吃干净的盘子和碗，狄科被康叔拉着在火炉边摆了桌子下西洋棋，奥古和秦父则坐在沙发上一人一杯酒说着众多文学名人。

秦父不知怎的说得兴起，导致秦恬刚放下酒瓶再次惨遭差遣：“阿恬，上笔墨纸砚！”

秦恬幽怨地看了眼在一旁讪笑的奥古斯汀，上书房拿了笔墨纸砚下来，摆在被收拾干净的餐桌上。

“上回你阿妈买来写春联的那些纸呢？”秦父活动着手腕。

秦恬再次认命地去拿那些红色的长条纸，然后很有眼力见地开始磨墨。

“奥古，秦伯父自己就是个野路子，平时也就写着玩，说吧，你要写什么？”

“就写关于新年的吧。”奥古斯汀在旁边腰背挺得笔直。连狄科和康叔也都围了过来。

秦父略一沉吟，提笔蘸墨，笔走龙蛇，转眼完成了一副对联。

他放下笔，看着奥古斯汀。

奥古微笑：“春风春雨春色，新年新岁新景。没错吧？”

对于这洋鬼子认得中文，秦父已经不奇怪了，只是点点头道："那这是什么字体？"

秦恬一听，冷汗都下来了，阿爸可真是把人家当超人了。她连宋体、楷体都不大分得清，奥古斯汀这人文化修养没比她高多少，怎么会知道。

果然，奥古沉默了一会儿，很老实地摇头："不知道。"

秦父愣了一下，这才反应过来，笑道："没关系。来，这春联就送给你了。"

"谢谢伯父。"奥古斯汀双手接下了春联，朝秦恬挤挤眼。

秦恬无语。

照惯例，全家还要一起守岁，只是奥古太晚回去不好，在狄科的催促下，他们带着大包小包的礼物，被送出了门外。

奥古颇不好意思："我没送什么礼也就算了，现在不仅吃了，还'兜着走'，这真是……"

秦父摆摆手："小伙子，好走，一路顺风。"

说罢，带着秦母进屋去了。康叔腿不好，没送出来。

狄科去发动车子，秦恬和奥古两人站在门口看雪花。半晌，奥古忽然笑道："见父母？"

"想得美……"秦恬嘟哝，"看你可怜带你过年而已。"

"好吧，看来我还得努力。"奥古忽然手握拳头道，"跟着阿恬有肉吃！"

"你喝那么多酒，没关系吧？"秦恬忽然关心道。

"没事儿，我已经戒了很久了，正有点馋，身上的伤好得差不多了。前两天你都不知道，我身上痒得想打滚。"

"好吧，车来了，你走吧。"

"你就没什么表示？"奥古盯着秦恬。

秦恬翻了个白眼儿："还要我九十度鞠躬谢谢您赏脸来我家吃年夜饭？"

"新年快乐。"奥古认真道，"还有，谢谢。"

狄科开着车在旁边等着。

奥古斯汀上车前，又道："遇见你真好，秦恬。"

秦恬微笑："我也是，罗桐。"

正式进入一九四一年，转眼便是春暖花开的季节。

德国吞并了卢森堡，那个奥古斯汀负伤的地方。他本人得以以养伤为由编入巴黎驻军，暂时没有战斗任务了，但仍有其他各类防务任务需要做。

海因茨一如既往地神龙见首不见尾。

倒是凯泽尔寄了封信来，虽然不是寄给秦恬的，但提到了她，并向她问好，还告诉她，艾森豪芬酒店里的员工都很好。

此时，已近四月。秦恬每天和爱伦娜一起上课，闲暇时便独自回忆。在阳台上沐浴春天的风，手中的笔记本记录着她零碎的记忆。

一九四一年，相比刚来时的一九三八年，相比被人们认定为世界大战开始的一九三九年，相比法国沦陷的一九四〇年，在秦恬看来，真正的战争开始，其实是今年。

这一年，德国和日本两兄弟，一个将苏联拉进战场，另一个则将美国拉进战场。形成了后四年的“二战”局面：西欧战场，德国与英国死磕；东欧战场，德国与苏联死磕；太平洋战场，日本和美国死磕；亚洲战场，日本和中国死磕；非洲战场，德国带着意大利和英国死磕……

四面掐架，八面战火，全球再无宁日。

秦恬的问题在于，她不清楚具体时间，于是她不断回忆历史书和各种看过的电影。这些东西早已经恍若隔世，可现在每一次回忆都会让她有不一样的收获。

现在刚入春，苏联依然冰寒，按照德国惯用“闪电战”的行径，结合天时地利，必然是在初夏进攻苏联。此时苏联天气已经暖和，而德国也有足够的时间，在东欧的冬季到来前拿下苏联。

当然，这是秦恬按照德国人的想法假设的，而她这么猜，自然是结合了各方面的依据。

她看过很多苏联战争片，但关于苏德战场，她只记得三场战役：莫斯科战役、斯大林格勒战役，还有库尔斯克战役。

因为莫斯科战役拖延太久，一直到冬天来临才打下来，导致德军闪电战首次失败，踢到铁板。

斯大林格勒战役则是著名的苏德战场转折点，双方形势开始逆转。

而库尔斯克战役，秦恬只记得它的描述是，德军在苏德战场彻底失去主动权。

她看过一部电影，是讲莫斯科战役的巷战场景的，只记得断壁残垣和漫天的大雪，还有就是主人公的自述，什么四个月了，丝毫没有节日气氛，指的就是圣诞。

那么，莫斯科战役应该是在八月到九月期间，可德军没道理这么迟入侵，就暂定入侵苏联的时候是六月左右吧。

接着，便是太平洋战争。

几乎每一个对战争略有了解的人，在看电影《珍珠港》时都会问，为什么日本那么坚定地要把美国拉进战场，还将其放在自己的对立面？

秦恬也想不通。不过，无论她想不想得通，她都很高兴日本这么做了。

非洲战场的失利让德国注意到了他们有意大利这么一个猪一样的队友，伤心绝望之余寄希望于日本，怎料不久后日本也不甘落后，干出了偷袭珍珠港这么件足以证明他们也是猪一样的队友的事情。

那珍珠港事件是什么时候呢？看电影《珍珠港》，感觉就好像是夏天，不过好在秦恬多看了几遍，知道那时候美国本土是冬天，全因为夏威夷四季如春，才给人那样的错觉。

冬天就好说了，不外乎十一月十二月，于是这个日子也差不多知道了。

秦恬放下手里的笔记本，深吸一口气。其实这些东西对她来说用处并不大，她只是下意识地想回忆，想让自己占一点儿先机。

“阿恬！爱伦娜来了。”楼下秦母叫道。

“好的！”拿起上课的包，秦恬跑下楼，随手拿起两个葱包烩，和秦母道了别，走出门，和爱伦娜一人一个吃起来。

“你家就是有的吃！”爱伦娜毫不客气地啃着葱包烩，大赞。

“所以你这么坚持要来接我……”

“嘿嘿，别一副现在才发现的样子。”

“哇！好香！”一个人突然蹿出来，“狗鼻子”不停往秦恬和爱伦娜身上蹭。爱伦娜毫不客气地一脚踢开之，喝道：“不许过来！”

伊万被踢出去，皱着脸又蹭过来：“媞安，我没吃午饭……”

秦恬忙不迭地把葱包烩全塞进嘴里，然后指着自己家的门，口齿不清地说：“到门口去，敲门，然后蹲下、歪头、摇尾巴……我妈说不定会给你根骨头。”

“哈哈哈！”爱伦娜狂笑，“媞安你像在形容我家的狗一样！”

伊万极为委屈地垂下头：“奶奶又把我赶出来了。”

“哦？她又听说了什么？”秦恬和爱伦娜做见多不怪状。

“我也才刚听说呢，我奶奶消息比我还快。郁金香小巷上一栋公寓楼里的犹太人，因为国籍还有信仰被抓了，动手的就是我们法国警察，大院里的叔叔婶婶们一说，我奶奶就又迁怒于我了。”

“唉……”秦恬叹气，拍拍伊万的头。

因为秦恬的关系，爱伦娜和伊万也认识了。相比秦恬的事不关己，爱伦娜对于伊路莎奶奶对伊万的阴晴不定态度很是好奇，一番探究下也明白了，原来现在法国警察 大多替德国人办事，在法国人看来就和德国的走狗一样，这使得刚为孙子成为警察 而骄傲不久的伊路莎奶奶感到颇为耻辱。

更何况现在的警察大多压榨犹太人，而大院里，大多数都是犹太人。伊万受到如此待遇，完全是因为被迁怒。

“可我什么都没干啊。他们有时候去做类似事情，都不让我参加。”伊万语气很复杂，“我是很高兴不用沾上这事，可我奶奶总不相信，她老是盘问我有没有干坏事。这是对待一个当警察的孙子的态度吗？”

“我觉得，你不该做警察。”爱伦娜语重心长道，“别人出任务都不带你，明显就是不相信你的工作能力，而你又因为这个职业备受误解……”

“不！当警察是我的梦想！”伊万每次都以这句话结尾，然后无论秦恬和爱伦娜说什么，他都坚持己见，最后饿着肚子慢慢地沿着巡逻线路离开。

爱伦娜朝秦恬耸耸肩：“那我们快走吧。”

“好。”

培训班的座位并不固定，可是坐久了大家也都默认了常坐的位置为固定位置。今天爱伦娜的桌子上放着一朵玫瑰和一张小卡片。

两人一走进教室，女孩子们都兴奋地打招呼，喊爱伦娜去揭开卡片。

爱伦娜一看书桌就红了脸，上前慌张地翻开卡片，然后笑得无比灿烂。

秦恬的位置在爱伦娜的后面，等爱伦娜捂着脸颊坐下了，秦恬拍了拍爱伦娜的背：“需要福气楼给您提供中式烛光晚餐吗，女士？”

爱伦娜一把抓住秦恬的手：“我、我恐怕得请假了。”

“什么？”

“虽然他说他会等我下课，可是……可是我不想等到下课了。”

“他是谁？”

“我、我会介绍给你认识的！”

“好吧，也就是说，今天我得一个人回去了？”

“抱歉，媞安，我等那个人好多年了。”

原来还有琼瑶故事啊，秦恬腹诽，祝福道：“那么，祝你们子孙满堂。”

回答她的是爱伦娜的一记“如来神掌”。

第二天，秦恬一大早就被叫了出去，她打着呵欠看着眼前的这一对情侣。

爱伦娜一脸甜蜜的笑，她旁边站着的青年，笔挺、高瘦，外貌并不是很出众，但是很儒雅。

“一看就是做学问的。”秦恬下了定论，她伸出手，“你好，我叫秦恬。”

“弗瑞德·凯伦。”青年也伸出手，和秦恬握了握，“很高兴见到你。”

两人大眼瞪小眼半晌，秦恬看向爱伦娜：“人认识了，接着呢？”

“当然是相互了解啊！”爱伦娜一脸“你们真笨”的表情。

秦恬无奈道：“你们才是恋人，为什么要我和他相互了解？”

“可是，你是我的朋友，弗瑞德是我的男朋友，你们不应该也成为朋友吗？”

秦恬笑了：“哪门子的霸王条款。”

“不如……”弗瑞德终于开口了，“有没有这个荣幸请二位共进咖啡，再来点小点心？”

秦恬往前走，瞪了眼爱伦娜：“还是你男人会做人！”

爱伦娜头一撇：“哼！”

其实只是换个地方相互了解而已，通俗点说，就是唠嗑。

爱伦娜和弗瑞德是青梅竹马，男大女小，两人相差三岁。后来爱伦娜在大学学了两年文学，弗瑞德则前往英国读大学。

四年没见，才重新见面一天，两人举手投足间都有着常人没有的默契和粉色泡泡，看得秦恬直冒酸水，但没办法，谁叫她家那个提溜不出来。

虽然周围有好几对法国女孩和德国军官的情侣搭配，可现在嘚瑟，以后就有得受了。秦恬怎么都不想被人泼粪、剪头发，更不想家里招牌被砸……除非她能在德国战败前逃到个安全地方住。

爱伦娜把她和秦恬的相识经过跟弗瑞德说过后，秦恬又大致讲了一下自己去德国留学和去波兰打工的经历。

“看不出媞安小小年纪经历这么丰富。”弗瑞德的语气竟有点羡慕，“哪像我，说是出国留学，却肩不能扛，手不能提。”

“哪有哪有，知识才是力量。”秦恬干笑，问，“你在英国学的什么专业啊？”

“地质学，在牛津。”弗瑞德一言带过，顺便自嘲，“快毕业了得知法国沦陷，我真觉得自己虚度了光阴，应该回来参军。”

“地质学啊……”秦恬第一反应是不得了，第二反应是为什么不得了，想不出个所以然来，只能微笑，“听起来好厉害。”

“那你学的是什么专业呢？”弗瑞德问道。

秦恬迟疑半晌，支吾道：“呃，核物理。”

“厉害！”弗瑞德惊叫。

连爱伦娜都差点打翻咖啡杯，她惊诧道：“媞安，你好厉害，竟然学核物理专业，还是在德国柏林高等工业学校！你为什么不跟我说？”

“因为我现在不学了啊……”

“那你也可以告诉我啊，我问你几回你都不说，我还以为是什么很难以启齿的专业。”

确实难以启齿，因为她根本不懂。

“天啊，媞安，你才是真正的人才！”爱伦娜低叹，“你还学什么护理啊。”

秦恬默默喝咖啡，过了会儿道：“专业什么的，没有高低贵贱啊，实用就行。”

“说得没错。”弗瑞德安慰爱伦娜，“学了护理，你就可以上战场帮助士兵了，你瞧瞧我，我能做什么？”

“你的学科也很有用啦。”秦恬道，“话说你地质学都是学些什么？”

“我主攻应用地质学，主要是一些地质勘探、工程地质学相关的。”弗瑞德答道。

秦恬听得一头雾水，却依然坚定地点头：“相信我，你的学科会很有用的。”

“那就承您吉言了。”弗瑞德微笑，没当回事。

不知不觉，秦恬发现自己在巴黎已经有了一个固定的生活圈。

每天早上起来，帮父母做些餐馆里的工作。吃完午饭后，便和爱伦娜一起去上课，有时候弗瑞德会来陪伴，有时候他们俩会蹭了午饭再走。

上完课一起回去，有时候在附近的街上逛一逛，有时候在街角的咖啡馆喝杯咖啡聊聊天，也有时候一起去大院看伊路莎奶奶以及那儿新认识的朋友。

那儿有许多可爱的小孩。豆豆刚学会走路，每天抱着他妈妈的小腿打转；他的哥哥卡舍和邻居小男孩谢瑞调皮捣蛋，总是满院子乱跑，引来妈妈和阿姨的一致笑。

这些好动的小孩儿成了福气楼和大院之间的超级快递员——秦家总是会剩下很多完好的饭菜和点心，吃不下便打包了等着，傍晚，小孩儿们肯定会一边玩一边跑到这儿来拿点好吃的。

渐渐地，有时闲极无聊的秦母也养成了没事去大院坐坐的习惯。串门社交是中年妇女共有的才能，很快秦母就和大院里的妇女们打成一片。

这种友谊的建立很奇怪，只是一次误闯、一回简单的聊天、偶尔几次串门，就成了现在这样。

不过现在，大家都乐于多交些朋友。

第一学年的护士课程在最后两个月将进入实习期，秦恬所在的班级将不局限于在教室里上课，她们会分四个医院驻扎，在那儿穿上有实习护士标志的护士服进行观察学习，护士闲下来时会对她们进行指导。

爱伦娜最期盼的就是实习，因为实习成绩直接决定她是否可以在这个学期就毕业并进入她梦想的战场。

为了保证医护人员的质量，不是申请参加实战就会得到批准的，红十字会会根据这些申请者的理论以及实习成绩进行评估，然后予以考核，最后才决定放不放人。

当然，训练了仅一年的医护人员，就只能进行最简单的包扎和治疗，没有第二学年深入的学习，她们可能一直只能进行外围的工作。

实习期过程中，秦恬竟然出乎意料地得到一个优秀的评价，原因无他，对于医院中任何一个病患，她都保持了非常淡定的态度，虽说有时候的处理不那么得当，也不是很用脑子。

比如，一个病患不小心被剪刀捅破了肚子，她竟然想也不想就拿手堵上去，胆儿肥得让众人一阵惊叫，同时也狠狠地挨了一顿骂——没有消毒，没有正确步骤，又不是在战场，怎么能直接用手？

再比如，有一回一次小范围失火，一个倒霉蛋被烧得面目全非，把几个实习护士都给看吐了，秦恬愣是咽了咽口水，面不改色地上药包扎，呈淡定状恍若南丁格尔在世。用爱伦娜的话说，给烧伤病人的脸包扎的时候，秦恬，不是一个人在战斗。

爱伦娜虽然有时候有点没轻没重，但是她技术比秦恬好，而且性格利落豪爽，是颗开心果，也得了个优秀。

于是六月初，爱伦娜激动地收到了她的申请批准单，可指派给她的地点，却是卢森堡。

“哦，不！恬！卢森堡那儿根本没什么可去的！”爱伦娜尖叫，“我联系过早就在那儿的人，她们根本没事可做。”

“那你……”秦恬很舍不得这个朋友，干脆进谗言，“那你别去了吧。”

“没错！我已经交了下学年学费！我不去了！”爱伦娜气愤道。

你就等我那句话是吧，秦恬腹诽。

其实不用秦恬挽留，爱伦娜的情人弗瑞德现在可在巴黎，她根本不可能抛下情人跑出去。

皆大欢喜。

从实习期开始就担心自己好朋友远离的秦恬心情很好地开始享受巴黎的夏日，可没过多久，一条消息从天而降，瞬间把她砸醒了。

# 第二十一章

# 争执

“就在昨天，德国军队对苏联发动突袭，他们采用了对波兰一样的闪电战术。英国政府、戴高乐政府等一致对其行为予以谴责，战争再一次扩大……”广播中没有对德国的斥责，很简单的叙述，没有语气，秦恬想象不出播音员的表情。

不过秦恬可以肯定，自己的表情很精彩。

突然听到德国进攻苏联是在课间，老师习惯性地打开广播然后接受提问。广播一出，全场一片安静，所有人的表情都很空洞。

作为依然有着旁观者心态的秦恬，无法想象这些人听到攻陷了祖国的国家去进攻另外一个宿敌时的心情。

“波兰、英国……下一个是苏联吗？”爱伦娜不知什么时候走到秦恬身边，握住了她的手，语气很复杂，“媞安，苏联是个什么样的国家？”

“很大。”

“我知道很大，还有别的吗？”

“很冷。”

“这不用你说我也知道，还有别的吗？”

“社会主义。”

“好抽象。”

秦恬不耐烦了：“我又没去过，我怎么知道？”

“我只是……”爱伦娜表情很惶惑，“我只是想知道得多点。它强吗？它能挡住吗？它会为我们报仇吗？它……”

“会的，会的，会的。”秦恬一个劲儿回答。

“你敷衍我。”

“没啊，我回答得很认真啊。”秦恬一边点头一边严肃道，“它很强，它能挡住，它会为我们报仇的，你还有什么问题吗？”

爱伦娜低下头，眼眶红红的：“至少，他们不会不设防的，是吧。”

秦恬噎住，果然，不设防，是巴黎人民心中的痛啊。

她说不出什么安慰的话来，无论后世怎样夸法国人保护文物、高瞻远瞩之类的，在这种时候，不设防总是不那么让人愉快。

苏联与德国的开战并没有影响老师的讲兴，相反，她更加慷慨激昂地讲完了今天的课程，并且还特地强调说明天要暂时换课——专门讲严寒气候下的各类状况处理。

秦恬嘴角抽搐，想想西伯利亚寒流她就一点都不想踏上苏联的土地。

离开教室前，她特地看了看门上的日历。

六月二十二日。

她忽然有种奇怪的感觉，回想一下，不由得失笑。

去年的六月二十二日，法国战败。

今年的六月二十二日，德国进攻苏联。

真是个邪恶的日子，在上一个大国战败一周年之际进攻另外一个大国，这是德国统帅部的恶趣味吗，还是希特勒个人的？

晚上，秦恬正在院子里纳凉，家门被敲响了。

开门，黑乎乎一团人影，开了廊灯一看，是奥古。

“很有纪念意义的一天啊。”秦恬不咸不淡，走出去关上门。

奥古斯汀伤已经好了，背着手站在外面，穿着军装：“刚开会回来。”

“嗯。”秦恬低下头，她不知道说些什么，总不好问开会讲了什么内容吧。

“恬，有些话题我们总是回避，现在我觉得，得准备准备了。”

“你什么意思？”秦恬的感觉很敏锐，她猛地抬起头，“你会去东线？”

“我不知道。”奥古低声道，“我很早就了解到，‘二战’后，德国后方几乎没有一个青壮年。在对苏联的闪电战失败后，西欧的驻军经历很大变动，我看过一部电影，里面说就连意大利的驻军都被派往了苏联，我不确定我最后到底是在哪个战场。”

秦恬看着他，问：“我能劝你避过吗？”

奥古斯汀沉默半晌：“恬，既然你这么问，就该明白。”

“我该明白什么？你的责任？”

“即使知道是错的，命令就是命令，逃避责任和义务不该是一个德国军人所为，更不该是一个男人所为。”

“即使知道是错的？”

“恬，我可以努力让自己活下去，毕竟在知道历史的情况下可以避免很多麻烦。可是我不能让自己在后半生的日子里一直缅怀死去的兄弟，遇到活着的战友时，感觉自己是个懦夫！”

“你知道历史……”秦恬声音都抖了，“你明知道以后……以后就连德国人都厌恶纳粹，老兵很多都不愿提起自己参与过战争，勃兰特还跪在了犹太人纪念碑前，你想缅怀什么？作为一个知道结局的人，你难道觉得参与这场战争很荣幸吗？！现在起，我该叫你罗桐，还是奥古斯汀？”

“你不明白我的感受。”奥古斯汀叹气，伸出手想揽住秦恬的肩，却被躲过，于是他缩回手，“恬，在你面前，我希望我是罗桐，可我生活的另外大半部分，必须是奥古斯汀……”

“可是我无论在不在你面前，都是秦恬！”

“恬，你才来两年多，曾在三个国家周转，即使是法国籍，也无法对法国产生什么感情。可我呢？我在德国成长、读书、交友……以前在中国的二十多年，我浑浑噩噩，甚至愤世嫉俗，我考上了大学，却因为和我爸吵架跑去当兵。我醒来的时候，成天回忆自己的过去，都想不起自己干了什么。可是在这儿，我才明白，什么才叫真正地活着！

“你该明白我的煎熬，没有希特勒，即使身为所谓的贵族，我们也差点饿死，一麻袋钱买不到一个小面包，我的父亲失业，母亲也找不到工作，全家人勒紧裤腰带，我扛不住饿，甚至有过自杀的念头！全欧洲都在压榨我们，我从来不知道会有一个条约能够对一个国家产生这么深刻的影响！

“没错，我知道一切都是错的，可我就在这个时代，我处于这个群体中，我周围所有的人都告诉我：这是对的，这是正义的，为自己的祖国而战，这就是绝对的正义。即使有人质疑，就好像凯泽尔，他比我质疑得更明显，相熟的人都知道他在质疑这场战争，可是他依然毫不犹豫地参战了。他只是单纯地觉得战争太残酷，却从没质疑过希特勒！你懂吗，秦恬？我们生活在这个时代，我逃不过，你也逃不过！”

秦恬瞪大眼，她心里掀起了惊涛骇浪。奥古斯汀从来没有这么激动地说过他的过去，两人在一起时，因为时常有第三个人，他们只是简单地说说游戏、聊聊八卦，图个轻松，却没想到奥古斯汀的心理如此复杂。

“你自己想想吧，恬，你来这儿之前干过什么有意义的事？你来这儿之后，又经历了什么？”

“从前……”秦恬低喃，“穿越前，我……”

“你上幼儿园，上小学、初中、高中，然后上大学，宅女一个，深居简出，对吗？”

“……”

“可是在这儿，我听到你说，你是中国人，你以谎称日本人为耻，你抖着手给犹太人扔食物，你在客房部的柜台里偷偷背波兰语……海因茨告诉我，你还在他们几人的围观下，拼命地救你一个同事……恬，两世相比，哪一个活得更有意义？”

“意义？”秦恬低声重复，“我想要活命，却没想活出意义来。”

奥古斯汀无言以对。

“我只是想活命，我想我熟悉的人也活下来。刚来的时候，我很害怕，总感觉全身发冷，当知道波兰有个亲人时我才慢慢好点。后来遇到你，我更感觉活得舒坦。我跑来跑去，就求能保住一条命。以前我无所谓，可现在我明白，一条魂在这鬼地方飘着是多冷的一件事，所以只要你还在，我绝不能死。我确实不明白你的感受，我还以为你和我一样，想好好地活着，或者比我远大一点，想打个仗，过把瘾了，再好好活着……我以为我理解了，所以我很安心。可是你现在告诉我，你可能要去东线……你让我怎么办，我不想肉麻兮兮地求你不要丢下我，可你能不能别去东线？”

“我会努力活着，但我不会逃避什么。”半晌，奥古斯汀只能做出这样的承诺，“秦恬，无论发生什么，你只要相信我活着。”

“你当我是琼瑶女主吗？我信你活着有什么用，你死了我还会为你殉情吗？我还以为你有先见之明，不像我这么废，至少可以提前预防些什么！可……可你说什么，你说你会负责任，你要上战场！”秦恬语无伦次，“我……我脑残了才跟你混！”

她无话可说，砰地关上了门。

“阿恬，我不是来和你吵架的。我和海因茨在瑞士有个账户，前几天我把你也设为合法拥有人，需要把你的个人证件复印一份邮寄过去，确认你的身份。申请书、具体步骤等其他信息我放你家邮筒里了，别忘了。”奥古斯汀敲敲门，“你在吗？在就吱一声。”

“在。”秦恬咬牙，“我该谢谢你吗？”

“呵，你如果不寄信确认也可以，我就把你列为遗产继承人，到时候你爱要不要。”远处传来喇叭声，奥古斯汀道，“恬，我懂你的意思，你一直融不进这个世界，可我却以奥古斯汀的身份生活了十多年。和你在一起我确实感受到身为罗桐的轻松，可是今天，我突然意识到……德国的民族灾难已经开始了，我逃不掉了。”

脚步声逐渐远去，再无声息。

“媞安，醒醒。”

秦恬有些迷糊地抬头，看到所有人都坐到了座位上，这是下午的第二堂课。

讲师凯莉夫人课间没在，这时候她走了进来，后面跟着四个穿着雪白护士服的女孩，她们的胸前，挂着大卫之星。

教室里一阵私语声。

“我想你们也看到了，她们和你们一样。”凯莉夫人朗声道，“她们所在的学院被德国警察搜查，使她们无法继续自己的课程，而只有我们，红十字会的下属医院才能保护她们，也就是说，同学们，这儿是她们成就梦想的最后的希望。”

秦恬抬头看着那四个女孩，高矮胖瘦各有不同，虽然挂着大卫之星，鼻梁高挺，但是说实话，爱伦娜也是那种尖尖的高高的鼻子，见识得多了，秦恬已经不靠鼻子高矮就能自动分辨出犹太人。

“虽然我们是红十字会下属，但是总会有人不长眼地闯进来，到时候只希望你们能够保护她们。”凯莉夫人顿了顿道，“孩子们，正义和仁慈是上帝给予我们的最大的礼物，请你们好好保存。”

在场的人没有表态，但是大多都平和而亲切地看着那四个女孩。

她们四散坐在教室的空位上，表情很平静。

秦恬转着笔，看着她们，心情很复杂。

现在很多东西都能引她想起奥古斯汀。

那次不欢而散的谈话让她感觉很硌硬，感觉自己是一个贪生怕死的投机者，而奥古反而成了那个融入时代的英雄，即使最后成了“狗熊”，但排除历史结果，他那样的选择，自然更加符合主流价值观。

秦恬当然做不到那样，她压根没想卷入战争。好吧，即使现在已经卷入了，她的希望也只是混吃等死。

对于奥古的奋不顾身，她努力理解的同时，也不否认自己有点羡慕嫉妒恨的心态，羡慕他的决绝，嫉妒他的决绝，恨的，还是他的决绝。

这一个月她都没和奥古斯汀见面，当然，以前也经常一个多月不见，可那时候没觉得怎么样，现在却觉得度日如年。

她总想和奥古斯汀说些什么。

现在看到犹太人，她更加担心。

无论他是以怎样的心态投入战争，最终，他都会成为一个战犯，这毋庸置疑。一个战犯会是什么下场，这也毋庸置疑。

究竟该怎么办？光有瑞士的财产就有用吗？

“媞安，抱歉，今天弗瑞德的妈妈说要邀请我吃饭，我得先回去。”爱伦娜转过头对坐在后面的秦恬道，“你一个人回去安全吗？”

秦恬失笑：“我回家又不用穿越地雷区，有什么安全不安全的。”

爱伦娜一脸愧疚：“我总觉得这样很对不起你。”

“没关系，老规矩。”

“好，就让弗瑞德请客吃大餐！”“宰”自己的情人，爱伦娜从不心软。

下课后爱伦娜匆匆走了，秦恬慢慢走了两步，看看方向，咬咬牙，往海因茨的住处走去，现在这儿也是奥古斯汀的暂住地。

他们也在第八区，秦恬后来才知道，他们公寓外那超级繁华、宽阔的大街原来就是香榭丽舍大街。不过没有后世绚丽的霓虹灯，幽幽的大街虽说多了浪漫却也多了鬼气，反正秦恬是不敢大半夜走的。

走进公寓楼，敲敲门，狄科很快就开门了，他朝秦恬嘘了一声：“海因茨少校在里面。”

秦恬用嘴型应了个哦，见房间门关着，问道：“还有谁？”

“只有海因茨少校在。”

狄科非常没眼力见地补充：“他们有重要事情商量。”

秦恬讪讪地咳了一下：“海因茨少校什么时候回来的？”

“半个月前，但是海因茨少校非常忙碌，前几天还出去了一趟，今早刚回来……”狄科顿了顿，忽然严肃道，“媞安小姐，我不知道是否冒犯，但是我想问一下，一个月前您是不是和我们少校争吵过？”

“是。”秦恬利索地回答，“我今天就是过来继续吵的。”

狄科无语，半晌才道：“媞安小姐，您和少校之间的事情，我不好说什么，我也明白你们之间的立场矛盾，但是恕我冒昧，我知道一个军人上战场能否生存下去跟他的心情有很大关系，如果你们再不和好，哪天少校上了战场……”

秦恬瞥了他一眼，爽快道：“行，等会儿我进去，给他唱个小曲儿，跳支舞，让他乐呵乐呵，成不？”

谁知狄科这倒霉孩子信了，笑呵呵道：“那太好了，您需要伴奏吗？我会钢琴哦。”

秦恬扶墙。

她见半晌那两人都没出来，嘴里嘀咕了两句，然后问狄科：“你和奥古，晚饭怎么解决？”

狄科喜上眉梢：“媞安小姐，您愿意帮我准备晚餐吗？”奥古斯汀不爱出去吃，狄科又不怎么擅长做饭，香榭丽舍大街上能叫到的外卖又普遍华而不实，两光棍经常只能可怜兮兮地随便整点就吃了。

秦恬走向厨房：“海因茨不在这儿吃吧。”

狄科迟疑道：“我也不知道，他和他的副官侏德罗经常突然消失又突然出现……”

“那不管他了。”秦恬搜寻着食材，脑子里盘算着菜谱。

香气刚冒出来的时候，两尊大神终于舍得出来了。秦恬正切着菜，就看到有只手伸过来捞她手边盘子里刚炖熟的土豆片。

她想也不想啪地拍过去怒吼：“洗手！还有，这还不是菜呢！”

后面很安静，她回头看看，海因茨摸着被拍的手背眯着眼睛看着她，于是秦恬脊背发凉了，气势瞬间倒减为负，弱弱地道：“那个，吃前先洗手啊。还有，这还不是菜呢，不能吃。”

海因茨不爽：“浇上肉汁都能当主食了，怎么就不能吃？”

秦恬心里的小人非常威武地把菜刀砰地插在砧板上，双手叉腰，气势如虹地怒吼：“我说不是菜就不是菜，你个土鳖！”

但她表面上依然弱弱地道：“可，这是我在烧菜啊，主食另外安排。”

海因茨不甘心地看看被秦恬死死护住的土豆片，转身道：“那快点，我饿。”

秦恬看向在厨房外探头探脑的狄科，用口型道：“怎么办！我没准备他的份！”

狄科挥着拳头小声道："媞安小姐加油啊！他的副官也来了，这一餐拜托你了！"

秦恬真想飞菜刀。

她早知道海因茨在这儿应该逃不过，可本来的想法是他出来时直接对他说，抱歉，不知道你在哪儿吃，所以没准备你的……却没想到他是如此雷霆出击啊！面儿还没见上，直接开偷，让秦恬什么话都说不出来了。

她咬牙，她剁，剁剁剁！

"要帮忙吗？"奥古温柔的声音传来。

秦恬张张嘴，回头看看外面，餐桌上似乎坐着两个人，狄科去拿酒了。

"别管他们，我帮你切菜吧。"奥古不由分说地接过了秦恬手里的菜刀，还顺带在她手背上揩了个油。

"喂！"秦恬不爽，"别动手动脚。"

"呵呵。"奥古斯汀笑着切菜，"消气了？"

"也没什么好生气的。"秦恬调着作料，"我过来就是想和你商量一下。"

"那行，等会儿吃好饭，到我房间去。"奥古斯汀低声说。

秦恬一顿，狐疑地看看他："怎么感觉你口气怪怪的？"

奥古一脸正经："是你想歪了吧。"

"行，我思想邪恶成不？"新时代女性面对这种指控根本不当回事。

海因茨吃饭的时候总是眯着眼睛看看秦恬又看看奥古，偏这两人都一本正经："你们确定关系了？"

"没。"秦恬。

"嗯。"奥古。

秦恬瞪着奥古斯汀，奥古斯汀看也不看她，慢悠悠地舀了一勺汤喝，半晌才道："嗯，没有。"

"哼。"海因茨嗤笑，对秦恬道，"你否认得倒挺快，还算有自知之明，你说你从上到下哪里招人喜欢了。"

百毒不侵的宅女微笑回答："是啊，这点自知之明我还是有的，谢谢提醒。"

海因茨难得一副被噎住的样子。

"少校，您的餐巾。"突然，有人给海因茨递餐巾，"您自己的掉到地上去了。"

海因茨一把拿过餐巾，那人又坐回位子沉默地吃饭。

秦恬这才注意到海因茨的副官，叫什么来着？

那人一头浅棕的短发，严谨地梳成大背头，皮肤很苍白，长得很清秀，但表情很冷酷，让人看一眼就觉得脊背发凉。

“侏德罗，中尉，海因茨的副官。”奥古斯汀在她耳边小声道。

“哦。”

“这是个厉害家伙，小心着点。”他又道。

“哦。”那也管不到我身上，秦恬心想。

侏德罗吃东西的样子很像机器人，一下一下地，一点都不流畅，时不时地还看看海因茨。说像忠犬吧，又没那副憨样。注意到秦恬在看自己，侏德罗抬头看看她，银灰色的眼睛跟刀子似的。

秦恬有点受惊吓，她往奥古斯汀身边靠靠。

“被吓到了？”奥古低声笑，“我刚看也吓了一跳，那眼睛的色泽很少见……”说罢，他对侏德罗笑道：“侏德罗，你又吓到人了。”

侏德罗礼貌地点了个头：“抱歉。”

“呵呵……”秦恬强颜欢笑。

吃完饭，海因茨带着侏德罗到别处去了，狄科收拾东西，秦恬拉着奥古斯汀进了他的卧室。

“这么着急干吗？我还没准备好呢。”奥古斯汀笑嘻嘻的。

“少跟我精神分裂，严肃点！”秦恬啪地拍了下他的额头，“我是来谈正事的。”

“你什么时候能够不谈正事啊……”奥古斯汀坐在卧房里唯一一张椅子上，秦恬只能坐在床上。

“你瞧瞧。”秦恬不理他，把自己的笔记本交给他。

奥古斯汀看了看，忽然笑了：“你的计划？”

“笑什么？我知道看起来很不专业，但我很认真的！”秦恬怒了。

“好好，我看看……嗯，买房，开店……不错……”奥古斯汀越看嘴角弯得越厉害，看完后直接大笑，“恬，你真是太可爱了！”

秦恬涨红脸：“我知道这些很宽泛啦，我什么经验都没，但有计划总比没计划好。我的意思很简单，我确认了账户使用权，但我只帮你理财，确保你……你回来的时候不至于穷困潦倒还没房子住。如果你同意，我回去就开始搜集资料了。至少诺曼底登陆前，我有一年的时间准备。”

奥古斯汀还在笑：“一看就知道你什么都不懂了。”

“我又没学过理财，也没踏入社会过，而且还不是法国土著，这儿的风土都不清楚，你指望我懂什么？”秦恬给了个大白眼儿，“你要是有点良心同意我的想法，你也出点力，在你去……去打仗前，我们一起准备。”

“阿恬，你确定战后的瑞士会有我们这些战犯的生存之地吗？”

秦恬沉默了一会儿，哀号一声，躺倒床上打滚：“你一句话把我一个月的计划全打乱了！”

“要不，非洲？南美？香港？台湾？金三角我都跟你去！你说个可以的！”秦恬大吼。

奥古斯汀突然凑过来，侧躺在她身边：“应该说你想去哪儿，我都跟你去。”

秦恬觉得两人的距离有点危险。

“我觉得，经过这一仗后，我就只剩下一个念想了……”奥古斯汀伸出手搂住秦恬的腰，头埋在她的颈窝中，“那就是，老婆孩子热炕头。”

秦恬以前最烦的就是男人腻歪，可是这时候她忽然觉得腻歪起来也没什么不好。

这人的呼吸弄得她满脖子鸡皮疙瘩，但他的靠近却让她感受到有一种极为温暖的气息包裹着自己，不是身体上的，而是心头上的。

就好像她扑进外婆怀里时，那种打心底冒出的亲近感。

“啊！”秦恬舒畅地叹气，伸手搂住奥古，把头埋在他怀里，“好怀念啊……”

“什么？”

“你身上啊……有股外婆的味道。”

奥古斯汀瞬间石化，半晌，咬牙切齿道：“我想咬死你！”

“哈哈，你咬我啊，你咬我啊！”秦恬调皮地说。

“嗷呜！”奥古夸张地嚎了一声，正要作势咬下来，门开了，突兀地传来一声大吼：“你们有完没完?!”

两人抬头，看到海因茨披着大衣站在门口，极为不满地道：“进门就听到里面打情骂俏，欺负狄科是单身汉吗？”

“海因茨阁下，海因茨阁下，您别这么说……”狄科腰上还围着花围裙，极为局促，“我……我什么都没听到呀。”

“那你洗碗怎么洗得满脸通红的，在干吗？”

“我……我没有！”狄科小声抗议。

“哦？你在否定你长官的判断？”

“不，没有啊，我……”

秦恬和奥古还保持着在床上搂一块的样子，呆呆地看着门口两人争论着关于听没听到打情骂俏的问题。

“这俩怎么跟小孩儿似的。”秦恬嘀咕，慢慢坐起身，丝毫没有被“捉奸”的尴尬，“话说，你们商量好了吗？抱歉打扰到你们了，但是，我们还有事儿没商量完，能不能……”

“行了行了，海因茨，又出什么事了？心情这么不好。”奥古更直接，起来径自走到海因茨身边拍着他肩膀，“不顺利？”

“哼！”海因茨不屑地说道，“我会让那老家伙开口的。”

“别勉强。”奥古斯汀欲言又止，“本来……也不是什么好事。”

“你等着！”海因茨一甩外套走出去了，还朝身后的狄科吼了一嗓子，“今天牛奶归你热吧，牛奶呢？”

“马、马上去！”狄科立正行礼，哧溜钻向厨房。

奥古斯汀走进来，关上门，坐到秦恬身边，忽然就发愁了：“你知道我最担心的是什么吗？是海因茨。我一直坚决不参与任何我觉得不道德的事——屠杀犹太人、战俘，做秘密警察，进行地下工作，这些我都不去做。这种事情接触得越多，越难把持。我自己觉得，只要我在这种事情上留名越少，以后存活率就越大。只需要打仗，只需要做一个光明正大的军人，我终究问心无愧，良心、责任，我全对得起，但是……”

他叹气继续道：“我没法不让海因茨去做，他的父亲在一战后病死了，母亲带着他，生活相当艰难，还要靠我们家的接济，你若看到那时的他，根本想象不到会有一个孩子瘦小到那个地步。直到元首出来，他母亲和我母亲一起到工厂工作，他又参加政治工作，生活才慢慢好起来。元首在他心目中，就是神一样的存在。即使是我，如果敢对元首有质疑，他也会掏出枪要和我决斗……”

秦恬很想说，管他那么多干吗。他杀人不眨眼，还热衷于抓犹太人……可想到海因茨帮她那么多，她又说不出口，面对海因茨她的心情总是很复杂。他没害过她，甚至帮过她不少，但她始终怕他，想到他要射杀亨利时的眼神，想到他半夜把安妮抓走时得意的样子，想到他在寺庙一无所获时的阴厉，还有那天他从奥赛街戒严区出来前的那些枪响……

她说不清楚，海因茨这样的人，到底该怎么评断？

“他很受上面赏识，要不是因为这年纪担任少校已经是过高的军衔，说不定下一次论功他还能再升。以后我恐怕自身都难保，可我还是想保他，无论他做了什么，他终究是我兄弟。”奥古斯汀说着，弯下腰，脸埋在双手中。

“你想怎么做呢？”秦恬柔声问。

奥古斯汀摇头：“我不知道，我觉得，无论我做什么都是没用的。”

“为什么？”

“他的账户和我的账户是连在一起的，其中也有谁出了意外就要替对方照顾家人的意思。你说的那些买房、开店的计划，我也想过，每一样我也为海因茨特地计划了一份。但是……一旦德国战败，一旦元首死讯传出……”奥古深吸一口气，“海因茨的选择，恐怕是自杀。”

秦恬怔住了：“自杀？”

“对，无论有没有后路，无论是否有亲友，信仰都没了，偷生又有什么意义？如果不改变他的思想，他的未来只有自杀一条路可走。”

秦恬沉默了，她想起了以前听过的故事：帝国逐渐瓦解时，柏林守军在失败那一刻选择集体自杀，几乎毫不犹豫。而据说，“二战”时让人闻风丧胆的战争利器 U 型舰艇，也在德国投降时集体自沉。

那些人，就是千千万万个海因茨，为信仰耗尽青春，为信仰走向死亡，对于他们所做的一切，至死不悔。他们宁可自尽，也永远不给自己后悔的机会。

哀莫大于心死。现在被压迫而死的人，死时尚且抱着一点希望和挣扎，可是那些战败后为德国而自尽的军人，却是先从灵魂上死亡，再消泯肉体，最大的痛苦，他们在生时已经尝到了。

一路走来，她看到了太多的可怜人，现在突然发现，真正悲剧的其实就是制造那些惨剧的人。她忽然明白了一点奥古的感觉，他在这个时代的十多年，恐怕早就想到了这一点，并且感同身受，日日煎熬着。

秦恬忽然想哭，她把奥古的头抱在怀中，轻声道：“那你想怎么做呢？他们的信仰根深蒂固，你都说了，你一质疑，他就要跟你决斗，你能怎么改变？”

“我想不出来，十多年来，我潜移默化地影响了凯泽尔，海因茨却一点都没受影响。”奥古斯汀无奈道，“要不是我知晓未来，以我和他差不多的成长环境，我们完全可能成为一模一样的性格，且志同道合。参战后，我几乎自暴自弃，就当自己没有退路，拼一把，是一把，还好，遇到你了……”

“所以说，要听我的，努力活。”秦恬语重心长道。

“呵，那么，再计划计划吧。”奥古努力振作起来，他走到写字台前拿出纸，摊开秦恬的笔记本，“其实你盯上瑞士也是对的，毕竟我们的资产都集中在那儿。但是那儿并不太平，虽说它自称中立，但现在还是屈从于德国，二战后也将面临盟国的责难，你去可以，我和海因茨不可能。”

说到这种国际形势问题，秦恬当然没奥古有发言权，她只能听着。

“战后我和海因茨如果没死，战俘营一般几年后就会释放俘虏，基本是遣返回国。我们要筹划的，是遣返以后的事宜。那时候德国百废待兴，冷战即将开始。秦恬，考你一下，有一样东西，随着冷战开始，随着冷战结束，相当重要，对德国影响相当大。”

秦恬想了想，眼睛一亮：“柏林墙！”

“对，我们要做两手准备。战后过几年再到瑞士去是可行的，但是到时候我们是否有能力跑到瑞士还犹未可知，所以要做好常留德国的准备，那么，去东德，还是西德？”

“还用说，当然西德了。”秦恬想也不想便答。

“对，我们都不知道柏林墙到底在哪儿，但是住在西面总没错的。”奥古看着秦恬的笔记本，苦笑道，“那么远的事情，中间还夹着战争这么大个未知数，要计划起来还真是力不从心啊。”

“你就当通个气嘛，”秦恬不以为意，“万一失散了，我在德国等你。”

“德国也不小……”

“奥古斯汀，”秦恬认真道，“战后，如果我们没碰到，我就去柏林。我会每天去登记死者的地方找你的名字，一天没找到，我就会一直在上面挂着我的地址，知道了吗？”

奥古斯汀看着她，慢慢道：“死去的无名者，太多了……”

“你好歹是个少校！”秦恬大力拍着他的肩膀，激动得眼泪都要出来了，“你就算全身挂满名牌，也别做无名尸体啊，落叶归根懂不懂！客死异乡不吉利的！你干吗那么灰心丧气的，好歹让我有点盼头啊！”

秦恬最终还是承认自己不过是寻常人，奥古也是。

那些小说中翻手为云、覆手为雨的主角只能存在于小说中……即使知道历史，他们也无法安排完满——通信不畅，盖世太保监视，海因茨肯定不会赞同，而秦父秦母，秦恬也不知道该怎么对他们说。

奥古和海因茨既然把财产转移了过去，自然在那儿就有个负责人在，秦恬得到了那个人的通信地址，踌躇之后，还是隐晦地问起瑞士的情况。

一来二去，秦恬逐渐灰心，事情绝对不是那么简单，感觉光凭那人的信件，她即使什么都懂，依然有可能手足无措，似乎只有亲身到那边才行。

可她现在怎么走得开？

百般纠结中，他们迎来了八月。

一天晚上，秦恬正对照着笔记本摸自己身上的动脉。天气渐热，她穿着背心和短裤，这儿按按，那儿摸摸。

秦父走了进来，穿着汗背心，拿了份报纸扔给秦恬，表情有点复杂："看看。"

秦恬拿起报纸，看到头版头条上是一则德军在苏联战场的捷报。她瞅瞅秦父，不像是让她看这个，便翻了一下，在国际新闻版块的角落里，看到一则消息——丘吉尔和罗斯福在纽芬兰签署《大西洋宪章》。

文章大致说了一下《大西洋宪章》的由来和内容：德国入侵苏联导致战争面扩大，英美两国表示忧虑，一致站出来表示要维护世界秩序，方法不外乎两国追求和平，反对法西斯，要求开放公海，并且说自己不为领土扩张什么的……

接着就是大篇幅的评论，写的人大肆嘲笑英国和美国貌合神离，说他们强调海上自由、机会均等，无非是英国想要更多的殖民地，而美国想从英国手下抢夺殖民地；说他们是两只饿狼，各自为了一块不可能得到的肉签订了一个满是谎言的协议。

里面还大言不惭地说，这两个国家企图用一个宪章就瓜分世界，妄想！世界是法西斯的……

秦恬看完报道，拍拍混乱的脑子，要不是她早知道这些，她也要被这文章忽悠了。

历史课上讲过《大西洋宪章》，但并不是重要内容，远没有后面几十个国家联合起来组成反法西斯联盟重要，老师也只是提了一下就跳过了，但是现在身处其中却觉得意义深远。

不可否认，里面大篇幅抨击这部宪章所依据的内容确实靠谱，英国和美国的确不怀好意，只是借着正义的名头各自牟利罢了，但是这并不是这部宪章最重要的一点。这篇文章刻意误导大家去往英美的竞争上想，却恰好反过来证明里面暗含了一个意味深长的事实——反法西斯联盟，已经有了雏形。

秦恬想不起来若干年后的反法西斯联盟签订了什么条约，但是她可以肯定，到时候那个反法西斯联盟签订的条约的前身，肯定是这部《大西洋宪章》，即使不是，也是以它为范本。

她不知道德国高层得知宪章时到底是什么感想、分析出了什么结果，她也不愿去想，她只觉得，时间越来越紧迫了，却不知道到底紧迫在哪儿。

“有什么想法？”秦父忽然坐在秦恬身边，手里拿着茶。

秦恬耸耸肩：“德国完了。”

“你就这么肯定？”

“那您什么想法？”

“唉……”秦父幽幽地叹气，“这美国也不是个好东西，战争嘛不参加，哪个国家问他买武器嘛他都卖，关键时刻又喜欢跳出来指手画脚，典型的……”

“当了婊子还想立牌坊！”秦恬恶狠狠地说道。

秦父惊讶了一下，哈哈大笑：“没错没错，就是当了婊子还想立牌坊！”

旁边秦母在做衣服，闻言笑骂：“你们俩说什么呢，什么婊子牌坊的，你这老不正经别带坏女儿！”

秦父朝秦恬挤挤眼，低头喝茶。

秦恬又看了下那文章：“这美国不参战，跳出来有什么意思……”

“别的阿爸不知道，但有一点阿爸明白，美国这么一表态，它就不敢明目张胆给日本和德国运军备了，哼！”

“对哦，也算是把自己拉进反法西斯阵营了。”秦恬喃喃道，忽然一怔，“不给日本运军备？”

她仿佛想起了某电影的开头——海边，山崖上，膏药旗飘飘，演东条英机的老头儿一脸阴霾道：“战争是无法避免的，拒绝承认这一点必死无疑！美军切断了我们的石油补给……除了打仗别无选择，大规模的突袭是唯一的方法……我们要一举消灭太平洋舰队！”他顿了顿，强调：“也就是，珍珠港！”

珍！珠！港！

秦恬缩在沙发中，呆呆地看着天花板。

一部宪章，引发了后来那么多事情，她似乎可以闻到命运的味道。

反法西斯联盟缓缓地成长，偷袭珍珠港的舰队蠢蠢欲动。

此时，日本恐怕已经开始了对偷袭珍珠港的精心准备。她恍惚觉得，远方那岛国上正上演着她在电影中看到的情节。

地图上的船只模型，飞机短途起飞的训练，死士的培训，外交团的筹备，间谍在珍珠港偷偷踩点拍照……

这些情景就好像命运的齿轮，在她的眼前吭哧吭哧旋转。

她很早就觉得一切开始了，每一天都有命运在转动，但直到今天，她才真的感觉到了。

秦恬一整晚都被震撼得睡不着觉。

第二天，她去找奥古斯汀，结果他家一个人都没有，她只能悻悻而归。

又过了几天，走进九月，新的头版头条——《目标，莫斯科！》。

秦恬已经麻木了，她尽量让自己每天保持着正常人的生活：上课、干活、发呆、看报纸，然后被报纸上的消息震一震。

报纸上的消息，总是滞后的和经过筛选的，她每一次看，都试图把时间往前推一点，然后默默记在本子上。

奥古最近很忙，忙到找不到人。他不方便找她，而她也不是黏人的个性，但就算这样，过个十来天去敲回门，十回有九回不在，偶尔在家，他不是刚回来累得脸色苍白，就是接到通知要紧急出门。

秦恬不明白，在巴黎市区有什么好忙的，但是她当然不会去问。

又过了一阵子，有关莫斯科的消息渐渐淡出了人们的视线。

秦恬知道，闪电战踢到铁板了。

# 第二十二章

# 备战

此时，天渐渐冷了。

大院的伊路莎奶奶生病了，成天头晕乏力，那里年轻女人多，每天都有不少人帮忙照顾她。秦母知道后也很担心，隔几天就让秦恬送点鸡汤、鱼汤、营养粥过去。今天她又抱着一锅汤去大院，正看到从公寓楼梯间铲煤回来的伊万。他脸上乌黑，穿着便装，眼白非常明显，看到秦恬，笑得露出大白牙："媞安，你来啦！"

"嗯，送点汤。"秦恬微笑，抬抬手里的锅子，"奶奶好点儿了吗？"

"四楼的瑞秋阿姨照顾着，她做了很多好吃的！"伊万笑得很开心，用袖子一抹脸，从脖子到半边脸全是黑黑的。

秦恬进屋，发现不只有瑞秋阿姨，还有好几个女人围在伊路莎奶奶床边，要不是她们絮絮叨叨地聊着天，还以为是进了交代遗嘱的现场。

秦恬把汤交给伊万，就进了房间，女人们给她挪出了位置，她想想没事，便坐下了。

"古力奇一家不是当初也出去了吗？说逃到西班牙去，还安排好了路线。"瑞秋阿姨正在说话，她眉头皱得紧紧的，"你看现在，还托人带了纸条来，说被关在德朗西集中营。"

"没逃出去？"一个女人问，她手上还握着打了一半的毛线。

"何止没逃出去，连巴黎范围都没出！"瑞秋阿姨说着，也不知道该维持什么表情，"当初他们走的时候偷偷摸摸，孩子白天还跟我们家卡舍和豆豆玩，晚上一家子就闷声不响地走了，结果你们看现在……"

"他们估计也是不想让你们有无谓的希望，如果真逃出去了，应该会给你们口信的。"伊路莎奶奶手里捧着热腾腾的巧克力，靠在软软的大枕头上，劝慰道，"没想到德国人管得这么严。"

“何止是严，简直是严酷。”秦恬身边一个婶婶忽然激动起来，“你们没听说波兰的事情吗？一开始还安排犹太人去聚居区，接着分派他们到集中营。集中营光见进去的，没见出来的！”

秦恬心里咯噔一声，忽然眼前就晃过那道把十字路堵成丁字形的墙，高高的，毫无生气，上面还有狰狞的铁丝网。

“媞安，你不是说你去波兰留过学吗？你总知道吧。”那婶婶转头问秦恬。

“你记错了，我是去德国留学，我哥哥去波兰，不过……”秦恬咬咬嘴唇，“我去波兰找过哥哥，确实见到了犹太人聚居区。”

一屋子人立刻来兴趣了，七嘴八舌地问道：“那儿怎么样？”“大吗？”“多少个人住？”“吃的喝的从哪儿来？”“要住多久？”

秦恬招架不住，只能慢慢说道：“我了解得不多，聚居区很小，顶多够五六万人住，但是却挤进去全波兰将近三十万人……”

这立刻引来一片惊呼：“天啊，怎么可以这样，这太残忍了！”

“和我一起到波兰的有几个犹太朋友，后来我们失散了，我在餐厅打工，其中一个女孩第一次找到我的时候说在华沙生存不下去了，准备逃出去，我给了她一点食物。结果再一次知道她的消息时，她的母亲病死了，她的很多朋友逃出去时被打死了，而她被关进聚居区……几乎没有吃的……德国士兵管得很严，扔食物进去的，一律坐牢。”

这下，已经没有人惊呼了，所有人都盯着她看，连伊万也洗了脸、换了衣服靠着门边听着。

“在华沙的犹太人真的无法生存，远比这儿、现在，严酷许多……犹太人没都住进聚居区时，德国巡逻兵在街上遇到犹太人就辱骂嘲笑一顿；若在没人的地方，就直接枪毙犹太人……似乎都不用负责任……”秦恬想到海因茨，打了个冷战，“我一个朋友，他是波兰人，只是因为出言不逊就被打断了双腿……”

“现在，法国也陷落了……”有人低声道，一股绝望的气息在蔓延。

秦恬没有缓和气氛的意思，继续道：“我没有恐吓你们的意思，我只是想说，犹太人落到德国人手里，如果不逃，最终结果就只有死，绝无侥幸。你们现在必须想办法努力逃，以后万一被抓了，也要努力逃。真的，不要心存侥幸。”

一片沉默，在场的当家主妇们都在沉思。

“你为什么会和他们失散呢？”伊万忽然问，“和你一起逃到波兰的犹太人。”

秦恬苦笑道："波兰政府把犹太人拦在国境线外，不让入境。他们让我先进去，找他们在波兰的亲人去帮他们入境，结果我找到了他们的亲人，并转告他们入境后来我工作的地方找我，他们却再也没有音信了……"

"波兰政府怎么可以这样？当初他们不是说接纳犹太人吗？"瑞秋阿姨激动地问。

"可现在当权的是谁？听说英国也在反犹，到处都在反犹！"织毛衣的婶婶激动道。

"英国为什么反犹？他们也怕了德国？"

"天知道，恐怕也是在拿我们转移情绪。"织毛衣的婶婶开口闭口我们我们的，显然已经上升到民族情绪了，"现在只有西班牙不听德国的，不愿迫害本国的犹太人，但是别国的犹太人，他们也不收……只保护自己的西班牙籍公民。"

"天哪，我们世世代代生活在法国。"一个女人忽然哭了。

瑞秋阿姨也眼眶泛红："我的丈夫还参加过'一战'……我们在公园里被赶走的时候，我丈夫还跟那个警察理论，他说自己参加过'一战'，为法国贡献了忠诚和健康，有权使用法国的公共设备，结果那个警察的回应就是一枪托……"

"就是那天吗？"伊路莎奶奶微微撑起身子，"我看到你丈夫脸颊肿着。"

"嗯。"瑞秋阿姨擦着眼泪点头，"他让我别说，怕你们害怕。但我想想就心凉，他可是老兵，归国时多么荣耀，现在却……呜呜……"

"唉，听了媞安说的，你们别掉以轻心，四处打听一下吧。"伊路莎奶奶吃力道，"到了那个时候，孩子们都藏我这儿来吧。"

"那得早做准备。"秦恬已经看多了这样的事情，"法国有多少犹太人，每个家庭有哪些，他们都记录在案。真抓起来，那是要点名的，抓的时候要是少了，你们说不出去向，他们不会善罢甘休的。"

傍晚就这么在讨论中过去，秦恬看着满大院的犹太人，忽然想起了秦父关于仁义的教导。

她觉得她应该袖手旁观，但是她又希望，自己能够和奥古一样，在未来可以问心无愧。

海因茨……唉……

等到伊路莎奶奶病好了，天气也转寒了。

秦恬觉得恍恍惚惚的，又一年要过去了。能够在这样的时期拥有这般白驹过隙的感觉，她不知道到底是幸运还是遗憾。

今年冬天和往年一样，干燥而寒冷。等所有人都穿上厚厚的大衣时，冬天的第一场雪也来了。

外面下着大雪，屋里残留着晚饭的香气，脚边是火热的壁炉，手边是美味的点心，在一个只有壁炉没有空调的时代，秦恬感觉冬天比夏天舒适多了。

这两天她正在向秦母学习做棉袄。

巴黎的冬天虽然寒冷，却并非严寒，大多数人穿毛衣、背心，外面再套一件大衣就能搞定，所以家里的棉袄垫在箱底被人遗忘许久了，猛然听秦恬提起，秦母还愣了一会儿才想起放棉袄的位置。

虽然奇怪女儿为什么突然想学做棉袄，但是传统的秦母总是希望女儿能会点女红的。作为示范，秦母拆了秦父的旧棉袄，又裁剪了一点新布，买了点棉花，直接做给秦恬看。

这时候还不流行套头衫，棉袄就和唐装一样，颇为洋气，秦恬一看就喜欢。可惜她学了两天，觉得自己实在有心无力，没办法，只好拿出尺寸来让秦母当主力，她打下手。

秦母一看尺寸就明白了，抿着嘴笑，却什么都不说，裁布、缝纫，做得很细心。

秦父一边看报纸一边瞥这边，半晌才道："怎么又做棉袄？我记得我很久没穿了。"

见秦恬讷讷不说话，秦母笑了："别自作多情了，这不是做给你的。"

"哦？"秦父一愣，"那是给谁？"

"你问你女儿。"

秦恬纠结，支支吾吾："那个，你说给谁就是给谁的。"

秦父一头雾水，半晌一叹："女大不中留啊！"

棉袄这玩意儿暖和，耐脏耐磨，虽然穿上后不显身材，但是裹在军装里……大冬天的，谁也看不到。

她想不出能为奥古斯汀做些什么。这个没有羽绒衣的时代，她能想到的最保暖的衣服就是棉袄了。

尺寸上秦母帮忙做了些改动，秦恬全靠偷偷测量——目测、手测。有时候还抓来伊万试穿，弄得伊万很不好意思，拼命说："我奶奶会给我做的，不麻烦你们……"

回应他的，是秦家母女一致的白眼儿。

这种东西，一般当然是作为圣诞礼物最好了，但是现在，谁也不知道奥古什么时候就会上战场，一不小心他就可能上了去前线的火车。所以花了大半个月把衣服做好后，确认没问题，秦恬就羞羞涩涩地拿上衣服，打算上完课就给奥古斯汀送去。

课堂上自然被爱伦娜百般“严刑拷打”，秦恬犹自岿然不动，弄得爱伦娜很不是滋味：“我有了弗瑞德立刻告诉你，还带他来见你，你却连对方是谁都不告诉我……”

秦恬很抱歉：“你瞧，我这不正追着吗，到手了立刻告诉你。”她拿着衣服要送人，当然只能装成追求者。

“别呀！你说说是谁，我能给你出出主意啊。”爱伦娜不依不饶。

“我要靠自己！”秦恬义正词严。

“唉……”探听不出八卦，爱伦娜无限失望，随便拉了个旁边的人唠嗑。

下课后，两人分开走了，弗瑞德一如既往地在门口忠诚地等待着，让爱伦娜爽了不少。

秦恬抄近道，躲躲闪闪着走到奥古住的公寓时，她看到一辆车停在门口，一个军官带着女伴下车进了公寓，然后车开走了。

她犹豫了一会儿，因为知道这幢公寓楼另外还住了好几个军官，有几次在楼道上还遇到过，便没有多想，进了公寓。刚到楼上，就看到海因茨的家门口站着两个士兵，全副武装，目不斜视，可公寓里面却传来阵阵音乐声和欢笑声。

开派对啊……秦恬想了想，见那两个士兵没注意到自己，不动声色地缓缓转身。

“站住！”一声大喝传来。那两个士兵跑过来，其中一个用蹩脚的德语问：“你是谁？来这儿做什么？”

秦恬转身，很勉强地笑着，举起布袋：“我、我是来给里面的奥古斯汀长官送衣服的。”

“那怎么不进去？”

“好像有很多人……我害怕。”秦恬露出小鹿斑比的眼神。

显然那两个士兵并不怎么相信，他们一个拿枪对着秦恬虎视眈眈，一个开门进屋，又关上了门，喧闹声转瞬即逝。

秦恬努力平复心情，她看看士兵，站直了身子，靠在墙边，微微叹气。

“站好！别乱动！”那士兵粗声粗气，他举着枪，显得很紧张。

秦恬立刻一动不动。她不欲多事，也不敢多问，只是猜等会儿出来的会是谁。

没一会儿，门开了，这次带头出来的竟然是侏德罗，他银灰色的眼睛冷冰冰地上下看着秦恬，指指秦恬手中的布袋：“衣服？”

“是的。”秦恬有些不安，这时候她反而觉得是海因茨出来也行，总比这个副官好——他们不熟，而且他一看就是铁面无私型的。

“军官的衣服有专人清洗，你最好说实话。”侏德罗双手背在身后，冷声道。

他话音刚落，旁边两个士兵都把枪对准了秦恬。

秦恬冷汗都下来了，她脑子里一片混乱，哆哆嗦嗦地道：“不……不是清洗。”

“那是什么？”

“是……是我自己做的，保暖……的衣服。”

侏德罗眯起眼，伸出戴着皮手套的手，一把拿过秦恬手中的布袋，另外一个士兵立刻伸手，要拿秦恬的书包。

秦恬没有反抗，她很有眼力见地打算配合检查，却听侏德罗斥道：“谁允许你乱动了？”是对那个士兵说的。

那士兵立刻立正道：“长官，我以为要例行检查！”

“我有过类似命令吗？！”

“没有，长官！”

“那就给我站好，这儿没你的事！”

“是，长官！”

秦恬愣愣地保持着摘包的动作，半晌才反应过来不用搜包了，于是再次背好包，表情复杂地看侏德罗翻着布袋，拿出了那件棉袄。

黑色的中式棉袄，因为担心稍显突兀，没有用唐装似的立领，而用的圆领。棉絮不是很厚但很实在，稍微有点沉，摸起来非常暖和。上面还零零碎碎做了好几个暗袋，方便放东西用。

侏德罗上下翻看这件棉袄，又看看秦恬，哼了一声，把棉袄塞进布袋拿着：“我转交，还是你当面给？”

“您……您转交吧。”秦恬刚说完，就听门又开了，传来狄科的催促声：“侏德罗，海因茨少校在找你呢，你快……咦，媞安小姐！您怎么在这儿？”

“我……哈哈，没事，我先走了……”虽然有些遗憾没见到奥古斯汀，但秦恬还是觉得走为上策，当即转身要下楼。

狄科大叫：“媞安小姐，您等等呀！别走别走！我去叫奥古斯汀少校。”

“不用了，狄科！”秦恬折回来大叫，但狄科已经进了门。

侏德罗把布袋塞给秦恬：“你当面给吧。”说罢，头也不回地进了门，留下秦恬和两个士兵大眼瞪小眼。

“咳，那个，请你们继续站岗吧……别盯着我。”秦恬赔笑，指指黑洞洞的枪口，“我很紧张。”

两个士兵对视一眼，点头收枪，走回门口。其中一个走了两步回头对秦恬道：“衣服不错，女士。”

“谢谢，谢谢。”秦恬擦汗。

这时奥古斯汀走了出来，他关上门，拉着秦恬往楼下走，走到楼梯下的拐角处，一伸手：“我的衣服呢！”

那理直气壮的样儿，倒好像秦恬抢了他衣服。

秦恬不情不愿地把布袋给他，任他掏出衣服翻来覆去地看：“看不出你手艺不错！设计也不错！哎，这个袋子要用来干吗？放手机吗？”

“你就当我脑抽了成不？”当时是她说什么秦母就做什么，结果做出来她才觉得那衣服内侧的袋子形状似乎只适合放手机……大哥大都放不进，“还有，其实是我妈做的，我做不好。”

“算你老实，我就知道。”奥古斯汀叹气，“唉，这个时代的妇女多贤惠，能上厅堂，能下厨房，能做衣服，能装小媳妇……”

“你羡慕你找去啊！”秦恬不爽，“等我老了你就知道我好了，上网杀病毒，上阵打流氓，上厅堂八卦，下厨房做可乐鸡翅！”

奥古斯汀听得脸都绿了，半晌才憋出一句：“是，是不错。”

“哼！”秦恬指指楼上，“在开派对？”

“是啊，都是海因茨的同僚。”奥古斯汀耸肩，“不过还好，我都认识，只是关系不熟罢了。”

“那你回去吧。”秦恬赶人，“我过两天再来看你。”

“恬，你老实交代，给我棉袄是不是因为……”奥古斯汀顿了顿，“担心我上东线？”

“是啊。”秦恬直言不讳，“如果你哪天突然被塞上火车了，记得穿棉袄。”

“恬……我发现我要爱上你了。”

秦恬一愣，笑道：“那就大胆地爱吧。不过记住，我只在战后结婚，而且只嫁活人。”

“喂！”

“一件棉袄就卖身了，没见过你这么廉价的美男。”

“……”

莫斯科战役还时不时地出现在报纸上和广播中，以零星的小战役胜利作为要闻。所有人都以为，随着天气转冷，战争的热度也会渐渐冷却。

西面英国和德国纠缠得没完没了，东面德国又和苏联死磕着不放，虽说两面出击，但在巡逻的德军脸上，似乎看得到游刃有余。

哦，忘了，还有北非战场。

“沙漠之狐”隆美尔的消息第一次离秦恬很近，是因为奥古斯汀的好友——陆军士兵费德列被派往北非成了隆美尔的助手之一，然后在一个月后，无声无息地死在了北非沙漠中。

但是德国在北非战场，依然节节胜利，原本属于意大利的战争，已经完全转交给了德国。

“隆美尔得谢谢墨索里尼。”有一次奥古斯汀开玩笑，“要不是老墨太无能，也没有隆美尔发挥的机会。”

秦恬对此的反应是裹紧衣服打了个喷嚏：“我也想跟着隆美尔混……他那儿暖和。”

“……”

就在所有人认为战争进入僵持阶段的时候……秦父趴在沙发上，秦恬用小拳头噼噼啪啪地给他敲背，康叔则研究着秦恬上课的笔记本，旁边秦母端上姜茶给所有人喝。

非常平常的一天。

伴随着广播里一阵女高音，晚间新闻来了——

“今天是十二月八日，就在昨天，美国珍珠港遭到了来自日本舰队的攻击。目前已得知四艘战列舰被击沉，一艘搁浅，其余都遭受重创；六艘巡洋舰和三艘驱逐舰被重创，一百八十八架飞机被击毁，数千官兵伤亡……美国总统罗斯福今晨发表演讲，宣布美国进入战争状态，向日本宣战。以下是他在国会的演讲：‘昨天，一九四一年十二月七日——必须永远记住这个耻辱的日子，美利坚合众国受到了日本帝国海空军突然的、蓄意的攻击……’”

众人仿佛身处演讲现场，都坐直了认真地听着，外面也静悄悄的，只有演讲的声音，仿佛全巴黎都侧耳倾听着。

“‘我要求国会宣布：自一九四一年十二月七日星期日，日本发动无端的、卑鄙的进攻时起，美国和日本帝国之间已处于战争状态。’”

演讲结束，全家静默。

这台战争机器终于被拉下水了，秦恬只有这个感觉。她低叹一声，什么都不想说。

脑海中浮现出看过的电影场景：偷袭的飞机肆虐后，组织营救的美国官兵在即将沉没的战舰上拼命击打，严丝合缝的船体根本无法撬开，船舱中满是来不及逃出的官兵。好不容易凿出的洞，都只够伸出一只手，那只手的主人死死地抓住外面的战友，拼命大喊“救我”，可最终，冰冷的海水从那个洞中满溢而出，那只手再也没了动静……

那是“亚利桑那号”战列舰中的一千多官兵的挣扎和嘶喊，他们随着舰船沉入海底，生生地淹死在海中。直到六十年后，还有九百多人的尸体在其中永远沉睡。

战争……战争……秦恬心里默念着。

“我记得我到法国的时候，美国总统还不是他……”秦父忽然直起身发言，“叫什么来着……哦！威尔逊……”

秦恬看到秦母面带淡淡的微笑，伸手握住了秦父的手。

“老康啊，你记不记得那个时候，战争胜利，我们在那儿列队，那几个总统还从我们面前走过。”

“是啊，不过我没多看。”康叔笑道，“那时候一心想可以回家了，这些洋人长什么样还真没注意。”

“现在变成罗斯福啦，不知道是个怎么样的人。”秦父重新趴下。秦恬顺势继续敲背，仿佛刚才的广播不存在。

“我看哦，这些国家的领导啊，没几个好东西。”康叔一针见血，“为了他们自己国家，什么事情都做得出来，当年我们中国，被他们几个害得多惨！”

“现在不还是很惨？”秦恬忍不住插嘴，“抗日，内乱，政府腐败……”

“唉，哪个政府不腐败？”康叔敲敲烟斗，“就算现在不腐败，以后也会腐败。”

康叔英明神武！秦恬心里鼓掌，一个小学文化的老人竟然有如此毒辣的眼界，果然姜还是老的辣。

“看你哥的样子，现在在那边大小也是一个官，你说他会不会变腐败分子？”秦母笑道。

秦恬撇撇嘴，照正常的天真小妹，她应该大声叫当然不会！可是打心里，她真希望这时候秦九是个巨贪……

“别扯着扯着扯那小子身上去了。哎，阿恬，我们这儿现在就你懂得最多，你说这日本，干吗没事去打美国啊？我记得中间好像还隔了一大片海吧，东海？不是不是，是什么洋来着……”

“太平洋。”秦恬补充。

“对对对，很大一片啊。他们千辛万苦地树立这么个敌人干吗？没怨没仇的。”秦父毕竟接触的信息少了点，饶是睿智，也不明白。

秦恬含糊道：“我也不大清楚。只不过，美国虽然保持中立，但是您记不记得前阵子有个《大西洋宪章》，美国摆明了立场不帮日本……那它给日本运的军备肯定也停了。我想吧，日本这么个疯狗似的国家，不用惹都会乱咬，肯定是哪根筋不对了。”

“停止援助啦……”秦父沉吟，“美国很强是吧？”

“是啊，现在很多国家打仗的武器都来自美国。”

“那就知道了。”秦父一拍手，“面对一个很有可能成为敌人的强国，当然是先下手为强了。那个珍珠港肯定是在太平洋上一个很关键的位置吧，那儿的舰队估计是美国的宝贝……”

“阿爸您太厉害了！”秦恬真心夸赞，“您都可以去当将军了！”

“就会放马后炮。”秦母笑骂，“想当将军女儿，还不如想着当将军妹妹！”刚才的对话显然勾起了她对儿子的思念。

“嘿嘿，将军妹妹我不盼着。”当国民党将军不见得是好事，“我哥只要能回来就好了……”别好好的法国不回，屁颠屁颠跟着别人跑去台湾那点儿地方挤着。

“唉，也对。”秦母惆怅地叹气。

这时广播里又播报了一系列新闻，然后播音员总结道：“日本此举引起英国以及‘自由法国’等众多受到法西斯迫害的国家的一致谴责，太平洋战场上将掀起腥风血雨。战争的范围再一次扩大，已经超过前一次世界大战的规模，世界人民将再次陷入水深火热之中。播报完毕。”

秦恬低头按摩着秦父的肩膀，心情很复杂。

广播的最后一句话在历史书上一次又一次地看到过，在历史答卷上一次又一次地写到过，每一次都仿佛例行公事，没有一点感情，她写到厌烦，写到想咆哮，写到想撕卷子。每一次在书上看到这句，她都有痛骂教育局编书者没创意的冲动。

可是这一次亲耳听到，听播音员毫无感情地如此说完，她却觉得心酸难忍，眼前一幕幕，都是破碎的尸体、绝望的眼神；耳边一阵阵，都是哭喊的声音。

战争的范围再一次扩大……世界人民将再次陷入水深火热之中……

她人在其中，感同身受。

这真的是水深火热，身在受苦，心在煎熬。

从现在开始，“二战”这个词语，才真正进入人们的视线。

随着战争的蔓延，又一个新年到了。

现在物资日益匮乏，从大院里人们的生活就能看出，而黑市生意渐渐抬头。秦恬这时候才发现，秦父从财力上讲，竟然还算个不小的财主，对于秦恬对日常生活的担忧，他表现得很乐观。

“只要你爸没被洗劫一空，再撑个四五年不成问题。”

于是秦恬明白了，果然做餐饮就是赚！

所以在和平时期只能算个小平民的秦恬，在战争时期反而算得上一个富二代，毕竟那些贵族官僚都随着政治沉浮，而老江湖秦父却自个儿做着生意，任何时候都平平稳稳。

这个冬天只有一点不好，就是康叔有点做不动了。

他以前每年都因为老寒腿有气无力一个寒冬，可是今年他不仅老寒腿犯了，各种病也纷至沓来。

秦家常年给他留着一个房间，现在他正式入住，就靠秦母和秦恬照顾了。

每天晚上秦父忙完，就会和康叔在壁炉边乐呵呵地下棋，两人时不时聊天、大笑、打趣秦恬、回忆过去、唏嘘两声，温馨得让秦恬产生了一种错觉——仿佛康叔什么事儿都没有。

可是有一天，秦母送走了前来看诊的医生，回来时红着眼睛，她在厨房里偷偷对秦恬道：“大夫说，你康叔那是老了，全身器官都衰竭了，天热还好，现在恐怕……”

熬不过这个冬天了。

秦恬明了，然后沉默地泡茶。

今年年三十，没有大办。不仅因为康叔生病，还因为找不到奥古斯汀，另外，大院里几个犹太家庭都筹划着离开，而秦父秦母也因为一件事情的发生，正式开始了战时储备。

元旦，也就是一月一日那天，二十六个国家在华盛顿签署了《联合国家共同宣言》，赞同《大西洋宪章》的主张，联合起来抗击法西斯主义。宣言指明要打败德意日为首的法西斯侵略者，不死不休，决不妥协，决不单独议和。

这种公开宣战的行为自然让世界形势大为紧张，其中中国的签名大大振奋了秦父，他甚至在当天高歌一曲《国际歌》，然后宣布家中将进入战备状态。

“这场仗规模太大了，逃也无处逃，还不如早早准备着。”他说。

自此，这一场大战正式有了名字——第二次世界大战。当人们提到上一次世界大战时，不再说是世界大战，而是称“一战”。

秦恬这才发现，在她眼中“二战”早就开始了，可事实上，在大部分身边人眼中，这才是真正的第二次世界大战的开始。

虽然法国没有加入《联合国家共同宣言》的签字名单，无论是“自由法国”还是现在的贝当政府都没有，但是这个宣言让法国和德国的联盟商议进程陡然间中断，法国国内的形势也紧张起来，首都巴黎自然首当其冲。

德国加强了军警的巡逻，紧盯任何可疑人士，严防间谍和特工，时不时就会对一些地方进行特别搜查。几个公益性质的场所更是受到反复搜查，秦恬上课的地方也如此，因此吓坏了四个犹太女孩。班里几个热心仗义的女生建立起了一个小团体帮助四个犹太女孩，她们平时和四个女孩走得很近，一到有德国人来检查，就会想尽办法把犹太女孩藏起来。

可是大多数人都保持着观望状态，需要借路或者掩护的时候会帮把手，但是绝对不主动出手帮人，秦恬就是其中之一，她和那四个犹太女孩不熟。奇怪的是，爱伦娜也没加入那个帮助小团体，她在班里人缘很好，热心又健谈，和四个犹太女孩平时也有说有笑，可关键时候，却没有冲在前面。

有一天，秦恬漫不经心地提醒，却意外得知爱伦娜竟然也是反犹一派——她的父亲曾经在一个犹太人手下干活，几年前那犹太人突然抽离了所有资金移民美国，他父亲失业不说，一年的工资都没拿到手，害得他们家很是困难了一阵子。

此事在那时并未引起全家对于犹太人的仇恨，只是不忿遇到一个缺德老板罢了。可是当德国掀起反犹浪潮，并同时在欧洲各地愈演愈烈时，爱伦娜的父亲以及同样的受害者突然就对此狂热了，即使明明是德国侵略了法国，很多人也把原因放在了犹太人身上，于是“新仇旧恨”一起算，针对个人的情绪很快扩散到全民族，即使是爱伦娜也不免受到影响。

她对此也很矛盾，说：“我知道不该这样，可是你懂的，我的父母、我的叔叔一家，都曾经遭遇这事儿，以前他们就经常骂狡猾的犹太佬，现在有个转移仇恨的地方，当然再好不过。我一直受到这样的影响，所以无法对他们有好感。我可以和他们好好相处，但要我巴巴地去帮他们……我做不到。”

秦恬很理解这种感觉，她觉得现在自己对于人心的理解力已经有了突飞猛进的成长，即使不理解，她也会用一句话总结：每个人都有苦衷。

简单过完年后，天气渐暖，康叔竟然神奇地熬过了这个冬天。前来看诊的大夫得知秦恬是个实习护士，很高兴地教给她一套按摩方法，专门帮助腿脚僵硬的病人快速恢复。

秦恬觉得那手法类似于后世的复健疗法，但她本身不知道复健是什么样，倒是秦父观察了几次以后煞有介事地说，这手法暗含很多穴位疗法，颇有中国博大精深的医术之遗风。

秦恬才不管这些，能用就行，她不介意再多学一门技术。

天气一暖和，精神头正好的时候，老师通知，结业考试要来了。

秦恬这才发现，她的护士课程进行已经快两年了，等到六月，她就晋级为实习护士，而非护士学员了。当然，前提是要完成结业考试。

细想之下，她总觉得自己什么都没学到，即使学会了扎针、包扎、基本伤的治疗，还是感觉很单薄，不够用，看来这种东西，需要实战才行。

现在她唯一的实战对象就是康叔。

四月是各类宴会频繁举办的时间，为了缓和法德气氛，也为了活跃众人的心情。今年秦父收到的工作单还真不少，毕竟宴会上能有异域风的食物是一件很长脸的事情。急着赚钱备战的秦父挑拣一番后，把能接的单子都接了，并且要求秦恬复习之余别忘了帮衬家里，秦恬自然满口答应。

这一天，她跟着秦父去了一个大型宴会，等食物准备得差不多了，餐厅经理看看情况，觉得人手还有点紧张，便第一个来问秦恬有没有赚外快的意向。

战争时期，人员流动很大，很多宴会找的都是临时工，而很多临时工干的都是超量却不达标的活儿。秦恬跟着秦父东蹿西跑久了，全巴黎有头有脸的餐厅经理也多认识了一些，这种时候见着秦恬，都希望她能帮把手，也不介意给这父女俩多加点钱，毕竟秦恬只是玩票性质，要价不高，工作起来却保质又保量。

秦恬在更衣室换了一身侍者的衣服，端着盘子上阵，顶替了一个据说原本是客房服务员的小妞的位置，站在一个长条桌边等待召唤。

这桌上男女很均衡，男性大多是德国军官，还有几个法国出名的贵公子，剩下的女性大多是著名的交际花和名媛，还有几个则是生面孔。

场合参加多了，再不八卦也能认脸儿了。

客人们刚用了开胃菜和开胃酒，正在用主食，这需要等很久。秦恬有点心不在焉，她很想让秦父先回家，别干等着，但是又觉得秦父肯定不放心，不愿意自己回去，想来想去，有点心疼。

前方的军官招了招手，头也没回，秦恬忙不迭地凑上前去，安静地等待吩咐。但等待的时间有点久，她不禁看向这军官，刚好和这哥们儿对上眼。

怕是出门没看黄历！

海因茨冰蓝色的眼睛看了她一会儿，忽然很无语地叹口气，用很欠揍的语气慢慢道："再给我上一盅酸梅果酱，还有，给我身边的女士拿一杯清水。"

身边的女士?！海因茨同学竟然有"奸情"了！

秦恬严肃地点点头，不动声色地看了眼海因茨身边的女士——金发碧眼的大美人儿，感觉到秦恬看她，矜持而高傲地点头微笑了下。

秦恬立刻报以谄媚的微笑，然后躬身退走三步，跑到餐厅门边转达了海因茨的吩咐，又走回自己的位置。

她就奇怪了，明明不止一次看过海因茨穿灰色的军官服，但是为什么盯了那么久愣是认不出来呢?

很快海因茨吩咐的东西就来了，秦恬悄无声息地走过来，给女士上了一杯清水，再给海因茨上了果酱，其间她顺便环视四周……没有奥古斯汀。

她重新站到自己的位置上，又看了一遍，他果然不在。

她算了算自己有多久没见到奥古斯汀了……上次去送棉袄后，隔了十来天，她又去送了一条围巾和一副手套，然后，康叔就病了，元旦盟军诞生了，康叔病危了，现在她得准备考试了……其间隔个十来天就去找他一次，却永远见不着人。

好吧，起码有四个多月了，可真久。怎么奥古没见到，反而就碰上海因茨了呢。

秦恬有些怨念，决定晚宴后再找机会问问海因茨有关奥古的情况，能问多少问多少。

其间海因茨似乎召唤上瘾，一次又一次地要这个要那个，光酸梅果酱就要了两回，等到漫长的宴会结束，秦恬差点没累瘫在岗位上。

秦恬没去换衣服，就巴巴地盯着海因茨，他带着大美人儿在门口和几个同僚寒暄了许久，终于纡尊降贵地走到她面前，问："奥古？"

秦恬快速点头。

海因茨冷笑一声，一搂身旁的美人，问："告诉你我有什么好处？"

秦恬很利落地道："不能说吗？不能说就别勉强了。"

海因茨无语，眯起眼："你真不想知道？"

"想啊。"秦恬一脸纯真，"如果您要收好处才能说，那是不是代表不方便说？"然后一副理解的样子："我不为难您，不方便说就别说了。"

海因茨很想掐死她，半晌才道："那就再见！"

秦恬很失望地低下头。

这时那美人说话了："海因茨，她是谁？"

海因茨漫不经心道："哦，一个人而已。"

秦恬撇嘴。

"她问的是奥古斯汀少校吗？"

"没错。"

"呵呵，问他下落的人可真不少，奥古斯汀少校可真是受欢迎啊。"说罢，她还回头看秦恬的反应。

秦恬朝她龇牙咧嘴地笑笑。

"你给我安分点。"海因茨冷冷地对美人说，"要不现在就滚。"

美人立刻不说话了，眼睛滴溜溜地转着。

海因茨走了两步，转头对秦恬道："你那围巾做得不错。"

秦恬一愣，围巾？她给奥古做的围巾很普通……唯一的特色就是两端带着口袋，可以装东西也可以暖手。

莫非这哥们儿也看上了？

她立刻点头："我……我过两天就给您送来。不过，这天也要热了……您还需要手套吗？"

海因茨一脸鄙夷："你还有什么能让我看得上的东西吗？"

秦恬很想回答说自己这张脸还是很耐看的，但终究还没那么欠揍，讪笑："那是那是，您是谁呀，我算什么呀……"

"奥古在哪儿，我不能告诉你。"海因茨一本正经道。

秦恬瞪大眼："那还讹我的围巾？！"

"但他还活着。"海因茨轻笑，"这样够不够一条围巾？"

秦恬愣了半晌，点点头，微笑道："够……够了。"

# 第二十三章

# 围捕

度过艰难的备考期，秦恬顺利完成学业，令她惊讶的是，自己一毕业就收到了来自巴黎公共援助医院的实习邀请函。

当初她上实践课去的并不是巴黎公共援助医院，此时拿着邀请函，她有点凌乱的感觉。

她的实践课成绩是优，那是因为她胆子大，但她的理论课成绩只是良好，所谓的胆大心不细说的就是她，所以能够成为第一批收到实习邀请函的人，她觉得压力很大。反而是爱伦娜，没有收到实习邀请函。

她们这一批中，有一半得到了实习机会，大多数人都是双优成绩，而很多没收到的，则栽在了实践课成绩上。秦恬忽然觉得，这实习是不是看中的就是胆子大，莫非这个培训班培养的都是战地护士？真悲剧！

爱伦娜并没有因为没有实习机会而低落，因为导师说过，实习岗位人人都有，只是早晚问题，而越晚的，越有可能直接上前线。

毕业三天后，爱伦娜陪着秦恬前往公共援助医院，过了巴黎圣母院没多久，就看到了医院，原来就在附近。

秦恬去上实践课的医院和秦母当初生病去的医院的建筑风格都很中规中矩，所以刚看到公共援助医院时，秦恬以为自己进了荣军院。

在土鳖秦恬的眼里，这个医院说是景区都不为过。高大的立柱排列在幽静的长廊两边，庭院中花草精致，还有小天使喷泉，里面许多老人坐在石凳上看书、休憩。

医院里面装饰得丝毫不像医院，房顶高耸，大厅像极了大教堂，还有雕花的圆顶和华丽的水晶灯，接待处和咨询处就像是五星级酒店一样摆在中间，大理石地面光可鉴人，带着丝丝凉滑和庄重。来来去去的医生、护士还有病人及家属都悄无声息，表情恬淡。

这其实不是医院吧，秦恬心想，这比医院高级多了，国家领导人疗养院也不过如此。

“我们医院建立于一八四九年，虽然历史还不到百年，但是在医学界已经有了很多创举……”负责带领她们的苏菲护士长穿戴严谨，声音低沉，一边快步走，一边介绍着，路过浮雕或是壁画时，只是简单介绍了几句，显得匆忙而漫不经心。

当然，秦恬和爱伦娜是不会介意的，她们的注意力大多集中在一些病房中的病人和医生身上。

“眼科是我们医院的长项，很多眼部受伤的病人都会来我们医院治疗。一般眼睛不好的人，听力会比较敏感，所以我们要求大家尽量保持安静，不至于困扰到别人……”苏菲护士长走到一个房间门口指了指里面，“这里面都是动了手术超过一周的人，一般实习护士的任务就是照顾他们，技能要求不高，但事情比较多，毕竟他们需要拿什么东西或者要去哪儿都需要护士帮忙。”

这不就是护工吗？秦恬想到以前外婆生病住院时大姨给请的五十块一天的大妈，都是外来务工者，说着一口听不懂的方言，打饭送水，方便换衣，就连病人翻身都要上去帮忙，一天下来累得要死。

她看看房间里面，整整八个病人，好几个护士围着他们，看起来十分忙碌，秦恬觉得很头疼。

“别看了，这不是你负责的地方。”苏菲护士长利落地转身，一直到走廊尽头，然后带着两人上楼，“你的导师在推荐信上说你会波兰语，这儿有几个特殊病人。来，进来。”

她打开一扇门，一样的八人间，住满了，大部分人都睡着，还有几个病床边有人打着地铺在睡觉。

秦恬看了一圈，大致明白了。

“都是犹太人。”苏菲护士长道，“出于某些原因，他们被单独安排在这个房间里，有些能出院的都已经出去了，这些则还在观察期，我们暂时不能让他们出院。”

她把手中的记录板交给秦恬，道：“上午给你的任务就是记住他们的名字，了解他们的病情，记录他们今天的情况，午饭时间找我汇报。好，就这样。”

秦恬接过记录板，看看爱伦娜，又看看四周，小声问道：“请问，我有同事吗？”

“我就是你的同事。”苏菲护士长道，“全医院都有你的同事……只不过，在这个病房，暂时只有你一个。”

“为……为什么？”

“因为他们病情稳定，而且基本都有家人日夜照顾，累不到你，你只要关键时候和他们交流一下就行，有六个是从波兰逃过来的。”

“好吧，我会努力的。”秦恬表决心。

“至于你，”苏菲看着跟在一边穿着便衣的爱伦娜，“你是来做义工的吗？”

爱伦娜忙点头：“我和她是同学，只是暂时没得到实习岗位，所以想来帮帮忙。”

“好，那随便你吧，旁边的更衣室有媞安的备用服装，你们可以共享一下。只是，没有酬劳。”

“我知道、我知道。”爱伦娜很高兴的样子。

苏菲护士长走后，秦恬呼了一口气，指指更衣室：“我先工作了，你去换衣服吧，中午我们一起去吃饭。”

爱伦娜嗯了一声，踌躇了一会儿，道：“媞安，对不起啊，昨天晚上我还生闷气。”

“什么？”粗神经的秦恬看着病床后的名牌以及病情记录，疑惑地看过来。

“我的成绩不差，为什么得不到实习岗位？现在我知道了……”爱伦娜笑了，“原来是因为你有语言特长啊！会波兰语，太不得了了！”

“错！”秦恬闻言，一本正经地反驳，“你得不到实习岗位，就是因为我比你强！你不要自我安慰了！”

“臭美吧你！”爱伦娜低声笑骂，走了出去。

病人都没出声，又都蒙着双眼，秦恬也不知道他们到底有没有睡觉，只好先记录着牌子上有的信息，努力认着人，然后等中午家属和病人都醒了再询问情况。

临到中午，她将布置的工作完成后，又根据以前的记录跑到药房去领所有病人要吃的药。她把每个人的药分装好，用小杯子装了放在推车上，进了房间。

此时有几个病人在动，显然是醒了，秦恬上前自我介绍后，根据医嘱给他们喂了药，然后小心地问他们的感觉，细细记录下来，有不舒服的则备注一下，等会儿喊医生过来检查。

过了一会儿又进来了几个家属，都是中年妇女，她们看到秦恬后一愣，用半生不熟的法语和她问好，秦恬熟练地用波兰语自我介绍后，家属们明白有了个能交流的护士，立刻围过来问这问那。“新官上任”的秦恬哪知道这么多，而且她对波兰语中很多医学上的词汇也不是很懂，不禁有些头痛，考虑着晚上回去的路上买本波兰语词典，再学习学习。

中午，她把工作成果交给苏菲护士长，和爱伦娜一起到医院食堂打饭。穿着护士服的爱伦娜也得以蹭了一顿中饭，旁边苏菲护士长并没有说什么。这儿的菜色还不错，两人吃完饭后，秦恬又回到她所负责的二〇二病房，里面少了几个病人。

“请问，其他人去哪儿了？”她问一个单独坐在床上的病人。

“都去楼下散步了。”那病人道，“家人陪着。”

“哦。”秦恬放了心，看看那些空床的床头柜，确定那些人都吃了药，便问这病人，“鲁艾弗，你想去散步吗？”

鲁艾弗今年三十七岁，胡子拉碴。他得了白内障，在这个时代还很难治疗，但他表现得很平静……这儿的人都表现得很平静。

“我的妻子回去照顾孩子了，她不在。”鲁艾弗道。

“没事，我可以带你下去。”秦恬笑道，“照顾你们是我的工作。”

“那……谢谢了。”

于是一个下午，她陪散步、陪聊天、陪吃、陪喝、陪上厕所，总算体会到了这看似轻松的活儿实际有多艰辛。

这些犹太人其实都不大爱说话，也不喜欢说自己在波兰经历了什么，顶多说说自己的见闻，还有天气。有一个大爷，即使蒙着双眼也捧着一本经书，口中念念有词，虔诚得不行。

秦恬觉得这些病人很有可能是最幸运的犹太人，虽然他们生了病，但是从苏菲护士长说话的字里行间看，医院无论如何都会庇护他们逃过纳粹的魔掌。

这些从波兰逃过来的犹太人，大多都有故事，有两个甚至和秦恬一样，是先逃到波兰，然后见势不妙，又历经千辛万苦逃到法国的。

“反正逃来逃去没逃过德国人。”一个大叔笑着，他妻子在旁边给他喂吃的。

他们大多吃得很简单，主食是黑面包，水果是一个番茄。苹果等水果虽然不难买到，但很贵，贵得超乎寻常。

病房中的人大多生活清贫，由于医药费赊欠了一部分，所以医院不包饭菜，以此抵销一部分医药费，这减轻了大部分病人的负担。

病房尽头，伊扎克老人的儿子正在给他喂午饭。老人手上不离《旧约》，吃前会大声地祷告。老人胡子一大把，花白花白的，他儿子还要给他戴上围兜遮住胡子，免得汤水掉在胡子上。

吃完后，他儿子收拾完东西，匆忙走到秦恬身边，刚开口就被秦恬打断了：“我知道，等会儿我会带伊扎克爷爷下去散步的，你放心去工作吧。”

“谢谢，谢谢！”年轻人说罢，拿出了一个发夹递过来，“我路过一家店，顺手买的。”

秦恬看了看发夹，叹口气，接过：“你每天路过的地方真多，还各不相同，‘斑点狗’，你每天都这样，我压力很大呀。”

“我的压力也很大。”鲁艾弗光听就知道发生了什么，他笑道，“媞安护士还要带我去散步，我妻子就只送了她一块馅饼，‘斑点狗’，你这样我多不好意思。”

“不不不，我、我真是顺路。”昵称叫“斑点狗”的年轻人脸都憋红了，见秦恬收了发夹，立刻跑了。

围观群众都在笑。

秦恬摇摇头，故意板起脸：“吃饭呢，严肃点！我可不管呼吸道！”

但她忘了，她板着脸，那些笑得最夸张的病人是看不到的。

秦恬借着出去洗手，拿出发夹看了看，是很漂亮的布艺发夹，看得出并不贵，但是很精致，很适合她的肤色，显然挑的人很用心。

她叹了口气，这小伙子“司马昭之心路人皆知”，她神经再粗大也感觉到了，只是奇怪以前在艾森豪芬什么的，好男孩接触了那么多都没来电的，到了这儿反而被人看上了，莫非护士服比较容易有制服诱惑感吗？

小伙子是牧师伊扎克老人的独生子。他们家的女主人不知道在哪儿，只知道小伙带着父亲逃出来后，在巴黎找了份粉刷匠的工作，所以进进出出时身上总带着白点儿，久而久之就被秦恬以及几个病人家属叫成了“斑点狗”。

这羞涩大男孩工作繁忙，拜托秦恬照顾他父亲后，每天都会给秦恬带点小玩意儿，秦恬见东西不值钱便收下了，谁知一收就收了半个月。明天医生再复诊一次，老人就能出院了，这种日子估计就可以结束了。

这个病房的其他病人大多也都快结束规定的观察期了，明后天没什么问题就能出院。这些天大家都相熟了，几个中年妇女对秦恬尤其喜欢，总是表达不舍之情，告诉秦恬她们的住处，一副“我家大门常打开，开放怀抱等你”的样子。

感受到这些人的热情，秦恬回去和秦母一商量，眼看这几位病人就要走了，干脆做点特色小点心欢送一下，好歹是秦恬意外进入护士行业照顾完的第一批病人。

第二天，秦恬带着一大盒子各色点心去了医院。眼伤病人不能吃太刺激的，擅长川菜的秦父没用武之地，只能秦母出手做点爱心糕点。

秦恬带了许多过来，一打开盒盖就是一股香气，引得满堂喝彩。那些家属还没来，她就一个一个喂，直吃得众人打着饱嗝，意犹未尽。

中午“斑点狗”又来了，他满脸忧伤地给秦恬送了一条小手绢，竟然还是丝绸的，上面绣着一个埃菲尔铁塔。秦恬哭笑不得地收了手绢，帮着他一起给伊扎克老人收拾回家的行李——上午医生已经诊断过，伊扎克爷爷可以回去静养。

谁知正当所有人在吃午饭，伊扎克和“斑点狗”正准备走时，苏菲护士长突然闯进来，见父子俩扛着大包小包，立刻道：“你们放下东西，先别走！”

“怎么了？”秦恬几人都一头雾水。

“反正听我的，伊扎克还需要住院三天，他病情反复，不能出院！”

“什么？医生明明说……”“斑点狗”急了，放下行李就要出去。

苏菲立刻挡住他，眯起眼道：“你也给我等着，这两天守着你爸，谁都别回去！”

半个月下来，秦恬已经看出苏菲的为人，雷厉风行，绝对的女强人，绝不做没道理的事情，既然她不肯说，那自己就配合下。于是，在一旁看着的秦恬走上前一脸神棍的表情道：“冷静点，最近天气反复，对敏感的眼部影响确实会很大，反正你们也不差这一天。今天虽然我值班，但是一个人也看护不过来，你们能陪着那就最好了。你们也不希望看到我顾不过来吧。”

虽然她说得颇为夸张，但是看在苏菲如此坚持、秦恬如此“诚恳”的分上，本着对亲人的负责，众人还是压下疑虑待了下来。唯有几个婶婶阿姨，她们现在支撑着家里的生活——犹太人如今生活举步维艰，好不容易找到的工作可不能因为这样就失去了，于是犹豫不决。

苏菲护士长也没法强硬留人，她似乎也有点犹豫不决，那几个阿姨坚持要走，她便同意了，只是表示病人必须留下。

“斑点狗”更是需要打工，眼看父亲要出院了，他却连医药费都没交上，所以工作更缓不得。上午有过医生确诊，他并不怎么相信父亲的病情会反复，所以陪了一会儿后，心急火燎地跑出去上工了。

一个小时后，家属们陆陆续续地全走了，又只剩下病人了。

苏菲护士长过来看了看，见满室只有秦恬一个站着，叹了口气，有些疲惫道：“晚上，你值夜班。”

“嗯。”秦恬应道，本来排班就这样。

“那个爱伦娜今天来吗？”

“哦，这不半个月了嘛，第二批实习名单要出来了，她就去学校了，今天应该不来。”

“唉……”她皱皱眉，“晚上我也在。”

秦恬一头雾水：“哦，好，我知道了。”

这不是秦恬实习期间值的唯一一个夜班，灵魂属夜猫子的她到了夜晚精神得眼冒绿光，在值班室坐了许久坐不住，便晃悠到了二〇二病房中，里面八个人都在沉睡。

她打开灯——反正这些人都看不见，搬了把椅子坐在窗前，看着外面夏夜的星光，拿着这几天记录的关于眼科的笔记，有一眼没一眼地看起来。

远处忽然喧闹起来。

秦恬起身，不满地走出去，想看看是谁这么没道德大半夜闹事。

老远的，楼下传来粗鲁的踢门声，还有哨子声和靴子踏在地板上的声音，似乎有很多人正踏着铁靴跑动。他们粗鲁地踢门，大声地叫嚣，奋力地吹哨子，很快，那些声音中又夹杂了女性的尖叫和愤怒的呵斥。

秦恬感到很不安，转头关上门，跑到走廊边努力往下看，下面的灯被一盏盏打开，还有手电筒在乱照。

喧闹声在逼近。

不好的预感包围了她，这是久经阵仗带来的赠品。秦恬不知道如何是好，正当她惶惑之际，黑暗中二楼走廊尽头一个人跑了过来，叫道：“媞安！媞安！”

是苏菲护士长！

秦恬松了口气，连忙迎上去：“护士长，发生什么事了？”

“他们疯了！那群畜生疯了！”苏菲飞快地跑过来，一把打开病房门。巨大的响声惊醒了病人，几个人撑起身问道：“发生什么事了？”

“快起来！快！”苏菲跑过去扶起几个人。这时又有几个在值班室的护士跑进来，她们是负责左右几个病房的，也纷纷上前去扶病人。

秦恬不知道发生了什么事，看周围没人顾得上告诉她，只能就近扶起了鲁艾弗。他比较有力，站起来问道：“下面是不是在抓犯人？我听到有人自称警察。”

有个被扶出去的病人立刻道：“我们又不是犯人，为什么抓我们？”

“你们不是犯人，但你们是犹太人！”苏菲和她的助手架着伊扎克老人努力往外跑，大声道，“他们闯进病房直接找人，才不管你们生的什么病，只要是犹太人，一律抓走！”

“为什么？政府不是说会保护我们吗？！”

“也不想想现在到底谁当权！”

护士们掩护着病人，一窝蜂地往外走，秦恬隐约看到不远处有个病房也在进行类似的大转移。医院早就把所有犹太人分批集中在一个病房，方便管理，此时好处就体现了，不用一间一间病房找。

秦恬只需要牵引着，鲁艾弗就能自己在后面快速地跟着，所有病人在护士们的帮助下快步从楼梯另一边往楼下走。

“我们要往哪儿去？”秦恬问身边的护士。

“想想这医院多久历史了……”护士小声道，“下面有很多‘一战’时就留存下来的防空洞。”

“安全吗？”

“这就只有上帝知道了。”

远处的脚步声越来越近，众人立刻加快了速度，但是熬不住其中有很多老弱病残，鲁艾弗这类盲人还好，还有好几个是骨折，需要几个护士抬着跑，根本跑不快。

躲藏的队伍已经有一半在楼梯下面，秦恬带着鲁艾弗不断往下跑，就在楼梯旁，一张地毯被掀起，下面是厚重的木板，已经被打开，犹太病人们鱼贯而入。

“我儿子，还有我儿子……”远处突然传来伊扎克断断续续的呼喊。身边的护士安慰道：“他不会有事的，年轻人跑得快。”

很快，他们这一批病人全部藏进了地下室中。木板厚重，凭空敲是听不出下面是空心的，苏菲一声令下，所有护士立刻全部散开，装作没事人。

二楼不断传来呼喝声，还有人在咒骂。

只听到周围一阵轰隆隆的声音，有人顺着刚才他们撤离的楼梯下来，秦恬躲在一楼值班柜台旁，这才看到了入侵者。

竟然是一大群法国警察！全是法国人，完全不见德国人的身影。

这是怎么回事？！为什么他们要抓犹太人！为什么是他们闯进医院抓犹太人！

秦恬看到他们像饿狼一样踢开每个病房门，搜索所有可能藏人的地方，愤怒地大喝着，领头一个拿着名单的警察忽然抓住一个护士大声道：“你们负责人呢，负责人在哪儿?！让负责人出来！让所有医生和护士都出来！”

那护士拼命摇头：“我、我不知道。”

“不知道就给我去找去！”

“知、知道了！”

秦恬觉得，这时候身为护士，最重要的应该是逃出去……

她刚一起身，身旁的护士就抓住她：“你要去哪儿?”

“我觉得我们应该逃出去，抓不到犹太人，他们会追究我们。”秦恬直言不讳。

“你以为他们想不到？能出去的路全堵死了。记住，他们不敢对我们怎么样，什么都不要说就行！”

“知道了。”秦恬蹲下，心想那还用她说。这时候都是一条绳上的蚱蜢，检举揭发什么的，吃力不讨好，里外不是人，傻子才干。

很快，到处都有扩音喇叭在叫：“请所有医护人员到门诊大厅集合！所有医护人员到门诊大厅集合！请不要试图躲藏，若被搜到一律以叛国罪处理。”

通告了三遍后，差不多所有工作人员都在大厅集合了。照理说，每个科室值夜班的都只需要三四个人就行，加起来也就百来个人，但今晚值夜班的似乎特别多，满满当当站了一整个大厅，少说也有三四百人，快赶上白天工作的人数了。

大厅边缘，黑衣圆帽的警察围了两三层，虎视眈眈。正前方的大扶梯上，医院负责人和一个大腹便便的警察正站在那儿，低声说着什么。

只见那个警察头子忽然一把推开负责人，手里拿过一个警察刚刚递上来的一沓纸，大声道：“二〇二病房，二〇七病房，三〇九病房，四一二病房……这些病房的值班护士给我站出来！”

秦恬不否认，她很害怕。

等了许久，没人站出去。

正心存侥幸的时候，警察头子突然朝天放了一枪，语气阴森森地说道：“下一次，就不是空枪了！给我出来！”

有一个人站了出去，又有了第二个，秦恬眼见前面已经站了几个，没办法，排开众人也走了出去，和其他被点的六个护士站在一起。

警察头子背着手在她们面前来回踱步，忽然道：“我刚才才发现，这些病房竟然是有专门护士护理的。我很想知道，你们病房里的人，怎么会全部消失了？怎么偏偏是你们病房中的人，全部消失了？”

“谁能告诉我？”

没人说话，大厅一片寂静。

“要知道，本来按照登记，你们医院中应该有一百三十七个犹太人，可因为你们，整整少了四十八个。为此，我可能只是渎职，而你们，却可能被冠上任何罪名！”

“失职，还是叛国，或者是知错能改，你们选一个吧。”

依然无人说话。

“好吧，让我看看。”警察头子看看名单，“二〇二病房的，哦，实习护士，媞安·秦……是哪位？”

秦恬真的已经无法思考了，她不知道一般人遇到这情况会怎么办，干脆眼一闭豁出去了，举起了手：“是我。”

“法尔曼大人，法尔曼大人，她才来没多久，什么都不清楚……”长得极为敦厚的负责人跑上来，连声道。

法尔曼理也不理他，阴沉地看着秦恬，挤出一个笑容：“请问，小姑娘，你的病人呢？”

秦恬很没出息地在发抖。在这种死寂般的氛围下，被一只鬣狗用如此不怀好意的目光盯视，被一群同僚用警告而担心的目光看着，她咬紧牙，不知道该说什么。

“不说是吗？”法尔曼点头，转过身看看旁边的人群，忽然回身，一个巴掌狠狠地招呼在秦恬脸上！秦恬猝不及防，只感觉脸颊剧痛，眼冒金星，同时重重摔倒在地上。她捂住脸颊完全呆住了，只觉得委屈伴着愤怒瞬间涨满了胸臆。

人群一阵哗然，有人在低声叫“浑蛋！畜生！”，但却没人敢上来。

秦恬一阵发晕，右脸颊痛到麻木，似乎大牙都松动了，还咬到了舌头。她吞下舌头流出的血，咬着牙又站了起来。

法尔曼挑眉：“怎么，你这是想告诉我什么吗？”

秦恬不说话，摇摇头，眼睛盯着地面。虽说她敢站起来，但她潜意识里还是怕挨打的，对视是一个太挑衅的行为，她还没那么牛。

“既然这样，你何必站起来！”法尔曼还是感受到被挑衅了。他狠狠地踢腿，一脚踹倒了另一边的一个护士，那护士痛叫一声摔倒在地，紧接着法尔曼又举起手，对着秦恬一巴掌扇过来。

秦恬脑子正犯晕，眼看着手挥过来，她下意识地想躲，结果头一后仰，人却往前晃了一晃，那一巴掌正中左脸，秦恬再次倒在了地上。

她真觉得自己快吐血了，在众目睽睽之下被连扇两下，是个姑娘都不想活了。

众人被法尔曼疯狂的样子吓住了，正愣神间，法尔曼又一次大吼。

“他们在哪儿？说！”他又抬头看前方的人，冷笑道，“你瞧！没人来帮你，也没人敢来帮你！他们在哪儿?！”说罢，又重重一脚踢在秦恬肚子上。

秦恬哭了，她没遭过这种罪，她感觉自己内脏混着骨头要从嘴里冒出来，疼得她想打滚，可又没有力气，只能躺在地上抽抽。

“你们这群畜生！”终于有人大声呵斥，那熟悉的声音来自苏菲护士长，“这儿没有你们要找的人！”

“藏起那些犹太人会对我们国家产生怎样的恶果你们知道吗?！”法尔曼大吼，“畜生？我在保护你们！到底谁是畜生！”

“看看地上的女孩！”秦恬感觉声音越来越近，很快，有人把她扶了起来，苏菲护士长大叫，“这就是你所谓的保护？”

“她的行为会触怒那群人！”法尔曼直言，“如果交不出犹太人，你们，我们，全都要倒霉！”

“那就倒霉好了！上帝会惩罚罪恶的人！”秦恬听到苏菲颤抖的声音——她在哭，她竟然在哭。

“对！上帝会惩罚你们！”终于有人开始帮腔。紧接着，帮腔的人越来越多，群情激奋，几个男医生甚至要走上前来。

“你们、你们……”法尔曼气得头发都要竖起来，他手握在了枪上。

“这儿是医院！我们不会容许你再伤害任何一个人！”有人大吼。

站在后面的人纷纷涌上前把秦恬围住，两个医生蹲下来，一个检查秦恬的脸颊和口腔，还有一个老医生解开她的扣子，查看被踢的地方。秦恬看到，她的胃部附近的肌肤一片触目惊心的淤青，她抽抽鼻子，好不容易忍下的哭意又涌了上来。

“还好，别担心，伤得不重……”老医生安慰道，“孩子，你很勇敢。”

秦恬擦着眼泪，转头对苏菲道：“护士长，谢谢。”

苏菲红着眼睛：“不，应该是我对你说对不起。对不起，我看到你挨打，竟然没敢站出来。”

“不，至少你站出来了。”秦恬苦笑。要是她，她也不敢站出来，更不会做到苏菲那一步，所以她不愤怒，而是庆幸，终究有人站了出来，不是吗？

愤怒涌上心头的医护人员们和法尔曼在前面争执着，就差大打出手了，周围的警察却没人上前帮忙，显然他们也不赞同法尔曼的行为。可就在这时，有一个警察跑过来大叫："长官！找到躲藏的犹太人了！"

场面为之一静。

法尔曼擦了把汗，冷笑道："很好，那都带走吧，人全齐了？"

"是的！都藏在地下室里，一个没少！"

"行！那全部带走！收工！"

命令下达没多久，旁边的楼道传来脚步声，十来个警察押着四十多个相互搀扶着的病人，走了出来。

秦恬看到，二〇二病房的盲人们，手搭在前面的人肩上，排成一串，跟着一个警察快步地走着。他们的头习惯性地微微上仰，侧耳听着四周的动静。

大厅中的人全都看着这些病人，断腿的、断手的、刚做过手术的、眼瞎的……他们茫然而恐惧，跟着警察走进了明亮的大厅，条纹病人服显得如此突兀。

"他们只是病人……"一个女性的声音嘶哑地传出，带着哭意，"怎么可以这样，你们带走他们，他们怎么生活？他们会死的……都是你们、你们害死的……"

"谁说是去死的！只是暂时集中关押而已。"法尔曼粗声道，一脸昂扬地挥手，"全部带走！"

说罢，他阴狠地环视四周："谁敢阻拦，就等着接受叛国罪的指控吧！"

对着警察虎视眈眈的目光和黑洞洞的枪口，所有人都无力了，只能呆呆地看着那些病人被一个接一个地带过来。

很多护士开始哭泣，她们大多都参与了转移病人的行动，以前也和这些病人相处甚好，现在想想外面的各种传言，不禁泣不成声。

本来就在哭的秦恬此时更是悲从中来，她不怨自己白挨了一顿打，她恨的是自己的无能为力，她恨自己为什么要看到这些，看到这些老弱病残被带进死神的怀抱。

她努力站起身，在苏菲的搀扶下走到最前面。病人一个一个路过，表情很麻木，但有几个对着旁边的护士善意地点头微笑。

秦恬捂着嘴，眼泪难以抑制地流下，她抽噎着，看自己照顾了半个月的病人一个一个排着队路过自己。

鲁艾弗走在最后，他脚步沉稳，慢慢地跟在伊扎克爷爷后面，路过秦恬时，只见他侧耳听了听，然后低声微笑道："媞安，别哭……还有，再见。"

秦恬拒绝了苏菲送她回家的好意，快速服了两片止痛片，借了一辆自行车，疯狂地往大院的方向骑。

她的脑子快炸了，各种想法纷乱不绝。她也不知道去大院干吗，但她就是想去，哪怕看一眼也好。

黑夜中，感觉四面都是喧嚣声，那恐怖的声音就好像四起的烽烟，扰得秦恬心慌意乱，她忍着腹部的抽痛和两颊的麻涨感，死命地蹬着自行车。

路灯简直就像是招魂幡，发着阴森的白光。有一些街道只有秦恬蹬自行车的声音，有一些却极为喧嚣吵闹，还伴随着尖叫……大围捕正在全巴黎甚至有可能在全法国进行。秦恬眼前一片蒙眬，她擦了把眼泪，抽噎着继续骑着。

终于，过了塞纳河，她一个急转骑向大院，护士帽上的布被夜风吹得飘了起来，她一把扯下，条件反射地想塞进前面车兜里，手一松才发现这时候的自行车还没车兜，护士帽忽地飞后面去了，她什么都来不及想，只将头发一撩便继续骑。

远处，还有惊叫声传来。

现在是凌晨，天已经微亮，大院门口的灯光着实瘆人。她跳下自行车想也没想就冲过去，远远看到大院外面停着很多车，还站着很多人，里面闹哄哄的，还有警察的大叫声。

秦恬跑过去，被门口的警察拦住："你要干吗？"

秦恬大叫："我奶奶在里面！我奶奶她不是犹太人！"

警察看看秦恬，冷笑："里面可没亚洲老人！"

"这不关你的……噗！"秦恬正大吼出声，忽然感觉胃部一阵抽痛，紧接着一股热流上涌，满嘴腥甜，她没去忍，故意吐了出来，顺势喷了那警察一脸血！

周围的人都被吓了一跳。秦恬捂着腹部差点跪下去，她撑住门框盯着一脸血的警察："要么我走进去，要么你搬着我的尸体进去！"

"见鬼！"那警察低咒一声，随手一抹血，放开秦恬，"滚！"

秦恬被推了一下，几乎是跌进大院。此时天光忽然亮了，伴随着这一步，她看见了院中的情景。

里面一阵喧闹，每个警察手里都拿着一张登记着人员名单的纸，已经有很多家庭收拾了东西在被往外撵。地上一片混乱，晾衣杆、衣服、杂物、废纸、箱子，还有毛绒玩具，被军靴踏来踏去，支离破碎。

有几个警察在楼下拿着喇叭大吼道："所有犹太人必须离开聚居地！聚居地将停止供水供电。钥匙及宠物一并交给门房，带上你们的身份证件，每人可带一双鞋、两双袜子、两件衬衫、两套内衣、一件毛巾、一套床单、一只碗、一个杯子、一张毯子……没有孩子的夫妻及单身男子将立刻被送到德朗西集中营，其余人将被送到冬季室内赛车场！"

警察挨家挨户地搜，每一户都核对名单，少个人都不行，一旦有反抗的，就会一顿责问和拳脚伺候。

几个妇女哭叫着不肯离开自己的家，被几个警察连拖带拽拉出房门；老人们颤颤巍巍地拿着包袱扶着扶手走下楼，反而是他们安慰着焦躁的年轻人；男人们提着包裹，保护着家人，不时推开警察的手，大声怒骂……

这时，一个小小的身影忽然往秦恬这边撞来，被她一把抓住："豆豆！你妈妈呢？"

豆豆笑得很开心："叔叔在和我玩抓抓！"

秦恬一震，看看周围，兵荒马乱的，还没大人注意到他们，但是门口被严防死守，她根本不可能带着豆豆逃出去。情急之下，她干脆带着豆豆走进公寓，并安慰道："叔叔没抓你，姐姐找不到你妈妈，姐姐带你去找伊路莎奶奶，记得乖乖的……"

伊路莎奶奶正在房门口站着，她一边用手帕擦着眼泪，一边和路过的街坊道别——她不是犹太人，伊万不在身边。

秦恬带着豆豆走过去，看看周围，有两个警察正站在楼梯口虎视眈眈。

伊路莎奶奶看到秦恬，又看到豆豆，眼睛一亮，忽然道："哦，亲爱的，你终于找到他了！豆豆来，到奶奶这儿来！"

"豆豆，去！"秦恬把豆豆往伊路莎奶奶那儿推。趁豆豆走过去，她笑道："我好不容易找到他，这坏孩子跟那群犹太佬混在一起，差点儿就被送上车！"

"笨豆豆！就不省心！"伊路莎奶奶大声道，拉着豆豆要往屋里走。其间，两人都没朝警察看一眼，秦恬感觉到两个警察依然注意着她和伊路莎奶奶，但并没什么动作。

正当她跟着伊路莎奶奶进屋准备关上门时，突然楼下传来大叫声："你们把我的孩子弄到哪儿去了？谁看到我的孩子了？豆豆！豆豆！谁看到我的孩子了！"

"妈妈！"听到那声音，豆豆激动地大叫一声，挣脱了伊路莎奶奶的手就往外跑，他跑得太快，秦恬和伊路莎奶奶都没反应过来。

豆豆迈着小短腿欢快地往下跑，在楼下和跪在地上的妈妈抱在一起。

秦恬和伊路莎奶奶相视无言，同时看向那两个被蒙骗过去的警察。他们正冷笑着看着她们。

自导自演一场戏，终究没扛过母子亲情。

其中一个警察向秦恬走了两步，忽然怔住了，眼睛里是秦恬肿胀的双颊和犹自带着血痕的嘴角，她手一直捂着肚子，脸色苍白泛着青紫，看起来摇摇欲坠。

这个警察冷眼看了一会儿，哼了一声，指着伊路莎奶奶的房间："滚进去！别再掺和这事！"

伊路莎奶奶扶住秦恬，擦了把眼泪，一起进了屋。

警察伸手，关上了门，把喧嚣都隔绝在外面。

此时天已经完全亮了，她们往窗下看，混乱的场面尽收眼底。

秦恬缓缓地坐在窗边伊路莎奶奶的安乐椅上，经过大半夜的奔波，她终于坐了下来。疼痛中，巨大的舒适感袭来，她舒了一口气，转而心情却更加沉重。

伊路莎奶奶端来一碗热汤，轻声道："喝吧，怎么伤得那么重？"

秦恬摇摇头："没事……"她喝了一口汤，忽然问："伊万呢？他……也在这样干吗？"

"不知道。"伊路莎奶奶坐到秦恬身边，她表情很平静，与外面的喧闹截然相反，"他昨晚就没回来，我反复跟他说，无论他多为难，绝不能伤害无辜的人……听不听得进去，就是他的事了。"

她说罢，叹口气，打开手里的医药箱，拿出些瓶瓶罐罐："来，涂些药，你脸都变形了。可怜的孩子，你这样回家会吓到爸爸妈妈的。"

秦恬也很愁，但她无心涂药。外面的人正在经历生离死别，让她在这儿喝热汤、涂药，她良心难安……

她起身打开门，正对上对面警察警觉的眼神，他问："你又要做什么，女士？"

秦恬气不打一处来，指指自己的脸："看我的伤。"

他不说话，看着她。

"我负责的犹太病人不见了，你的同僚、上司，把我往死里打。"秦恬捂着肚子，盯着那警察，"我也不知道为什么要说这些……但我要告诉你，今天发生的这些事情，迟早有一天，是你和你们的耻辱！"

警察静静地看着她。

他的同伴忽然“扑哧”一声，拍拍他，乐不可支地笑起来。于是两人一块儿笑，似乎秦恬就是个笑话。

秦恬无话可说了，她觉得全身都不对劲，连骂人的心思都没有。这个楼道的人差不多都走到下面去了，她想下去看看，但也知道自己就算下去也无济于事，只能惨白着脸捂着肚子看着楼下，大口喘气。

“孩子，你看起来不大好。”伊路莎奶奶跟出来，扶着秦恬回房坐下，“喝点热水或汤，待会儿去医院看一下吧。”

“我就是从医院过来的，医生说没事。”秦恬深呼吸几下，感觉疼痛有所减轻，起身道，“我该回去了……”

“是呀，还是回去吧。”伊路莎奶奶在秦恬脸上涂了点凉凉的药膏，“无论怎样，你还有爸爸妈妈在等你。”

“嗯。”这时候，秦恬无比想回家。

她下了楼，外面的车已经运走了几批犹太人，还有一些人慢慢地往外走着。地上散落着很多拿不下的东西——小箱子、小零碎什么的。一些站在那儿没事干的警察则旁若无人地在地上搜捡着，一些翻开的首饰盒里面被搜了个精光，就连灯罩上镶金的花纹都不放过，还有一些瓶瓶罐罐，酒水、烟草……凡是看得上眼的，他们抓起就放进袋中，仿佛旁边那些排队离开的失主只是行尸走肉。

秦恬垂下眼，自顾自走出大院。门口还站着那个被她喷了一脸血的警察，她走出去时，那警察警惕地看着她。

秦恬不知哪根筋不对，还朝他笑了笑，她可以肯定，自己笑得很狰狞……因为那警察后退了一步。

她走了两步，找到借来的自行车——之前被扔在了路边，试了两次，实在没力气爬上去骑了，干脆扶着车子一步一步走回去。

她心里翻腾得厉害，这一晚上就跟做梦一样，前半夜挨打，憋了一口气和一肚子泪水，后半夜虽然雄起了一下，可是一事无成。

她很挫败，很沮丧。

“恬！恬！”

秦恬抬头，左右张望，在巷子里看到了熟悉的身影。

“奥古斯汀！你怎么在这儿？你不是……”她也说不出奥古斯汀去了哪里，只好勉强笑道，“你回来啦。”

奥古斯汀穿着军装，不知怎的躲在巷子里。他仔细地看了看秦恬，忽然大步走过来，把她一把扯进巷子中，摸摸她的脸：“你脸怎么回事，谁打的你？！”

秦恬沉默了一会儿，突然抱住他，脸埋在他怀中，闷闷地说：“让我安静一会儿。”

奥古显然有点无措，最后只能紧紧地抱住秦恬：“昨晚，出事了吗？”

秦恬摇头：“我没事。”

“没事也会被打？谁下的手，告诉我，我帮你出气。”

“是我的错……”秦恬冷不丁道，过了一会儿却改口，“不，我没错。”

“怎么了？”

“我刚才想，我干什么把自己陷那么深？在医院遭受了那些，为什么还巴巴地跑去大院，去看……那些情景……”秦恬蓦地哭了出来。从在医院骑上自行车，她就没再流泪，可从豆豆脱开伊路莎奶奶的手跑向他妈妈时，她的心脏就一直被绞着。

奥古摸着她的头发，一下又一下。

“我不应该把豆豆带上楼，我应该直接把他带出去。我可以编很多理由，为什么偏偏把他带上楼，还那么自以为是地演戏……我忘了我根本只是个路人甲，一个没能力的龙套，一个只有名字的炮灰……奥古，我一个打酱油的，干吗把自己陷那么深……”

“话不是这么说……”陷得很深的某人低声反驳。

“我知道，我懂。”秦恬把眼泪全擦在奥古斯汀的军装上，“这种事情没办法的，人是群居生物……你说过，我们逃不掉。我只是难受……我想到他们以后会被关进集中营，会死，可是我刚才却没有拼命去救那小孩，想到这儿我就难受……但是，真要我去救，我也想不出办法来。”

“别纠结了。你都说了，那超出你能力范围了，有这个心就够了。”

“说说都不行吗……憋在心里，我会活活憋死的。”

“好，你说。”奥古斯汀拉着秦恬沿着墙角坐下，继续将她抱在怀里。

于是，秦恬开始絮絮叨叨地说她去医院实习，她照顾一群犹太病人，警察冲进医院，护士长带着护士们转移犹太病人，她被叫出去，被打……

“疼死老娘了！但再来一次我依然什么都不会说的，我就算不是江姐、秋瑾，这点骨气也得有吧。可那货下手忒黑了，对小姑娘都下得了手！现在想想我还肝疼！”

“后来我去了大院……有什么可说呢，我就是一个围观群众、一个失败的援助者。算了，回去默默舔伤口吧。”秦恬郁闷地低下头，摸摸肿着的脸颊，嘶地倒吸一口凉气，“疼啊……”

奥古抬起秦恬的头，细细看着，忽然低头亲了一下她的额头，问：“还疼吗？”

秦恬呆呆的，没反应过来：“你……你以为你的吻包治百病啊……”

“那这样呢？”奥古又亲了一下。

秦恬完全凌乱了，语无伦次：“我我，你你你，我告你，非非非……呜……”

这次就不是轻轻地啄了，秦恬瞪着眼睛看着奥古斯汀紧贴的“巨脸”。直到奥古斯汀受不了，伸手遮住了秦恬的眼睛。

于是秦恬所有的感官都集中到了嘴唇和口腔。

从青涩到熟悉，从小心翼翼到温柔缠绵，唇齿相依，相濡以沫。她反手搂住奥古的脖子，奥古拿开了覆在她眼睛上的手，紧紧地搂住她的腰。

秦恬感觉自己“醒来”以后所有的恐惧和茫然全在这一刻消失了，仿佛她的世界被奥古拥抱着，什么都不用担心，不用担心寒风和暴雨，也不用担心孤独和空虚，只要有面前这个人在，她就什么都不会失去了。

“罗桐。”秦恬轻声道，“罗桐。”

“我在。”奥古冰凉的脸贴着秦恬的。

“你知不知道我曾经希望自己不认识你？”

“是吗？”

“不知道有你的存在，现在的我说不定是另一个样子……”

“可能已经烂出蛆了。”

“喂！听我说完！”

“你说你说。”

“没气氛了……”秦恬嘟哝，“反正，对我来说，这么点儿小伤根本不算什么，你别追究了。”

“哦。”他漫不经心地答应，“还有呢？”

“还有？就是老调重弹呗……你不准死！”

“我不死，你也不准伤着。”

“我尽量。”

“那我也尽量。”

“呸！要么死，要么不死，你不能只是尽量！爽快点！不准死！”

“好，坚决不死！死了也做鬼来找你。”

“那你还是尽快超度吧……我会给你烧纸的。”

“哈哈，我带你去看医生。”奥古扶着秦恬站起来，秦恬感到一阵头晕眼花。他扶着秦恬往巷口走，边走边用回了德语道：“你脸色太差了，我心疼。”

“我头疼！”巷外突然传来一道阴阳怪气的声音。

海因茨背着手慢慢地走到巷口中间，看着他们：“去办事的时候就见狄科站在路对面守着，办事回来他还守着……这么久，你们这是要生孩子呢？”

秦恬看到海因茨，脸都扭曲了。

苍天在上，她真的不知道自己该用什么态度对待这家伙了。

她很早就看出来，这货是坚定的反犹党，更狠的是，在反犹这事儿上，他有实权，还是行动派！

秦恬一晚上奔波，又累又难受，此时看到海因茨，完全没了任何想法……真的，什么想法都没有。她脑子一片空白，最后变成了一声叹息。

秦恬百无聊赖地低下头，站在一边。

海因茨在巷口叫：“奥古，要顺道带你走吗？”

奥古摇头：“不了，我陪恬去医院。”

“医院？”海因茨瞥瞥秦恬，忽然扑哧一声，“你这是被谁打成这么个猪头的样子？”

秦恬真想喷他一脸血……她强颜欢笑，脸颊抽痛：“被你家的狗挠的。”

“狗而已，能把你挠成这样？”

“被狗挠了，总不能挠回去……”

海因茨看看奥古，又看看秦恬，冷笑：“我猜，你昨晚又做了什么不聪明的事吧。”

“不好意思，我确实挺笨。”

“恬，算了，去医院吧。”奥古轻声打圆场。

“不了，我要回家。我就是从医院回来的，医生说没事。”秦恬觉得自己真的快撑不下去了，她要好好休息一下，狠狠地睡一觉，起来又是新的一天！

奥古扶着她就要走，路过海因茨时，却被他拦下了：“站住！”

就连奥古都很惊讶：“海因茨，怎……放手！”他一把拍开海因茨伸向秦恬的手，拦在两人之间，盯着海因茨：“你做什么？”

海因茨冷笑，他盯着秦恬：“秦恬，我不止一次警告过你，有些事情，你不要插手！我以前欣赏你，就是看在你有点自知之明的分上，但是现在，你越来越狂妄了。

别以为奥古护着你，你就能为所欲为。我能帮你，也能杀你！这种时候，你的命在我手上！”

“海因茨！你知道你在说什么吗?！”奥古斯汀提高了声音，怒道，“我不知道你遇到了什么，但是，你给我住嘴！这不关秦恬的事，就算关她的事，你也别想伤她一根毫毛！”

“遇到了什么？我遇到了什么？”海因茨忽然大怒，抓住奥古的领口大吼，“我遇到了秦恬！很多秦恬！不知好歹的杂种们！记录里有两万五，竟然有一万凭空消失！藏人？掩护？他们以为他们是谁？他们没有奥古斯汀！”

“我知道你心烦，但也不该在这儿发火，放手！回去！”奥古斯汀抓住海因茨的手，另一只手背在身后对秦恬打手势，示意她在海因茨狂化前快走。

秦恬缓慢地后退，她的近路被海因茨堵了，但她宁愿绕远路也不愿意跟他对上。

“站住！谁准你走了！”海因茨放开奥古斯汀，指着秦恬，“你给我滚过来！”

奥古斯汀继续拦着：“恬，你走，别理这疯子！”

“你才是疯子！你到底哪边的?”海因茨忽然挥开奥古斯汀，上前一步抓住秦恬的双肩，阴狠地盯着她，“挨打了？病人丢了？犹太人吗？不想死就老实把人给我交出来！别逼我亲自去搜！”

秦恬看着状似狂乱的海因茨，对上那双疯狂的眼睛，她觉得自己的理智也跟着全没了，一点儿都没剩下。

不知道哪里来的力气，她猛地挣开海因茨的钳制，挥开奥古斯汀伸过来扶的手，顺势一巴掌甩向海因茨！

啪！

小巷终于安静了。

海因茨被打地转过脸，奥古双手前伸，秦恬左手捂着右手放在胸前，警惕地盯着海因茨。

三人全都石化了，许久都没人反应过来。

秦恬知道自己做了什么，她的右手在发麻，本能告诉她，现在应该拔腿就跑，但今天不在这儿把事情弄明白了，这一巴掌之仇，以后说不定会把她一条小命都交待了。

海因茨缓缓转过脸，面无表情地看向秦恬。

奥古斯汀一跨步，再次挡在两人之间，一只手在背后握住秦恬的双手，眼睛却盯着海因茨："你该冷静一下，现在，跟我回去。"

海因茨微微偏过头，越过奥古的肩膀盯向秦恬。

秦恬被那视线看得发抖，她想说什么，但不知道该道歉，还是该装壮士……她的肝儿都在颤抖。

奥古斯汀不安地侧移一下，挡住海因茨的视线，于是海因茨再次将头换了个方向，又盯向秦恬。

半晌，他摸摸脸，冷笑一声，转身大踏步走了。

看着他的背影，秦恬松了口气，奥古斯汀转身焦急地问道："没事吧？"

秦恬咽口水："挨打的是他，我哪有事。"

"放心，他不会对你怎么样的，我了解他……你回去好好养伤，这两天不要出门了。"

"嗯，你也小心点。"

奥古斯汀摸摸秦恬的头，转身奔向海因茨。秦恬等他们开着车走了，才挪出巷子，扶起自行车，颇有些劫后余生之感地看看这条幽深的小巷。她右手握拳，一边往家走，一边决定今天不洗手。

这可是打过纳粹脸面的神之右手！

秦恬的伤自然引起秦家一阵混乱，连康叔都起床要给秦恬提供偏方。秦恬一直睡到第二天中午，正怪秦母没叫她起床误了实习，才知道清晨苏菲护士长竟然来过，给秦恬放了五天的假，让她好好休息，到时候去医院再看看伤。

带薪假不要白不要，秦恬舒舒服服地休息起来，尽量不让自己去想昨天发生的事情。

结果到了晚上，爱伦娜的到来打破了她的好心情。

秦恬本来挺高兴的，她知道爱伦娜昨天应该是得到了实习岗位，今天总算有点新鲜事情能说，可爱伦娜当头就是一棒——

"媞安，你知道吗？我被分去冬季室内赛车场了！"

冬季室内赛车场……秦恬嘿了一声，不知道该说什么了。

昨晚大围捕，没有孩子的夫妻和单身男子，全部被送往巴黎郊区的德朗西集中营，剩余的大部分人全被送往冬季室内赛车场，少说也有一万，都是一个一个的家庭，老弱妇孺都有。还有些病人，不管是精神病还是神经病，以及犯人，不管是否穷凶极恶，全被塞到了那儿去了。

赛车场又不是宾馆，在什么准备都没的情况下，其卫生和生活状况可想而知，住那儿一天两天还好，久了就什么都有可能发生了。

秦恬摸摸爱伦娜的头表示默哀，她可不想再蹚这趟浑水了，否则，不用海因茨出手，她迟早也因为深陷其中而死。

爱伦娜说着她在那儿的见闻。

“天哪，才一天，厕所就堵了，他们忍不住了，就在外厅的墙角解决。有孩子得了水痘，都没有隔离措施。物资也不够，吃的要他们自带，喝的完全没有。我在里面待了一天，真是什么病都见识到了……我还帮忙接生了！”爱伦娜表情复杂，“那儿卫生条件太差了，太挤，到处坐满了人。还有孩子不知道发生了什么事，问我表演什么时候开始……天啊！他们难道不知道，整个赛车场唯一的‘表演者’就是他们自己吗?！”

秦恬可以想象那儿的场景，她唯有沉默，能说什么呢?

“话说，我在那儿看到伊万了。”

“伊万？”秦恬抬头，“他在那儿干吗？”

“他在那儿看门，负责检查来往的人员。我问了他，他说他没参与昨晚的围捕，但是为了防止消息泄露，昨晚警务人员全都不能回家，所以他来不及跟伊路莎奶奶讲。”

“伊路莎奶奶很担心。”

“是啊。我瞧他的样子，比那群犹太人更想出去。你不知道，那儿的犹太人和警察的关系紧张到什么地步。很多人在外厅就大打出手，那些行李什么的都散在地上，大人哭，小孩跟着哭……”爱伦娜心有余悸，“我这次实习结束了，下次一定要打听清楚再去！”

“切，这哪能由你，以后万一是战场，那可比赛车场惨十倍！”

“唉，不说这些了！”爱伦娜赶苍蝇似的挥挥手，摸摸秦恬的脸，“我今早碰到苏菲护士长，她说你受伤了，还好吗？”

“小事。”秦恬觉得比起犹太人，她很幸福了。

“哪里是小事！我刚看到你都认不出来了。”爱伦娜拿出一管药膏，“给，我从家里拿的，很有用。”

“谢谢。”秦恬也不客气，收下了药膏，道，“你有空的话，和我一起去大院看看吧。”

“对了，我在那儿遇到大院住着的人……”两人几乎同时开口，又同时沉默。

“唉，去陪陪伊路莎奶奶，她在那儿可要独守空院了。”

“怎么会这样呢？”爱伦娜想不通，“政府当初明明不愿意交出犹太人。这么多犹太人都没跑，都是因为相信法国。可现在，现在让他们，让我们，还怎么相信政府？”

秦恬也说不出所以然来。在对着历史试卷的时候，她能七拼八凑、胡侃一大堆有的没的，可身在其中，她总是感到很混乱，对于很多事情都说不出为什么。

两人又聊了一会儿，爱伦娜忽然说：“媞安，现在医护人员完全不够，本来我还想找你来着，没想到你受伤了。”

秦恬沉默了一会儿后，说：“我明天要是好点了，或许能去帮帮你。只是，我没通行证。”

“对呀，需要通行证。”爱伦娜没多少惋惜的感觉，反而很庆幸，“也好，这样的场面，最好一辈子都不见到。像我这样见过一回，已经算太多啦！”

多事之秋。

秦恬第无数次深刻体会到这点。

在她因为大围捕事件受伤休养时，广播里战报不止，她这才惊觉，在遥远的东线，一个转折点正在诞生——斯大林格勒保卫战，悄悄开始了。

大围捕在七月十六日发生，然后在七月十七日，斯大林格勒战役开始。

这一天接一天的，老天算得贼精！

德国投入了整整一百五十万兵力，誓言在七月二十五日前拿下斯大林格勒。德国一贯的闪电战风格让很多人对这样的豪言壮语深信不疑，可是也有人透过莫斯科战役对此抱有怀疑，比如秦父，他就引用了一句很牛的话：“一鼓作气，再而衰，三而竭。”

秦恬掐指一算，从莫斯科战役到斯大林格勒战役，确实是一鼓作气，再而衰了……等到以后的库尔斯克战役，就三而竭了。

果然老祖宗的智慧就是厉害，十个字把德军的经历给概括了！

秦恬隐约记得有个什么军会在斯大林格勒全军覆没，最终苏联军队胜利，但是究竟细节是什么，她完全不清楚，只知道这场战争死的人会非常非常多。

就在她正忧心于奥古会不会被派往东线时，爱伦娜忽然有一天跑来找她，哭丧着脸说，她要离开了。

“去哪儿？”秦恬很奇怪，照理说一个护士完成了一次红十字会任务后，会有挺久的休息时间。虽然听说冬季赛车场的犹太人昨天被转移了，但没道理爱伦娜要跟着去啊。

“去德朗西集中营。”爱伦娜很不安，“那里有很多孩子和妇女，卫生状况和营养状况很差，这些都需要我们的监督。”

秦恬觉得不可思议：“纳粹会让一个红十字会护士在旁监督犹太人过得好不好？”

“不会，”爱伦娜无奈，“所以我的身份是一名普通护士，我无权监管，也不被允许与外界通信，直到完成任务为止。”

“那什么叫完成任务？”秦恬有种毛骨悚然的感觉，难道是等那些犹太人全部死光？爱伦娜莫非要成为一个见证者吗？难道历史上还有这么一群被忽视的证人……没听说啊。

“就是照顾他们，直到他们被转移到波兰的正规集中营去。”爱伦娜虽然有点不情愿，但对任务没有怀疑，“法国没有足够的能力照顾这群犹太人，所以我们将代替波兰的同行暂时照顾他们，到了波兰他们会得到应有的照顾。”

秦恬看着爱伦娜的笑容，冷汗都流了下来，她可不想去见证这些，但是也无法对爱伦娜说什么。即使她告诉爱伦娜，可能这群犹太人到了波兰能得到的只有阎王爷的照顾，爱伦娜又能做什么呢？

法国不缺乏智者，很多拼力保护犹太人的法国人就是看出了这些犹太人悲惨的未来，可是他们又能做什么呢？默认德国如此行径的法国政治家，难道会看不出这是一场种族清洗？

秦恬摇摇头，她想来想去，只告诫爱伦娜：“别对他们投入太多的感情。”

“为什么？”

“因为……”秦恬绞尽脑汁，“你瞧，你不可能陪他们到波兰去，如果注定要分离，开头就不要投入太多的感情……会伤心的。”而且说不定，是伤心欲绝。

爱伦娜不以为意地走了，她来只是为了告诉秦恬，接下来可能有好几个月两人都无法一起逛街，而下次再见面时两人说不定在实践水平上已经有了巨大的差距，她为接到这么一个艰巨而神圣的任务感到自豪。

秦恬心情很沉重，她忽然很想去大院看看伊路莎奶奶。

带上一罐子枣泥糕，秦恬走去了大院。

经过伊路莎奶奶和几个法国住户的清理，这里已经干干净净，但少了几分人气，曾经住在这儿的数十户清贫而淳朴的犹太家庭已经离开，这一别很可能是永别。

秦恬站在大院中，似乎能看到树下妇女们一起做着针线活，说着家里的趣事，几个孩子跑来跑去，大声欢笑，豆豆跌跌撞撞地跟在后面，口齿不清地喊着："等等我，你们等等我！"

伊万正在家中做饭。冬季赛车场的人转移后，他终于得以休息，只是秦恬看到他时，总觉得他变了。

伊路莎奶奶因为忧心过重，最近身体很不好，秦恬刚进门，就听她在远程指挥伊万做茄汁汤。伊万手忙脚乱地一手菜刀一手锅铲，伊路莎奶奶大吼："笨死了！放点儿蜂蜜！"

看到秦恬，她很高兴，喊伊万端来一杯咖啡。两人唠嗑了一会儿，秦恬心情总算好了点儿。

伊万送秦恬出门时，表情很沉重，秦恬有些看不过去："赛车场的执勤，很累吧。"

伊万看看秦恬，又盯着地面，点点头，又摇摇头："我想辞职。"

秦恬看着他。

"媞安，我只在赛车场待了三天，但我忽然觉得，再这样下去我会疯掉。"伊万的声音很低哑，"爱伦娜一直在医疗帐篷里给病人治疗，她没看到的事情太多了，但我不忍心告诉她。"他欲言又止。

秦恬道："我知道，你应该已经看出，这满赛车场的人最终会走向哪儿吧……不是德朗西。"

伊万擦了擦眼睛："他们不可能放过犹太人。"

"但你还得干下去。"秦恬道，"我没猜错的话，你还会被派到德朗西集中营去做看守。"

"是的，所以我不想干了，这一切太疯狂了，远超出我的承受能力……我的同僚都疯了，他们好像一夜之间连是非都不分了，几个孩子在玩闹，尖叫声响了点，他们抓过来就一顿打……他们难道看不出来这是孩子们唯一的娱乐了吗？甚至这可能是全场最健康最有活力的几个孩子了，如果连他们都不奔跑不尖叫了，整个赛车场就彻底变成一个坟墓了！”

伊万激动了起来，脸上微微冒汗：“我遇到了好几个邻居，他们都求我放他们出去……但我守的是内门，我没有通行证，也不认识守外门的那几个死板的浑蛋，我只能帮他们带信，给他们点食物，他们竟然还感谢我，问我奶奶的身体情况，说那天晚上吓到她了……我什么都说不出来，媞安，我嘴笨，我真不知道我该说什么安慰他们……爱伦娜有没有跟你说她接生了一个孩子？”

“说了。”秦恬努力挤出一个微笑，“她很高兴。”

“是啊，他们在里面抱着新生儿欢呼，大出血被送往医院的孕妇却直接死在了门外！那个婴儿谁养?！昨天晚上赛车场内的主治医生抱出了那个婴儿的尸体……爱伦娜回来时说，她很高兴医生得到允许把孩子送到母亲的身边……可是、可是……那是到另一个世界啊……”

伊万蹲了下来，他已经颓丧得连站稳的力气都没了。

秦恬站在一边，看着塞纳河的微波在夕阳下荡漾。

“所以伊万，在那群没良知的人中，如果有个有良知的人，那些可怜人的生活将会好很多很多。”秦恬轻声道，“你不能逃避，你得迎难而上。现实就是这样，你不可能无视所有的黑暗，你不可能一辈子躲在奶奶的羽翼下。”

“可我不敢，我闭眼就是那个全身泛紫的婴儿……”

“那么，我也不为难你了。”秦恬顿了顿，“因为我也是个胆小鬼，明知道爱伦娜接手的是个什么样的工作，却连陪她分担的勇气都没有。”

伊万有些犹豫，抬头看着秦恬。

“你瞧，爱伦娜为了那份工作早出晚归，连她男友都没时间搭理，这对平时的她来说是多不可思议的事情！”秦恬努力让自己的语气变得夸张，“你不是挺喜欢她吗？干吗不陪她一起度过最美好和最黑暗的时光呢？”

“黑暗我看到了，美好我没看到。”伊万嘟囔，忽然涨红了脸反驳，“我……我才没有喜欢她呢！那个凶女人！”

秦恬了然地看着伊万，笑着咏叹：“啊！情人的身边，就是全世界！”

爱伦娜和伊万调到新岗位后，过了一个多月，还没有任何音信。

秦恬不担心他们遇害，却担心他们受到心灵创伤。她自愿担负起了照顾伊路莎奶奶的工作，同时继续在公共援助医院实习。

即使是这时候的医院，对待医护人员的资格审核也很严谨，秦恬必须通过众多护士长与若干医生的观察和考试才能获得正式的护理资格证，然后她才有在红十字会的众多工作中选择的权利。

奥古斯汀当然不可能一直在巴黎偷懒，他因为负伤“疗养”了许久，当有人问起他是否还能参战时，他大吼一声：“能！”哪怕他身边的军医提醒他不宜剧烈运动。

一名德国国防军少校的特权有时候是惊人的，因为一句医嘱，他可以每周得到丰厚的补贴和营养品，还不用上阵打仗，当然，前提是他不吃白饭。

奥古不吃白饭的方式，就是做教官。

他曾经失踪了一个月就是到法国西南一个小村庄进行清剿，然后在那儿建造了一个临时的新兵训练营，专门训练空军地勤部队。奥古虽然隶属于陆军，但所谓地勤部队，就是要有一定的地面作战能力，这些新兵蛋子在国内学了基本的理论和器械操作，到了这儿则是一边感受实战的气息一边进行强化训练。

秦恬记得奥古斯汀说过，无论德国兵源如何紧张，他们的新兵训练时间都严格保持在三个月。

于是秦恬知道了，奥古如果一直做教官，直到一九四五年，他可能会有很多届的学生。

这阵子，巴黎街头忽然出现了一群穿着制服的德国少女，她们列着队两点一线往返在宿舍与政府部门之间，与巴黎市民相互好奇地对看。秦恬听民众闲聊，似乎对于出现女兵这种事情非常不赞同。

听多了秋瑾、江姐的故事，看过了《红色娘子军》，也被《这里的黎明静悄悄》感动过无数回，秦恬并不认为女兵参战是一件多么惊世骇俗的事。

奥古有一天轮休回来看她时，她问了那群女兵的身份，还提到了巴黎人对女兵的态度。奥古表示：“她们不是女兵，你看到的那些是话务员而已。我们那儿还有一群受训的女孩呢，个个身强力壮，不逊于小伙子，她们是未来的防控战士，德国国内给她们的称呼是‘国防女助手’，不算正式兵种，自愿报名，不强制。至于巴黎人的态度问题，西欧有个不成文的规定，一线作战的永远只有男丁，女性是负责生育和后勤的主力，这就是所谓的‘战争，让女人走开’。”

“嘁，说得好听，战争真让女人走开了吗？”秦恬掰指头数，“《红色娘子军》

《这里的黎明静悄悄》……”

奥古摸着秦恬的头发笑：“看着吧，你会知道我为德国参与战争的原因的。”

就这样，奥古每个月轮休回巴黎一趟，其余时间都在法国西南部做教官。秦恬一面实习，一面帮衬家里，一面照顾伊路莎奶奶。两个月后，伊万回来了，却不见爱伦娜。

“我们的工作归一群德国人接手了。”一阵子不见，伊万成熟了不少，眼神沉稳而明亮，“爱伦娜留在那儿继续工作……我得给她父母送封信。”

工作那么久，三个月都不回来，看来爱伦娜对这份工作感情很深啊。

此时已经十月，广播中德语播音员扬扬得意地说着有关北非阿拉曼战役的新闻。

七月份的时候盟军开始了阿拉曼战役，意在解放巴黎，但第一次进攻被“沙漠之狐”隆美尔扼杀在了摇篮里，为此，广播里欢欣鼓舞了许久。

时隔三个月后，第二次阿拉曼战役又开始了。有了出师先捷，德国高层普遍看好隆美尔的领兵能力，对盟军的作战能力从头鄙视到脚，并反复夸耀当年意大利在北非战场节节败退的时候，德国如何派隆美尔力挽狂澜。

秦恬听说过阿拉曼战役，但只限于脑子里有印象。根据她这么久以来的经验，只要她脑子里有印象的战役，似乎对德国来说都不是好事……除了波兰的闪电战。

想也知道，历史是胜利者书写的，谁没事写德国纳粹某时某战场作战强悍，获得胜利啊，肯定是只宣扬自己的光辉功绩。

于是秦恬推测，这一次阿拉曼战役，估计德军得以悲剧告终。

# 第二十四章

# 离别

忙碌的时间总是过得很快。

圣诞前夕，爱伦娜回来了。正如秦恬所预料的，爱伦娜精神很不好，看到秦恬时，她什么都没说，只是微微苦笑了一下，然后送给秦恬一条项链，便回家了。

什么样的经历能把一个活泼的女孩变成这个样子，秦恬猜到了，但她宁愿自己不知道。

圣诞节的时候，她又一次见到了爱伦娜和伊万，出乎意料的是，两人竟然在一起了！

秦恬目瞪口呆地看着两人手挽手笑眯眯地站在她家门口，伊万手里提着一个盖着布的大篮子。

“奶奶做的蜜汁猪蹄，听说还是跟你妈妈学的，不过奶奶觉得她烧得更好，特地让我带过来炫耀。”伊万把篮子递过来。

秦恬有些反应不过来，愣愣地接过篮子，结结巴巴道：“谢……谢谢。”

“嘿嘿，不用这么客气呀。”伊万摆手，有点不好意思。

爱伦娜当然知道秦恬为何如此情状，于是对伊万道：“亲爱的，你要不进屋烤烤火，我跟媞安说说话。”

伊万看看爱伦娜，又看看秦恬，笑了：“好。”

秦恬看了会儿伊万雀跃的背影，回头看着爱伦娜。爱伦娜看着大雪，表情很平静。

“你们……”

“我们在一起了。”

“哦，我……我看得出来。”秦恬挠挠头，“就是……你跟弗瑞德……”她不知道怎么说。

“我实习的时候，弗瑞德来信告诉我，他要去英国工作了，问我愿不愿意等他，我说愿意。”爱伦娜轻声道，“集中营里每一个妇女都在等着被卡车送走的丈夫，我为什么不能等？我甚至觉得，能够等一个有理想有抱负的人，是我的荣幸。”

“那……”

“几天后他要走了，又给我寄信，说……说我不该为了一群犹太人这样放弃我和他相处的时间，说我让他很伤心。”爱伦娜用手拍掉了邮箱上的雪，“我回信说，我们分手吧。”

秦恬明白了。

“没错，以前我也讨厌犹太人，我跟他一个公寓长大，我们的父母都在犹太人手下吃过亏，我理解他的感受……可是，媞安，我跟那群犹太人相处了那么久，我终于意识到他们跟我们一样，甚至比我们更可怜……”爱伦娜拿出了一个吊坠，那是一个镶着黑曜石的十字架，“他们的信仰那么虔诚，这让他们很淳朴，比周围的德国人可爱得多……我无法忍受弗瑞德对他们的态度。”

“但是他并不知道……”秦恬从客观角度分析弗瑞德的想法，觉得弗瑞德被甩得有点冤枉。

“他知道，寄了那么多信，我跟他说了很多……”

“等等，集中营怎么会让你寄信？”

“我是工作人员，为什么不可以？”

“好吧……”秦恬同意，“弗瑞德无法理解你，但伊万能。”

“对啊。”爱伦娜笑了，“他理解，而且比我理解得更深。媞安，你无法想象，这个我们以前一致认为脑子少根筋的大男孩，能表现得那么有担当。”

“他做了啥？”

“呵呵，说了你也不信。”

“好吧。”秦恬耸肩，“无非就是在德国人眼皮子底下帮忙而已。”

“呵呵，差不多吧。”爱伦娜朝手上哈气，“我们该回去了，我去叫伊万。”

“那么……再见。”

爱伦娜把伊万叫出来，两人携手离开了。

秦恬看着他们的背影消失在夜幕中，然后顺手打开邮箱，发现里面竟然有一封信，是奥古寄来的。

他祝秦恬圣诞、元旦还有春节都快乐，然后告诉她，再过大概半年，他就会回巴黎。

秦恬才不信他的鬼话，上回说圣诞能回来轮休，结果现在人变成了信；现在说过半年能回来，估计一年内能回来就不错了。

说实话，对于奥古现在的状态，秦恬还是很高兴的，虽然见不到人，但至少知道他不在战场上，只是训练新兵而已。一个少校级别的教官是很受重视的，他不至于受伤，也不会被亏待。

看着信，秦恬瞬间有一个想法，虽然有点太早，却是个很好的保障。

前阵子家里收到了来自秦九的信，他已经成了国民党一个炮兵营长，屡立战功，而且现在抗日战场已经成形，日本两线作战颇为吃力，总的来说，前途光明。

秦恬忽然觉得，有个做国民党营长的哥哥也不错，至少在纽伦堡审判的时候，他还是战胜国合法政府的士兵，有他在，秦家全家的成分都会美妙不少。

她的想法很简单，让哥哥写一封信，说明自己是中国的军人，并附上一些证明。

这可能会让秦九感到奇怪，但她相信，只要她要求，哥哥肯定会照办。

这样的话，到时候如果真的有法国人站出来说她和德国军官有勾结，她也可以一力承担，至少父母不会受到牵连。

可能有点理想化吧……但她想不出别的办法了。

转眼，战争的脚步踏入一九四三年，巴黎春暖花开，外面战火连绵。

秦恬看着日历上的数字，有种恍惚感。

从一九三九年战争开始，到现在一九四三年战争进入白热化，仿佛做梦一般，“二战”已经过去了一半。

耳边仿佛还响着一个多月前广播中听到的录音。

那是二月十八日德国一次集会的转播。德国的宣传部长戈培尔在柏林体育馆进行大集会，代表希特勒宣布德国进入全面战争状态。

他大声地呼号：“你们要全面战争吗?！”

紧接着是德国民众山呼海啸一般的回应：“元首下令，我们紧跟！”连续三遍，一次比一次响亮，一次比一次疯狂，仿佛巴黎，乃至全世界都在震动。

而那之前，德国第六集团军数百万人在斯大林格勒战役中全军覆没，仅在斯大林格勒就死亡二十五万人。虽然德国的伤亡人数小于苏联的，但是比起有源源不断人力和占尽天时地利的苏军，在冰天雪地中，德军彻底丧失了东线战场的战略主动权。

德军的败象如地震的前兆在所有人的眼前晃动，可德国却紧接着宣布全面战争。在几乎所有青壮男丁都已经在战场上前赴后继的时候，他们能拿什么来全面开战？

孩子吗？老人吗？妇女吗？

秦恬忽然想起以前看到的一个小故事，具体内容已经记不清了，只知道村庄屡次把所有的子弟都送上前线，最终一个都没有回来，他们留下的只有广场纪念碑上刻着的一句话：即使我们全体战死，德意志仍将存在。这个小城仅仅是战时德国的一个缩影。

德国只有八千万人，却硬是在二战时期把一千七百万士兵送上了前线，想到以后的德国在很长一段时间几乎没有青年男性，秦恬忍不住开始痛恨起那些发动战争的人。

无关立场，无关国籍，只要想到有一个国家正发生着这样的事，是个人都会义愤填膺。

“一群疯子。”秦父摇摇头，抽着烟走开。

“哎哟，德国早就到处打仗了，怎么这时候才宣布全面战争？”秦母收拾着家什，不咸不淡道。

“全面战争啊，德国要拼命了。”康叔在摇椅上晒着太阳，捧着一杯茶，低声叹道。

“没错，德国要拼了。”秦恬咬了一口白糖糕，嘟嘟囔囔道，“他们要全民动员了，倾举国之力。”她咽下糖糕，喝口水，冷笑：“看着吧。”

“你的德国小伙儿呢？”秦母忽然问道。

“阿静！”秦父在旁边低斥一声。秦母愣了愣，不再说话。

秦恬沉默了一会儿，摇摇头：“他有他的责任，我没法强求，顺其自然吧。”

秦母明显担心起来：“阿恬，你可别迷了心窍啊，你们俩的立场本来就不一样，小伙子人虽然不错，但以后会有更好的，你可别……”

秦恬一脸莫名：“阿妈，听你说着我怎么觉得自己是孟姜女啊？我像是要哭长城的吗？”

秦父也说：“你瞎担心什么呀，阿恬不是好好的吗？”

“你个大男人不懂！”秦母气道，“女孩子就怕闷着瞎想。一哭二闹、寻死觅活的反而好，那样的话只要阻止了就有台阶下，要是闷声不响的，指不定干出什么来，可能一愣神的工夫，人就没了！”

“瞎说什么！”秦父怒了，“妇道人家就会东想西想，我们阿恬是这样的丫头吗？”

秦恬点头应和，心里却在汗颜：果然知女莫若母，只有女人才了解女人。秦恬是很平静没错，但那是因为她已经有了计划，就算不为了奥古斯汀，她也得为了父母去做。

现在德国依然在法国占优势，那些法国人对于秦恬家餐馆里时常出现德国军官都抱以畏惧的心态，但是不久以后，在诺曼底登陆乃至意大利投降以后，一切说不定就会变了，她说不定会遭到报复。

她不是第一次遇见街头巷尾的那些邻居在看到自己时神情不自然地走开，不是没感觉到路过一些店铺时橱窗里头的人的指指点点。

奥古斯汀纵然想到伪装，但是他事务繁忙，加上军规严谨，终究难以保证每次都穿便装出行，而海因茨等人就更别说了，他们还觉得自己特地来找你是你的荣幸……秦恬对这些人无语。

所以阿妈，无论我做了什么，不是我迷了心窍，而是因为我太在乎你们。

秦恬对于侏德罗副官一向有点畏惧，这一点在她看到海因茨后竟然松了口气时显得尤为明显。她不明白海因茨为什么突然约她喝咖啡，但至少有一点可以肯定，海因茨绝对不敢在巴黎咖啡馆里开枪虐杀无辜平民。

侏德罗走到门外守着。周围还有几对男女，有军官也有普通人，海因茨坐在靠窗最好的位置上，他的左手虎口处包了纱布，此时正用右手撑着头看着窗外的埃菲尔铁塔。

秦恬坐下，看看海因茨的手，又看看自己的手，暗地里握了握……哎呀，似乎甩他巴掌真的是很久以前的事情了，他竟然没追究，还请她喝咖啡，这就是变态的思维方式吗？

“奥古还给你寄信吗？”海因茨忽然问。

“唔，是的。”秦恬立刻道，忍不住笑弯了眼，“他那儿似乎很好玩，有很多有趣的人。”

“嗯。”海因茨似乎只是随口一问，对答案不大有兴趣的样子，秦恬便闭口不再多说。半晌后，她忍不住问道：“您找我来，有什么事吗？”

海因茨还是看都没看她，回答道："聊聊而已。"

"哦……"秦恬有些担心自己会乱说话。

"你很喜欢犹太人？"海因茨忽然问，表情平静。

秦恬却不淡定了，她斟酌半晌，半真半假道："不喜欢，但也不讨厌，没怨没仇的。"

"你在柏林不是曾在一个犹太家庭借住吗？"海因茨终于看过来了，眼神却不大友善。

"那是……不是……"秦恬张口结舌，"他们……他们是好人，不过……不过我也给钱的呀。"

"哼，你倒会撇清关系。"海因茨喝了口红酒，见秦恬面前的咖啡一点没少，挑眉，"不爱喝咖啡？"

"不，是怕等会儿回去睡不着，昨天刚上的夜班。"

于是海因茨继续慢悠悠地喝，秦恬只能沉默，左右乱看。

"我认识的亲犹太的人，基本都死了。"

"噗！"秦恬好不容易啜了口咖啡，这下全喷了出来，还好不多，她拿起餐巾就开始擦，白着脸道，"对不起，对不起！"

海因茨嫌弃地皱起眉，将凳子往后缩了缩。秦恬将咖啡渍擦干净了，讪笑："您……您想说什么？"

海因茨张张嘴，却没说话，忽然抬头望着秦恬，一直望得秦恬想落荒而逃了，才急促地嘟哝了句："我……我是不是错了？"

"什么？"

"没什么。"海因茨突然起身，说，"后天我就要回德国了，说不定之后会去苏联，奥古也要八月多才回来，这阵子你就不用去公寓了。"

秦恬窘，奥古又不在，她干吗去公寓？

只是……

"等等，你要去苏联？"秦恬终于抓住了重点。

海因茨皱眉："这是你该问的吗？"

"不不不，只是，只是……"秦恬不知道该说什么，这远比得知凯泽尔要上东线时的感觉复杂得多。她知道他犯罪良多，也希望海因茨受点教训，但是在一个错误的社会中诞生并被误导的年轻人不应该受到死亡的惩罚，她实在无法想象自己或是奥古在听到海因茨阵亡的消息时会是什么感觉。

“你必须去吗？”秦恬问。

“哼，与其和一群犹太人浪费时间，不如到国家需要的战场上去。”海因茨扶了扶帽檐，“别一脸看死人的表情，胜利永远属于德意志！”

秦恬鼻子发酸：“你自己要求去的？”

“这是你该管的吗？”

“是你自己要求去的吗？”秦恬又问。

海因茨顿了顿，道：“是的，怎么样？”

“没怎么样，我没话对你说。”秦恬嘟哝，“早死早超生。”

“你说什么?！”他眼睛眯起来。

“我说，小心点。”

“你以为我会信？”

“真的！”秦恬忽然抬头，一脸认真地看着海因茨，“真的！一定要活下来！”

海因茨慢慢睁大眼睛，突然转身，逃也似的出了咖啡馆，连一句再见都没有。

秦恬坐回了椅子上，看着桌上的红酒和咖啡，还有旁边的价位表，默默发呆。

五月二十七日，海因茨离开的一个月后，奥古归来的一个多月前，秦恬家的邮箱里忽然被塞进了一封信。

之所以说塞，是因为这信上没有邮戳，也没有写地址，只写了她的姓名。

信很皱，很脏，很薄，但秦恬捧在手里，还没来得及拆开，就已经感受到信中不一样的重量。

她有不好的预感。

秦恬，我是莉娜。

仅第一句话，就让秦恬有了想哭的冲动。

莉娜·罗德，秦恬所暂住的犹太人家的独女，两人一起经历“水晶之夜”，一起逃亡到波兰，在边关失散，然后分分合合，秦恬来到巴黎，而莉娜进了波兰犹太人区。

两人差不多的年龄，却有着天差地别的生存待遇。秦恬之所以乐观，全是因为她看到太多更悲惨的同龄人，甚至让她有种苟且偷安的幸福感。

想到最后一次见到莉娜时，她那艰难而落魄的样子，秦恬一直不愿意去想她现在如何了。没想到，她竟然还活着。

信上写道：

我的亲人已经全部失散了，好友也一个一个离开，当我拿着笔想着所有我认识的人时，我悲哀地发现，这可能是我人生中的最后一封信，竟然却只能寄给你，而庆幸的是，还有一个你。

我不想向你叙述我在这地狱中经历的日日夜夜，我也不知道我还能承受多久，我只知道，再不反抗，我会疯掉。我不愿意每天看着自己认识的或不认识的人被卡车运走，一去不复返；我也不愿意相信我们这群已经和猪狗一样生活的人竟然还会被送走杀光。那些德国人每天吃着罐头和奶油面包，而我们却为一罐烂糊的杂食粥明争暗斗……

这些年我转移了三次住处，每一次都会走过还未擦干净鲜血的地面，每一次都会在墙角和床沿看到前住户藏起的金银细软，我还在床下发现了一个饿得半死的孩子……恬，我想念你送给我的蓝莓饼和红酒，想念你扔过来的土豆烤肉派和苹果馅饼，我想念妈妈做的果酱面包……我每天晚上都在想，然后在白天吃进那些狗都不吃的东西。我恨这里的一切，却怕离开这里，极端地害怕离开这里，我吃着东西的时候会感觉自己还活着，然后我就担心明天我的肚子里还能不能流淌着热食。但是秦恬，我们又看到卡车和警犬了，剩下的人，包括我，也即将离开……

我会被送到哪儿？下一个犹太人区还是集中营？

我的棉衣在今年冬天正式破得没法穿了，我想尽办法得来的积蓄也已经花光，我认识一个月以上的人已经陆续离开，恬，你是我唯一能够思念的活人了，给我一个拥抱好吗？至少在梦里，再告诉我一次。你的爸爸擅长火辣的菜，吃一口，能够从嘴里热到肚子里，然后热很久很久……

秦恬，我要反抗。

我无法忍受了，我知道我周围的很多人都这么想。我们都行动起来了，现在我们有了枪，有了很多食物，我们把它们藏了起来，就等某一天。那一天，我们要让那群恶魔看看，我们从来就不是他们能够随意欺压的绵羊，即使死，我们也要为战斗而死！

但是恬，我怕死。可我没有退路了。

恬，如果你有一天到波兰，到华沙，你能不能指着一片废墟对你的朋友说，那是我的朋友莉娜·罗德为了反抗德国人战斗而死的地方？你告诉他们，那是个怕死而胆小的姑娘，她甚至不敢杀鸡和见血，但她所有的亲人和朋友都被德国人杀害了。她要报仇！一九四三年的某一天，她让德国人在他们侵略的土地上流尽了鲜血！

可是秦恬，如果我杀了人，我就没法去天堂了，我再也见不到爸爸妈妈了。

我想念爸爸妈妈，想念我的同学和朋友，他们一生于人无害，却遭此大难，他们是无辜的好人，唯有天堂才是他们的归宿。万一我战死了，见不到我的父母，你能不能到教堂，给我的爸爸和妈妈点一根蜡烛，告诉他们，我爱他们。

我爱他们，也爱你，还爱那个愿意帮我带信的好人，如果他当面把信交给你，请你帮我谢谢他。

我已经很久没有祈祷了，这一生最后一次祷告，你陪我一起，好吗？那是我最爱的祷告词，希望能把福祉也分你一份——

愿我们永远不会太自满，以致忽略了世上的不义；

愿我们永远不会因为在自己家中太舒适，忘了那些无家可归的人；

愿我们永远不要以为自由是理所当然的，以致忘了那些不自由的人；

愿我们永远不要不分青红皂白就接受权威，而不察看它是否合乎正义；

愿我们永远不忘用自己的声音、时间和精力，让我们所生活的世界变得更好；

也愿我们永远不要丧失憧憬，永远要期待事情会更好；

而且，我们永远都应该让它变得更好！

秦恬双眼完全模糊了，在父母惊讶的眼神中，她缓缓跪在了窗前，拼命擦着眼泪，哽咽地读着那篇祷告词，一遍又一遍，一直到被心上的酸痛抽干了力气，她才跪趴在了地上，痛哭失声。

泪眼蒙眬中，她看到信的末尾，还有一句话，像是匆忙写就却力透纸背——

亲爱的恬，请千万，不要忘记我。

秦恬将那篇见到不止一次的祷告词正式写在贴身的笔记本上以便不时翻看后，忽然觉得，自己的心境似乎开阔了很多。

她有时会猜想，当那个叫皮比诺的小男孩在她的床前祷告时，是不是也和莉娜一样，同时也在为她祈祷？

她很想问自己何德何能，但最后只剩下满满的感激和怀念。

然后她又想起，海因茨走的那一天，似乎和信上标注的日期没差多远，莫非海因茨也知晓这件事？说不定，还参与了这件事。

果然，这货只能用鲜血才能泼醒！

最后，她越发想奥古斯汀了。

七月，听说英美联军在西西里岛登陆了。

看过《西西里的美丽传说》，秦恬知道，意大利快投降了。

她已经麻木了，现在只希望见到奥古斯汀，哪怕只看一眼也好，什么都不用说，至少让她有点真实感。

巴黎已经有了风言风语，到处都在传法国的反抗委员会将会怎么怎么样。秦恬冷笑，现在开始折腾了，早干吗去了！

她在医院已经可以独当一面。世道太混乱，总有些不老实的人制造混乱，打着各种各样的名号，什么爱国、反抗，可都是小打小闹，反正在秦恬的治理下，还没出现过真正的英雄人物，甚至连盖世太保都懒得搭理他们。

天气凉了又热，一直到八月中旬奥古斯汀才回来，风尘仆仆，又瘦又黑。

"你这是打仗去了？"秦恬好奇问道。

奥古斯汀沉默地坐在河边，看着河水。

秦恬坐在他身边，两人虽然相别很久，可是再见面却没有很火热的感觉，反而只有一句"你回来了"。

秦恬喜欢这样的感觉，不像热恋，却像老夫老妻。

她和奥古斯汀早就认命了，究竟是不是所谓的爱情又如何，反正他们谁也离不开谁。爱情的本质就是亲情，那就让他们剥开表皮见本质吧。

"你到底怎么了？"秦恬摸摸他额头，"没出事吧。"

"海因茨去东线了。"

"我知道啊。"秦恬心里一紧，"你收到什么消息了？"

“没……没什么。”他眼神躲闪，沉默了一会儿，竟然拿出一支烟，点燃抽了起来。

秦恬终于不安了，她苦恼地看看奥古，又看看河水，最后只好瘪瘪嘴，在一边安静地坐着。

“恬，我可能，也要去东线了。”

“……”

“那儿太缺人了，而我，许久没有上前线，说什么都不是理由。”

“为什么就不是西线？”秦恬被自己沙哑的声音吓了一跳，“这儿是法国，盟军已经登陆了，你为什么不是驻守西线的！为什么就要去东线！”

“恬，这不是我能左右的。”奥古的眼神温柔，带着深深的哀痛。“这几个月，我训练的都是十七八岁的孩子，想想我们这个年纪在干吗吧，读高中？刚上大学？可是现在，他们要上战场了。明后年他们就要成年了，西欧战场该留给他们，至于我……”他叹口气，“我的父亲也应征入伍了，他参加了‘一战’，现在又要参加‘二战’，我的母亲前几天刚刚给我寄来了一张卡。”他从胸前的口袋里掏出一张卡，递给秦恬。

卡上还带着体温，上面像填空一样打印着字，写着：家里（未）遭轰炸，妈妈还活着。

其中，“未”字上面画了一道斜杠，“妈妈”两个字则是手写上去的。

秦恬知道德国正在和英美相互轰炸，却没想到竟然已经到了这个程度，就连奥古斯汀家也遭到了轰炸，毕竟他是住在平民区。

发明这张卡的人，真是相当有创意，这么一张卡，是多少前线士兵的精神支柱！他们为保卫家园而战，现在却知道家园遭受的炮火不比他们在前线的少，这是多让人绝望的事情，但收到这么一张小小的卡片，能让多少士兵振作起来！

秦恬又看了看卡片，然后默默地塞进奥古斯汀胸前的口袋中，奥古斯汀顺势握住了她的手，紧紧地。

“我很小的时候就拉着爸爸一起建防空洞，十几年来一直当作质量比较好的地窖用，现在终于派上了用场……”奥古斯汀的笑容很苦涩，“我爸爸是没法给我寄信了，他已经上了东线。恬，你让我如何拒绝战争，拒绝上东线？我的父辈，我的兄弟们，全都在那里。”

秦恬轻轻地靠在奥古斯汀的肩上，两人一起看着河水，她奇异地平静下来，脑中不由得晃过一张在家里摆了许久的调派申请单，忽然微笑："那就去吧。"

"嗯？"

"我说，那就去吧。"秦恬笑道，"我们穿越到这个时代，就算没有天降大任，也没道理活得比上辈子憋屈，该咋咋吧，顺着心意活，让老天给我们个交代。"

"说得对。"奥古斯汀也笑，"我倒要看看，贼老天到底想干吗，呵！"

狄科在客厅吭哧吭哧地整理他和奥古斯汀的行囊，在秦恬的专业指导下，去应对西伯利亚寒流的装备被扩充到无限大。可怜的包只有那么点容量，却要承载无数件寒衣和更多的药品，最后奥古斯汀苦笑着喊停："狄科，你歇歇吧，差不多就行了。"

"不行！怎么能差不多就行了！"秦恬和狄科异口同声。

奥古摸摸鼻子，讪讪地走开了。

秦恬干脆凑过去，和狄科叽叽咕咕地研究起来。

"其实，药品都有军医带着的……"奥古继续弱弱地提示。

"军医就一个，士兵千千万，要是小病才没人管你呢。"秦恬继续反驳。

奥古再次讪讪地败退。

"奥古！我给你的棉袄呢？"秦恬在衣柜里翻来翻去。

"就在棉衣堆里啊。"

"哪有？"

狄科跑去看，结果白着张脸回来："抱、抱歉……当初海因茨少校走得急，侏德罗给他理的时候，直接抱了一沓棉衣就走了，因为都是统一发放的，所以抱哪堆都一样，我就没去看……"

秦恬有点手痒，咬咬牙，最后只能叹气："我再给你做件吧。"

"不用了。"奥古斯汀也不大高兴的样子，"我知道会出什么情况，能做好周全的准备……说不定穿在他身上更好点。"

男人粗神经的时候真是让女人想打啊！秦恬暗自吸气，挤出一脸贤惠的笑容："那这样吧，狄科你等会儿到我家去拿，我给你们织了围巾。"

"我也有？"狄科惊讶。

"又不费事，织围巾还是很简单的。"

"谢谢媞安小姐。"

“应该叫卡尔曼夫人。”奥古斯汀忽然道。

秦恬愣了一下，看看奥古斯汀，又看看笑得一脸暧昧的狄科，转身拉着奥古往房间里走，关上门质问：“你占我便宜！”

奥古斯汀收起笑容：“你不乐意？”

“我说我只嫁活人！”

“我保证活着行不行？”

秦恬低下头，嗫嚅道：“我真的只嫁活人……也不嫁‘保证’。”

奥古斯汀沉默了一会儿，道：“恬，我知道我这样很过分。”

“没有，你不过分，只是太……太突然了。”秦恬支吾道，“我还没到法定婚龄呢，什么都没想过。”

“但我想了很久。”

秦恬抬头，看到奥古斯汀的眼神很复杂，也很坚定。

“我知道我现在提出这个，是很不负责任的。我自私地想把你和我绑在一起，但是……身为一个军官，即使被俘虏，也可能会被挑出去枪毙，我不能确定……但我想给自己一个盼头，至少在我打仗的时候，我知道有人在等着我，我对她的一生都负有责任，如果我死了，我不仅对不起自己和父母，也对不起……你。”

“恬。”奥古轻轻地搂住秦恬，低叹，“即使醒来以后时代给我的身份告诉我，我的人生是一个悲剧，我仍希望能有一件使我不再悲观的事情。至少每晚当我幻想我们能够组建一个家庭的时候，我都会兴奋得不知所措。我保证战争结束前我不会对你做任何实质性的事情，我只是想有一个念想……”

“我知道我很贪心。当我刚知道你和我是‘同类’时，我就决定要保护好你，力所能及地帮助你，可是现在……我得寸进尺了。如果你不愿意，不用愧疚，就当我一时冲动、头脑发热。”

“戒指呢？”秦恬忽然道。

“啊？”奥古还没反应过来。

“你求婚都没点诚意啊？都没问你要聘礼，你却连点儿信物都没准备，难道还要老娘倒贴啊？”秦恬觉得又好气又好笑，推开奥古，“去死吧！不懂女人心的家伙。”

“有有有！”奥古唰地从口袋里掏出一个小口袋，倒出两枚戒指。

非常普通的戒指，没有钻石也没有装饰，银质的，圆润而小巧。秦恬看了眼，耸耸肩，她对戒指没太高要求，简单大方就好。她干脆地伸出手，太后似的下指令：

“戴上。”

“嗯。”奥古斯汀小心翼翼地给秦恬戴戒指，都不带商量，直接戴在无名指上，然后唰地给自己也戴上，呵呵傻笑起来。

秦恬并没有多少高兴的感觉，只是略有些感叹地看着自己的无名指。进门时她什么都没有想过，结果出门时她就成有夫之妇了，确实很突然，但又似乎理所当然，她不由在心中叹息：大后方又多了一个等丈夫归来的怨妇了。

奥古斯汀抱着秦恬狠狠地亲了一口：“我绝对会活下来的，老婆。”

“以前我说不嫁活人，现在我得改口了，我绝对不守寡。”秦恬的表情恶狠狠的，“你一死我就改嫁，没得商量！戒指我就扔臭水沟里！”

“没问题，你想怎么样都没问题！”

“哼！”秦恬走出房间，狄科理好了包裹，正在看清单，见秦恬出来，看看秦恬的手指，笑嘻嘻地道：“下午好，卡尔曼夫人。”

“乖……”秦恬转身进了厨房，开始准备晚餐。

直到到了家门口，她才苦恼地看着戒指。

这一切，自然是没有和秦父秦母商量的。

唉，头疼。秦恬想了想，还是摘下戒指，夹在贴身的笔记本里，然后去查看邮箱。

里面躺着两封信。

一封来自秦九，一封来自红十字会。

她拆开秦九的信，里面正是秦九按她要求写的内容，还附上了他的军衔复印件，这些足以证明他中国国民政府军人的身份。红十字会的那一封，则是批准她跟随医疗队前往东线地区的回复单。很快，她也要走了，而奥古斯汀，是明天的火车。

晚上狄科来拿围巾时，秦恬又叮嘱了两句。军队开拔的消息不能泄露，所以她不能去送行，她又包了点点心给狄科，把人送走后，她给秦父秦母看了她的红十字会工作调派单。

秦母自然是坚决反对的。

“那边现在打仗打得那么厉害，你一个女孩子去那儿干吗！”秦母都快哭了，“你哥哥上战场也就算了，怎么你也这么待不住，去了那种地方，出点事怎么办啊！”

“什么哥哥上战场也就算了，我们家的子女怕过什么了？阿恬，只要你能保证自己的安全，阿爸支持你！”秦父倒是显得乐观，“阿静，你不用那么担心，阿恬是医护人员，还是红十字会的，中立组织是参战国都不能侵犯的，只要阿恬老实干活、不乱跑，出不了大事。”

“你好歹上过战场！还不如我一个女人懂！战场上刀枪无眼，飞机大炮都那么厉害，谁知道谁是谁，见人就一个枪子儿过去，死都不知道怎么死的。不行，阿恬，不准去！”秦母哭命令道。

秦父沉下脸：“回复都下来了，再说不去，人家以为我们秦家人贪生怕死！丢不丢人！”

“丢人也比丢命好！”

“我要去。”秦恬淡淡地说了一句，便转身上楼，想了想，又回身鞠了个躬，“多说也没用，阿妈，这场战争，有良知的、有能力的都不该避开。我跟德国人接触太多，参加红十字会是唯一洗白的机会。阿爸，哥哥的信里有他的身份证明，以后万一家里出了事，可以拿出去给别人看，有用的。还有，我，秦恬，感谢你们这么多年的养育之恩，等我回来，我会养你们的！”

秦恬说罢，回房了，把秦母呜呜的哭声隔在外面。

她谋划了好久，却连自己都不知道自己在执着些什么，是因为遇到了奥古斯汀，才发现自己在战争中不是一无是处？又或许是因为知晓未来，才觉得自己肯定能有所作为？现在她自己把自己送上了这条路，究竟是因为奥古斯汀，还是因为这个时代？

她说不清楚。

四天后的清晨，天还没亮，秦恬背上了行囊，悄悄地下楼。

她骗父母是五天后离开，为的就是不让他们送行。家太温暖，外面太寒冷，她怕她一看到父母的脸，心就软化了，不舍得离开这个温室的保护。

但她必须走，留在这儿，盟军的到来会伴随着法国人的报复，如果她不在，父母会好很多。

而且，她必须上东线。

她需要知道，她的同命人、她的丈夫，经历的都是些什么，这样才能在以后漫长的岁月中，用与他相同的眼光真正地看待这个世界。

秦恬在客厅桌上留下了哥哥的信，还有几封写给几个朋友的信，里面提点不多，只要他们行得正坐得直就行，并祝他们在巴黎生活无忧。

她慢慢地走出家门，打开后院小门外的廊灯，看了一眼在黑暗中显得模糊的小院子，然后轻轻地关上了门。

周围一片安静，初秋的风已经寒凉，她不得不拿出一条纱巾围在脖子上。走了一段路后，她忽然心有所感，回头望了望。

院子围墙以上，家的二楼，父母的房间，灯亮了。

她看到窗前一高一矮两个身影，静静地站着，因为背光，她看不清他们的脸，但那一片漆黑中，却无端散发着温暖的气息。

他们只是站着，往她离开的方向看着。

秦恬鼻子一酸，流下泪来，朝他们挥挥手。

他们也挥了挥手，然后母亲靠在了父亲身上。她知道，母亲在哭。

秦恬不断擦着汹涌的眼泪，想再看一会儿那两个人的身影，她觉得自己可能一辈子都忘不了这个景象——

漆黑的黎明，塞纳河边，小楼上，晕黄的灯光和伫立的身影。

“我会回来的。”秦恬抽噎着低喃。

秦父仿佛有所感觉，又挥了挥手。

秦恬毅然转身，快步离开。

“我会回来的。”她对自己说。

# 第二十五章

# 前线

我们被绑在德国的战车上一起走向毁灭。

——一个几天前还活着的匈牙利士兵

匈牙利，西边挨着奥地利，上边压着捷克斯洛伐克，下边连接着克罗地亚，东边则是“吸血鬼之乡”罗马尼亚。

奥地利拥有音乐圣殿维也纳，每年金色大厅的元旦音乐晚会秦恬都会瞄两眼。捷克斯洛伐克因为一场大屠杀而闻名中国的中学课本，惨案名字是什么秦恬记不清了，只记得被屠杀的孩子们大喊爸爸妈妈的可怜模样。克罗地亚不大了解，似乎出了首激昂的狂想曲。罗马尼亚却是大名鼎鼎，拥有厉害的德古拉大爷。

至于匈牙利，到这儿之前，秦恬脑中能够搜索到的有关匈牙利的关键词，就只有“匈牙利树蜂”（《哈利·波特 4》里逼着闪电男学召唤咒的某龙）。

到了匈牙利首都后，将当地人的读法和中文转换了一下，她得出了“布达佩斯”四个字，然后一部名叫《布达佩斯之恋》的电影闪过脑海……很可惜，她没看过那部电影。

于是秦恬只能很郁闷地进入了这个人生地不熟、语言还不通的地方。

当初工作调派单上的内容只写着跟随志愿者队伍前往东边几个国家进行医疗援助，秦恬一看是东线，便没多想，此时才深刻明白：所谓的东线并不一定是德国和苏联的战场，轴心国也不是只有德国、意大利和日本，还有各种悲剧的炮灰小国，比如匈牙利、罗马尼亚、克罗地亚、保加利亚……

也就是说，辗转之下，她又到了轴心国的地盘上。

说实话，追根溯源，匈牙利也曾是个很厉害的国家，至少“一战”的时候以它为首包含周围一大片国土在内都只有一个名字，那就是奥匈帝国。

只是现在的匈牙利完全没有继承当年奥匈帝国的雄风，只算是德国的附属品，因为《凡尔赛和约》而不得不奋起，陪着德国在东线艰难地抗争。

秦恬来这儿，当然不是为了策反“被疯狂蛊惑了的”匈牙利人民，她现在的身份准确地说不是护士，而是一个机要秘书，更确切点说，只是一个不懂匈牙利语的翻译。

因为简历上写着对德、法、波、英、中五国语言精通，她被幸运地选入了这个类似于大使团的工作队伍中，总负责人是一个叫让·得·巴维埃的法国人，他是红十字会派来与德国纳粹集中营进行交涉的人。

有谁知道“二战”中红十字会起过什么作用？

反正秦恬不知道。

她在红十字会下辖的学习班上课的时候都没有认真思考过这个问题。

就算现在，她也不怎么清楚，她只知道，上头让干什么，她就干什么。

“媞安小姐，请把这些寄出去。”巴维埃先生一脸严肃地把一沓信交给她，转头一想，又问，“那些文件你翻译完了吗？”

秦恬忙不迭地站起来，接过信，然后迟疑地点头：“基本意思是没问题了，但有些细节还需要推敲。您知道的，我不是专门的翻译，我顶多是看懂了，然后帮您再复述一遍。”

“我知道。”巴维埃先生挤出一个微笑，“你已经很不错了，要知道现在要找到一个四国翻译可真难，你的存在给会里省了一大笔钱。”

“我的荣幸。”秦恬僵笑。

“你把文件放到我办公桌上，寄好信以后准备一下，和我到仓库去清点包裹。然后晚上，我们还有一个宴会要参加，记住了吗？”

秦恬在笔记本上疯狂地记录着，然后叹口气点头：“我记住了，先生。”

“很好，我出去一下。”巴维埃先生说罢，疾步离开了。

秦恬披上大衣拿着信，向邮局走去，一路盘算着清点包裹要准备的东西，还有晚上宴会需要穿什么。

公寓楼下面晒太阳的卡尔金爷爷见到秦恬，笑得露出了有缺口的牙：“媞安小姐，出门吗？”

“是呀。”秦恬紧了紧大衣，伸手把卡尔金爷爷腿上的毯子往上提了提，微笑道，“今天又有好多的事。”

“漂亮的姑娘当然要多运动才会有朝气。”卡尔金爷爷慢慢说完，然后笑嘻嘻地看着秦恬开始愣神。

半晌，秦恬才听出了这句话的意思，无奈地笑道：“卡尔金爷爷，您的口音太重了，您会让我的匈牙利语学习之路更加艰难的。”

“没事没事，总要多听多练才好。”

秦恬和卡尔金爷爷道了别，走到外面时看到公寓外她的邮箱里插着一枝玫瑰，她上前拿下玫瑰无奈地叹气，身后是卡尔金爷爷的笑声：“贝伦是个好小伙啊！媞安，现在伞兵可是最吃香的兵种，我的孙子想进还进不去呢！”

秦恬无语，带点抱怨地说道：“可是我跟他说好几遍了，我已经订婚了。”

“那也请给他希望吧！”卡尔金爷爷沙哑的声音继续传来，“但愿战争结束后，你邮箱中的玫瑰能长盛不衰！”

秦恬捏紧了玫瑰，强笑：“嗯，听你的。”

卡尔金爷爷的孙子一月的时候死在了东线的战场上，他悲伤过度，以致神志不清，老念叨孙子没死，可内心深处又明白孙子死了，所以他的话题总是在本性的乐观和现实的残酷中不断变换。

此时街上满是圣诞节的气息。

虽然意大利在九月投降了，并且转而神速倒戈，但是被死死绑在德国战车上的众附属国却已经无路可退，只能在短暂的恐慌和彷徨后谨慎而无奈地选择继续跟随德国，这其中自然也包括匈牙利。

匈牙利一早就上了东线战场，拥有着匈奴血统的匈牙利士兵强悍善战，却因为士兵数量不足和装备落后等一直处于劣势，甚至从某方面讲，属于添乱的一群。就在今年一月的沃罗涅日战役中，匈牙利和德国联军在苏联经历了一次惨败，德国无奈之下准许匈牙利撤军回国，此时匈牙利已经完全没有了重型装备，再无一战之力，只能龟缩在自己的国土上看外界的纷纷扰扰。

匈牙利本来国土面积就不大，第二集团军数十万人一下子损失过半，上街随便一唠嗑，就能认识一两个牺牲战士的亲戚，秦恬就是在这悲痛的气氛中来到了这儿。

她学会的第一个匈牙利词语，就是“节哀”。

于是她略有些神棍地想，这样的开端或许预示着自己在这儿不会过得很好。

果然，一直到圣诞节了，秦恬还一点幸福感都没有。

投递了信件，置办了点东西，她回到公寓，然后随着巴维埃先生来到了市郊的仓库。

这里整齐地堆叠着小山一样的包裹，还有一些工人在装包，旁边是几个工作人员在检查东西。

包裹里面大多都是食品罐头、一点药物和一些糖果，另外附上一张节日卡片，祝福收到包裹的人节日快乐。

另一边角落里有几个办公桌上堆着待整理的一堆信件，旁边有个人不断拆开信件，一下子看到底，然后说："收到。"

而工作台上的人就在手里的表格上打个钩，意味着一个包裹或一封信被确认收货。

这就好像一家物流公司的工作现场，虽然她也不清楚物流公司是怎么运作的，反正她现在是这个"物流公司"老板的小秘之一。

巴维埃先生先是一脸严肃地看了会儿收信人员的工作，然后就到了重头戏——他要检查包裹的数量和里面物品的分派，有时候还要检查节日卡片上的字迹潦不潦草。

秦恬也得跟在后面看着，把巴维埃不满意的卡片挑出来交给后面的负责人。

"这些卡片是他们唯一的慰藉，绝对不能草率对待！想想你在圣诞祈祷的时候身边有一张颜色温暖、字迹工整的问候卡，想到寄信人是多么认真和诚挚，你就会对生活充满了希望！我希望你们认真对待这件事……这个卡片不行，这个名字绝对拼写错了！"巴维埃先生愤怒地把一张卡片提出来扔给秦恬，"改掉！"

秦恬看了看那个名字，完全看不清楚，于是交给了后面苦着脸的负责人。

"我们又联络到了三十七个被放逐者，他们的生活似乎相当不好，但是德国当局不允许我们接触他们，在这一点上很坚决。"一个负责人走进仓库对巴维埃先生道，"我们尽了所有努力，但还是无法见到德国高层。巴维埃先生，如果您能在今晚见到菲罗斯中校，我想应该可以……"

"我知道了。"巴维埃先生皱着眉，"我答应参加今晚的宴会就是因为这个，你把需要联络的人员名单和集中营名字都告诉我，我会去谈的。"

"德国方面的态度还是很强硬，他们刚刚又发来消息，要求我们停止询问有关任何'非雅利安'被关押者的消息。我询问了上面的意思，说得含糊不清，只叫我们继续寄食品包。"

“那就别管德国红十字会了，我们自己寄！”巴维埃大手一挥，“这次是多少包裹？”

秦恬立刻拿出手中的记录单念道：“应准备一千七百八十九个，实际准备一千七百四十六个，其余的还在准备中。”

“怎么少了那么多？”

“呃，剩下那些全是被您挑出来要修改的。”

巴维埃先生顿了顿，无奈道：“那就快点，今晚之前必须寄出，后天就是圣诞了。”

“是！”众人应道。

视察完最重要的工作，巴维埃先生和秦恬回到各自的公寓，两人换好衣服，上了去菲利亚酒店的车。

两人坐在后座，巴维埃先生保持着一贯低头沉思的姿势，身边自动形成低气压。秦恬习惯地坐在边上，默默地重复着等会儿可能用到的词汇。她还不用翻译匈牙利语，巴维埃先生自己就会，但她需要帮巴维埃先生应付其他国家的人，例如德国和波兰。

“媞安？”

“是的，先生。”秦恬反应很快。

“我和那个菲罗斯谈过好几次，总是不欢而散，你觉得是不是哪里出了问题？”

刚愎自用、严肃强大的巴维埃先生难得向自己请教一次，秦恬回忆了一下以往几个月巴维埃的“抗战史”，总结道：“您的态度太强硬了。”

“哦？”巴维埃不赞同，“如果不强硬，他们如何会答应！这一次的被放逐者为什么能增加那么多，还不是我强硬的结果。”

“可是，我觉得，若是您态度放软一点，效果会更好。”秦恬苦口婆心，“他本来脾气就不好，再被您这么一刺激，怎么可能还愿意同意您的要求。”

“那你既然意识到了，作为翻译，完全可以把我的话柔和一点表达的呀，反正我也听不懂。”

秦恬快昏倒了：“老大！您一脸义愤填膺、视死如归的，我怎么软化啊？”

巴维埃先生讪讪地咳了一声，转过头去。

宴会场已经布置好了，这是个圣诞节前例行的政府人员聚会，据说匈牙利摄政王也会到，而巴维埃之所以会被邀请，纯粹是因为他属于“社会各界人士”之一的红十字会代表。

秦恬和巴维埃到的时候，会场里已经有很多人，大多相互交谈着等待开饭。巴维埃先生迫不及待地在人群中寻找起菲罗斯中校，他虽然只是在这儿驻扎的军官之一，但是比较说得上话。

谁知道两人和菲罗斯一打照面，那个面容严肃的党卫军军官就阴森森地道：“巴维埃，我们已经明确表示不会答应你们的请求。集中营不是度假酒店，怎么可能想去就去，如果你来找我是因为这事，我劝你放弃。”

“你无权命令我，菲罗斯中校，我的要求符合人道主义精神以及《海牙公约》，作为红十字会的代表，应该是我有权命令你满足我的要求。”

秦恬累得半死才把这句拗口至极的话翻译过去，菲罗斯冷峻的表情没有一丝变化，或者说，他深蓝的眼睛里多了一点点嘲讽：“巴维埃先生，你的说辞两个月来我已经听了无数遍，说实话，不需要这位美丽的小姐翻译我也能够全部领会，然后我就会告诉你你已经知道的答案——不行，直到新的通知下达。”

“你们的拖延解决不了任何问题，在不清楚真相的情况下任何不好的流言都会给你们带来相当坏的影响，身正不怕影子斜，我所做的事情对你们亦有好处，这是澄清你们自己的最好办法！”

秦恬昧着良心把这话翻译过去，心里却忍不住吐槽：澄清……外面的传言比事实可善良多了，人家才不需要什么澄清。

中校的语气果然更嘲讽了：“我代表第三帝国谢谢你的好意，不过如果真的需要澄清什么，我相信我们的宣传部会更有影响力。”

“莫非你们是怕我们看到不该看到的吗？”

“关于这点我就要引用一下您的话了，‘身正不怕影子斜’。”

整个宴会期间，巴维埃先生都在试图说服菲罗斯，让这个党卫军军官给他们的盖上集中营通行章，可显然，一个党卫军军官的意志并不那么容易改变，最后巴维埃只能带着秦恬灰溜溜地回到公寓。

看着坐在客厅里抽着闷烟的大叔，秦恬默默叹口气，关上门裹着睡衣上了床。

三个多月了，他们一直重复着这样的工作：申请，被驳回，去找负责人，被委婉或者直接地拒绝，然后回来，憋屈地寄食品包，寻找别的被驱赶的犹太人的下落，然后再申请探访集中营，再次被驳回……

他们口中的“被放逐者”，其实就是被德国等国家驱逐的犹太人。早在一九三九年的时候，红十字会就与德国红十字会接洽，希望能够安排红十字国际委员会代表探视那些被从维也纳驱逐到波兰的犹太人，但是被拒绝了，德国当局不愿意对这些问题展开讨论。

从此以后，红十字会就选择不直接提出犹太人问题的策略，虽然红十字会所针对的是那些大规模逮捕或者驱逐平民的行为，但是在这个时期遇到这种问题时，所涉及的一般都是犹太人。

然而一九四二年，德国红十字会却连“委婉的接洽”都不愿意面对了，并且严肃通知红十字国际委员会，说将不再传达任何有关“非雅利安”被关押者的消息，并且请红十字委员会“不要再插手”。

当然，即使这样，如此大规模的种族清洗行为，肯定会有风声传到了盟国政府的耳中，红十字会从而也获知了犹太人的消息。他们经过讨论决定，面对这样明显反人道主义精神的行为，虽然无法直接插手，但也不能就此旁观，那便采取双边策略——食品包就这么诞生了。

由于犹太人聚居区和集中营里面的所有消息都是被严格封锁的，所以红十字会很难了解到那些被放逐者的具体信息，一直到一九四三年，红十字会才获得德国外交部的许可，邮寄食品包裹给那些已经知道下落的集中营的被关押者。刚开始，他们只知道大概有五十个被关押者，于是给他们每人寄去了一个食品包裹，而夏天的时候，有着收件人签署的确认条的回信给了红十字会一线希望——至少他们不是什么都不能做。

有了基础，自然想要发展，在反复尝试和分析之后，他们发现，要想和纳粹接触，在盟国缩着是绝对不行的，可在轴心国的中心——德国也不行，于是对犹太人态度尚算温和的轴心国匈牙利进入了红十字会的视野。巴维埃先生就在这种情况下进入了匈牙利，一边承接派送食品包和打探被放逐者的任务，一边继续尝试得到一次进入集中营探视的机会。

现在，红十字会掌握了近两千人，并且已经可以批量寄送食品包，相比半年前的五十人，这是相当大的进步。

可是现在，被放逐者虽然正在增多，但最重要的集中营探视任务，却迟滞不前。

这让巴维埃先生很痛苦。

没错，痛苦。

他的众多同僚分散在各地进行着各自的任务，相比那些在远东的同僚来说，他甚至是幸运的，但正是因为这样，他更加无法忍受自己的停滞不前。

“媞安，你睡了吗？”这晚，巴维埃敲响了秦恬的房门。

“哦，还没，有事吗，先生？”秦恬撑起身子，看看表，已经凌晨了。

“你现在能起来吗？跟我去个地方。”

“行。”秦恬揉揉眼睛，裹上大衣走出去，见巴维埃已经穿好了衣服等在门口，问道，“有什么急事吗？”

“没什么。”巴维埃先生的声音很低沉，“尽管跟我来。”

“哦，好。”秦恬悲催地穿上衣服。

两人在冰天雪地中上车，秦恬无聊地在窗户上画着花，巴维埃先生开车很慢很稳，很像他的性格。

没过多久，车停了。

秦恬下车一看，竟然是布达佩斯的红十字会分部——一间很小的办公室，巴维埃先生的主要办公场所。

巴维埃停了车进门，打开了房中的灯，带着秦恬径直上了二楼，来到一个常年紧闭的门前。

“先生，您是要取什么重要的东西吗？”秦恬哆嗦着问，房里没有暖气，冷得可以。她来匈牙利工作了这么久，其实一直在东奔西跑，在这儿正经办公的日子不多，而这个房间，当初巴维埃先生的介绍是，储物室。

“嗯，取点东西。”巴维埃先生以一种奇异的眼神看着门，然后他打开了门，慢慢地走了进去。

一股陈旧的气息飘来，秦恬深吸一口气，歪头往里面望去，才发现这根本不是什么储物室，而是陈列室。

有很多奖杯、勋章，还有很多照片。

巴维埃先生没有理会身边那些蒙着烟尘依然亮闪闪的奖杯和勋章，径直走向了最里面一排照片，站在了一张合照前。

那是一对中年夫妇，很有夫妻相，俱都慈眉善目，照片里面他们微笑着看向侧前方，眼睛里满是柔和的幸福。

因为是黑白照片，秦恬分不清这照片的年代，她先猜测这是巴维埃先生的父母或长辈，因为看巴维埃的表情，是那么……恬淡，就好像是在追忆逝去的长辈。

她不敢打破此时的宁静，只能默默地等在后面，四面乱看，大多数时间在抚平全身被冻起的鸡皮疙瘩。

巴维埃先生站了很久很久，久到秦恬都快冻僵了，他才深深叹口气："你不知道他们是谁吧？"

"是的，不知道。"秦恬声音都哑了。

"马特乌斯·维舍，和他的夫人……我们的同事。"

"现在我知道了。"秦恬斟酌着字句，"他们现在……"

"被处决了。"巴维埃深深地吸口气，"在远东。"

秦恬怔住了，她又看了看那对夫妻，他们依然笑得很温和，她不由自主站直了，讷讷道："怎……怎么会？他们是红十字会的……"

"他们被派往印尼探视战俘营，但是日本不允许我们的人这样做，在那儿的工作很艰苦，面临巨大危险……他们几乎被剥夺了代表的身份，只能独自奋斗。日内瓦方面告诉他们，如果过于危险必须立刻回来，但是三天后，我们得到了他们被处决的消息。他们被指控未经允许救济战俘营里的战俘，没有律师，没有辩护，当天就被处决，还是最野蛮的……斩首。"

巴维埃擦了把眼睛，握紧了手里的帽子。

秦恬咬牙，又是日本人！那群杀千刀的浑蛋！

"媞安，刚才我做了个决定，我要去波兰。"

秦恬看向巴维埃，很平静。

"我来这儿看望他们，不仅是为了帮自己下这个决心，更是为了告诉你，红十字会不是你想的那样，在后方送送东西，缠着那群恶魔讲些什么狗屁人道主义精神。我们也会面临危险，我们也可能会被杀，甚至还可能被安上各种罪名，客死异乡……媞安，你是个优秀的孩子，你的人生才刚开始，有些事情不该你去做。"

"先生，您想说什么？"

"在这儿的工作是无法有大的进展了，没有我也能继续下去，这两个月来你干得很好，相信你能完美地推进工作直到下一个总负责人来。明天，我将去波兰。"

"您要去探访集中营？"秦恬摇头，"先生，不可能的，我去过波兰，我了解那儿。而且，您就算要去，您认为会有除了我之外更好的翻译吗？"

巴维埃先生严肃地瞪了秦恬一眼："媞安，你的翻译并不专业，所以别轻易自满，比你好的翻译多了去了。"

秦恬被噎得说不出话来。

“明早我就出发，刚才我联系了总部，他们会联系波兰的翻译，现在，回去吧。”

秦恬一口气差点上不来：“先生，您带我来，给我看照片，告诉我他们的事情，告诉我危险，然后就说，小姑娘你可以滚了，您是什么意思？我的人生才开始，您的人生就不是人生了？您这样做就好像我是怕了什么似的，让我情何以堪？要论危险，我经历了闪电战，经历了波兰和法国最危险的时候，甚至有过逃难的经历，您从哪里看出来我该像温室里的花一样被娇养着？”

“你知道我不是这个意思。”

“那就带上我！”秦恬往前一步，义正词严，“我受够了学语言，您让我一个不懂匈牙利语的翻译在这儿做什么？除了您，还有谁需要我？”

“可是……”

“没有可是！人不都是培养出来的吗？您不带着我，怎么就知道我不行呢？”

巴维埃先生低头沉默了一会儿：“我就是知道你不愿意留下，才带你来看。”

“但是先生您忘了，我是中国人，我的同胞在远东战场拼死抵抗日本的侵略，您告诉我两位被日本人杀害的前辈的故事，只会让我更想做些什么。”秦恬笑起来，眼睛却酸酸的，“您还忘了当初工作调派单上写的地点，我敢来东欧，就没想过苟且偷生。”

巴维埃先生叹了口气，然后也笑了起来：“好吧，媞安，我要向你道歉。”

“没关系。”

“我小瞧你了。”

“真的没关系。”

“那么，回去准备下，明早出发。”

“Yes，sir！”

隔天，秦恬拿着一枝新鲜的玫瑰上了火车。

她还是有些愣神，她这么早出门，怎么邮箱里还有玫瑰，那小伙子属猫头鹰的不成？

对面巴维埃先生似笑非笑地瞄了秦恬一路，意味深长地总结：“东方姑娘总是有一种神秘的魅力。”

秦恬撇撇嘴："我有未婚夫的。"

"你说了很多遍了。"巴维埃先生耸耸肩，"但小伙子都这样，不亲眼见到是不会死心的。"

秦恬看向窗外，忽然直起身子："先生。"

"怎么了？"

"我好像看到菲罗斯了。"

"什么？"巴维埃也看向窗外，奈何他的位置看不到秦恬所看的方向，他表情严肃起来，"你看到他在哪儿。"

秦恬不知道该摆出什么表情："呃，我刚才看到他上了车，然后……您好，菲罗斯中校。"她站了起来。

菲罗斯一身黑色的军装，臂上戴着红袖章，慢慢踱进车厢，走到巴维埃的身边，居高临下地看着他："巴维埃先生，你似乎一直不明白你的处境。"

巴维埃先生没有动，表情很阴沉："我不知道我有何德何能需要受到如此的监视。"

"我也不知道你有何德何能居然如此能蹦跶。"菲罗斯一脸不耐烦，"下车吧，巴维埃，你老实点我们还能少点麻烦。"

巴维埃先生没有争辩什么，他默然起身，在菲罗斯以及几个卫兵的注视中往车厢外走去。秦恬连忙穿上大衣，伸手去拿放在上面的行李箱，谁知巴维埃忽然回身按住她肩膀："坐下。"

"啊？"秦恬莫名，"要开车了呀，先生，不是要下车吗？"

"该下车的不是你。"

"什么？那我……"

"去波兰，我用不到你了。"

"巴维埃先生！"秦恬一头雾水，"我一个人去干吗！"

"媞安，坐下！"眼见菲罗斯露出不耐烦的样子，巴维埃一声大喝，他深深地看了媞安一眼，努力扯扯嘴角，似乎想笑，可最终没笑出来，转身下了车。

菲罗斯挑眉看了秦恬一眼，嘴角微翘冷笑了一声后，带着他的卫兵离开了。

秦恬不知道巴维埃先生什么意思，她当然知道他不会害她，可是相比大冬天都阳光灿烂的布达佩斯，现在让她一人就这么滚去华沙，其意图堪称诡异啊！

去办事的是他，又不是她，她颠颠儿地跑去干吗？

相比匈牙利，在德国和波兰，红十字会志愿者被盯得可紧了，她去了那儿一头扎进代表处，简直就是自己给自己建了个金丝笼子，那样的话还活个什么劲儿啊！

她越想越不对，越想越坐立不安，最后甚至都想跳车了，可此时，车已经慢慢开动了。她连忙看向玻璃窗外，巴维埃先生刚走到站台上，他被菲罗斯中校和卫兵围在中间，正探头往她这边看，见到她不安的样子，挥了挥手。

秦恬一脸哭丧相，瘪着嘴不知道该说什么。巴维埃先生也没说话，只是从口袋里拿出一个白底红十字的证件——红十字会的工作证，朝秦恬晃了晃，一脸平静。

秦恬瞬间淡定了，她看着巴维埃先生，看着他被围在中间的样子，忽然就明白了他的苦心：他做出这般过激之举，以后别说是匈牙利，布达佩斯他都不一定出得去。红十字会的代表都受到了严密监视，以后巴维埃先生还想做什么，会很困难，而此时，作为目前对于这一工作的了解仅次于他的秦恬，是最适合去波兰完成他的计划的人。

既然菲罗斯没把她放在眼里，任她去了波兰，那就有他后悔的！

秦恬清楚地知道集中营的情况，她听说过奥斯维辛和达豪等出名的“地狱”，她有第一手资料，她有金手指！

想到这儿，她踌躇满志，可没过一会儿，她又蔫了，既然知道，那还去调查个球啊，平白把命给搭进去。

悲催妞秦恬在疾行的火车中越想越不忿，终于忍不住暗暗朝天竖了根中指，贼老天，你赢了！

刚下过一场大雪，站台上还有未扫清的积雪，秦恬在乘务员的帮助下提着两个箱子下了车，然后四面打量。

站台上全都是德国士兵，他们似乎在等着调遣，似乎等了很久，一群群挤在一起打盹或聊天。天气很冷，他们裹着大衣哈着气，表情麻木而茫然。

秦恬只是暗中注意了一下士兵们，便换来一旁警卫的瞪视，于是她裹紧了大衣，和其他争先恐后离开的旅客一起，艰难地绕过一队队士兵往外走去。

还有很多士兵坐在火车站外的空地上。秦恬走到外面，迎面冷风一吹，看着周围还有些残破的房子，不由得长叹一口气。

她又回来了，这一次，总不会再那样狼狈地离开了。

外面很多人举着牌子接人，秦恬一眼便看到有个小伙子举着个明显是从箱子上拆下来的纸板，上面用黑色的记号笔写着巴维埃先生的名字。她径直走到那小伙子面前，伸出手："媞安·秦，巴维埃先生在匈牙利的助理，他在布……算了，等会儿再说。"

"我听说过您！"小伙子放下纸板，和秦恬握手，一脸腼腆的笑，"我叫赛门，是志愿者。我知道您，贝尔夫人是这儿的负责人，她说巴维埃先生这辈子终于捡了个便宜，就是您，一个四国语翻译附带护士技能还不用高薪，哈哈。"

哈什么哈，听着怎么这么苦逼呢，秦恬腹诽。

赛门相当高，几乎超过秦恬见过的任何一个人，不过也有可能是他实在太瘦的缘故。或许这就是他被派来接人的原因，至少秦恬一眼就看到了他过于显眼的牌子。他长得还有些帅，有一头顺滑的黑发，样子很阳光，说话时语调轻快，是个让人一看就想亲近的人。

相比志愿者赛门，正式工作者巴维埃先生更像是盖世太保……

秦恬原以为她到了后，两人就该走了，谁知赛门就近请她吃了顿简单的午饭，然后又回到了火车站，在纸板的背面写上了"迪亚特·伍德"。

"还要接一个人吗？"秦恬手里捧着热咖啡问道。

"嗯，您如果冷，可以到咖啡馆中去等一会儿，他的车下午就到。"

"那是我们的同事？"

"是的，他是波兰人，在美国读书，前阵子加入的红十字会。"

"所以就回来工作了？"

"不止吧……"赛门有些语焉不详，"具体的，还是问他吧。"

"好吧，那我和你一起等。"秦恬站在了一边。

周围还有很多德国士兵，他们大多已经睡着，也有一些在慢慢地吃着东西维持体温，还有两个很好心地往旁边挪了挪，给秦恬挪出了一块地坐下。秦恬快被冻僵了，挤在一堆小伙子中间暖和了不少。

几班火车开过后，终于看到有一个男子走向了赛门，他表情很冰冷，对于接他的新同事并没什么好脸色，即使接过秦恬递给他的热咖啡，也没说声谢谢。

秦恬和赛门不由自主地对视一眼，虽然两人也是今天才刚认识，但明显可以明白对方此时眼神中流露的是……无奈。

去代表处的路上，赛门在前面开车，秦恬和迪亚特坐在后座，没一人开口，车里温度不低，但是气氛僵冷，秦恬不大喜欢冷场，试探着说："你好，我叫秦恬。"

"您刚才自我介绍过了。"迪亚特点点头。

"呃……你是来这儿的代表处工作的吗？"

"可以这么说。"

"为什么叫可以这么说？"

迪亚特忽然转头看着秦恬，眼神很认真，直看得秦恬发毛，他忽然问："您知道'卡廷大屠杀'吗？"

秦恬一愣，没反应过来。

"看来不知道，那就没什么可说了。"迪亚特表情更冷了。

赛门接了话："媞安，你怎么会不知道呢？四月的时候德国政府在卡廷发现大量波兰军官的尸体，是被枪杀的战俘，当时就播报给了全世界，但苏联却指责是德国人干的。现在双方僵持不下，还不知道真正的凶手是谁，而我们红十字会在战争期间主要关心的，就是各国战俘的待遇和平民的生活，这么严重的事件，当然不能置之不理。"

秦恬吸了口气，有些结巴道："是……是卡廷惨案吗，我……我知道呀。"

"那你发什么呆？"赛门对着后视镜笑，"还以为你不知道。"

"我只是没反应过来而已。"秦恬反驳，心里却在冒冷汗。四月的时候她在干什么呀？完全想不起来了……好像是在上课，好像确实有听到过类似的新闻，但她压根没有注意，她敢打赌她身边很多人都不知道。要不是名叫《卡廷惨案》的电影名震一时，她指不定要白痴到什么时候去。

她一直以为卡廷惨案是战后结算的时候才被捅出来的，却没想到原来这么早就已经事发，自己太疏忽了，这么大的新闻竟然没听到。

"你反应真慢。"赛门傻呵呵地笑道。

"我不认为这有什么好笑的。"迪亚特冷冷地道。

赛门唰地收起笑容。

"我来顺道调查卡廷的事情。"迪亚特道，"到时候可能会需要你们的帮助，我离开波兰很久了。"

"那是应该的。"秦恬和赛门异口同声。

"不过迪亚特，听说你很早就移民美国了，怎么会突然要求回来调查这个？而且你也不是这个专业的……你是学工程的吧？”赛门忽然问道。

迪亚特看向窗外，没回答。

赛门在后视镜里朝秦恬耸耸肩，吐吐舌头。秦恬也吐吐舌头：好冷淡的同事。

“在核实卡廷的尸体过程中，我母亲在广播里听到了我父亲的名字。”迪亚特突然说，“他是一名少校。”

冷风，黑夜，战壕。

呼啸的声音灌满了耳朵，周围一片黑暗，只有探照灯打着精神四面巡视。

一丝声响都没有，谁都不想在这时候发出什么声音引来对面的枪子儿。

士兵们在战壕中各自活动，有的就着幽暗的灯光写信，有的裹着毛毯休息，有的吃着反复加热的晚餐，有的低声聊天，更多的人则是独自抽着烟望着天——在战壕中，即使不抽烟的人也会一根一根不停地抽烟，借以打发漫漫长夜。

有个肩膀中弹的士兵正艰难地侧坐着，旁边医务兵僵硬着手脚给他换药包扎，他为了行动方便脱掉了手套，却把自己的手指给冻得梆梆硬。旁边一个双眼包扎着纱布的伤员闷声不响地左右乱摸，而他手边的不远处就放着一碗冰凉的汤。一个老兵背着枪沉默地走过，看似无意地轻轻一踢，刚好把汤碗送到了伤员的手边。伤员什么也没说，拿起汤碗，坐起身，哆哆嗦嗦地喝了起来。

看着这样的情景，谁能相信今天是平安夜？

奥古斯汀和狄科站在战壕边，冷眼看着对面一片沉寂，全身掩映在黑暗中。一阵大风吹来，他裹紧了大衣，手习惯性地摸摸脖子上深蓝色的毛线围巾。

“少校，要烟吗？”狄科递上了烟和打火机。

这里是安全距离，对面看不到这儿的星点火焰，很多军官都在这时候到周围抽根烟解解乏，奥古斯汀考虑了一下，接过烟：“你回去吧，我一个人待着。”

“不，少校，我得保护您。”狄科站直身子，小身板冻得瑟瑟发抖。

“真不知道你怎么会这么怕冷，要是跟我去了东线，岂不是直接冻成“冰棍”？”奥古斯汀笑着说。

“事实证明我肯定是被上帝眷顾的人，意大利竟然在我出发去东线时投降。相比在苏联的兄弟，这儿真的很轻松了。”狄科也笑，一脸庆幸的样子。

“轻松吗？”奥古斯汀沉吟，又抽了一口烟，“你收到家人的信了吗？”

“嗯！今天后勤部加急送来的那批信中有我的信。我妈妈听说我在意大利，又是高兴又是遗憾，她很想我也去东线分担元首的重担，但我告诉妈妈，我会英勇作战，不用去东线也能为元首分忧！”

“好样的。”奥古斯汀继续抽烟，没再说话。

狄科似乎意识到了什么，忽然低声道：“我想，媞安小姐一直不回信肯定是有原因的，也有可能是她一直没收到您的信。”

“你觉得这种可能存在吗？只要她在家，会收不到信？”奥古斯汀摇摇头。他也说不清楚，但总有不好的预感，这让他心神不宁。

“别担心，少校，巴黎很安全，我们已经占领了意大利，肯定很快就能回去，到时候您再去找媞安小姐就知道原因了。”

奥古斯汀的回应只是继续摇摇头。他不想毫无凭据地告诉狄科，占领意大利只是“二战”历史上随意的一笔，因为后面还有一个更重要的事件吸引了所有人的目光——诺曼底登陆。

他们或许会一直驻扎在这里，或许他将真的回到法国，然后在诺曼底等待见证历史。

他不想在意大利成为等待盟军接收的俘虏，虽然这样一来他生存的概率将变得无限大，但他，想见证些什么。

海因茨最后一封来信告诉奥古斯汀，他在库尔斯克。

可是七月的时候，库尔斯克惨败。

那儿的军队分崩离析，他再也没有收到海因茨的消息。

他没有未卜先知的特异功能，不敢去想这个和他从小一起长大的兄弟究竟有没有成为战场上一具无名的尸体，可是每当想到东线可能出现的情况，他都会不由自主地颤抖。

他几乎是鼓足了自己所有的勇气顺应号召随队前往东线，可是命运却跟他开了一个巨大的玩笑——就在他抱着必死的决心和秦恬离别时，他的火车却转向开往了意大利。

盟友倒戈，德国腹背受敌，他遇到的这一切合情合理，可是却让他觉得无比讽刺。老天让他成为一个战败国的军人，却又用这样的手段让他成为好运的意大利守军，他应该感激吗？

你要我活，还是死？

你要我战，还是逃？

不，这该我自己选择。

奥古斯汀踩灭了烟头，回到战壕中属于军官的帐篷里，那儿燃着温暖的炉火，还有几个军官正喝着咖啡谈笑。

对付意大利几乎不费吹灰之力，他们在意大利倒戈的没多久就彻底征服了自己曾经的盟友。那群被突变的形势完全搞昏了头的敌人丝毫不够格成为他们的对手，这一点德国从头到尾都如此坚信着，于是他们用摧枯拉朽之势给了这群背叛者响亮的一巴掌。

奥古斯汀能感受到手下士兵重新建立的信心和强烈膨胀的战斗欲望。

只是意大利已经打无可打了，统帅部清楚这一点，奥古更清楚，所以他必须筹划一下，是将自己生存的意义和好不容易鼓起的勇气消耗在这儿直到战败，还是一鼓作气随着转移的守军前往法国——再一次将自己放在死亡线上？

“奥古，你又愁苦些什么呢？小女友不理你了？”一个粗豪的军官笑道，“你可以把你满身勋章的照片寄给她，保证你一回法国就能得到一个香喷喷的吻！”

“回法国？”刚想写一封自荐信给上头的奥古愣了一下。

“是啊，你将被调到法国沿岸的防空部队……你是不是训练过一段时间的空军地勤人员？”

“没错。”

“那就对了，说不定你能在那儿见到很多熟面孔，哈哈。话说奥古，法国也是个好地方。”

“是啊，是个好地方。”奥古苦笑，原来老天还是没放过他，什么老天照顾，什么好运，都是扯淡！

眼下即将十二点，明天，就是圣诞。

奥古斯汀一直对过圣诞没什么概念，可是对于今晚如此冷清还是有些不习惯，那些纯种西方人更是如此。

有几个士兵一起低声唱了一首圣诞歌，以热汤代酒互干一碗，看到奥古斯汀从帐篷里走出来，便纷纷放下碗装作若无其事。

奥古看了他们一会儿，忽然道：“圣诞快乐。”

“圣诞快乐，长官！”他们立刻站起来敬礼。

奥古回了下礼，想了想，转身进帐篷把刚发到手的酒拿出来，交给其中一个士兵："仅限休息的，拿去喝吧……给巡逻的留点儿。"

"是，长官！"接过酒的士兵眉开眼笑，周围看到的士兵纷纷掏出杯子，发出低低的欢呼声。

其他几个军官闻声而出，见此情景，也纷纷贡献出自己发到手的酒。

冰冷的气氛终于热乎了一点，不过因为阶级观念的根深蒂固，军官们并没有和士兵同乐，他们坐在帐篷中，听着外面嗡嗡的说话声和干杯声，表情各异。

忽然，发射的声音响起，立刻有军官掀帐而出，看到几个士兵竟然兴奋过头在发射照明弹。

巨大的亮光像烟花一样炫目，照亮了前方的平原，黑夜中的草丛、树木一览无余，隐约可见对面战壕人头攒动。

"你们找死吗？忘形了就给我侦察对面的敌情去！"军官想了想，又喝道，"不准浪费照明弹！要发射也给我分散点，好歹能多看清点地形！"

"是的，长官！"被训蔫了的士兵立刻精神了，屁颠屁颠地跑开。

"这群臭小子！"军官骂骂咧咧地进帐篷，嘴角却带着笑。

照明弹还在发射中，响声不断，听着真的像极了新年的烟花，这让帐内军官们的表情都柔和了起来。

奥古看着同僚们的表情，忽然心里一动，感叹道："要不是该死的战争……"

"祝元首圣诞快乐！"他身旁的军官突然站起来伸手行礼，顺带还看了他一眼。

奥古斯汀被那眼神看出一身冷汗，咬咬牙，保持一脸微笑，也起身跟着伸手道："嗨，希特勒！"

于是其他军官不管乐不乐意，全都站了起来伸手行礼。

奥古斯汀沉闷地坐下，身旁的军官拍拍他的肩膀，什么也不说就走了出去。

奥古斯汀明白，他大意了，作为一个德国军官，说出这种话根本就是在找死，可他就是鬼使神差地想试探些什么。

但显然，能当军官的都不是笨蛋，他话还没说完就已经被阻止，他应该感谢这位同僚，可同时又感到更加悲哀。

不管心里如何想，显然在所有德国人眼中，无论这辆战车停或不停，走向何方，他们都得一起走下去。

外面的声音渐渐沉寂。士兵们都有纪律约束，他们必须保持足够的精力去应付明天的战斗，所以无论多么兴奋，都必须按时休息。

热闹过后的安静显得更为死寂，军官们也陆陆续续裹上毛毯躺下。奥古斯汀怎么都睡不着，他披上狄科带来的毛毯，独自走出帐篷，看看挤作一团睡着的士兵，又看向远方，他想起秦恬，想起诺曼底，无声地叹着气。

如果非要在东线和诺曼底之间做一个选择，你会选什么，恬？

# 第二十六章

# 屠杀

“我宁愿选择去非洲！”如果此刻的秦恬能听到奥古斯汀的心声，一定会哈着气这样嘟哝。

初春严寒，她在波兰还没坐热一张板凳，就被这儿的负责人贝尔夫人揪上了车，一路行进到了卢布林城。

这儿没有受到严重损毁，但是一看就知道是个古老的小城。她们在中心的广场下车，在订好的小旅馆放了下东西，就到街头开始等人。

身后就是咖啡馆，可是严肃的贝尔夫人却坚持要站在街头吹着冷风。

“进咖啡馆就得消费，有这点钱不如多买点药送人。”这是她的原话。

秦恬冻得鼻子都要掉了，哭丧着脸：“我请客成不？”

“看来你很有钱？”贝尔夫人斜视秦恬，这让她精明的相貌更添凌厉，“那就贡献出来再募集点食物吧。”

秦恬默默流泪。

“这儿又不是没有我们的工作人员，为什么一定要我俩来负责义务体检？”秦恬很不满，“贝尔夫人，我很愧疚地说，其实我已经两个月没温习我在学校的功课了。”

贝尔夫人表情不变：“护士太少。”

“可是赛门也是医科学院的呀，为什么不让他来？”

“男性，不大方便。”

“难道是妇科医院体检？”

“不……”贝尔夫人沉痛地看着秦恬，“你就不能往坏处想想？”

秦恬仔细一想，大惊失色：“难道是给肉体工作者？”

贝尔夫人抬手做出要打人的样子，在秦恬双手抱头的求饶动作下终于改为捏脸颊，然后无奈地笑：“有一些比较危险的地方，女性去安全系数比较高。”

秦恬想来想去不觉得有这么神奇的地方，便懒得再想，沉默着跺脚热身。

等了许久，才有一辆车过来，竟然是一辆德国军车，车前盖上的鹰徽在雪的映照下闪闪发亮。车停在她们面前，下来一个士兵，他上前问道："请问，是红十字会的工作人员吗？"

"是的，我是贝尔·伊莉莎，她是媞安。"

士兵审视了一会儿秦恬，道："报告上说随从是男性。"

"哦，你说赛门，他生病了，媞安也是不错的工作人员。"

生个鬼病，她们走的时候赛门还活蹦乱跳的呢，秦恬腹诽。

士兵犹豫了一下，点点头："上车吧。"

比起外面，车上可真是温暖如春，但是气氛却很冷——贝尔夫人一直保持冷面，那士兵也不遑多让，两人似乎在比试谁更冷面，秦恬夹在中间好不痛苦。

"等会儿是你负责接待吗？"

"不，法尔海姆上尉负责接待，他在集中营等你们。"

秦恬嗖地抓住关键词，一脸苦逼地看着贝尔夫人。集中营啊，大姐！巴维埃先生屡次申请不得进的地方，您竟然就这么进来了，他那么一番折腾造的是哪门子孽啊！

"别惊讶，我们的探访和巴维埃想要的是不一样的，你别指望看到什么。"贝尔夫人略微歪头在秦恬耳边说，"只要多看、多想，总有蛛丝马迹，女孩子心细。"

而且德国人所谓高等民族和重男轻女的变态观念都决定了他们不到万不得已不会伤害女性……秦恬了然，其实贝尔夫人只需要一个能够壮胆的危险系数小的随行人员，至于这个随行人员能力几何，完全不在她考虑范围内。

好吧，既然没危险，走一趟长长见识也行。

车子一直开出城，在荒芜的郊外行进了许久。过了一会儿，远处逐渐显露出一个轮廓像小镇的地方。

"前面就到了，马伊达内克集中营。"士兵板着脸介绍，"希望你们管好自己的眼睛和手脚。"

"我们明白。"贝尔夫人矜持地点头。

秦恬屏住呼吸，这才发现，这是自己第一次见到真正的集中营。虽然"二战"中德国的恶名几乎全来自集中营，可是眼看着战争都要结束了，她却是第一次见到集中营。

这绝对不是什么好运。

马伊达内克显然是一个较大的集中营，完全有一个小镇的规模。他们的旁边就是一个火车铁轨，直通进集中营内。高耸的看守塔和围墙在雪中显得灰黑而狰狞，里面隐隐约约有好几根粗大的烟囱竖立着，正冒着浓郁的黑烟。

秦恬忍不住一哆嗦，她看到集中营的烟就想到后世的传闻，比如，骨灰塔、尸油肥皂什么的……

这才一九四三年，哦不，刚进入一九四四年，应该不会吧。

但转念一想，她又不敢确定了，都已经一九四四年了，德国败象明显，难保不会在这时候做出什么疯狂之举“以振朝纲”。于是当一阵大风吹着雪花裹挟着灰黑的烟扑在车窗上时，她总忍不住往车里缩了缩。

不是她胆小，只是这种东西，想着总瘆得慌。

车子忽然停下，一扇巨大的铁门拦在前面，两个警卫走上前来，开车的士兵拿出一沓证明交给其中一个警卫，而另一个警卫则直接打开后车门，弯腰审视着贝尔夫人和秦恬：“身份！”

贝尔夫人连忙拿出自己的身份证件：“红十字会的工作人员，义务防治换季病症和流感，我们会免费提供药剂和防治药物……”

“证明。”

“证明在他那儿。”贝尔夫人指着前座的士兵。另一个警卫检查完证件，朝同伴点点头，道：“进去吧。”

车子又缓缓开动了。

两个警卫只是做着他们例行的事情，但是秦恬却总感觉压力很大，随着铁门缓缓打开，越来越压抑的气氛让她的头皮一阵阵发麻。

贝尔夫人似乎也很紧张，她用简单的英语低声道：“冷静，冷静！看、听、记。”

秦恬猛点头。

车子刚进集中营，还没往前开一点就猛地转弯了。秦恬只隐约看到前面空旷的地方一群黑压压的人影一闪而过，以及那儿矗立着一排排的屋子，样式简洁而宽大，不存在丝毫美感，一看就知道是电影中出现过的被关押者住的地方，里面的上下铺起码三四层，木质，简陋，冬冷夏热。

车子又拐弯就进入了一片比较精致的建筑区，开始放缓速度。这儿显然是士兵和军官们住的地方，刚好有几个士兵结队而出，看着车子指指点点。

行进许久，终于到了一个别墅前。别墅门上挂着纳粹旗帜，前面有几个穿着囚犯服的犹太人正在打理草坪，在他们的身后，两个士兵举着枪走来走去，虎视眈眈。

“我上次来，你们好歹还会把这些犹太工人藏起来。”贝尔夫人冷笑道，“提里斯上尉没吩咐手下别让红十字会的人抓到把柄？”

“提里斯上尉上个月调离了。”士兵冷声回答，他停下车道，“我说了，法尔海姆上尉接待你们，现在他才是这儿的司令官。”

“换人了？”贝尔夫人皱眉，她似乎有些不安，拉住了秦恬的手，低声道，“等会儿别乱说话。”

“嗯。”

“别强调自己的身份，虽然他知道。”

“嗯。”

“就说你只是普通护士。”

“嗯。”

“你还是什么都别说了。”贝尔夫人又想了想，道。

“嗯。”秦恬满脸黑线。

她们刚下车，士兵就把车开走了。贝尔夫人带着秦恬走上阶梯，门口两个卫兵虎视眈眈地看着她们。

“我们……”

“司令在等你们，请进。”

贝尔夫人率先进去，秦恬紧随其后。房中陈设很简单，有一个年轻的犹太女人在擦桌子，看到贝尔夫人和秦恬，她拘谨地垂首站到一边。

秦恬见多了犹太人这样的姿态，却依然很不习惯，只好略微避开，和贝尔夫人一起上了二楼。

楼上，一个军官正坐在阳台上悠闲地喝着咖啡，见到贝尔夫人，他缓缓起身行了个礼。身材高大的他，起身后立刻挡住一片光线。他有着黑色的头发，蓝色的眼睛，虽然年龄三十多岁，但依然显得年轻。他微微弯头看着贝尔夫人身后的秦恬道：“男性志愿者赛门？”

“赛门生病了，她是媞安，也是一个优秀的护士。”

“很好，那么告诉我，坏疽是什么？”

贝尔夫人知道她不能张口，于是抿紧嘴微微侧头，有些紧张地觑着秦恬。

秦恬确实说过她两个月没接触医学书了，但是她曾特地研究过各种因寒冷而引起的病，原因是什么……就不多说了。

为了不让自己的嘚瑟太暴露，秦恬一脸小心地回道：“是一种因为感染或者寒冷引起的病。身体组织的大规模死亡，会影响人体正常机能运行所需要的血液的流通……严重者创部会腐烂，甚至长蛆……坏疽根据不同症状有不同类型……”

“行了。”法尔海姆揉揉眉心，很烦躁的样子，“这病会传染？”

“是的，而且传染性极强。”

“卫兵，领她们去看看！”

本来在楼下的其中一个警卫走上来，朝贝尔夫人和秦恬做了一个请的姿势。贝尔夫人表情严肃地看着法尔海姆，似乎是想说些什么，可没等她开口，法尔海姆就挥挥手一脸不耐烦道：“看在提里斯的分上，我再心平气和地同您强调一次，做好你们的本分，有些地方还轮不到你们插手。”

贝尔夫人张张嘴，最终什么都没说，走下楼去。

“我们去治病？”秦恬最后看了一眼法尔海姆，他的表情很是阴森。

“坏疽能治好吗？”贝尔夫人冷笑着回道。

“不、不能……”秦恬擦汗，“除非把创部割掉，截肢。”

“这事女人能做吗？”

秦恬摇头：“我只打过针，摸过手术刀，还没用过锯子，也不想用……是要给犹太人治病吗？”

“你不愿意？”贝尔夫人挑眉看着她。

“不不不，我只是奇怪，他们怎么会让我们进来，要知道巴维埃先生……”

“那是因为我答应了什么都不乱看不乱问，他们让去哪儿就去哪儿，而巴维埃……你懂的。”

秦恬叹气，既然被完全监控，不能乱看乱问，那还有什么意思，纯为治病救人吗？纳粹没想着这群犹太人全死光已经很好了，怎么还会让她们进来义务治病……

等等，治病？那不是还能遇到病人？

秦恬激动了：“贝尔夫人，那我们是不是能偷偷和病人交流？”

“你当他们傻的，会给我们这种机会吗？”贝尔夫人低声道，“他们自己就有专门的医生。至于这次，还不是因为我们凑上去哭着喊着要给他们免费提供防治药物，他们才同意让我们在监视下溜达一圈。德国现在药物也紧张，他们就算不为俘虏负责，也得担心自己的士兵被传染。”

秦恬明白了，也就是说，红十字会缴纳了大量的药物，作为交换，集中营为她们开放一条预先设定的“旅游线路”，能看到啥，全看设定如何了。

警卫带着她们一路走出了军官住宿的地方，那一排排的房子也渐渐近了。那些房子连带一大片空地都被高大的铁丝网围着，空地的远处，隐约可以看到很多人在游荡，秦恬眯起眼，似乎能看到那些人形销骨立、缓慢行走的样子，活像《生化危机》里的场景，让她毛骨悚然。

贝尔夫人已经来过一次，表现得很镇定，但依然忍不住往那儿瞟去，警卫也不阻拦，因为在空地上还有很多看守，在阻止犹太人往这边走。

秦恬想了想，忍不住指着远处的人道：“坏疽大多是因为寒冷和感染引起的，他们穿得那么少，就会生病；生病了，就会感染……感染了，遭殃的还不是你们？”

警卫瞥了秦恬一眼，面无表情道：“你们的集体包裹中可以加上一些棉衣。”

“……”秦恬被噎得半死。

“她说得没错，我要求给几个病人体检一下，确认他们是不是处于生病的边缘，否则这种天气下还穿那么少，很容易造成大规模疫病。”贝尔夫人突然义正词严。

对此，警卫只是瞥了她们一眼，似乎看穿了她们的戏码一样，冷笑道：“可以往前走了吗，两位女士？”

呵，小瞧一个几乎没有文盲的军队中的小兵真是件悲剧的事情。

即使在集中营里，犹太人的生活区依然被铁丝网所分割。有一些边缘地区长着高高的草，虽然不知道为什么没有被打理干净，但看上去至少不那么空旷。

有一个边角区因为太偏远，野草长成了一片，犹太人估计是没这个力气在远处看守的监视下跑那么远来溜达。跟着她们的名叫贝尔格的警卫直接建议她们不要跑那么远，但鉴于贝尔夫人认真负责的态度，她们还是一路溜达到了这儿。再走下去就不是生活区了，那里有几排水泥厂房，隐约可以看到里面有很多人。

“里面是犹太人吗？他们在做什么？”贝尔夫人问道，“我得去检查一下厂房卫生。”

贝尔格已经很不耐烦了：“夫人，那儿已经超出您能去的范围，您要是想安全地走出集中营，我希望您安分守己。”

贝尔夫人很不满：“我们捐了大笔的物资，当然要知道自己物有所值！”

“您完全可以把那些物资带回去，犹太人用不着。”

“你们怎么可以这么说？”

在两人争论的当口，秦恬百无聊赖地遥望着远处。空地上的人其实很少，一阵猛烈的冷风刮过后，就更少了。

秦恬哈着气跺跺脚，突然觉得有什么东西在晃来晃去，她猛地瑟缩一下，认真一看，赫然是一只手！

那小小的手在草丛中若隐若现，似乎是从铁丝网里面伸出来的。

这儿的草真的很高，还密密麻麻长了一片，但要藏个大人还真不容易，莫非是个小孩？

秦恬总觉得脚边搁着这么一截肢体有些瘆人，她转头看贝尔夫人和贝尔格“寸土不让”地争论着，贝尔格握着枪的手都爆出青筋了。

她挪动了两步，挡住了那只手，头假装往铁丝网里张望着，眼珠子却往下瞟着。

黑色的头发在草丛中忽隐忽现，然后头抬了一下，一双亮闪闪的眼睛映入眼帘。

果然是一个小孩！黑葡萄一样的眼睛看着秦恬，那里面有好奇，但没有害怕。他歪头看看那边争论的两人，忽然拉拉秦恬的裤腿。

秦恬看着他，眼神中带着疑问。

小孩张嘴，用口型比了一个词。

秦恬微微皱眉，更加疑惑。

娃娃？秦恬不明所以，但她清楚这口型样子的波兰语似乎就是“娃娃”这个词了。她下意识地往四面看看，贝尔夫人的脚边有个颜色比较异样的东西躺着。她往那方向看看，又看向小孩。

小孩微微点头。

这距离，凭他那小短手怎么可能捞得到啊。

秦恬无语，往前走了两步，眼睛盯着即将怒发冲冠的贝尔格，脚上轻轻地踢着那脏兮兮的布娃娃。布娃娃一点点地向小孩的手移动，他使劲地够着，小脸憋得通红。

好在风声大，争吵声更大，等小孩紧紧把破布娃娃搂在怀中朝秦恬笑时，另两个人还毫无所觉。秦恬的胆儿渐渐肥了起来，她开始摸口袋——她一直保持着随身带零食的小习惯……啊！巧克力还在。

她掏出巧克力，扔在小孩能够到的地方，又朝他的方向踢了踢。

“你在干什么，女士？”贝尔格突然朝她喝道。

“我就看看而已。”

“那你手上的是什么动作。”

“我……冷。”

贝尔格不说话，看了秦恬半晌，又左右瞅瞅，没看到什么异常，便哼了一声，对贝尔夫人总结道：“夫人，您说什么都是没用的。如果您坚持，您可以试着往前走一步，但后果自负。”说罢，他抬抬下巴，示意她看看周围高耸的眺望台和远处正朝这边虎视眈眈的士兵们。

这已经上升到人身威胁了！

贝尔夫人抿嘴，表情很凌厉，但她毫无办法，哼了一声，带着秦恬转身离开。

贝尔格立刻走到贝尔夫人身边，持着枪陪同。

秦恬悄悄回头，那小手握着巧克力，朝她挥着。

想到那张脏兮兮的小脸，秦恬心里一酸。本来见得多了，心都麻木了，可那是一个孩子该过的生活吗？冻得青白的小手和嘴唇，却依然亮闪闪的大眼睛，为了娃娃和巧克力愿意把手伸出铁丝网外——他是怎样一个人跑出房子、穿越那么一大片空地、躲在这儿找娃娃的？

秦恬垂下头默默地走，无奈，她只能做这些了。

这次集中营之行几乎一无所获，贝尔夫人的沮丧溢于言表，两人回到旅馆，无精打采地自顾自睡了，晚饭都没吃。

凌晨的时候，秦恬饿醒了，她摸索着走出房间。旅馆早就关门了，守夜的大叔趴在柜台上睡得可能比旅馆里的任何一个人都香。她又摸进厨房，找出一点早就冷掉的食物，也懒得热了，就着温水吃了。

刚出厨房，她在拐角就撞到了个人，两人同时闷哼一声，抬头一看，又同时愣住。

“凯泽尔！”

“媞安！”

两人随即异口同声：“你怎么在这儿？！”

还是秦恬反应快，激动道：“你那么久都没有消息，我都不敢多想！”

凯泽尔笑道：“差一点你就能多想了，所以我才在这儿。”

“你找吃的吗？”

“嗯，有点饿。”

“进来、进来……”

厨房里一直燃着炉火，秦恬再次进入厨房这温暖的领域，忍不住长叹一口气，也不知道说什么。等凯泽尔开始找食物时，她才熟门熟路地打开几个柜子，拿出一些面包、食材和酒来。

这时代的旅馆很多都这样，有点类似家庭式，平时会备着一些蔬菜食料，饿了的客人可以自己来吃，当然，一般人都会吃好后出门结算。

秦恬自己用冷菜冷羹对付着吃没关系，可是看着凯泽尔就不忍心了，阻住他抓面包就吃的动作，笑道:“你等会儿，我给你整顿大餐。”

“不用那么麻烦。”

“不想试试我的手艺?”

于是凯泽尔放下面包，开始喝牛奶。

秦恬一边做汤，一边偷偷瞅着凯泽尔的样子，用小说中的一句话来形容——他瘦了，看起来饱经沧桑。

虽然胡子刮得干干净净，眼睛依然明亮，可是他给人的感觉变了:娃娃脸虽然依稀可见，但却有了刚毅的地方，他盯着杯子发呆的时候，不再像曾经聊天时会带点迷茫和期望，有一种阴郁的感觉。

而他的手边竟然放着一根拐杖。

“你受伤了?”秦恬切了一盘土豆沙拉，加热后端上桌去，接着继续搅拌汤。

“嗯……”凯泽尔低低地应了一声，忽然苦笑了一下，“所以才能回到这儿。”

身边坐了一个活生生的东线兵，秦恬不由自主想到了奥古和海因茨。饶是她没心没肺，每次想到那两个人总是会抓心挠肝般地难受，对海因茨纯粹是古怪的牵挂，可对奥古就完全不同。

晚上夜深人静时想起他时，满心满脑的焦急难耐，都不知道该去何处发泄这种烦闷和暴躁。她不知道这是不是所谓的思恋，这种感觉相当不好受，一点都不美好。

现在看到凯泽尔，就好像她在匈牙利的忙碌和到这儿的一切都成了一场梦，她恍然想起当初打定主意、一腔热血跟着奥古的脚步上东线的感觉，她想不枉重活一场，可她还是没法到那儿去。

战争，让女人走开。红十字会不是军队，在战场基本难有活动，处理的都是战俘和难民，她无法感受东线，也不敢自己跑去。

“那儿，很可怕吧。”秦恬端上了汤，再次转身，拿了点面条，开始下片儿川。

凯泽尔吃着东西，没有说话，但是看他的表情，更加阴郁了。

秦恬不敢再问，自顾自做着面。

可过了一会儿，凯泽尔却开口了：“怎么能说可怕呢？为国而战，死有何惧。”

“……”

“那儿，很可怕。”

秦恬很想翻白眼儿。

“我去了斯大林格勒，在那儿，我们全军覆没。我断了腿，倒在尸堆里，在雪地里爬了两天半，才在冻死前被一户苏联农民救了。”凯泽尔简短地说，“我醒来听到俄语时，差点以为自己死定了。可是你相信吗？苏联农民大多都没有文化，他们甚至不知道这场战争为何而打，只当我是一个可怜的临死的伤员。”

他捂住眼睛，嘴角却在笑：“我的战友全死了，我身上挂着我能搜集到的所有的士兵名牌，可每当那户人家给我端水送食的时候，我都有种把那些名牌全部扔掉的冲动。他们到底是为了什么而死的，为了这块贫瘠、寒冷的土地，还是为了杀这群淳朴善良到让人不忍开枪的农民？”

秦恬手上的动作越来越慢，她偷偷往后看，凯泽尔的眼泪还是流了下来，他倾诉的声音低沉沙哑，全没了往日的明朗，让人感觉悲怆得好像有人在用刀扎他的心脏。

她想了想，最终止住了递帕子的想法，这时候还是让他发泄一下吧，趁夜深人静，趁听众能够勉强理解……

“你觉得苏联的军队该是什么样的？他们打败了我们，你一定觉得他们肯定强悍威武吧。呵呵，我来告诉你我们是被什么打败的。他们穿着旧军袍，就好像从死尸身上扒下来的。冲锋时，只有前面的一部分人拿着枪，其他人都是赤手空拳，或者拿着一个手榴弹……等前面拿枪的死了，后面的人上去捡起死人的枪，然后继续冲锋……更多的人，可能上战场前，甚至到死时，都没放过一枪……我们的狙击手会瞄准拿着手榴弹的人，一旦击中，他一个就可以带走周围一大群人的生命……”

秦恬不敢想象当时的场景，她觉得硝烟弥漫下的一切都那么恐怖，可脑中就是忍不住联想那画面——弥漫的烟，炮火轰鸣，苏联士兵前赴后继地冲锋，他们一拨接一拨，前面的拿着枪快速奔跑，后面的赤手空拳，他们盯着的不是敌军的阵地，而是前面战友手里的枪，等他一倒下，就冲上去，掰开紧握枪柄的手，成为下一个被战友盯着的人。身边的人不停地倒下，前方敌军的火力越来越猛，炮弹不停地在身边落下，弹片穿过棉絮扎进身体犹不自知，有时候路过一个巨大的弹坑，还能看到曾经的好友残破的尸体，一截手臂，半个头颅……

另一边，德军在冷酷地射击，他们面前是看起来脆弱得不堪一击的对手，营养不良，寒冷虚弱，甚至手无寸铁。可是就是这样的敌人，一拨一拨，一群一群，前赴后继，仿佛永无止尽。他们能做的只有在战壕中射击、射击，不断射击，一直到被这样的敌人淹没，一直到失去生命……

如果她能自行想象一个最大限度的恐怖战场，那么真实的情况，肯定比她所想象的要恐怖无数倍。

她竟然被自己的想象吓得差点拿不住勺子。

"我看着他们的士兵和我们的士兵被对方的坦克活活碾过，我看到我朋友举着的燃烧瓶被击中，然后变成火人往苏联人的坦克冲去。我一整天都不停地听到惨叫，没有别的声音。还有吓得尿裤子的勤务兵，他只是往反方向跑了十米，就被'链子狗'一枪毙命……被送过来的新兵年龄越来越小，而参加过'一战'的老兵越来越多，很多战友战役之初受伤被送回波兰疗伤，等到战役快结束时又被送回来继续参加战斗，然后在战场上被一下射死……媞安，我自己都奇怪，我怎么会活下来的。"

"都……都过去了。"凯泽尔的语气越来越激烈，秦恬怕他再次失控，连忙把下好的面端上去，强笑道，"别说了，趁热吃。"

凯泽尔对着面发呆，过了一会儿，他突然开始摸口袋，拿出一个鼓鼓囊囊的袋子来，递给秦恬："给你。"

"这是什么？"秦恬好奇地接过。

凯泽尔开始吃面，即使有刚才的沙拉和汤垫肚子，他还是吃得狼吞虎咽："遗书。"

"啊？"秦恬差点没拿稳，她看都没看就还给凯泽尔，"不行，你不是好好的嘛，提什么遗书啊。"

"不是我的。"凯泽尔擦了把嘴，"最后一场战斗前，很多手下都写了这个给我，让我交给后勤，说如果他们死了，就寄出去；如果没死，就放着。可是后来突然听说我们可能会投降，对面的苏联人不愿意放过我们，在消息落实前还是朝我们发起了进攻，本来要离开的运输兵和我们一起参加了战斗……最终大家都失散了，我现在都没法确认那些人到底活着还是死了。"

“那你就放着啊。”

“不，我很快就要回去了。”

“回哪儿，德国？”

“不，顿河。”

“可是你的腿……”秦恬急了，“还拄着拐杖呢，你还想上前线？”

“已经好了。”凯泽尔继续吃面，把袋子放在桌上，摆明是要秦恬收着了，“我前几天提交的申请，估计明天就要批下来了。我在这儿休养，一是不愿意在华沙看到被一群群送上去的士兵；二是这儿有部队，不至于消息太闭塞。前线缺人，腿伤好了以后，我还是会成为主要战斗力，总比那些娃娃兵和老年兵好。”

秦恬什么也说不出来，她已经对德国人的所谓责任感感到无奈至极。凯泽尔摆明了厌战，可是他还是主动上了战场，这已经不是能用语言说清的复杂态度了。相比战争初期单方面欺负别人让他难受，可能在这种祖国节节败退的时候更能激起他奋战到底的血性，就好像那种无论他们做错什么，也由不得别人来欺负的感觉。为此，他甚至已经漠视了生命。

她觉得，如果有一天自己的祖国也遇到这样的情况，自己也会这样做的。厌战是一回事，护国是另一回事。

“那这袋子……”

“我本来想交给某个教会，可是我担心万一以后情况不好，这些遗书会成为他人的战利品……不如找个自己信任的又不大会遇到危险的人保管，我总不能找那些跟我一样朝不保夕的战友吧，幸好遇到了你。”

“你就这么信得过我？”秦恬苦笑，但还是收起了袋子。凭良心讲她不会让自己死。

“那我还能信谁？在这个满是敌意的国家。”凯泽尔吃完最后一口面，拍拍肚子，“真好吃，奥古真幸福。”

厨房里瞬间安静了。

“奥古，是不是也去了苏联？”凯泽尔踌躇道，“我很久没得到别人的消息了，实在是番号太乱了。”

秦恬点点头，默然地收拾碗碟。

凯泽尔自觉地帮把手，把碟子叠起来放进洗碗池：“你要相信，奥古真的是个很厉害的人，还有海因茨。”

“嗯……你有海因茨的消息吗？”

凯泽尔摇摇头：“不知道，我们失去联系了，我觉得他们肯定是接到了我失踪或者阵亡的消息，而我，完全不知道他们在哪儿。”

“那就让上帝保佑他们吧。”秦恬很勉强地微笑，“明天你还在吗？我来找你玩。”

“我的荣幸，女士。我要在房间里面等待命令，会待一整天。”凯泽尔略微躬身，两人互道晚安，问了对方房号，然后各自回房。

回到房间，已经接近凌晨，秦恬坐在黑暗里，觉得心潮起伏。她忍不住打开床头灯，拿出了那个鼓鼓囊囊的袋子，里面有很多叠得小小的纸团，放在手里，似乎还带着西伯利亚的寒气。

她思前想后，还是挑出了一个，刚想打开看，却瞥见纸的边上一片触目惊心的红，红得发紫。

她把纸团放回了袋子，关上床头灯，捧着袋子一直坐到天亮。

第二天一早，秦恬就顶着大黑眼圈冲到凯泽尔的房间，发现他正在整理东西，她一愣，站在一边看了一会儿，不情不愿地问：“命令到了？”

“嗯，下午就走。”凯泽尔笑得很淡然，很快就收拾好了包裹，然后坐在床上拿出床头柜的一沓信件交给秦恬，“给你。”

“是什么？”秦恬已经被这家伙的纸质传播载体吓出了阴影。

“普通的信……看看呀。”

“为什么要我看？”

“看了你就知道我要你做什么了。”

秦恬无奈地拆开第一封信，发现是一个女孩子写给凯泽尔的。里面还附了照片，是个精灵秀气的姑娘，长相颇为甜美。信里一开始很客气，各种问候和关怀，后面几封，随着交往增多，语气就越来越熟稔，到最后，那倾心的感觉挡都挡不住。

秦恬看完姑娘的来信，胸闷气短、脸红心跳，她放下信朝凯泽尔一伸手：“拿来。”

“什么？”凯泽尔做出无辜状。

“你的回信啊。”

凯泽尔笑了：“媞安你真可爱，我的回信怎么会在我这里？”

“对不起，我冲动了。”秦恬尴尬得冒冷汗，“你都回了什么？勾搭小姑娘可不好！”

“一个项目而已，国内的女孩集体给前线的光棍写问候信，随机发放，建立笔友关系，最好能让爱情起到神奇的作用，激发大家的斗志……我这么金光闪闪的优质光棍自然是会收到这样的信啦。”

“还有这种事？”

“我一开始还觉得挺感动，但是……仗打得多了，什么都看开了，可是这姑娘却越缠越紧……都怪我，挑了张最帅的照片寄回去。”

“嘚瑟，你继续嘚瑟……”

“媞安，你觉得我帅不帅？”凯泽尔忽然一本正经地问。

秦恬认真地看了他半晌，严肃道：“去掉那臭美的表情，还是挺帅的。”

“我觉得我还是有嘚瑟的本钱的。”

“哈，别贫了，你要我干吗？”

“帮我回信吧，拒绝她。”凯泽尔转身，塞进了最后一件衣服，“我可不想在考虑怎么生存的时候，还要思考怎么顾及人家小姑娘的心情。”

秦恬无语：“我为什么要帮你做这个？你那一袋遗书已经让我压力很大了，你知道这意味着我要写多少封信给丧葬委吗？现在你还让我帮你拒绝小姑娘？”

“媞安，”凯泽尔叹气，摊手，“瞧瞧我，有那么多时间吗？”

秦恬摇摇头，还是收下了信，虽然身为女性，但她完全不知道该怎么帮一个男性写信去拒绝一个女性的爱慕……只能说凯泽尔就是个怪胎。

楼下突然传来喇叭声，凯泽尔遗憾道：“看来我们没时间聊天了，接我的车来了。”

这一次，秦恬平静多了，昨夜发呆虽然什么都没想，却无形中做好了心理准备，她轻轻地抱了一下凯泽尔，微笑道：“保重。”

凯泽尔表情很淡定：“我会的，再见。”

两人一起下楼，门外停着一辆军用吉普，在副驾驶座上坐着一个军官，看起来比凯泽尔年长一些。他朝凯泽尔点点头，又审视了一下秦恬，表情很严肃，道：“我们日耳曼小伙子就该有这种几天泡一个小妞的功力。”

秦恬一个踉跄差点摔倒，她仔细看了一下那个军官，发现竟然是一个中校。

“长官，她是别人的未婚妻。”凯泽尔无奈道，“我准备好了。”

“你上车吧，我去买杯咖啡。”中校忽然下了车，手里拿着军用的搪瓷杯子从后面绕过车子，向店门走来，顺便问道，“你们要不要？我请客。这家店的咖啡真的不错，我当初在这儿养伤每天都要喝好几杯，要不是想来这儿喝咖啡，我才懒得过来接这小子呢。”

秦恬和凯泽尔都忙不迭地摇头微笑。

即将擦肩而过的时候，远处忽然传来一声奇怪的脆响，秦恬还没反应过来，又立刻听到了第二声。凯泽尔猛地把秦恬推到一边，扑向中校，大叫一声：“长官小心！”

车里的司机和后座的一个年轻军人立刻拿出武器跳下车，以车为掩体向子弹射来的方向和四周瞄准并开火。紧接着，拐角冲出一个五人一组的德国巡逻队，他们大致了解情况后，立刻分散队形向子弹的来处谨慎地搜去。

秦恬呆愣了一会儿，机械地转头看着趴在中校身上的凯泽尔，中校顺势起身，把凯泽尔拖到店里，大叫：“医生！医务兵！”

没人响应。

秦恬等到冰冷的手恢复了一点知觉，立刻连滚带爬地跑过去，一手搭在凯泽尔的动脉上——极为微弱。

凯泽尔急促地呼吸着，但是嘴唇却在发紫，他的背上有一摊正在漫延的血迹，看得人头皮发麻。

中校看到她的动作，忽然抬手把枪对准秦恬，冷声道：“你在做什么?！”

秦恬不由自主地缩了一下，瑟声道：“我、我是护士……红十字会的。”

“那快！赶紧！”

“好、好的。”秦恬转头朝旁边的人大喊，“剪刀！剪刀和酒！还有棉布，快！”

立刻有店员拿着东西出来，秦恬小心地拉开凯泽尔的棉袍，剪开他的内衣……她看到了只在教科书上看到过的所谓枪伤。

弹孔周围发黑的一圈，肌肉不断收缩蠕动，血不断喷涌，感觉受这种伤的人下一秒就会死。

直面这种伤口真的是一种很瘆人的感觉，看得秦恬同一部位也隐隐作痛。她不由自主地挠挠自己的背，忽然脸色一变，趴到凯泽尔身边侧耳听着，果然听到一种拉风箱的声音。

“完了，肺部。”秦恬惨白了脸，“这我没法处理，得送医院，要快！”

说着，她一只手按着伤口，另一只手蘸酒精擦着伤口周围，每一次都能清晰地感受到手下肌肉的自动收缩。

秦恬觉得自己的所学毫无用处，她只会简单地处理伤口，真当人命关天时，她却只能看着。

凯泽尔还在努力地呼吸，秦恬手上满是鲜血。她感觉到凯泽尔的手挪动了一下，碰到了她的膝盖，她的手往下，握住了他的手："没事的，真的没事，坚持住，医生很快就来了。"

凯泽尔摇摇头，张张嘴，却什么都没说出来。无论秦恬如何想尽办法按压，血依然不断地涌出来，那中校小心地把凯泽尔移到秦恬大腿上，他自己则站起来开始指挥远处跑来的一大群士兵："搜查整片区域，逮捕所有可疑人士，一个都不要放过！这是一次有预谋的暗杀！"

"是，长官！"士兵们得令后以小组为单位散开了。

中校站在秦恬身边看了一会儿，低声道："你等医生来，我……"

此时，医务车神速地到了，很快下来三个医务兵，还有一个医生，他们放下担架，跪在凯泽尔身边，医生先检查了凯泽尔的伤口。

秦恬双手抱着凯泽尔的头，感觉他微弱的呼吸一点点温暖了自己的大腿，她觉得这个姿势显得两个人都好无助。她真的很想哭，她不想被一群德国兵围着，不想大腿上趴着一个朋友，不想闻到这么浓的血腥味，也不想听到远处的枪声和哨声。

"贯穿伤，到什么程度还看不出来，但肯定打到肺了，很危险。"医生快速地说，"小心点，赶快送到医院去，他需要立刻做手术。"

医务兵立刻扶的扶，抱的抱，把凯泽尔慢慢地抬起来。秦恬感到大腿上一轻，不知怎的，她心里一慌，下意识抓住了凯泽尔垂下来的手，他的手冰凉、僵硬，在碰到她的手的一瞬间，微微地握了握。

秦恬很想大喊"救救他"之类的，可是她喊不出口，只能眼巴巴地看着医务兵快速地把凯泽尔抬远。那医生走了两步，忽然回来给她一块手帕，柔声道："我会尽力的，姑娘，你放心。"

秦恬呆呆地拿着手帕，她不明白为什么医生要给她这玩意儿，可当她跟着担架走到外面被冷风一吹，脸上凉凉的凝结感让她明白，原来自己早就泪流满面了。

她看着医务车呼啸远去，试着用手帕擦脸，却发现，眼泪早就干了。

作为暗杀目标的中校在刚才医务车来的时候就已经被护送着离开了旅馆，而陆陆续续闻声赶来的士兵全部加入了搜查队列，包括旅馆在内的一大片区域都被包围了，整个区域人心惶惶，时不时就传来枪声和喝骂声。

秦恬默默地回了旅馆，站在温暖的大堂中。德国兵走后，几个胆大的波兰人已经走了出来，他们被喝令待在旅馆中不得出去，于是陆陆续续地就聚集在大堂中。

秦恬发了会儿呆，忽然觉得气氛有点奇怪，抬头四望，周围那些波兰人的表情竟然很奇怪，或者说，他们的眼神让人很不舒服，就好像在看着一个叛徒……一个妓女，甚至……更加不堪。

任何一个正常环境下长大的女生，都不会有被这样的目光群体围观的经历，秦恬感到背后发毛，她明白这些人为什么这样看她，可她更明白这时候最好什么都不说，解释就是掩饰。更何况她没什么可解释的，她确实和这片土地的侵略者交好，她甚至为那个受伤的侵略者伤心落泪。可无论她是什么国籍，即使是德国人，在这片土地上，这样的行为也绝对会引来仇恨。

秦恬微微垂下头，尽量让自己显得淡定地走向楼梯。这时一个伙计走过来，手里拿着一盘食物，路过秦恬时，他狠狠撞了她一下，她一个趔趄差点倒在地上。看她狼狈的样子，周围人一片哄笑。那伙计一手托着盘子，一手摘下帽子朝周围做鞠躬状，满脸笑容，然后瞪了秦恬一眼，得意地走开。

秦恬气炸了，她握紧拳头，深呼吸一下，再次抬步不紧不慢地在注目中往那楼梯走去。她感觉身后似乎有人正向自己走来，然后就听到狠狠的一声："呸！"

她不行了，她快忍不住了。

本来谁都没有错，但为什么要报复她一个女人？没错，凯泽尔上过战场，说不定他相当该死，可她无法视而不见，她还记得这大男孩给她的礼物，还有他最脆弱的那一面，他的痛苦和责任，她都知道。所以对于今天的所作所为，她无怨无悔。

对，无怨无悔，那就忍！

当第二道"呸"声传来时，她只是冷冷地朝那个中年大叔瞥了一眼。

那大叔抬起下巴粗声道："怎么，看我做什么？肮脏的女人！"

秦恬扯扯嘴角，冷笑刚要溢出，忽然听到一声巨响，旅馆门被猛地踹开，一群德国兵冲了进来，大吼："例行搜查，交出所有破坏分子，藏匿游击队员的一起枪毙！所有人现在到外面去！不准逗留！现在！马上！"

大堂的人只是愣了一下，就纷纷被德国兵粗暴地扯了出去，不管是男人还是女人，还有些人被扯得摔在地上，被后面的人踩了两脚。

士兵们冲到楼上去，一扇一扇地踢门，在大声尖叫和怒骂中把所有人都扯了出来。秦恬本来随着人流往外走，可她一回头，看到贝尔夫人穿着睡衣就被拖了出来：“你们这群浑蛋，野蛮人！”

外面很冷，这一件睡衣还不把人冻死！秦恬连忙逆着人流扒拉过去，却被旁边一个德国兵狠狠一拽，甩在地上：“给我出去！大门在那儿！”

“可是她，那……”秦恬艰难地爬起来，只能无奈地跟着人群走出去。

一出旅馆，她才发现，似乎这一片区域的所有人都被集合起来了，拥挤着像牲口一样被德国兵们赶着往一个方向走，大多数人都还穿着睡衣。队伍里面什么人都有：穿着工人装的，西装革履的，围着围兜的，抱着小孩的……

这不对！

秦恬满心都是违和感，搜查就搜查，找暗杀者就找暗杀者，为什么这些明摆着不是凶手的人会被拉出来，连咬着大拇指的小孩子也被带了出来？这根本不正常，根本不像是搜查，倒像是……

她不敢说出那可怕的猜测，可那猜测又不断往外冒，她不禁害怕得肝儿颤起来。

她左右四顾，身后不远处，贝尔夫人哆哆嗦嗦地走在人流中。她不着痕迹地挪到贝尔夫人身边，把自己身上的大衣脱下来裹在她身上，担忧道：“贝尔夫人，您还好吧？”

贝尔夫人冻得嘴唇都在发紫，连忙裹紧大衣，摇摇头，低声道：“到底发生了什么事？刚才我只听到枪声。”

“一个德国中校刚才在旅馆门口遭到暗杀，一个士兵替他挡了枪……德国兵现在在搜查。”秦恬忍住心里的翻腾，尽量言简意赅。

贝尔夫人点点头，看看四周，皱眉道：“这不对，哪有这样搜查的。”

“夫人，您说……”秦恬还是忍不住说了出来，“德国兵找不到暗杀者，会不会拿我们这些平民做人质……”

贝尔夫人显然被秦恬的猜测吓到了：“你是说，他们会……”

“如果犯人不出来，他们就杀人……这种事，他们干得出来。”

“不可能！他们可是正规军，又不是土匪！虐杀平民只有最邪恶无耻的军队才会干！”

“夫人，这都什么时候了。”秦恬无奈。她越来越相信内心的猜测，因为所有人都已经被陆续赶到了一个广场上，小镇本不大，但镇上所有人站在那儿，却也不显少，“虽然说德国国防军和党卫军有差别，可也不会大，该报复的还是会报复。要说虐杀平民……您没看过资料吗？疯狂轰炸德国平民区的可是英美盟军，他们那样的行为就可以理解吗？”

贝尔夫人咬紧下唇：“不行，我们是红十字会成员，不该被这么对待！”

秦恬摇摇头：“我就不信这些人里面不会有比我们还重要的人，你看现在谁站出来了，估计都知道德国人不会那么轻易放人。”

“总要试试！”贝尔夫人说着，转身走向边缘，秦恬只是一闪眼，裹着棕色大衣的贝尔夫人就隐入了人群。

秦恬很纠结，却又不知道该怎么办，只能和所有人一样仰头看着前方。黑压压的头颅，每一颗都满脑子茫然和恐惧。

之前那个德国中校走上临时搭建的讲台，拿着喇叭大吼道：“你们很多人可能还不知道发生了什么事情！就在刚才，有破坏分子企图谋杀我，我要告诉他们，‘我现在就在这儿！有种你们再开一枪，让我看看你们有多么伟大！能拿那么多父老乡亲的命来满足私欲！’广场里所有人都听着，造成你们这下场的就是你们的同胞，他们的冲动和疯狂毁了你们！”

场下一片沉默，所有人表情不一，但是都没说话，静静地看着中校。小孩隐隐的哭声传来，秦恬看过去，不远处一个中年妇女抱着一个小孩，正柔声安慰着，眼里却含着眼泪。

“我给你们一天时间，要么交出破坏分子，要么等破坏分子自己出来……真正的英雄，在做事前，就要想想会承担什么样的后果！别让自己背一世骂名！”

说罢，那中校把喇叭递给身边的副官，眼神在人群中巡视了一下，然后下了讲台，消失在秦恬的视线中。

寒冬中干站着是很痛苦的。秦恬没了大衣，没一会儿就冻得仿佛全身每个细胞都在颤抖，她连哈气都哈不出来，旁边一个穿着睡衣的大叔更惨，似乎就要昏厥过去了。

这时，身边的人群一阵骚动，秦恬隐约听到一个熟悉的声音传来：“好像就是这儿，媞安，媞安你在吗？”

秦恬一下子振奋起来，举手叫道：“我在我在！这儿！”

“过来过来！”贝尔夫人冲过来，她身上又裹了一件德军的外套，一把抓住秦恬就往外走。

走到了人群外面，警戒的士兵给她们让了路。不远处一辆军车旁，那个中校正在几个士兵的护卫下抽烟，见到秦恬，他走过来两步，扯了个微笑："抱歉姑娘，刚才忘了吩咐士兵照顾你了，帮助第三帝国的人我们决不会忘。"

秦恬干笑一声，她身上忽然也被人披了一件军大衣，是中校的副官，他朝秦恬点点头。

实在冷得不行，秦恬不客气地裹紧了大衣。

"还有呢？"贝尔夫人忽然道，"请向我证明一下你们的人性！"

中校叹口气，挥挥手，副官领命离开，很快远处传来命令声："所有妇女小孩全部回去，男人留下！"

"什么！你们怎么可以这样？"贝尔夫人抗议，"男人就不是人吗？"

中校忽然冷声道："如果您再多管闲事，我不介意让您和那群女人一起陪着她们的丈夫们。"

贝尔夫人气乐了："你在威胁我？"

"我懒得这么做。"中校说罢，朝另一个士兵挥挥手。那士兵上前，忽然一托枪打昏了贝尔夫人。

秦恬一声大叫卡在喉咙里，她感到脖子发麻，有些恐惧地看着那个士兵。

"等会儿有一班车开往华沙，派个人送这女人回去。至于你……"中校看向秦恬，"留下，还是跟她一起走？"

"我……凯泽尔怎么样了？"

"不知道，还在抢救。"

"我能先留下吗？等到有确切的消息了再走。"

"那你就先住在旅馆里吧，有消息了会第一时间通知你。"

"谢谢。"秦恬长舒了一口气。

妇女和小孩跟他们亲人一阵惜别后，哭哭啼啼地离开了。男人们则被勒令双手抱头，蹲在广场中。放眼望去，黑压压的一片。

秦恬不知道明天是否还能看到那个"呸"她的大叔和故意撞她的伙计。

一个下午，什么消息都没有，广场很远，也什么响声都没有。旅馆里的女人们全都不见了身影，秦恬一个人煮了吃的，一个人烧了开水，一个人泡了咖啡，然后烧水洗了澡，尽量平静地维持正常生活。没有消息就是最好的消息，没有响声就是最好的事，她真心这么认为。

到了傍晚，秦恬算着时间，估计贝尔夫人该到华沙了，不知道她有没有看到自己放在她大衣里的小纸条。

秦恬烘干了头发，钻进暖暖的被窝中，想到白天广场上的寒冷，和现在还在挨冻的人，以及生死不明的凯泽尔，她就一阵心绞痛。随即她忽然发现，今晚真是安静得诡异。

这样也不错，她躺下，大大地叹了口气，在床上“烙了会烧饼”后，终是抵不住身心俱疲，沉沉睡去。

砰!

秦恬翻了个身，做梦都梦到枪声，真晦气。

砰砰!

秦恬愣了一会儿，猛地坐起，睁大眼睛盯着黑暗中的一切，耳朵竖起来凝神听着。远处那几声枪响仿佛是在发令一样，紧接着，机关枪的声音不停地传来，那声音猛烈地冲击着耳膜，惊得秦恬仿佛心脏要跳出来似的。一身的冷汗让她倍感寒冷，她看到窗外几户人家亮了灯以后又忽然关掉，然后全镇都沉寂下来，只有那扫射的声音嗒嗒嗒响着，就像是魔鬼的咆哮。

恐惧袭来，秦恬双手抱膝把颤抖的自己裹在被子里，炉子还在烧着，但她觉得寒冷得刺骨。外面天已经微微亮，她不敢想象发生了什么，或许是游击队员反击了？抑或游击队员还没出来，于是德军最终的报复开始了？

想到离开广场时回头看到的那一片黑压压的头颅，想到那些妇女和孩子离开广场时痛苦的哭声，她觉得在旅馆受到侮辱时的那气愤是多么可笑，她在纠结什么？她在气什么？

机枪的扫射速度越来越快，大概十五分钟后，机枪声停了。正当秦恬还憋着一口气不知道该不该吐时，又有零星的枪声传来，一下，又一下……

凭她看过那么多部战争片的经验，她几乎可以肯定，这就是屠杀!

机枪扫射后，再用手枪解决侥幸没死的，一个都不留，半个都不放过。

手枪声也停了，巨响后的安静更显死寂，秦恬把头埋在膝盖中，满脑子满耳朵都是刚才的枪声和擂鼓一般的心跳声。

她就僵在那里，一动都不敢动。一直到天慢慢亮了，几辆卡车路过，伴随着德军的说话声和笑声。

又过了一会儿，远处若隐若现的抽泣声传来，然后越来越响，越来越多，越来越压抑不住。悲伤汹涌成汪洋大海，席卷了全镇，又像只大手，揪住了秦恬的胸口，让她无法呼吸，她禁不住也流下泪来，不知道在为谁哭。

她听到有女人、小孩号哭的声音，听到奔跑声、开门声、开窗声，随着加入的人越来越多，哭声也越来越响，几乎震耳欲聋。

国难。

秦恬脑中只有这两个字。

# 第二十七章

# 败象

这天凌晨，一场来自国防军的报复行动，让一百七十多个平民男性失去了生命，他们在寒冷的冬夜中瑟缩了一整晚，然后在五分钟内被杀戮殆尽。

无论有没有失去亲人，整个镇子的人都异常悲痛。

秦恬鼓足了勇气走出旅馆，却最终只敢远远地往广场望一眼。那儿人头攒动，几个德国士兵持枪看管着，搬运尸体的男人们走来走去，都一声不吭，而幸存的女人和孩子们则在一旁焦急地寻找着自己的亲人。

他们本该绝望了，机枪扫射时他们就该绝望，手枪散射时他们更该绝望，可他们还是抱着自己亲人的尸体不停哭泣着，或者在尸体堆中呼喊着亲人的名字想听到亲人的回应，可是至今没有奇迹发生。

秦恬只是望了一会儿，就默默地往回走。她觉得始作俑者是凯泽尔，后来又觉得是游击队，接着认为始作俑者是入侵者，最后发现一切都是因为战争。于是她没什么可说的了，也没什么可抱怨的了，她只能尽人事，听天命。

旅馆没人烧饭，店主也没空搭理她，她自己去外面买了点面包和牛奶，慢慢走回旅馆，刚转弯，就看到旅馆门口停着一辆军车，车前的鹰徽让她的心跳都停止了两拍。

她直觉这辆车是找自己的，可她不敢上前，她此时很希望自己能够预知接下来会发生什么，可她猜不到，也不敢原地停留太久，只能慢慢地往前。

旅馆里走出一个士兵，朝副驾驶座上的军官摇摇头，然后一抬头看到秦恬，立刻走了过来。

秦恬有种拔腿就跑的冲动，可她终究不敢，老老实实地等那个士兵跑到她面前：“媞安小姐是吗？”

“嗯。”

“是这样的，我们长官派我来通知您，凯泽尔上尉的伤还不明了，被转移到国内去了。如果您愿意，我们等会儿正好有火车前往国内；如果您要去华沙，那就只能等晚上了，有运兵车前往那里，可以顺便保护您的安全。”

“安全……”秦恬很不安，“那个，凯泽尔上尉还活着吧？”

“当然活着，只是听说伤了内脏，不知道情况如何。”士兵严肃道，“请问您准备去哪儿？”

德国秦恬是不敢回的，现在的德国到处挨炸，她回去了也不知住哪儿，以什么为生。现在知道凯泽尔没死，并且能被送出去得到更好的治疗，那至少小命是保住了吧，她想了想，道：“我就不去德国了，下午我自己找去华沙的列车就行，不劳你们费心了。”

“不，小姐。您要明白，现在您处于危险中。”士兵正色道，“昨天到今晨发生了这样的事情，卑鄙的波兰游击队无处泄愤，肯定会找相关人士报复。昨天您众目睽睽下救治过凯泽尔上尉，因此首当其冲的就是您，希望您明白。”

秦恬勉强地笑笑，心里是信了，可总觉得那么不真实：“不……不会那么严重吧。”

“不，媞安小姐，当地的游击队和我们的仇恨相当深，他们会不择手段地报复，这点我可以肯定。我们必须对您的生命安全负责，如果您不想去德国，那么请收拾东西回到旅馆，我会负责保护您，直到把您安全送上我们前往华沙的专列。”

秦恬真心不想拿小命开玩笑，想了想决定破罐子破摔，咬牙点头：“那麻烦您了。”

“不用客气，能为您服务是我的荣幸。”

士兵带着秦恬路过门口的轿车，那军官看到后什么也没说，让司机开车离开了。秦恬躲进房间中收拾完东西，浅浅地睡了一觉，傍晚被士兵叫醒，然后被送上了标有纳粹万字符的专列。

这并不算是正规的列车，至少有一大半车厢被改做运输用，里面有各种物资。据说刚在波兰某地经历了三个月新兵训练的士兵也在上边，他们是被安排到华沙中转再去往前线的。

秦恬坐在唯一一个完好的车厢中，里面再没其他人，她记得几个带队的军官都和士兵们在一起，心想这样也不错，便蒙头蒙脸地裹上大衣，想着到了华沙该跟贝尔夫人怎么解释。

摇晃的火车中，人特别容易疲倦，看着外面沉沉的夜色，秦恬再一次昏睡过去。

远处隐约有点骚乱，但似乎从很远的地方传来，秦恬睡得昏天暗地，便权当是做梦，没搭理。

直到天光把她照醒。

秦恬看着外面无边的雪原有点发愣，她记得上一次从华沙到她所在的地方也不过四个多小时，怎么昨天傍晚出发的列车到了今天早上还没到达，这难道也关乎人品问题？

她左右望望，车厢中还是空无一人，心里有点不安，她缓缓起身，松动了一下僵硬酸痛的身体，打开了通往后面车厢的门。她记得后面的车厢运了很多牲口，再后面是武器，最后面是士兵还有军官。

刚打开车厢门，她就和车里的数双眼睛对上了。

五个很年轻的士兵，有一个站在大开的车门边往外观望，有一个站在她面前，还有三个正缩在一匹马的肚子下面，看样子是在取暖。双方都愣住了，半晌才有一个稍微年长点的举起枪对准秦恬："你是谁？举起手来！"

秦恬立刻举起手，她不担心被射杀，只是觉得场面很奇怪："我……我一直在前面的车厢，我就想找人问问火车到哪儿了。"

那个士兵看了看秦恬，还是有点不放心道："你别动，我去问下我们长官。"

秦恬表示无所谓："行，你去问吧。"

那士兵跑了以后，马肚子下的三个士兵立刻站起来，整理了一下衣服，然后端着枪煞有介事地做巡视样，时不时偷瞥秦恬。

秦恬无奈了："我就想问问到哪儿了。"

"这个，我们也不知道。"一个小兵嘟哝道，"天知道他们又搞什么呢，又是等一整晚，又是突然转向的。"

秦恬的心霎那间寒冰彻骨："啥转向？"

小兵警觉地看了秦恬一眼，闭嘴不说话了。

秦恬望着外面的茫茫雪原，小心肝仿佛热锅上的蚂蚁似的各种煎熬，好容易等来了一个军官，他极为惊讶地看着秦恬道："女士，您怎么会在这儿？"

敢情这群人压根不知道她这个人的存在啊，那引我上专列的士兵怎么办事的！

秦恬快哭了，她有气无力地把大致情况说了一下，弄得军官更为惊讶："您应该去找车厢前面的人，他们负责驾驶，要交代您的事情也得找他们。"

“可我往前看过，都是煤。”秦恬无比沮丧，“我能知道我这是到哪儿了吗？”

“呃，现在的所在地我不清楚，但是我知道我们的目的地——昨晚突然收到通知，我们转向前往明斯克。”军官一脸同情，“女士，您如果要回去，恐怕得经过一番周转。现在我们已经进入白俄罗斯境内了，总不能要求我们现在把您放下，到时候您无法回去不说，沿途都是游击队，他们可不管您是哪里人。”

明斯克，白俄罗斯……

那是哪儿啊！

秦恬高中地理几乎是白学的，她能记住几个比较重要的地名已经很好了。曾经她刚听说白俄罗斯这名字时还不相信那是个国家。至于明斯克，听说过名字，但是到底从哪儿听说的，就记不清了。

她觉得自己完全可以写个历险记了。从刚知道匈牙利的首都是布达佩斯，到现在突然就要去一个神奇的白俄罗斯的首都明斯克，就算再怎么听着耳熟，也感觉很遥远！

现在好了，她上贼船了，傻乎乎地跟着一辆运兵车上了东线，想也知道这是去干吗的。老天，你这是不让我活啊！

秦恬的心中各种流泪、挠墙，附带咆哮体，仿佛被数十万头“草泥马”翻来覆去地犁了几遍。想也知道此刻她的表情肯定奇差无比，看得面前那国字脸的军官都不忍心了：“女士您放心，现在明斯克还在我们控制中，您是安全的。到了地方我会立即安排人把您安全地送回去。顺便说一下，我叫瑞格尔，在到达明斯克前，有什么特别的事情，您可以让他们带话给我，这几个士兵是负责在这儿站岗的。”

完全不知道听到了什么，秦恬此时的状态是冷热交替、内外煎熬，如行尸走肉完全没了思维能力，她只能不断地感叹命运、诅咒老天，然后半死不活地回到了只有她一个人的车厢。

这一下看到雪原她不再迷茫了。

只觉得白得刺目，白得让人咬牙切齿。

刚才在隔壁的士兵给她送来了一点热奶油和肉饼，见她吃着东西神情不属，忍不住安慰道：“女士，您不用太难过，白俄罗斯离波兰并不远。”

确实不远，生和死的距离罢了。秦恬又咬了一口肉饼，忽然问道：“在前线找人会方便一点吗？大家消息是不是比较灵通？”

士兵一脸为难：“据我所知，应该是更麻烦。”

“啊……”秦恬垮下脸，“谢谢。”

“您要找人吗？”

“嗯。”秦恬下意识地摩挲自己手指上的戒指。

士兵看到后，局促道：“抱歉，我没看到您的戒指。是不是应该称呼您为夫人？”

“不，我还没结婚呢。”秦恬勉强地笑了笑，拍了拍士兵的手肘，“小伙子，你们加油点，我就能正式脱离单身啦！”

士兵愣了一会儿才反应过来，笑道：“夫人，相信我们，胜利属于德意志！”

“呵呵。”秦恬笑得要多勉强有多勉强，可是在士兵走后，她却笑得越来越开心。

有种很奇怪的感觉蔓延上心头，仿佛是释然，又似乎是期待。

奥古斯汀，我们是不是越来越近了呢？

路上渐渐地可以看到一些破败的村庄，不知道是天气原因还是技术原因，列车开得并不快，不像以前秦恬坐火车时外面的景物全都唰唰唰地往后飞。她可以看到一些被雪覆盖的田野和小农屋，只是一直没见到人，不知道他们是不是远远见到火车就躲开了。

干枯的树不时掠过窗台，秦恬出神地数着树，发现火车渐渐慢了下来，外面传来叫喊声，火车竟然停了。很快，又传来一声轰鸣，迎面有一辆列车驶来，两辆车交错而过。

那车开得很慢，刚开过来时还能看到车上站着的德军士兵，他们穿着大衣漠然地审视着这边，那车有很多车厢是开放式的，四面漏风，还能看到里面成群结伙的坐着或躺着的人。

身边的门开了，刚才送食物的士兵悄悄走进来，把枪放在手边，一本正经地站在门口，目不斜视。

秦恬看了他两眼，继续眯起眼睛看那几列车厢，很多人躺在门口，很多人坐在里面，真奇怪。

半晌没听到动静，秦恬忍不住问：“怎么，来监视我？”

“不，每一节车厢都应该有警戒，刚才我们都以为这节车厢没人，是我们的失误，现在我是负责警戒这节车厢的。”士兵眼睛看着天花板大声道。

“好吧好吧。”秦恬无语，“那些是什么人？伤员？”

“不，是俘虏。”士兵也看了两眼，马上收回视线，有点厌恶地说，“他们用自己战友的尸体挡风，女士。”

“啊？”秦恬讶然，她一时没反应过来，又仔细看看，觉得越看越像，可终究不敢确定，等整列车驶进园区后，她还在不停张望，只是已经从不确定变成了心寒。

用战友的尸体挡风，要不是逼不得已，谁会这么做？该从道义上指责那些苏军俘虏吗？可没有经历过这般遭遇的人又有什么权利去指责呢，谁敢保证自己到时候不会想出更凶残的办法？

她能做的，只有瞪大眼睛看。

火车渐渐开动了。

“媞安夫人。”

“叫我媞安，或者媞安小姐，别叫夫人。”秦恬收回视线，受不了地道，“我还没结婚。”

“那么，媞安小姐，等会儿路过布列斯特要塞后，我们就直接进入白俄罗斯了，这个路段经常遭受突然袭击，希望您不要放松警惕，请相信我会保护您的。”

“什么？刚才你的上司不是说已经进入……”

“本来开一晚上确实该到了，可事实上我们晚上走走停停，并没行进多少。”

“你们不是去增援吗？不是很急吗？”

“但有些路段被游击队毁坏了，我们不得不不断绕路和等待修缮……啊，到了，这就是布列斯特要塞。”士兵很是激动地道。

火车并没有停下来的趋势，而是拉着汽笛往前一直开，秦恬只看到一个红色的雄伟建筑，充满苏联风格，虽然表面被损毁得厉害，但不难看出曾经的庄严。这个要塞并不大，很快就路过了，秦恬往后看了两眼便不再多看，倒是士兵凑过来往后望了许久。

“你很喜欢这要塞？”秦恬好奇。

“您不知道吗？”终于看不到了，士兵意犹未尽地回头，年轻的脸上满是激动和骄傲，“这儿就是一切开始的地方！”

“什么一切开始？”

“一九四一年六月二十二日，我们在这儿开始了和布尔什维克的战争！他们在边界虎视眈眈太久了，我们必须主动出击！我的叔叔就是参与布列斯特要塞战役的一员！”

秦恬瞪大眼睛：“什么？这儿就是东线战场的起点？”

士兵挠挠脑袋："也可以这么说。"

"到底是怎么开始的？"秦恬心潮澎湃，就是在这儿，德国迈出了他们最狂妄和错误的一步！历史书上的说法只是简简单单的一句：××年×月×日，希特勒撕毁《苏德互不侵犯条约》，悍然发动对苏战争……

一句话和身临其境，那差别是巨大的，文字可以修改，可眼前的建筑却是活的历史，这感觉就好像和奥古一起在家中听希特勒演讲跟在档案馆看南京大屠杀的资料的区别……

这儿原来也是个见证历史的地方，可能从外观看，这儿并不起眼，但确确实实在历史上有着无敌的分量。

她不由自主地也回头望望，可惜，那小小的要塞早就消失了。

"这个……我也不大清楚。"士兵摇头，"您还是休息吧，还有很久呢。"

"好吧。"秦恬有点失望，但她也知道，德军入侵的手法并不是很光彩，也就不再多问。她朝着外面探看，列车路过了要塞和一些村庄，又重归雪原，这让她睁不开眼。渐渐地，困意袭来，她又陷入沉睡。

对一个不得不学好几门语言谋生的人来说，最悲剧的事情莫过于，一门还没学会，又得学一门新的，或者说，到了又一个语言陌生的地方。

秦恬来到了满目疮痍的明斯克。

白俄罗斯的冬天冷得吓人，秦恬刚下车就冻成了"冰棍"。她僵硬地在人群中挤来挤去，企图寻找那个承诺过自己的瑞格尔中尉，可是她下车的同时也伴随着上万士兵的到来，站台上乱哄哄的一片，喝令声、说话声源源不断，士兵们很快就被整顿成一列一列的，很多军官在那儿走来走去。她没有看到瑞格尔，也没法在人群中找到照顾过自己的士兵。

有很多胖胖的大妈拿着大包小包领着孩子在站台穿梭，还有很多衣着褴褛、全身脏兮兮的壮年男人在几个戴着袖章的人的指挥下蹒跚地列队行走，到了卸货的地方，几声命令之下，他们开始搬运货物。

秦恬跺着脚哈着气缩在一边看着这一切，有些迷糊又有些明白，眼见着那些士兵在列队之下被带出了站台，她也急忙跟了上去。

刚走出站台，迎面一阵冷风，刹那间就把刚才的热闹给吹得没影了，东线又一中转站的首都展现在她的面前。

她经历过战火，也曾眼见着华沙从完好变成废墟，但她从没见过一个像这样悲惨的城市。

满目都是空壳子一样的房子，大多都没了房顶，窗户里面空空如也，不知道里面住的人去了哪儿。墙壁上还残留着子弹射击后的弹孔，透着丝丝缕缕的光……

地上坑坑洼洼，布满了弹坑，有些大的坑能横躺好几个人。似乎刚下过雨，白花花的土壤被冻成了一坨坨的，在一些必经之地，人们用砖头撑着木板做成了简单的路面，木板经过千万次践踏已经破破烂烂，一踩上去就咯吱咯吱地响，有些放得比较偏僻的木板上则光溜溜地发亮，估计是雨水溅在上面冻成了冰。

大群士兵列队被带向预设的兵营，秦恬走了几步就被寒气逼人的冷风吹得快僵硬了，周围就没一幢完好的建筑，连个避风的地方都没有。秦恬摸摸钱袋，她不确定身上这点兹罗提（波兰货币）能否在这儿流通，可路上吃的那点儿奶油面包根本不顶用，早就转化成热量，在寒风中分散得干干净净。

她好久没体会过饿的感觉了，平时也不是忍受不了，可是在吹一下就让她摇摇欲坠的寒风中，她几乎一刻都忍受不了。

秦恬走进一家看起来像商店的房子，昏暗的里面虽然破烂，但勉强还算整齐，破碎的窗户用木板挡了起来，透着微弱的光线。店主大叔身后的货架上只有稀稀拉拉的几样东西，有的用油布包着，有的用箱子装着，还有几堆罐头。柜台旁摆着几个色彩不同的瓦罐，里面装着看不出是什么的东西，大冬天的也闻不到味道。秦恬踌躇地站在一边，眼睛溜着货架，双手紧紧握着自己的小箱子。

几个德国士兵走进来，店主立刻迎了上去，不安地笑着看他们，然后拿了一个大勺子，从瓦罐中捞出一些长得像腌菜的东西，朝士兵们示意着。

士兵们立刻会意，拿出自己的饭盒，接过店主给的腌菜，拿着勺子开始吃，吃完没给钱就走了。

这不是明抢吗？秦恬目瞪口呆。

店主笑眯眯地看着他们吃完走了出去，转头看到秦恬瞪大眼睛看着刚关上的门帘，他摇摇头，从货架上拿出一个搪瓷碗，从瓦罐里拿了点腌菜，又不知从哪里拿出了一块糕点一样的东西，递给秦恬。

秦恬没敢接，她掏出自己的一把兹罗提递给店主，一脸局促，示意自己不是没钱，不过只有兹罗提——也等于没钱。

店主没接，继续把吃的往秦恬面前送，秦恬很感动，接过吃的，狼吞虎咽起来。

冰冰的腌菜很酸，还有点辣，味道怪怪的；好在那糕点不错，口感很软，上面涂了一层蜜糖，味道又甜又香，还是热乎的，吃得秦恬满口生津。

吃完了东西，秦恬把餐具还给店主，不断地躬身道谢，走出了商店。街上有很多德国士兵扎堆巡逻，或是在闲逛，路过有些店时会进去，然后吃着东西出来，但不付钱吃东西的不止德国士兵，有些小孩和妇女走进去，也会得到一些免费的吃食，就像秦恬这样，量是不多，但足够美味。

秦恬找不到人问，也觉得目前最重要的不是这件事，于是循着方向，急急忙忙去找刚才下车的军队。

她跟到了一家战地医院。

士兵们在医院外列队，一批批地进入，她走到门口，被守门的警卫拦住了。

"我找瑞格尔中尉。"秦恬道。

"这儿没有什么瑞格尔中尉。"警卫面无表情。

"怎么可能？他刚刚……"秦恬反应过来，肯定是那中尉还没进入医院，尚未报到。

她只能在警卫时不时扫过的冷厉眼神下，缩在岗亭旁，一边跺脚取暖，一边焦急地在众多人头中搜索着军官帽，期盼能看到那唯一的希望。

好不容易等到瑞格尔呵斥着自己的士兵进入医院，可秦恬一搭话，希望再次破灭。

"抱歉，媞安小姐，列车刚停我就去问了，现在前线吃紧，刚刚送了一列车伤员回去，下一班回去的列车不知道会是什么时候……要回去只能走空运，您看……"

秦恬明白，她算哪根葱，怎么可能搭得上回去的飞机？

她当场就想哭了，这冰天雪地、炮火纷飞的，人生地不熟，没钱没住处，该怎么活啊！

"那麻烦您帮我找台能联络华沙的电话，让我跟我的上司联系一下，行吗？"秦恬哀求。

"抱歉，现在电话是军事物资，或许我能给您带封信，我们的后勤运输部队还在运作。"

"我能跟着运输部队回去吗？"秦恬心里升起希望。

"现在天气恶劣，运输部队主要是靠行走和牲畜，车子无法开动，如果您能吃得了那苦，我可以给您安排。"瑞格尔看着自己的部队走了进去，有些着急，"媞安小姐，我要带队去体检，如果您不介意，可以到医院的休息室等一会儿，我办完事会来找您，您到了这儿也有我的一半责任，我不会不管您的。”

还能怎么办，秦恬哭丧着脸跟着瑞格尔进了战地医院，在休息室里等着。

比起外面到处是挤来挤去打针、体检的士兵，休息室里倒是空旷，只有两个满身是血的中年医生打着瞌睡。

好在中间有个火炉，秦恬烤着火，勉强唤回了一点知觉。

外面闹哄哄的，可依然让她产生了倦意，正昏昏欲睡，门砰的一声打开了，一个胸前都是血的护士冲进来用德语大喊：“医生，又一车伤员到了！人手不够了！”

两个医生几乎是本能地跳起来，混混沌沌地就冲了出去，那护士转头看到被惊醒正无措的秦恬，眼一瞪，道：“愣着干什么！新来的？快换了衣服帮忙！”

“可……可我不是这儿的人……”秦恬摇头摆手。

“这儿的女人除了战士就是护士，你是什么？”那女人提高声音，眼里满是血丝，“你是护士吗？”

“我……”秦恬眼神飘忽，她觉得某些时候一个有用的人比一个没用的人好，“我是的……”明显底气不足。

“那就换好衣服过来！”护士大吼，“敢慢一拍我就把你送上军事法庭！护士服在你手边的柜子里！快点！”

秦恬的耳朵仿佛被炮轰过似的嗡嗡作响，但她赫然意识到，这种混乱的情况下在这儿当个护士好歹有饭吃，有地方睡，远比孤苦无依地等那个不靠谱的中尉带来噩耗保险得多，反正她身份清白又有护士技能，就算打下手，起码能保证自己不被嫌弃，不会冻死、饿死在冰天雪地里。

她麻利地换上衣服，撕下笔记本的一页，给瑞格尔写了张纸条压在烟灰缸下，急急忙忙地跑了出去。

一九四四年初，德国在东欧的战线不断收缩，苏联军队势如猛虎，不仅将德国军队一次次逼退，还跨越了顿河，又跨越了白俄罗斯边境……

现在的情况是，白俄罗斯像是德国占领区一个突起的角，周围全是苏联军队，一旦白俄罗斯失守，苏联就会进入波兰，下一站便是柏林。

从刚到白俄罗斯时，德军人人都说“我们会打回去的”，到现在，伤员多到让所有人都无暇说话，每一个人的脸上都是恐惧、绝望还有茫然，秦恬觉得自己似乎经历了德国由胜转败的现实场景。

寒冬已过，秦恬小箱子里的储备成功顶住了严寒的压力，否则在这满目疮痍的城市她可真找不到地方去买衣服。

她之前想尽办法联系上了贝尔夫人，对于她的情况，贝尔夫人束手无策。现在的明斯克，少有回去的列车，就算有，为防止逃兵和难民潮，那也有严格的名额控制，秦恬根本得不到。而前往其他方向的列车，一个不小心就可能拐弯到前线，还不如老实待在明斯克，更何况，现在明斯克几乎是德国东线战场最核心的城市了，说不定还能遇见个谁……

怀着一些莫名的期盼，秦恬决定留在明斯克。

在瑞格尔中尉的帮助下，她成功成为战地医院一名最基层的护士。即使是在这个时期，护士的任职审查依然是极为严格的，她只有一张经过红十字医院培训的证明，可她根本没带，只能憋屈地打下手。

每个月的津贴少得可怜，五个月下来她也只攒了一小布袋，忙碌的时候上面甚至会忘了发放，秦恬只能庆幸于他们包吃包住，虽然吃的和住的真的不怎么好。

中午，她刚打开装干粮的饭盒，就听到远处一阵骚动，她叹口气，好吧，又要干活了。

医院外面，一车车伤员被送到门口，护士和护工们涌上去，开始分拣伤员，再根据伤员受伤的部位送往不同的病房区。

由于这儿是大后方，被送来的伤员虽然都是重伤失去战斗能力的，但是也都受过基本的护理，不至于太过血腥。经历过几次后，秦恬已经能够做到面不改色了，哪怕是对着烧焦的半张脸、被打成筛子的背部、断掉的腿……

冬天她刚参与工作的时候，曾经豪放地掰开一个伤员的手指，然后从他手心里捞出五根脚指头——这哥们在雪地里昏倒了，醒来时埋在雪里的脚已经冻住了，他弯身一摸……脚指头就掉在了手里。

那场面可真是相当惊悚，秦恬现在还能想起他血液恢复流通时那惨烈的叫声，胜过无数被剖腹、被子弹射穿的伤员。

从此她就淡定了，无论多么血腥恶心的场景，只要想起那声惨叫，便都成浮云了。

“媞安，发什么愣呢！快点！”有人催促。

秦恬依然站在空地上看着忙碌的场景，皱眉道：“这次的伤员……好像……”

特别惨。

她没说出来，但是事实确实是这样，这次的伤员几乎是被粗暴地塞进车子里送过来的，好几个已经在拥挤中被扭曲了身体。秦恬和几个五大三粗的德国女护士涌在车后，像男人一样挽起袖子开始搬运伤员，几个被派来帮忙的士兵则负责用担架把伤员运送到指定的病房区。

阿妮塔护士专门负责分拣伤员，她刚戴上的白手套早已被血浸透，手里拿着笔在伤员显眼处标着记号，然后让人抬出去。

秦恬刚和一个同伴合力搬下一个伤员，就听见后面轰隆隆的声音传来，一看，整整五辆卡车停在了后面，加上现在已经有的三辆，按每辆都装五六十人来看，这一下子就是将近五百个伤员！

可护士就那么点儿啊！医生也就那么点儿啊！

被突发的状况弄得措手不及，护士和士兵们纷纷加快了速度，周围都是哀号声，还有医务长的怒吼："怎么突然来那么多，不是只有三车吗？医疗物资都不够了！谁是负责人！"

"苏联人对维捷布斯克发动了突袭，这是奥尔沙的集团军重伤员，那儿的设施全毁了，戈林元帅亲自下令派空军运送伤员，很快会有医疗药物资送来！"一个人大吼着回答，"动作快点！谁偷懒我毙了谁！"

这种时候威胁人有什么用啊，秦恬翻了个白眼儿，刚放下一个伤员就听到不远处一声枪响，紧接着一声尖叫。秦恬回头，一个护士蹲在地上抱着头哭泣，她旁边是一个军官，正拿枪指着那护士。

那军官全身都脏兮兮的，衣服上都是泥，被太阳晒成了块状，脸上也一团糨糊，但掩不住那杀气，秦恬下意识地一缩脖子，转过头去。

那护士是本地人，用俄语不断求饶。秦恬来这儿以后基本没什么和人交流的机会，都是上头的德国护士直接发布命令，所以此刻她也没听懂多少，只知道和身边的护士一起加快速度搬运。

伤员还在持续增加，很快就达到了十车的数量。驻守在此的军队派了很多士兵前来帮忙搬运，搬运工是有了，但负责分拣的护士却不够了，护士长没办法，开始点名。

"桑德拉，你去第七车报到！"

"曼塔，第二车！快点！"

“安妮，第三车缺人，记得给我仔细点！”

挑光了身边的护士，还是没轮到秦恬和几个白俄罗斯本地征召的护士。秦恬知道，她虽然待了五个月，但一直勤勤恳恳打下手，从未逾矩和过分展现，一方面是没有机会，还有一方面是想明哲保身。

但是见护士长反复掠过自己身体的目光，她明白，已经骑虎难下了，干脆自动请缨。

“护士长，我……”

“媞安，去第十车！”护士长反应飞快，立刻布置任务。

秦恬摸摸鼻子往后面跑去。

车子开过的路面已经渐渐形成了一条血路，担架早已不够，情况允许下很多士兵都是背着伤员就往医院里跑。秦恬来到第十车，那儿只有三个护士在分拣，见到秦恬眼睛一亮，随便给她指了个空位，两个士兵立刻走上来，抬下一个伤员。

这个伤员很安静，不像其他人那样不断呻吟。秦恬脑中一片混乱，她见过很多次分拣也知道分拣步骤，可是真到这时候却什么都想不起来，只是将人从头到脚看了一遍，然后愣在那里。

“怎么样，送去哪儿？”两个士兵抬着伤员焦急地问。

“他……”秦恬迟疑着，又摸摸那伤员的动脉，咬牙确认，“他已经死了……”

两个士兵对视一眼，他们没有放下伤员，而是默默地抬着他往医院旁一块专门放尸体的区域走去。

又有两个士兵上来帮忙。第一次上手分拣遇到这样的情况，秦恬有些反应不过来，她深吸一口气才勉强镇定下来开始看下一个伤员。第二个伤员整个手臂都没了，用绷带止了血，但骨头还是狰狞地凸了出来，他已经痛得反复昏死了好几回，此时正神志不清地呻吟着。这样的外伤看一眼就能送诊，他很快被送到消毒中心去了。

接下来的工作就好像是一条血腥的流水线，秦恬第一次直面这样的情景：每一次拉开伤员的衣服都有可能看到狰狞的弹孔和几乎流出的内脏，甚至有一个人胸前一块皮被烧焦了却还能活着，还有些人死死地抱着自己的断腿就是不肯放，其中一个明明被炸的是右腿，他抱着的却是一条左腿，那疯狂凄惨的样子，让秦恬都不忍心掰开他的手。

一车人分拣完了，五十六个人中有六个已经死亡，十余个垂危，剩下的大多缺胳膊断腿。四个护士还没来得及松口气，又有几辆卡车来了，甚至有两辆军用吉普都塞了三四个受伤的军官。护士们到后来完全不需要分派了，见哪里缺人手就往哪里补，那些被派来帮忙的士兵更是马不停蹄，听到有护士叫唤就走过去帮忙，全然忘了自己是哪个连队分派给哪个护士长的。

从中午一直忙到凌晨，从分拣伤员到进入科室疗伤，护士和医生们饭也没吃一口，不知疲倦似的忙碌着。医疗物资虽然如期送来了，但是远远赶不上伤员的数量，不得已所有伤员只好再次被分拣，把伤得非常重但是还有救的送去打吗啡，而伤势好一点的就只能让他们在那儿干耗了。

秦恬抽空吞了点干粮，夜猫子体质再次发功，四面串着科室，送药、送绷带、送病人、打下手，到了凌晨她负责的伤员处理得差不多了，就开始在病房指挥来帮忙的士兵搭临时病床——两块砖头一块木板，再是一条不知道哪儿扒来的毛毯，一张病床就这么形成了。

有些早就在这儿的伤员都自觉地共用床位，有些被外面的声响吵得睡不着，就起来看报写信。秦恬正抱着一条毛毯走过，被一人拉住了袖子：“护士，今天几号？”

秦恬愣了下，下意识地摇头：“我也不知道，我帮你问问。”

门外找了个面熟的护士一问，她飞快地跑回去告诉那伤员：“今天五月二十七号。”然后自己浑浑噩噩地走出了病房。

五月二十七了，这就五月二十七了？

她不知道五月二十七有什么问题，只是觉得心跳忽然加快了，直觉告诉她似乎有什么大事就要发生了。

五月二十七又怎么了呢？再过四天“六一”儿童节？

她不顾周围还有很多人的求助和哀号，奔回护士的集体宿舍，在自己的箱子里找到了封存很久的笔记本，开始翻起来，里面很多是她在巴黎时闲着无事记的笔记，有对未来动向的回忆，还有一些猜测以及计划。

“一九四三年，德国败象差不多已经明显了，千万别脑残去东线和西线，那儿悲剧！”

“一九四四年……呜……我想想，一九四五年德国就投降了，那么盟国肯定需要时间打过去，而苏联也需要时间反击，《D-day》（诺曼底登陆电影）里什么季节来着，好像是春夏吧，那么一九四四年的五六七月该诺曼底登陆了，就算六月吧，六月可千万不能在诺曼底……那儿悲剧！”

诺曼底！秦恬深吸一口气，没错了没错了，她忘了当初奥古有没有跟她说诺曼底登陆到底几号，但是根据她这几年的经验，六月是一场大战发生的最好时机，德国入侵法国是六月二十二日，德国入侵苏联也是六月二十二日，盟国就算没那么恶趣味、不选六月二十二日，但也差不离了！

捧着小本子，秦恬无限空虚，诺曼底登陆在即，她这时候要是在巴黎，估计不久就可以欢迎盟军了！

但到时候她会不会被拔头发游街啊……唉，这就是命！

诺曼底战役一开始，德国就更加悲剧了，这时候如果去波兰或者华沙都会很危险，首先波兰她除了艾森豪芬就没落脚的地儿了，而柏林……她知道那股强奸热潮……

没想到，阴差阳错之下，说不定这儿是最安全的地方，至少在苏联人看来，明斯克是被法西斯压迫的地方，就算打回来，那也会妥善对待。

秦恬安心了，留在这儿她真的无怨无悔了。

惆怅了没一会儿，她起身，收起小本子继续奔向属于她的前线。刚走两步，她又想到似乎很久没有在本子上做记录了，也许等会儿有空的时候，会突发感想写些什么，这对后世说不定是第一手资料，便干脆把本子收到宽大的口袋里，顺带还捞了一支铅笔。

结果刚奔出宿舍，就和一个人迎面撞上。

“哎哟……嗷！你？”秦恬的痛叫瞬间变成了惊叫，因为面前站着一个合情合理却又出乎意料的人！

海因茨皱着眉，双手抓着秦恬的肩膀，似乎也不敢相信：“真是你？你怎么在这儿？”

“我，你……”秦恬完全蒙住了，“我怎么在这儿？你……你怎么在这儿？”她下意识地往海因茨身后看去，空空如也。

似乎注意到秦恬的失望，海因茨颇为不爽：“看什么呢，奥古不在这儿。”

“那他在哪儿？”

“你疯了吗？这是你见到上司该有的态度吗？”海因茨说罢，眉头皱得更紧了，“你怎么会成为我们的战地护士？我在外面看到的时候还以为看错了！你不是法国国籍吗？”

秦恬见他一副审间谍的样子，不由得一身冷汗，再看看他身上，干干净净的，那平时的威压是一点儿不少，而且可能是经历战火的缘故，带着更浓重的杀气，她迅速低下头低声道：“长官，我是红十字会的护士，目前是中立身份，经过批准留在这进行人道主义工作……奥古斯汀在哪儿？”

“真是三句不离他。”海因茨摸了下帽檐，冷哼一声，“我也没听到他的消息，估计是回国了……你为了他来这儿的？！”

“不……也不算是。”秦恬眼神游移。

“到底是还是不是？”

“反正，各种阴差阳错，就来这儿了。”

“……那就是了？”海因茨表情很难看，“我以为你是聪明人，怎么那么傻？你来了多久了？听到过他的消息吗？打听到有用的消息了吗？德国军人的女人最应该做的就是等在家中，或者迎接丈夫，或者迎接送信的，或者拆阵亡通知书！你跟来这儿，纯粹是添麻烦，别到时候他没死，你死了！”

“我都到这儿了，你爱咋咋吧。”

“什么态度？”

“报告长官！我人已经在这儿了，您爱咋咋吧！”秦恬挺胸收腹立正。

海因茨默然，盯了秦恬半晌。秦恬本想鼓起勇气回瞪过去，结果不出三秒就败下阵来，只好低着头四面乱瞟，远处经过几个人，或是视而不见，或是看上两眼，又被海因茨给瞪得三两步逃开。

“哼，笨蛋。”海因茨摘下帽子，捋了下头发，似乎刚洗好还没干，湿漉漉的，“吃东西了吗？”

“吃了点。”秦恬觉得他的态度有点缓和，碰到熟人的亲热劲儿上来了，“但还是有点饿，老大，有吃的没？”她顺势瞥了瞥海因茨的肩章，瞪大眼睛：“你、你、你怎么变成上尉啦？”

“哦，没事，犯了点小错。”海因茨轻描淡写，然后跟押解犯人一样一把抓住秦恬的胳膊往食堂走，“这都快吃早餐了，看看他们有没有人做吃的。”

秦恬丝毫不介意被这样抓着，她跌跌撞撞地边走边问：“你们德国后勤不是很强吗，通信系统不是很厉害吗，为什么连你都联络不上奥古？”

“我们可以把每一个士兵的信带到他的亲人手上，也可以把每一个平民的信带到一个知道确切番号和战场的士兵手上，但是对于一个临时改了番号又不知道在哪个战场的人，你要我们怎么办？”海因茨难得耐心地回答，他似乎也觉得这样抓着秦恬颇为别扭，最终松开手，将双手背在身后。

“什么意思？”

“也就是说，我去查了奥古斯汀本应该在的队伍，但是却得知他们整支该去增援的队伍都没有到，而是临时去了另外一个地方。至于那是什么地方，后勤处一直没有给我任何信息，我不可能一直花时间在这上面，总之没有消息就是最好的消息，明白吗？”

秦恬依然忧心忡忡，战争中失踪的、死的、悲剧的、至今没有下落的人多了去了，贼老天一直没有给她和奥古好运气，她实在不敢在这种事情上拼人品。

见秦恬不答话，海因茨也不欲多说，步履匆匆地来到食堂。食堂刚热好第一锅牛奶，其他人正在疲倦和忙碌中不得脱身，正好被秦恬和海因茨抢到第一碗，再加两个面包和一些鲜奶油，简直就是人间美味。

海因茨刚拿到食物两三口就吃得干干净净，然后毫不客气地把秦恬吃不下的三个小面包给消灭殆尽。秦恬看他那优雅的火速消灭食物运作的，顿时目瞪口呆，这才发现这哥们儿许久不见竟然瘦出了骨感美，本来还有点圆润的下巴现在完全成了锥子脸。她不由有点内疚竟然一句问候都没有说，趁着他喝牛奶的间隙，秦恬迟疑地问：“海因茨，你……最近，还好吗？”

海因茨喝牛奶的动作一顿，又继续喝起来，直到喝光了，才啪地将碗放到桌上，起身道：“出去说。”

一九四四年五月二十七日，在明斯克德军战地医院，秦恬和海因茨历史性地重逢。

海因茨本来似乎打算跟秦恬讲一下他的经历，可是刚走出食堂，一被外面初升的阳光照射到，他就一动不动了，然后深吸一口气，平淡道：“快两年了吧，走过了半个苏联，受过伤、生过病、赢过、输过、进军过、撤退过……然后就一直撤退，还有别的问题吗？”

“没。”秦恬感慨道，“我见到了凯泽尔，他……受伤了，被送回国了，也不知道他现在怎么样。”

海因茨沉默了一会儿，道：“伤得重吗？”

“不知道，但是，似乎挺严重。”想到那血淋淋的背，秦恬缩缩脖子，忍不住担忧起来，“我往后勤寄过信，但是一直没有回音，你说……”

“没有消息就是最好的消息。”海因茨低声道。

“我注意到……”秦恬支支吾吾地说，“你的身后，少个人。”

海因茨一愣，看看身后，然后反应过来，失笑：“你说的是侏德罗？”

“嗯。”秦恬有不好的预感。

“埋在库尔斯克了。”

果然……秦恬想到侏德罗忠犬般的模样，不由得心里一揪一揪的。有些人就是这样，即使没和他说上几句话，即使他的某些行为不招待见，即使他冷漠阴森得要死，但偏偏气场强大，过了许久还能被人记住。

见秦恬表情黯然，海因茨也不继续了，他伸了个懒腰：“你来这儿很久了吧？”

“嗯。”

“我有十天的休假，回国是不可能了，随时都会被征召，你在这儿有没什么好玩的？”

秦恬抬头看着他，一脸不可思议：“你觉得我在这儿像是有机会玩耍、蹦跶的吗？我这几个月的活动范围绝对不超过医院的方圆五百米……”

“难怪你连俄语都没懂。”海因茨一脸鄙视，“五个月了，连基本的话都听不懂，说你笨你还不承认。”

“什么叫基本的话都听不懂！你哪只眼睛看到了？”秦恬忿忿地道。

“昨天下午，那个护士求饶的时候，我说了动作快点，怎么其他人动作都加快了，就你傻愣着？”

“什么时……”秦恬反应过来，大惊，“那个拿枪的泥猴儿就是你？”

海因茨挑眉。

“嗷！那个、那个、那个威武的军官……”秦恬立刻萎了，“我根本没听到你在说什么。”

“哼。”海因茨摇摇头，又往前晃悠了几步，停下来，“算了，滚去干活吧，跟你没话讲了。”

秦恬如蒙大赦，二话不说往医院病房区小跑而去。

“喂！”海因茨吼了一嗓子，有点气急败坏的样子。

秦恬刹车转身，小心翼翼地看着他：“怎……怎么了，长官？”

海因茨瞪着眼睛盯了她一会儿，百般不耐烦地做出挥苍蝇的动作：“滚滚滚！”

"哦……"秦恬再次一溜烟走了。

海因茨的休假截止到他休假期的第一天晚上，他作为老兵被派到城外负责指导新兵的防务工作，诸如安排火力点、搭设炮台什么的。

秦恬再一次见到他，是在六月六日。

诺曼底登陆日。

这真是漫长的一天。

从广播开始播报，到所有人都聚集起来听战况，再到播音员宣布美英联军抢滩成功，接着，评论中有关两面夹击的言论开始扩散，所有在场的德国人都沉默着。

在苏联以一国之力就把德国逼得步步后退的时候，盟国这样强势地从法国抢滩登陆，其意义不言而喻。

他们不仅登陆了，他们还胜利了，德国仅有的一点优势荡然无存。

医院中的气氛仿佛德国已经战败，在场的从烧火兵到高级军官都有高中以上学历，都接受过三个月以上军事教育，他们比任何人都明白自己现在的处境。

有两个护士直接在秦恬的背后痛哭失声，然后跑了出去，其他人都沉默着，一直听广播聒噪着。

外面，白俄罗斯人即使压抑着兴奋，依然喜气洋洋，即使没有任何军事素养，他们也明白，一个腹背受敌的侵略者将会有什么样的下场。

秦恬在法国想到诺曼底登陆的时候，总是会想象当自己听到这样的消息时，周围的法国人会有多么欢欣鼓舞，可世事难料，现在情况完全反了过来，她在德国人中间听到了这个消息。

广播停止了，沉默依然覆盖着医院，几个军官强忍着焦躁呵斥了几句后，所有人默默地继续工作。

秦恬有点不安，她推着小推车挨个儿前往手术室去拿需要消毒的手术盘，正慢慢走着，迎面走来一个面熟的护士，擦身而过的时候忽然狠狠地推了她一下。

哗啦啦，少个轮子的推车和秦恬一起倒在了地上。猝不及防之下，秦恬后脑被狠狠撞了一下，然后跌坐在地，她抬头讶然地看着面容扭曲、两眼通红的护士。护士擦了把眼泪，怒骂道："得意吧！小婊子！你这全身散发着恶臭的法国人！"

秦恬摸着后脑勺，她不知道有没有肿，只觉得阵痛和晕乎感席卷而来，再加上那护士突如其来的怒骂，她几乎气得要笑出来。她想起身，可手上满是滑溜溜的感觉，一瞧，跌落在地的手术刀在她手上割了老长一道口子，血缓缓流出，她竟然没感到疼。

“收回你说的话！”秦恬皱眉，“我不明白你在说什么！”

那护士弯下腰，伸手就往秦恬的上衣口袋掏，秦恬当然不能让她得逞，不顾手上血流不止，抓住她的手腕就和她扭起来，嘴里喊着：“放手！你给我放手！疯子！神经病！你要干吗?！”

“嘿！你们干吗呢?！”一旁有一个拄着拐棍的伤员慢悠悠走过来，见状阻止道。而旁边，有两个护士扶着一个断腿的伤员正往这边走，看样子似乎也想阻止。

跟她扭打的护士有着德国女人特有的健壮，一身怪力，秦恬本来就犯晕，逐渐力不从心，很快那护士就压制住了她，在她上衣口袋里掏出她的红十字工作证，里面写着她的国籍。

那护士一边翻开来朝四周展示，一边咬牙切齿：“你们都被她骗了吧，什么中国人，什么红十字会，这个法国女人在这儿骗吃骗喝那么久，在外面就拿这张工作证装清高，在医院里就夹着尾巴拿德语哄人！现在好了，帝国的敌人在法国登陆了，她不知道有多高兴！说不定无数次诅咒我们战败呢！哼！我就要你们看看，这个婊子的真面目！”

说罢，趁秦恬挣扎着起身的工夫，那护士又狠踢了她几脚。

秦恬快气抽过去了，更让她难受的是，听了这护士的话，那几个原本打算阻止的人犹豫了一下，然后都佯装无事地走开了，任由那护士弯腰揪住她的头发，把她扭起来，扬手就是一个巴掌扇过来。秦恬伸手去挡，奈何那女人力道奇大，竟连带着将秦恬的手扇在她脸上，相当于秦恬自己打自己。

秦恬忍不了了，大叫一声一脚踢上去，双手死命地乱挥企图挣开钳制，可显然对方的战斗经验更加丰富，不知道是不是德国护士上岗前有专门培训，反正对于秦恬的防狼术或者十八抓，对方都应付得得心应手，转眼秦恬就被教训得鼻青脸肿、痛不欲生。秦恬越想越委屈，但心里却明白，作为泄愤的对象，她无论说什么都是徒劳的，此时与其头脑发热地辩驳，不如留着力气让自己少挨几拳。

虽然战斗力不如对方，但好歹也是常年劳动的人，她一直处于下风却还不至于被打败。秦恬虽然不敢说自己是什么刚烈女性，可不肯吃亏的性子还是有的，尽管肚子痛、腿痛、脸痛、后脑勺痛、头皮痛，但还是一本正经完成了一系列打架章程，从武打到散打到柔道，最后两人扭在一起时，那护士满嘴的“婊子”终于因为气力不济而停止了。

直到那护士打爽了，或者有点怯了，脱身走人后，秦恬才有机会靠着墙壁喘息。即使全身酸痛，却觉得自己好歹让那贱人住嘴了，怎么说也是个胜利。她龇牙咧嘴，无奈苦笑，最后笑着笑着，眼泪流了下来。

自己为了在法国不因为所谓“通敌”的罪名挨打而逃到这边，却在这儿挨了德国人的打。所谓的倒霉鬼，说的就是她吧。

秦恬磨叽了一会儿，路过的人都对她视而不见，没办法，她只能擦干眼泪一个人慢慢站起来。小腿上被踢过的地方痛得她一阵抽搐，走了两步，正有点支持不住，一个人从后面走上来，手有力地扶住了她。

她转头一瞅，是护士长——当初接纳她进入医院工作的人，名叫塔尼亚，是个严肃正经的女人。

塔尼亚护士长抿着嘴，一手拿着记录本，一手撑着秦恬，带着她快步往休息室走。

秦恬看不出这女人是不是帮自己的，只能忍着痛意，咬牙跟着她的脚步。

两人进了休息室，里面一个骨科的医生正躺在长椅上熟睡，呼噜震天响。

塔尼亚护士长放下记录本，将一个医药箱打开，拿出些瓶瓶罐罐，二话不说开始给秦恬上药，表情依然严肃，运作却很专业、很轻柔。

秦恬终于觉得，生活还有那么点希望。她感觉到药水在自己脸上冰凉地流过，不禁低声委屈道：“护士长……”

“安卡利亚有三个哥哥，有两个四年前死在了法国战场，还有一个现在就驻守在法国某个海岸。”护士长简洁地说着，“当初我就想让她带你熟悉，所以跟她提了一下，结果她得知你是法国国籍就不愿意了。”

安卡利亚恨法国人，她知道秦恬是法国国籍……秦恬明白了，安卡利亚就是要让她知道她活该挨揍，谁叫她娘生她的时候没挑好国境线。

打落牙齿和血吞吗？秦恬不甘心，但她不得不甘心，从其他人冷漠的反应来看，挨顿揍算她运气好了，她该感激。德国目前的情势多么恶劣，现在她在别人地盘上，生或死？一颗枪子儿的事！到时候谁管她证件上的红十字，安一个间谍罪名就行！

秦恬彻底明白了自己有多苦逼，她知道自己夹紧尾巴做人的时刻来了。

晚上，秦恬发现手上的伤受到了感染，她担心生病，在房间里仔细研究着药瓶，考虑是不是要每天多擦几回。

海因茨敲了门进来时，秦恬正淡定地裹着纱布，他坐在旁边看了一会儿，问：“挨打了？”

“呜，还好，我也打回去了。”

“明显你惨。”他一语中的。

秦恬耸耸肩：“我这么娇小柔弱，怎么跟那群五大三粗的女人比？”

“哼，五大三粗，娇小柔弱。”海因茨看了一会儿，凶巴巴地吼道，“你到底会不会包扎？”

“啊？”秦恬卷着纱布茫然抬头，“你有我专业？”

“笨蛋！你又不是急救，至于这么简化步骤吗？”海因茨劈手夺过纱布，一手指着门外，“出去！打水！洗干净你的伤口再来！”

“可我刚上了药啊。”

海因茨瞪眼，杀气腾腾。

“去，又卖萌。”秦恬嘟哝着，乖乖地走了出去。

打水的地方离宿舍不近，在医院病房附近，秦恬左转右转到水房又排了老长的队，等她端着一脸盆水龇牙咧嘴回来时，海因茨居然不见了。

她以为这货只是出去透透气，谁知绕着宿舍左右转了两圈又等了许久也不见他出现，这才确定他是真走了。

秦恬嘴唇都哆嗦了，一拳打在床沿上：“海因茨！嘶……”伤口又裂了。

预料中的“小白菜”日子并没有到来，虽然有些人的态度确实有些转冷，但是完全不至于影响秦恬。

诺曼底登陆的噩耗过去后，并不是一直都是悲剧，那是一场长时间的血战，时不时地，广播中还会说德军在某时某地击退了英美联军，获得了在某某战场的决定性胜利。

反正盟军的胜利都是初步的、局部的，而德军的胜利全都是决定性的。秦恬总结之后只能暗笑，她看得出周围的人表面的欢欣鼓舞下肯定也在吐槽，但是对他们来说，多一次胜利就多一分希望不是吗？

六月二十三日，白俄罗斯战役打响，盟军的节节胜利让苏军终于也坐不住了。

说实话，从一九四四年开始，苏军的反击就一直没有停止过。相比德国的战士打一个少一个，老年兵和孩子兵齐上阵，苏联人多势众的优势就体现出来了。从一开始用弱兵和德国的精兵强将对阵节节败退，到后来在漫长的战争期间训练出精干的战士和越来越弱的德军进行火拼，这无意中融合了“田忌赛马”精髓的战局估计让很多历史学家都只能摇头苦笑。

年初的时候，威胁列宁格勒的德军被苏军赶到了波罗的海沿岸，德军的北方集团军全体悲剧。

同时，苏军在乌克兰、芬兰、黑海地区进行了数次强力打击，仅敖德萨一战就全歼了德国的第六军，再加上其他地区，德军至少有十五个师已经彻底成了炮灰。

这还排除了广播以及通知中偷工减料的情况——为了鼓舞士气，上头总喜欢把牺牲说小点，胜利说大点。

现在东部战线最大的德军兵力，要数驻扎在白俄罗斯的第四集团军了，而苏军已经成功搞定了德国大多数的仆从国，并且成功把战线拉到了苏联国境外。从某方面讲，反攻开始了，现在是属于胜利者的进攻时间，夹在波兰和苏联之间的白俄罗斯成了进攻战争夺的重中之重。

大后方自然是听不到外面的炮火声，可是严峻的形势还是能够深刻体会到，无数的伤员和运输兵，接连不断的飞机和火车，让秦恬觉得自己几乎要忙成了一个陀螺。前几天被冷淡的局面犹如昙花一现，她转头又成了一个得力的医护人员。

很快，轰炸开始了。

这似乎是一个城市即将成为主战场的信号，在这一点上，秦恬经验丰富。

苏联的飞机没有斯图卡，没有那让人闻风丧胆的尖啸声，但是轰鸣依旧，杀伤力依然。没有什么凶器值得赞扬，不管是哪个国家派出的，一群飞机路过照样带来的是一堆建筑的损毁和一群人的哭爹喊娘。

管他什么白俄罗斯人、德国人，人多就要炸！

转眼间，明斯克附近的工厂、交通路线全部被损毁了，接着轮到市内比较显眼的建筑——市政厅、兵营等，虽然还没丧心病狂到轰炸医院，但从越来越明显的震动来看，也快了。

每一次防空警报响起，所有人都能有条不紊地收起东西，然后跑进防空洞，在里面继续着治疗和工作，等警报结束了出来，整理废墟后继续治疗和工作。

秦恬已经习惯了两三天不合眼、一合眼两三个小时的生活了。她不知道自己现在是怎样一个形销骨立，反正现在自己的手完全是鸡爪状。

早在火车轨道被炸毁前，原先的伤员就已经被运走了一大半，可是源源不断从前线送来的伤员很快就塞满了医院，没有护士和医生能脱身。秦恬虽然也曾经考虑过回去，可是想到现在德国腹背受敌，她又根本不可能回到法国，这么一纠结下，便错过了最后一班车，再想回去，就只能用脚走了。

她死心了，等待苏军吧，这场折磨也该结束了。

很快，德军军心不稳了。

苏军的脚步太快了，感觉开战的消息刚传来，明斯克就似乎已经是兵临城下的状态。

后方有太多有关被俘虏后的下场的流言：女性被强奸，男性则更悲惨，军官直接被枪毙，士兵被各种虐待……两国有着血海深仇，苏军有的是地方发泄。

终于有人开始逃了。

轻伤员一天就逃了一大群，还有小部分被执法兵击毙；重伤员则已经在讨论自己的死法了。医生处理好一些人的后事后，也准备开跑，反倒是护士们，有些逃不出去的便安心工作，还有几个则和熟识了的伤员现场结了婚。

秦恬没有参加那场集体婚礼，她在自己房间里纠结着，觉得自己又悲剧了。

在这儿她认识的所有白俄罗斯人都知道她虽然是法国人，又长着东方人的脸，但她实打实地为德国人工作了好几个月，而且尽心尽力、尽职尽责，现如今苏军要是打进来，同僚们是靠不住了，谁为她辩护？证件什么的，有用吗？

可留给她纠结的时间不多，很快就有人替她做了决定。

苏军兵临城下了，德国第四集团军十万主力被包围在明斯克。

战地医院不能再待了，这儿已经不再是后方，而是真正的前线，城东都能听到城西激烈的枪战，所有医生护士都要像前线作战部队一样跟着主力到处跑，以备在主力部队突破重围时可以一起逃出生天。

当秦恬跑出战地医院不到五百米的时候，她有种做梦的感觉，当初在华沙走出艾森豪芬的地下室时，看到的城市就是这样，一片废墟，没有一幢完好的建筑。

整个城市都被毁了，而且还是一毁再毁。周围全是疯狂逃窜的人，很多居民自建的防空洞都坍塌了，女人们抱着孩子哭泣着四处乱跑，两个德国护士抱着头往一个掩体冲，只听嗒嗒嗒几声，她们便倒在了地上。

秦恬傻愣愣地看着这个场景，她都快疯了，苏军不是还在城外吗？这开枪的是谁?!

她这才清楚地发现，自己竟然上前线了！

轰!

震耳欲聋的炮声在身边响起，就和秦恬隔了一堵墙。那带着空窗的墙被炸裂了，碎裂的墙体全向她涌来，秦恬尖叫一声抱头滚在地上，碎石砸在身上受刑似的疼。她手上打架时划的口子还没好，刚好被一块大石头砸了一下，一阵钻心的疼痛后，鲜血涌了出来。

炮声后暂时是一片静谧，秦恬哆嗦着抬头，正好看到战地医院侧面的一个房间轰然倒塌，这一下她彻底清醒了。她忽然想起自己还有很多重要的东西没带，虽然小本子已经在贴身口袋里了，但是凯泽尔托她保管的一堆遗书和信件……

他就是担心死了完成不了战友的心愿才交给她的，她可不能人还没死，东西就丢了呀!

秦恬也不知道哪里来的勇气，霍地起身，拿出百米赛跑的速度咬牙冲向医院后面的集体宿舍。

苏军仿佛已经毫无顾忌，远程炮一顿乱轰，医院的红十字招牌被炸成了碎片，主楼也渐渐成了废墟。秦恬路过病房，看到三四个重伤员躺在那儿，一动不动地看着不断掉落的天花板。

“喂!”她下意识地大吼一声，而随着话音的落下，碎石和天花板猛地掉落埋葬了那些伤员。

秦恬不寒而栗，看着四面不断倒塌的建筑，这才发现自己有多冲动，但她已经骑虎难下，一咬牙，冲进坍塌了一半的宿舍楼。还好自己的房间还没被炸，她火速翻出了自己的小箱子，因为提着箱子实在累赘，她打开箱子，寻找凯泽尔给的小袋子。

旁边传来脚步声，一声怒吼响起:“秦恬!你这个疯女人，你不要命了吗?”

秦恬拿出小袋子，看到海因茨正在窗外对她怒目而视，她二话不说冲出房间。海因茨动作更快，上前一把钳住她就往外跑。

看着海因茨全副武装、一身尘埃地举着枪在前面跑，秦恬忽地安心下来，虽然跟着一个必败的军人，可她就是感到很安全。

“你怎么来了?”炮火声中，秦恬感到自己的声音还是挺有穿透力的。

海因茨一僵，没说话，忽然拉着秦恬在拐角贴着墙，然后谨慎地往转弯处探头望了望:“该死的，是游击队!这群卑鄙的小人。”

秦恬不敢说话，她看到对面的巷子里也出现了几个德军，和海因茨打了个手势，海因茨低声道：“待在这儿别动。”然后猛然滚了出去。

这显然是个战术动作，海因茨这一滚，立刻引来一阵子弹雨，擦着他的身体嗒嗒嗒地激起一串烟尘，而此时，对面的士兵探出了枪，朝对方射击而来的方位一阵猛轰，没几下对方就哑火了。

海因茨朝秦恬招招手，秦恬跑了过去，见是十个年轻士兵，都已经脏得看不清脸，还有几个受了伤，身上一片血糊糊的。

“北边都是苏军。”一个战士道，“确切地说，到处都是，只不过北边多点。”

海因茨握紧枪，转头对秦恬道：“跟紧！”

秦恬的思维已经完全跟不上战争的脚步了，她只能下意识地跟在后面。那十个战士一个都没理她，只是在周围有威胁的时候下意识地在她前面拦一下，秦恬只能凭借直觉进行各种笨拙的走位。听起来海因茨他们似乎和主力部队走散了，主力部队被包围在明斯克北部，看情况不久后就会发动一场突围，他们的目标就是和主力部队会合。

途中又有四个走散的战士加入，还有两个医生正要跑过来的时候被击毙了。秦恬很庆幸自己好运，但她的体力逐渐有些跟不上了。

海因茨管拉不管救，带她出医院后就一眼没看过她。秦恬得不到任何暗示，只能傻傻地跟在后面。没一会儿，前方似乎出现了很多士兵，秦恬还没看清对方阵营，就被拉进了一幢尚且完好的破房子中。

说它完好，是指这房子虽然只有三面墙，但好歹还有两层楼和一个摇摇欲坠的天顶。

十几个士兵分成两拨，一拨躲在对面的掩体后，秦恬则跟着海因茨以及另外五个士兵在这边，海因茨似乎也不知怎么安置秦恬，只能带着她上了二楼。

一上楼，海因茨几乎是用扔的把秦恬甩向离窗口最远的角落，他和另外一个士兵分别占据了窗口和阳台，摆出瞄准的姿势楼下三个士兵则趴在一楼的床前。

秦恬缩在墙角心惊肉跳，刚才看街上黑压压一群人还一阵高兴，以为有求生机会；现在明白情况后，她是一阵头疼，街上全是苏军！

海因茨他们那架势，是要用十多个人截击百来个人吗？！

秦恬不明白，敌众我寡，既然打不过，为什么不跑啊？躲起来也行啊。他们这副全神贯注瞄准待射击的样子，貌似要进攻啊！

她快疯了，差十倍啊，哥！打什么啊，她不想死啊！

没等她反应过来，来自德军的第一轮攻击开始了，只听到砰砰砰的几声枪响后，下面传来了吼声和哨声，俄语发出的粗犷的命令声响彻街道。海因茨和他的战友面无表情，打了几枪就躲在窗下，只听窗口一阵噼里啪啦，碎木屑和石屑飞溅，对方的反击来得相当快，位置也找得极准。

海因茨他们趁着对方射击的空隙又起身一串连射，立刻带出一串惨叫，枪声接连不断，突突突响个不停，看来对方已经架设好了机枪，采取了火力压制，海因茨他们当然不可能随身带重型武器对射，感觉时间过去了很久，德军一直被压制得抬不起头来。海因茨伸手开始掏腰带，而他的同伴反应更快，抄起一个手榴弹起身扔了出去，还没等他再次蹲下，一声惨叫响起，他被击中了倒在地上，而下面轰的一声巨响，手榴弹爆炸了。

受伤的战士捂着肩膀痛苦地缩在地上，海因茨躬身过去扯开他的衣服，秦恬也条件反射地缩着身子跑上去，手不停地往口袋里掏绷带，结果当然是没有。

“回去！躲回去！”海因茨大吼，伸手要推秦恬。秦恬不动，脱下护士袍用力堵在那战士的肩上，血液瞬间染透了白袍，而更恐怖的是，伤员的胸口正迅速漫延出一大片血迹，原来他被击中的不止是肩膀……

秦恬知道这个伤员必死无疑了，她听到外面有大吼声，还有楼下的德军也在大喊着什么，街对面传来巨大的爆炸声，震得这房子也在颤抖，秦恬觉得这不像是手榴弹能造成的。

“二楼隐蔽！”这一声来自楼下的警告简直撕心裂肺，海因茨一把抓住秦恬，抱着她往最角落扑去。

两人刚滚落在地，秦恬猛地感觉一阵劲风扑面，巨响轰鸣，爆炸裹挟着火热的巨浪扑面而来，沿街二楼的整一面墙都被炸毁了，巨大的碎石砖块还有墙皮朝两人铺天盖地砸来。秦恬感到一阵天旋地转，海因茨的身上满是灰尘，脸上的汗水混着灰尘化为泥水糊成一片，背上的军装几乎全烂了，很多细小的碎片扎进了皮肤，鲜血慢慢渗开，不过伤口不深。

秦恬被他挡在怀里，迷迷糊糊地往窗口看去，那儿已经成了落地窗，再没任何掩护，炮弹可能在阳台外爆炸了。刚才那伤员的尸体完全被碎石掩埋，只有一只脚露在外面。

爆炸之后，是绝对的静谧。

秦恬回过头望着破碎的天花板，眨眨眼，她脑中一片空白。

海因茨起身，扶住秦恬的双肩，嘴唇不住地动着，表情狰狞。

“你说什么？我听不见！”秦恬回以大吼，她艰难地抬手摸摸耳朵，没有流血，但也毫无感觉，她继续大吼，“我耳朵听不见了！”

海因茨还是在说着什么，顺带摇晃秦恬的肩膀。他指指下面，秦恬顺着他的手看去，一楼的五个战士还在拼死抵抗，他们不停地射击、隐蔽，她甚至看到有人把苏军扔进来的手榴弹又扔了出去。

“我真的听不见！”看海因茨不依不饶地说着，就好像交代遗言的样子，似乎指望秦恬用心电交流领会。秦恬知道，这下是在劫难逃了，就算是她也很有可能在苏军的下一轮炮击中成为废墟下的又一具尸体。

她想到海因茨嘲笑自己的话：“别到时候他没死，你死了……”

她又想到奥古在巴黎时痛苦地说：“一旦德国战败，一旦元首死讯传出……海因茨的选择，恐怕是自杀。”

此时，海因茨还在摇着她的肩膀，过了一会儿，他甚至拉开军装上的风纪扣，秦恬一看，里面竟然有个中山装式的圆扣，赫然是她给奥古做的棉袄！

看来躲过这场爆炸，棉袄居功至伟，可那又怎么样？

她不明白海因茨要说什么。管他说什么，说完自己要说的吧！

海因茨一直在喋喋不休，秦恬火气也上来了，她伸手一把抓住海因茨的领口，大声吼道：“海因茨，我说了我听不到！我不知道你要说什么，但是你给我听着！无论是不是下一秒战死，只要有机会，你就给我活着！不准自杀！不准自暴自弃！如果被俘虏了，无论遭受什么，你都给我活着！记住，无论遭受什么！那都是你的报应，你应得的！你活该！你要是用自杀逃避，你就是该死的懦夫！活着！记住没？想尽办法活着！”

海因茨终于住嘴了，他任由秦恬揪着他的领口摇晃，唾沫横飞。他满脸污泥，但眼睛还是清澈的冰蓝色，愣愣地看着她。

“如果我没死，只要一天没得知你和奥古的墓地所在，我就会一直去寻人处找你们！我会刊登我的住处！你们也要这样做，知道吗？战争很快就结束了，没什么熬不过去的！活着！听到没有？你听到没有？！受苦受难那都是你该的！只有活下去才是最重要的，听进去没？混球！你应一声啊，浑蛋！”见海因茨还愣愣的，没反应，秦恬不禁急了，闷着耳朵也不知道自己音量多大，只能一声高过一声地大叫。

海因茨忽然动了，他右手忽地捏住秦恬的下巴，狠狠地吻了上来！

这个突然袭击差点把秦恬脑中的神经都给崩断了，她的反复询问就这么被堵在了口中。她瞪大眼睛，木然地看着海因茨脸颊上的泥块，努力不去注意嘴里的异感。

这是个毫不温柔的吻，侵略性十足，海因茨似乎把刚才几十秒钟缺失的战斗力全用在了这个吻上。秦恬感到满嘴的血腥味和硝烟味，甚至还有碎石粒在唇齿间滚动。

她不知道该如何回应，只能生涩而僵硬地任由他动作，就好像已经失去了思考能力和行动能力，只听到心脏扑通扑通地狂跳。

嗡的一声，秦恬的听觉恢复了。

随之而来的有枪声、炮声、爆炸声、坍塌声，还有……急促的呼吸声。

秦恬终于清醒了，她手忙脚乱地推搡，海因茨终于抬起头来，两眼紧紧地盯着秦恬。

两相对望，各自无言。

“战争什么时候结束？”又是一连串的机枪声和惨叫声，楼下还剩三个人，海因茨忽然闷闷地问。

“我……我不知道。”秦恬下意识地以为是这场战斗。

“我问的是，这场战争！这场该死的让我遭报应的战争！”海因茨大吼，就好像秦恬还没恢复听力似的。

秦恬愣住了，就连刚才一系列的惊险都没让她像现在这样全身冰凉，她结结巴巴地说：“你……你怎么知道？”

“那天你去打水，我看了你的本子！”海因茨不耐烦地解释，又钳住她的双肩，“快点说！”

“可我……我写的是中文！”秦恬还是想知道自己哪里露出了破绽。

“但你写的是阿拉伯数字！”海因茨一副快疯了的样子，“告诉我，你不是知道吗？你都写到二〇一二年去了！”

“一九四五年五月七日！”秦恬大叫，“那天你们无条件投降，然后九月二日，日本投降，战争结束！”

海因茨又看了看楼下，他松开了秦恬的肩膀：“奥古也知道吧？”

秦恬点点头。

“那他就一定还活着。”海因茨忽然笑了，脸虽然脏兮兮的，但是笑容却是秦恬见过的他所有笑容中最炫目的，“真好，没多久了……该结束了。”

说罢，他慢慢地站了起来。楼下的战斗还在继续。

“一九四五年是吗？那可还有个冬天。”他又恢复了平日里那副欠揍的优雅状，“跟奥古说，棉袄不错，我借去穿穿。这两天可一直当防弹衣用，虽然热了点。”

秦恬没说话，紧紧盯着海因茨的手。她听到楼下的德国兵已经在喊投降，而苏军的枪声也在减弱。

海因茨的手，正在掏腰间的手枪，他的机枪已经被掩埋在废墟里了。

“你只是个平民，记得多说法语。”海因茨拿起枪，淡淡地叮嘱，“你还不至于笨到不明白吧？”

秦恬还是盯着他手里的枪。海因茨一笑，把枪扔给她：“以前那把呢？”

原来他不是自杀，秦恬迟疑地拿起枪，愣神：“在箱子里。”

“好吧。”海因茨整了整破烂的军装，“我投降了。”

“啊？”

“俘虏我吧，伟大的中国姑娘。”海因茨一顿，忽然嘲笑她道，“你知道俄语的‘俘虏’怎么说吗？”

秦恬没有打开保险栓，她举起枪，瞄准海因茨。

她有种时空错乱的感觉，从来都是她被海因茨用各种真枪假枪威胁，可是到战争快结束时，却是她举枪对着海因茨。

她走到海因茨前面，一手拉着他，一手举枪对着他，缓缓下楼。下面苏军正举枪对着投降的德国兵大声呵斥，陡然看到本以为人该死光的楼上忽然下来两个人，都拿枪瞄了过来。秦恬立刻往前站了一点，虽然做出俘虏海因茨的样子，人却拙劣地挡在他前面。

秦恬抖着手，什么话都说不出来，只是看着那些苏联士兵，她觉得自己眼睛模糊了。

“别哭了。”海因茨低声道，语气冰冷，“你想被识破吗？”

秦恬使劲眨眨眼，这才发现脸上的灰尘早就和眼泪一起混成了泥水黏结成块，让她的表情都僵硬了。

她口齿不清地叫出了俄语的“俘虏”一词，那是她知道的为数不多的俄语单词。刚喊出来，有两个看清形势的苏联士兵立刻上前，接手了海因茨。

海因茨被粗暴地拉上前，一个士兵狠狠地踢了他膝盖一脚，另一个则拿枪托重重地击向他背部。海因茨闷哼一声趴在地上，又咬着牙起身，和其他几个德军一起跪在了地上，他双手举起，表情隐忍。

秦恬扔下枪，呆呆地看着海因茨，她觉得自己胸中在翻腾，呼吸不畅，全身都颤抖起来。

没人理她，所有人都在忙碌。很快，海因茨几个就被推推搡搡地赶出屋子，向别处列队而去。海因茨和其他人一样，一言不发，走前看都没往这边看一眼。

一个苏军女战士被人带了进来，她径直走向秦恬，表情温和，微笑着说了句什么，秦恬没听清，只是呆呆地看了她一眼，忽然觉得天旋地转，眼前一黑，昏倒在了地上。

# 第二十八章

# 残局

## 明斯克

习惯了严冬的民族，向来都会以火热与快乐闻名。

秦恬看过一些“二战”时期的苏联电影，对他们的能歌善舞印象极深，虽然在战地医院的时候，一些轻伤的德国士兵闲极无聊时也会跳舞寻乐，但是绝对不像苏联士兵这样。

休息时他们围着火堆，聊天唱歌，很快就会有一个士兵拿出手风琴伴奏，不等秦恬暗自数到五,一些士兵便按捺不住绕着篝火跳起舞来，接着，一个又一个士兵加入进来，然后一大群人打着呼哨，欢叫、大声唱歌、兴奋地边跳边喝酒。

他们的舞蹈动作非常轻快豪迈，手脚齐上，时不时做出一些冲锋、打马、拍手拍脚的动作，有时候一些人还会一起跳起来凌空转一圈再落地，有很多动作还伴着清越的呼哨。当有一个人跳出一段非常出色的舞蹈时，其他人就会在旁边围成一圈拍着手吹哨、欢叫。

战争的节节胜利，士气的节节高涨，让这些年轻的士兵一个个都极为快乐，每天晚上都是他们的狂欢节，他们总能找出各种理由唱一首或者跳一曲，更多的时候连理由都懒得找。

秦恬看到一个极爱跳舞的士兵，他吃完了饭要去洗碗的时候，走着走着就突然跳起舞来，一路迈着欢快的舞步到水池边，然后更欢乐的是，一个正在洗碗的士兵看到这个跳着舞过来的士兵，先是嘲笑了几句，当秦恬以为那士兵会停止舞步时，那个嘲笑的人忽然也跳了起来，两个二货就在水池边斗起舞来。周围的傻士兵们还在嘻嘻哈哈地起哄，结果一场双人斗舞变成了一场群魔乱舞，直到闻声而来的军官一脸黑线地把所有人骂散了才停止。

今晚，又是一样，秦恬手里不知被谁塞了一杯酒，她坐在篝火边，哈着气，笑眯眯地看小伙子们跳起舞来。

她小口抿着酒，感受着火热的酒水从嘴里一路辣到肚子，暖烘烘地散发着热气，心里无聊地计算着自己这几年来喝了多少种洋酒，然后品评着老爸的米酒和苏军这不知道名字的比二锅头还强劲的白酒的区别，最后觉得，没得比，一个是小资小清新，另一个是大叔大老粗，不是一个次元的。

这时，一个小伙子突然弹跳到她面前，弯腰拉她的手臂想把她拉进舞圈，秦恬微笑着摇摇头，但也没多挣扎，放下酒杯站了起来，被拉入了人群。

她不会跳舞，小时候学跳舞因为话多还被舞蹈老师赶出了教室，那次丢脸丢得她都有阴影了。可是这些日子观察下来，并不是全部跳舞的都是科班出身的，甚至说大多数人都是门外汉水平，只不过敢跳和乐于跳，所以每一个上场的都一副很有种的样子，没来由地就显得专业无比。

这次的曲子是连中国人民都耳熟能详的《喀秋莎》，秦恬甚至能用中文唱几句歌词。她学着人群里少数的姑娘们的样子——双手叉腰快速地扭着圆圈舞步，等转晕了就迈着猫步乱跳一气，实在没了章法就跳起了秧歌舞，竟然也赢得了几声口哨。

跳累了，她笑眯眯地回到边上继续捧起酒杯又喝了一口，觉得脸颊热热的。

肩膀被人拍了拍，秦恬回头，是伊娃。

这是个纯正的俄罗斯美女，雪白的皮肤，蔚蓝的眼睛，淡金色的短发，虽然身材不是很高挑，但是漂亮得无可挑剔。

秦恬当初进入苏军队伍时，并不是完全被信任的，因为战争中一个假装俘虏另外一个逃避罪责的事情不是没有。秦恬从废墟中扒拉出了自己的红十字会证件，又说着一口流利的法语，并且让他们直接和红十字会确认，才侥幸让自己被信任了。

因为战争的推进，秦恬又不愿意去苏联大后方，所以干脆继续随军，暂时留在了明斯克，伊娃就是这时候被派来照顾她的人。

伊娃是个很厉害的姑娘，因为她是秦恬见到的第一个不以医护人员身份加入战争的女孩——她是一个狙击手，而且看周围人的态度，她还是个很强的狙击手。她在法国进修过艺术，却回到祖国接受军事训练并且参战。

两人几乎整天待在一起，但二十天了，秦恬至今还没听完她的战斗故事，简直就是五体投地加羡慕嫉妒恨。

“媞安，抱歉。”伊娃用流利的法语道，“政委说了，你的情况特殊，他暂时没有接到任何允许中立组织人士插手军内事务的许可，即使是打着人道主义的名义也不行……你的申请，除非战争完全结束，否则，恐怕很难通过。”

秦恬保持着一脸的微笑，她早就料到了，就好像纳粹不愿意让贝尔夫人探访集中营一样，盟国也不愿意让她去探访战俘营，因为这两个地方都是所谓的人道主义死穴。

盟国敦促着红十字会去探访集中营，自然不是有多伟大、希望拯救犹太民族，更多的是希望红十字会能爆料些什么，好在舆论上攻击纳粹德国。反之，在战俘营这个最适合泄愤的地方，盟国怎么会允许自己被愣头青红十字会爆料呢。

她只是傻乎乎地抱着点希望尝试一下罢了。

“而且媞安，我觉得这类申请你不应该再提出了，本身你和那个军官的出现就受到过怀疑，好不容易澄清了，可别再因为这类申请的事情惹上怀疑，我知道你们红十字会的人都有很强的正义感，可是……”

“我懂，伊娃，走了那么多国家，看了那么多，我怎么会不懂。只不过每一次我都想试试，看看有没有希望罢了。”秦恬有些怏怏的，起身拍拍屁股，“有点冷了，我想睡觉了。你呢美女，同睡否？”

“不了。”伊娃笑了，“我晚上还有训练，你先回去吧。”

秦恬在营房里一直等到外面声音渐小，才又走了出去。

外面人已经很少了，一间间营房都黑着灯，巡逻兵列队走过，探照灯的光四面巡视，整个营地一片静谧。

她往战俘营方向快步走去，隐约看到受伤的战俘都被集中到战俘营边上的一圈铁丝网中，露天的，没有顶棚。

秦恬不知道这一次明斯克战役到底俘虏了多少士兵，只看到黑压压一片。铁丝网外面一圈都是空地，她敢打赌自己往前一步就会被看到，何况路过时都已经有几个士兵注意到她了。

秦恬隔着老远瞅了一会儿，什么都看不出来，没办法，只好转身往回走。

她心里明白，要想再听到海因茨或是奥古还有凯泽尔的什么消息，就只能等战后了。这个认知在海因茨被带走的第一天她就有了，只是到了今天，她才真正开始正视这一点，并且为此辗转难眠。

如果放弃了寻找，只剩下等待的她，在接下来漫长的日子里，又该干些什么呢？

几天后，七月二十三日，不知谁传播的消息，说希特勒遭到德国军方的刺杀，德国国内一片大乱，大批高级军官受到牵连。

不明详情的人得知了这个消息，都极度盼望希特勒早点挂得透透儿的，可是又过了几天，所有人都失望地得知希特勒安然无恙，并且还在全国广播中精气神儿十足地痛骂刺杀者。

秦恬看《刺杀希特勒》这部电影的时候纯粹是为着美男去的，当年她还不信“二战”时真有人胆儿肥到去刺杀希特勒，而且这个人还是希特勒身边最最忠心的军官，以为那电影是“纯属虚构”，可将这两天听到的消息结合电影情节，她这才知道原来德国还真有这样的神人。只是可惜，他失败了。

消息中没有传是谁刺杀的希特勒，连被株连的军官都没有提到，而秦恬根本不记得电影中提到的那个负责刺杀的军官是谁，只记得似乎名字很长。

秦恬不由得有些紧张……

对德国军人有点了解的人，就算是他们的敌人苏联士兵，都不相信在这节骨眼儿会有人疯狂到去刺杀希特勒，那么这个逆天的人物究竟会是谁？

这么个……高瞻远瞩的、胆儿肥到义无反顾的人……不会是奥古斯汀吧？

秦恬被自己的猜想吓到了。

不会不会！秦恬摇头，奥古斯汀虽然下落不明，但是绝对不可能接近希特勒并实施刺杀，而且当年电影中刺杀希特勒的那个军官一开始似乎是出现在沙漠中的，应该是北非战场某牛人。

有一点可以肯定，德国不仅受到两面夹击，内里也开始混乱，败象已定。

又过了几天，一次集合演讲后，伊娃心情很复杂地告诉秦恬，隆美尔死了。

敌军的一个元帅已死，应该是一件值得高兴的事情，可是不知道政委说了什么，开完会后的他们都沉默了。

“政委说，那是一个值得尊重的敌人。”伊娃躺在床上轻轻地说，“我看到过他的很多战绩，如果他来到东线，我们的胜利不会到来得那么快，‘沙漠之狐’……媞安，你说，他好好的一个元帅，怎么可能中风而死？德国人以为我们是傻瓜吗？希特勒刚被刺杀不久，那么多军官株连其中，紧接着隆美尔也死了，哪有那么巧的事情，希特勒疯了吗？他竟然在这种时候杀了自己的元帅！”

“这是好事。”秦恬脸埋在枕头中，面无表情地说。

伊娃一愣，苦笑：“是啊，这是好事。元帅死了，而我们知道了我们在和一个疯子打仗。”

“这是好事。”秦恬继续阴阳怪气，“死吧，死吧，全死光，早死早超生，早超生早结束战争。”

## 苏联农房

不得不说，能够在春天打仗，真是一种幸福。

伊戈尔小心翼翼地瞅了瞅身边那个用四根手指艰难操作枪支的战友，欣慰地叹口气，又深吸了一口气，嗅到满腔的土腥味和草香味。

团长正趴在他身边嚼着草根，他也想嚼，还没拔到草就被踢了一脚，并得到一句怒骂：“臭小子！别乱动！”

好吧好吧……一小时都不动，这让一个身心健康的男人情何以堪。

伊戈尔不由对正前方两百多米处的农房感到一阵怨念，他小声地说：“团长，我饿了。”

“赶走房子里面的德军，你就有吃的了！”团长的声音恶狠狠的。

伊戈尔翻了个白眼儿，对面有五个人，他们却只有三个人，怎么赶啊？

团长似乎听到了他内心的吐槽，龇着牙道：“据我观察，他们虽然说有五人，但是有两个伤员，和我们战斗力差不多。现在的问题是，怎么能在不伤害平民的情况下攻占那儿！”

“我觉得我们还是应该先找到自己的队伍。”冻僵了手指的战友列奥夫对团长的决定似乎也抱有疑问。

“闭嘴！”团长怒了，顺便往身边吐了口痰。

两人都不希望团长的下一口痰吐到自己身上，于是乖乖地闭嘴。

“出来了，出来了！”列奥夫低叫，“还是个军官！”

远处农房的门开了，一个德军快速地走出来，他先四处张望了一下，然后走到一边，点了根烟，靠着门抽着。

“该死的！老子很久都没抽烟了！”列奥夫羡慕地说。谁都知道他是个烟鬼。

新兵伊戈尔、团长卡尔夫还有老兵列奥夫，三人在一场局部战斗后以不同的方式和队伍走散了，等意外聚到一起时，除了最惨的列奥夫早就弹尽粮绝，伊戈尔和卡尔夫还各自留有一天的干粮，但如果今天再没找到吃的，他们就得啃野草了。

这个空旷原野中的农房可真是一道希望之光，但三人刚奔近一点，就发现外面停着一辆雷诺卡车。

哦，法国货！

但现在能在这儿开的却只有德国人。

虽说法国卡车这玩意儿不需要炸弹它自己就能报废，但是德国士兵却不一样，那可是一种很难搞的生物，战斗力强到让苏军觉得自己和他们不是一个次元的。

听说德国有一支武装党卫队，在战场上到处充当救火员，就算是朱可夫元帅带的队伍，在听说敌人是他们的时候，都会有事先写好遗书的习惯，而更恐怖的是，元帅对此并不阻止。

还好他们没遇上这样的德军，但是眼前这几个……在势均力敌的情况下，谁知道呢。

伊戈尔饿得不行了，他迫切地盼望团长快点下令，无论是进攻还是撤退。

过了一会儿，又出来一个德国士兵，是个普通士兵，他和那军官相互行礼，军官示意了一下，士兵端起枪，开始往前方慢慢地走。

没错，是前方，就是他们的方向！

很明显地，团长身体紧绷了起来。

伊戈尔也很紧张，列奥夫更甚，他吞口水的声音十米外都听得到。

“小心转移！”团长开始慢慢挪动。两百米的距离，傻子都不会选择宰了那个德国兵发起一场冲锋。

三人都在挪动着。

挪动是缓慢而无形的，至少在这三人看来是这样，而那个德国兵的反应也确认了这一点，他往这儿走了一百多米，只是四处转转就往回走了，显然没发现什么。

三人挪动到一棵树下，这儿视野不是很好，但是胜在隐蔽。

刚固定好位置，抬头一看，德国兵回去了，可那个军官却不见了！

刚才那一会儿，他就回去了吗？一根烟抽得那么快？

三人有些惊疑不定，但四面一看，没什么异常，略微放下心。

不得不说一下这儿的地理环境，农房四周是一片稻田，旁边有一条河，地势微微下陷。河水潺潺地流向这边，钻入他们所在的树林，直到隐入最茂密的深处。

这儿很适合躲藏，可要观察，只有刚才潜伏的林子边比较合适，现在眼前灌木丛生，前方的景物全都若隐若现，很是闹心。

不过这一爬让团长心里对眼前的地形有了点数。

“听我说，河边的地势应该是最低的，等会儿我们往河边爬，顺着河流方向钻进稻田，慢慢地迂回过去，接着突击农房，听到了吗？”

“是的！”两人应道。

结果下一秒，一股寒气从三人的身后蔓延开来。

“乖乖的，别动。”声音很柔和，但是开保险栓的声音很犀利。

团长忽地一动，立刻就有枪声传来。

“啊！”团长趴在地上，一动不动了。

农房立刻开了门，两个士兵快速地冲过来。

伊戈尔感觉全身都凉了，列奥夫也跟冻住了似的。

“放下武器，双手抱头……别看了，那只是具尸体。”声音还是很柔和，伊戈尔甚至觉得，姑娘家说俄语都没那么柔和的，“好了，慢慢地站起来，别做任何多余的动作，你们知道会有什么下场。”

血腥味已经弥漫开来，浓郁到让伊戈尔想吐，他还是忍不住瞥了眼身边的团长，只见他怒睁着眼睛，手指僵硬地握在枪的扳机上，却再也没有机会扣下去了。

伊戈尔缓缓站起，压根没想有任何多余的动作，他也想不出自己能有什么战术动作比身经百战的团长，或是身后那魔鬼的动作更快，他缓缓移动，和列奥夫站到一起。

身后举着手枪站着的，正是那个军官，即使只是远远看了一眼，伊戈尔也能确定是他，至少伊戈尔见过的德国士兵大多都很壮实，很少见这么瘦的。

要是列奥夫，一个转身就能把他给掀翻了……可惜，列奥夫似乎吓得不轻，他不停地在抖，似乎下一秒就会尿裤子。

“好了，你们应该知道要往哪个方向走，转身，慢慢地。”

伊戈尔乖乖地转身，他以为列奥夫应该比他更乖，可列奥夫抖着抖着，却什么动作都没有。

“快点，别逼我，我心情不好……”“好”字还没说完，只听列奥夫突然嗷地大吼一声，紧接着枪声传来。伊戈尔忍不住回身一看，列奥夫已经猛地矮身躲过了军官的子弹，直接上前抱住那军官的腰，把他扑倒在地，一掌钳制他拿枪的手，砸向旁边的石头，逼得那军官扔了枪。列奥夫号叫着一拳打过去，紧接着大吼：“伊戈尔！伊戈尔！枪！”

那军官不甘示弱，手肘拼命地击打着列奥夫的背部，紧接着另一只手挣脱了钳制，拼命往下伸，他的腰带上插着军刺。

伊戈尔早就拿起了枪，他指着缠斗中的两人，手却抖了起来。

“伊戈尔！伊戈尔！”

“你把他挡住了！”伊戈尔抖着枪大吼，“我瞄不到！”

那军官身形虽然高，却瘦，列奥夫扑上去后，除了军官的两只手臂，几乎看不到他人。伊戈尔无奈，转到一边，正要对着那军官的侧面开枪，只听到远处砰砰砰几声，周围一圈烟尘被子弹激起，正奔来的德国士兵见势不妙，提前发起了攻击，完全顾不上自己的长官正在和敌人肉搏。

伊戈尔立刻转身回了两枪，却没击中，两个德国兵跟疯了一样往这边跑，很快，从农房那儿也传来枪声，隐约可以看到门旁的窗户开了，有两个士兵正朝这儿瞄准。

团长，什么人家五人减去两个伤员就势均力敌了，人家伤员只要能拿枪也算是战斗力好吧。就算不能跟这两个健康的士兵一样疯子似的扑过来，但掩护那两人也绰绰有余啊！

可能是这军官的缘故，子弹都堪堪擦过他们身边，但大多都瞄准了伊戈尔，足够打得他抬不起头来，他趴在地上以 S 形扭动着，期望德国兵的子弹再不长眼一点。伊戈尔的帽子被子弹打掉了，背上越来越凉快，棉衣的碎屑也开始乱飞，他毫不怀疑此时自己要是举起枪，手上绝对会被穿个洞。

但伊戈尔还是鼓起勇气，再次朝那军官举起了枪。紧接着又是一连串子弹打来，一颗打中了他的腿，此时，远处奔来的德国士兵早就到了可以狙杀的射程。不知道他们是不是技术不好，子弹再次擦过伊戈尔的手，却打掉了他的枪，巨大的冲力让他的虎口一阵剧痛，他就地一滚，掏出手枪朝那两个德国士兵射击。

这边那军官已经掏出了军刺，向列奥夫扎去，列奥夫一把抓住军刺，手上立刻鲜血淋漓，他重心不稳，被军官翻了过来骑在身上，军官看都不往伊戈尔那儿看一眼，丝毫不把身边射击的苏联士兵当成威胁，只是抿着嘴，把军刺向列奥夫扎去。

列奥夫大声地吼叫着，因为位置的关系，他再大的力气也没法与把全身重量压在军刺上的军官相抗衡，只能眼睁睁看着军刺慢慢扎进自己的棉衣，又慢慢进入身体，那越来越凄厉绝望的叫声，显示着他有多么痛苦。

伊戈尔眼眶都湿了，他刚才为了躲子弹“蹭蹭蹭”滚得老远，此时被远处的四个士兵火力压制得死死的，再也没有反击之力。

“我们投降！”他大吼，“别打了！我们投降！”

我妈妈还在家等我，我还没参加我弟弟的婚礼，我不想死……他在心里默念着、祈求着，没喊出声。

可是那军官不为所动，又把军刺缓缓地扎入列奥夫的心脏。

列奥夫的惨叫异常凄厉，伊戈尔永远想象不出一个粗壮的高加索大汉会喊出这样尖利凄惨的声调。随着刀子的刺入，惨叫越发恐怖，而渐渐地，他的叫声越来越低弱。

最终，军官把整把刀都扎进了列奥夫的心脏，然后停了一会儿，合上了列奥夫怒睁的双眼，慢慢站了起来。自始至终，他的表情丝毫没变。

然后，他慢慢转向伊戈尔。

“我说了，我投降。”伊戈尔泣不成声，“别再打了。”

远处那两个德国士兵终于赶到了，他们很紧张地看着自己的上司，确认他没受伤后，一脸凶狠地踢了伊戈尔两脚。

伊戈尔抱头滚在地上，他快崩溃了，从头到尾不过一眨眼的时间，刚够那两个壮年德国士兵跑完两百多米的路程，他的三人队伍就减员到只剩一人，身经百战的团长死了，沉默寡言的老兵列奥夫死了，留下他一个懦弱的新兵。

该死的！这到底是怎么了？

怎么会有人眼都不眨地把一把刀子那么慢地扎入一个人的心脏？那人简直就是魔鬼！看啊，他现在还在笑！

那恶魔一样的军官微笑着拍着一个德国士兵的肩膀：“名不虚传啊！威斯，果然百米内射击无敌。”

伊戈尔懂点德语，那是他作为城市兵接受一个德国俘虏老兵苛刻训练的唯一额外收获。

原来是个百米内的神枪手。

看来就是这个浑蛋打掉了自己的枪！怪不得那军官肉搏的时候看都不看自己一眼，他是笃定自己绝对没有得手的机会啊！

伊戈尔没有力气愤怒了，如果能够一下打掉自己的枪，那自己那比枪粗两倍的手臂肯定早就在那人的瞄准镜中晃悠了很久了。

“快走！猪仔，你想在这儿拉屎吗？”另一个士兵没好气地踢着他的腿。

伊戈尔擦掉眼泪，站了起来，他最后看了眼自己的团长，还有列奥夫。

那恶魔军官用和扎进去一样缓慢的速度抽出了军刺，血液像细小的水柱似的喷涌了一会儿，逐渐漫延开来。

他有点晃神。自己被俘虏了，看着战友尸体的时候，感觉就像在做梦，好像他的灵魂也已经消失，只是一具尸体跟着德国人在走。

虽然已是春天，但是傍晚的天气还是有点凉。伊戈尔走进了暖和的农房，看到了胖胖的女主人和她的小孩，他们的笑容很朴实，无论对他，还是对那几个德国佬。

该死的，敌我不分的农民！

伊戈尔接过女主人的汤，还是感觉愤愤的，可是香浓的土豆汤很快带走了他的气愤和不安。虽然不得不分一个士兵来看守他，但是显然这些德国士兵并没什么兴趣对他做些什么，除了两个伤员偶尔呻吟一声，另外三个都懒懒地坐着休息。

看样子，他们准备在这儿过夜。

哪个俘虏不想逃？可他不知道自己有没有这个胆量和能力……伊戈尔很矛盾。

那个军官一直靠着火炉边坐着，似乎感觉到伊戈尔老是看他，于是转过头来，冰蓝色的眼睛冷冷地看回来。

伊戈尔头一缩，却没转开视线。

军官懒懒地起身，走过来，坐在他身边。

另外几个士兵都警惕地看了这边两眼。

“名字？”军官用的俄语。

“伊戈尔。”

“嗯……我想想……是什么神保佑的意思？”

伊戈尔瞪着眼，他也不知道自己名字是什么含义。

“富裕之神保佑的意思。”远处，一个伤员忽然用俄语道。

“哦。”军官点点头，转向伊戈尔，嘲讽道，“这下知道了，文盲？”

伊戈尔狠狠地喝了口汤，他出生不久爸爸就去世了，妈妈根本不识字，没人跟他解释过他的名字是什么意思。

喝完汤，又吃了点面包，伊戈尔毫无意外地被紧紧地捆了起来。

白天经历了那么大的刺激，此时伊戈尔的神经还是紧绷着的。他才当兵一年，其中还包括一个月的训练以及加起来有八个月的行军，开的枪刚够三个弹夹，还不到那些老兵的十分之一。也就是说，他比起这些面对俘虏淡定得像面对儿子一样的德国兵，完全就是个菜……连会动的鸟都算不上。

“喂，你不内急吗？”那个百米神枪手威斯踢踢他的腿。

其实伊戈尔早就感觉自己的膀胱要爆了，只是旁边那军官气压太低，他不知道该怎么开口。

看懂了伊戈尔便秘一样的表情，威斯冷笑一声，把他提了出去，在寒凉的夜中盯着他撒尿。

伊戈尔尿得断断续续……

因为威斯在把玩步枪，一下一下地开关着保险栓，咔嗒，咔嗒。

“威斯，别那么无聊。”那柔和的声音又传来了，简短到伊戈尔都听得懂。威斯停止了动作，伊戈尔简直要感激这个一直被他视为魔鬼的人了，天知道他真的是又怕又冷。

回到房中，恶魔军官坐在了床边，上面躺着的伤员是伤比较重的那个，从他身上的毯子上深色的血渍可以看出，他腹部中了枪，而且一直没好。军官依然面无表情，可伊戈尔能感觉到他的哀伤。

房中很安静，除了火炉的噼啪声，他能听到两个人的说话声。

伤员交给军官一个瓶子，里面有紫色的药水，军官拿在手中，表情却很严峻。

“不，霍夫曼，我不会这样的。”军官道，“你的好意我心领了。”

那个叫霍夫曼的伤员喃喃地说着话。

“不用说了……你只管自己活下去吧。”

霍夫曼又说了几句话。

“别废话了！”军官终于不耐烦了，他把药瓶往那伤员手里塞。

“海因茨！咳咳咳……你积点德吧！你想让一个医生死都不安心吗？”霍夫曼也怒了，提高声音的同时带来一阵咳嗽，还有血沫子。

伊戈尔终于知道了，这个军官叫海因茨。

“好吧好吧，我收着，你别激动。”海因茨终于没辙了，脸上露出无奈，忙着安抚伤员。

“无所谓了，我什么情况，我心里有数。”霍夫曼不再低声说话，一副破罐子破摔的样子，“记住，虽然对皮肤伤害大，但是可以完全消掉，记得用。”

“你何必呢？”

“别再自欺欺人了，和奥古相识那么久，我不信你就一点不受影响。海因茨，事情的发展和他说的越来越像了，这个赌，你肯定会输，但我不希望，或者他肯定更不希望，为了这个赌，你连命都赔出去，海因茨，不值得……"

"我们还没有失败！"

"我都说了，海因茨，别再自欺欺人了。"霍夫曼似乎体力不济，声音逐渐低了下去。伊戈尔略微往前凑，想多听一些，旁边的威斯瞥了他一眼。

"我试图向那么多人证明我对元首的忠诚，可最终，却说服不了我自己……海因茨，我不后悔，我的所有服从都献给了我的祖国，即使我的父母在空袭中死去我也不曾后悔，但如果我的朋友因为忠诚于元首而死……我会追悔莫及。"

海因茨抓着霍夫曼的手，沉默不语，他的动作有气无力，坐着的样子很颓丧。

霍夫曼的声音越来越低，伊戈尔逐渐听不清楚了，他知道这个伤员快要死了，因为那毯子已经吸饱了他的血液，多得甚至溢了出来，连床边的地板上都出现了一摊血。

"奥古，你赢了。"这是那伤员最后一句话。

整个房间陷入了沉默。

不知道过了多久，海因茨才低声道："那么，埋葬我们忠诚的军医吧。伊萨尔，你跟我来。威斯，看着人。"

他把霍夫曼的椭圆形军牌拉了出来，掰成两半，一半挂在尸体上，一半收进口袋，然后和那个叫伊萨尔的士兵一起，把尸体抬了出去。又过了许久，伊萨尔进来了，海因茨却还没有。

伊戈尔越来越清醒，他不知道他们谈话中那个叫奥古斯汀的是何方高人，竟然能撼动党卫军对他们那个元首的忠诚，但有一点可以肯定，死了这个应该算是好友的军医，恶魔军官的心情相当恶劣，而军医伤情的恶化很可能是由刚才开枪打掩护造成的，说不定他等会儿一进屋就会给他一枪子儿。

从威斯擦枪的动作看，他很有执行的兴趣。

伊戈尔缩起身子，开始怀念母亲。

在祈祷、怀念和害怕的情绪中，他等待着死亡，然而等着等着，他竟然睡着了。

醒来时，一张憨厚的大脸正和他面对面。

"你醒了！"是农舍的女主人，她笑得很开心，"你真好运，小伙子，德国人走了。"

"什么？"伊戈尔霍地起身，左右看着，果然，连带剩下的伤员，四个德国人都走了，走得一干二净。

他看看窗外，雷诺卡车也没了。

一种做梦一样的感觉袭来，伊戈尔全身发虚，走路都打晃，绕着农舍走了一圈后，他终于确定这不是一场梦。

他还活着！

他大喜，可转而他心情又低落了。

要是当初团长不反抗，列奥夫不反抗，他们是不是也不会死？还可以进来看一个德国军医的死亡，顺便喝口美味的土豆汤……

阳光照进来，又是新的一天了。

伊戈尔有点迷茫，接着他该干吗？他吃了女主人给的面包，又喝了点麦酒，觉得全身懒懒的，只想回家，不想回部队。

连恶魔一样的德国人都厌战了，他就算上战场，也打不了很久了，不如回家吧！

呯的一声巨响，门忽然被踢开了。

伊戈尔完全反应不过来，他和女主人一起呆呆地看着冲进来的穿着黑色制服的德国士兵，他们凶神恶煞地举着枪。伊戈尔还穿着苏联军装，要不是一个军官喝止，说不定他早就成了一个筛子。

伊戈尔有种预感，这一次不会再像昨晚那么好运了。

“昨天是不是有我们的士兵经过这儿？”那个军官用俄语大声问。

伊戈尔哆嗦着，不知道该点头还是摇头。

军官皱眉。

这时，一个士兵跑进来对军官大声道：“长官，从外围两百米处的战斗痕迹可以确认，有我方的士兵，应该就是昨天没错！”

军官鹰隼一样的眼睛盯向伊戈尔：“快说！昨天到底什么情况？你说出来，就放你一马！”

要是没有昨晚被俘虏却被丢在这里的经历，伊戈尔打死都不会相信，可是现在他却半信半疑：“我……我昨天下午被五个人俘虏了，后来一个伤员死了，我……我晚上睡着了，醒来他们已经走了。”

“你是说，他们自行释放了你？”军官表情严厉。

“是的。”伊戈尔点头，带着点讨好，“那么……”

“你知道他们的名字吗？军衔最高的，或者随便一个。”

“有，有海因茨，呃，死的那个叫霍夫曼，好像是个军医，另外还有两个士兵，一个叫威斯，另外一个叫伊萨尔。”为了活命，伊戈尔全盘托出。

“嗯，很好。”军官冷冷地应了声，转身走了出去。

伊戈尔松了口气，他觉得自己又捡了条命。

那些士兵跟着军官走了出去，伊戈尔眼巴巴地看着，不料最后那个士兵在出去的时候，忽然转身，扣动了机枪的扳机……

伊戈尔大声吼叫，他抓起搁在桌腿上的枪，不顾肚子上的枪伤，疯狂地往外扫射。

外面有笑声，还有爆炸声，有人点燃了屋外的干草，女主人抱着孩子在哭叫，她的大腿被德国士兵扫射到，而孩子直接死了。

火焰封死了出口，伊戈尔还在疯狂地扫射着，但迎来的只有发动机的声音和火焰的咆哮。

伊戈尔最后看到的，是燃烧的天花板，那根房梁掉了下来……

妈妈，我唯一光荣而善良的妈妈，我知道，你比别人更痛苦。

妈妈，别哭，虽然你的儿子曾经懦弱，但我可以确定地告诉你，我反抗了，我是战死的。

妈妈，法西斯不会胜利，他们的敌人不仅有强大的我们，还有他们自己……

## 奥斯维辛

从一九三九年到一九四五年，时过六年，秦恬再次踏上华沙的土地。

这个饱经战火、一九三九年尚且有断壁残垣的城市如今彻底成了一片废墟，秦恬不敢相信后世的世界地图上竟然仍然存在着华沙这个城市。

看着废墟一样的城市，秦恬对于这个时代人类的恢复能力和重建能力感到由衷敬佩。

她坐在苏军的卡车上，穿着厚厚的棉袍——和伊娃一个样式的那种，虽然臃肿，但带有英姿飒爽的风采。下面列队走过的苏军看到她们时都吹起了口哨，伊娃和其他几个女兵嘴角带笑，羞涩而骄傲，秦恬却靠着栏杆，望着远处出神。

艾森豪芬没了。

在建筑还完好的时候，从国会大厦的方向，能够越过矮的建筑顶看到艾森豪芬主建筑旁哥特式的尖塔，或者说是钟楼，而在建筑缝隙中，能看到艾森豪芬红色的围墙。

可现在，几乎所有建筑都被夷为平地，她什么都看不到。

艾森豪芬的方向，只有几根粗粗的圆柱子支撑着墙体。

秦恬一直以为在建筑史上最大的悲剧莫过于圆明园，如今看着眼前的场景，她不由得有种有过之而无不及的感觉。

秦恬看得很仔细，她稍微熟悉的建筑无一幸免。曾经枪决了反抗者的毕乌索茨基广场上搭起了一大片棚屋和帐篷，隐约可见那儿人头攒动。

“我们要去哪儿？”见路过了广场，往城市的另一头驶去，秦恬忍不住问道。

“斯万夫斯基说，带我们去见识一点东西。”伊娃用俄语和司机交流了几句，笑着回答。

“我想，我可以在这儿下车。”秦恬打不起精神，“我觉得如果这儿的红十字会负责人活着，应该就在那个广场。”她指指毕乌索茨基广场，“那儿是救治中心吗？”

“看来是的。”伊娃朝那儿瞅瞅，但她依然握住秦恬的手，“媞安，我知道你急于帮助别人，但是你看，华沙已经被收复很久了，需要救助的人基本都已经得到救助了，你累了那么久，好歹休息休息。”

秦恬从没想过做圣母，苏军没要求她做任何事，但是当看到前线源源不断运来的伤兵时，她还是忍不住披挂上阵了。

不得不说，苏联军队对于护士的要求没那么高，甚至有几个小姑娘都是赶鸭子上架，字都不识几个就应征入伍了，相比德国护士的平均素质低出了一大截，于是秦恬一来瞬间就成了主力，十天后地位无限拔高。虽然她语言不通，但胜在身经百战、技术过硬，尽管出于各种原因从未当过领头羊，可是在这儿她成功用几个俄语词汇以及法语带领一群小姑娘走向了技术的顶峰。

然后，她就一直卖力地干活，不停地治疗、治疗、治疗，直到现在。

一九四四年的圣诞节已经过去一个多月，最寒冷的时间就快到来。秦恬终于不用在荒郊野外的行军营游荡了，她一路辗转历经几个月总算到了被彻底占领的华沙，本以为可以找间屋子好好睡一觉，谁知却在城外又待了三天才得以进城。

进城时，眼前又是一片废墟。

她想死。

她需要床、需要被子、需要枕头……可是这儿什么都没有，只有高强度的工作等着她。

车子开了许久，然后出了城，沿着铁路线一直开到傍晚。慢慢地，远处出现了一片灰色的建筑。

秦恬顶着风往前看着，心渐渐沉了下去。

其他女兵似乎也感受到了不一样的气息，停止了说笑，探头张望着。

铁轨径直进入了那个碉堡一样的建筑，车子便也缓缓开入。沿途渐渐又有人出现，一些苏联士兵搬着各种木材在往外走，还有很多没有清理掉的尸体在远处摆成一堆。

阴冷的气息以比冰雪更可怖的架势侵袭过来，就连马达声都显得沉闷了，姑娘们交头接耳，表情严肃："这儿是哪儿呀？"

秦恬却已经僵住了，她没来过这儿，但她去过类似的地方。

虽然已经经过清理，但是那连绵的木质平房，那细密的铁丝网，还有远处那高耸的烟囱，无一不彰显出这个地方呼之欲出的身份。

她甚至觉得，她其实是来过这儿的，因为门口的碉堡如此眼熟，似乎自己曾经以这个角度经过这个碉堡无数次，而在进入后，会有德国士兵大声命令所有人下火车，下车的人被列队带到屋中，脱衣、剪发……

车停在一个比较结实的两层别墅外，里面有苏联士兵进进出出，他们的表情比德国最古板的军官的还冷硬，看到姑娘们下车，也没有过多的反应。

"这儿究竟是哪儿？"眼疾手快的秦恬抓住正下车的司机，"这儿给人的感觉……很不好。"

司机摘下帽子甩了甩又戴上，在手上哈着热气，大胡子下厚厚的嘴唇弯起一个讽刺的弧度："欢迎来到，奥斯维辛。"

秦恬惊得后退一步。

在伊娃追问奥斯维辛有什么用途时，秦恬缓缓转身，面无表情地看着四周。

每一次到集中营，天气都是阴郁的，好像集中营的天气，从来都是阴郁的。

她看到旁边铁丝网围起的一大片平地上，还有没清洗掉的斑斑血迹，和旁边发白的土壤相比，颜色深得触目惊心。

上一次去集中营，在德军的故意安排下，她和贝尔夫人几乎什么都没看到，而这一次来到集中营，却已经迟了，她什么都看不到了。

一旁的伊娃已经明白了这儿就是传说中关押犹太人和战俘的最大的集中营，震惊之余不禁追问，要她们来干吗？

“伊娃，伊娃。”秦恬低声叫。

“怎么了，媞安？”

“我能……四处逛逛吗？”秦恬问着伊娃，眼睛却看着司机。

司机耸耸肩：“随便你，不过这儿很大，可别迷路。晚饭可能是在八点，请准时到。”

“要我陪你吗，媞安？”伊娃问道。

“不。”秦恬勉强地笑笑，“让我一个人走走。”

夜越来越凉，她接过伊娃给的大衣，裹在身上，又裹紧了一件大披肩。

前两天刚下过雪，虽然昨天的阳光晒得融化了一点，但是土路依然坑洼冰滑，秦恬跌跌撞撞地走着，感到冷厉的风吹在脸上，仿佛号哭声。

周围一个人都没有，只偶尔看到远处有人影闪过，或者听到周围传来有车子路过的声音。秦恬走在排屋外面，看到一扇门微微开了条缝，她见天色还有点亮，便鼓起勇气，走过去，开门进了屋子。

一股怪异的味道冲鼻而来——浓郁的酸臭和腥臊，秦恬皱着眉，忍不住捂上了鼻子，她不敢想象究竟是怎样浓郁的味道能够在几个月后依然无法消散。地上到处都是凌乱的干草，三层连体的木板床贯穿首尾，只留中间一个窄窄的过道。

屋子不通风也不透光，一片昏暗。

秦恬有些心慌走着，她清楚地明白在这儿睡过的人有多少上了天堂，虽然不信鬼神，但终究无法释怀。她随便找了个位置，矮身坐下。

不知出于什么心理，她摸了摸第一层床的床顶，露出一丝苦笑，果然，有划刻的痕迹。

就好像是高中军训时发现床板已经被历代军训的学生当成了专属吐槽区，显然这个德军不屑来检查的床板也成了很好的留言板。

只是，话题不一样罢了。

秦恬摸着粗糙却有序的刻痕，满满一个床板，周围床板也都有，只是屋子里面太过阴森昏暗，她就算鼓起勇气探头去看，也只是看到黑乎乎一片。

“里面什么人？”一声大喝忽然传来。

秦恬吓了一跳，猛地坐起来，额头却砰地撞到床板：“哎哟！”

“你是谁，怎么在这儿?！”说话者一边叽里咕噜地说着俄语，一边快步走过来，手电筒的光毫不客气地照上她的脸，“医生小姐？”

“我是护士，不是医生。”秦恬还不忘坚持自己的职业操守，她遮挡着刺眼的光抬头，用半吊子的俄语道，“我好奇看下……你认得我？”

“嘿嘿，你在明斯克给我包过腿。”来人是个笑容灿烂的小伙子，穿着发黑的军装。

对于自己不认得他，秦恬毫不愧疚，她过手的人太多了，怎么可能都记得。

“护士小姐，你怎么在这儿？天都黑了。”

“你的手电筒……”秦恬想不起“借”用俄语怎么说，只能不停地比画。

“手电筒吗？给，你要看什么？”小伙子倒也机灵，他也好奇地探进头来，学着秦恬躺在第一层的另一张床上，摸着床顶，“哦，好多字！是波兰语吗？”

秦恬不理他，用手电筒照着那一片片的字，好久不用的波兰语在阅读过程中越来越熟悉，里面甚至还有很多德语。慢慢地，一个个词，一句句话，连成一片，幻化成一帧帧画面——

“亲爱的蒂奇、罗莉和小玛塔，爸爸永远爱你们。”

“我想吃妈妈做的豌豆酱拌通心粉、小胖猪曲奇饼、蒜泥卷心菜……”

“愿神保佑我的家人，使他们免遭不公的对待，使他们远离恶魔的迫害，使他们抵挡一切灾难，使他们幸福又安泰……”

“米娜，米娜，米娜，米娜，米娜……”

“爱莎，嫁给我好吗？”

“让所有德国佬下地狱吧！”

“我不能死，我不能死！”

“亲爱的，你在想我吗？”

“爸爸、妈妈、瑟琳娜、安卡、鲍曼、叔叔婶婶、奥齐莎亲爱的……晚安。”

…………

秦恬一张张床照过去，一字一句仔细看着，时不时停下来擦着眼泪。她没法想象那些犹太人在这样的床板上刻着东西时的感受，他们没有娱乐活动也没有办法解决温饱，每天每夜都在思考着究竟是什么给了他们这样的灾难。他们妻离子散，家破人亡，隔着铁丝网远远看着自己的亲人和孩子，在深夜中辗转难眠……在不知道未来的情况下，这样的日子到底是怎样的煎熬？

她不仅照到了一段段发自肺腑的话，还照到了几段五线谱、几幅简单而传神的画。有人刻了一小段祈祷词，甚至有人刻了一个大大的蛋糕……

犹太民族是个神奇的民族，或许他们的遭遇正应了那句话——天将降大任于斯人也，必先苦其心志，劳其筋骨，饿其体肤……

小伙子不懂波兰语也不懂德语，但他也明白这种情况下看到的会是什么东西，他犹豫了一下，磨磨蹭蹭摸出了一块灰色的手帕，扭捏地塞给秦恬。

秦恬不想再看下去了，她爬下床，走出排屋，扑面而来的空气新鲜而冰冷，她深吸一口气，问道："现在几点了？"

"七点。"小伙子随后跟过来。

"你，在这儿，一直？"秦恬用仅会的几个俄文词汇编织着语言。

"呃，我两个月前来这儿的，我们队伍负责巡逻……我刚吃完饭，正好休息。"小伙子咧开嘴笑，"我叫卡斯洛夫。"

"那么卡斯洛夫，我逛逛，你，陪？"秦恬用请求的眼神看着卡斯洛夫，她还想逛，却有点害怕。

卡斯洛夫有些犹豫："说实话，护士小姐，这儿并不适合逛，很多东西都没清理掉，不……不好看，我们都不爱逛。"

"我，看看。"秦恬坚持，"我，红十字。"她又祭出了"金字招牌"。

"好吧。"卡斯洛夫果然妥协了，"如果看到的让你不舒服了，请一定告诉我，我会带你回去的。"

于是两人继续趁着夜色向前走去。

路灯幽幽地亮了起来，把黑暗衬托得阴森森的。

秦恬远远观望了火化炉，还有毒气室，又走过砖厂，一直到走不动了，才和卡斯洛夫换了条路往回走。

卡斯洛夫越走越慢。

"怎么了？"

"我忘了这条路……"卡斯洛夫表情有点犹豫，"护士小姐，刚才那些地方都被清理过了，可是前面……"

秦恬看着他，脚下没停。

"前面有很多尸体啊，护士小姐！"卡斯洛夫还没喊完，秦恬已经看到了。

一个大坑，绵延很远很远。

坑边的灯还没亮，旁边有个警卫岗，里面似乎有人影。岗外放着一桶桶东西，秦恬过去看了一眼，是消毒粉，防止疫病用的，看来白天有人负责挖开坑撒粉。

秦恬有些忐忑地往坑里看，里面黑乎乎的，散发着一股恶臭，虽然她在上风口，依然能闻到。她看不清里面的尸体，只看到有椭圆形和长条形的幽暗的反射，似乎是人的头颅和干瘦的四肢，凹凸不平，安静地躺在那儿，无比瘆人……

她后退两步，不禁有些庆幸坑边那盏大灯没有开。

警卫岗的门忽然开了，一个粗声粗气的声音道："喂！你们是谁，干吗呢？"说罢，那个人一伸手，打开了灯……

"喂，别开灯！"卡斯洛夫着急地大喊，却见秦恬已经一声不吭，翻着白眼儿昏了过去。

"护士小姐！"

有了秦恬被吓昏倒的前车之鉴，被派来的女兵们完全没了跟随秦恬的脚步把这个集中营游览一圈的兴致。她们陪着醒来的秦恬吃完剩下的饭菜后，被政委带到了个可能曾经是兵营的大房子前，至少这房子比起那些木排屋要结实，旁边的通气管还冒着热气，显然里面有烧炉子。

女兵们走进去，直接对上了上百双大大的眼睛。

一百多个孩子，他们在上下铺上或坐或躺，几乎所有人都在看着她们，表情小心而好奇。

女兵们也怔住了，她们事先什么通知都没收到，来的时候听到里面没有一点声音，还以为是带她们来休息的，却没想到……是一群什么声音都不敢发出的孩子。

政委在门边用俄语轻声道："目前统计到，这个集中营曾经陆续关押过四十万人，可我们进来时，只剩下七千个活人，其中就有这一百三十个孩子……他们都没找到自己的父母。"

这一段话把在场所有女性的母性全部激发出来了。

"你们是各连队和医院推荐出来的、从形象到作风比较优异的同志。作为女性，至少在照顾孩子这方面，你们比大老爷们儿有更多的优势。我知道你们在这方面并不专业……或许这位来自红十字会的护士同志会略有研究，总之，这段时间，这些孩子暂时归你们照顾，行吗？"

政委没有威严地用"听明白了吗"，只是很柔和地问"行吗"，一群女同志眼睛都放在孩子们身上，有些完全不搭理，有几个轻轻地回答："行。"

"你们的床在周围，愿意的话也可以和孩子们一起睡，洗漱间在旁边，我派了人给你们烧热水。好了，你们也累了，休息吧。"

政委说罢走了出去，留下二十多个女兵和孩子们面面相觑。

过了一会儿，几个孩子面无表情地睡下了，而在战场上摸爬滚打、无往不利的女战士却显得手足无措，她们不由得把目光都放在了在场唯一一个医务人员——秦恬身上。

秦恬有些紧张，她还没从满坑尸骨的惊悚场面中恢复过来就要面对这种情况，反差有点大啊！

她咳了一声："我……我也没什么经验，不如，我们先洗漱，想想办法……心理创伤什么的，很麻烦。"

大家都同意，于是调整成最柔和的表情，转身往外走。

秦恬最后一个出门，正要关门时，却见一个小小的身影从过道上啪嗒啪嗒跑过来，她连忙停住关门的动作，那棕头发的小孩闷声不响地扑到她怀里。

秦恬很惊讶，她觉得这个欢迎有点热情过头。这是个小男孩，五六岁的样子，瘦骨嶙峋，眼睛大大的，一眨不眨地看着她，面无表情。

"你叫什么名字呀？"秦恬用波兰语笑着问。

小孩不说话，还是没表情。

秦恬继续笑："我叫媞安，你可以叫我媞安阿姨或者媞安姐姐。你想喝水吗？外面冷，我们进去好不好？"

小孩任由秦恬把自己抱进房间。他忽然伸出手，秦恬这才注意到，他手里一直紧紧攥着一样东西。

"给我的吗？"秦恬抬起他的小手，看到他手里花花绿绿的东西，"这是什么呀？好漂亮。"

小孩不说话，他双手一夹，把皱巴巴的纸摊平了，展示在秦恬的面前。

"哦，好像是糖纸。"秦恬觉得很眼熟，"啊，对了，我知道有一种巧克力就是用这种纸包装的哦，你想吃巧克力吗？想吃的话……"她突然僵住了，什么话都说不出来。

巧克力，巧克力糖纸，孩子……

她想起来了！这孩子，不是应该在卢布林城附近的马伊达内克集中营吗？怎么被转移到了这里，是要接受最终“处理”吗？他的娃娃呢，他的……

管他呢，至少他活着！

秦恬蹲下身，抱紧抓着巧克力纸、抿着嘴一言不发的小孩，泣不成声。

## 德累斯顿

“让我们走吧，小伙子。”白发苍苍的老妇柔声道，“反正马上就死了，不如走得快一点。”

凯泽尔闭上眼，他站在那儿看着烛光，一言不发。

轰炸还在继续。

德国的东部城市德累斯顿，曾经世界著名的“巴洛克建筑艺术之最”，有着数百万人口和数千伤员，在这个非重要战略之地，人们仅听到过两次空袭警报，被轰炸的都是周边要道。

凯泽尔受伤被击穿肺部后，一直在这儿养伤，他差点以为，战争离自己远去了。

战争的脚步已经走到一九四五年二月中旬，他庆幸自己还活着，还在苟延残喘，他计算着什么时候还能再上战场。

可现在，他却躲在防空洞中，感受着炮火的侵袭。

一天一夜了，炮火轰鸣，天都被烟尘遮蔽了，日月无光，一切都是那么狰狞，仿佛上帝都抛弃了德累斯顿，连一丝光明都不愿意赐予。

四处都是尖叫和哭喊，灰尘和石屑随着每一次震动而落下，防空洞中的所有人都一身的尘土。

轰炸让耳朵嗡嗡作响，本是寒冷的冬天，烈火却让洞中的人如盛夏一般汗流浃背，他麻木地站在洞中，面对坐在那儿的六个老人，手足无措。

“孩子，快一点吧。”另一个老人微笑道，“别让我们等太久。”

凯泽尔看了看他们，转过头去。

“反正要死了，这样可以快点。”又一个老人道。

地在摇动，又有建筑坍塌的震动，粉碎的墙体砸在地面，犹如砸在头顶。

老人们纹丝不动。

凯泽尔扶住旁边的墙站稳，静静地看着他们。

他们一个个全都闭上眼，开始祈祷。

“我们在天上的父，愿人都尊你的名为圣……”

老妇提高声音对凯泽尔急切道：“就当帮帮我们，求求你。”

凯泽尔慢慢掏出枪。

“愿你的国降临，愿你的旨意行在地上……”

他对准了一个老人，他希望那个老人看他一眼，可老人没有，只是低头闭目，平和地吟诵着，淡淡地微笑着。

砰！

老人的倒下没有影响到任何一个人，凯泽尔紧紧地咬着牙，他抿着嘴阻住汹涌的悲哀，又对准了下一个老妇。

“如同行在天上……”

砰！

“我们日用的饮食，今日赐给我们……”

砰！

一个衣冠楚楚的老人似乎感受到了枪的瞄准，他微微抬头，看向凯泽尔。

凯泽尔与他对视着。

似乎看到年轻人眼中即将崩溃的情绪，老人脸上浮起一个鼓励般的微笑，朝他点点头。

凯泽尔终于抑制不住泪水，他困兽一般低吼了一声，扣动了扳机。

砰！

“免我们的债，如同我们免了人的债……”

砰！

凯泽尔换了个弹夹，往前两步，最后一个老妇坐得离烛火最近，她一边慢慢地喃颂着，一边抬头看向刚对她举起枪的青年，也露出了一个温和的微笑，眼睛在烛火下闪闪发亮。

“不叫我们遇见试探，救我们脱离凶恶……”

砰！

凯泽尔脱力一般地放下枪，看着满地的尸体，他们无一例外都带着解脱般的笑容，却足以让他崩溃。

他摇摇晃晃地走了两步，来到烛火前，看着即将燃烧殆尽的白烛，跪了下来，痛苦地抱着头，哀哭出声。

外面，那仿若来自地狱一样的惩罚还在继续。

还未痊愈的伤在隐隐作痛，吸入过多烟尘的胸腔如火烧般令他疼痛难忍。

他再一次环视四周的尸体，缓缓地把枪口对准了自己的太阳穴，一边慢慢打开保险栓，一边用沙哑的嗓子呢喃：

“因为国度、权柄、荣耀全是你的，直到永远……阿门……”

砰！

# 第二十九章

# 归来

“一九四五年五月八日，昨天凌晨两点四十一分，在艾森豪威尔将军的总部，约德尔将军——德国最高统帅的代表，以及德国海军总司令弗雷德堡，代表德国签署条约，宣布德国海陆空在欧洲的所有部队，向盟军以及苏军，无条件投降。”

听到这个广播的时候，秦恬正抱着诺诺，那个巧克力男孩吃着点心。

她的脑中瞬间一片空白，一种脱力的感觉席卷全身，差一点就忘了怀中还有个小孩。

她和周围其他凝神静听的女兵一起，流着泪，却笑了起来。随后其他人都出去狂欢，她却还怔怔地坐在那里，任凭心里的酸楚汹涌而来。

让她想想，多少年了？

一九三八年到一九四五年，整整七年，她做了些什么？

德国、波兰、法国、匈牙利、波兰、白俄罗斯，然后再回来，好大一圈，好长的一程。

谁能想象这是一个宅女在“二战”期间的足迹？她认识了太多的人，看到了太多的事，悲伤的、难过的、喜悦的、惊讶的，从波兰的国歌到华沙的犹太人隔离区，从德国档案馆到南京大屠杀图片，从失落的马奇诺防线到陷落的巴黎，从附庸德国的匈牙利到灾难深重的集中营，紧接着路过德国失败的起点布列斯特要塞，到达最终城市明斯克。

她遇到了太多的人，每一个都有清晰的脸，每一个都有故事，每一个都有无奈；她受过伤、挨过打，也被爱过、被保护过，她得到了奥古斯汀，得到了罗桐，还有……那个党卫军军官的吻。

这是一趟怎样的旅程，每一幕都刻骨铭心，好像每天都在心中翻来覆去，又在她听到结束的那一刻倏然远去，仿佛一切都只是梦而已。

不爱哭的她在这一路几乎流干了眼泪，她以为等到一切结束时她最大的感情波动也只是一声叹息，却没想到，眼泪还是流了下来，而且越来越汹涌，心中之绞痛，不知道是为谁。

老天，你赢了！

从希特勒身死到德国无条件投降，一连串的消息像是连绵的炮弹轰晕了所有人，人们的脑中除了狂欢和喜悦，已经什么都不剩了。

外面的人在用俄语大声地歌唱和欢呼，房中却显得相当安静。

秦恬打不起精神加入狂欢的队伍，便留在房中陪着几个年纪小不能乱跑的孩子。

诺诺最喜欢的事情就是黏着秦恬，虽然已经六岁，却因为发育不良而显得极为瘦小，秦恬这小身板也能轻松地将他搂在怀中。

“战争结束了，高兴吗？”秦恬摸着诺诺黑色柔顺的卷发，轻声问道。

诺诺缩进秦恬怀中蹭了蹭，小声道：“那爸爸妈妈能回来吗？”

秦恬一怔，半晌都不知道该如何回答，最后只能叹口气，抱紧他：“有我在，不好吗？”

“他们没有媞安阿姨，他们为什么这么高兴？”

“因为……不会有更多的爸爸妈妈离开了。”

“可诺诺的爸爸妈妈还是不在了。”

是啊，有什么好高兴的。秦恬苦笑，无论如何，逝者已逝，那么多那么多的生命才换来如今一个宣布投降的广播，人们最应该做的，究竟是哀悼，还是狂欢？

其他的孩子也都懵懵懂懂，过了一会儿有人快乐地送来了点心，才让他们绽开了一点笑颜。

没有了德国蛮横的阻隔，被滞留的信件很快像雪花一般飘来，秦恬并没有收到信，因为她的行踪没人知道，而她也一直没法寄信给父母。她拿出纸笔，斟酌半晌却不知道该写什么，若要长信，可以千言万语，这一路经历有太多的话能讲；若要短信，只要一句话就行了：我很好。

为了让以后的生活能跟爸妈有更多的话好讲，秦恬最终只简单地写了一句话：万安，勿念。

至于回信地址，她却踌躇了。

战争结束了，她不知道奥古在哪儿，却知道海因茨在战俘营，而凯泽尔受那么重的伤，现在很有可能还在德国，要知道这些人是否安好，唯有回到德国才行。现在德国是盟国的天下，她以红十字会工作人员的身份回去，怎么都不会有危险。

秦恬想去德国，看看战后的柏林，最重要的，是找到他。

最终她没把信寄出去，她知道伊娃等人已经准备进驻柏林，她要跟着去，到了那儿有落脚点后，再把信寄出去，免得又和父母失去了联络。

据说柏林现在一片废墟，所有还能参加劳动的人都忙着清理，伊娃的队伍去柏林的脚步又被滞留了。

作为胜利者，他们极其盼望着踏上战败国的土地，当年德军如此穷凶极恶却没征服斯大林格勒，而现在，他们即将走进柏林，去俯瞰那群侵略者！但是，并不是所有战争国的队伍都能进入柏林一日游，他们刚踏入德国没多久，各式各样的命令就纷至沓来，最后大部分的队伍开始转头回国，其中也包括伊娃的队伍。

秦恬顶着法国人的名头，自然不会再跟着苏军回去了，虽然她很想“顶风作案”，打听一下奥古和海因茨，可终究不知道该如何开口，只能默默地下决心傻等。

伊娃在火车边抱着秦恬泣不成声：“我会想你的！你一定要来看我！”

“没问题，你也要来法国。”秦恬也抱着她，“我请你吃中国菜。”

“这是我家的地址，记得给我写信。”

秦恬接过纸条，郑重地放进口袋，尴尬道：“我也不知道我到了德国会在哪儿落脚，但是我会给你寄信的。”

“媞安，你老实说，那天你俘虏的德国人和你究竟什么关系？”伊娃忽然严肃起来，“我们即将胜利，而你是红十字会的，所以才睁一只眼闭一只眼，但是现在，作为你的朋友，你能不能老实告诉我？”

秦恬迟疑了一会儿：“我跟他不是恋人。”她抬起手，露出戒指：“瞧，我有未婚夫。”

伊娃似乎放下了心：“幸好不是，这一批战俘全都先送去游街，然后再送到西伯利亚去干苦役，要真是你的恋人，你可就……”

秦恬虽然早有预料，但是亲耳听到还是有些伤感，她强笑道：“那你就放心吧，不是你想的那样。”

催促声中，伊娃一步三回头地上了车，临走前她把一个穿了链子的弹壳送给秦恬，据说是她第一次狙击德国军官成功后，收起了弹壳做纪念的。秦恬把弹壳挂在脖子上，只觉得胸口微微发热，即使是弹壳，也有种血腥暴烈的感觉。

等火车开远了，她摘下链子，看了一会儿，和伊娃的地址一起，放在了口袋里。

诺诺在站台乖巧地吃着糖，秦恬走过去一把抱起他，笑道：“哎呀，诺诺又重了，以后我要是饿了，就宰了你这小猪吃蹄子！”

诺诺咯咯笑：“我们接下来去哪儿？”

“嗯……可能是柏林吧，阿姨有些必须要做的事。”

“诺诺也要去！”

“没打算扔下你。”秦恬捏捏他的鼻子。

等到秦恬抱着诺诺搭着便车到达柏林时，纽伦堡大审判已经持续一个多月了。

她在送走伊娃后没几天就得知了日本投降的消息，虽然整个“二战”期间基本没接触多少远东战场的消息，可是听到日本投降还是让她的兴奋持续了许久许久。

这让她有了迫切感，她要快点找个住的地方，好和父母通信，了解下二老还有哥哥的情况，也顺便打听下奥古究竟有没有寄信到福气楼。

曾经因为隔着德国，通信不畅，加上存了有意隐瞒的想法，她并不曾发信，等到战争结束，一路上看着流离失所的人和亲人重逢，饶是再刻意回避，也无法抵挡住心中的愧疚。她这样一走那么久，秦父秦母怕是快担心疯了吧，虽然顶着红十字会的名头，可是现在回头看，红十字会也不安全。

如今的柏林就和沿途路过的许多城市一样，在苏军、德军共同的“创作”下，这座城市变得破碎不堪，然后满城的女人勤勤恳恳地搬着碎砖，清理着家园。

现在已经十一月了，天气寒冷，柏林作为四国共管区，满大街走的都是穿着各式军大衣的军人，还有裹着大衣灰头土脸的德国老人、妇女和跑来跑去的小孩。

秦恬所坐的卡车受到了盘查，警卫兵背着枪走过来，在她身边的麻袋上戳戳弄弄。诺诺看到带枪的男人有点害怕，就朝秦恬怀里瑟缩了一下。

警卫看到了，继续严肃地问秦恬要证件。秦恬见周围走过来的人都没怎么受到盘查，觉得可能是卡车比较受注意的缘故，一面暗叹倒霉受牵连，一面拿出了自己的救命证件。

警卫看看证件，摆弄了一下前后的页面，然后一脸严肃地递过来，敬了个礼。

秦恬接过证件，觉得手感不大对，打开一看，半块锡箔纸包着的巧克力夹在那儿闪闪发亮。

这下，早就对这士兵的国籍心存疑惑的她立刻明白了，美国片中美国大兵用烂了的恶俗桥段竟然发生了，虽然巧克力不是给她的。

她笑着朝士兵点点头，把巧克力递给诺诺，低声道："吃吧，叔叔送给你的。"

卡车缓缓开动了，士兵用生涩的法语道："祝您愉快，大美人儿！"

秦恬扑哧一下笑了，立刻决定现在下车。与其按原来的计划让司机大叔随便在哪儿把他们放下，不如现在向一个面善的美国大兵问问情况。

她让卡车停下，道了谢后，拉着诺诺往美国大兵跑去。美国大兵站着不动，看着秦恬跑过来说："我法语不好。"

"没事，我英语也不好。"秦恬笑眯眯地用英语道。她的英语自带中式口音，虽然学了十多年，是她那么多外语中学得最久的一门，可是因为环境问题，反而还不如用了半年的俄语。

"啊，那有什么能帮忙的？"大兵立刻顺溜了。

"请说慢一点。"秦恬努力让自己少点语法错误，"您也看到了，我是红十字会的，我想知道红十字会在这儿的办事处在哪儿？"

"这个……"大兵挠挠头，"医院算吗？"

秦恬耸耸肩："虽然红十字会不是只管治病救人，但是……至少医院方面会比较清楚红十字会的情况吧。"

"那么，抬头看。"大兵抬手指了指，"最高的地方，那个红十字！哈哈！"

秦恬默然地看了看一个劲傻乐的美国大兵，道了谢，抱起诺诺往那儿走去。

大兵紧跟在她身边。

"您还有什么事吗？"秦恬有些不安，这完全是战争后遗症。

大兵却盯着诺诺两眼发亮："我儿子也差不多这么大了……小牛仔，让爸爸抱抱？"

"你不是我爸爸。"诺诺犀利地指出。

"那么，让叔叔抱抱？"

秦恬有种绝对不能把正太交给怪蜀黍的感觉，她收紧了手臂，加快了脚步。

大兵还是跟着。

"先生，您没任务吗？"

"没有啊，我就纯属帮忙的。"大兵嬉皮笑脸，"我叫罗恩，我不骗你，我儿子杰瑞今年四岁，看照片似乎就这么大。"

秦恬沉默半晌："他六岁了。"

罗恩一怔，挠挠脑袋，过了一会儿巴巴地又递过来半块巧克力，往诺诺面前凑：

“来，吃，吃，吃了长高长胖！”

诺诺手里那半块还没啃掉一个边呢，秦恬摆手不满道：“哪能吃那么多甜食……”

最终，金毛犬似的美国大兵罗恩还是得手了，他把诺诺抱在怀里，一会儿坐飞机，一会儿放风筝，一大一小玩得不亦乐乎。

秦恬无法忽视两人的笑声，但也无法忽视沿街的景象。

她看了太多凄惨破碎的场景，可没有一个地方像柏林这样散发出绝望和死寂——路上没有青壮年，也没有欢笑声，所有人都一样麻木的表情，对于满街的战胜者，他们几乎没有表现出明显的恐惧，只是在擦肩而过的时候下意识地瑟缩一下，眼神空洞而茫然，前后没有一丝变化。

有几个小孩穿着破旧的大衣路过他们身边，大一点的帮母亲往篮子里放砖块，小的则揩着鼻涕抓着母亲大衣的一角步步紧跟，看到罗恩和诺诺玩闹的景象，睁大眼睛一眨不眨。

他们大概想不到这时候还有看起来这么幸福的小孩吧。

他们大概永远也想不到眼前这个和他们差不多大的孩子曾经经历过怎样的苦难吧。

现世报来得真快，以无辜换无辜，以悲惨换悲惨。

谁也不欠谁的。

秦恬收回视线，目不斜视地走过一地碎砖，往远处挂着红十字旗帜的高墙走去。

到了医院，秦恬看里面逼仄阴暗，有点不放心。罗恩自告奋勇在外面带孩子，意外遇到这么个好心人，秦恬有点感激，她连忙走进医院。

医院里面很破，医护人员忙碌得直打转，躺着的人大多是妇女、老人，伤员则在别处集中治疗。秦恬不确定在这儿能否找到上司，她随便拉了一个护士，竟获知了红十字会办事处的消息——不久前办公室重新建立，负责人已经在那儿工作了，地点则在挺远的一个街区。

其实秦恬对柏林并不太熟，她刚“醒来”时人生地不熟，巴不得活活宅死在房中，后来从波兰回来，则直接被塞进了奥古的公寓。听护士形容了半天，她也只能勉强记住左拐右拐看到什么建筑再右拐什么的……没办法，城市交通恢复遥遥无期，路标和有明显标志的建筑都已经成了废墟，护士自己都形容得两眼转圈。

既然纠缠不下，不如自力更生。秦恬道了谢走出去，这时手边病床的一个中年妇女呻吟了一声，而那个护士刚好转身离开，秦恬在惯性作用下，低下头用职业化的柔和声音问：“有哪里不舒服吗？”

“又疼……了……”

“哪儿？”

中年妇女微微睁眼看了她一下，又垂下眼睑：“护……士？”

“专业的。”

“下……面……”

“我看看？”

“嗯。”她冷汗流了下来，嘴唇发白。

秦恬慢慢掀开床单，仅看了一眼，她的脸也白了，僵在那里的她不知道该如何是好，连手都颤抖起来。

任何一个女性，看到这样在私密处的血肉模糊的伤，都会崩溃的！

“喂！你在干什么？找谁的！”一个医生路过时看到了，大声喝道。

秦恬慌忙放下床单，一边往外走去，一边用颤抖的声音道：“她……她不舒服，我帮忙看看。”

医生没说什么，直接掀开那床单看伤口。

秦恬几乎是逃出医院的，她大口地吸着外面冰凉的空气，饶是身经百战，也受不了——她不会把伤员的断手断脚想象到自己身上，可是同为女性，在那个部位……

她忽然想到，那个病房里似乎都是女性。

不寒而栗！

外面逗着诺诺的罗恩看到秦恬神情古怪，抱起诺诺走过来问道：“出了什么事吗？红十字会不在？”

“不，有的。”秦恬整理了一下思绪，“但是在诺伦德街上的邮政局旁……我不认得路。”

“那儿啊！”罗恩皱皱眉，“我倒是认得，只不过……”

“如果麻烦的话，您给我指条比较近的路，我自己过去就行了。”

“不是这么回事。”罗恩考虑了一下，“我送你过去吧，不过过检查的时候，得你给我证明。”

秦恬正疑惑需要什么证明时，眼前的升降杆让她明白了：“是在另一个国家的占领区？”

“嗯，苏占区。”罗恩似乎不大乐意。

升降杆两边各有一个岗亭，秦恬先给标着美国国旗标志的岗亭里的士兵出示了自己的证件，那士兵随意地看了两下，又看看罗恩：“那么你呢，大兵，你想通过红十字会的途径实现你拯救世界的梦想吗？”

罗恩立正敬礼：“报告长官，如果您认为这样一个美貌的小姐独自带着孩子走在苏占区没有关系的话，我愿意立刻回去站岗。”

“该死，差点忘了。”士兵低骂一声，点点头，把证件还给秦恬道，“那么小姐，请尽量跟在我们的士兵身边。”

秦恬一头雾水，接着那士兵带着她和罗恩走到那个坐着苏联士兵的岗亭外。苏联士兵和罗恩交涉了一会儿，又拿秦恬的证件看了看，才挥手放行。

罗恩抱着诺诺在前面走，秦恬快步跟着，看看四周，没觉出两个占领区有什么差别，终于忍不住好奇，低声问道：“你们为什么这样？就好像我会……”

“你看看这周围。”罗恩回道。“苏联士兵先进的城，真他×的……对不起我说脏话了，真他×的浑蛋！全城的女人基本都被……”他一手捂住诺诺的耳朵，“都被……那个过！”

秦恬愣了一会儿，脑中忽然闪过那个妇女惨不忍睹的地方，狠狠打了个寒战。

苏军进柏林后的强奸浪潮，她差点忘了！曾经有一部电影就是专门讲这个的，似乎叫什么《柏林的女人》，当初因为太沉闷，女主角又开了金手指，最终剧情走向了狗血小言，于是她放弃了观看后半部影片。现在想来，无论那电影拍得如何，至少告诉了她一点历史知识，还好她没傻乎乎地在白俄罗斯一解放就跟着苏军冲向柏林，黑灯瞎火的，天知道哪天被喝高的东欧汉子拖到哪个角落里……

“我们进城后分管了那片区域，看到一个疯了的德国女人，她有四个孩子，她的大儿子才十二岁，他说他们的妈妈被苏联人当着他们的面打了好久。”罗恩愤恨地啐了一口，“畜生！竟然当着孩子的面！”

秦恬默默地跟着，实在说不出什么，她早就知道这场战争的正义性因为盟军的很多行为而消泯殆尽，可身临其境才发现其复杂程度已经远超过后世的那壁垒分明的情况，就连中立姿态都是那么名不正言不顺。她无法谴责谁，也无法同情谁，仿佛谁都应该受到谴责，又仿佛谁都值得同情。

罗恩带着秦恬到了红十字会办事处，破烂的办公室中坐了四个人，三男一女，而负责人是个瑞士人，他刚出门。

罗恩已经没有理由待在这里，他把身上藏着的小零食都贡献给了诺诺，与秦恬告别后，一步三回头地走了。

秦恬和几个新同事打了声招呼，她觉得身心俱疲，留着诺诺被围在中间嘘寒问暖，而她在沙发上随便一躺，沉沉睡去。

诺伦德街32号红十字会集体宿舍，是她和诺诺的新家。

一九四六年三月，春暖花开的季节，秦恬才收到来自父母的信。

信上说他们身体都好，康叔也休养得不错，全家人都很想她；福气楼重新开张了，各国的士兵都有来消费，他们狠狠赚了一把；另外，他们也收到了哥哥的信，得知中国依然在战争状态。

秦恬估摸着，这就是内战了，只不过跟日本签署投降协议的是国民政府，国民党占了国际优势罢了。信上附了哥哥的部队番号和寄信地址，现在的哥哥依然是个中尉，秦恬不指望他能改变什么。是几个大人物掀起了这个时代的波澜，能够平复波澜的也只有这些逢时而生的大人物而已，没有别样的气魄和胆略，就算身兼十八般武艺、七十二变，还能一个跟头十万八千里……也无法改变历史。

这是秦恬一路走来深切体会到的。

秦恬先是给哥哥写了信，鉴于她和奥古两只蝴蝶并没有扇动什么效应，于是只是说了下自己良好的境况，然后简单提了提苏美未来可能的走向，最后告诉他：见势不妙就跑吧，你现在的家在法国，没必要为了中国人杀中国人的事业鞠躬尽瘁，反正现在的情况，无论你们怎么打，未来几十年几百年这片土地的中国人，都是铁打的炎黄子孙。

简而言之，秦九的任务和夙愿已经完成了。

秦恬又看了几遍父母的信，发现他们只字未提战后法国平民对亲德人士的报复，不知道是他们刻意没说，还是那些街坊邻居什么都没对他们干。她心下有些惴惴不安，想回信问问，又觉得既然他们都不愿告诉自己了，直接问也没用，干脆想了个办法，试探地问：要不自己现在就回法国，不知道方不方便。

如果父母的回信让她先别回去，那就说明确实东窗事发了；反之，那她就可以放心了。

出门左拐就是邮局，那儿有很多人，在如山的信件堆中搜索着亲人的消息，这些信都是出于各种原因被打乱了顺序并且在战时无法寄出而堆积下来的。

秦恬寄出了信，回来的时候特地去街心公园转了一下，在那儿，三个苏联士兵和一个苏联军官正围着诺诺玩。

说实话，那个罗恩大兵其实有点多虑，秦恬长了一张东方人的脸，只要晚上不出门，别眼瞎地经过一些喝醉的苏联大汉身边还是很友好的。

还有一点让秦恬很庆幸，就是这些苏联士兵并非头脑简单，只是不爱多想，而且出乎意料地淳朴耿直，有些甚至有一点可爱。他们有一个共同点，就是都很喜欢小孩子。

听说他们有一次正准备炮击一个建筑群，炮弹都装好了，却听到边上一个建筑里传来小孩的哭声，结果上面立刻命令暂缓炮击，一个士兵发疯似的冲出去把那德国小孩抱了回来，然后才开始了炮击。

这些细节让秦恬对他们围着诺诺很放心。

得知诺诺是个犹太小孩，并且刚被战友从集中营里救出来，这群粗鲁的“怪蜀黍”小心肝都融化了，有个大叔甚至不惜冒着被军法处置的危险去营房食堂偷了许多肉过来，以至于在德国生活物资极其匮乏的时候，秦恬竟然还能享受到战胜国的待遇。再加上她是除了女兵之外少数能和他们交流的女性，几个月以来，秦恬觉得自己被保护得很好。

纽伦堡大审判持续进行着，秦恬一直努力让自己平心静气地生活。她因为在前线转了一圈，在这个红十字会办公室中深受重用，虽然至今占领柏林的国家都不让他们过问俘虏等事宜，但至少在红十字会能帮上忙的地方，负责人洛哈特教授都会带上她。

比如，接洽救援物资、医疗救助、药物补给、军方和民间的物资调配，还有收住救治无家可归者等，秦恬忙得不可开交，经常从早上起床到晚上睡觉，都不知道这一天下来干了些什么，头脑一片空白，完全是机械一般。

她又收到了信，二老都表示欢迎她回来，秦恬放下心的同时往下看，奥古斯汀果然把信寄到了福气楼，秦父秦母一直没有拆开看，可后来有一封信是寄给二老的，他们这才知道，奥古竟然上了火车后半途被丢到了西线，还参加了诺曼底！

秦恬震惊得半天都说不出话来。

她记得当初奥古说他将上东线时，她还怒喝道，为什么西线不行一定要去东线送死，可现在奥古真去西线了，她还是有怒喝的冲动，为什么好好地去了西线还巴巴地参加诺曼底！他欠虐吗？啊！

秦恬在心里把满清十大酷刑全往某人身上施加了一遍，然后趴在桌子上抱头哀号，整一天都没下去，吃饭都没心思。

一个两个都不省心，都不知道死没死！

她又不是家属，阵亡通知书也到不了她手上，就算进了战俘营，信息封锁之下，也轮不到她什么事了，她悲伤啊，她忧愁啊，她揪头发啊！

由于目前还没有被俘虏的德国士兵回来过，所以无论是政府大楼的大厅，还是医院或邮局，任何公共场所都没有“寻找丈夫”的照片。而且在现在四国共管的情况下，更没人敢如此明目张胆地寻人，亲人照片何其珍贵，贴一张少一张。

秦恬开始写信到瑞士，以她个人的名义询问奥古和海因茨的资产情况。幸好准备得早，虽然战胜国虎视眈眈，查抄不少，但他们的却幸免于难。秦恬托代理人给找了一个理财专家，购置了点房产，并且进行了一些投资。

战后重建工作在四国共管下进行得有条不紊，秦恬渐渐静下心来。她不再被外派，留在德国安心地工作，认识的人越来越多。

但是不知怎的，这些人却难以让她投入太多关注了，她仍然会给予一些人无私的帮助，可是就好像一些做多了外科手术的医生一样，面对生离死别，她已经无法再有太多的感情波动。随着时间的流逝，她依然会开心，会谈笑风生，会认真地做很多事，但是时间越久，越觉得麻木。

她承认她对奥古的爱并非相思入骨，只是牵绊太深，她忍不住要挂念，想知道他是生是死。当知道了他在西线后，她开始担心海因茨，还有至今找不到下落的凯泽尔。

她既然已经打定主意等，便能安下心等，她有这个自信，也有这个动力，但是她无法忍受现在这样近似行尸走肉的生存方式，好像又回到了当年在大学时期没有激情的生活。

诺诺被一对美国过来的犹太夫妻收养了，他需要一个更加成熟和稳定的家庭，而不是秦恬这样始终为红十字会做着半义务类工作的监护人，她的生活只适合一人吃饱全家不饿的光棍，而不适合养孩子。

于是，一个人生活的她更加纠结了，她不想搭理那些在战后兴奋过度、荷尔蒙爆炸性扩散的小伙子，也不想参加那些和她保守的性格很不相称的各类派对，更不愿意成天去和那些后勤官还有富商攀谈，晚上没有其他休闲活动，只能听关于各种战报和裁决的广播或者高雅的钢琴曲，抑或是捧着她那些高雅文学打发时间。

没想到，战争过后，人生是如此惨淡。

可是，至少战争结束了。

秋去冬来，冬去春来，一九四六年过去了，转眼一九四七年来了。

陆陆续续地，开始有战俘被释放回来了，都是西线的战俘。德国女人们每天除了工作养家以外，最重要的事就是每当有送战俘回国的火车到达时，跑到火车站，把男人的照片、名字和曾经的番号贴在纸上，沿着站台举着，等人辨认。

秦恬一开始躲躲闪闪地去了几次。

走过的战俘一开始都是有一些特殊技能的人，比如曾经的工程师、钢琴家、画家之类的。

没人见过奥古。

秦恬将失望压在心底，她喊朋友帮忙在站台竖起了一块木板，贴上了奥古的资料和照片。她没有海因茨的照片，也没有因为现在只释放西线的俘虏就放弃，她又贴了一张纸，上面写了海因茨的名字，并大致描述了一下长相。

第二天再过去，板子上已经贴满了，而旁边，又竖起了一串板子，差不多也贴满了。

秦恬隔一段日子就去看一看，然后把自己被掩盖的寻人启事给贴到最上面。

她一天天地工作、等待着。

等到她分到了房子，等到她小屋门前的花园开始长出嫩芽……

她看完了秦父转发来的奥古几年前的信，然后又一封封写好回信放在自己的抽屉里，无聊了，便开始给海因茨写信，给凯泽尔写信，她还保持了每周给德国殡葬委员会写一封信的频率，里面包含了当年凯泽尔交给她的那包遗书中的所有名字。

她终于在清理出的废墟中找到了犹太女孩莉娜当年被关押的地方，然后拉来了当时尚未跟着养父母前往美国的诺诺，指着那幢只剩一片废墟的墙体问："你知道这儿是哪儿吗？"

"约翰森叔叔说，这儿曾经是犹太人聚居区。"约翰森就是他养父，是美国派来支援重建的建筑工程师。

"好吧，你知道这儿曾经有过一场起义吗？"

诺诺抬头看着她。

"这儿曾经有过一场起义。"秦恬很肯定地说，"他们被关在这里，干活，挨饿，挨冻，受苦……”

“和我一样吗？”诺诺小声地问道。

“是的。”秦恬亲亲他的脸，“但是他们想出了办法，偷偷准备食物和枪，杀死了看守，在住的地方筑起了障碍，和外面的德国人对抗了好几个月，非常顽强。”

“他们胜利了吗？”

秦恬没有回答。

诺诺明白了，低下了头。

“他们的胜利在于，他们抗争了，懂吗？”

诺诺轻轻地点了点头。

秦恬有些纠结，她觉得这种虽败犹荣的感觉对小孩子来讲过于深奥，但是找大人讲，她又不知道该找谁。

至少，她完成了莉娜的遗愿吧。

一九四七年年末，秦恬收到了秦父的信，他问：“你以后有什么打算吗？比如在你的终身大事上，你阿妈很急，给你物色了好几个好小伙，我看着也不错。”

秦恬回：“阿爸，我心里有数，不过强扭的瓜不甜。”

秦父又回：“嗯，我也这么觉得。”然后，他随信还附了另一封信，信上是奥古的笔迹，开头写着“秦伯父秦伯母亲启（秦恬别偷看！）”，用的还是中文。

秦伯父秦伯母亲启（秦恬别偷看！）：

晚辈奥古斯汀·冯·卡尔曼，中文名字罗桐，祝你们身体安好。因时间关系，无暇斟酌措辞，所以在下面的内容中，如有冒犯，请谅解。

约二十年前，因为家学渊源，我对中国文化产生了浓厚的兴趣。家中有长辈是前往中国的顾问团团员之一，他让我有了机会深入学习中国文化，所以我很荣幸我现在能用中文给你们写信。

少时，我在一定程度上研究了中国的儒家文化和历史政治，虽然近代中国多灾多难，但是不可否认，她有厚重的文化底蕴。我为我研究了这么一个辉煌的文化而感到高兴，同时我也有过彷徨，因为我所处的社会环境与中国文化带给我的理念差距太大。

德国在战争以前的二十年所经历的一切，身为承受者我不想去回顾，也不想博得同情，更不想招来你们的厌恶，我只是想说，我追随元首，我报考军校，我参军，我投入战争，并且坚持至今，全部自愿的。我不能否认我跟我国的很多人一样，对于常年压榨我们的所谓战胜国抱有恨意，而我同时也知道我们的报复已经超出了他们应得报应的程度，可是战争就是一只滚下坡的车轮，一旦开动，永无止尽，除了粉身碎骨，没有别的结局。

我的父母，或者说所有德国父母，都以孩子加入军队为荣。当然，我们高中毕业后，除了参军，没有别的选择，除非我们想遭到国人的唾弃并且饿死在家中。可是为了报仇，为了德国的一席生存之地，大多数人参战，都是心甘情愿的，我也是如此，如果因此让你们不满并产生隔阂，我只能表示遗憾。

我不知道秦恬是怎么和你们形容我和她的相识经过的，这是一个很漫长很美好的过程，虽然她可能被我吓到过很多次，而有些时候我们的相处也不那么顺当，但至少现在回忆起来，我还是感到很幸福。

或许贸然地说爱是一种冒犯，或许现在形势下我说爱对她来说是一种亵渎……我不知道这是不是她一直不回信的原因。但我心里清楚地知道，秦恬是你们心爱的女儿，而对我来说，她更是上天赐予我的珍宝，我从来都不曾想伤害她，要不是这该死的战争，还有尴尬对立的国籍，我愿意立刻脱下军装守在她的身边，寸步不离。

秦伯父，说一说这场战争吧。

我知道，您是“一战”时的华工，无论战争经验如何，我相信您的战略眼光。您一定能看出，无论从一九三九年起德国如何高歌猛进，现在也已经是强弩之末了。我并非长他人志气灭自己威风，事实上我所在的连队正商量着向哪个国家的军队投降，他们都看到了这场战争的结局，只不过在拼死抵抗时，不愿意承认罢了。

我经历了波兰战役，经历了法国战役，而现在，我正在经历诺曼底战役。我应该庆幸自己的好运，在这可能是自己此生经历的最惨烈的战斗中，盟军一次次抢滩登陆，而我们一次次把他们打回去，然后在无可奈何的情况下一步步缩紧战线。听说战斗最激烈的奥马哈海滩早已经被鲜血染成了红色，而我所在的黄金海岸也好不到哪里去，我的连队被打光重组了三次，现在只剩下二十个人，显然，我们已经不再需要兵源补充了。

“投降”这个话题已经屡见不鲜，我们的理想与现实的冲突激烈到我们必须二选其一，我们的司令命令我们顺从地投降，我们也确实这样想，可能是英国，也可能是加拿大或是美国，而作为一个军官，我面临的，可能不是被俘虏，而是死亡。

但是我不想死。

虽然在参战时我就有这样的心理准备。我从入伍至今将近十年，每一次冲锋和开枪都坦然而平静，我确定我能从容地面对死亡，可是却没想到出了一个意外。

我不会说什么如果遇到了秦恬，我就不会参军这种话。在那个时候的德国，或者说即使现在的德国，年轻人除了打仗没有别的选择，我只是希望，希望你们能够知道我这样一个人的存在。

我能理解你们矛盾的心情。可能你们已经看过了很多优秀的小伙子，他们正义善良，站在正确的阵营并且前途光明，你们的女儿聪明可爱还有正当的身份，完全可以和一个更加完美的人组建一个家庭，而不是像我这样的，一个法西斯恶徒、纳粹分子、恶魔或者说未来的战犯。对于这些定义，我照单全收，一个士兵如果两手不沾满鲜血，他该怎样向祖国证明他的忠诚?

现在，在不知道明天命运如何的情况下，我只有一个请求。

请你们允许秦恬等我到一九四七年。

我说不清为什么会是这么一个数字，或许因为那一年秦恬二十五岁。我知道蹉跎一个女孩子的岁月是一种罪恶，但我还是没法阻止自己说出这个请求。我很明白我这个请求太过任性和狂妄，或许你们现在已经气得扔掉了信纸，但是我既然已经鼓起勇气写了这封信，至少要把主旨表达给你们。

你们知道秦恬虽然外表散漫、没心没肺，但事实上她却有着一股子拗劲，她不轻易许诺，但却有足够的精力和耐性去完成一个诺言。走之前，她说要等我，这句话几乎成了我所有的精神动力，而现在，有精神动力已经没用了，我即将走上的路不是精准的射击和标准的战术动作能够规避的。我不怕死，如果我死了，她就不需要等；我怕我失踪，导致一个好女孩堕入漫长的等待；我也怕我在战俘营一待十几年，带给她无谓的希望。但我更怕，当几年后我活着回去找到她时，她却已经成为别人的新娘……

我不敢自大地说她一定不会爱上你们牵线的丈夫，但是我可以肯定地说，对她来讲，我是独一无二、无可替代的，就像她对我的意义一样。

我不会向你们保证什么一定照顾好她或者此生只忠于她一个，做出保证是为了给可能发生的改变提供一个庇护，但我可以肯定，对她，我绝对不会，也没法改变。

关于她一直不回信，我设想了很多种可能，然后自己一个个否认掉。我至今还不明白原因，所以我唯一能想到的就是给你们写信，给自己一个活下去的希望，也请你们能宽容地看待秦恬的态度，然后在一九四七年时，告诉她，不要等了，罗桐回不来了。

或许你们会嘲笑我自作多情，但至少请你们别让秦恬看到这封信。如果我自作多情了，这就是只有两位长辈知道的秘密；如果不是，那么至少，这是你们劝说秦恬的一个途径。

她会明白我为什么死，也会明白我为什么活，她或许还能明白，我是去了哪儿。

请告诉她不要哭，告诉她我不是死了，只是回不去了，一九四七年的不归，是为了世纪末的重逢。

祝你们身体健康，福如东海，寿比南山！

敬爱你们的罗桐

一九四四年七月十二日

秦恬看完信后，默默地把信放进了抽屉，起身继续去工作。

一九四八年，又是一年春暖。

秦恬换了房子，虽然红十字会有把工作人员的房子全部扩建，而且她的小花园也长出了稀疏的花草，但这儿毕竟是在苏占区。她虽然已经收到了瑞士伯尔尼郊区某房子的房产证明，可她不确定要等多久，万一奥古他们一直出不去，一旦柏林墙竖起来，苏占区肯定被划进东德，到时候可真是叫天天不应，叫地地不灵。

诺诺的养父作为美国派来的工程师，自然是有门道的，听说秦恬想住到美占区，愣是在离开前给秦恬在一个新建立的小区里弄了一套带花园的小洋房，两层带阁楼的设计，又大又宽敞还温馨，把秦恬给乐得好几天合不拢嘴。

陆陆续续回来的战俘大多数还是西线的，但依然没有奥古的音信。他们基本不愿意多谈在战俘营的生活，而他们的亲人更加不愿意谈起这些，因为回来的军人大多一身是病，羸弱不堪、面黄肌瘦、营养不良，可见受了多大的罪。

秦恬给几家相熟的德国人做了几次简单的登门体检，了解了身体情况并提了点简单的疗养建议，她看着回来的军人的脸，不禁想，到时候会不会认不出奥古了？

她一直就没想过他会死的可能性。

一九四九年，初春，她打听到了凯泽尔的下落。

确切地说，她再一次给殡葬委员会寄信的时候，鬼使神差地加上了凯泽尔的名字。两个月后，她收到了回信。

半年前，德累斯顿一个废墟中挖出了一堆尸体，其中有一具身上挂着士兵名牌，经确认就是凯泽尔，自杀而死，现在埋在德累斯顿郊区的公墓。

秦恬上次收到奥古那封跟遗书似的信都没什么情绪波动，但是看着这封措辞严谨的信，她却大哭了一场。

她大衣中还放着凯泽尔送给她的生日礼物——那个本子，上面记录了她所有的回忆、心路历程、战争推测……这一切虽然让她的“身份”暴露在海因茨面前，却让她在迷茫的时候也能找到一点安慰和方向。

可现在，送本子的人都死了。

这个孩子是自杀的，他应该解脱了吧。他是一个真正被战争压迫到精神分裂的人，拥有天使和魔鬼的两面性，就算撑到了战后，他也不一定能好好活下去。

是解脱吧，没错吧？

秦恬再次在火车站确认了寻人启事在最上方，这回她大大方方地贴上了附有奥古和海因茨个人信息的两张纸，然后前往德累斯顿，在一片绿茵的公墓中找到了凯泽尔的墓，他因为有名字，所以得以单独安葬。

一束花，一小时默哀。

秦恬心情低沉地回了家。

十月一日，中华人民共和国成立。

秦恬在广播中听到了这个消息，在一大片褒贬不一的分析中，她给自己开了一瓶自酿的米酒，煮了一锅自制的甜酒酿，独自一人安静地度过了第一个中国的国庆。

她想，总算等到一个人的确切消息了。

十一月，她收到了秦九的信。

秦九回到了巴黎，还给秦恬带回了一个嫂子以及一个小侄儿，他说他身体很好，只不过嫂子已经是第二任了，而儿子是第一任生的，已经三岁了。他现在彻底接管了福气楼，康叔干不动了，父母偶尔帮帮手，他们大部分时间都和其他老人在一起唠嗑。父母很想过来看她，但更希望她能回去，当然，最好带个男人回去……

秦恬想起她刚“醒来”那会儿，从里到外都孤苦无依，甚至有想死的冲动，秦九的信真正让她明白了什么是救命稻草，甚至能让她不顾波兰危险而冲过去投奔，而这个二货哥哥竟然自己跑去了中国，但她完全无法有任何怨言。

其实真正带自己融入这个世界的，是这个从未谋面的哥哥。

秦恬觉得，无论等不等得到，也该规划个时间，去看看父母了。现在战争已经结束，战俘也陆续归国了，就算以前的街坊邻居有什么闲言碎语，也伤害不到她了。

十二月中旬，下起了雪。

秦恬给院子里的几棵小苹果树包上布条防冻，然后除起了杂草，她穿着好几层衣服，却依然冻得脸通红，一下下哈着白气，无比想念房中的烧着火的壁炉。

小区里大部分人家都已经在院子里的树上和房子上挂起了彩灯，显得喜庆无比，唯有独居的秦恬一不过圣诞节、二抠门不舍得花钱、三不爱热闹，整个院子都黑漆漆的，远看好像是闪亮的门牙中缺了一颗……

她本来收拾好了行李，打算今年回法国和家人一起过节，只不过看时间还早，想先打理下花园，省得回来人没冻死，花园先成废墟了。

正埋头除草，她突然听到有吱呀的声音传来，似乎是她的花园门开了……

秦恬一个单身小妞，最怕这种玄幻的事情，她猛地起来转身，看到花园门旁昏暗的路灯下有个人影，高瘦的。

“谁？”秦恬举起铲子，“你不会敲门吗？”

“恬？”是道沙哑低沉的声音，“是恬吗？”

秦恬手中的铲子滑落在地。

奥古斯汀回来了！

漫长的等待后两人的见面，并没有想象中的天崩地裂、抱头痛哭，他俩默默地相拥了一会儿，就一起进了房间，他去洗澡，她去准备食物。

就好像从来没有分开过。

奥古吃饭，秦恬拿干毛巾擦着他的头发，客厅中静谧无声，只有壁炉里火的噼啪声。

“你都快成白骨精了。”秦恬嘲笑。

“那你是什么？蜘蛛精？驻守……盘丝洞？”奥古嚼着食物，语气温润。

“亏你还记得。”

“不知道有没有这命看到《大话西游》首映。”

“噗……”秦恬笑倒。

“没什么要说的吗？”

“你有海因茨照片吗？”

奥古放下筷子，沉默半晌，点头：“有。”

“我们……把他照片贴到火车站去吧，就剩下他了。”秦恬低声道，她看奥古的头发差不多干了，便放下毛巾，走进厨房拿出一锅鸡肉浓汤放在桌上，“你的……父母呢？”

“父亲在东线，阵亡了。”奥古沉声道，半晌露出一抹让人看着想哭的苦笑，他手撑着头，长长地叹气，“投降前，我收到了邻居的信，我母亲和海因茨的母亲，被轰炸……”

“喝汤，趁热。”秦恬把碗推给他，“明天去看看你父母，然后我们去德累斯顿，看看凯泽尔。”

奥古一顿：“凯泽尔他……”

“埋在德累斯顿。”

奥古盯着汤，沉默了很久，才慢慢地开始喝，他握着汤匙的手微微地颤抖着。秦恬端着重新热过的汤回来时，他碗里的汤并没减少很多，反而是眼泪，一滴一滴地在往里掉。

秦恬放下汤，走到奥古身边，用手环住他的头，哽咽道：“别憋着，我知道你难受……哭出来吧……”

奥古转身紧紧抱住她的腰，无声地低泣。

流年兜转，物是人非，只有壁炉的火永远散发着温暖。

这就是他们的重逢。

奥古登记了他的身份，置办了一点衣物，去德累斯顿看过凯泽尔后，两人直接赶往法国。

福气楼比往年更热闹。

秦恬和奥古回去时已经是农历的年三十，餐馆里依然有很多客人。秦恬在前面瞧了两眼，直接敲了后院的门，开门的是个小豆丁。

三岁的小崽子，站在门边的板凳上打开一条门缝，他脸上挂着鼻涕，奶声奶气地用法语问："你是谁？"

秦恬笑眯了眼，在外面蹲下来用中文道："小酒壶，我是你姑姑！"

大名秦艾景、昵称小酒壶的豆丁睁大眼睛瞅瞅，忽然被吓到似的，一边往里面跑，一边大叫："爸爸！爸爸！有姑姑！有姑姑！"

里面传来应和声，秦恬推开门，正看到有人从餐馆的后门出来往这边走，小酒壶一把抱住他的大腿号叫："还有姑夫！"

秦恬绝倒，后面奥古噗地笑出声。

来人拖着小酒壶艰难地走到门口，愣愣地看着秦恬，刚下过一场雪，反光中，面对面的表情看起来温暖而清晰。

"阿恬？"这个高大的男人几乎是小心翼翼地问。

秦恬微笑："我变化没那么大吧，哥。"

她终于见到了秦九。

他长得和秦父很像，偏文人气质，还继承了秦母线条柔和的眼睛和下巴，使得整体看起来相当有亲和力，只不过嘴巴有些习惯性地边儿翘，不知道是想显得邪魅还是真的天生就带点坏笑。

秦九也打量了秦恬许久，又看看她身后一直笔直静立的奥古，嘴角终于渐渐放平了，眼睛也越来越亮，他一把抱住秦恬，大笑："臭丫头，比你哥还会跑！我在中国还想着我该让爸妈多闹心呀，没想到回来才知道你才是最让人闹心的，哈哈哈！不错，长大了，翅膀硬了，乍一看哥都认不出了！"

就算是第一次见面，骨子里的亲密感还是在的，秦恬对秦九的拥抱没有丝毫排斥，反而怎么都忍不住笑意，只有见到了面才知道心里对亲人的思念是多么深，就好像在见到奥古的那一刻才发现，原来死火山一样的心底流淌的是那样滚热的情感，她咧着嘴笑问："变化很大吗？"

"大，太大了！想当年我送你去德国时，你还没我胸高，现在都快到我肩膀了！脸也尖了……我家妹妹变妩媚了！"

有这么形容自家妹妹的吗？秦恬无语。

“来来来，进来。”秦九拉着秦恬的手，自始至终都没理会奥古。

奥古走进院子，顺便关上门，被冷落在一边的小豆丁吸着大拇指好奇地看着他，用中文道：“姑夫？”

秦九闻言转头，看着奥古。

奥古微笑着蹲下，和小豆丁平视，用中文道：“你好小酒壶，我是不是你姑夫，要问你姑姑。”

小酒壶三岁的脑子不足以理解这话的深意，抬头困惑地看着老爸，而他老爸看向了姑姑。

秦恬被这么一本正经瞅着，差点就破功了，她也没扭捏，上前抱起小酒壶笑道：“就叫姑夫吧。”

说罢，她抱着小酒壶往屋里走，秦九和奥古则不着痕迹地落在了后面。

从秦母激动得擦眼泪的动作能看出，这样一家团圆还顺带添丁的日子让她非常感动，秦父眼眶也是红红的。康叔虽然依然受着病痛的折磨，好歹还能坐着吃饭，他看着一桌子人都沉默着，乐呵呵道：“怎么，都高兴傻了？还不如我一个外人放得开！这几年这么难，儿子打仗、女儿救人，年三十儿能团团圆圆的多不容易！而且还能拖家带口的，多好！来来来，大家干一杯！”

“对对对，多不容易！”秦母擦着眼泪，“明儿个，我去烧炷高香，一直这样多好，家里就是要和和美美的！来，听康叔的，咱喝酒。”

干杯后，众人开始吃饭，秦母抱着小酒壶喂饭，秦恬的嫂子侧过头笑眯眯地问秦恬：“什么时候有你的喜酒喝啊？”

秦恬哪那么容易羞涩，一本正经地回答：“放心嫂子，一定尽快给你再吃顿好的。”

“呵呵，那可真不错。”

秦恬的嫂子，名叫唐蓉，她出身将门，幼年丧母，父亲带着她四处打仗，几年前也不幸殉职。她作为机要秘书，和秦九本是同事，不久后秦九的第一任妻子因难产而死，秦九悲痛欲绝的同时还要手忙脚乱地带孩子，唐蓉工作之余便帮忙照顾小孩，两个悲伤的人碰一块，渐渐擦出了火花，战后她便跟着秦九义无反顾地回到了法国。

唐蓉其人，是秦恬曾经梦想成为的类型，气质高雅、教养良好、博学多才，而且有种坚强和婉约融合在一起的感觉，让人一眼难忘，二眼倾心，三眼打心眼里尊敬，偏偏她还没什么架子，谈吐风趣亲和，做事细心体贴，仅一个下午就把秦恬给收得服服帖帖的。秦恬心里默默同情还只顾傻乐的秦九：你再不管管你老婆，以后出啥事你的“战壕”里可就一个“战友”都没了！

吃完饭，一家人围坐着吃点心，秦九已经和奥古聊上了，他们聊的大多是关于武器的话题，因为德国战败前，秦九所在的部队的制式武器基本都是德国造的，而且国民党初期最好的队伍，也是德国顾问训练出来的。

奥古斯汀当然知道这一点，于是他也刻意引导这一点，不让话题往尴尬的方向去。

秦恬则被秦母拉着手不放，反反复复地问她几年来的经历，唐蓉也很感兴趣，一边逗着小酒壶，一边问问题。

此时的气氛，堪称其乐融融。

“阿恬啊，你们的事，什么时候办啊？”秦父喝了口茶，忽然问道。

此话一出，谁与争锋，场面一下子寂静下来了。

秦恬有些反应不过来，奥古则微笑着看着秦恬。

“阿恬，你别怪你爸这么问，他一年前就在说了，只要你有个可以安心依靠的，是谁都无所谓。”秦母摸着秦恬的手微笑道，也不避着奥古，“我知道你担心罗桐他的身份可能……不好，但是你看，现在不用打仗了，他也回来了，啥都重新开始了，你都快三十岁了，不能等了，别害羞，就跟我们讲，打算什么时候？”

在满屋子人的注视下，饶是再有心理建设，秦恬也忍不住红了脸。她呼吸加快，心跳如擂鼓，脑子里乱哄哄一片，嘟哝道：“这也该男的决定吧，我又没反对过。”

于是满屋的视线都转向奥古，奥古盯着秦恬，笑道：“那就明天吧。”顿了顿又说：“我早就等不及了。”又停了一下，坏笑道：“我心心念念好多年了。”

满屋子人都暧昧不明地笑了起来，秦恬窘得无以复加，恨不得转身就走，但又咬牙撑着，直到秦母把她搂进怀里，一边笑一边擦眼泪，秦母轻声在她耳边道：“好在我的乖女儿没白等……你阿爸头发都愁白了。”

秦恬看到秦母鬓间的白发，也忍不住流下了眼泪，反抱住秦母清瘦的身体：“阿妈，你不也一样……是我不孝。”

“你也说了，强扭的瓜不甜，咱不逼你，但要是他敢对你不好，你告诉你哥，你哥现在可厉害呢！”

“呵呵。”秦恬笑着，不怀好意地看向奥古。

对面沙发上，秦九搂着奥古斯汀的肩膀，微微凑向奥古，低声说着什么，表情很邪恶，奥古做出一脸害怕的表情，看向秦恬。

视线一相遇，两人都明白了，同时苦笑。

秦九兀自不知，乐不思蜀地继续威胁。秦恬看对面两个美男子，一个在家被养得红光满面，一个还保持着清瘦憔悴的模样，红光满面君满脸邪恶地凑在清瘦憔悴君的耳边邪笑地说着什么，清瘦憔悴君做出一脸无奈的样子，这场景还真是……

秦恬觉得幻想自己的未婚夫很邪恶，但是幻想岂是意识能够控制的，她摸摸鼻子转过脸去，暗自忏悔。

简单的婚礼仪式后，两人回到了德国，并且在德国登记成了夫妻。

婚前，秦恬悄悄告诉奥古，两辈子加起来她都快五十岁了，然后奥古也悄悄地告诉她，两辈子加起来他早就超过五十岁了。

于是两人的心态直接跳过蜜月，跳过七年之痒，跳过纸婚、铜婚、玻璃婚，直到银婚以上，金婚未满……

火车站台上的寻人板十年如一日地挂着，只是已经从一长溜逐渐减少，到现在只剩下三块，整齐地贴着一排排寻人启事。

每当有空，他们都会去重新贴一下海因茨的照片，同时给殡葬委员会写信打听消息。

奥古在英国战俘营中进修了土木工程专业，出来后遇上德国大兴土木，成了炙手可热的人才，他在一家建筑公司任职，每天早出晚归，收入不菲。秦恬则一边兼着红十字会的办公室工作，一边经过推荐在一家医院正式上工，经过半年努力，成了一名护士长。

生活逐渐安定和平静下来，他们真正感受到了平民的生活状态——每天那些国际形势似乎都和他们无关，无论是紧迫的还是平缓的，都不需要他们的关心——这让奥古斯汀很长时间都无法适应，他开始写回忆录，一本完全用奥古斯汀的视角写的回忆录，没有掺杂罗桐的视角。

那些所谓的前往瑞士的计划似乎就这样被遗忘了，并非舍不得现在平淡温馨的生活，而是他们都想等到海因茨的消息，无论生死。

秦恬早已经习惯了等待。等待并不痛苦，平静下来反而成了一种情感的沉淀，让人在漫长的等待中，想到那个人就会不由自主地微笑。

时间飞逝，转眼到了一九五五年九月十四日。

三岁的哥哥罗海满屋乱滚，一岁的妹妹罗小萌乖乖地趴在地上瞅着电视。

黑白电视中，联邦德国第一任总理阿登纳在飞机前讲话，他刚刚结束了对苏联的访问，在那儿促成了西德与苏联的建交，并且使苏联当局承诺释放在苏联的最后一批人数达一万的德国战俘。

最后一批了……

秦恬呆呆地看着电视，一旁喝着咖啡看报纸的奥古也坐起来，两人对视一眼，眼神中的含义不言而喻。

早在一九五〇年，西欧各国已经释放完了全部的战俘，苏联却一直迟迟不放人，偶尔有也只是零星的几个，把秦恬和奥古等得一点火气都没了，而现在，如果说这是最后一批俘虏，那么，这就是最后的希望了。

他们手心都渐渐地渗出了汗水。对奥古来说，这场等待只有五年，可对秦恬来说，却已经十年了。

他们早就忘了等待是为了什么，也不知道是什么支持他们等待下去的，反正这已经成了习惯和生活。

可就在刚才，他们忽然发现，这样的生活，即将结束。

一个月后，火车开进了站台，最后一批回到柏林的战俘，到站了。

抱着希望的亲人们，好奇的人、热心的人、媒体记者……挤满了站台。

列车缓缓停下。

车门开了。

一个一个战俘走了下来，他们穿着普通的棉袍，环视着人群，慢慢地走向寻人板，或是直接走向出站口。

他们虽然笑着，却让人感到悲伤，照相机响个不停，所有人都翘首以盼。

奥古护着秦恬走向人群最前面，近到能看清每一个人的脸。

两人的手紧紧地握着，心脏扑通扑通跳。

终于，在又一个人下来时，奥古忽然僵了一下，等秦恬看过去时，那人已经背对着他们。秦恬看看奥古，奥古有些迟疑地点点头，又疑惑地看向那人的背影，那人径直走向寻人板，一眼都没向四周看。

“海因茨？”秦恬低声叫道。

声音太轻，那人似乎没听到，也有可能不是他。

奥古握紧了秦恬的手，低声道：“我跟过去看看。”

“别那么麻烦，喊吧。”秦恬提高声音，叫道，“海因茨！”

简直就像一声惊雷，那人转身了，直直地看向他们。

秦恬倒抽一口凉气。

奥古却已经迎了上去，直接和海因茨抱在一起。

秦恬慢慢地走上前，打量着他。

他的右眼废了，头上斜绕着厚厚一圈纱布遮着眼睛，厚重的纱布已经发黑，把他的下巴衬得更加尖细惨白，他瘦削的程度远超当年的奥古，即使厚厚的棉袍也无法让他脱离奥古的遮挡，他完好的左眼带着复杂的神色，先是看着奥古，然后看向秦恬，看了很久，干裂的唇微翘，他点头微笑。

秦恬也回以微笑。

她走上前拍拍奥古，笑道：“别挡着，先回家吧。”

“没错，回家吧。”奥古放开海因茨。三人往出站口走，路过寻人板时，海因茨忽然停下，站在板前细细地看着，然后撕下了有着他照片的寻人启事。

“贴了那么久，它也算功德圆满了。”奥古道，他转头问秦恬，“五年？”

“不，十年。”秦恬伸手想拿过寻人启事，却被海因茨闪过。

他小心翼翼地折好纸，拉开棉袍，露出了一件看着眼熟的棉袄，他将纸塞进了胸前的暗袋中，拍拍胸口，淡淡地微笑：“留个纪念。”

秦恬讪讪地收回手，看着海因茨和奥古一起往外走，听着身后不断传来重逢的欢呼声和鼓掌声，觉得那些人的重逢才是正常的，可是又无法否认，现在这样的平淡，却是最好的。

她拿出随身携带的本子和笔，在一九五五年的空白上画了条线，写上：结束。

后面还有一连串年表，写着：柏林墙、冷战，还有越战、中国改革开放、互联网普及、苏联解体、中东问题，甚至是股票牛市……

从这个本子上，她已经看到了未来“多彩”的生活，可能她活不到那么久远，但仅是目前为止经历的一切已经足够丰富精彩，而且，她已经用不着再迷茫和害怕了。

她忽然想起自己第一天“醒来”时，在“水晶之夜”的混乱声中，一句从心底冒出的话：

如果有一天，我的生命忽然终结，我不希望再次醒来时，面对的依然是庸碌的人生。

秦恬，你赢了。

番外一

# 秦九的来信

“你打孩子做什么？这么冷的天让人出去站着，冻坏了怎么办？”

“什么怎么办？不打记不住！”

“作死哦，她知道什么呀，你让她记住啥？快让人进来！”

“不行！不吃点苦头不长记性。”

“哎哟，阿瑞，快去看看你妹妹……”

秦九早就蹲在了房檐下，一场雪刚停，刚扫过的院子雪又过了脚踝。妹妹秦恬直挺挺地站在外面，如往常一样，倔强地不说话、不求饶、不反抗。

房门打开着，晕黄的灯光漏出来，罩在秦九的背上，暖烘烘的。他接过阿妈递来的糯米糕，双手捧着跑下台阶塞给妹妹：“阿恬，别倔了，快拿着暖手，阿爸很快会消气的。”

秦恬的眼泪却像金豆子一样一颗颗地滑落在脸颊。

“怎么哭了？太冷了？”秦九着急，搂住了妹妹，“快去跟阿爸认错，认了错好回屋。”

秦恬小小的手抓住秦九，抽噎着问：“哥，阿爸是不是在哭？”

“没有，阿爸怎么可能哭。”

“哇！”秦恬反而号啕大哭起来，一边哭一边喊，“阿爸，我错啦，我再也不忘词啦，阿爸！呜哇……阿爸！”

一向倔强、要强的小姑娘突然来这么一手，秦九呆住了不说，连屋里都寂静了许久。见阿爸还没反应，秦九心疼秦恬之余不禁有点生气，他跑进了屋，刚要开口，却愣住了。

秦恬，不管你那时候是不是相信，也可能敏感的你已经知道，阿爸在骂你时，悲伤远多过愤怒。那一晚，你在外面哭，阿爸则在屋里哭。最后，阿妈掩面而泣，康叔老泪纵横。

我第一次深切地体会到，失去家国，举目无亲，是多么刻骨的悲伤，悲伤到从那一晚起，我每一夜都辗转反侧，每当看到康叔坐在门槛上望着塞纳河抽烟时，我都难过得想流泪。

我曾经嘲笑自己为什么这么脆弱，看什么情景都会眼眶发酸，可很快我就意识到，如果不做点什么，这样刻骨的悲伤会一直笼罩着阿爸和康叔，直至他们离开这个世界。

我一直盘算着最好的计划，或许我可以带着你一起去中国，我娶个中国姑娘，你嫁个中国小子，我们在那儿定居，然后接回阿爸阿妈。我觉得不需要跟你讲，你也会同意我的计划，因为你那么敏感，比我更明白阿爸的痛苦。

在那个时候，我几乎坚定了这个信念，然后在选择大学时，进入了能够进入的最东面的大学。

但是，计划赶不上变化……

秦九放下笔，揉揉太阳穴，疲惫地叹口气。

“怎么还不睡？难得今天阿德没送来新文件。”柔和的声音在身后响起，随后秦九的肩膀就被轻重适宜地揉捏着。

秦九微微仰头，闭上眼，又叹了口气，这次是舒服的：“忙惯了，突然没事做，反而睡不着。”他略微侧过了头，只觉得颈部一酸，只能放弃转头看的想法，重新拿起桌上的照片，一边看一边道：“你快去休息吧，这两天辛苦你了，酒壶太闹腾了，我都怕他，也亏得你耐心。”

“我辛苦了岂止两天，你也好意思现在才说我辛苦，怎么，这是在视察工作吗？”唐蓉的声音轻柔悦耳。

秦九连忙握住在肩膀上的手轻抚：“是我嘴笨，夫人大人有大量，千万不要计较。”

“哎，少油嘴滑舌。”唐蓉拿过秦九手上的照片，看着上面的一家三口，轻声道，“你妹妹长得真漂亮。”

“小魔星，聪明脑袋臭脾气！不过听阿爸说，她出去转了一圈，回来好了不少，”说着秦九又皱起了眉，“就是不知经历了什么，整个人都变了，少了锋芒，多了圆滑……”

“圆滑也可作通达，看开点有什么不好？”

“就怕是经历太惨痛，磨平了锋芒才通达了人情。若是变得圆滑世故了，以她的个性，不知心里有多苦闷。”秦九又揉起了太阳穴，“怪我太冲动，应该无论如何见她一面再走。德国发动了战争，她又寄住在犹太人家中，不知会遇到些什么污糟的事情，唉！”

“世事难料，活着便好。”唐蓉拿开秦九的手，转而帮他按摩头部，“从你妹妹信里可是看出了什么？”

“你也喊她阿恬吧，这么生分做什么，难道你还担心阿爸阿妈不能接受你？”

“好吧，阿恬的信里可有表现出什么？”

“没……也不能说没，我倒觉得她活泼了不少，而且对战争局势似乎也有一定见解，只是有些话略微诡异……我的老天！”

“怎么了？”

“她说……”秦九刚张口，似是想起了什么，又闭上嘴，仿佛心悸一般，眼神变得僵直起来，呆呆地望着信纸。

唐蓉知道，他又想起不幸的往事了，只能陪着沉默，让静谧包围整个房间。

半晌，秦九长长地叹了口气，以手抚额，低声道：“我越来越想知道，她到底遭遇了些什么。”

“她说了什么？”

“她说，她看到了南京的照片。”

“天啦！”唐蓉说不下去，沉默起来。

秦九继续在信纸上写着：

阿恬，我不知道你是遭遇了什么事情才会看到那些东西。那是我们所有人心中的痛，没有一场仗能让我们感到这么屈辱和愤怒。听我们的老师提起这场仗时，半个班的大老爷们都哭了。

淞沪会战后，上海沦陷，南京就如一个幼童暴露在日军的重炮之下。对于守不守、怎么守，谁都拿不出一个章法来，这个选择太难了。

可能你对南京并不熟悉，那是我们的六朝古都，一个真正饱含着历史底蕴的城市，自古以来就是兵家必争之地，也是有着所谓“王气”的城市，诸葛亮曾对南京一带的山川形势评价说：“钟阜龙蟠，石城虎踞。”它的被占，几乎可以代表长江以南沿海小半个中国的沦陷。

南京坐落在长江边上，虽然我们的家乡也在长江沿岸，但是地理位置完全无法和它相比。南京依山临水，有天然屏障，据险以守，在外行人看来似乎是个天然要塞一样的地方，其实了解以后就知道，这儿处于长江的弯道处，西北两面背水，若遭到攻击，没有那么多船能一下子运走全城的军民，不拱手送城，就只能背水一战。

背水一战啊，妹妹，天然的绝地，我们退无可退。

更可怕的是，日军为了占领南京，从东、南、北三面遣大军来围，光看着地图上的行军路线，都能让我们这群当兵的脊背发凉。

我几乎可以想象当时的场景，想象在唐生智将军提出南京他来守时，是抱着怎样的心情，而跟随着他的，则是刚从淞沪会战退下来，没有经过休整就马不停蹄赶来保卫南京的十四个师十余万将士。

南京我来守。

城南中华门、雨花台、黄山顶，城北幕府山、下关、和平门、玄武湖，城东中山门和城西莫愁湖、清凉山一线，十余万将士在四位将军的带领下兵分四路严阵以待……我们几乎看不到希望，但是又充满了希望。

十二月五日，南京保卫战正式打响。

日军的飞机轰炸四天后，发下了最后通牒，要求我们在十二月十日正午之前投降，否则就大举进攻。这当然没人理会，虽然实力悬殊，但我们绝对不会不战而降。第二天，日军华中地区司令官松井石根下令攻城。

二十万，对十万。

若是南京保卫战不是血战，那真的再也找不出一场血战了。

你能想象吗？如此悬殊的战斗，仅仅前三天，就有七千多个日本鬼子在南京城外流尽了鲜血！

我们军校三期宪兵科的学长易安华，少将旅长，经历过淞沪会战，奉命狙击进攻南京光华门的日军。他带着部下历经一整天的血战后全歼入城日军，自己却牺牲在阵地上，那年他才三十七岁。

为了进攻南京城外的制高点雨花台，日军出动了八十多辆坦克，用人海战术一点点逼近阵地。守军用尽了子弹就开始肉搏，血战中被刺刀刺穿的将士尚未牺牲的，就爬过去阻挡日军坦克的前进，用尸山人肉和鲜血一点一点组成了一个新的高地。整整三天，雨花台高地的守军打光了又来一拨，敌人打退了又来一群，阵地一直在我们的手上，从未失守。

右翼的朱赤旅长在混战中被炮弹炸死在阵地上。

他也是我们军校的学员，早我好多届，曾经参加过北伐战争和淞沪会战，在南京与他麾下的全体官兵都战死在雨花台，那年他才三十四岁，已经是少将。

而在雨花台左翼，战况持久，却愈发惨烈，刺刀钝了、弯了，就厮打、肉搏、牙咬、拳打脚踢，用尽了办法，就为了不让他们前进一步，就连旅长高致嵩都在厮打中被人生生咬掉了一只耳朵。那时候，他的麾下一万多人，已经被打得只剩下四五百人。

可是日军依然很多很多，他们再次发动了进攻。

此时的雨花台左翼，弹尽，粮绝。残兵，已再无一战之力。

老师当时问我们，遇到这情况，我们会怎么办？我不知道，我肯定不会逃，但怎么才能用这条命做更多，我想不出来。

高致嵩将军他就做到了，他让部下把所有剩下的手榴弹的后盖打开，将导火索连在一起摆在阵地上，然后，他们肩并着肩，看着敌人一步步靠近阵地，让敌人以为他们已经束手无策，让那群想抓俘虏的畜生毫无警觉地冲上来。

三十米、十米、五米……轰！

我想，现在的雨花台，恐怕依然全是红到发黑的雨花石吧。

高致嵩亦是我校学员，第三期毕业，经历了北伐战争和淞沪会战，来到南京时已是少将旅长，牺牲时年仅三十八岁。

在南京保卫战中，怎么守已经不是问题，怎么死得更有价值，才是所有将士需要考虑的。

孙元良将军的八十八师麾下三个旅，仅三天就阵亡两个旅长，一万多人战死近七千，剩下的将士在无人指挥的情况下，依然慷慨赴死，战至最后一刻。

可是我们依然没能挡住日军。

紫金山丢了，雨花台丢了，中华门丢了，光华门丢了。他们从城墙缺口蝗虫一样地涌入，城外的战斗只持续了四天四夜，更为危险和血腥的巷战就开始了。

这时候，撤退的命令到了。

我想，唐生智将军肯定没有想到，在他下决心破釜沉舟、背水一战时，还会接到撤退的命令。战斗前他特别下令交通部长俞鹏飞将长江边上下关渡口的两艘大型渡轮全部撤走，还派了两支部队守住渡口前的挹江门，决不许一兵一卒避战而逃。

这大概就是南京保卫战成为一个巨大悲剧的前奏。当南京城的军民涌向挹江门时，挹江门的守军却还没有收到撤退的命令，他们挡住了大门，不让任何人通过，堵塞的大门造成了人群的拥挤，就连从激战中下来的谢承瑞少将都没能幸免，在失控的人流中被踩踏而死。

撤退极其混乱。有一个老兵告诉我，他们在团长的带领下，拆了七座大庙的门板，用电线杆上的电线绑成舢板推进长江，七个人趴在上面，在江上漂了三天两夜才活着到了扬州。这已经是老天照应的幸运儿了，其他没船没板，拖儿带女在江边看着苍茫无舟的江水的普通百姓，还有伤兵，该是多么地绝望！

有多少人淹死在江里？有多少人枉死于脚下？

日军当然没放过他们，一进城就马不停蹄地追了过来。南京市长兼警备司令萧山令本在江边指挥渡江，见状便下令让江边的宪兵部队就地阻击日兵，掩护军民渡江。突如其来的反击让日军猝不及防，死伤惨重，但很快他们就重整兵力组织起了冲锋。江边一马平川、毫无遮挡，将士们只能暴露在外背水一战，双方激战了五个多小时后，阻击部队伤亡殆尽，可是日军依然源源不断地冲来。

萧山令振臂高呼："杀身成仁，今日是也！"

遂率领剩余的官兵，挺着刺刀与日军展开了血腥的肉搏，一直打到只剩下萧山令一人，他毫不犹豫，举枪自戕，以身殉国。

他是南京保卫战中牺牲的最高级别的将领，牺牲时才四十五岁，他真正实现了自己与南京共存亡的诺言，可悲，可叹！

江边失守，日军向江边和江上疯狂地扫射，挹江门外下关口光炮火下牺牲的军民就有三万，江上被炸死的就有两万八千多，浮尸数万，血染江水。

整个南京保卫战历时八天，有十一名中国将军阵亡，城外牺牲战士的尸体，全都面向城外，背对城内，阵亡将士五万，无一畏战。

人间炼狱！

阿恬啊，哥哥只恨没有早一点到。等我毕业时，我只能在课堂上听红着眼眶、指着那些学长照片的教官讲述他们的事迹，脑中一遍遍想象若是我在那儿又会如何。

不是我不想和你们在一起，而是我每听一个故事，我都觉得如果不战死，就没脸回来面对阿爸和康叔。

你听过阿爸和康叔在“一战”时的事情吗？没有吧，我也没有听过。后来我见到一个南京保卫战幸存老兵，他可以从容地谈论他经历过的每一场战役，对于南京保卫战，却只能默默地流下眼泪。他说，大概他八十岁时，什么都看淡了，才能顺畅地回忆起所有吧。他后来又说，现在觉得说不出来，是因为说到兄弟战死时，总会感觉，为什么当时死的，不是自己？

那种故人已去、独坐空想的日子，其实才是最大的痛苦吧。

灯忽然闪了一下，正在奋笔疾书的秦九一震，恍如梦中醒转，发现自己洋洋洒洒竟然写了那么多，手都有点酸了，不由得苦笑。

“怎么，今天不打算睡了？”虽然这么问着，但唐蓉还是给他换了一杯热茶，“喝口吧，不渴吗？”

茶水热气袅袅，轻轻吹过以后，入口温润，显然是泡好特地凉了一会儿的。秦九虽然有点疲倦，但是精神还是很亢奋，他想了想，摇摇头：“不，我忽然想，连那个德国人都能为了让她多知道些而给她看那些照片，我这个做哥哥的，人就在战场上，如果不能给她留点什么，那还真是白来一趟。”

“什么叫留点什么？”唐蓉不满地嗔道，“遗产吗？”

“哈哈，这种事你得时常想，有了心理准备就什么都不担心了。”秦九指指家信中的一段话，“瞧，阿恬都说了，在这个年代，得把认识的人都当尸体看，这样就不会多伤心了。”

“那是因为她没遇到在乎的人。”唐蓉笃定道，“你应该不高兴，阿恬这样，莫非也把你当尸体看？”

秦九沉默了一会儿，点点头：“不高兴倒不至于，就是心里不是滋味。”

“阿妈不是说了，让你留意好小伙子吗？”唐蓉笑着转移话题，“你可留意到谁了？”

“这个嘛……”秦九叹口气，“不知道还在不在世啊。”

唐蓉没话说了：“好吧，你打算什么时候休息？”

“再等会儿吧，实在没心思睡。”秦九又提起了笔。

“再不休息，天都要亮了。”唐蓉无奈。

秦九回头一看，果然外面已经蒙蒙亮，笑道：“不知道阿德今天会唱什么曲子。”

“据说昨天跟三营的张教头学的秦腔，正好听听他学得怎么样。”

两人相视一笑，皆沉默下来。果然，鸡叫过后没多久，鸟鸣声渐渐多起来时，一声声响亮的吆喝传过来：

“黄黄的泥土金颤颤的沙，
三秦大地出冷娃，
十六、七岁的年纪正如花，
扛枪保国上战场哟，
离别了爹娘走出了家。
黄黄的大河金颤颤的沙，
三秦大地帅冷娃，
宽宽的皮带腰中扎，
三尺的长枪比肩头哟，
红扑扑的脸蛋俊脸颊。
黄黄的天空金颤颤的沙，
三秦大地酷冷娃，
浓眉大眼不住地眨，
不惧顽敌抗倭寇哟，
中条山上把锯拉。
黄黄的山岭金颤颤的沙，
三秦大地血冷娃，
一身泥土战壕里趴，
枪林弹雨全不惧哟，
同仇敌忾把敌杀。
黄黄的皮肤金颤颤的沙，
三秦大地孝冷娃，
呼唤爹娘泪哗哗，

高亢的秦腔山岭上吼呦，
二十年后枪再拿。
黄黄的肩膀金颤颤的沙，
三秦大地义冷娃，
童养的媳妇兰花花，
尚未入洞房把亲成呦，
今夜郎就要把命挂。
黄黄的泥水金颤颤的沙，
三秦大地好冷娃，
弹尽粮绝全不怕，
不当俘虏受屈辱呦，
义无返顾跳下了崖。
黄黄的河水金颤颤的沙，
三秦大地棒冷娃，
滚滚的黄河浪天涯，
民族的精神传万代呦，
血染的军旗胸膛上插。
黄黄的太阳金颤颤的沙，
三秦大地八百冷娃，
气贯长虹辉彩霞，
是咱中华的好儿女呦，
父老乡亲人人夸。”

秦腔，光听名字都知道是一门多古老的艺术，诞生于陕甘大地上的淳朴的戏曲，声调豪放嘹亮，即使从小院中传来，也给人一种苍茫辽远的感觉。

阿德唱完后，天已经完全亮了，远远地有军号响起，练兵的时间到了。秦九长长舒了口气，低声呢喃：“《八百冷娃》……”

“怎么？你听过？”

“听过传闻，没听过那歌。”

“‘八百冷娃’？这是个什么说法？”

秦九抹了把脸，想了想，又拿起了笔，在唐蓉无奈的叹息声中写了起来。

阿恬，哥哥可能有点太伤春悲秋了，但是当我想起来时，我又忍不住想告诉你。说实话，我真怕以后没有机会。或许你可以和阿爸说说，可能这些故事太过惨烈，但阿爸会愿意知道的，他也需要知道，我们一直是有血性的。

一直有这么个说法：南方才子北方将，陕西冷娃排两行。

冷娃，该怎么解释这种形容呢。他们沉默、坚毅、不善表达，你无法从他们的表情上看出他们是高兴或是难过，你也无法想象他们还只是一群十五六岁的孩子。我的教官在进入学校教我们之前，曾经去三门峡临陕西地界镇守过一段时间，他告诉我们，有一天，他和他的战友奉命前往黄河边打捞遇难的烈士，当他到那儿时，看着江上的情景，他几乎快疯了。

上千具尸体漂在水面上，因为腐烂充气而浮了起来，在打旋的江水中随着波浪浮浮沉沉。他们有男有女，被江水冲掉了衣服，一丝不挂，面目可怖，但可以看出，他们都很年轻，非常年轻。

他们都是“六六战役”时，在中条山大战中被日军合围宁死不降而跳入黄河的青年兵，也就是我们后来流传的“八百冷娃”。

当时日军企图截断我们在陕甘南地区的补给线，为了阻止他们，委员长下令被包围的军队突围。经过连日惨烈的战斗，军队突围成功，并且还把日军打了回去，这是一场小规模的胜利，让当时的我们兴奋了很久。但很少有人知道，突围出去的军队并不是全部，有一个新兵团和少数官兵被留在了日军的包围圈中。

他们被逼到了黄河岸边，经过了一个多小时的血战，新兵团加上其他一千多个官兵被打得只剩下八百多孩子兵，他们一直退到黄河北岸的一个悬崖边，再无任何退路。

在此绝境，一个老兵一声令下，孩子们朝着家的方向跪了下来，先跪天，再跪了爹娘，然后吼了一嗓子秦腔：“两狼山战胡儿啊，天摇地动！好男儿为国家，何惧死生！”唱完，他们一起纵身跳进了滚滚黄河。

那时，他们才十六七岁。

直接让我的教官哭出来的，是最后被捞上来的军旗，一开始只发现了这军旗的旗杆，却怎么都捞不上来。后来好几个人一块才将它捞起来，然后所有人都震惊了，旗杆上插着两具尸体，一个是旗手，还有一个是日军——他被旗杆当胸穿透，显然是旗手在跳之前用自己手里最后的武器带走了追在后头的日军。

到死他都紧紧握着军旗，直到烂掉都没放开。

你大概会想，我是怎么知道的。在八百冷娃中，竟然幸存了一个，他跳下河后被村民救了，然后在我的教官打捞尸体时，哭昏在岸边。

男儿有泪不轻弹，只是未到伤心处。

我有幸知道这些，我希望你也知道。这是惨事，但某种方面讲，这也是幸事。无论什么时候，我们都不能缺少血性。每当想起这些血性的男儿，他们都会给我一种充满希望的感觉。

“两狼山战胡儿啊，天摇地动……好男儿为国家，何惧死生……”秦九低唱着，他不会秦腔，也学不会当初教官唱时的调儿，就只好凭自己的感觉随意地哼着。哼着哼着，他的眼眶就酸涩起来。

唐蓉已经在一边伏案睡着了，他把她抱到床榻上，然后开门走出去，对着晨光，轻轻舒了口气。

副官阿德端着脸盆走过来，看到秦九，笑得露出一口白牙：“团长，一夜没睡吧？”

“是啊，不过精神还好。今天有什么事？”

“没啥，委员长讲话的文件来了，请您过目一下，接着我就不知道了。”阿德放下脸盆，从腰间的皮包里掏出一份文件递过来，“还有别的吩咐吗？”

“你先去吧，我一会儿叫你。”秦九翻起了文件，翻之前他心里已经有数，大反攻已经开始，但十万大军却兵败野人山。美国能够给的支援中国却享受不到，因为以现在普通士兵的文化程度，他们实在难以理解和接受美国的训练方式，所以现在的问题是，委员长将怎么处理这件事。

开篇，就是委员长在国民参政会的即席演讲：

国家在此紧急战时关头，要先其所急，使知识青年效命于战场，因为知识青年有知识，有自动判断的能力，队伍中增加一个知识青年，就不啻增加了十个普通士兵。

这正中秦九下怀！但他却觉得还不够，秦九急切地翻阅着，直到看到一句口号：

**一寸山河一寸血，十万青年十万军！**

呵！秦九感到一股热血从脊背冲上脑门，就好像他在登上归国的船时，又或是他刚得知自己被分配到前线时的那种感觉，心旷神怡，却又更加激动人心！

不久以后，将会有一支由十万知识青年组建的远征军出现。他们将通过后方补给的生命线、驼峰航线前往印度，接受美国将军的训练，以印缅前线为开端，用全新的姿态和装备，从大后方打回老家，收复失地，夺回家园！

阿爸，你看到了吗？

太阳升起来了，不管之前夜有多黑，可天还是亮了。

番外二

# 海因茨的秘密

花园里阳光正好，坐在躺椅上，左手点心右手书，人生似乎就应该这样。

秦恬拿着毯子走过来，粗暴地盖在独眼男腿上，顺便递过去一个黑色眼罩，没好气道：“死独眼龙，又出来吓人，吓到小姑娘也就算了，吓到花花草草怎么办？”

他耸耸肩任由秦恬给他戴上眼罩，闻到她身上嚣张地散发着油烟味、香皂味、药味以及奶味，这个从来不喷香水的女人身上永远泛滥着一股草根气息。

地上，罗小萌爬了半天没人理，又哭了，被她狠心的老妈塞了一个奶瓶后，抱着奶瓶又开心地笑了。

是不是草根都那么好生养？小家伙多容易满足啊，一个奶瓶就是全世界了。就跟她爸妈一样，明明有那么逆天的金手指，却从来不去动一动。

四岁的罗海在一旁画画，嘴里咿咿呀呀的，他很聪明，已经画得有模有样：一个黑头发女人、一个金发男人和一个金发的独眼男人，独眼男人左手部位还有一个钩子。

独眼男抢来画板，不满地找孩子他妈：“你什么时候告诉他海盗这玩意儿的？”

秦恬漫不经心地瞅了一眼，撇撇嘴：“天赋异禀呗。博学多好啊，小小年纪就知道啥装束最适合你。”

“哼！”他把画板上的钩子划掉，画了一支枪，将画板递回给小海，“这才是对的！”

小海看着被毁的画作，抽抽鼻子，硬是没哭，委屈地看着他妈。

狠心的老妈赶苍蝇似的挥挥手：“没见我忙着呢。小海，管你妹妹去……顺便把她也画进去吧！”

小家伙果真趴在妹妹身边拿着画笔开始画，他画了一个圈圈，连着一个躯干，用直线表示了双手双脚，左看右看，又在圈圈上画了几条金色的线——他妹妹就这么诞生了。

秦恬抱着晒干的衣服路过，瞅了眼，噗地笑出声来，在儿子委屈的注视中噔噔噔跑远。

"海因茨叔叔！带我去找爸爸！"小海跑过来求援独眼男，"我不要管妹妹，我要去爸爸公司玩！"

"那儿有什么好玩的？"海因茨不想动。

"那儿可以和洛卡斯玩打仗！"

海因茨转过头不搭理，小海抱着他大腿开始各种哀求，许久不见效，就开始打滚，差点撞翻了他手边的小桌子。

"小海子！别吵你海因茨叔叔，他身体不舒服呢！"秦恬站在门口大吼一声，"没事干就拔点野草，帮妈妈打理花园。"

才四岁的小孩儿啊，你怎么下得去手……海因茨用完好的那只眼控诉般地看向秦恬。

秦恬假装没看到，义正词严："中国农村生儿子就是为了种田，我让他拔个草怎么了？"

"你明明就是偷懒，想奴役小孩！"海因茨继续控诉。

"你吃药没？你涂药膏没？"秦恬犀利地发问。

海因茨朝满身草屑、正看着狠心妈妈发愣的小海投去同情的一瞥，心想，没办法，风水轮流转，叔叔一瞪眼，你妈就发抖的日子已经成为历史了。

救兵指望不了，小家伙一边有一下没一下地拔着长势过好的草，一边看着妹妹，妹妹一爬远，小家伙就跟过去揪她回来。

乖得令人心疼。

海因茨心想，他小时候饿着肚子还能上房揭瓦呢。眼下他终于明白为什么奥古能够看着秦恬折腾小崽子而面带微笑了。所谓棍棒底下出孝子，这对诡异的夫妻遵循的就是这么个"真理"吧。

不过，他有点看不过去，皱眉道："小海，草不是这样拔的。"终于明白他们家的花园为什么这么原生态了，就是被这样"折腾"的。

小海抬头，大眼睛雾蒙蒙的："我知道，可是我用不动那个。"他指指搁在旁边的除草机。

“那别干了，让你爸妈自己来。”

小海低头：“妈妈让拔的，拔坏了也不该骂我。”

这就是秦恬口中的“腹黑”？这年头的小孩子果然不可小觑。

秦恬走了出来，一手捞起女儿，一手提着儿子后领让他站起来，道：“进去喝巧克力奶，喝完带着妹妹睡觉去。”

小海挣扎：“我不要睡觉！”

秦恬瞪他一眼：“去睡！”

“我睡不着！不睡！”

“三、二……”

“我去睡啦……”

“哼哼。”秦恬假装狞笑一声，蹲下来拍掉儿子身上的草，“记得脱了外衣睡，要是让我看到床上有草……”

“要是有草，我就去门后面罚站。”小海很上道，他刚学会站没多久，就已经和门后那块小天地很有感情了。

“走吧走吧。”秦恬拍了下儿子的屁股，示意儿子带着妹妹走回去，然后转身，看向海因茨，皱眉，“没吃药？要我喂你？”

海因茨可不怕她威胁：“等会儿吧，我现在心情好，可不想被那药坏了心情。”

“凉了就没效果了！药在厨房吗？我给你拿来。”秦恬转身就走，留下苦着脸的海因茨。他恨啊！为什么她好死不死是中国人，那么迷信中医的治疗效果，那些中药简直不是人吃的！

直到秦恬出来，他的表情还保持着悲催状，秦恬拿着药无比邪恶地笑了：“我就喜欢看你吃药时的表情，好心让你自己喝，省得让我嘲笑你，可你偏偏喜欢当着我的面喝。来吧，娱乐一下我吧，帅哥。”

“哼！”他接过碗，看着里面冒着热气的黑色药汁，咬咬牙，一口气喝了下去。味道太恶心了！比在西伯利亚吃的发霉的米糊还恶心！

秦恬收了碗，回头又拿出一罐药膏，拿着小凳子坐在他身边，掀起毯子：“前天按摩过了吧？”

“嗯。”

“那今天该按摩了。”她撩起他的裤腿，摸了摸他的膝盖，温润的手和膝盖一接触，他忍不住一僵。

秦恬皱起眉："这么冰……你晚上又踢被子了吧？"

"没有！"他每天起来都好好的。

"你说没就没？我问奥古去，他总偷偷半夜起来给你盖被子，还总帮你隐瞒，你肯定踢了！"秦恬冷笑，"狼狈为奸，病好不起来倒霉的还不是你？以后再折腾，就把你绑在床上！"

"哼！"海因茨腹诽，倒霉就倒霉，不有你伺候着吗？

秦恬抹了药膏在他的脚踝和膝盖上，手法熟练地按摩着，他感觉到药膏渗入皮肤发挥作用时的暖意，微微叹了口气。

秦恬一边按摩，一边絮絮叨叨："我的针灸课程学得差不多了，虽然不专业，但日常给你弄弄还是没问题的。你受寒太严重了，要是恶化下去，别说会冬天痛晕过去，以后夏天都会疼得难受……"

小海突然走了出来，双手捧着一杯热气腾腾的巧克力奶，小心翼翼防止它洒出来，顺利到达海因茨身边后，把杯子放在了他手边的小桌子上。

见两人都盯着他，小海有些局促地解释："我看到锅里有多的，海因茨叔叔刚喝了那个……"小海脸上露出嫌恶的表情："肯定很想吐。"

海因茨心里暖烘烘的，摸摸小海的头，低声道："乖孩子，睡觉去吧。"

秦恬笑得很嘚瑟："乖，会疼人了，不过疼错人了，你海因茨叔叔不爱吃药是因为欠收拾。以后给不给他巧克力奶得看他表现，知道不？睡觉去吧！眼皮都打架了。"

小海揉揉眼，走回屋中。

秦恬继续按摩，空气中混合着巧克力和药的味道，怪异却出乎意料地好闻。

"你的工作完成了吗？要不要等会儿我给你拿来？"

"差不多了，时间宽裕，等会儿我在这儿睡一会儿。"他懒洋洋地道。

秦恬不说话了，帮他按摩完了腿，放下裤管，又给他盖上毯子，接着开始按摩他的手腕和手肘，最后是肩部。

"你昨晚做噩梦了吧？"她又问。

没什么好否认的，他低低地嗯了一声。

"如果真的不舒服，你可以找下心理医生。我听说政府有专门出资成立这么一个部门，专门……"

“没什么的。”他打断她的话，皱眉道。

秦恬还是担心：“都一年了，还是没法面对，会变成心病的，不，已经是心病了，小心得抑郁症。”

“哪那么容易得抑郁症。”他嗤笑。

“憋出病来就是抑郁症！”秦恬坚持，“你既然不肯跟我们说，我就不问，但你可以跟心理医生说，你又不认识他们，说了就忘，有什么关系？他们还能开导你。”

可是跟他们说又有什么用，真正需要理解自己的，不就是你们吗？他沉默，一直想把一切都说出来，好好喘口气，可话到了嘴边，看到这家人的笑脸，却又什么都说不口了。

太痛苦，太残酷，哪怕只是说出来，都好像成了一种罪恶。

逃过了枪毙，逃过了审判，能够过上现在这样的生活，他已经觉得过去那十几年的痛苦无足轻重了。只是每当独自一人，每当闭上眼，那些场景、那蚀骨的寒冷却又会铺天盖地袭来，如附骨之疽，让他恐惧到心悸。

受苦受难那都是你该的！他记得分别前秦恬的大喊。

没错，他现在知道了，都是他该的。所以，他没有怨言。

肩胛骨暖烘烘的，让他有了睡意，他慢慢合上眼皮，感觉到秦恬替他拉上了衣服，盖上了毯子。

“喂，别睡。”秦恬拍拍他，“虽说有太阳，但毕竟是深秋，还是会冷的，进屋去睡。”

他无奈地睁开眼，这一拍瞌睡全没了。

“不困了？不困了工作吧，或者看书？你不是很快要考试了吗？”

他叹气，见秦恬作势要给他准备工作用品，他忽然鬼使神差般地道：“你不想知道我那十年怎么过的吗？”

秦恬一愣，摇摇头：“我好奇，但不是非得知道。要是说了会让你难受，你可以不说，我不听又不会少块肉。”

“坐下吧，十年，能说很久呢……”海因茨娓娓道来，“我很庆幸我犯了一个小小的错误，而有些上司正好缺只鸡来儆猴，我被降了级，还被开除了党籍——在那时，这是相当严重的惩罚，让我耿耿于怀了很久。

“我不再属于党卫军，被整编到了国防军体系，在第四集团军重头开始，而此时，奖章易得，军衔却难升了，一个满身军功章的士兵说不定只能当个上尉，我更是只能保持中尉的军衔不掉，慢慢在战场上求存。

“你还记得霍夫曼吗？那个和你吵过架的军医。他临死前塞给我一瓶药水，让我得以消掉手上代表党卫军的文身，我不知道奥古到底和他说了什么，也不知道究竟命运干了什么，总之，这一年间我竟然彻底地脱离了党卫队。

“后来的事，你也知道了，去明斯克、被包围、当俘虏……

“我们被押送到了莫斯科，那儿的人给我们准备了一场盛大的‘欢迎仪式’——游街。

“这是所有德国军人的耻辱。我们尽量让自己的衣着显得整齐，让自己的面貌看起来精神点，但是没办法，我们几个月没有洗澡，身上都是虱子，衣衫褴褛，十分肮脏，因为饥饿和食物中毒显得面黄肌瘦，不得不伛偻着身子，捂着肚子或伤口走路，有很多人呕吐，还有很多人憋不住，拉在了当场……

“全莫斯科人都见证了这群可耻的战俘如何脏污了他们神圣的红场，但那又怎样，我们尽力了，耻辱是战败的附属品，承受它是我们的义务。

“然后，很直接地，我们被送往西伯利亚。

“大部分人的工作就是挖煤。

“我真不知道该怎么形容那样的生活，可能表面上看起来很痛苦，可是回想起来，其实没什么大不了的。当生存成了底线时，一切苦难都显得美好，就像当时一个同僚说的，当一切不能再差时，那么就是生活渐渐好起来的时候。

“苏联人的仇恨是显而易见的，每天分发给我们的食物与我们付出的劳动完全不成正比，一开始还好，等到天气变冷，每天都有人冻死、饿死，于是很多人的工作变成了抬尸体、挖坑掩埋。最好的工作是在伙房帮工，因为砍柴烧火能比别人多得一星半点的食物……这当然轮不到我，我人缘并不好。很长时间我都觉得，其实我已经死了，只不过脑中还有一点可怜的思维活动保存了我的生机。

“第一年是最难熬的。他们的仇恨是那么深，虐待我们成了家常便饭。我就是在那时候失去了一只眼睛。什么原因？呵，你真想知道？我给一个杂种擦鞋，他说我擦得不干净，于是用抢来的德国制式马丁靴踢了我一脚，踢得很精准，我当场就看不清东西了，然后，你懂的，治疗永远不会及时。

“好歹我活下来了。

“第二年，天气变暖的时候，元……不，希特勒死了。很快，德国投降了。我们经历了很久的嘲讽，不过感觉日子在渐渐好转。战俘越来越多，分担工作和虐待的人越来越多，而我学会了在冻土里寻找菜籽、草根和树种，只要嘴里含着一点东西，无论什么味道，那都让我觉得自己不会饿死。

“随着天气转冷，在越来越多的人饿死、冻死的时候，我又，哼，奇迹般地活下来了。也许是你棉袄的功劳？

“开玩笑，就你这破袄子，还不如苏联人的睡衣可靠！

“你问我挖煤的感觉怎么样？你可以去挖挖看，苏联人在上面打眼放炮，我们就进洞里拣煤渣，一天下来，浑身黑得跟煤似的，只剩下两只眼睛和一口白牙。战俘营的卫生条件能好到哪儿去，他们给我们的洗澡时间短到一眨眼就结束，只够我冲掉表面的煤灰，然后得花大半个晚上去抠耳朵里的煤灰。

“至于吃的，刚开始一天只分发每人八百克的面包，还没有果酱。你可以想象，八百克，手掌一托，几口就没了，吃完就等着下一个八百克，这足以让很多人饿死。

“后来好了点，时间久了，大家也没什么兴趣相互折磨了。我们这群人基本都是高中以上文化，各方面来讲都比那群粗鲁的文盲好得多，渐渐地，在工厂一些重要职位站稳脚跟，基本上能和那些苏联自己的矿工同工同酬了。

“所以说，当一切不能再坏时，以后的发展趋势只能是慢慢变好，只是这变好的时间，长得让人有点绝望罢了。

“我们花了将近五年的时间才渐渐获得平等地位，谁也没想到，接下来的五年……反而比前五年更加难熬。

“为什么？当你看着一批批人被释放回去了，可你完全不知道什么时候轮到自己，只能每天不停干活时，你会怎么样？这真是一种煎熬，尤其是当你知道，你的家乡还有人在等自己的时候……

“你别多想，我没说是你。

“你问我有没有人追我？你觉得呢？那是肯定的！

“虽然我缺了一只眼，但无论外貌和素质都是出类拔萃的，比那些伊万强多了。在那儿，垂涎我的女人不知道有多少，我都看不上。更何况，我肯定要回来的。

“曾经有人试图逃跑，但是还没逃，计划就被发现了，被当场枪毙……那两个人真傻，没有水、没有食物、没有棉衣，也不知道路线，他们怎么可能穿越那片荒原到达德国？沿途还有那么多充满敌意的人等着吃他们的肉，喝他们的血。反正那次以后，就再没发生过类似事情。可是，无论表面看起来如何平和，我们终究是战俘，住的终究是监狱。

“十年，虽然落下一身的病，好歹我遵守了诺言，我活着，还回来了。

“你问我，你耳朵听不见时我跟你说了什么？不，你不会想知道的。反正不是你想的那样就行了。

“别死缠烂打，我渴了！热柠檬水！”

看着秦恬气鼓鼓地走进房中的身影，海因茨轻轻一笑，闭上眼抬起头，让整张脸沐浴着阳光，脑中回想着那天，他到底说了什么？

“秦恬，你给我听着！你不是打不死的小强吗？给我好好活下去！别再掺和进这场战争！就算你知道什么，枪子儿可什么都不知道！别妄想改变什么，你什么都做不了！这次要是不死，你就给我滚回去，滚回法国，或者滚回你的中国！乖乖等着奥古来找你，过你们的小日子！别再让我在战场上，或者任何危险的地方看到你！否则，我就杀了你！听到没有！给我活下去！或者替我活下去……”

“你说什么？我听不见！”秦恬摸摸耳朵，大吼，“我耳朵听不见了！”

海因茨心里咯噔一声，但时间紧迫，只好放慢语速，用夸张的口型：“回去！等奥古！好好活下去！”

“我真的听不见！”

他气急败坏地抓住她的肩膀：“活！下！去！看口型！活下去！”

这，就是全部。

番外三

# 活下去，就是胜利

## 1

第一次关于信仰的争吵，引发了一场我与奥古之间的战斗。

我们直接在宿舍里扭打起来，寸步不让。他的狂暴出乎我的意料，即使在练习肉搏时都奉行可笑的“点到为止”原则的奥古斯汀几乎是疯了一样，对我进行了一系列匪夷所思的攻击，就好像街头为了一块肉骨头争斗的恶狗。

我不想动真格，但他已经动真格了。

砰！

我被他一拳打得歪过头去，耳朵里嗡嗡作响，我感觉到鼻子里有热流喷涌而出，这一发现让我的愤怒像是燃烧了起来。

“浑蛋！”我大吼一声，立刻扑上去想把这屈辱的一拳还给他，却被身后的人牢牢拉住了。

弗兰克和凯泽尔一左一右地制住我，闻声而来的其他室友也扑过来拉住奥古斯汀，我们像斗鸡一样喘着粗气，互瞪对方。

“有什么说不清楚的，一定要打起来！”凯泽尔气得不行，“让我们俩去带饭，就是为了给你们空出时间打架的？要是被教官发现，成绩要不要了！纪律分要不要了！小命要不要了！这么想提着行李灰溜溜滚回去吗？”

有外人在，我不想把奥古斯汀那些疯狂的话说出来。显然奥古斯汀也不想自掘坟墓，我们一言不发，慢慢冷静了下来。

“放开我。”奥古斯汀低声道，声音嘶哑，“我不出手了。”

获得自由后，他二话不说，转身走向卧室，只听里面传来砰砰砰的声音，似乎在整理东西。

凯泽尔放开了我，和另外两个室友打了声招呼后便跑了进去，留下我和弗兰克在客厅中。

我坐在椅子上，咬紧牙，听着那疑似整理东西的声音，只觉得怒火夹杂着酸涩一轮一轮地冲击着心脏。

弗兰克递过来一块手帕，低沉道："擦擦。"

我拿过手帕，擦了擦鼻子，果然，鼻血横流！

"你们到底怎么了？"弗兰克坐在我对面，打开桌上的饭盒，推给我，"先吃了再说。"

"你们应该知道。"我搅着黄油，没好气道。

"你不能将你的思想强加在他身上。"弗兰克倒了杯水，"凯泽尔也应征了国防军编制，你不能说这完全就是受奥古的影响，他们有自己的理由。"

"那也不该说是因为……因为……"我还是不知道该怎么形容奥古的思想，他反对元首，他竟然反对元首！该死！

弗兰克似乎完全明白我的欲言又止，他点点头："你不能否认一点，从我们认识奥古到现在，对于很多事情，他几乎都说对了……虽然有时候有些微偏差。他这次又说了什么？"

"他说战争迫在眉睫，我们都是牺牲品！他敢不敢再乌鸦嘴一点！"

"嗯。"弗兰克顶着冰山脸耸耸肩，语带嘲讽道，"你说得对。"

我狠狠地咬了一口面包。

凯泽尔出来了，朝我们瘪瘪嘴，拿起奥古的饭盒，垂下头低声问我："你们到底在吵什么？他说宁愿从大头兵干起，也不要跟你一个学校。"

"哼，幸好我们不是一个宿舍！"我恶狠狠地回击，"饭盒给我！"

"你要干吗？"凯泽尔护住奥古的饭盒。

"吐痰！"

凯泽尔瞪大眼睛看了我一会儿，仿佛不认识我了一般，转头逃也似的进了卧室。

弗兰克摇了摇头，过了一会儿，拿起桌上的书翻看几页以后，越看越认真。

"你在看什么？"我探头问道。

"元首提到过俾斯麦讲过的一句话，我翻翻看有没有原文。"

"哦，在二百一十七页。"我不无得意，"我第一时间就去找了。"

弗兰克点点头，翻过去认真地看起来。

还是和弗兰克比较说得上话，该死的奥古，明明他才是和我一起长大的，为什么我们的思想分歧却越来越大?

明明他也为元首的演讲兴奋欢呼过，明明他宣誓效忠的时候那么认真，明明他爸妈都是那么坚定的党员，却偏偏出了他这么个奇葩!

到底哪个环节出了错？小时候饿傻了吗?!

这次争吵过后，我们很长时间都不知道如何面对对方，我以为这次会像以前一样，我们会不动声色地和好，可是奥古又一次说对了。

当我所在的部队接到进军波兰的消息时，他、凯泽尔和弗兰克已经踏上了前往波兰的道路，而我还在学校接受训练。

如果我们能在死前和好，那也不算太迟。

奥古斯汀的信，带来了弗兰克的死讯，也带回了他的友谊。

我突然想不起最后一次和弗兰克面对面聊天时他说了什么、他做了什么表情，我满脑子都是元首的演讲——他说唯有战争能让我们得到想要的一切，他说我们终将获得胜利。的确如此，弗兰克牺牲了，但是我们胜利了。波兰，就在我们脚下!

可我为什么越来越茫然？甚至有些害怕在华沙遇到奥古斯汀?

我想我该全神贯注于元首未竟的事业，那么多犹太人需要清理，那么多反抗者，那么多游击队，那么多不知所谓的“小虫子”!

胜者为王，他们凭什么对胜利者说三道四？每一天在街头巷尾闲逛，耳边总能飘过几句恶毒的诅咒。对于第三帝国，他们丝毫不了解，他们根本不知道我们经受了怎样的苦难才走出今天这一步。他们抱着面包、提着牛奶或者搂着女人那样唾沫横飞地诅咒着，满脸的大义凛然。哼！这群臭虫，这群亡国奴，诅咒完我们后，他们转头就会在我们的枪下跪地求饶!

我鄙夷他们，并热衷于这样的游戏，这群表里不一的人渣，我喜欢看他们信口开河后转头见到我们那一刻的表情，我更喜欢猜他们在见到枪口后下一秒会说什么做什么。说实话，他们信口开河时说的话千篇一律，听得我完全没了火气，但当他们求饶哭泣时，他们却有着各种各样的创意。哼！波兰人，也只有在人多的时候敢扎起堆来唱国歌，落单的时候一个一个都是孬种!

这一次，又是一对。

我真不明白，是不是男人对着女人都会这样不要命地卖弄自己那点可怜的口才和血性，即使面对的是这么一个其貌不扬的东方女人。

他们都吓坏了。很显然，无论这女人如何抑制自己身子的颤抖、如何自以为是地力挽狂澜，她由内而外都散发着绝望。我喜欢这种感觉。周围兄弟们都围了上来，我知道，他们或许曾经不齿这样的把戏，可是在这儿待久了，忍受了足够多的敌意后，谁都会愿意看看这群人绝望的表情的。

我假意放他们走，心里想的是直接射穿这个男人的心脏，或是废了他的另一条腿，让他生不如死，连带结束这个自以为是的女人的小命。

呜，还是慢慢折磨比较爽。

我遵循了心里的想法，也看到了士兵们认同的眼神。大家都喜欢看戏，不是吗?

于是，当男人昏过去后，接着，就是欣赏这女人的独角戏了。

这个矮小的、唯唯诺诺的、自以为是的东方女人让我忽然想到，奥古以前似乎说过，他想去中国，最好娶一个中国女人为妻。

中国？哼，又一个即将败亡的国家。这女人，还有奥古，脑子里都在想什么?

这女人试图笨拙地背起那个废人，甚至脱下了丝袜，但显然她的力气不够大。四周哄笑声渐响，我却不怎么想笑了——她摆明是豁出去了。

在绝望状态下的人，我见过会茫然四顾的、会僵在当场连表情都是死气沉沉的，可是这个女人不一样。

她的脸因为用力而通红，她甚至不看周围人一眼，双眼死死盯着眼前的墙壁，手上、袖子上、后背和裙子上全是她男人的鲜血。她咬牙，用力地背起他，却失败了。我忽然对这样的场景有些腻味，显然其他士兵也这样想，这样的弱者不怎么让人喜欢，反而让人想开枪弄死。

我决定看在上帝的分上，帮帮她。

“女士，再磨下去，你的丈夫就会因失血过多而死了。”我决定好心提醒一下，想顺便赠送一颗枪子儿。

“他不是我丈夫，也不是我情人。”

她如此冲撞，我却丝毫没怒，就好像看着脚下的小虫子在闹别扭：“哦，是吗？”

哼，不管是谁，如此虚伪地坚持着，等到发现无法成功，还不是会假装无奈放弃。我不是没有见过，正因为见过，所以更鄙夷。

戏码越来越无趣了，士兵们各自离开，他们还有任务。

我可不想陪她耗，等剧情发展到最不堪的那一幕时，我想我会“伸出援手”的。

我转身没走几步，就见她果然弃下那男人离开了，跑得那叫一个飞快，背人时怎么没见她有这么大精力？

我看见那个叫亨利的男人垂着头，半死不活地躺在地上。我知道他还有点神志，是个男人都不至于被击中非要害部位的两枪弄得昏死过去。

看她跑远的身影，我悠然地走到亨利身边，蹲下来，用枪抬起他的下巴，满心都是汹涌的恶意：“她走了，跑得飞快。”

他吐出一点血沫。

“我来告诉你德国是欧洲的什么。”我忍不住想笑，“在元首的带领下，德国会成为欧洲的霸主，你们终将称臣，说什么都没用。瞧瞧你的样子，瞧瞧那女人的作为，你们不可能赢。”

亨利轻轻地哼了一声，又有血沫流下来。

我站了起来，不想再浪费时间了，当厌倦了这样的游戏，真是一件痛苦的事情，这意味着我不得不再另找一件有趣的事情来做。我将枪口对准了亨利，考虑着是射心脏还是头颅。

“不！住手！”

尖叫声，竟然有种熟悉的感觉。

那个东方女人竟然回来了，身后是一个推着板车的波兰人。

我倒真有些茫然了，剧情似乎峰回路转……她竟然还敢回来！她不知道亨利面对的全是德国兵吗？

“原来你回来了。”我一时之间只能说出这句。

她看都不看我一眼，蹲下来看着亨利，冷哼：“我必须回来！”

“我想，与其让他在这儿慢慢等死，不如让我给他个痛快。”这也算一种解脱吧，要不是出于这个原因，我才不想浪费一颗子弹。

“谢谢！”她恶狠狠地感谢，然后带上她的亨利逃也似的走了。

我百无聊赖地看着满地的鲜血，忽然觉得很不顺眼，便随便扯了个路过的波兰人，让他清洗干净。看着这衣冠讲究的男人撅着屁股用大衣沾着冷水在墙根擦地的样子，我又笑起来，这才是对的。

这才是一群亡国奴该有的样子，这才是毕乌索茨基广场上的枪决后应该达到的效果。如果你们不能真心诚服，如果你们对于武力心有不甘，那么我，我们，会用恐惧，牢牢抓住你们的内脏，直到你们从身到心，都为帝国，为元首，服务到死为止！

## 2

我谈过恋爱的。

一个慕尼黑女人，或者说是女孩，似乎是叫露娜。

我已经不记得我们是怎么认识或是怎么牵起了手的。学校附近就是护士学校，所有人都在谈恋爱，我并不丑，怎么可能会泡不到妞。

我知道我的脾气不是很好，对于交往这事没几分真心，露娜似乎也是这样。她最美，我最帅，我们就该走在一块。花前月下，我想我的，她想她的，坐着不动也好，然后在众人艳羡的目光中，我送她回校，再独自回去。

这是一种很奇怪的感觉，像是一种用来打发时间的游戏，也有可能是异性相吸吧，我和她都乐此不疲。有时候我们会聊天，聊元首、家乡、未来，然后聊到自己的朋友，她热衷于将自己身边那些朋友描述给我，然后让我将她们介绍给奥古斯汀。我很不耐烦，我当然希望奥古斯汀也能找到这样的娱乐活动，可是他没有任何动作。

那些靠近他的姑娘，有的他嫌太壮，等到娇小的过来，又嫌太瘦小；金发的他嫌发色太亮，黑发的又说看着不和谐……我们都怀疑他其实喜欢男人，于是凯泽尔觉得最危险的就是我。

嘁！我才不怕。他敢爬上我的床，我就把他塞进训练场的炮孔里，然后发射到苏联去！

直到有一天，露娜的哥哥成功进入了纳粹冲锋队，她的兴奋感染了我。我也有那样的梦想，奈何年龄和身高都还不够，当我们大声讨论着冲锋队的强悍和元首的英明，兴奋地计划起在元首来访时该如何迎接时，我忽然看到奥古站在远处。

他经常在午饭时间来找我一块吃饭。他肯定听到了我们的谈话内容，他那表情我一直忘不了，就好像看到了一个很恐怖的东西，或是正面对着一个巨大的怪物，他微微后退，表情从惊讶变成了凝重，最后，甚至有点怜悯和恐惧。

他在怕什么？我很难明白。

但我忽然就对这兴奋的心情感到厌烦了，对于露娜犹自不知的快乐更是看不顺眼，我甩开她朝奥古斯汀走去，他很快恢复了平日里的样子，二话不说，转身离开。我和他并肩而行，落在后面的露娜很不高兴，喊我回头，树荫渐渐遮住了她的身影。

后来她去哪儿了，我不知道，或许成了光荣的防空助手，或许成了战地护士，也有可能进入了后勤的工厂，她这样充满活力和热忱的少女，去哪儿都能开心。

我真的，几乎没想起过她。

这是我少数和女性接触的经历，学校后来管得极严，开战后更是没空多想。等到占领了波兰、横行华沙的时候，看着兄弟们和那些波兰女人打情骂俏，我却没多大的兴趣。

我更想做一些有意义的事情，比如处理些臭虫、清扫“垃圾场”……

神奇的是，和奥古斯汀重逢后不久，我发现他似乎进入了那个传说中的恋爱状态。

除了执行任务以外，他一有假期就会出门，在出门前还会在镜子前转悠半天，有时候还会咨询一下我的意见，鉴于他从没采用过我的意见，我一向都是嘲笑几句后就自个儿去睡觉，但是心里很好奇，究竟什么样的女人能让他那么紧张？要知道，奥古斯汀一向不爱涂发蜡，可现在他每次出门，头发就跟打了地板蜡似的……

经过打听，我发现他出门只是去一家饭店吃个饭，虽然那家饭店有点贵，但是食物味道还不错，不至于糟践我们那点可怜的薪水。

对于热爱美食的奥古来说，常去一家高级饭店吃饭很正常，可是他为什么要打发蜡？我还是想不通。

就在我徘徊在任务和八卦中时，他的一个举动正式敲响了我脑中的警钟。

他拿了一个包裹给我，道：“给犹太人聚居区××楼××号一个叫莉娜的人，没意见吧？”

我瞪大眼盯着那个包裹，手还保持着系风纪扣的动作，完全不知该怎么反应。

“怎么，难道还要给你邮费？”他竟然还有心情开玩笑。

啪！

我下意识地打掉那个包裹，怒瞪他，大吼：“奥古斯汀！你脑子被灌屎了吗？你知不知道你在做什么？”

他似乎早有预料，不紧不慢地捡起包裹，拍拍灰尘道：“知道，在做一件赚钱的勾当。”

聚居区的很多犹太人有着大量的资产，他们拜托外面的好友买食品和货物，然后买通看守的德国士兵带进来。这远比在围墙下爬狗洞安全和方便，士兵们依靠这个赚点外快，这种行为屡禁不止，我也只能睁一只眼闭一只眼，可并不代表我自己会做这件事！

"免谈，想也别想！"我整理好衣服，准备出门。

"海因茨，××楼××号，莉娜。就算是为了我。"他忽然低下声，用包裹顶了顶我的后腰。

"那个莉娜是谁？值得你这么做！"

"莉娜是谁我不知道，她值不值，我也不知道，但我知道有人值得就行了。"他忽然微笑起来，又把包裹往前送了送，"帮个忙，兄弟，就算是为了我……也为了你自己。"最后半句他说得很轻，但我还是听到了。

他说话总是很奇怪，我也懒得深究。这对我来说确实是小事一桩，我接过了这不小的包裹掂了掂，里面似乎都是食物："没有危险物品吧？"

"如果硬掉的蓝莓派算的话。"

"你不怕我宰了那女人？"

他顿了顿，看看我，那眼神又让我一阵不舒服，最后他转过头喝起了咖啡，慢慢道："如果你一定要那么做，我也没办法……至少我答应别人的事情做到了。"

这浑蛋疯了！

我当然不会亲自做这事，把包裹随手扔给了一个手下，反正他们也做过携带的事儿，对这事儿手熟，还不会引起那群臭虫的恐慌。

转身，我就开始调查引起奥古斯汀异常行为的这个女人。这种祸患不能留，我可不能让我的兄弟因为叛国罪而死。

可是当调查报告到手，我还没看几行，就有了新的任务——那群所谓的上级要来这儿验收"属于他们"的战果了。我自然是迎接团队的主要一员，他们来之前我们必然是要清理一下周围的环境，可是当他们刚进市政大厅，爆炸还是发生了。

当时我正站在门外，说实话，在他们面前我真没什么可说的，奉承他们满肚子的肥油，还是夸赞他们满脑子的屎？哼，外面的空气可清新得多，于是我躲过了这场爆炸。

那几个"功臣"也没走进去——他们太胖，跑不快。真可惜。

刺杀者是一群白痴，他们做错了两件事：一是没等目标走进去就引爆了炸弹；二是在我们眼皮子底下动的手。

具体的抓人和审讯事务都不需要我来做，无论手段如何残酷，我只需要验收成果就行。当晚，那群所谓的爱国者嘴巴像失去了门把。我踏进艾森豪芬酒店的时候心里还在叹气——对他们的所谓忠诚感到失望和讽刺。

前几天我刚看到过艾森豪芬某位有东方血统的女工的资料，今天进入这里或许还能亲眼看到奥古斯汀的那位女神。

我忽然想起我不是第一次看到东方女人，不久前就有一次，那可真是不愉快的见面，她笨拙地试图背起一个半死不活的人，还拒绝我的好心，并告诉我那人不是她的丈夫，也不是他的情人。

好吧，东方果然是个神秘的地方，尽出奇怪的女人，这一次不知道又是什么样的。

等等，后来我好像在艾森豪芬见过她，还无聊地问候了两句，欣赏了一下她吓得刷白的脸。

莫非？哦，很不好的预感。

我第一次恨我的预感，因为我在集合员工后看到了大厅里唯一的东方女人，真的没有第二个了，她就是那个勾得奥古不断犯错的女妖精！

那一刻我真有冲动想借着这个机会把她给除掉！比起那个通风报信的蠢蛋，她的存在似乎更有威胁性，至少那个安妮只能勾结一群傻得要死的游击队，而这个东方女人却能影响一个国防军少校！

我克制不住想掐住她的脖子的冲动，想直接吓破她的胆，这样她有任何疯狂的行为都能当作畏罪来处理，然后再凭借画像把安妮顺带清理了，完美的计划。

当我的手伸向她时，她确实颤抖了，瞳孔放大了，连呼吸都屏住了，她……硬是没动，只是死死地盯着我。

鬼使神差地，我改变了计划，触了触她的脸。

没意思，这女人真没意思，奥古很快会玩腻的，他只是暂时对东方女人比较有兴趣而已，包裹什么的，为了追求一个女人而做一些小小的冒险是很正常的吧？

我懒得再搭理她，转而玩弄起本来的目标——安妮，直到这个一直在发抖的女人被揪了出来，我愈发感到无聊了。

这时，奥古忽然来了。这个从来不管我的任务、把我的事业当作洪水猛兽的家伙忽然就进入了大厅，那么急匆匆。意识到他为何而来的时候，我立刻感到一股懊悔感在胸腔翻涌。

我应该干掉她的，真的应该干掉她的，这女人就是个祸害！奥古那么冷静的一个人，居然为了这个东方女人做到这种地步！

这分明就是保护，没有原则的保护，为此他不惜插手我的工作！

但一切已经迟了，画像送来了，我失去了这个大好的机会，再有下次，奥古就会怀疑我故意找茬了。

奇怪的是，见到奥古，这个东方女人没有任何反应，她和别人一样，只是看了一眼，便低下头去。奥古似乎也没多看她，在确定画像上的不是她后，就不再多问。

然后，那个被拖出去的安妮，忽然发疯了。

我这才知道我如此有荣幸，在如此重量级人物来访的时候，她的最终目标竟然是我这么个小小的上尉，而且竟然是为了一个我连名字都不记得的人——亨利。

亨利是谁？

我手下的倒霉蛋多得是，他们所遭受的一切都有缘由。如果那些人安分守己一点，怎么可能被我撞见？

这女人自取其辱，分不清状况，难怪亡国！

尖叫声一直传到很远，所有人都望向大门，只有一个人，看了一眼大门后，回头又盯住了我。

从她的表情中，我似乎明白了。那个她反复想背起的青年不是她的丈夫，不是她的情人，而是她的同事。那个被拖出去的女孩，才真有可能是青年的爱人，而那个被我打穿双腿的青年，就是亨利。

我的脑中忽然闪过一个词：报应。

我心情突然变得极度不爽。

奥古沉默地看着那人身影被拖远，又看了看我，问道："白兰地？"

此时除了酒，还有什么能让我发泄呢？

晚上，安排好了后续事宜，我才得以和奥古安静地在客厅吃夜宵。

"我可能要去法国了。"奥古忽然说，声音有些惆怅，似乎有种终于开始了的感觉。

"嗯。"我也有些惆怅，因为他又说对了。

所有人都以为打完波兰就完了，虽然将军们都不这样想，但是他们也只是有一点点预感。可在打波兰的时候，奥古就很确定地写信告诉我们，这一切才开始，以后还会打法国等更多的国家，他说元首的野心用一个小小的波兰完全无法填满，或者说，他要的只是战争而并非所谓的胜利。我为此一次又一次和他怄气，但是却一次又一次被他说服。

我们甚至傻乎乎地用那么点钱在瑞士开了个账户，多么神奇的事情，一群穷得叮当响的傻小子竟然在瑞士银行开账户！

虽然随着积累，现在那里面的数字很可观了，但是我依然觉得很可笑。

“你做下准备吧，最好想个办法，调离波兰。”他又道，“怎么想都还是去法国好打点。”

“在波兰当地主不是也不错？”我心里认同，但还想知道更多点，试探道。

他当然知道我的意思，叹口气解释道：“如果留在波兰，不用多久你就能面对苏联兵了。”他给自己换了个舒服的姿势，轻声道：“你听我爸爸说过吧，寒冷、贫瘠、无边无尽的雪原，没得吃、没得穿，还有蝗虫一样的敌人，他们就跟没表情的僵尸一样翻滚着涌上来。先前看到的那一大箱子弹在面对他们时完全就是个笑话……”

“那我们都逃了，谁上战场呢？”我问。

他看了我一眼，又是那种我不喜欢的眼神：“我不希望你上。海因茨，你干什么我都不阻止，但求你别留在这儿。如果你一定要上战场，至少不要是这儿的，至少不要是东线。”

“所以你要去法国？”

“是啊，以前你们不是都很想去看看吗？现在我们完全有机会一起去游览那儿，巴黎、凡尔赛、卢浮宫……”

“炸成华沙这样的？”我泼冷水。说实话，统帅部不知道怎么想的，一定要进行巷战，把一个注定要占领的城市搞成废墟，让人连逛街的兴致都没有，一上街就像拾荒者去捡破烂。

奥古忽然愣了一下，他敲敲脑袋：“你倒是提醒我了。”

“什么？”

“没什么……那就这么说定了？我到法国等你。”

“哼！”

见奥古杯子里的酒喝完了，似乎他想睡了，我把到口的话又咽了回去。既然他要去法国了，又对波兰避之不及，那那个东方女人就和他无关了吧，那我就不用担心什么了吧?

## 3

“海因茨，我亲爱的小宝贝，如果遇到喜欢的女孩子千万不要错过，就算是奥古斯汀的，也抢过来。”

妈妈这么说的时候，我还小，刚跟奥古打完架。他用不知哪里学来的下流招数把我骑在地上，我怒吼着想翻身，邻居的小姑娘在旁边拍着手又叫又跳烦得要死。妈妈和奥古的妈妈出来喊我们吃饭，见到这个情景，她忽然就冒出这句话。

我以前还觉得这话很解气，甚至想过怎么抢奥古的女朋友。可是当我有一天真的面对他的心上人时，却什么想法都没有了。

抢什么啊？谁能想到他竟然是个喜欢又瘦又矮、又胆小又猥琐、还没心没肺的中国女人的奇葩啊！

审美正常的我无论如何都无法在眼前这个女人身上看到美感，也完全没法产生“抢过来”这种诡异的想法。

抢她？我还不如大街上随便拉个女人上床！

但在此之前，我要先宰了她！

再没见过比她更不知好歹的女人了，奥古是多么喜欢她，才求我尽量护她周全。这家伙虽然没什么原则，却从不轻易求人，于是我决定帮帮兄弟，亲自上阵“照顾”她，可她却不领情，百般推辞，不愿跟我去德国。

现在波兰人不是走投无路、绝望等死，就是想尽办法往外面跑，有我这样的军官担保把她带到绝对安全的大后方，她应该感激涕零才对，为什么一副我要她去送死的样子？难道德国还不如波兰？手又痒了，不来狠的不行……

果然，一来狠的，她立马就范。

我就奇怪了，又不是很有骨气的人，也不是很笨，怎么就这么看不清形势？大家好声好气地说定了不就得了，一定要我吹胡子瞪眼、拔枪拉保险栓，她才瞬间举手投降，二话不说就答应。我甚至有点遗憾，要是她负隅顽抗，我是不是能顺便解决了她？

接到去德国的命令也是偶然，我还没找机会解决她就收到了通知。很快，在波兰的职务交接完毕，我的新职务是去西线负责边境的谍报监察，随时准备在法国被攻陷的第一时间进驻并接手掌控。

统帅部已经把方案规划得那么远，每一步都事无巨细，我几乎可以想象到元首与将军们在密室中看着地图日夜工作殚精竭虑的样子。

这样的领导和这样周密的筹划，我们怎么可能输？

回到德国交接任务，获得了十天的休假期，我去看了一下妈妈，她在党内的活动很顺利，刚刚参加完元首演讲的她兴奋得脸颊通红，就连她做的芝士炖牛肉也美味了不少。

“亲爱的小宝贝，妈妈什么时候才能得到你受勋的消息呢？奥古斯汀这两天就要回来受勋，他的父母可真是自豪，你又不差，为什么就只见升军衔，却没见到勋章呢？”妈妈给我倒着果汁，温柔道，眼里有闪亮的光。

“很快就有了。”我嘟哝道，“我回来就是要准备去前线执行新任务的。”

妈妈手顿了一下，过了一会儿，她握住我的手。我抬头，发现她并没有显得很高兴。

“真的要去前线吗？不，海因茨，妈妈只是说说而已，前线那么危险，我只有你一个儿子，我已经失去了丈夫，不能再失去你，不能！”

“可是奥古斯汀也是独子。”我被她变化的态度弄得很茫然，“再说了，不去前线，窝在后方，算什么第三帝国的士兵。”

“不，你，唉……”妈妈放开手，无奈地拿着盘子走进厨房。

我觉得手背凉凉的。

上前线没有得到家人的支持，心情自然不会好到哪里去，我早过了和母亲对着干的叛逆期，此时急需好友的抚慰。

妈妈的消息怎么可能比我灵通，其实奥古斯汀早就回来了。但是在敲响他的房门时我才想起来，我似乎安排了一个女人住在里面……那么他们现在住一间屋？

真是复杂的感觉，我竟然成了多余的。如果奥古斯汀敢重色轻友，我就把那女人给宰了。

吃完饭，奥古送我出门的时候，重新提起了那件事。

我不介意狐假虎威一下，不就一份资料而已，但是这一次，他说要带上秦恬。

我承认如果按照他的描述，让秦恬看到那些资料可能更有意义，可是我为什么要这么做？

“她不是德国人，也不忠诚，给她看的那些资料就算不重要，我也有叛国的感觉。”我实话实说。这么一想，这女人已经好几次间接打破我的原则了，真是个浑蛋。

奥古斯汀沉默了一会儿，拍拍我的肩膀：“你不会后悔的。”

该死的，他又一次说对了！

我从来没见过一个女人哭成这样，她明明说了要好好哭一场，可是依然隐忍着，拳头抵着嘴抽噎着，没有尖厉的哭嚎，只是全身颤抖着，死死盯着那些照片。

从她手中的照片中，我看到了我们的“同盟”在遥远的东方所做的一切。

任何语言都无法描述我所看到的情景，那些堆叠成山的头颅和遭受残忍折磨致死的平民让我有些反胃，那个所谓的同盟就和未开化的食人族一样残忍地对待着被侵略国的平民。我无法想象一个受过正常教育和在正常社会环境下成长的人会做出这样的事情。他们在干什么？以砍头为乐，以强奸为乐，以毫无意义的毁灭为乐，以穿透婴儿的身体、砍断老人的双腿为乐？

这是人吗？这是兽，是畜生！不，他们连这些都不如，兽类尚且不虐杀。他们有什么资格活在这个世界上？

反人类，他们是真正的反人类！

我的脑中一片混乱，我忽然明白奥古所做是为了什么。眼前这个中国女人骨子里流着一个受尽灾难的民族的血液，但是她一直活得那样隐忍和坚强，从未崩溃和失控，这种坚强来自古老国家的精神传承。她一次次地让我感到无从下手，一次次地在我想杀了她的时候消泯了我的杀意，又一次次地让我觉得奥古帮她做的或者让我帮她做的事情虽然违反规定但是无伤大雅……

这种恍然的感觉，无法形容。

忽然就觉得她和奥古是一类人——与周遭世界格格不入，又处处迎合，默然而隐忍地接受一切他们不想接受的，在你征服他们的时候又能明显地感觉到他们在反抗。

我很难高兴。我顺应着这个时代，我看到了祖国的希望，我为此竭尽全力，肝脑涂地，在所不惜。元首的指向就是我剑之所向，我身边几乎所有人都有着和我一样的狂热，我们得到的胜利告诉我们，这，就是对的！

就算有牺牲、有失败、有外界的责难、有失败者的抵抗和怒骂，这些都是我们胜利者应得的。他们享受了整整十年对我们毫不留情的压迫，曾经把我们踩在脚下整整十年，骄傲的日耳曼民族会告诉他们，蔑视我们，就是他们最大的不幸！

我是对的，我告诉自己。我忽然发现，或许我可以和秦恬找到一些共同语言。

“如果你需要，我可以问问有没有去中国的航班。”我心里盘算着成功率，近期我们国家和中国政府依然有往来，把她送回去还是不难的，“也该是你为你的祖国做些什么的时候了。”

秦恬愣住了，半晌后低下头，然后摇了摇：“不，我不能回去。”

“为什么？你不觉得你应该去杀了这群畜生吗！”

“我没有力量。”她苦笑，“我想回去，做梦都想，在那儿我可以畅快地讲母语，可以吃到梦寐以求的中餐，那儿的人和我有相同的价值观，但我不能回去。抱歉，我确实很胆小，我没有力量、没有知识，也没有特殊本领，我回去只能成为难民中的一员，然后说不定在某个月黑风高的晚上被杀害……”

我知道她说得都对，但我觉得她没有说实话，可我没有权利对此感到愤怒。战争，本来就应该让女人走开，我为什么会突然想让她回去参战，为什么会对她的拒绝感到愤怒？

去车站的路上，秦恬一个人在后座看着窗外出神，显然在想着看到的东西。

我努力板着脸，想表达自己的不屑。

奥古说话了：“你脸皮不累吗？”

“哼。”

“生什么气？气秦恬不愿意回国参战，还是……下午看到的？”

“都有。”我补充道，“可能看到的更让我生气，我们怎么会有那样一群同盟？现在说‘同盟’这词真是耻辱，我们到底是有多悲惨，在被意大利拖着后又多了个日本！”

奥古摸着下巴，半晌没说话。就在我以为他打算一直保持沉默的时候，他突然轻声道：“但愿你一直这么想。”

“什么？”

“犹太人聚居区，把人像牲口一样地圈起来；集中营，更像是个栅栏。你敢说里面没有类似的事？”

“绝对没有！”如果真有，那我的信仰还有什么意义？

“是吗？”奥古半捂着嘴，问得含糊不清。

可我能听出他的讽刺，那么笃定的讽刺。

我忽然很不安，刚才的斩钉截铁在他的讽刺下就像一个笑话，他总是说中一些事，如果这一次也中了……我不敢想象。但很快，我心里的不安就被眼前的一幕打破了。

我不知道秦恬对奥古说了什么，竟然能让他如此失态地追逐火车。他们俩的样子像极了生离死别的情侣，我看到秦恬几乎要从车窗里摔出来，奥古是如此贴近火车，他要是踏错一步，就有可能跌下铁轨。

我很迷茫，我有权力停下这列火车，满车的人都不会有胆量斥责这车一时的延迟。就当我准备做出决定时，我却被奥古那撕心裂肺的吼声震在了当场。

太奇怪了，他们一直平淡得像普通朋友，半丝暧昧的眼神都没有，让我一次又一次怀疑自己的判断，甚至确定自己想太多了，可是为什么那么短的一句话，会让奥古失态如斯?

就算秦恬表白，甚至说她怀孕了，都不该让奥古有这样的反应!

奥古看起来快崩溃了。我转身，决定让火车停下来。

“来人！来人！停下那列火车！”我回身大吼。

站台上的人都看着这一幕，很快一个站台调度员跑过来问道：“少校，是要停下那列火车吗？”

“是的，那上面有重要人物……”

“海因茨。”奥古不知什么时候走了回来，打断了我，“算了，别停了。”他的表情很诡异，好像在梦游，各种感情汇集在一起，显得很复杂。

“你确定？”我眯起眼，“不后悔? 谁也不知道我们到底会不会再次让高卢公鸡低下头，但是我可以肯定，这只高卢公鸡未来一段日子里将是血肉横飞的。放走了秦恬，你真不后悔? 说不定下一刻你就会战死沙场，也有可能她会死于巴黎空袭，你们再次相遇的概率，小到近乎为零。更何况，就算她自认中国人，她也是法国国籍，她的亲朋好友都会恨我们的。”

“奥古，可能你做得最失败的事情就是让她回巴黎。”

“不、不一定。”他一脸肉麻的梦幻笑容，“海因茨，我会再见到她的，无论如何。”

“你们到底怎么了？”

“呵呵，没什么。”他看向铁轨的尽头，“海因茨，答应我，不管谁先到巴黎，一定要照顾她，她不能受到伤害。”

“这种事情谁知道，空袭、巷战、占领后清扫……”

“不、不行，要是连她都不在了……我……”他没说下去。

但我觉得，他现在这样子，似乎秦恬多掉根头发他都会疯。

那句话到底是什么？我这辈子还有可能知道吗？

## 4

在第一次对一个俘虏抬起枪的时候，我就知道，奥古所说的那些罪恶和报应，我一个都逃不过。

我有些庆幸，他没有加入党卫军；我又有些不忿，为什么他没有加入党卫军！

这矛盾的想法不断在我心中盘旋，我一面享受于满手血腥地接受上级的嘉奖，一面又惊心于自己的所作所为。我这是在做些什么？

我以为我在巴黎给秦恬枪支，并且让她滞留在那户人家直到巴黎被占领的行为已经足够示好，因为我看到了奥古的痛苦和期待，我不想让他们俩任何一个有遗憾。我这么想，也这么做了。

虽然她对我的一切行为都满腹狐疑，对有关奥古的话题也含糊其词，但是，我依然觉得，就算不为了她，为了奥古，我也该履行诺言。奥古在前线浴血奋战，我在后方总该做些什么。

在巴黎接手的一些秘密任务是我这种人必须做的，我也擅长做这些。我一面控制着一些巴黎所谓的贵族，一面部署手下处理法国的犹太人。这些事情很正常，也很烦乱。

无数人在下面暗潮涌动着，犯人们的亲人四面打通关系想从我手上捞出一两个人来，犹太人更是奇招百出，企图苟活一时。

哼，可惜都撞在了我的手上！

一直以来，我的任务都顺风顺水，我几乎以为巴黎是个德军能够横着走的天下，但是很快我发现，总有那么些不知死活的死硬分子在强撑着他们所谓的“正义”。

“善心，小伙子，善心，这里都是虔诚的信徒，没有你要找的什么犹太人。”一脸络腮胡子的老头挡在我的面前，他身后的门里还有几个人甚至来不及遮挡他们典型的犹太人特征！

我当然无法一人对抗一个宗教，在这儿硬来可能会引起全世界一个教派的反弹，这绝对不是元首愿意看到的，但我相信他也不愿意看到一个宗教利用这点把犹太人改头换面藏起来。

这不过是一个老头而已，一个拳头就能撂倒，我想试试。

我拔出枪，把枪口对准了老头的额头。一枪下去，他或许是杀鸡儆猴的鸡，或许是打草惊蛇的草，结果会是宗教的反弹还是懦弱的沉默，就看这一颗子弹了。

老头凝视我的眼神，不像一个将死之人，他的目光几乎要将我灼伤。我感到血气上涌，一股毁灭的冲动油然而生："如果我下令往里面扫射，你说会有多少无辜的人成为犹太人的陪葬品？"

话音刚落，训练有素的士兵们就抬起了枪。

老头的眼神终于变了，他退后了一步，大吼道："这是寺庙！没有恶棍、没有武器能进入这里！"

我气得浑身颤抖，想扣动扳机，一只手却阻止了我。奥古终于不再围观，他走过来紧紧握着我的手，低声道："海因茨，停手吧。"

我依然瞪着老头，我不能输，这是元首的权威，不能被玷污！

"海因茨，冷静点，停手吧。"奥古微微提声，我能感到他隐忍的愤怒。

我不知道他在愤怒什么，但绝对不是因为老头的抵抗，他似乎在愤怒我的所为，我已经习惯了他隐忍的不满。眼看事不可为，我发热的大脑渐渐冷却，放下枪，任由老头离开。

但我不甘心，下次，绝对没那么容易！

愤怒于奥古的阻止，我的心情差到极点，他把我拉到咖啡馆摆出要谈心的样子，但是却起了反效果。

我们看到了秦恬，她还带着一个犹太小孩！

在我正在追捕犹太人时，在我在寺庙里吃了这么大一个瘪的时候，她竟然在这时候、这地点，带了这么个人，还一脸鬼祟！

撞在枪口上说的就是她吧！

我要气疯了！谁都别阻止我把她扔进监狱！我要让她和她的犹太朋友们到地狱相亲相爱！

她一个法国籍的女人，凑什么热闹！她就不知道站对队伍吗？！

可我最终还是失败了，奥古就在旁边，一切伤害秦恬的事情都是在跟他作对。我已经是一个进咖啡馆就有清场作用的人了，我不能让他都给我背影看。

看着犹太小崽子往寺庙飞奔的身影，我几乎要抑制不住自己的愤怒，见到这个节骨眼儿上两人还在暗巷里卿卿我我，我更是气不打一处来！

就让这女人自己折腾去吧！等哪天我不在、奥古也不在的时候，她迟早被她的所作所为害死！

不久后，凯泽尔去了波兰，奥古到别处训练新兵。我在任务地点收到了信，凯泽尔自作主张替我和奥古给秦恬买了生日礼物。

我稍感莫名其妙，忽然又觉得理所当然，给秦恬买礼物似乎不是那么难以接受的事情。果然人骨子里都有种贱气，越不待见自己的，越跟自己对着干的，反而越想征服。

凯泽尔说他很喜欢秦恬，说她是个很乐观、真诚和善良的人，笑起来很好看，讲话也很幽默，更有一手好厨艺。他临行前还给了她一个拥抱，他说奥古真幸福，有着这么一个可爱的女友。

凯泽尔说的秦恬让我觉得陌生，这是她吗？在我看来，她是个成日傻乐，蠢得像猪一样，一笑就满脸讨好和怯懦，讲话更是唯唯诺诺，在我面前仿佛腰都直不起来的女人。她的行为让我觉得她和我站在一起都仿佛是一种罪恶，所以见她一次我都想打她一次。

是哪里出问题了吗？是我，还是她？

我接到任务又一次回到巴黎时，奥古又一次上前线作战了，感觉这一次他和秦恬也没相聚多久。

在英国的暗中支持下，法国的反政府分子相当活跃。圣诞快到了，他们又有了不小的动静，虽然我们严阵以待，但是依然让他们得手了，我们只有立刻封锁他们行动的区域，而那块地方，恰好就是第七区的奥赛街。

一开始我还没反应过来，只觉得这个地名有些耳熟，直到我坐车前往处理几个被抓到的犯人时，才想起那儿是秦恬的家所处的街道。

而此时，秦恬正和她的母亲坐在街边。

她穿着宽大的黑色毛衣，高高的领子挡住半边脸，双颊冻得发白，不断哈着气，抱着她那个病得满脸通红的母亲。她的大衣被垫在了她母亲身下，她母亲看起来不大好。

我早已经习惯对她枪子儿加大棒的逼迫，没道理对此视而不见，便毫不犹豫地把她抓上车。她的所谓尊严总是那么容易被忽略，相比和我对抗，她的母亲显然更为重要。

我才不稀罕她那点儿看病的钱，也只有她才心心念念那点儿医药费。药费很贵吗，用得着这么揪着不放吗？

把她们扔下车我就走了，可没多久，我不得不回来。因为奥古来了，满身的伤，他的副官死了，没人照顾。我的第一反应就是，秦恬不是在上护士培训班吗？她派上用场的时候到了。

确定奥古伤势不致命后，等他进了手术室，我立刻上楼找秦恬。我满以为她会一口答应我的要求，可谁知，她犹豫了半晌后，竟然拒绝了！

拒绝，她拒绝了！这个浑蛋女人！我这才发现，她根本不配得到奥古的喜欢，也根本不配得到我的照顾，更不配得到凯泽尔的称赞。

善良？乐观？通通去死！我要让奥古好好看看他到底喜欢了一个什么样的女人！

什么不专业，什么帮不上忙，什么没时间，全是借口！

她就是懦弱！就是想避开我们！我甚至怀疑奥古如果想亲近她，会不会直接被她推开！

在法国女人和德国军官满大街约会的时候，我实在弄不清楚她到底在想什么。我懒得再搭理她，让她自生自灭去吧，就算她再怎么烧饭示好，再怎么偷偷摸摸来照顾奥古，我都看她不顺眼。

只有奥古才能忍得了这种女人，他竟然还一脸理解的样子："海因茨，你不能因为一个人重视亲情、放下爱情而鄙视她。"

"你帮了她那么多回，把我都拖下了水，现在你出了事，她却顾着父母不敢来了，这算什么理由！她父母被打成筛子了吗？！"

"海因茨，我无法说明原因，只能明确地告诉你，哪怕可能让你心寒，但她做的是对的。如果她真的不管不顾地来全天候照顾我，我反而会难受，会疑惑她到底值不值得我喜欢。"

"你就是情人眼里出西施，她做什么都是对的！我不跟你说了，我干活去，哼！"

之后，我就没时间纠结这些了。法国的犹太人逍遥太久了，他们的政府在交出犹太人自保和坚持所谓的“正义”之间摇摆了那么久，很快，他们就要做出决定了。

我参战以来所有的任务都和犹太人脱不了关系，这其中的猫腻和反抗让我不厌其烦，既然结果都一样，又有什么可挣扎的？可是从犹太人聚居区回来时，我却有种不一样的感觉。或许他们无论怎么挣扎结果都一样，但是他们可以挣扎得很厉害，厉害到让德军都束手无策，以至于德国战士也以同样的方式牺牲了。

很快，大围捕开始了。

那群法国警察以他们从未有过的雷厉风行的姿态执行着我们给他们的任务。那晚，我在公寓和奥古吃着夜宵，悠闲地谈论着事态可能的发展，聊了一会儿，他要去休息，而我则要出去检查一下战果。结果还没出门，坏消息就来了。

“长官，有消息说很多医院有组织地窝藏犹太人，我们在其中一家公共援助医院抓到的犹太人比名单上的少了将近一半，目前还没找到他们窝藏的犹太人，想请我们的专家去看看。”我的手下跑来报告。

我感觉到奥古的手似乎动了一下，我看向他时，他也看着我，然后低头喝了一口咖啡，表情有些奇怪。

“那就派人去，我不是准备了一支专门的队伍随时支援吗？”

“是！”

“以后这种事不要向我汇报，需要支援就由你调派。”

“是！”

等手下出门，我看向奥古：“怎么，你知道那家医院？”

“嗯……如果我没记错。”奥古手指敲着桌面，“秦恬似乎就在那边实习，你知道的，她有时候……不那么冷静。”

什么叫不那么冷静，根本就是个冲动的人好不好！

我能感觉到奥古的不安，冷笑道：“那正好让她受点教训！”

“海因茨。”奥古叹息，“你什么时候才能看清楚？”

“我看得够清楚了，她生来就是和我作对的！今晚别让我抓到她犯傻，否则我会让她知道和我对着干的下场！”

但是很快，反而是她让我知道了，跟她对着干的下场。

这晚，满城的巡视战果很不理想，原定应该有两万五千个犹太人，可是一晚上下来，竟然只抓到一半！

这还是行动前完全保密的结果！我眼前甚至闪过法国人是怎样从门里忽然伸

出手，随便拉了一个犹太人就拖进衣柜什么的藏起来，然后警察在外面大吼跳脚的场景！

这些该死的法国人！他们同样受到过犹太人的压迫，他们也不喜欢犹太人，为什么他们还要这样做？他们疯了吗！他们的脑袋被所谓的“浪漫”整傻了吗！难道他们不知道，被发现后的下场吗！

我无法抑制我的愤怒，直到看到秦恬，我的怒火忽然爆发了。

有个手下报告，他们用了些强硬手段逼某些从犯交出了犹太人。在犹太人住处外面，我看到了秦恬，还看到了不少和她一样身上都是伤的人。照我看来，这群人就该跟犹太人一起被抓走！

“秦恬，我不止一次警告过你，有些事情，你不要插手！我以前欣赏你，就是看在你有点自知之明的分上，但是现在，你越来越狂妄了。别以为奥古护着你，你就能为所欲为。我能帮你，也能杀你！这种时候，你的命在我手上！”我几乎口不择言，愤怒燃烧了我的理智，要不是奥古拦着，我下一个动作肯定是卡住她的脖子，狠狠地掐死她！

“海因茨！你知道你在说什么吗？！”奥古斯汀提高了声音，怒道，“我不知道你遇到了什么，但是，你给我住嘴！这不关秦恬的事，就算关她的事，你也别想伤她一根毫毛！”

“遇到了什么？我遇到了什么！”我伸手抓住奥古的领口大吼，“我遇到了秦恬！很多秦恬！不知好歹的杂种们，规定的两万五，竟然有一万凭空消失！藏人？掩护？他们以为他们是谁？！他们没有奥古斯汀！”

他们没有奥古斯汀护着！他们没有那些笨得什么都愿意为他们做的德国军官护着！他们凭什么，凭什么！不过一群亡国奴、一群臭虫而已，竟然敢跟我们作对！这是对元首的不敬，是对帝国的不敬！他们都应该死！

“我知道你心烦，但也不该在这儿发火，放手！回去！”奥古斯汀一只手抓住我的手，另一只手背却在身后不停地给秦恬打手势。

秦恬慢慢后退，双眼紧紧盯着我，满是警戒和恐惧。

“站住！谁准你走了！”我一定要好好教训她，“你给我滚过来！”

奥古斯汀再拦：“恬，你走，别理这疯子！”

“你才是疯子！你到底哪边的？”我挥开奥古斯汀，伸手抓住秦恬的双肩，用我所能做到的最阴狠的眼神盯着她，“挨打了？病人丢了？犹太人吗？不想死就老实把人给我交出来！别逼我亲自去搜！”

秦恬抬头盯着我，嘴巴紧抿着，可以看出她在咬着牙。她的脸绷得紧紧的，几乎看不出表情，但我能清楚地看到，她的眼睛里有什么东西在酝酿，有一种疯狂的东西在旋转。

她不知道哪里来的力气，猛地推开我，又挥开奥古斯汀伸过来扶的手，顺势一巴掌甩过来！

啪！

我完全蒙了，周围一片安静。我被打得歪过头去，脸上火辣辣的，眼前是岩灰色的墙。而我缓缓运转起来的思维中，并没有料想的怒火。即使奥古已经做好了钳制我的准备，即使秦恬两腿都在颤抖。

我仿佛在墙上看到了许多的影像：我第一次见到她时，她身边是两条腿都是血的青年；我亲手抓犹太小孩时，他母亲被射死倒在旁边的血泊中，他挣扎、哀号、尖厉的声音刺痛了我的耳朵；我得到第一枚勋章时，楼下一群群犹太人提着行李走进聚居区；我下令清洗犹太人区时，一排排犹太人毫无反抗就被射杀，他们眼神中，有种什么东西能把我都卷进绝望中；我射杀第一个俘虏时，第一次射击他没有死，我上前给他补了一枪，他的眼睛就一直那么盯着我，眼神中竟然还残留着自以为劫后余生的笑意；我玩猜枪游戏时，有个犹太老头并没有猜，只是嘴里不断念诵着烦人的经文，我放过了他，他还是没有看我一眼；寺庙里的络腮胡老头，他的平静被我一句话打破，他说，那是神护佑之地，任何武器、恶棍都不能进入；还有被手下抓到前面被勒令跳舞的犹太人，他们在拙劣的音乐中晃动着，表情麻木而空洞，手下在大笑，渐渐地，他们也笑起来，然后眼泪流了下来……

我慢慢回头，直接对上了秦恬的眼睛。

她连牙齿都在打架，手还僵在那里，但她一直死死地盯着我的眼睛，她的瞳孔因为恐惧而放大了，显得一片漆黑，可我依然觉得我在直面她的反抗。

那么大的眼睛，抿得那么紧的嘴唇，绷着的脸，咬紧牙关的样子，和打我之前毫无二致。

奥古在旁边说着什么，我完全没有听到，我想她肯定也没有，因为此时我们的眼神就是战场，而我，已经不支。

我忽然就有一种明悟，不管之前我如何威逼利诱她，我从未打败过她，从未。无论眼神，还是行动。

即使她鼻青脸肿，即使她卑躬屈膝，即使她言笑谄媚，即使，没有奥古。

这样的认知，让我彻底失去了斗志。

我一言不发，在她依然谨慎的凝视中转身离开。我在巷口听到她松了口气，听到奥古的安慰，听到他说不用担心我做什么……

没错，我没法做什么，只有我知道。离开时，我真正明白了什么叫落荒而逃。

## 5

奥古伤快好的时候，波兰华沙的犹太人聚居区突然出了事，作为当年负责督造的最高级军官，我只能放下手头的事情，前往支援并指导平乱。

火车上我看着即时战报，不禁有些惊讶，我走的时候那群犹太人已经是什么状态我心里清楚，这么久过去了，他们竟然还能组织起这种程度的反抗，犹太人那狡诈的脑子还真不是盖的。

到达战区时，战况已经进入白热化，从四月十九日他们向犹太人区守军打响第一枪开始，至今已经有半个月过去，犹太人区里的守军无一幸免，犹太人完全控制了犹太人区。这个建筑群是华沙的老式民居，结构错综复杂，还不包括一批批犹太人他们自己临时设计的暗门和隔板，进攻人员无法进去巷战，而犹太人则在最外围的大楼死守。

一开始指挥的指挥官从热血地要攻进去到现在只能无奈地耗犹太人的储备。显然，这半个月以来，犹太人的起义让他们体会到了不一般的难度。

哼，一群废物。

我打开当年的犹太人区地图，这是当初第一版设计图，但是我脑子中还有数次清查时发现的秘密空间，一一指出来后，经过一番激烈的拼杀，我们于六天后将他们的活动范围逼到最后一幢大楼里。

他们还在顽抗，里面甚至有老人的身影，熄火时里面还会传来隐隐的哭声。

手下整理了资料报告，说他们的食物估计撑不过五天了。我们只要包围在外面，他们总会投降的。

到了第五天，在我们准备接收胜利果实时，他们用两个燃烧瓶回应了我们。

两天后，炮兵营运来了迫击炮。

我不想再等了，我还有更重要的事情，跟这群不知死活的东西浪费时间实在很不明智。

看到巷口炮兵已经准备好，我甚至都懒得发令，没一会儿，背后轰隆隆作响，爆炸声让人耳鸣。远处那幢大楼里惨叫连天，很快有两个全身是火的人跳下楼，随即哀号传来，是一个老妇的，她在诅咒我们，接着是大声的祷告。

又一发炮弹过去，墙体坍塌了，她没了声音。

对面还有人疯狂地向这边射击子弹，我们的人全躲在掩体后面，在子弹声音平息后，继续炮击。到了傍晚，大楼再无半丝声息。

在队伍进入大楼清扫的时候，我火急火燎地上了回巴黎的火车。

刚一坐下，我紧绷了十多天的表情突然再也绷不住了。所有指挥，所有行动，我都在照章办事，我完美地完成了任务，我平息了这次起义。

没错，犹太人称之为“起义”。在外面偷偷帮忙而被抓的波兰人，也称之为“起义”。他们称之为起义！

起义是什么？他们觉得自己的反抗是正义的？他们认为自己在反抗黑暗的独裁统治？为此，他们即使在那样的炮击中都没有一丝退却?！

我一切的行为都变得麻木、章程化，因为上级把我派到这儿就已经决定了我的使命，我甚至没有思考的时间。

我知道，奥古也说过，把犹太人像牲口一样地圈起来，性质和那远东的“盟国”没差多少。可是犹太人是什么？那是一群吸了血还要扒皮的恶魔！他们应该被清洗，否则将一直为祸欧洲，而日本却是毫无理由地对平民大开杀戒。

这怎么可能一样?！这一样吗？这到底……一不一样？

再一次回到法国，我深切地感到，我已经厌倦了。厌倦了和一群犹太人纠缠不清，厌倦了在奥古无奈的眼神中我行我素，厌倦了一旦提及秦恬就想到那个眼神看我时的感觉。

东线战场岌岌可危，我却在这里做着让我厌烦的事情，究竟什么时候我才能提着枪去做一个战士该做的事情？

没有和奥古商量，我冷静地递交了请战书。几乎是当天，调令和嘉奖就发了下来，我将它们摆在桌子上，轮休回来的奥古看到了。

我这辈子都忘不了他看到我的调令时的表情，他空洞地看着桌上的纸，眼神是那么复杂。我躲在房间中，从门缝中看到他慢慢坐了下来，双手捂住了脸。他和知道我要去法国时在厨房里默默哭泣的妈妈一样悲伤。

我忽然就有一种酸涩的感觉涌上来。

在这场战争中，他只是一个身先士卒的军官，虽然是少校但却没什么实际权力，而切实的权力掌握在我的手中，得力的手下无数，要风得风，要雨得雨。那些法国所谓的贵族和官员，见我也要卑躬屈膝，很多时候帮秦恬，他还要拜托我做才行。

可事实上，是他在照顾着我。他当初阻止我留在波兰，劝说我到法国，阻止我射杀那个寺庙的老头，阻止我做很多事情，让我避免了战争，又享受到为帝国效力的快感。他理解我，还保护了我。

或许他已经对我绝望，觉得再也拦不住我对事业的热衷，而我也没脸告诉他，我厌倦了那些。

我开始向往他的生活，只要扛起枪往前冲，前面是敌人，后面是家人，不用纠结什么，不用痛苦什么，或许我还能拥有一些值得思念的美好的东西，那些更单纯更简单的东西。

我最终还是让他失望了。

“海因茨，你在吗？”他敲门，我立刻转身做出在整理的样子。

“我在，怎么了？”

“我看到了。”

“哦，那行。”

他站在门口，沉默了许久，才缓缓开口道：“我下午就要回去，帮我见见秦恬好吗？”

这就是他在看到我的调令时想说的？我有种奇怪的感觉，我该生气的，但更多的是无奈，只能点头道：“嗯，行。”

“还有……”他转身回自己的屋子，出来时，手里拿着一个包裹，“这个，你拿去，有用。”

“什么东西？”

“走了再拆开吧，算我和秦恬给你践行的礼物。”

我这才想起，秦恬以前给我编织过一条围巾，黑色的。到了东线，应该用得上，于是我将围巾翻出来，和奥古给的包裹一起塞到箱子里，箱子很快就满了。

“海因茨。”奥古的表情还是很复杂，他深吸一口气，“这场仗会很痛苦。你知道吗？你把自己送进了地狱。”

我知道，我当然知道，小时候听到最多的就是奥古的父亲在和苏联人打仗时的故事，那感觉就像听恐怖小说。

“我知道我阻止不了你了，但是无论发生什么，不管是为了你妈妈或是为了我，甚至我允许让你回来后报复秦恬……你一定要活下来，你是我最好的兄弟。”

报复秦恬？多大的牺牲啊。我苦笑。

“弗兰克已经走了，凯泽尔生死不明，我……”他捂着额头，不断深呼吸，“我恨我没用，什么都无法改变。”

“你想改变什么呢？”我好奇地问他，“你能改变什么呢？元首的一切领导都是正确的，只是我们接手的任务比较严峻罢了。我们终会胜利，哪怕你一直怀疑，但我从未怀疑过。”

他低头沉默，然后摇了摇头，嘴角是自嘲的笑：“是啊，我只能迎头赶上。来吧，兄弟，过来。”

“干吗？”我狐疑地看他。

他张开双手，微笑道：“给个拥抱吧，以后不知什么时候才能见面。说不定我也会去东线，也有可能去西线……谁知道呢。”

我心里有点暖暖的东西萦绕着，当我走上前，他紧紧地抱住了我，沉默了许久，他忽然笑道：“秦恬要是看到这一幕，说不定会眼冒绿光。”

“为什么？”

“呵呵，你不会想知道的。”

下午，奥古连秦恬都来不及见一面就走了，这次他离去的脚步尤为沉重，仿佛下一刻我就会死似的。

我把秦恬约到塞纳河上的咖啡馆。许久不见，她的精气神儿改变了不少。许是那一巴掌的缘故，她还有点怕我，但却不再唯唯诺诺。

我面对她时，几乎想不出比较友好的话题，她似乎也一样，两人有一搭没一搭地聊了几句。

我心里有很多疑惑，我想问她我是不是错了，可是真当她追问时，我却又想不出说什么。懊恼之下，我最终还是忍不住，告诉了她我即将上东线的事。

然后，我很高兴地看到了她眼里强忍着的泪水。

算了吧，报复什么的。就算是鳄鱼的眼泪，好歹有人愿意为我流一滴，尤其是这个曾经愤怒到不顾死活打我的女人。

她继续用那种直愣愣的眼神看我，直到我离开，我脑子里还反复回旋着她的话：“真的，一定要活下来！”

我想我记住了，奥古、秦恬，既然你们如此一致地希望我活下来，那么，无论对错，无论荆棘，无论严寒，我都会活下来。

## 6

我可以毫不怀疑地说，我经历了人类史上最残酷的战争。

我只需要怀疑的一点就是，我究竟是怎么活下来的。

我的连队无数次被打到只剩下个位数的人，这些人无论训练是否充足，都会被随便塞到一个队伍中去。很快我就再也没收到信了，因为我原先所在部队的番号已经消失，甚至有时候我都搞不清楚自己所在部队的番号是什么。

其实很多人都搞不清楚，新的连队由一大群残兵组成，他们各自都有各自的番号，我每问一个，得到的答案都不一样。

寒冬、尸体、战壕，这几乎是我对战争所有的印象，我已经可以做到安然地躺在尸堆中睡觉，听到第一声枪响时就跳起来射击。

我的脚趾差一点因为冻伤坏死，各种传染病也没放过我。战壕中永远只有裹着大衣睡觉或沉默地吃着饭的兵，奥古所说的大家轻松开玩笑的场面简直就是一个神话，我们一开口，就只有不断的诅咒，诅咒指挥官、诅咒后勤、诅咒天气和诅咒敌人。

食物永远外热内冰，热汤成了奢侈品，炊事班时常找不到锅子做饭，因为它们经常被敌人的枪子儿击穿。

我们几乎已经快忘了战斗的目的，只是在看到敌人时不断地射击、射击、射击；在他们扑过来时拔出刺刀，本能地战斗、战斗、战斗。

那是一群与西线的敌人完全不同的敌人，他们大多没什么文化，丑陋而粗鲁，在押解俘虏时不断可以看到他们蹲下身挖点野菜就放进口袋或直接塞进嘴中，他们的眼神永远是直愣愣的，那是一种没有内涵、只是单纯要宰了你的眼神。

每一次他们冲锋时，会喊出一声声“乌拉”，我们总是会有一种一群野兽冲过来的感觉，他们可以赤手空拳地冲过来，死了就直接倒在地上；没死就拣死人的武器继续冲。我们需要做的永远是扫射、扫射，然后被仿佛无尽的兽群淹没。

继厌倦犹太人之后，我也厌倦了战争。但是，已经无路可退了。

而德国，也一样。似乎在选择两线作战的那一刻起，就注定了我们失败的命运。无论长官如何声嘶力竭地描述着国内的大好前景和元首的英明战略，我们再也相信不起来了。

一九四四年的寒冬，我们整支部队被逼得落荒而逃时就已经明确知道，大势已去。

没有人能比前线作战的士兵更能深切地感受到这一点。

我终于庆幸起霍夫曼临死时的决定，虽然因为放了俘虏而被降级、被开除党籍，但我洗掉手上的文身后彻底脱离了党卫军的身份，那些追上来的敌人对党卫军从不手软，而国防军能避开最残酷的折磨。就算是俘虏，好歹活着。

我还是逃了出来，在白俄罗斯被编入第四集团军时，因一次阶段性胜利，得以在明斯克休假三天。于是我再一次看到了秦恬。

那种不可置信的感觉几乎淹没了我，在最初熟识的兄弟几乎全部死光的时候，竟然能够在这样一个地方再次看到她，我有种做梦一样的恍惚感。

她怎么会来？她来干什么?！她出事了吗？奥古呢，奥古也来了吗？

这是第一次，我在见到她时真心地感到喜悦，虽然我时间不多，但依然觉得足够了。我没打算告诉她战场上的事情，虽然她来到了这里，但是前线和她没关系，她在医院做护士，会跟着后方不断转移，我没必要把自己的绝望展露给她。

短暂的见面后，虽然我又回到了驻地，可是感觉整个人都不一样了，我已经想不起自己多久没笑又多久没抱怨什么了，我从麻木的状态回到了刚进部队时的状态，感到什么都散发着光彩。这就是奥古所说的人逢喜事精神爽吗？见到许久没见的故人，确实感觉很好，更何况，我还知道了凯泽尔虽然受伤但没死。而奥古，还没有消息，没有消息就是最好的消息，不是吗？

听到诺曼底登陆那天，刚好轮到我休假，虽然有一整天假期，但有半天需要办一些手续并进行一些检查。

这破烂的城市没什么好逛的，我直接去秦恬的宿舍找她，看到她在里面艰难地包着手。

我转念一想就知道发生什么了，虽然是意料之中的，但我还是觉得不解，什么时候我们德国人的素质低到这种程度了！

闲来无事，我勒令她好好包扎，让她出去打水，而在她起身的时候，我看到她大衣里掉出的一个本子，似乎就是凯泽尔描述的以我们的名义送她的生日礼物。

她都随身带着吗？不知道都写些什么……

窥人隐私不好，可我早就被战争磨得没了原则，没多纠结就捡起来打开了，里面全是中文。

好吧，我只看得懂中文的“秦恬”两个字，还是当初奥古教我的。百无聊赖地翻了翻，厚厚大半本，记着中文和一行一行的数字，我越看越有一种心底发寒的感觉，这像是本日记，但又不像。

时间从一九三八年十一月记起，后面是一九三九年九月一日和一段中文，接着是一些意义不明的日子，再接下来是一九四〇年六月二十二日——法国停战的日子，然后是一九四一年六月二十二日——进攻苏联的日子……其中很多年份的印迹是一样的，很多确切日期明显可以看出是后面填上去的，很快我就看到了一九四四年六月六日……可是后面还有数字，六月十五日和一行字，接着是一片空白，再下面她写了一九四五年和一串日期以及说明，还有一九四九年、一九六七年、一九九〇年……

我忽然有一种被雷劈的感觉，一直以来的违和感都有了解释——奥古近乎诡异的未卜先知，秦恬与奥古毫无道理的心意相通，他们毫不犹豫地在法国开战前去往巴黎，他们互相理解的眼神、动作……

虽然这种可能太过不切实际，可是我没办法不去这样想。如果这本是日记，为什么只记有大事发生的日子？而且后面那些数字又怎么解释？他们的行为又怎么解释？

我又想到了他们几年前在德国站台的那一别，那么地突兀和不合常理……他们是不是在那一刻，达成了某些共识？

在半信半疑和极度震惊中，我完全不知道如何面对即将回来的秦恬，我把笔记本放回去，左右看看，很想等她回来问个清楚，又很想逃走。

有些东西，我很怕知道真相，怕得全身结冰。那仿佛会毁灭我的信仰，会让我失去一切，会让我没有活下去的勇气，会让我知道，我所做的一切，都是一个笑话、一场空、一个注定的悲剧。

我还是跑了，我不能面对她的眼神，那种怜悯的眼神。

接下来一段日子，战况急剧恶化，苏军蚕食着我们的地盘，我们积蓄了力量，却一退再退，终于到了退无可退的地步。

后面就是明斯克了，那个来不及转移的后方医院还在救治着伤员，我看到周围的士兵们眼中流露着一样的坚定，他们不能让那些为了他们即使手无寸铁也要留在如此危险地方的后勤人员受到残酷的对待。

我深吸一口气，即使结局已经注定，我好歹在其中射出了子弹、发出了怒吼，这就足够了。

敌人毁灭我们意志的能力真是强得超乎我们的想象，很快我们的战线不断后退。战场从城外进入了城中，大部分士兵都跟随主力到了北郊，也有少部分各种原因散落在城中各处和苏军进行巷战。

我在巷子中快速地穿梭，敌军的轰炸几乎瞄准了我们的主要设施，后方医院早就成了一片废墟，我不敢想象接下来还会发生什么事情，只能一门心思冲过去。沿途，不少护士因毫无遮挡地乱跑被苏军的子弹当场扫射而死，这场面让我的心脏不断收缩，我强忍住翻找那些趴在地上的尸体的冲动，直接冲到已经看不出原样的医院。

轰炸还在继续。在秦恬的宿舍门口，我果然看到了她！

这个该死的蠢笨的一无是处的女人！她就不知道什么叫作死吗？

无奈之下，我只能带上她，就算她知道战争的结局，恐怕并不知道自己的结局。至少，她肯定不知道该怎么从这危险的地方逃出去。

我好歹要带她逃出包围圈，或者说，给她一个安全的身份。

但最终，我还是没法带她出去……苏军已经占领了明斯克，除了投降，我只能带着她去北郊参加总反击。

不战而降，绝对不是德国士兵会做的。我无法忽略战友的意愿，很快布置起来，占领街道两边高地，打算进行一次阻击，死之前能杀多少杀多少。

她似乎也明白了此时的事态，顶着一张苍白的脸躲到一边。我见过她很多次害怕的样子，这一次她是真的快吓晕了。

没时间顾及她，我凝神应付着下面的敌人，身边的士兵转眼就倒下了，他哼哼了两声就没了声息，我干掉了对方的机枪手，很快那边又有人替换上来。换弹夹的时候，我忽然发现她竟然就在身边，还在伤员的身体上摸来摸去！

“回去！躲回去！”我气急大吼，她却装没听到，快速地脱下护士袍给伤员止血。

对面传来爆炸声，苏军用上了炮，很快楼下传来示警：“二楼隐蔽！”

我下意识地抱住她往最里面滚去，炸弹在阳台爆炸了，碎石砖块漫天飞，有的砸在我的身上，没感觉很疼，我忽然想起，身上一直穿着奥古给我的棉袄，样式虽然奇怪，但是很厚，热是热了，却比别人安全不少。我一直以为这是奥古买的，但是很快发现，这其实是秦恬做给他的，里面绣了一个小字，虽然是中文字，但不是秦恬的名字，我想，应该又是他们俩的秘密。

我会不高兴吗？我有什么好不高兴的，至少这件棉袄现在穿在我身上不是吗？听着下面的声音，我知道一切都该结束了，就算为了这件棉袄这么多年带来的保护，我至少要给秦恬一个活命的机会，她抓不抓得住，就是她的事了。

我大吼："秦恬，你给我听着！你不是打不死的小强吗？给我好好活下去！别再掺和进这场战争！就算你知道什么，枪子儿可什么都不知道！别妄想改变什么，你什么都做不了！这次要是不死，你就给我滚回去，滚回法国，或者滚回你的中国！乖乖等着奥古来找你，过你们的小日子！别再让我在战场上，或者任何危险的地方看到你！否则，我就杀了你！听到没有！给我活下去！或者替我活下去……"

"你说什么？我听不见！"秦恬摸摸耳朵，大吼，"我耳朵听不见了！"

我心里咯噔一声，但时间紧迫，只好放慢语速，用夸张的口型："回去！等奥古！好好活下去！"

"我真的听不见！"

我气急败坏地抓住她的肩膀："活！下！去！看口型！活下去！"

她愣了半晌，显然还是没听到，我觉得我快疯了，正考虑要不要敲敲她的脑袋时，她猛地伸手，反过来抓住我的领口大吼："海因茨！我说了我听不到！我不知道你要说什么，但是你给我听着！无论是不是下一秒战死，只要有机会，你就给我活着！不准自杀！不准自暴自弃！如果被俘虏了，无论遭受什么，你都给我活着！记住，无论遭受什么，那都是你的报应！你应得的，你活该！你要是用自杀逃避，你就是他×的懦夫！活着！记住没?！想尽办法活着！"

我完全呆住了，任由她揪着领口摇晃，唾沫横飞。她盯着我的眼神执着得可怕。

"如果我没死，只要一天没得知你和奥古的墓地所在，我就会一直去寻人处找你们！我会刊登我的住处！你们也要这样做，知道吗？战争很快就结束了，没什么熬不过去的！活着！听到没有？你听到没有?！受苦受难那都是你该的！只有活下去才是最重要的！听进去没？混球！你应一声啊，浑蛋！"

活下去，活下去……

奥古知道我上东线，他只求我活下去。

你到了这种境地，还是只要我活下去。

秦恬，你听到我说的了吗？我，也只希望你能活下去。

这是我最低的要求了……

我忽然觉得，有些事如果现在不做，以后就再没机会了。

我捏住她的下巴，着魔一样地看向她不断张合的嘴，然后，狠狠地吻了下去。

碎石、硝烟和她惊讶的眼神，混合在我紧闭的双眼里，让我迷失了感官，唇齿相依间，我清晰地知道，我从未得到过她，但也从未失去过她。

奥古和我从小一起长大，却是她和我一路走来，让我厌倦了种族清洗，让我厌倦了战争，让我厌倦了自己，却又期待起未来。

我忽然什么都不怕了，因为命运并不是全知的，就像她绝对不会想到我会吻她，就像我也绝对想不到自己会忍不住吻她，会期待她告诉我一些事情，比如说，这场该死的战争，究竟什么时候结束。

“一九四五年五月七日，德国无条件投降；九月二日，日本投降，战争结束！”她的嘴唇还是红艳艳的，吼声却很沙哑。

我释然道：“真好，没多久了……该结束了。”

把秦恬作为受害者交给苏联是我唯一能为她创造的生路，完成这一切以后，我就把自己的命，完完全全交给苏军了。

他们检查了我的身份，确定我是国防军而不是党卫军后，把我们关进了战俘营，每天只有少量的食物和水。我预感以后可能会更加悲剧，于是努力地保存体力、调节情绪。

一个月后，我和其他战俘被送到了莫斯科。这绝对是一次规模空前的游街，五万七千多个战俘在红场上慢慢走着，我们虽然尽力整理了衣衫，想让自己的面貌看起来精神点，但依然觉得这是一种耻辱。昨晚的食物很不干净，今天有好几个人吃坏了肚子，在申请去厕所无果后，只能直接拉在了裤子上。后面的苏联军队明显感到厌恶，只好安排了几十辆洒水车用肥皂水冲洗我们走过的路面。

两边百姓朝我们吐着唾沫，咒骂声连绵不绝，甚至还有人冲出来抓住边缘的战俘就踢打，也有几个大妈露出了怜悯的表情……

恶臭、满身虱子、面黄肌瘦，这或许就是莫斯科的平民看到的让他们国土动荡的对手的形象。将军们从容地走在最前面，我们走在队伍中间，看着周围人各色的眼神，我忽然发现此时自己的心情除了麻木，更多的是轻松，就好像秦恬说的，这些是我该的，我活该承受，当初我朝人举枪，就该做好如今被人射击的准备。

我准备好了，真的。

一如所料，我们来到了西伯利亚，工作是挖煤。

我以为等到战争结束就差不多能回去了，算算时间没多久了，觉得现在无论多苦，都要咬牙坚持住。

谁知道，这一等，就是十年。

可能每一个跟我一样十年归来的人，回想一下都会觉得好似做了场梦。要我说说其中的某些具体的事情，张开嘴，却什么也说不出来，最后只能给出一个无奈的微笑。

一开始的苦难是必须的，每天都被虐待，在西伯利亚寒冷的冻土上步履维艰，战俘很多但工作更多。监工们不停给我们派发新活，肺病、寒冷、饥饿和旧伤，每一样都能随意夺取人的生命，很多人都没有熬过去。

一些人晚上躺下，第二天再没起来；也有一些人休息时坐下，十分钟后成了尸体。我每天醒来都会摸摸自己的心脏，确定它是否还在强健地跳动着，确保自己不会在下一秒就成为尸体。

最难熬的不是等待死亡，而是在没死亡的时候等待自由。

在这圈禁中干活时，我越来越明白当初自己究竟做了什么。相比那群在犹太人区行尸走肉一般无所事事的犹太人，有活干反而是一件幸福的事情。我们没精力去想外面发生了什么，也没时间讨论什么时候才能离开，甚至听到元首自杀、德国投降、纽伦堡审判时，都没有太大的触动——我们在守卫讥讽的笑声中听到的消息，然后没等我们有所反应，下一秒，就不得不继续背着筐子拾取地上的煤渣。

那时我甚至对那些自以为残忍的守卫有了一种感激的情绪，他们的强迫让我们完全没时间去消化那些消息，等到晚上躺到床上时，即使心潮澎湃也挡不住汹涌而来的疲惫感，几次循环后，再大再震撼的新闻我们也没空去惊讶了。

随着消息渐多，在习惯这样的生活后，我们都已经麻木了，也清楚这是个不可能逃出去的地方。千里冻土和冰封，缺衣少食，没有路线图，什么心思都得冻结在大雪下，而时间久了，我们也渐渐体现出了我们自己的优势。

我们这群人几乎个个都受过高等教育，在很多工作上比苏联人更能胜任。我们与生俱来的谨慎和沉稳让苏联上层看到了我们更大的作用。逐渐地，我们能够领到比别人多一点点的食物和薪水，甚至能与当地矿工同工同酬，更有聪明的战俘在一些领域体现出了自己的才能，胜任了某些重要岗位。

我在干过矿工、锅炉工、厨房帮工等各种工种后，很快也找到了一个轻松的差事——矿场调度员，这是个活少又舒适的工作，能有一张自己的办公桌，还能时常得到一些小零食。但是战俘毕竟是战俘，我们的生活条件依然很差，个人卫生和充足的食物总是得不到保障。在附近的小镇上，即使有钱也买不到好吃的东西，而战俘营中给战俘的配比一向苛刻，这让我们在工作时依然感受到低人一等的滋味。

不过，比起很久以前的生活，这已经足够好了。就像某位长官安慰我时说过的：当情况不能再差时，就是它渐渐变好的时候。

那时，我刚刚失掉了一只眼睛。就算治疗及时，在那样的卫生条件下，眼睛也保不住，更何况治疗也根本不及时。

我在战场上没有缺胳膊少腿，却在被俘虏后被一个杂种踢废了眼睛，是个男人遇到这样的事都无法淡定。可我依然忍下来了，这种忍耐一直伴随了我十年。

开始几年，很多人都拿自己的家人作为慰藉，他们相互展示着妻子和孩子的照片，低声说着过往的美好。可是等到没什么可说的时候，等到时间长远得连记忆都变模糊的时候，他们都沉默了。我不知道除了相互倾诉美好回忆，还有什么可以作为心灵的支柱。

我想妈妈，但她已经去了天堂；我想过去的战友，但他们都客死异乡；我想童年的伙伴奥古和凯泽尔，但我不知道他们是否还活着。历数之下，我能够想的，竟然只剩下一个活人——秦恬，但愿你没有白白浪费我的计划，以你那点小聪明，现在应该好好活下来了吧。

就在我以为有可能一辈子都要在西伯利亚度过时，几个交好的苏联守卫忽然带来消息——在其他国家的压力下，苏联终于要放人了。

余下的我们，是最后一批被放还的俘虏，距离被俘，已经整整十年过去了。

当在绝望中等来希望时，所有人都蒙住了。每一夜脑中魂牵梦萦的家乡就在眼前，我们激动得几乎连呼吸都要停止了，每个人都满面红光，仿佛下一秒就将登上回德国的火车。

在此前，发生了一个小插曲。

一个中途被调来的女看守忽然把我叫到她的办公室，她是我的直接上司，叫什么我已经忘了，只记得她在单独面对我时，忽然语出惊人："你能留下来吗？"

我不觉得这种笑话一样的问题有回答的必要。

"海因茨，你很快就是自由人了，你能在这儿成家立业，我……我们可以结婚，我在莫斯科近郊就有房子……"

饶是习惯了十年压迫，我也不由得一惊，看向这个自己连名字都没记住的上司。

她显得很激动，脸颊发红："为了你，我一直不肯调离。其实我早就可以去莫斯科政府部门发展了，但是我……海因茨……你懂的，我想……我想……只要给我一点时间，我能处理好一切，我……我想和你在一起。"

一把年纪了还能以战俘的身份获得美人芳心，这一点确实出乎我的意料，但我摇头："不……有人等我回去。"

"是谁？你的妻子吗？"

"不，她不是我妻子，也不是我情人。"说完这话，我忽然有种恍惚感，似乎就在不久以前，有人跟我说过几乎一样的话。

"那她为什么等你？她不可能等你那么久的。十年了，她肯定已经结婚了，如果她还活着的话！"

"对，如果她还活着，肯定已经嫁人了。"我自嘲道，"因为她本来就不是在等我跟她结婚。"

"那你还……"

"她等我干什么我不管，我只要知道，她在等我……就行了。"

这是爱情吗？我不知道。

她是唯一一个抓着我的领口告诉我，我活该遭报应的人，也是唯一一个在骂我时让我想拥她入怀的人。

我对她没有刻骨的思念，但是想到她的反抗我虽然会咬牙切齿却又愉悦。她和奥古在一起几乎是命定的，我本来就在他们两人的戏外。

小说中总有男人说，他如果早一点如何就可以如何。

我迟了吗？没有。

这罪恶的一生中，一个真挚的拥抱、一个没有被抗拒的吻，我已经得到了远超我该得到的。

我对所做的一切丝毫不悔，这一生的信念已经被我用最决绝和灿烂的方式燃烧殆尽，再没有一代人能够像我们这样义无反顾地奔向信仰与毁灭。

没错，我们受到了错误的引领，可是那个人们眼中的魔鬼给了我们别人不曾给的希望。如果没有他，我们的绝望将会十年、二十年，不断绵延下去，直到垂垂老矣，我都不会知道肆意地活着是什么滋味。

最惨烈的失败就是最大的胜利，胜利者书写的历史中有他们的血也有我们的泪，即使作为历史的阴暗面，即使都是错的。如果再回到过去，我也不会停手，就像痛恨战争的凯泽尔和早已知道历史的奥古，他们心中早有厌恶，于是比我更早有了觉悟。战俘营中曾有研究我们的人说，我们别无选择。不，并非别无选择，那时摆在我们的面前有两条路：一是抛弃苦难的父母同胞逃离祖国，到别的国家受尽白眼谋求生存；二是拿起武器，指向一切无休止压迫我们的人。

我最大的幸运在于，我做了我觉得对的选择——哪怕在别人看来是错误的，但我在自己选择的道路上，遇到了对的人。

她不像别人那样让我建功立业，她没有拿起武器的勇气，也不会鼓舞人，她只会一遍遍地说：活下去。

在这个年代，活下去，就是胜利。

我半途觉悟，纵使已经满身风尘；半生血泪，终是笑到了最后。

番外四

# 岁月如梭，昔人安在

细雨绵绵。

天气阴冷阴冷的，青葱草坪上，每踩出一步都会有细碎的水珠弹开，湿漉漉的，让人很不舒服。

“他要是敢跪下来，要是敢跪下来，要是敢……×！”秦恬忍不住爆了粗口，“当我没说！”

“好了，你们每年都要为这事吵一架，不累吗？”奥古搂紧了秦恬，确保她整个人都在伞下，“再说，护理的事情都交给几个小的了，又累不着你。”

“少睁眼说瞎话，他自己不爱惜自己，发作起来愁得睡不着的可不是我。”秦恬掏出一个橘子剥皮，往旁边瞥了一眼，努努嘴，“瞧，有的是人担心。”

大儿子罗海正从旁边跑过，路过时朝不负责任的爸妈瞪了眼：“每年都傻看着海因茨叔叔跪战友，等他回去腿疼还嘲笑他，你们成熟点好不好？”

秦恬剥了瓣橘子塞进奥古嘴里，耸耸肩，看着大儿子撑着伞跑过去给海因茨挡雨，还把他扶起来：“怎么办？儿子越来越向着他。”

“又说笑。”奥古揉乱秦恬的头发，笑得无奈，“我总是在想，还好这世上还有我这么个人的脑波能和你的勉强接驳上，换了别人就两种下场：一种是你被逼疯，一种是被你逼疯。”

“所以你就勉为其难让我偶尔偷偷地幻想一下吧，在这个没有二次元的世界我过得有多痛苦。”

“别贫了，我也追过番的好吧，别说得好像只有你一个人宅，想当年……”

“别想当年了，你真人版反恐精英都打过了，还怀念二次元的？”

“好吧，那我换个……”

“换什么都没用了，刀塔那种战略游戏你也玩过真人的了，拳皇的真人肉搏你也玩了，你就差开着飞机去玩真人雷电了，还有什么好想当年的……”

“这么一想……”

“这么一想，上辈子那群九〇后凭什么觉得和自家老人有代沟，看着自家孙子对着电脑玩什么战略啊爆头的，那群干过真仗的老爷子心里不知有多鄙夷。”

“怪不得我爷爷总是笑而不语。”

“呵呵，现在知道自己当年多中二了吧。”

奥古笑笑，惆怅起来：“不知道什么时候能回去看看，我爷爷现在大概和我一般大吧。”

“是啊，我外婆大概也和我差不多大，可惜我不知道他们现在在哪儿。”

“什么时候回去看看？”

“那是必须的，不过还要等两年。”秦恬狡黠一笑，“我哥早就在准备了，过两年等改革开放了，做个牛气哄哄的归国华侨，多帅气。”

“可惜我回去的时候就是个洋鬼子了。”

“没事，有我这样的中国夫人就行，哈哈！”

两人嘀嘀咕咕许久，终于等到海因茨祭拜凯泽尔归来，他在旁边和罗海轻声商量了几句，过来道：“你们说完没？”

秦恬止住笑，歪头看面前的美男成双，眼睛发亮：“有什么吩咐？”

海因茨每次被秦恬这样看都会一阵恶寒，沉下脸：“你什么眼神？”

奥古立刻用手挡住秦恬的双眼，正经道：“你说。”

“嘁……”海因茨哼了一声，在一旁罗海无奈的叹息中道，“我先不去法国了，小海我先带走，我们新年见。”

“你们要去哪儿？”秦恬直接不问海因茨了，望向儿子，“阿海，你终于想通要和你海因茨叔叔‘私奔’了吗？”

“妈，你脑子里能不要装那么多奇奇怪怪的东西吗？”罗海快受不了了，“我本来就是海因茨叔叔的助手啊！”

秦恬摊手：“那么好吧，你们‘私奔’到哪儿去？”

“喂！”罗海抓狂，最后只能无奈道，“年末总有些公司有不清不楚的事情，海因茨叔叔当了那么多地方的顾问，总要去看看。”

“所以说？”

“所以就去啊，趁年前了结了。”

“好吧好吧，那就去吧。”秦恬也不想多管，一行人走到停车场，她从车里拿出一个大袋子，交给罗海，“这里面是我准备的药，外敷内服全齐了，怎么用你都知道。还有，如果你们的行程里有奥地利，就顺便看看小萌。”

“哦，去奥地利，有什么要带的吗？”

“没有，那丫头比我会享受，我就不拿些土鳖玩意儿膈应她了。”

“妈，你又说反话，她什么时候嫌弃你给的东西了。”罗海感觉整个人都不好了，家有辣妈简直不能活，“好吧，既然没有我就什么都不带了，反正马上就过年了。”

几人又聊了几句，就各自上车，分道扬镳了。

奥古开着车，见秦恬一直不说话，有些好笑：“说得那么潇洒，还不是不放心？”

秦恬皱着眉头，还是沉默。

“喂，你怎么了？”

“你什么都没发现吗？”秦恬“眼激光”扫射着奥古，“我感觉到你们有什么瞒着我了。”

奥古沉默了一下，笑了：“好吧，既然你感觉到了，那我不说你肯定不会罢休的……”

“我很八卦吗？我只是有种不祥的预感所以才问的。”秦恬掐了下奥古的腰肉，“现在又不像那时候知道多了会死，难道我还会害你们？”

“别多想，只是这事儿八字还没一撇呢……最近有人在追求海因茨。”

秦恬一愣，半晌忽然捂着脸尖叫：“哇哦！真的假的？竟然有人……天啊，这简直是上甘岭壮士！不不不，女汉子！哦哦，你们太过分了，居然不跟我说，绝交！果断绝交！不能玩了！玩不下去了！”

奥古苦笑：“怕的就是你这反应，车都震了啊妹子，冷静，等你冷静我再跟你说。”

秦恬立刻不尖叫了，快速冷静下来：“好，你继续说。”

“她叫桑德拉·布鲁克，今年三十五岁，原来是德国人，后来去了美国，最近才回来，现在是一个家族企业的海外拓展专员，差不多一个月前在一个酒会上认识了海因茨。介绍人是联邦法院的朋友，还算可以信任，几个朋友都觉得有戏，所以才撮合起来。”

“然后呢？成了没？哦，不对，你说还在追求，那应该还没成。”

“桑德拉是很喜欢海因茨的，但海因茨的态度就有点模糊，其实他们这个月也就约会了两次。本来小海说有戏，但现在他也说不好了。”

“那这次他们出去……”

“桑德拉所在的企业邀请海因茨做法律顾问，报酬很高，这个是桑德拉还没出现前就已经达成意向的，这次海因茨打算去他们的瑞士办事处看看。”

“那怎么说会去奥地利？”

“新年临近，维也纳金色大厅……”奥古言简意赅。

秦恬忽然就想掉泪了：“你不是人！”

“啊？”

“你从来没带我去听过交响乐！”

“……”

“人家才约会两次就手拉手一起去金色大厅听交响乐了！”

“好吧……”

“我也要去听！”

“你不是只喜欢看电影吗？”

“可是人家也可以很高端、很洋气、很上档次的啊！”

“别说得好像是我不同意似的。那时候我带你去听歌剧你都呵欠连天，你确定这次不会当场睡着？”

“唔！”秦恬捂脸，“果然糟糠之妻是黄脸婆吗？我就活该给你洗衣做饭生孩子、舀汤喂饭灌浴缸吗？”

奥古苦笑着摇头，却没有像往常一样那么快妥协，秦恬也不好意思再顶着张老脸撒娇卖萌，只能瘪着嘴望着前方。

“呼……好吧，你赢了。”奥古拍拍方向盘，“不过我们先回家，准备行李，然后直接去维也纳和他们会合，怎么样？”

回答他的是秦恬一个大大的贴面吻，接下来的行程就这么愉快地决定了。

七天后，夫妻俩踏上了维也纳的土地，和他们联系的是罗海。他们并没有把到维也纳的事告诉海因茨，所以交响乐晚会开场前，当海因茨挽着一个艳光四射的女子与奥古和秦恬在金色大厅门口狭路相逢时，他的表情让秦恬一下子破功了：“噗！奥古，你看他表情！”

奥古也觉得好笑，他忍着笑点头：“好久不见。”

海因茨的表情就好像是一口吞了十来个臭鸡蛋，惊讶、嫌弃、不相信和不高兴全在脸上，许久才铁青着脸以慢动作转头望向跟在旁边的罗海，罗海立刻双手举起：“叔叔，是妈妈不让我告诉你的。”

臭小子就知道卖队友！秦恬瞪儿子从来不留手，小海比他妈妈高一个半头依然被瞪得直缩脖子。

“所以你们还坐在我边上？”海因茨全身都是低气压。

“这个我们不知道啊。”秦恬直接从奥古西装口袋掏出票来，“你坐在哪儿？”

“不用看了。”罗海道，“我们一家子看表演怎么能分开坐？我特地请罗纳德爵士换的座位。”

呆萌的儿子啊！秦恬无奈，人家约会，怎么也得给点二人空间啊，我们这么热烘烘地在边上一坐，人家会不好意思的啊！

现在说什么也迟了，她只能看向海因茨身边的女伴，笑着道：“海因茨，你也不介绍下？”

海因茨挤出一抹笑：“桑德拉·布鲁克，杜威集团的海外拓展专员。”

桑德拉伸出手，奥古熟门熟路地来了个吻手礼，她笑道：“一直听海因茨先生说起，他的挚友一家都极为热忱可爱，今日见到果然让人倍感亲切，能遇到你们是我的荣幸。”

“您太客气了。”秦恬活了四十来岁还是不大会说客套话，也是家里的男人都太能干的缘故。好在她东方人的面孔给人内敛和婉约的感觉，就算是说话比较简洁，对方也不会觉得她冷待或失礼。

桑德拉显然也是这么觉得的，双方寒暄了几句，就一起进入了金色大厅。

奥古的确很冤枉，其实很久前奥古为了所谓的罗曼蒂克也带她去过剧院，然后，然后她直接睡到第二天清晨在家中的床上悠悠醒转。

从此夫妻俩就很有自知之明地再也没提过听歌剧或者交响乐之类的事情。

不是秦恬文化层次低，而是她甚至没有像奥古一样在广泛吸收知识的时候重新经历一次本地文化的洗礼，所以她的文化需求与这个社会就是两个次元的。

结果今天秦恬又来自作孽了，更可怕的是，今天交响乐团表演的都是一些著名音乐家的不著名曲目，秦恬痛苦地忍着呵欠，然后在每一次快要见到周公时被突然响起的掌声拉回现实。

要是手里有只手机，估计她已经不顾形象地开始做低头党了。

奥古就比秦恬好得多，每一曲结束他都能和海因茨还有桑德拉品评几句。就是苦了罗海，他坐在秦恬边上，也就是五人的最旁边，没人能交流，也特别担心老妈睡过去，除了听音乐，就是注意妈妈的表情。

“你真不该带她来。”又一曲结束，掌声骤响时，海因茨轻声道。

“我不可能撇下她。”

海因茨没再说话，笑了笑，转头去和桑德拉交谈。

“困就睡吧，你不打鼾的。”奥古自认为很体贴。

秦恬一脸忠勇：“不，不能给国人丢脸！”

“你加油。”

“亲一个！”

奥古无奈地捂住了脸。

直到交响乐晚会结束，秦恬才想起自己到底是来做什么的，她不由得又一次确定自己缺乏浪漫细胞，巨大的八卦就在左手边，她宁愿犯困、冥想、入定……都没去看一眼！

哭瞎！

秦恬表情悲痛地被老公和儿子搀扶出来。海因茨一眼就看出她在闹什么幺蛾子，哧地冷笑一声就装没看到。桑德拉就厚道很多，问秦恬是不是对曲目有什么不满意的地方。

“说实话我更喜欢《春之声》低语系列，这次乐团的选曲真不像是为了迎接新年。”

“哼，像个葬礼。”海因茨附和。

秦恬当然没被安慰到，她苦闷地点点头，抽抽鼻子，嘟哝道：“我困了。”

“你一直想睡觉。”海因茨嘲讽模式全开。

秦恬都懒得搭理这个快五十岁还像小孩子一样的二货，头一歪靠在儿子肩膀上，还没喘口气就被奥古一手把头扳回到他肩上：“撑住，我带你回去。”

桑德拉的声音就像是天外飘来的：“你们的感情真让人羡慕。”

“一把年纪了还被老公儿子女儿当宝一样供着，感情当然好了。”海因茨今天似乎不爽上天了，“走吧，我送你回宾馆。”

“把她当宝的还有你吧。”桑德拉没有拒绝，与奥古一家亲切道别后，挽着海因茨缓缓走远，只听到她轻笑着的声音传来。

没听到海因茨的回答。

秦恬是真睡过去了。

清晨，鸟叫声中，秦恬从香软的床上醒来时，奥古已经坐在一边看报了。

“早安！”

“早安……要牛奶吗？”奥古拿过来一杯热气腾腾的牛奶，“喝了再刷牙吧。”

“儿子呢？”

“他去小萌学校看看就回来，反正新年快到了，大冷天我们就不折腾这一趟了。”

秦恬接过牛奶慢慢地喝，边喝边望着窗外，若有所思。

“在想什么？”

“我在想桑德拉。”

“怎么了？”奥古还看着报纸。

秦恬还是望着窗外：“我担心海因茨被骗。”

奥古笑了：“桑德拉比海因茨有钱。”

“不是，我总觉得怪怪的。”秦恬也说不上来。这么多年，她几乎把海因茨当家人一样，也希望他能够有个属于自己的家庭，可是每当有人表现出追求海因茨的倾向时，她又会担心那个人没法像自己一家子一样照顾他，所以在海因茨结婚的问题上，她的态度一直很模糊。

桑德拉从外形上来说出色极了，让秦恬想起过去那位人间尤物尤丽安娜，伯爵夫人，一样高挑丰满的身段、优雅的身姿、狭长微挑的眼睛、卷曲上翘的睫毛、高挺的鼻梁和性感的红唇。她的眼睛是琥珀一样的褐色，看你时轻柔而透彻，散发着致命魅力。

除了海因茨，秦恬没见过其他能压制她气场的男人。

虽然不愿意承认，但秦恬又不得不承认，奥古估计也不行，他现在可是“居家妇男”。

但就是这样的女性，却让秦恬有种不真实感，她太完美，让同性都起不了嫉妒之心，秦恬自然不可能不喜欢她，却不由得心生警惕。

琢磨了许久，秦恬还是决定当一回小人：“奥古，就当我小人之心好了，你觉得桑德拉会不会有别的身份啊？”

奥古挑挑眉，终于屈尊放下了报纸，望向秦恬："怎么说？"

"比如特工什么的？"

"你谍战片看多了？海因茨可没什么能让人图的。"

"可他以前还当过波兰地区盖世太保小头目啊。"秦恬低声道，"你不知道吗？战后以色列的摩萨德有一批特工，专门暗杀逃过审判的战犯，特别是那些曾经迫害过犹太人的。"

"所以你觉得，桑德拉……"

"我看过一部纪录片，以色列的特工暗杀逃罪的法西斯战犯是有规定的，不是路过给你一枪，而是必须不暴露身份，乔装打扮制造新的身份接近目标，把目标骗到一个不会因为暴露身份引起当地对犹太人的公愤的地方，最好那个地方还没有死刑，然后在抓获目标后还要进行秘密审判，最后枪决。"由于那部纪录片太紧凑惊险，秦恬一回想，就感觉记忆如潮水一样涌来。

奥古表情凝重："我没看过。"

"所以你不知道，所以我们从来没提到过。"秦恬突然脑子里灵光一现，她猛地坐直身子，牛奶洒了都没注意，"别告诉我你们已经有察觉了，就是不告诉我而已。"

奥古不说话，他手指敲着桌子，一下一下，极有节奏。许久，他才缓缓道："不会是奥地利。"

"果然！"

"这里还残留反犹情结，局势复杂，他们不可能在这里动手。符合你说法的，应该是美洲，南美那块地方。"

"对的，纪录片选的就是南美的一个国家！"秦恬激动起来，"你们发现了什么吗？"

"其实，海因茨以前有联系到几个曾经的同僚……"奥古斟酌着语句，"他们没有经过审判，逃得很远，事已至此，我们也没打算做什么。只不过，前阵子，突然有一个再也联系不上了，还有一个的家人说他失踪了，然后，桑德拉出现了……"

秦恬感到背上一阵发冷。

"海因茨在军中有一多半时间是在战场上，他的很多档案已经损毁，但是依然能够找到他曾经是党卫军的资料，这些我们无法掩盖，只能看看桑德拉到底是冲着什么来的。"奥古声音很低，带着一丝嘲讽，"她表现得天衣无缝，但她算错了两点：首先，她没想到还会有主动去联络曾经的同僚的战犯；其次，她不知道海因茨曾经在巴黎是盖世太保队长，在间谍和暗杀这些事情上，用网游的话讲，他的技能熟练度也是刷满的。”

“所以说，你们现在在耍猴玩？”

“别这么说，这很危险，桑德拉身后可是整个摩萨德。”奥古叹口气，“一把年纪了还卷进这种事……你也安分点，海因茨怎么说也是战俘营回来的，不该上暗杀名单。”

秦恬没什么心情说话了，喝完了牛奶，她躺了一会儿，道：“我们应该跟海因茨在一起。”

“别逗了，此地无银三百两吗？海因茨没什么可心虚的。”

“那这女人想做什么？”

“不知道，也有可能是我们多想了吧。”

就在这时，敲门声响了，海因茨的声音传来：“是我，让秦恬穿上外套。”

秦恬撇撇嘴，穿上了外套，却依然缩在床上。奥古笑着打开门，海因茨穿着便装站在外面，看到秦恬缩在床里探头探脑地望过来，不由得啧了一声：“起得可真早。”

“我还没起呢。”秦恬舒适地伸了个懒腰，“早上好！”

海因茨不理秦恬，对奥古道：“出来，有事跟你说。”

“没事，她都知道了。”奥古指指秦恬。

海因茨一脸被背叛的表情：“结婚的男人都这么没节操？算了，我已经习惯被你出卖了。她跟我提起了她在布宜诺斯艾利斯的拓展计划。”

房内陷入沉默。

“要么是巧合，要么就……”秦恬说不下去，她忽然觉得有点悲哀，如果每一个接近海因茨的女孩子，他都不得不以这样审慎的态度去对待，那恐怕他这一辈子，只能独身一人了。

他要是在战前就结婚了多好，那样的家人有共同的信念和悲欢，不用害怕背叛和欺骗，而不像现在这样，虽然不至于战战兢兢地过日子，却无法再轻易相信任何一个靠近自己的陌生人，所以这么多年来，他的挚友，他的家人，只有奥古和自己还有那两个孩子。

这样的海因茨，让秦恬心疼。

“我需要一个有她照片或录像的理由。”海因茨和奥古商量着，“如果她拒绝提供任何影像资料，那就说明她心里有鬼，而一旦我有了她的照片或录像，如果某天我被杀，你们就能拿这个作为证据报警。任何国家都不会容忍一个特务机构在自己的地盘上这样猖狂，有了切实的证据他们就肯定会紧咬不放。”

“这我也想到了，偷拍行吗？偷录的太模糊了，而且太明显。”

“不行，我不能轻举妄动，只能用正常途径。如果引起他们警觉，这帮人什么都有可能干出来。”说罢，他看了眼正在出神的秦恬。

奥古心领神会：“可你现在和她这种关系，想要有正面的照片，确实得找个合适的理由，如果是普通的出游，似乎也不需要特地拍照，你们的年龄实在不适合摆姿势留影……”

“我有个想法。”海因茨沉吟道，“你觉得，求婚怎么样？”

“哈？”奥古睁大眼。

秦恬终于回过神来，恍惚道：“你们说什么，我好像听到了什么不得了的词汇？”

“没错，就是求婚。”海因茨认真道，“她如果答应，那就去拍照；如果不答应，那就找到了理由一拍两散。布宜诺斯艾利斯的事情听起来对我有百利而无一害，我没有正当的理由拒绝，而且因为我在里约那家公司做顾问，甚至没法以不想跑远作为理由。”

“你们想太多了吧，不想去就不去，需要这样找理由吗，连求婚都用上了。海因茨，其实你是看上人家所以想找机会试试人家吧？”秦恬道，“如果她答应了，你还真结婚？听着似乎没什么不好，但会不会太草率了？”

“如果她是真的，那就试试吧。”海因茨语气淡淡的。

秦恬一噎，点点头：“那随便你们吧。”说罢，也不知道继续说什么好，只能爬起来拿过奥古的咖啡小口喝起来。

两人商议完毕后，海因茨出门准备，奥古关上门，看秦恬闷头喝咖啡，笑道：“怎么，不开心了？不怕我吃醋啊？”

秦恬不搭理，又喝了几口，突然郁闷道：“我感觉，哪天小海跟我说，他要跟哪个姑娘求婚，我也会郁闷的。”

“哈哈，这话别让海因茨听到。”

“听到也无所谓，你还能让他揍我不成？”

“揍当然拦着，骂就不好说了……”

“……”

海因茨说到做到，当天就求了婚。

据“线人”小海汇报，桑德拉当场喜极而泣，然后表示她太激动了，需要冷静冷静，第二天早上给答复。

秦恬没听出什么不妥来，奥古却紧张起来，问：“她有说时间地点吗？”

“明天早上八点，莱茵咖啡馆。”

奥古点点头没再多说，若无其事地去进行睡前洗漱。秦恬望着他的背影许久才缩进了被窝里。

凌晨，秦恬若有所感，迷迷糊糊地醒了过来，床边空空荡荡，奥古正在衣柜前穿衣，窸窸窣窣的声音中，咔嗒一声把秦恬的瞌睡全惊没了。

那是手枪装弹匣的声音！

这个浑蛋，他想做什么？

秦恬一动不动，不久就感到床边一沉，陪伴自己二十多年的熟悉气息缓缓靠近，随之而来的是脸颊上一个轻柔的吻。

随后，他就悄悄地离开，带上了房门。

秦恬缓缓坐起身，强忍着抽噎，狠狠地抹了把眼泪。她在黑暗中摸索着穿上大衣，没有穿平时出门时穿的长裙高跟，而是穿自己在家里穿的棉裤棉鞋，然后她随便扎了下头发，从化妆包的暗袋中，掏出了沉甸甸的手枪。

这把手枪小巧、精致，表面光滑崭新，就好像从没用过。秦恬握着它，眼前晃过那早就沉淀在记忆中的画面。

“勃朗宁，比利时制造，十四发子弹，自己放好。沃尔特是我的制式手枪，你拿着不方便。”

秦恬还记得当初自己缩头缩脑的样子，那么年轻，向往着枪又畏惧着海因茨。

“谢谢。”秦恬又一次低喃，和年轻的自己的声音重合在一起。

她拉开弹匣，里面还有十发子弹，锃亮的，不知道会不会哑火。

“就连在苏联，你让我假装俘虏你时，用的都是你给的枪，现在，就用这把勃朗宁，来保护你一次吧！”

秦恬合上柜子，裹紧大衣，跑出房间，在路过罗海的房间时，她迟疑了一下，最终还是什么都没做。如果真出了事，以他的聪明，肯定会去莱茵咖啡馆找的吧。

已经深冬，时间接近七点，太阳还没升起，空气就像凝成了冰一样寒冷，外面黑压压的云层盖住了月光，这分明就是个快下雪的天气，如此鬼天气如此时刻，秦恬刚冲出宾馆就冻得一个哆嗦从脚底抖到天灵盖。她咬咬牙，发现奥古的车已经开走了，可海因茨的还没开，她本想躲到海因茨的后备厢里等，现在却觉得一动不动缩着还不如运动着。

正想狠狠心走到莱茵咖啡馆去，没走两步却看到身边有一辆出租车开过，秦恬想也不想就招手，让它带自己过去。

司机似乎对于这么个衣衫不整的东方妇女很好奇，开着车的同时，眼神还从后视镜瞟过来，秦恬很不耐烦又不好说什么，只能忍着等车到了立刻付钱下车。

“夫人，您这么早来这儿，是不是有什么急事，需要帮助吗？”司机收了钱却没走，探头问道，“我跟这家咖啡馆的老板认识，经常有人落下东西回来找，如果您也是这样，或许我可以直接帮您问老板。”

秦恬一时间有些不好意思，她发现年纪大了，一方面事情看多了，一方面脾气也见长，她摇头：“没什么，我来见老朋友而已，多谢了。”

她要是认真注意下自己的形象就会知道司机为什么这么热心——她实在太像一个把小儿子落在棋牌室的包租婆了！

看司机将车开走了，秦恬转过身。这咖啡馆还卖早餐，已经有稀稀拉拉的人坐在里面，她走进去，放眼一望，没看到想要找的人。一看时间，才七点半，便走到角落里坐下来，要了一杯咖啡慢慢地喝。

等待的过程平静而焦灼。海因茨、奥古、桑德拉，一直到了八点，三个人一个都没出现。秦恬终于感觉不对了，她跑出咖啡馆，举目四望，正急得满头大汗时，突然听到旁边的小巷子传来一声枪响！

在静谧的早晨，这声枪响简直振聋发聩，反应过来的人四散奔逃，秦恬愣了一下后掏出枪向巷子冲去。刚进去就看到，奥古笔直地站在中间，一只手握枪朝天，另一只手垂在身侧，他气喘吁吁地大声道：“放开他！”

透过奥古身侧的空间，秦恬看到海因茨头上套了个黑布袋，被两个精壮的小伙押着跪在地上，他面前站着一个中年男人和桑德拉。

桑德拉正拉着中年男人的手臂，所有人都看着奥古，然后桑德拉转头对中年男人叫道：“快撤！已经惊动了人群，我们没有时间了！”

中年男人鹰隼一样的目光狠狠地瞪着海因茨，他一手握着枪，一手握着一张纸。

“我们的目标不是他，不要让我们的正义出现偏差！现在放手还来得及！”桑德拉着急道，低头命令两个小伙，“你们快放手，准备撤离！”

秦恬还没看懂面前的态势，却明白她必须做一件事，于是她大喊一声："警察来了！"

奥古猛地转头，在确定是秦恬的那一瞬间又立刻转回去，同时吼道："回去！"

"你们也回！"

"听话，回去！"

"我们快撤退吧！"桑德拉快哭出来了，"这根本不是他的判决书，我们何必为他浪费我们好不容易铺好的路！快走吧，组长！"

被称为组长的中年男人额头青筋毕现，他低吼道："海因茨・冯・克鲁特曼，你知道你为何在这儿吗？"

海因茨哼了一声："我没有更名改姓，所以我知道我会在这里，你们可以做任何你们想做的事，但若是伤害了我的朋友……那这二十年，我也不是白活的。"

"海因茨，你别说了，你本来就不在名单上！"桑德拉大叫。

"所以杀我只是顺便？呵呵，能被你们盯上，我以前的事迹看来挺光荣的。"

这回轮到秦恬看不下去了，她叫道："海因茨你个王八蛋，少说两句会死吗？都说了你根本不在名单上！"

海因茨果然闭了嘴，场面又陷入僵局，但巷子口已经有人在探头探脑，估计不久后真有警察要来了。

警察敢不敢来得再慢点！秦恬忍不住在心里抱怨。

"你们大概还有五分钟的时间撤离，否则，你们给你们祖国造成的麻烦远比我这一枪要来得大。"奥古沉声道，"现在，要么离开，永远不要再回来；要么就……"

"要么我就自杀！"秦恬大吼一声，举枪对着自己太阳穴。这感觉真心很怄人，她比谁都怕枪走火，太阳穴上枪口的冰冷把眼泪都刺激了下来，连声音都颤抖了："我是红十字会的荣誉护士，在二十年前奉命在东线进行人道主义救援，是海因茨在混战中保护了我，他为了我不在流弹中丧生才主动被俘虏，在西伯利亚当了十年的苦役！你看他一只眼睛没了，瘦得像骷髅！还有当年……当年在波兰犹太人聚居区，是他帮我给我的犹太朋友投递的食物！这二十年，他和我们一家给各种慈善基金会捐钱，他是我们的家人，他一直在偿还他的罪孽，他不该死！"

秦恬颤抖着向前走了一步，握枪的手还是在抖，她哽咽着："我们不能失去他，至少……至少不是因为这个。三十年了，他活到现在大半辈子都在为他年轻时犯的错还债，这样还不够吗？那场战争全是他的错吗？那你们杀人又是有多正义？不怕我儿子女儿来报仇吗！”

最后一句她几乎是嘶吼出来的。她想起每当海因茨伤病发作无法工作、只能躺在草坪上晒太阳时，都是小海和小萌一左一右陪在他身边，从被海因茨左手右手提着遛来遛去的小小两坨，到一前一后连推带拖拉着海因茨锻炼的少男少女，再到现在那个在海因茨手下能够独当一面的能干助手……海因茨已经完全融入了她的家庭，就连他此刻被套了黑布袋跪在那儿的情景都刺痛了她的眼睛，她不敢想象，失去他，这个家庭会变成什么样。

巷子一时间安静下来，秦恬发现，整条巷子除了外面的嘈杂声，竟然只有自己呼哧呼哧吸鼻子的哽咽声。

老脸丢大了……她不用看也知道自己此刻的样子一定惨不忍睹吧。

组长似乎还不甘心，他对海因茨道：“我们可以不杀你，但那些人的联系方式，如果你不交出来，你依然是我们监视的目标，是我们的敌人！这一点，我们不会妥协！”

桑德拉放开组长，蹲在海因茨面前，拿掉了他头上的黑布袋，轻声道：“海因茨，如果你在这一点上不妥协，可能你和你爱的人一生都无法安宁，别再隐瞒下去了，包庇他们对你一点好处都没有。”

海因茨吐出了一口血沫，笑了一声：“可以啊，不过现在就算我交出来，你以为你们以前倾全力找都找不到的人，会在你们接近我的时候还乖乖等在那里吗？通讯录就在我车里后视镜的夹缝里，自己去找吧。”

就在这时，外面响起了警笛声。秦恬保持着举枪自尽的姿势看几个特工从身边跑过，桑德拉给海因茨解开手铐，表情复杂：“如果你不是……唉……再见！”说罢，她擦着眼泪匆匆离开了。

秦恬整个人都僵硬了，她又冷又怕，一动都不敢动，唯恐不听使唤的手指扣下扳机——刚才她为了逼真，是真的打开了保险栓的。此时，奥古急忙跑过来，用冰冷的手小心翼翼地掰开她的手，收起了枪，然后一把将她抱在怀里。

“笨蛋！傻瓜！二货！”奥古连声骂道，“一把年纪了还装什么热血青年！你敢自杀试试？我带着海因茨给你陪葬！”

“呜呜呜……”秦恬猛松了口气后，失声痛哭，什么都说不出来，脑子里一团乱麻，“他……他还跪着……”

海因茨只往这边看了一眼，然后就一直沉默地低着头跪在那儿。

奥古搂着秦恬走过去，拽着他的胳膊想把他拉起来，却拉不动。海因茨仰面靠在了墙上，腿还保持着跪姿，他双眼无神地看着狭窄的天空，低声道：“你们说，这会不会是我最后一次下跪？”

沉默。

“从在西伯利亚那会儿，到现在，三十年……我总是跪着，见谁都跪。其实，我从来没被原谅过，对不对？”他忽然微笑起来，“如果我当初和凯泽尔一样，会不会少很多痛苦？”

奥古叹口气，他抱着秦恬坐在了海因茨旁边，只问了一句话：“你听到刚才恬说的了吗？”

海因茨一怔，微微转过头，秦恬正抬起头看他。岁月已经带走了她年轻时的秀丽，但眼睛依然明亮而对自己暗藏着鄙夷，那般蔑视的样子，似乎下一秒她就会不伦不类地骂一句：“你这个老不死的中二病！”

“哧！”海因茨忍不住笑了笑，用自己用了一辈子的嘲讽声调。然后，他探手拿回被甩在远处的拐杖，艰难地站起来，拍拍奥古的肩膀：“走吧，回家过年。”说罢突然一指秦恬：“咦，人到中年居然还尿裤子真是丢人！”

秦恬下意识低头看了看，转而恼羞成怒，不顾奥古还拉着她，跳起来揉着冻僵的脸就大吼：“海因茨你个神经病！再……再管你，我就把枪吃……吃下去！”

“哈哈哈！”

“行了，你们别吵了，都一把年纪了，小心高血压！”奥古人才到中年，声音却已苍老。

此时，圣诞节的第一场雪，终于下了下来，银色的精灵转眼就落满了大地，掩埋了往昔所有的污痕与血迹，世间的一切，都仿佛就此沉静和美好了起来。

秦恬被奥古用大衣裹在怀里，另一边的海因茨身姿笔挺地一瘸一拐，三人缓缓走在维也纳的街头，劫后余生的感觉是那么清晰，连雪花看着都那么可爱。

一辆装饰了圣诞树的精致马车被一个穿着复古礼服的车夫赶着缓缓路过，吆喝声和马蹄声就好像一瞬间把三人拉进了那久远的年代，一切都变成了黑白的画面：优雅严谨的绅士，华丽精致的淑女，戴着苹果帽穿着邋遢的流浪汉，还有抽着烟斗拿着画板坐在喷泉边四面观察的艺术家……

秦恬回头贪恋地看着这一切，恍惚中，她看到身后华丽的酒店门口，胖胖的经理和桑塔婶婶在朝她挥手，安妮和坐在轮椅上的亨利相依着朝她温柔地点头；旁边小小的木门内，穿着连衣裙围着围裙的莉娜正掀开门帘朝她微笑；萨沙爷爷推着板车正从后面缓缓走来，萨沙奶奶在旁边扶着，小小的阿卡唱着歌绕着板车边跑边跳，露出缺了门牙的嘴大笑着；旁边，穿着便装的士兵皮埃尔从一个巷子走出，悄悄地朝她敬了个军礼……

她看到身边的铁门缓缓打开，一群孩子欢叫着冲出来，里面有诺诺，有大院的孩子们，后面跟着扎着小辫儿穿着警服的伊万，随后，伊路莎奶奶踱了出来，朝她挥挥手；街边的座椅上，盲人鲁艾弗穿着病号服，微微仰头接着空中的雪花，秦恬走过时，他做出侧耳倾听的样子，然后露出了一个会心的微笑。她看到高傲走过的伯爵夫人，满脸严峻在等车的贝尔夫人；还看到奥古的副官狄科和霍恩，军医霍夫曼和海因茨的副官侏德罗，他们依旧穿着英挺的军装，围坐在一张桌子上玩牌，狄科朝奥古露出了笑容，兴奋地挥着手，其他人也矜持地点了点头。

最后，她看到街角，凯泽尔穿着一身银灰色西装，和一个高大冷峻的青年一起站在那儿，遥遥地望向这边。见秦恬看过去，凯泽尔摘下礼帽，优雅而缓慢地行了个绅士礼，然后托着帽子，朝她温柔地微笑，露出了尖尖的虎牙。他的身边，那个青年则朝她点点头，扯了扯嘴角。

这些画面那么鲜活，鲜活到让秦恬不由自主地微笑，笑得泪流满面。

岁月如梭，你们却依然安在，这样真好，真好……

图书在版编目（CIP）数据

战起1938 / 疯丢子著. — 贵阳：贵州人民出版社，2023.9（2024.5重印）

ISBN 978-7-221-17783-4

Ⅰ. ①战… Ⅱ. ①疯… Ⅲ. ①长篇小说－中国－当代 Ⅳ. ①I247.5

中国国家版本馆CIP数据核字(2023)第150324号

ZHANQI 1938

**战起 1938**

疯丢子　著

| | |
|---|---|
| 出 版 人 | 朱文迅 |
| 选题策划 | 肖　恋 |
| 出版统筹 | 吴兴元 |
| 特约编辑 | 何　方 |
| 责任编辑 | 王潇潇 |
| 装帧设计 | 清　橘 |
| 责任印制 | 常会杰 |
| 出版发行 | 贵州出版集团　贵州人民出版社 |
| 地　　址 | 贵阳市观山湖区会展东路SOHO办公区A座 |
| 印　　刷 | 嘉业印刷（天津）有限公司 |
| 经　　销 | 全国新华书店 |
| 版　　次 | 2023年9月第1版 |
| 印　　次 | 2024年5月第2次印刷 |
| 开　　本 | 690毫米 × 960毫米　1/16 |
| 印　　张 | 45.25 |
| 字　　数 | 540千字 |
| 书　　号 | ISBN 978-7-221-17783-4 |
| 定　　价 | 98.00元（全2册） |

官方微博：@后浪图书

读者服务：reader@hinabook.com188-1142-1266

投稿服务：onebook@hinabook.com133-6631-2326

直销服务：buy@hinabook.com133-6657-3072

后浪出版咨询(北京)有限责任公司 版权所有，侵权必究

投诉信箱：editor@hinabook.com　fawu@hinabook.com

未经许可，不得以任何方式复制或者抄袭本书部分或全部内容

本书若有印、装质量问题，请与本公司联系调换，电话010-64072833

贵州人民出版社微信